Paul Grote

Verbrannte Reben

Paul Grote

Verbrannte Reben

Kriminalroman

dtv

Von Paul Grote
sind bei dtv außerdem erschienen:
Tödlicher Steilhang
Königin bis zum Morgengrauen
Die Insel, der Wein und der Tod
Ein Weingut für sein Schweigen

MIX
Papier | Fördert gute Waldnutzung
FSC® C019821

2. Auflage 2024
Originalausgabe 2024

Umschlaggestaltung: ZERO Werbeagentur GmbH
Umschlagmotive: mauritius images / Christian Bäck; shutterstock.com / Jayme Burrows
Satz: Uhl + Massopust, Aalen
Gesetzt aus der Minion
Druck und Bindung: Druckerei C. H.Beck, Nördlingen
Printed in Germany · ISBN 978-3-423-22093-4

Gewidmet all jenen Winzern
am Rande des Pfälzer Waldes und der Haardt,
die mit Respekt vor der Erde ihre Arbeit machen

Alles beginnt mit Èṣù,
er öffnet den Weg.
Und alles endet mit Èṣù,
denn er verschließt ihn auch.

Die Personen

Manuel Stern, *Jungwinzer*
Thomas Achenbach, *sein Freund und Kompagnon*
Simone Latroye, *Weinbautechnikerin aus Saint-Émilion*
Philipp Achenbach, *Gründer des Weingutes*
Verena Baederle-Achenbach, *Galeristin*

Leonie, *Biotechnikerin, Tochter des Galerie-Hausbesitzers*
Efe, *Geflüchteter aus Nigeria, Angehöriger der Yoruba*
Grigoriy, *Geflüchteter aus der Ukraine*
Johanna Breitenbach, *Umweltingenieurin und Dozentin*

Hélène (Waltraud) Haller, *Landschaftsmalerin*
Beatrix von Weiden, *Journalistin*
Francesca und Arnold Sturm, *Gastronomen aus Düsseldorf*

Pascal Bellier, *Kommissar der Police judiciaire (Kripo Metz)*
Schleichmeier, *Polizeiobermeister*
Voss, *Polizeimeister*

Lieselotte Ender, *resolute Winzerin*
Hannes Schmidtlein und Nicole Herberts, *Sommeliers*
Winzer des Verbandes der Prädikatsweingüter
Hölzer, Wunderlich und *weitere Winzer*

Prolog

Das Arbeitsessen

Er hatte seinen Namen in Diconne geändert, gleich nach den Ereignissen damals, und den seiner Tochter gleich mit. Sie hatte pro forma geheiratet – jemanden, der ihm verpflichtet war – und dessen Namen angenommen. Natürlich hatte er den Mann dazu überredet – auf seine Art eben, na ja, sie schien nichts gegen die Art zu haben, wie er Probleme löste, im Gegenteil. Sie stachelte ihn noch an, und der Erfolg gab den Ausschlag. Außerdem hatte der neue Gatte seiner Tochter Geld genommen, er würde es nicht wagen, den Mund aufzumachen. Diconne wusste. Ihr war das alles egal, sie musste ja nicht mit ihm ins Bett gehen, und eine gemeinsame Wohnung war nicht vorgesehen. Hauptsache, sie hatte den Namen. Und Ausweise, die jedes Lesegerät täuschten.

Mit seinem neuen Namen kam er gut klar: Adrien Diconne, Wohnort Nantes. Klang sympathisch. Man hatte sich viel Mühe gemacht, die Lebensläufe waren bis zu den Großeltern bereinigt. Er hatte sich seinerzeit dringend aus dem Geschehen ausklinken müssen, zumindest in der Öffentlichkeit. Wie hätte es gewirkt, wenn es weder Eltern noch Großeltern in den Analen gegeben hätte? Das war jetzt vorbei. Die neuen Dokumente waren sicher, denn für Diconne stand viel auf dem Spiel. Sogar für die neue Geburtsurkunde hatte »der Alte«, wie sie ihn jetzt nannten, das entsprechende Papier besorgen lassen und bei einem Trödler eine mechanische Schreibmaschine, auf der das D seines neuen Namens in die Höhe rutschte. Es sah richtig echt aus.

Diconne nippte an seinem Wasserglas und wartete. Äußerlich gelangweilt schaute er zur Tür des Restaurants. Der Alte verspätete sich. Er trat kaum noch selbst auf, dazu war er zu bekannt. Thierry Patour, wie er sich jetzt nannte, zog jedoch weiter alle Fäden im Hintergrund. Von ihm stammten die Ideen und selbstverständlich auch der Generalplan, den sie gegenwärtig in die Praxis umsetzten.

Auch wenn der Alte sich kaum in der Öffentlichkeit zeigte, so war es unumgänglich, das Wesentliche mit ihm persönlich zu besprechen. Es gab zusätzlich ein ungelöstes Problem, seit sie ihren Wirkungskreis nach Frankreich, Spanien und Italien erneut auf Deutschland ausgedehnt hatten. Es würde kein Leichtes sein, es zu lösen, das Wie musste durchdacht sein, um das neue Projekt nicht zu gefährden, denn beides griff ineinander. Letztlich sind wir alle zusammen schlauer als irgend so ein dummer deutscher Polizist, den man mit diesem Fall betrauen wird, sagte sich Diconne. Und bis die Bafin darauf kommt, werden Jahre vergehen.

Doch so viel Zeit benötigen wir gar nicht, freute sich Diconne, grinste in sich hinein, und es machte ihn zuversichtlich. Die finanziellen Hintergründe begriffen die schwerfälligen Behördenhengste der Bafin sowieso nicht, andernfalls würden sie woanders arbeiten, das hatte der Alte im Fall von Wirecard und bei der Pleite der Kryptobörse FTX verfolgt. Beides hatte er auf Geheiß des Alten genau studiert. Die anderen Aufgaben übernahm seine Tochter. Sie als Frau war deutlich unauffälliger.

Als der Alte das Restaurant betrat, von einem Kellner zum Tisch in der Ecke begleitet, war Diconne doch erstaunt, wie sehr er in letzter Zeit gealtert war. Immer dann, wenn sie sich länger nicht gesehen hatten, fiel es ihm auf. Schlohweiß war Patour geworden, ging leicht nach vorn gebeugt, führte sogar den Gehstock in der Hand. Spätfolgen der vielen Jahre im Gefängnis? Es war ihm nicht schlecht ergangen, mitnichten, nur die Betten seien grauenhaft gewesen, sonst sei er gut versorgt und seiner besonderen Stellung wegen nicht nur von den Mitgefangenen respektiert worden. Der eine oder andere Beamte war ihm geradezu dankbar und hatte ihm jeden Wunsch erfüllt.

Auch wenn seine Augen in einem zusehends alternden Körper steckten, waren sie so wach und misstrauisch wie immer, durchdringend scannten sie das Restaurant und die anderen Gäste, aber scheinbar blieb nichts, was seinen Verdacht hätte erregen können, haften. Der Verdächtigste war er. Nur – war es ihm bewusst? Aber wer sollte ihn heute nach den Operationen noch erkennen?

Diconne stand auf und begrüßte Patour mit Handschlag. Der Alte hingegen umarmte ihn. Wurde er sentimental? Wusste er nicht mehr, was vorgefallen war? Die zweite Kugel stammte damals nicht aus einer Polizeiwaffe …

»Gut siehst du aus, mein Freund!« Patour trat einen Schritt zurück und betrachtete Diconnne von Kopf bis Fuß. »Ganz im Gegensatz zu mir. Kommst du geradewegs von der Côte d'Azur? Hast einige Wochen auf deiner neuen Jacht verbracht?«, fragte er lächelnd. »Das ist vernünftig, wofür sonst das ganze Geld?« Eine Antwort erwartete er nicht.

Um noch mehr Geld zu machen, dachte Diconne, etwas anderes gibt es für den Alten nicht. Die Jahre im Knast hat er genutzt, das Vermögen der Strafvollzugsbeamten und der Mitgefangenen zu mehren (was für grässliche Wörter), legales und illegales Geld, Beute, gut versteckt und sicher angelegt, seine Provisionen waren garantiert höher als die eines jeden Finanzmaklers. Und manches wird er für sich selbst abgezweigt haben, unauffindbar, irgendwo sich selbst vermehrende Millionen …

»Auch der Vollbart steht dir ausgezeichnet, Diconne. Das graue Haar wirkt seriös, gut so, aber der Bart sollte gestutzt werden, sonst verwechselt man dich noch mit einem Araber, das kommt nicht gut an, besonders wenn du so braun gebrannt daherkommst, es macht den Leuten Angst. *Vous ne reconnaît pas un cochon.*«

Nein, es erkannte ihn wirklich kein Schwein, sie hatten die jüngsten Veränderungen mit Bekannten und sogar mit einer Software zur Gesichtserkennung getestet. Er hatte sich auch die Augenbrauen gestutzt und die Schlupflider beseitigen lassen. Aber Angst? Wer sollte ihn erkennen, besonders hier? Die einzige Gefahr bestand darin, dass der Alte observiert wurde, dass irgendein Profiler an ihm dranhing. Aber wer sollte den auf den Trail schicken? Der Alte war umsichtig. Im Knast hatte er alle Mithäftlinge danach befragt, wie man ihnen auf die Schliche gekommen war. In Sachen Methodik und Strategie war er unschlagbar. Nur ein Zufall hatte damals ihr Projekt zu Fall und Patour in den Knast gebracht.

Er griff nach der Speisekarte und blätterte uninteressiert darin herum. Er kannte sie alle, die besten Restaurants in London, Madrid, Rom, Paris und jetzt hier – in Neustadt an der Weinstraße. Es langweilte ihn, die Blasiertheit der Köche und das Getue des Personals gingen ihm auf den Geist. Doch es gehörte dazu.

Sie bestellten – der Alte war Vegetarier geworden, aber Fisch aß er noch. Dann kam er zum Thema, »Wie weit sind wir? Steht die Organisation vor Ort?«

Diconne griff mit gesenktem Blick in die Tasche seines Sakkos und holte ein Blatt Papier hervor, schob Platzteller und Besteck beiseite und strich das Organigramm glatt: »Die Feldforschung ist fast abgeschlossen. Die Namen und Objekte sind bekannt, weitere folgen, die Dokumente erhalten wir nach den ersten Gesprächen. Jeder weiß, was zu tun ist, die Aufgaben sind verteilt. Nur an den Behörden und der Politik muss noch gearbeitet werden. Das besprechen wir besser nicht hier. Außerdem sollten die Aufkäufer dabei sein.

Mich interessiert vielmehr, ob du unsere …«, er suchte nach dem passenden Wort, »unsere Freunde gefunden hast?«

»Nichts einfacher als das. *Rien de plus facile.* Wir könnten nachher vorbeifahren. Wir haben sogar jemanden für die Nahaufnahmen. Spricht fließend Deutsch.«

»Ich vermute mal, dass es diese Frau ist?«

»Treffsicher wie immer.«

»Großartig. Und – hast du dir schon was für sie überlegt?« Es war klar, dass der Alte diesmal nicht die Frau meinte.

»Allerdings.« Diconne grinste und war sich seiner Überlegenheit bewusst. »Wasser, das ist es … Ohne Wasser kein Wein! Das ist nur als erster Schritt gedacht, danach …«

»Dann legt los.«

Der Kellner trat an ihren Tisch. »Wasser, meine Herren? Mit oder ohne Kohlensäure?«

1. Kapitel

Elwedritschen

Sie wollte nicht aufwachen, sie wehrte sich, von diesem entsetzlichen Ton aus dem Schlaf gerissen zu werden, und klammerte sich an einen diffusen Traum. Todmüde zog sie sich das Kissen über den Kopf, doch der Ton durchdrang die Daunen.

Und da war Philipps Hand: »Verena, dein Telefon«, murmelte er, und genauso nervig tätschelte er ihren Arm. »Wach auf!«

Weder wollte sie geweckt noch gestreichelt werden, sie empfand seine Berührung als unerbittlich. Erst nach Mitternacht waren sie ins Bett gekommen: die Vernissage, die Gäste, viele Gesichter, Kunstbeflissene und Journalisten, hundert Gespräche, Smalltalk und Klugscheißer, und als Gastgeberin hatte sie präsent zu sein. Es war ein Erfolg, klar, für sie und für Hélène. In ihrem Kopf war alles durcheinander und schien an diesem Morgen unwirklich ... Aber der Klingelton kannte keine Gnade. Es musste, ja, es konnte nur etwas Unangenehmes sein, so rabiat, wie er in ihr Ohr eindrang.

Verena blinzelte, der erste Schimmer des Morgens zeigte sich hinter dem Vorhang, und die Vögel machten schon wieder Krach, ohrenbetäubend ihr Gezwitscher. Unwillig befreite sie sich vom durchgeschwitzten Laken, es war bereits jetzt widerlich heiß, griff nach dem Smartphone und schaute aufs Display – die Nummer des Anrufers wurde unterdrückt. Da erlaubt sich jemand einen üblen Scherz, dachte sie grimmig, eine Unverschämtheit war das. Oder war etwas mit ihrem Vater? Das allerdings wäre der einzige Grund …

»Was ist? Wer ist dran?«, murmelte Philipp Achenbach neben ihr, wälzte sich auf die andere Seite und zog sein Laken über den Kopf.

»Keine Ahnung«, sagte Verena mit beschlagener Stimme, räusperte sich und tippte auf den grünen Punkt. »Wer ist da?«

»Frau Baederle?«, fragte eine männliche, hellwach klingende Stimme. »Frau Veronika Baederle-Achenbach?«

Wieso sprach sie der Anrufer mit einem falschen Vornamen an? Galt der Anruf nicht ihr? »Was wollen Sie – mitten in der Nacht?«

»Hier Polizeiobermeister Schleichmeier!«

Schlauchmeier? Was für ein blöder Name – was die Leute sich einfallen ließen, und witzig fanden sie es obendrein, andere aus dem Schlaf zu reißen. Schlaumeier? Und dazu noch Polizeiobermeister? »Lassen Sie den Quatsch!« Ärgerlich drückte Verena das Gespräch weg. Dieser Meier sollte sich schleichen, am besten zum Teufel. Sie legte das Smartphone zurück auf den Nachttisch und überlegte, das Gerät abzuschalten, als der Klingelton erneut ertönte. Sie zögerte. Wenn sie sich weiter ärgerte, würde sie kaum wieder einschlafen, also nahm sie das Gespräch an, holte tief Luft, um dem Anrufer eine passende Antwort zu geben.

»Es geht um Ihre Galerie, Frau Baederle-Achenbach, um die Galerie Südstern, hier in Bad Dürkheim!« Es war dieselbe Stimme wie zuvor, nur klang sie jetzt befehlsmäßig. »Bei Ihnen ist eingebrochen worden! Gestern war bei Ihnen Eröffnung, soweit ich weiß, und wie es aussieht, wurden sämtliche Bilder abgenommen, und – abtransportiert, wie mir Ihre Nachbarin, Frau … äh …«

Der Anrufer zögerte, schien sich irgendetwas versichern zu wollen, Verena vernahm dumpfes Stimmengemurmel im

Hintergrund. »Frau Dehmel, ja?«, sagte der Anrufer und machte eine Pause, anscheinend um seine Worte wirken zu lassen, und wiederholte den Namen.

Frau Dehmel gab es wirklich, die Familie wohnte im Haus neben der Galerie, die Nachbarn waren selbstverständlich auch bei der Vernissage dabei gewesen – bei diesem besonderen Ereignis für Bad Dürkheim –, weniger aus Interesse an der Kunst, vielmehr aus Neugier. Dann gab es diesen Schleimmeier wirklich? Verena versuchte ihre Gedanken zu sortieren. »Sie sind tatsächlich Polizist?« Gänzlich war sie noch nicht überzeugt.

Es war eingebrochen worden, bei ihr? So ein Quatsch. Wen hatte sie denn ausgestellt? Lokale Künstler und zurzeit eine Künstlerin, und wenn das stimmte, wenn tatsächlich … Doch was war in ihrer Galerie zu holen? Wohl kaum die Acrylbilder von Waltraud, äh … von Hélène, wie sie sich nannte? Oder gar die wunderbaren Vasen, die sie in Murano so günstig erstanden hatte? An ihren allzu niedrigen Wänden hingen keine alten Meister, kein Degas, kein Feininger oder gar ein Ambroise Dubois der manieristischen Schule von Fontainebleau. Eigentlich schade. Bei ihr standen die Keramiken von Giesela, die vierzig Zentimeter hohen Plastiken von Rolf Sommer, und ausgestellt waren die Acrylbilder von Hélène Haller, die in Wirklichkeit Waltraud hieß und mit HH signierte …

»Eingebrochen?«, fragte Verena. »Bei mir?«

»Sehr richtig!«, sagte der Polizist inzwischen ungehalten. »Ein-ge-bro-chen! Haben Sie es endlich begriffen?«

»Und die Bilder sind weg?« Unglauben mischte sich mit Entsetzen. »Alle?«

»Das jedenfalls gibt Frau Dehmel an. Leere weiße Wände. Da hängt nichts mehr, nicht ein Bild. Gestern bei der …«, er zögerte, als dächte er darüber nach, wie man das Wort Vernissage ausspricht, »bei der Eröffnung Ihrer … Ausstellung seien noch alle da gewesen. Und die Ladenkasse steht offen …«

Absurd. Einfach idiotisch. Da war so gut wie nichts dringeblieben. Eintritt hatten sie nicht genommen, und das Geld von den Verkäufen würden sie erst am Ende der Ausstellung erhalten. Verena versuchte, den Gedanken eines Einbruchs an sich heranzulassen, ein Angriff auf ihre … Provinzgalerie? Völlig absurd.

Ganz ehrlich gesagt waren die Bilder von Hélène Haller alias Waltraud das Risiko, bei einem Einbruch geschnappt zu werden, kaum wert. Sie hatte Hélène helfen, ihren Namen bekannt machen wollen (natürlich nicht ganz selbstlos), der Mann vom Wochenblatt und der von der Rheinpfalz waren da gewesen, das lokale TV, sie würden morgen berichten, Internetblogger, gut für sie, sehr gut für Hélène – aber unter diesen Umständen?

»Es wird Zeit, dass Sie herkommen, Frau Baederle …«, das »Achenbach« schob er widerwillig hinterher. »Wie lange brauchen Sie?«

Anscheinend wusste dieser Schlaumeier – sie grinste innerlich beim Gedanken an seinen Namen und versuchte, sich den Mann vorzustellen –, dass sie auf dem Weingut Achenbach & Stern lebte. Für die zehn Kilometer bis ins Zentrum von Bad Dürkheim würde sie höchstens eine Viertelstunde benötigen. Das sagte sie diesem Schlauchm… diesem Polizisten. Sie schwang die Beine aus dem Bett.

Inzwischen war Philipp halbwegs wach. »Wozu brauchst du eine Viertelstunde?«, fragte er schlaftrunken.

Verena zog die Vorhänge zurück und ließ den Morgen herein. »Ich brauche dich«, sagte sie, »sofort!« Und sie wiederholte, was dieser Schleim- oder Schlauchmeier gesagt hatte.

Kaum fiel das Wort vom Einbruch, hatte Philipp Achenbach die Füße am Boden, stand auf, griff nach dem Bademantel und taumelte ins Bad, während Verena noch versuchte, das Gehörte in ihrem Kopf zu sortieren. Mein Mann ist ein Phänomen, dachte sie und sah ihm nach. Er ist immer da, ist immer präsent; kaum geschieht etwas, reagiert er, funktioniert, sucht und findet Lösungen, stellt Verbindungen her, zögert nicht, sich einzubringen. Und Thomas, sein Sohn, ihr Stiefsohn, war ähnlich, nein, fast schlimmer, sagte sie sich, und weniger diplomatisch. Nun gut, wie soll er auch sein, wenn der Vater es ihm ein Leben lang vorgemacht hat.

Sie dachte daran, Thomas zu wecken, bis sie sich erinnerte, dass er wieder in Saint-Émilion war, bei seiner Freundin Simone. Er würde erst am frühen Abend zurückkehren. Eigentlich hatten Philipp und sie geplant, ihre Tour durch die Pfalz zu beginnen, seit Langem hatten sie sich das vorgenommen: bei den besten Winzern wollten sie vorbeischauen, in die Geschichte eintauchen, wandern, Zeit füreinander haben, ohne den Besserwisser Thomas und ihren Teilhaber Manuel. Wie oft hatte sie diesen Wunsch geäußert! Jetzt endlich hatte sie Philipp so weit – und nun das! Ein Einbruch? Sie glaubte es noch nicht. Für den Abend erwarteten sie Kunden, ein Ehepaar, Restaurantbesitzer aus Düsseldorf, die sich ihr Weingut ansehen wollten. Selbstverständlich würde verkostet, es würde wie üblich über Wein geredet und spät werden – und sie würden die Reise wieder verschieben müssen. Es war zum Verzweifeln.

Philipp hatte Manuel längst geweckt und ihn über das Geschehene informiert. Er würde die Schafe aus dem Stall lassen und sie in den Teil des Weinbergs treiben, den sie gestern mit dem Elektrozaun abgeteilt hatten. Ursprünglich war das ihre Aufgabe gewesen, sie war die Schäferin hier, sie hatte mit dem Experiment begonnen, doch mit der Zeit hatte Manuel daran Gefallen gefunden und ihr die Arbeit mit den kleinen bretonischen Quessants aus der Hand genommen, wofür sie ihm dankbar war. Inzwischen hatte Efe, ihr Mitarbeiter aus Nigeria, die Aufgabe übernommen, er hatte einen Narren an den Schafen gefressen und war feinfühlig genug für die kleinen Tiere, die ihnen viel Arbeit abnahmen. Sie hielten den Bewuchs im Weinberg niedrig, erledigten die Unterstockarbeiten, was ihnen den Einsatz von Glyphosat ersparte, fraßen die Wasserschosse, und dabei düngten und belüfteten sie mit ihren kleinen Hufen den Boden.

Während Verena sich unter dem kalten Wasser der Dusche erholte, dachte sie daran, dass Thomas die Geduld, die er den Weinstöcken entgegenbrachte, für die Tiere nicht aufbrachte. Er war zu schnell, wollte immer zu viel (was sein Vater natürlich anders sah), und Grigoriy, ihrem ukrainischen Praktikanten, waren die kleinen Schafe unheimlich. Efe hingegen, den sie, völlig verzagt, aus einer Unterkunft für Geflüchtete befreit hatten, machte sich prächtig und sprach mit den Quessants auf Yoruba, was bis auf die Schafe hier niemand verstand.

Die aufgehende Sonne ergoss ihr blendend weißes Licht über die bis zum Pfälzer Wald bestockte Ebene, als sie den Hof verließen und in die Landstraße einbogen. Es wird wieder ein heißer Tag werden, vermutete Philipp, viel zu heiß für Ende Mai, viel zu trocken, ihnen würde nichts anderes übrig bleiben, als höher liegende und geneigte Flächen künstlich zu bewässern. Der Regen im Vorjahr hatte nicht die erwartete Entspannung gebracht. Laut Zeitungsberichten trockneten auf den Höhen des Pfälzer Waldes bereits die ersten Quellen aus. Besonders die Neuanlagen am Libellenberg mit Manuels jungen Weinstöcken litten, und das, obwohl der Sommer nicht einmal begonnen hatte. Manchmal fürchtete Philipp sich vor der Zukunft, er sorgte sich, wie es weitergehen sollte, nicht nur für sie, sondern für alle Kollegen, und nicht nur hier in der Pfalz, nicht nur hier in Deutschland, nicht nur … Auch unter diesem Gesichtspunkt sah er die Reise positiv, sicherlich ließ sich von den Erfahrungen der Kollegen profitieren. Aber vorerst musste ein anderes Problem gelöst werden.

»Deine Hélène fällt in Ohnmacht, wenn sie erfährt, dass ihre Bilder verschwunden sind«, sagte Philipp – sie würde sicher theatralisch werden oder einen hysterischen Anfall bekommen. Innerlich zuckte er mit den Schultern, aber das durfte er nicht zeigen, er musste sich jede Reaktion verkneifen. Er wusste, wie sensibel Künstler auf Kritik reagierten, und ganz besonders Waltraud-Hélène Haller, wie er sie im Stillen mit Doppelnamen nannte. Thomas und Manuel wussten, wie er wirklich über sie dachte, und auch die beiden hielten sich Verena gegenüber bedeckt. Wer würde diese Bilder klauen, Acryl und Aquarelle, alles heimische Motive? Es war keine große Kunst, obwohl gestern bereits drei Bilder verkauft worden waren. Er hatte die roten Punkte an den Rahmen gezählt.

Würden sie wirklich bezahlt werden? Oder hatte Waltraud-Hélène die Punkte selbst auf die Rahmen geklebt, um sich interessanter zu machen? Das fragte er sich, als sie durch die im milchigen Morgennebel liegenden Weinberge auf Bad Dürkheim zufuhren: Hitze und Feuchtigkeit, das beste Biotop für Mehltau. Eine Vertraute Verenas und Hélène würden sich während ihrer Reise um die Galerie und ihre Bilder kümmern, der Pfälzer Wald in Acryl, zwei Burgen im Abendrot und das Hambacher Schloss, bei äußerst gutem Willen von Caspar David Friedrich inspiriert, dachte Philipp böse, aber näher dran: Wälder, Wege im Wald, die Wachtenburg im Abendlicht, Brücken über plätschernden Bächen, die Kapelle auf der Kleinen Kalmit und sogar eine Stadtansicht mit Brunnen: golden strahlende Elwedritschen, die freundlichen Fabelwesen von rechts und links, sowie Neustadt von oben, vom Bürgergarten aus gesehen, einer Ersten Lage.

Philipp mochte die Haller nicht, auch nicht ihre Art, sich als *die* Heimat- und Landschaftsmalerin zu gebärden, und hatte sich gestern notgedrungen zusammengerissen, was er weder die Malerin noch seine Frau und schon gar nicht die Besucher der Vernissage hatte merken lassen. Er empfand Waltraud-Hélène als anmaßend, sie hielt sich für besser, als sie war, obwohl er wenig von Malerei verstand und sich tunlichst aus Verenas Angelegenheiten heraushielt. Schließlich hatte *sie* Kunstgeschichte studiert und nicht er! Besonders vor der Reise wollte er jede Art von Verstimmung vermeiden. »Ich verstehe davon nichts!«, war eine seiner Ausreden. »Wie soll ich das beurteilen?« eine andere. »Es spricht mich nicht so an«, hätte wieder als wertend betrachtet werden können. Bilder gefielen ihm oder nicht, das war nicht nur bei ihm so. Ein Wein gefiel, oder er gefiel nicht, es war lediglich an den Experten, darüber zu urteilen, sich zu Qualität und Machart zu äußern. Thomas war der Ansicht, dass die Technik die Spiritualität verdrängte, wenn es sie überhaupt gab.

Was würde jetzt aus ihren Reiseplänen? Wenn der Tag so begann, was käme dann noch auf sie zu? Morgen hatten sie starten und in Bad Bergzabern übernachten wollen, dort sollte ihre Schlösser-, Burgen- und Weingütertour beginnen, seit Langem freute sich Verena darauf, und er durfte und wollte ihr die Freude auf keinen Fall verderben. Zu den Winzern, die auf seinem Programm standen, würde sie nicht mitkommen, das war geklärt. »Bitte keine Keller mehr!«, wiederholte sie. Die Nuancen des Weißburgunders bedeuteten ihr wenig, wenn nicht sogar gar nichts, Chardonnay war ihr eh zu flach, ob Sauvignon blanc nun grasig wirkte, nach Holunder schmeckte oder vielleicht sogar nach Grapefruit, war ihr gleich.

Aber erst einmal musste Thomas aus Saint-Émilion zurück sein. Philipp war gespannt, was er zu berichten hatte, es gab da gewisse Andeutungen, wie es mit dem Weingut von Martin Bongers und seiner Patentochter Simone weiterging. Seit Thomas sie an der Rhône unter dramatischen

Umständen kennen- und lieben gelernt hatte, führten beide eine Fernbeziehung, keiner konnte (oder wollte) sich bisher für einen endgültigen Standort entscheiden. Simone war für Martin und ihr Weingut unabkömmlich, während er hier zumindest auf Manuel zählen konnte. Und auf Efe, denn solange muslimische Banden in Nigeria wüteten, würde auch er bleiben. Ruhe kehrte in jenem Land vorerst nicht ein.

Das rotierende Blaulicht eines Polizeiwagens riss ihn aus seinen Gedanken.

»Konnten sie das nicht abschalten?«, zischte Verena böse, die während der Fahrt geschwiegen hatte. »Das macht die gesamte Nachbarschaft rebellisch. Wie peinlich. Da, sieh, da stehen sie schon und lechzen nach Neuigkeiten!«

Die Gruppe der Schaulustigen, die sich an einem der beiden Polizeiwagen versammelt hatte, umfasste etwa zehn Personen. Trotz der frühen Stunde wurde eifrig mit den Uniformierten diskutiert oder auf sie eingeredet – wahrscheinlich hatte jeder seine eigene Theorie zu dem merkwürdigen Diebstahl.

Es war schon etwas Besonderes, so ein Einbruch in eine Galerie. Das hatte das Städtchen noch nicht erlebt. In Köln, wo Philipp und Thomas die meiste Zeit ihres Lebens verbracht hatten, gehörte das zwar nicht zum Alltag, aber das Heulen von Martinshörnern zerriss des Nachts häufig die Stille. Halt dich zurück, sagte sich Philipp, das ist nicht deine Veranstaltung, halt dich raus, das hier ist Verenas Angelegenheit.

»Frau Schröter ist auch schon da«, sagte Verena voller Ingrimm und starrte der Frau nach, die gegenüber wohnte. Sie wusste, dass die Nachbarin nichts von Künstlern hielt, egal, ob sie musizierten, Bücher schrieben oder malten, doch jetzt ging sie mit einer riesigen Kaffeekanne von einem zum anderen, verteilte Plastikbecher und schenkte ein. So machte man sich beliebt. Das Ganze glich mehr einer Bürgerversammlung über die Erweiterung der städtischen Radwege statt der Besichtigung eines Tatortes. Und Frau Schröter spielte Versammlungsleiterin.

Vergeblich suchte Verena unter den Umstehenden nach Hélène Haller – hatte man sie schon informiert?

Als sie aus dem Wagen stieg, wandten sich alle aus der Gruppe ihr zu. Ein großer Kopf mit einer blauen Mütze stach daraus hervor. Das wird er sein, dieser Schleicher oder der Schlaucheimer, vermutete Verena und suchte verzweifelt nach dem richtigen Namen. Es würde reichen und nicht unhöflich klingen, wenn sie ihn mit »Herr Kommissar« anreden würde. Hatte er seinen Dienstgrad am Telefon genannt? Sie war zu schlaftrunken gewesen, um aufmerksam zuzuhören. Vielleicht würde »Hauptkommissar« ihm schmeicheln?

»Sie waren es, der mich angerufen hat, Herr ...«

»Schleichmeier, Polizeiobermeister.« Der große, unsympathische Mittvierziger mit den gelangweilten Augen und den nach unten weisenden Mundwinkeln nahm ihr die Peinlichkeit ab und gab ihr die Hand. »Gut, dass Sie endlich gekommen sind.« Der Vorwurf war nicht zu überhören. »Wir gehen am besten hinein und sehen uns den Schaden an.«

Verena nickte und schloss sich ihm klopfenden Herzens an. Sie kannte hier jeden Stein, jede Treppenstufe, jeden, der hier wohnte und der sie anfänglich mehr argwöhnisch als wohlwollend beobachtet hatte, als sie den Laden mit einem Angebot an Kunstgewerbe eröffnet und erst vor Kurzem zur Galerie umgestaltet hatte. Eine kleine Galerie war immer ihr Traum gewesen. Das Kunsthandwerk, der Verkauf, war lediglich ein erster Schritt in diese Richtung gewesen. Es war damals genauestens zur Kenntnis genommen worden, als sie sich vor zehn Jahren mit Philipp zusammengetan hatte: zwei Fremde, beide nicht von hier, beide schon in fortgeschrittenem Alter, sie ledig, keine Kinder, er geschieden, ein Sohn, welche Schlüsse die Nachbarn auch immer daraus gezogen hatten.

Vorsichtig, als bestünde die Gefahr, auch jetzt noch auf Einbrecher zu treffen, ging Verena auf die hintere Tür zu. »Haben Sie die Künstlerin noch nicht verständigt?«

»Welche Künstlerin?«, fragte der Polizeiobermeister. »Sie meinen die Malerin, deren Bilder hier gezeigt wurden?«

»Ja, Hélène Haller.« Empört hielt sie den Polizisten am Ärmel fest. »Schließlich ist sie betroffen.«

»Wir halten uns erst mal an Sie, Frau Baederle.« Verschnupft machte er sich los und blieb stehen. »Die Einbrecher werden mit dem Fahrzeug bis an die Tür gefahren sein und sie aufgehebelt haben. Da hatten sie einen kurzen Weg, um die Bilder rauszubringen.« Schleichmeier bückte sich und wies auf die Spuren, die der Kuhfuß am unteren Rand der Tür hinterlassen hatte. »Einbruchsicher ist das hier nicht. Ich halte das für fahrlässig. Sie hätten zu uns kommen sollen, wir beraten selbstverständlich auch Geschäftsleute in Sicherheitsfragen. Ich hoffe, dass Sie versichert sind. Waren die Bilder kostbar?« Erst jetzt schien er Philipp zu bemerken, der den beiden lautlos gefolgt war. »Was wollen Sie hier?«, fragte er barsch und vertrat ihm den Weg.

Verena stellte ihn vor: »Das ist Herr Achenbach, mein Mann.«

»Ach, der Winzer«, knurrte Schleichmeier, halbwegs besänftigt.

Gemeinsam betraten sie den langen Flur, der an dem winzigen Büro und der Abstellkammer sowie der Toilette vorbei zu den Ausstellungsräumen führte. In allen Räumen brannte Licht. Vorn, im großen Raum zur Hauptstraße hin, sahen sich zwei Uniformierte nach möglichen Spuren um. Allzu engagiert gingen sie nicht vor. Philipp hielt es nicht für besonders professionell. Was hätten sie auch finden sollen? Fingerabdrücke oder Fußspuren? Liegen gelassene Einbruchswerkzeuge?

»Sie werden Handschuhe getragen haben!«, meinte einer der Beamten.

Was für eine grandiose Erkenntnis, sagte sich Verena und verkniff sich den Kommentar.

»Aber Spurensicherung ist nicht unsere Aufgabe. Zuständig ist die Kripo Neustadt. Die wird irgendwann hier aufkreuzen«, fuhr der Beamte fort. »Wann? Fragen Sie mich das nicht. Das entzieht sich meiner Kenntnis.«

»Also trampeln Sie hier nicht herum und fassen Sie nichts an«, fügte der Polizeiobermeister in befehlsmäßigem Ton hinzu.

Aber es war nicht sein Blick, der Verena verunsicherte, es war die fremde Umgebung. Sie fühlte sich beobachtet und angestarrt von etwas, das es eigentlich nicht gab, etwas nicht Existentes und doch Vorhandenes, das nicht sein konnte, weil es das NICHTS war.

Die Leere starrte sie an, weiße Wände, fast blendend, an denen nicht ein einziges Bild mehr hing. Nur die Leisten, ganz oben, knapp unter der Decke, waren übrig, an denen noch bis vor wenigen Stunden, seit sie die Galerie Südstern abgeschlossen hatte, die Bilder gehangen hatten. Nur die zehn mal fünfzehn Zentimeter großen Schildchen mit dem Titel des jeweiligen Bildes, dem Preis und dem Namen der Künstlerin waren geblieben und komplettierten die Leere, sie unterstrichen ihren Eindruck. Also hatte auch das Nichts ein Format, einen Preis und einen Urheber.

Panik ergriff Verena, sie glaubte zwischen die nackten weißen Wände zu stürzen, als öffnete sich unter ihr das Nichts. Ihr wurde übel, hervorgerufen von einer Mischung aus Schuld und Angst. Sie war für Hélènes Bilder verantwortlich, die Malerin hatte ihr die Arbeit vieler Jahre anvertraut, ihr Werk. Und sie? Sie hatte versagt. Wie sollte sie das Hélène erklären? Himmel, was sollte sie ihr sagen? Wie würde sie reagieren? Für den späten Vormittag waren sie hier verabredet.

Immer noch starr vor Schreck tastete Verena mit der rechten Hand um sich, suchte nach Philipps Hand, doch da war nur eine fremde Hand, hart und unbekannt, die des Polizisten Schleichmeier, und entsetzt zog sie ihre Hand zurück.

»Ist Ihnen nicht gut?«, fragte der Polizist, plötzlich besorgt. »Sie sind ganz blass, besser, Sie setzen sich.«

Hinter dem kleinen Tresen stand ein Stuhl, dort befand sich auch die Kasse mit aufgezogener Schublade. Außer einigen Papieren war kein Euro, nicht einmal ein einziger Cent verblieben. Verena starrte in die leere Kasse. Gab es eine Steigerung für leer? Die Wände waren leer, die Kasse war leer, und sie selbst fühlte sich ähnlich. Glücklicherweise hatte sie wie üblich vor dem Gehen die Scheine eingesteckt, das tat sie immer, bevor sie den Laden abschloss.

»Wollen Sie Ihrer Frau nicht endlich mal ein Glas Wasser holen?«, pfiff der Polizist Philipp an. »Gehen Sie schon. Nicht, dass sie uns noch umfällt. Nun setzen Sie sich endlich, Frau Baederle!« Schleichmeier schob sie in Richtung Stuhl, während Philipp sich auf die Suche nach einer Flasche Selters machte.

»Was ist mit Spuren der Einbrecher? Haben Sie irgendetwas gefunden, das uns weiterhilft?« Philipps Frage, als er Verena das Glas überreichte, klang in ihren Ohren ungewollt scharf. Doch sie sah ihm an, dass es ihn ärgerte, dass Schleichmeiers Kollegen tatenlos herumstanden, sich mit Bekannten unterhielten, vielleicht sogar den Fall kommentierten, statt Ermittlungen aufzunehmen.

»Die Spurensicherung weiß Bescheid!« Schleichmeier blickte herablassend an Philipp herunter und wandte sich dann an Verena: »Wer wusste von den Bildern, Frau Baederle?«

Sie hielt die Frage für blödsinnig, eine Vernissage war eine öffentliche Veranstaltung. Es gab Einladungen, und wer sonst noch zufällig die Galerie betreten hatte, war nicht abgewiesen worden. »Es stand in der Zeitung, also wussten es viele.«

»Wie viele Besucher hatten Sie gestern hier? Wie viele Hände haben die Türklinken angefasst? Wo, bitte, soll man an einem quasi öffentlichen Ort nach Spuren suchen?« Sein Achselzucken und sein abfälliger Blick zeigten deutlich, dass er die Idee der Spurensuche für Schwachsinn hielt.

Verena drückte ihm die Gästeliste in die Hand, dann wandte sie sich an Philipp: »Was überlegst du? Ich seh doch, dass dir etwas aufgefallen ist.«

Philipp ließ sich nicht lange bitten und wies den Schlaumeier darauf hin, dass auch die Anordnung der wenigen Gegenstände in den Räumen Rückschlüsse auf das nächtliche Geschehen ermöglichte. »Neben der Spüle in der winzigen Teeküche stehen die geleerten Flaschen, darunter eine unseres fünf Jahre alten Rieslings. Den haben wir nicht ausgeschenkt. Den muss jemand aus dem Klimaschrank genommen haben, jemand, der etwas davon versteht, der weiß, dass Rieslinge mit gutem Potenzial mit dem Alter reifen und komplexere Geschmacksbilder entwickeln. Wir haben den Gästen nur den Jahrgang aus dem vorletzten Jahr eingeschenkt, von dem waren noch einige Flaschen übrig.« Philipp hielt dem Polizeiobermeister eine Flasche hin. »Nehmen Sie die Fingerabdrücke von genau dieser Flasche. Tun Sie's einfach! Meine sind sowieso dran, ich habe die Flasche eingeräumt. Möglicherweise ist es eine Spur, vielleicht auch nicht …«

Der Polizist schien längst nicht überzeugt, aber inzwischen standen so viele Zuhörer um ihn herum, dass er sich wohl nicht dem Vorwurf aussetzen wollte, untätig zu sein, und er ließ die Flasche von einem Untergebenen eintüten.

»War die … Künstlerin sehr bekannt, vielleicht sogar berühmt?«, fragte er dann.

»Ich wollte ihr dabei helfen, es zu werden.« Verena erinnerte sich daran, wie häufig Hélène sie nach ihren Pressekontakten gefragt hatte, insistiert hatte sie geradezu. Die Artikel in den beiden regionalen Zeitungen schienen ihr fast wichtiger als ihre Bilder. »Wenn du nicht in den Medien bist, gibt es dich gar nicht«, pflegte sie zu sagen.

»Was will sie eigentlich?«, hatte Verenas Stiefsohn Thomas gefragt. »Will sie Geld verdienen, berühmt werden oder Bilder malen? Was will sie?«

Obwohl Verena bereits auf dem Weg hierher Hélène auf den Anrufbeantworter gesprochen hatte, ohne das Ausmaß der Katastrophe zu kennen – sie hatte lediglich von einem Einbruch gesprochen –, war die Malerin noch nicht erschienen. Hätte Verena gewusst, was sie erwartete, hätte sie kaum den Anruf gewagt, schon allein, um sich nicht Schleichmeiers Vorwurf der Fahrlässigkeit auszusetzen.

»Wir haben nach zwölf gemeinsam die Galerie verlassen, also Hélène, ihr … äh … Begleiter, mein Mann und Manuel und ich natürlich.«

»Wer bitte ist Manuel? Ihr Sohn?«, fragte Schleichmeier.

»Nein. Manuel Stern ist Teilhaber des Weingutes, es heißt schließlich Achenbach & Stern. Mein Stiefsohn Thomas Achenbach ist in Frankreich und kommt heute Abend zurück.« Die Fragen des Polizisten regten sie auf, also fuhr sie schnell fort: »Wir alle waren nach dem stundenlangen Herumstehen todmüde. Ich habe zuletzt alle Türen kontrolliert, das mache ich immer.«

Sie war heilfroh gewesen, endlich nach Hause gehen zu können, nach den sich ewig wiederholenden Gesprächen über das Verständnis von Kunst, über Dilettantismus und Stil. Dann waren da Hélènes Malschülerinnen, gut situierte und meist gelangweilte Hausfrauen, nicht zu vergessen die Rentnerinnen, denen mehr an Selbsterkenntnis lag als an der Entwicklung ihrer Fähigkeiten. Und da waren noch die Kunstbeflissenen gewesen, die kein Ende hatten finden können. Und dabei hatte sie immer lächeln, sich alles anhören müssen, immer auch mit dem Gedanken ans Geschäft.

»Ich bin mit vierzig Prozent an den Verkäufen beteiligt. Somit bin auch ich geschädigt.«

»Es ist anzunehmen, dass Sie versichert sind, Frau Baederle?«

»So ist es.« Sie war es endgültig leid, ausgefragt zu werden, und wandte sich ab. Sie schaute in die Ecke, wo Philipp die Weinkisten gestapelt hatte. Im Gegensatz zu anderen Galerien, wo Kosten gedrückt und billige Weine ausgeschenkt wurden, nutzte er die Gelegenheit, Kunden und Gäste von seinen Weinen zu überzeugen. Die leeren Kisten ließen darauf schließen, dass fast alle Rieslinge und Grauburgunder verkauft worden waren. Oder hatten die Diebe den Rest mitgenommen? Sie schaute in den Kühlschrank, ergriff eine angebrochene Flasche Weißburgunder und schenkte sich ein Glas ein. So früh etwas zu trinken, war sie nicht gewohnt, und sofort fühlte sie sich beschwipst. Was für ein angenehmes Gefühl, auf diese Weise auf Distanz zu gehen.

Philipps Winzerkollegen waren die angenehmsten Gäste gewesen. Sie gaben ehrlich zu, von Malerei nicht das Geringste zu verstehen, ein Bild sprach sie an, ein anderes gefiel ihnen eben nicht, und bei den Aquarellen der Weinberge und Rebgärten im Abendrot, in flimmernder Hitze und im Morgennebel drehten sich die Gespräche darum, um welche Lage es sich womöglich handelte und wo die Staffelei gestanden haben mochte. Und man stritt ohne Ernst, ob es dieser Weinberg verdient habe, auf diese Weise dargestellt zu werden, denn der Winzer habe … Und schon waren die Weinmacher wieder bei ihrem Lieblingsthema angekommen: dem Wein.

Gegen elf Uhr erschien Renate Körner, die angeboten hatte, sie in ihrer Abwesenheit zu vertreten. Philipp war längst zum Weingut zurückgefahren, um Manuel bei der Tagesarbeit zu unterstützen. Außerdem wollte er nach Efe und den Schafen schauen. Mit dem Experiment hatten sie im letzten Jahr begonnen. Verena hatte zufällig davon gehört und das Weingut Jean Buscher in Hessen besucht, wo man damit Erfahrung hatte. Sie hatte es rasch zu ihrer Sache gemacht und dadurch auf dem »Weingut der drei Männer«, wie sie es nannte, an Gewicht gewonnen und auf diese Weise vieles über die Pflege der Weinstöcke und die Wiederaufarbeitung von Böden gelernt.

»Was für eine Katastrophe!« Empörung sprach aus der Stimme von Renate Körner, mit gerecktem Hals die leeren Wände betrachtend, als wäre Verena für das Verschwinden der Bilder verantwortlich. »Gestern waren sie noch hier! Wer kommt auf eine derart schwachsinnige Idee, sämtliche Bilder zu stehlen? Und nicht eines ist geblieben? Die tollsten waren sie ja nun nicht gerade.«

Ein Bedauern über das Vorgefallene konnte Verena den Kommentaren nicht entnehmen. Was zählte, war die Sensation. Sie nahm das Gesagte mit einem gequälten Lächeln hin. Die Körner, wie sie in Hélènes Malkurs genannt wurde, hielt ihre eigenen Werke sowieso für die besten und gab bei jeder Gelegenheit damit an, welche Kunstausstellungen sie besucht habe, sei es in Frankfurt, in Karlsruhe, Basel und sogar in Berlin. Sie hätte eher mit der Geldsumme angeben können, die sie für Farben, Leinwand und Pinsel ausgab.

Obwohl Verena die Körner recht gut durchschaute, war sie ihr dankbar, dass »die liebe Renate« sich angeboten hatte, die Galerie während der Reise entlang des Pfälzer Waldes für die Nachmittagsstunden offen zu halten. Das Geschäft mit dem lokalen Kunstgewerbe musste weitergehen. Und morgen würden sich nach den Artikeln in den Lokalzeitungen hier die Neugierigen auf die Füße treten.

»Unter diesen Umständen kann ich dir leider nicht mehr helfen, meine liebe Verena, das musst du verstehen, so leid es mir tut«, trompetete die Körner für alle hörbar. »Aber mich mit der Polizei und womöglich mit Räubern herumzuärgern und irgendwelchen Besuchern erklären zu müssen, was hier vorgefallen ist, meine Liebe, wobei ich das selbst noch gar nicht begreife – das geht zu weit. Dazu fehlen mir die Nerven. Nein, das kann ich nicht, nicht unter diesen Umständen.« Sie wandte sich zum Gehen, machte einige Schritte in Richtung des Hinterausgangs, wo Schleichmeier Nachbarn befragte, und kam zurück, sich gänzlich der Bedeutung ihrer Wichtigkeit bewusst.

Verena starrte ihr entgegen, mit sich hadernd, ob sie enttäuscht, wütend oder erleichtert sein sollte. Um eine Erkenntnis jedenfalls war sie reicher, dass in der Krise nur auf wenige Verlass war. Das jedoch nutzte ihr jetzt gar nichts.

»Ich bin sicher, du findest einen Ersatz«, sagte die Körner mit erhobenen Augenbrauen, »bei euren vielen Beziehungen hier im Ort und bei den Leuten, die ihr kennt – und so beliebt, wie du überall bist.«

Letzteres war ein Gefühl, das Verena völlig fremd war. In einer Mischung von Erstaunen und Erschrecken nahm sie wahr, dass die Körner näher trat, sie auf beide Wangen küsste, sich umwandte und die Galerie verließ.

Was nun?, überlegte Verena, während sie der Frau nachblickte oder vielmehr in den luftleeren Raum starrte, den sie hinterließ. Pech haben, bestohlen werden, der Blamage bei ihrer ersten Ausstellung ausgesetzt sein und schließlich versetzt werden – das war zu viel. Sie setzte sich wieder auf den Stuhl hinter der leeren Kasse. Nein, die Reise mit Philipp, auf die sie sich seit Wochen freute, würde sie nicht aufgeben. Sollte sie die Galerie zumachen, ein Schild ins Fenster hängen, »Wegen Diebstahls geschlossen«, und sich um nichts weiter kümmern? Aber es handelte sich nicht um ihre Bilder, es waren Hélènes Werke.

Wieder erschienen Nachbarn, stellten Fragen, auf die Verena keine Antwort wusste, verlangten nach Erklärungen, die sie nicht geben konnte, Mutmaßungen wurden geäußert, Theorien aufgestellt und auch ehrliches Bedauern ausgedrückt. Unter den Bekannten waren zwangsläufig auch die Bewohner der beiden oberen Etagen dieses Hauses. Leonie war eine von ihnen, die Tochter des Hausbesitzers, eine ziemlich attraktive junge Frau.

Sie hatte sich bisher im Hintergrund gehalten, still zugehört, nur ihrem aufgeschlossenen und neugierigen Blick war Verena gestern einige Male begegnet, und mit Manuel hatte Leonie sich angeregt unterhalten. Jetzt erst wurde Verena bewusst, mit welcher Selbstverständlichkeit sich Leonie hier bewegt hatte. Sie war nah an die Bilder herangetreten, hatte genau hingesehen und hatte sich wieder zwei Schritte entfernt, als prüfte sie die Wirkung auf sich – geradezu fachmännisch. Ob ihr die Bilder gefallen hatten, war ihr nicht anzumerken gewesen.

Jetzt wirkte sie anders, so als nähme sie Anteil am Ereignis, als wäre sie unschlüssig, kehrte von den geradezu aggressiv leeren Wänden zum Angebot an Kunstgewerbe zurück, nahm die verschiedenen Objekte in Augenschein, fasste sie an und prüfte. Aber was? Sie musste sich schon länger in der Galerie aufgehalten haben, so lange, dass Verena, in immer gleiche Gespräche vertieft, immer dieselbe Geschichte erzählend, sie letztlich gar nicht mehr bemerkt hatte. Sie hätte auch nicht sagen können, ob Leonie den Auftritt der Körner aus der Nähe miterlebt hatte, was jedoch im nächsten Moment klar wurde.

»Ich hätte Zeit, Frau Baederle, ich könnte mich um Ihre Galerie kümmern«, sagte sie in einen Moment der Stille hinein. »Ich hätte Lust dazu. Ich habe noch Resturlaub, den muss ich nehmen, sonst verfällt er. Ich stelle mir das hier recht interessant vor. Kunst und Wein haben mich schon immer interessiert.«

Verwundert hörte Verena diese Worte. Der erste Lichtblick? Sie wusste, dass Leonie bei einer Consulting-Firma arbeitete, die biotechnische Unternehmen beriet. Was genau sie dort machte, danach hatte Verena nie gefragt, aber Leonie arbeitete sicher nicht in der Registratur.

»Mir würde es Spaß machen, es wäre eine schöne Abwechslung bei all dem technischen Kram, mit dem ich mich sonst herumschlage. Und Ihnen wäre geholfen. Lassen Sie mich machen, ich arbeite auch auf Provisionsbasis, und mit der Polizei …«, sie rümpfte die Nase in Richtung Schleichmeier, »mit so einem werde ich fertig.« Sie grinste frech. »Die Diebe werden kaum wiederkommen, jetzt, wo nichts mehr zu holen ist. Oh, Entschuldigung, das war nicht besonders mitfühlend …«

»Schon gut«, antwortete Verena, noch verwirrt von dem plötzlichen Angebot, das sie mit einem Schlag ihrer Sorgen entledigen würde und die Reise rettete, und ohne viel nachzudenken, willigte sie lächelnd ein. Sie mochte die junge Frau. Ein Teenager war sie gewesen, als sie den Laden eröffnet hatte, fast noch ein Kind.

Schnell war man sich einig, praktische Fragen holten Verena aus der Leere, und sie sah wieder Bilder an den Wänden.

Alles war besprochen, am Nachmittag würde sie mit Leonie den Kampf gegen die Leere aufnehmen. Sie war gerade dabei, Ware aus dem Keller zu holen, als die Künstlerin aufkreuzte, mit prallen Segeln bei Windstärke neun bis zehn, mit Begleiter im Schlepptau und eine Monsterwelle voller Vorwürfe vor sich herschiebend. So zog man die Aufmerksamkeit aller auf sich: Seht her, hier ist die leidende Künstlerin, Hélène Haller, die sich aufgeopfert hat und der von frevelnder Hand ihr Werk geraubt wurde.

Drohend baute sie sich vor Verena auf: »Was ist hier passiert?« Sie blickte die weißen Wände an, drehte sich einmal um sich selbst, alle Blicke auf sich gerichtet wissend, schritt in den Flur, der in seiner strahlenden Kahlheit nur trostlos wirkte, breitete mit weit aufgerissenen Augen fragend die Hände aus und betrachtete sogar den glänzenden Dielenboden vorwurfsvoll, als hätten auch hier ihre Bilder gelegen. Dann wandte sie sich abrupt Verena zu, die ihr zerknirscht und mit schlechtem Gewissen gefolgt war.

»Was soll das?«, fragte sie theatralisch von oben herab, sich des Mitleids aller bewusst. »Was ist mit meinen Werken geschehen? Du hast sie doch nicht etwa abgehängt?« Eine lächerliche Vermutung, doch mit Feindschaft in der Stimme. Leise und auf das Folgende gespannt, hatten sich die Anwesenden in diskretem Abstand um sie geschart. Lediglich einer der Polizisten war noch zugegen, der die Szene verständnislos betrachtete. Schleichmeier hatte sich davongeschlichen.

Hätten Rembrandt, Franz Marc oder Chagall die Frage nach dem Verbleib ihrer Werke gestellt, Verena hätte durchaus Verständnis dafür gehabt, aber die Bilder von Waltraud – denn letztlich war sie Waltraud und nicht Hélène – als »Werke« zu bezeichnen, schien doch ein wenig gewagt. Sie merkte, wie in ihr Widerwille aufstieg. Sie erinnerte sich zu gut, wie Waltraud darum gebettelt hatte, unter ihrem Künstlernamen in ihrer Galerie ausstellen zu dürfen. »Ich werde dir immer dankbar sein«, hatte sie noch gestern Abend in ihrer Eröffnungsrede geflötet. Allem Anschein nach war sie die Einzige in Bad Dürkheim, die sich dazu bereit erklärt und sich die Arbeit mit Werbung, dem Druck von Prospekten und den Einladungen gemacht hatte. Zuletzt war alles auf Waltrauds Wunsch hin versichert worden. Darum hatte Philipp sich gekümmert.

»Mein Werk! Mein Werk der letzten Jahre – alles weg? Verloren! Alles verschwunden? Spurlos? Was sagt die Polizei?«

»Nichts«, antwortete Verena, viel zu kleinlaut für ihr eigenes Empfinden. »Noch nichts«, schob sie etwas energischer nach.

»Welches verbrecherische Gehirn denkt sich eine solche Untat aus, so eine Schweinerei? Wie stehe ich jetzt da?« Mit diesen Worten sah Waltraud sich um, bei den Umstehenden um Mitleid heischend, doch Verena nahm Befremden und Irritation wahr, das Lamento schien nicht gut anzukommen.

In einer Gebärde des Leidens breitete die Künstlerin ihre Arme aus, im Versuch, die Dramatik des Auftritts weiter zu steigern. »Und du, Verena, du hast das alles nicht gesichert? Wie stümperhaft. Ich hätte mir eine andere Galerie suchen sollen. Habt ihr etwa die Türen offen gelassen? Wer ist zuletzt gegangen? Etwa Manuel? Der schien mir ziemlich angetrunken gewesen zu sein …«

»Du kennst hier alles, jeden Raum, wir haben alles begutachtet«, warf Verena ein, »alles war besprochen, du warst damit einverstanden, wir sind übrigens zusammen gegangen.«

»Wer, wenn nicht du als Galeristin, hat für die Sicherheit zu sorgen?«, unterbrach die Malerin. »Wenn ich diese Tür schon sehe«, sie war mittlerweile zu der aufgehebelten Tür stolziert, immer weniger Publikum im Schlepptau, das von dem Auftritt peinlich berührt schien. »Es muss ein Kinderspiel gewesen sein, hier einzubrechen. Die brauchten nicht einmal Licht zu machen, von der Straße fällt genug Licht von der Laterne durchs Schaufenster. Kannst du dir nicht denken, wie verzweifelt ich bin?« Sie schluchzte laut auf. »Alles weg, alles …« Sie schlug die Hände vors Gesicht, aber nur so weit, dass ihr Make-up nicht verschmiert und ihr kunstvoll hochgestecktes Haar in Unordnung geriet. Und immer ging ein Blick in die Runde, sich der Aufmerksamkeit der Neugierigen versichernd. Ihr Begleiter hatte noch nicht ein Wort gesagt, er nickte lediglich nach jedem Satz.

»Hast du eigentlich die Presse informiert?«, fragte Waltraud mit hochgezogenen Brauen, dann wandte sie sich ab und steuerte auf die Toilette zu.

Als sie die Tür hinter sich geschlossen hatte, breitete sich betretenes Schweigen aus. Beinahe schuldbewusst, als wären sie alle für das Drama verantwortlich, blickten sich die Anwesenden an. Das Ereignis hatte sich blitzschnell in der Nachbarschaft herumgesprochen, und da in Bad Dürkheim montags nicht allzu viel Sensationelles geschah, brachte der Einbruch in die Galerie manche dazu, mal eben rasch die Wohnung oder das Geschäft zu verlassen, um an der Aufregung teilzuhaben.

Gerade in dem Moment, als der Reporter der *Rheinpfalz* mit Mikrofon und Kamera auftauchte, trat HH melodramatisch aus dem Toilettenraum, mit perfektem Make-up, wohl wissend, wie frau sich in Szene setzt. Alle Spuren der Tränen – wenn es denn überhaupt echte gegeben hatte – waren beseitigt, doch in eigenartiger Weise unterstrich das neue Augen-Make-up sowohl Trauer wie Verzweiflung der um ihr Werk und den Ruhm betrogenen Malerin. Die Schatten um die Augen waren stärker, sie schienen tiefer in den Höhlen zu liegen, was den Ausdruck des Leidens verstärkte.

Sich bemalen kann sie, dachte Verena, alle Achtung, vielleicht wäre sie besser Visagistin geworden. Aber das waren Gedanken, wie sie nur Philipps Sohn Thomas laut zu äußern wagen würde. Und Ruhm? Im Grunde ihres Herzens hatte Verena Waltrauds Bitten um die Räume nicht nur aus Mitleid nachgegeben. Auch sie wünschte sich für ihren Laden Publizität, sie hoffte, sich damit einen Namen zu machen, und sie fürchtete, dass auch etwas Eitelkeit mit im Spiel war. Zu ihrem Ärger musste sie sich jedoch anhören, wie Hélène Haller gegenüber dem Journalisten ihre Vorwürfe wiederholte, als wäre Verena die Schuldige und nicht die Einbrecher. Sie forderte den Journalisten lautstark auf, mit einem Aufruf alle Besucher der gestrigen Vernissage zu bewegen, ihre Handyfotos der Polizei und ihr zur Verfügung zu stellen, denn ganz gewiss hätten sich die Diebe unter die Gäste gemischt, um die Lage auszukundschaften.

»Spießerkram«, hatte Thomas in seiner von Verena als impertinent empfundenen Art Hélènes Bilder genannt. Er war am Freitag vor seinem Aufbruch nach Bordeaux kurz mit Manuel in der Galerie vorbeigekommen, um das Hängen der Bilder zu sehen. »Das ist was für Kaffeefahrten, aber keine Kunst, damit verdirbt man sich höchstens den Ruf«, hatte er Manuel zugeflüstert.

»Und du weißt ganz genau, was Kunst ist!?« Verena hatte jedes Wort verstanden.

»Sie nutzt dich aus«, hatte er gesagt, »du bist zu gutmütig.« Charmant war er nicht, ihr Stiefsohn, wie immer in seinem Urteil selbstherrlich und radikal. Beim Wein mochte es seine Berechtigung haben, da verzieh er sich nicht den kleinsten Fehler und gab sich die größte Mühe. Doch mit Menschen ging er hart ins Gericht, da war er unnachsichtig, nahezu gnadenlos. Es ärgerte Verena, dass Philipp ihn nicht bremste und seine Positionen sogar unterstützte. Wenn Vater und Sohn gemeinsam agierten, stand sie einer unüberwindbaren Phalanx gegenüber, mit Manuel als Schlichter.

Aber in letzter Zeit hatte sich etwas an Thomas' Verhalten geändert. Wenn er nach einem Wochenende mit Simone Latroye aus Saint-Émilion zurückkehrte, schien er wie ausgewechselt. Ähnlich war es, wenn Simone einmal im Monat den Besuch erwiderte. Die Tochter des vor vielen Jahren ermordeten Winzers übte einen wunderbaren Einfluss auf Thomas aus, sie mäßigte allein durch ihre Anwesenheit sein aufbrausendes Temperament, sie schaffte es, zu ihm durchzudringen und eine Seite in ihm zu wecken, die bis auf Manuel und seinem Vater allen verborgen blieb. Und nicht nur ihr gegenüber schien er dann zugänglicher zu sein.

Inzwischen hatte auch der Lokalberichterstatter vom *Wochenblatt* ein Interview beendet und verließ die Galerie. Jetzt spielte Hélène Haller einer freien Journalistin, die sich als Beatrix von Weiden vorgestellt hatte, das trauernde Opfer vor. Sie schien zusehends in diese Rolle hineinzuwachsen und sich darin immer mehr zu gefallen.

Die Journalistin wirkte überaus interessiert und zugewandt, die elegante und sehr gepflegt wirkende Mittdreißigerin im knallroten Sommerkleid bildete einen positiven Kontrast zur Malerin, der sie ein winziges Aufnahmegerät entgegenhielt, das sie ihrer elend teuren Handtasche mit dem zum A stilisierten Hufeisen entnommen hatte.

Frau von Weiden war für die *Allgemeine Zeitung* tätig, außerdem, sagte sie, habe sie Zugang zum *Mannheimer Morgen*, einem besonders wichtigen Meinungsbildner, und selbstverständlich zur *Rheinpfalz. Le Républicain Lorrain* sei ihr Hausblatt in Frankreich. Für eines dieser Blätter fest zu arbeiten, würde sie zu sehr in ihrer journalistischen Freiheit einschränken, wie sie vertraulich äußerte, außerdem seien die Zeiten vorbei, sich in ihren Ansichten von irgendwelchen Chefredakteuren oder Ressortleitern bremsen und zurechtweisen zu lassen, die in vorauseilendem Gehorsam den Anzeigenkunden gegenüber wichtige Artikel zensierten oder gar nicht ins Blatt ließen.

Bei diesen Ausführungen scharten sich wieder Besucher um die Künstlerin, die Galeristin und die Journalistin. Letztere könne sicher helfen, den Fall zu klären und die Bilder wiederzufinden, auf derartig spannende Geschichten sprächen »ihre Redaktionen« gewiss an, betonte sie. Als besonders reizvoll empfand sie die Verbindung der Galeristin zum Weinbau und bedauerte, bei der Vernissage nicht anwesend gewesen zu sein.

Bei so viel Publikum wiederholte Hélène Haller ihre Vorwürfe gern, sprach von verspieltem Vertrauen, während Verena sich leise entfernte. Sie bekam nur Bruchstücke des Interviews mit, aber es sei klar, so die Malerin, dass Verena Baederle für den Einbruch mitverantwortlich sei. »Sie hat eben nicht für die gebotene Sicherheit gesorgt!« Dass Hélène

Haller sich gestern noch mit allem einverstanden erklärt hatte, blieb unerwähnt, auch dass alles mit der Versicherung besprochen und fotografiert worden war.

Vor aller Augen hier darüber einen Streit auszutragen, war Verena zu dumm. Außerdem betrat gerade in diesem Augenblick der Gutachter der Versicherung die Galerie. Jetzt wurde es heikel …

2. Kapitel

Dorade mit Steinpilzen

Am späten Nachmittag parkte Verena ihren Wagen auf dem Hof des Weingutes und schlug die Wagentür deutlich heftiger zu als gewöhnlich. Sie war von den Gesprächen in der Galerie total verärgert und überaus reizbar. Von den immer gleichen Fragen hatte sie lediglich zwei beantworten können: dass nämlich nicht ein Bild zurückgelassen worden war und dass sie keine Vorstellung der möglichen Täter hatte. Dementsprechend miserabel war ihre Laune. Außerdem war es entsetzlich heiß geworden, sie fiel vor Müdigkeit fast um und hatte lediglich zwei belegte Brötchen gegessen, die ihr Leonie zusammen mit einem Eistee gebracht hatte.

Leonie war sowieso der einzige Lichtblick des Tages. Bei dem Gespräch mit dem Versicherungsmenschen war sie dabeigeblieben und hatte beruhigend auf Verena eingewirkt. Anschließend hatte sie mit der jungen Frau anstehende Aufgaben besprochen und ihr einen Überblick über das Angebot an Kunsthandwerk gegeben, das Stoff- und Holzarbeiten, Keramiken, die Vasen aus Murano-Glas, Schnitzereien, kleine Plastiken und die Ton- und Metallarbeiten lokaler Künstler umfasste.

Die Weine des Gutes Achenbach & Stern, die in der Galerie zum Verkauf standen, ließen sich einfach erklären, denn zu jedem gab es eine kurze und eine ausführliche Beschreibung. Nächstes Frühjahr würde sie das Angebot noch ausweiten können, denn dann käme die ausschließlich von Manuel kreierte neue Stern-Serie vom Libellenberg dazu: Pinot blanc,

Pinot gris und Pinot noir – Weiß-, Grau- und Spätburgunder. War es Spielerei oder ein ernsthafter Versuch? Das würde sich zeigen. Verena wusste lediglich, dass es Manuels Wunsch war, diese drei Weine ausschließlich nach seinen Vorstellungen zu entwickeln (natürlich unter Thomas' und Philipps Mithilfe). Man musste Geschmack haben, um es zu erkennen, und den hatte Manuel. Er hatte sich viel vorgenommen.

Philipp hatte, vom deutlichen Zuschlagen der Autotür alarmiert, eilig die Gäste verlassen, war die Freitreppe heruntergekommen und empfing Verena im Hof. Er sah ihr den Stress an, und sie ließ sich aufatmend in seine Arme fallen.

»Gut, dass du da bist«, sagte er nach einer Weile, »es passt dir wahrscheinlich überhaupt nicht, übrigens mir auch nicht«, warf er versöhnlich ein, »wir haben bei all der Aufregung vergessen, dass wir Besuch bekommen.« Philipp wies auf den silbernen Wagen, neben dem Verena ihren kleinen blauen Fiat geparkt hatte. »Sie sind gerade eingetroffen.«

»Deine neuen Düsseldorfer Kunden?«

Normalerweise sprach sie von »wir«, doch entsprechend ihrer Laune schwenkte sie um, dann war es entweder »dein« oder »euer« Weingut. Philipp registrierte das besitzanzeigende Fürwort, ein Indiz für ihre Laune, doch er ignorierte es. »Richtig, unsere Kunden. Sturm heißen sie, Francesca und Arnold. Die beiden haben, wie sie sagte, vor drei Jahren das italienische Restaurant ihrer Eltern übernommen und sind irgendwie auf unsere Weine gekommen ...«

»Wahrscheinlich so ein Edelschuppen für die Düsseldorfer Schickeria.«

Philipp überging den Einwand. »Sie war Wirtschaftsprüferin, er hat inzwischen seine Tätigkeit als Anwalt aufgegeben. Es sind sehr angenehme Leute. Sie haben Geschmack und Stil, deshalb soll's mir recht sein. Und sie kaufen und verkaufen unseren Wein.«

Philipp hatte die Gäste ins Kaminzimmer begleitet, es war im Sommer der kühlste Raum, und ihnen sozusagen als Beruhigung ihren besten Riesling sowie den Weißburgunder vom vorvorigen Jahr eingeschenkt. »Sie bleiben zum Essen, Verena, ich habe sie eingeladen. Das schafft eine gute Basis für die Verkostung. Sie wollen auch unsere anderen Weine probieren. Und essen müssen wir sowieso, Manuel ist in der Küche. Beim Essen wird sich deine Laune hoffentlich bessern.«

»Und wie ist es mit deiner?«, fragte sie scharf. Sie schien sich zu ärgern, dass Philipp nicht genauso empört wie sie auf das Ereignis der vergangenen Nacht reagierte. »Thomas ist noch immer nicht zurück?« Es war ihm wohl anzusehen, wie nervös es ihn machte, wenn er seinen Sohn auf der Autobahn wusste. Die tausend Kilometer bewältigten er und Simone jeweils an einem Tag.

»Er braucht diesmal ziemlich lange. Und wir? Wann fahren wir endlich?« Sie fragte es in halb traurigem, halb vorwurfsvollem Ton. Philipp verstand, dass der Tag grauenhaft für sie war, einer, den man am liebsten aus seinem Leben streichen wollte.

»Bei dem Chaos in der Galerie und dem hysterischen Theater, das Waltraud veranstaltet hat – ihren Auftritt hast du ja verpasst –, dann dieser Polizist – am Nachmittag war er wieder da –, kommen wir niemals weg. War das Hotel in Bad Bergzabern nicht bereits für heute gebucht?«

»Ich hab's vorsichtshalber storniert«, antwortete Philipp. »Du wirst den morgigen Tag sowieso zum Einarbeiten deiner neuen Mitarbeiterin brauchen. Wie schön, dass Leonie das übernimmt! Wir haben mordsmäßig Glück gehabt, vielmehr du, so schnell Ersatz zu bekommen. Wie ist sie? Aber meinst du, es ist klug, dass uns die Tochter deines Vermieters in die Karten guckt?«

»Ich habe nichts zu verheimlichen.«

»Kann die das? Was hat sie bisher gemacht?«

»Leonie macht einen guten Eindruck. Sie hat eine rasche Auffassungsgabe. In ihrem momentanen Job scheint sie nicht ausgelastet zu sein, sie ist mit der Entwicklung neuer Pflanzensorten befasst, aber ihr Chef lässt sie nicht hochkommen, wie sie meinte. Sie ist auf der Suche nach einem besseren Job.«

»Biotechnik kann sehr spannend sein, besonders was Hitzeresistenz und die Empfindlichkeit von Trockenheit angeht. Vielleicht sollten wir sie mit Johanna zusammenbringen, sie könnte testen, was deine neue Kraft draufhat.«

»Musst du dich sofort wieder einmischen? Das sind nicht meine Themen, mein Lieber. Leonie soll mich in meinem Laden vertreten und nicht auf eurem Weingut arbeiten. Bring sie mit wem auch immer zusammen, wenn wir zurück sind und ich mich von der Katastrophe erholt habe. Ich wollte mir eigentlich in Ruhe die Schlösser und Burgen ansehen, das Schloss von Bergzabern, dann die Burg Landeck und Spangenberg, in die Geschichte eintauchen und natürlich in die Dramen. In deine kalten Weinkeller geh bitte ohne mich. Volle Holzfässer und blubbernde Gärröhrchen kann ich hier jeden Tag sehen, pneumatische Weinpressen und Abbeermaschinen, Filter, was weiß ich …«

Philipp wusste nicht, was er darauf antworten sollte. Er hoffte, dass Verenas Abneigung gegen seinen Beruf mit den heutigen dramatischen Ereignissen zu tun hatte. Oder lag es daran, dass sich hier alles fast nur um den Wein drehte? Ihre gemeinsame Freundin Johanna Breitenbach, Umweltingenieurin und Dozentin an der Hochschule Geisenheim, war seit dem Kauf des Weingutes mindestens einmal im Monat bei ihnen, hatte an der Hochschule Thomas und Manuel unterrichtet und immer wieder vergeblich versucht, Verena für den Weinbau zu begeistern. Johanna war nicht nur beim Auf- und Umbau ihres Weingutes hilfreich gewesen, sie gab wesentliche Anregungen hinsichtlich eines ökologischen und tatsächlich nachhaltigen Weinbaus – nachhaltig in dem Sinne, dass man dem Boden das zurückgab, was man ihm entnahm, und die Weinlandschaft rekultivierte. Philipp ärgerte sich, dass jedermann über Nachhaltigkeit quatschte, dabei kannte kaum jemand die richtige Bedeutung des Wortes. Begriffe wie »auf Dauer«, »auf lange Sicht« oder »langfristig« waren aus der Mode gekommen. Alles musste »nachhaltig« sein. So ein Quatsch.

In Geisenheim saß Johanna direkt an der Quelle des theoretischen Weinwissens, der wissenschaftlichen Versuche und des internationalen Austauschs. So hatte sie ihn, aber auch Manuel und Thomas nach ihrem Studium stets auf den neuesten Stand der önologischen Theorie gebracht, was die beiden sofort in der Praxis ausprobierten. Über zehn Jahre war so eine enge Freundschaft entstanden und Johanna ein häufiger Gast. Sie hatten ihr unter dem Dach ein Gästezimmer eingerichtet, wo sie die Wochenenden verbrachte, wenn sie nicht zu ihrem Mann Carl nach Stuttgart fuhr oder er hierherkam. Auch ihn, einen Übersetzer, kannten sie gut, und so war eine enge Verbindung zwischen allen entstanden. Und wenn Manuel an Wochenenden eines seiner Klavierkonzerte gab, war Johanna sowieso hier, eine Tradition, der sie seit seinem grandiosen Auftritt beim Rheingaufestival im Kloster Eberbach folgte.

»Über Leonie und ihre Fähigkeiten kann ich mir selbst ein Urteil bilden«, antwortete Verena nach einer Weile. Sie war auf der Treppe stehen geblieben und betrachtete die Blumenkübel auf den Stufen.

Ihre Anspannung war überdeutlich, und Philipp hielt sich zurück. »Du scheinst ziemlich angegriffen zu sein, du solltest …«

»Was ich sollte, weiß ich ganz gut selbst. Ich kann es nicht leiden, wenn du mir sagst, was ich sollte!«

Es gab diese Tage mit besonders viel Stress, an denen Philipp besser den Mund hielt und tief durchatmete. Es war mit Verena nicht zu reden, allerdings auch kein Wunder nach dem nervenaufreibenden Tag. »Mit dem Versicherungsmenschen bist du übereingekommen?«

»Ja, bin ich, aber darüber später. Ich will duschen, mich umziehen, und du leistest besser deinen Gästen Gesellschaft!« Das klang kaum verbindlicher. Wieder nahm sie diese klare Trennung zwischen sich und den drei Männern vor. Aber schloss sie sich letztlich damit nicht selbst aus? Von den drei Männern tat das keiner – ihre Stimmung war demnach im tiefsten Gewölbe des Weingutes Achenbach & Stern angekommen, erbaut im Jahre 1778.

Dorthin führte Philipp »seine« Gäste zuerst. Zum einen gewannen sie so eine Vorstellung des Gutes und von Manuels Arbeit in Kälte und Halbdunkel, zum anderen machte er sich bei diesem Rundgang ein Bild vom Weinwissen seiner Besucher und erfuhr, wie stark das Interesse wirklich war, oder ob es ihnen nur darum ging, sich selbst darzustellen.

Das war bei diesen Gästen nicht der Fall. Arnold Sturm war bis vor einigen Jahren Mitglied eines Düsseldorfer Weinclubs gewesen, leider hatte es nach einer Weinreise ins Piemont Unstimmigkeiten persönlicher Art mit mehreren Mitgliedern gegeben, was ihn zum Austritt veranlasst hatte. Aber durch eben diese Reise hatte auch seine Frau Francesca ihren Zugang zur Weinwelt entdeckt. Nur über das, was konkret im Piemont geschehen war, hielten sich beide bedeckt. Aber sie war zumindest auf den Geschmack gekommen, nicht nur auf den von Barolo oder Barbaresco, sondern auch auf die Verbindung von Wein und Speisen. Und damit hatte sie die Tür zur Küche des Restaurants ihrer italienischen Eltern aufgestoßen. Bei ihrem beruflichen Hintergrund als Wirtschaftsprüferin war es Francesca zugutegekommen, dass sie sich rasch in Kalkulationen sowie Einkauf und Planung hatte einarbeiten können und dass ihr Ehemann als Anwalt half, den finanziellen Kollaps, den ihr Bruder beinahe verursacht hätte, abzuwenden. Jetzt saß Francesca Sturm nicht mehr vor dem Rechner und prüfte Zahlenkolonnen, sondern stand am Herd und probierte sich in Salatsoßen aus oder versuchte sich an einer Dorade mit Steinpilzen und war glücklich.

Das Geschehen in den Kellern ähnelte sich auf allen Gütern. In Barriques zu zweihundertfünfundzwanzig Litern Fassungsvermögen alterte der Wein nach der Gärung im Edelstahlfass oder reifte, zu Teil auf der Hefe, *sur lie*, wie Simone es sagte. In fünfhundert Liter Tonneaux und Fudern ließ Philipp einige Weine vergären, und aus alter Zeit gab es noch drei gemauerte Tanks, um größere Mengen zu lagern. Aber dank ihres ursprünglich gewählten Finanzierungssystems für den Kauf des Weingutes, eine Art Crowdfunding im Verbund mit zwanzig Weinhandlungen, erhielten diese ihre Investitionen in Form von günstigen Weinen zurück, und so blieben die großen Tanks meistens leer, wie Philipp seinen Begleitern erklärte.

Die Fässer waren ein Sammelsurium aus französischer, slowenischer und amerikanischer Eiche sowie italienischer Kastanie. Philipp hatte vor zehn Jahren alles gekauft, was er zu passablen Preisen hatte ergattern können. Doch dank Manuels Beitrag, seine immense Erbschaft erwähnte Philipp nicht, wurde der Fässerpark Stück für Stück vereinheitlicht. Nur waren sie dabei geblieben, ausschließlich gebrauchte Fässer zu verwenden, um den Geschmack des Holzes vom Wein fernzuhalten. Das Aroma von verbrannten Eichenspänen war längst aus der Mode.

Die Gärtanks aus Edelstahl, die Abbeermaschine und die pneumatische Presse glichen denen auf anderen Weingütern, nur bei der neuen Serie, den Stern-Weinen, würde Manuel für den Pinot noir eine gebrauchte hölzerne Korbpresse verwenden, die er durch Philipps Kontakte in die Champagne geschenkt bekommen hatte. Der Vorteil war der von Hand kontrollierte und senkrecht ausgeübte Pressdruck, der Nachteil bestand in der schwierigen Reinigung und der geringen Füllmenge. Aber bei den drei gepachteten Hektar, die in diesem Herbst zum ersten Mal in den Ertrag gingen, war das kein Problem, solange Manuel die Produktionsmenge nicht erhöhte. Er war in Verhandlung mit einem älteren Winzer, der seinen Betrieb mangels Nachfolger aufgab, und wollte weitere sieben Hektar dazukaufen und in das gemeinsame Weingut eingliedern, was Philipp und Thomas ihm hoch anrechneten. Einen Teil davon wollte er auf jeden Fall für Versuche mit hitzebeständigen und pilzwiderstandsfähigen Reben, den sogenannten Piwis, reservieren. Sie waren längst mitten in der Klimakatastrophe, und das Drama mit Milliardenschäden und vielen Toten an der Ahr stand allen drohend vor Augen. Von staatlicher Seite war lediglich eine Warn-App dabei herausgekommen. Die versprochenen Hilfsgelder waren zum großen Teil bislang nicht ausgezahlt worden.

Die Besichtigung der Weinberge versprach Philipp dem Ehepaar Sturm für den morgigen Tag. »Thomas übernimmt das, er verbringt die meiste Zeit im Weinberg, er kennt jeden Weinstock persönlich.« Doch zuerst müsse er aus Saint-Émilion zurückkehren.

»Ich dachte, Ihr Sohn wäre Weineinkäufer, so wie Sie es viele Jahre waren, ehe Sie Winzer wurden?«, fragte Frau Sturm.

Philipp schmunzelte. »Nein, Handel ist nichts für ihn, er ist mit Leib und Seele Winzer. Um das zu werden, hat er sein BWL-Studium hingeschmissen, erst hier in der Pfalz eine Lehre gemacht und dann in Geisenheim Weinbau und Kellertechnik studiert. Nein, er besucht gerade seine Freundin in Saint-Émilion. Sie ist Weinbautechnikerin und arbeitet auf dem Gut, das ihr Vater aufgebaut hat und das sie und ihr Patenonkel betreiben, ein ehemaliger Frankfurter Weinhändler. Simones Vater fand ein tragisches Ende.«

»Wieso das? Ist er im Weinberg verunglückt?«

»Nein, Gaston Latroye starb unter einem Stapel Paletten.«

»Meine Güte, was für ein grauenhafter Unfall.«

»Es war kein Unfall, es sollte nur so aussehen.«

»Was wollen Sie damit sagen?« Arnold Sturm war stehen geblieben und ernst geworden, er hatte die Stimme gesenkt.

»Gaston Latroye war Weinfälschern auf die Spur gekommen, und die mussten verhindern, dass die Sache an die Öffentlichkeit kam. Sein Freund Martin hat den Fall aufgeklärt. Die Schuldigen haben bezahlt, und sie bezahlen noch immer!«, erwiderte Philipp mit einer gewissen Befriedigung. »Aber lassen wir das Thema besser, es ist lange her, an die zwanzig Jahre.«

Sie hatten inzwischen die Küche betreten. Manuel mit langer weißer Schürze wirkte äußerst professionell, was er auch war. Wenn er sich etwas vorgenommen hatte, dann tat er es mit aller Überzeugung und Hingabe. Er stand da und kochte, so selbstverständlich, wie er auf seinem Flügel Tschaikowskys Klavierkonzert Nr. 1 in b-Moll intonierte, jedoch ohne die Wiener Symphoniker im Rücken, und das war für alle hier völlig normal. Mit seinem dunklen Teint und den fast schwarzen Locken glich er dem Hirtengott Pan, ob seine Beine und Füße denen eines Widders oder Ziegenbocks glichen, verdeckte die bodenlange Schürze.

»Sie sind aber kein Italiener?«, fragte Francesca Sturm, die von seinem dunklen Typ auf die Nationalität schloss.

»Nein, ich bin ein waschechter Frankfurter«, antwortete er in breitestem Hessisch. »Und Sie sind auch keine Italienerin!«

»Nein, aber meine Eltern. Sie kamen als Gastarbeiter nach Deutschland, mein Vater malochte, meine Mutter betrieb eine Pizzabude, damit ich studieren konnte, dann gewann sie Lust am Kochen, und mein Vater half ihr schließlich dabei.«

»Beim Essen oder beim Kochen?«

»Ich glaube, bei beidem«, mischte sich Arnold Sturm ein. »Und ich gestalte neuerdings die Weinkarte.«

»Das ist ja fast wie bei uns. Hier mischt auch jeder mit – und sich ein, auf seine Art«, fügte Manuel grinsend hinzu. »Also werden Sie bei uns essen.«

»Was gibt's?«

»Gute Frage, das hätte ich an Ihrer Stelle auch gefragt.« Manuel lehnte sich leicht gegen den Herd und machte ein wichtiges Gesicht, gleich einem Kellner, der dem Gast die Speisekarte erklärt. »Wir beginnen mit einer Salatmischung von Rucola, Feld- und Romanasalat aus heimischem Garten mit Wiesenkräutern, und über die Vinaigrette verrate ich nur mein Quittengelee. Die Säure der Vinaigrette muss auf jeden Fall geringer sein als die des Rieslings, den wir dazu trinken werden, ansonsten verblasst der Wein.«

Manuel, ansonsten recht zurückhaltend Fremden gegenüber, war nur bei seinen Vorträgen über Wein und Speisen offen und besonders eloquent, was er bei den Weinpräsentationen in Restaurants und auf Messen hatte lernen müssen. Es hatte Jahre gedauert, bis er dazu bereit gewesen war. Philipp und Thomas hatten es akzeptiert, denn sie kannten die Gründe dafür: ein herrschsüchtiger Vater an der Spitze eines Chemiekonzerns, strotzend vor Selbstherrlichkeit. Außerdem hatte Manuel einige Monate unschuldig in Untersuchungshaft gesessen. Auch seine mangelnde Menschenkenntnis und Unbedarftheit in Sachen Liebe hätten beinahe zum Scheitern ihres gesamten Projekts geführt. Aber wenn es sich um Wein oder kulinarische Genüsse handelte, blühte er auf, und niemand konnte sich vorstellen, dass er damit zufrieden war, tagelang allein im Keller seinen Weinen den letzten Schliff zu geben und den Punkt ihrer höchsten Reife und damit der Abfüllung zu bestimmen.

»Die Nudeln für den Hauptgang, die Troffiette, eine ligurische Nudelart, habe ich bereits gestern vorbereitet«, fuhr er fort. »Sie, Frau Sturm, werden das Rezept sicher kennen. Ich habe dazu eine Walnusssoße zubereitet und für die Nudeln eine Garnitur aus Speck und Weintrauben gewählt. Für diejenigen, die Fleisch mögen, gibt's gebratene Entenbrust. Einverstanden?«

»Wer könnte in so einem Fall Nein sagen!« Francesca Sturm war begeistert. »Wollen Sie nicht bei uns im Restaurant anfangen?«

»Wenn Sie mich das auch nach dem Essen noch fragen ...«

»Hier wird niemand abgeworben«, meinte Philipp mit nicht nur gespieltem Ernst. »Außerdem ist Manuel unbezahlbar!« Er trat näher heran und legte Manuel die Hand auf die Schulter.

»Der Ansicht bin ich auch«, sagte Verena voller Überzeugung. Während des letzten Satzes ihres Mannes hatte sie die Küche betreten und wusste nicht, worüber man sich unterhielt. Manuel war in seiner Zurückhaltung und bescheidenen Art ein Ruhepol für sie, er war jemand, der sie in ihrem innersten Wesen verstand, wenn Vater Philipp und Sohn Thomas mal wieder vor Energie strotzend als unschlagbares Team auftraten und nicht wussten, wohin mit ihren hundert Ideen. Daher waren die Wochenenden, an denen Thomas in Saint-Émilion weilte und Simone oder Johanna zu Besuch waren, eine Erholung für sie. Dann war Thomas beschäftigt und ein sanftmütiger Zeitgenosse.

Verena hatte sich bereits beim Verlassen der Galerie gefragt, in welchem Zustand Thomas heute aus Frankreich zurückkäme. Jetzt schaute sie wieder auf ihre Uhr, es war früher Abend, und bis zu seiner Rückkehr würden sicher noch Stunden vergehen. Trotz aller heimlicher Vorbehalte, über die sie dem Vater gegenüber schwieg, hätte sie ihn heute mit seinem Durchsetzungsvermögen und seiner Kompromisslosigkeit an ihrer Seite gut gebrauchen können. Er hätte Hélène (für ihn immer nur »Waltraud«) rasch die Grenzen aufgezeigt, denn auch wenn er in seinem Verhalten rigide und schwer zu deuten war – ihr gegenüber war er stets loyal geblieben.

Über das Dressing des Salats konnte Francesca Sturm Manuel kein Wort entlocken.

»Soßen bleiben mein Geheimnis. Eine Zutat, das Quittengelee, kennen Sie bereits. Der Rest ist probieren«, sagte er mit einem Grinsen. »Über den Wein können Sie von mir selbstverständlich alles erfahren.« Sie tranken einen Spätburgunder zu den hausgemachten Nudeln mit Walnusssoße und der Entenbrust. »Er stammt nicht von uns, er kommt vom Kaiserstuhl, Weingut Salwey. So hätte ich unseren Wein gern. Aber es mangelt uns an den entsprechenden Großen Lagen.«

Manchmal mache er eine Flasche auf, schenke den Wein zwei Finger breit ins Glas, der Wein hatte sich nicht einmal entfaltet – und er sei bereits überzeugt, erzählte Manuel der Tischrunde, und Philipp war ganz seiner Meinung: Ein solcher Wein war dieser Salwey-Spätburgunder vom Kirchberg, sechs Jahre gereift, ein helles Granatrot, und in dieser Farbe zeigte sich bereits die gehaltvolle Leichtigkeit. Das war hier kein Widerspruch. Das Aroma war typisch für die Rebsorte, die Säure mild, schwarze Johannisbeere, Kirsche ohne zu viel Süße, Rote Bete und ein Hauch Bitterschokolade. Erinnerungen an die Burgunder der Côte d'Or kamen auf. Die Trauben waren auf Vulkanfels gewachsen, der Wein war sehr saftig, die Säure leicht, aber deutlich. Es war ein Wein, den sie kühl tranken. Nur leider war die Flasche sofort leer, und eine zweite hatten sie nicht.

Als der Kaffee auf den Tisch kam, dazu ein Tresterbrand aus der Maische eigener St.-Laurent-Trauben, hielt Philipp plötzlich mitten in seiner Erklärung inne, horchte auf – und nach einigen Sekunden verblüfften Schweigens aller am Tisch atmete er erleichtert auf. Dann sprach er weiter über den Trester und wer für sie den Brand herstellte. Doch er ertappte sich dabei, wie seine Augen zur Tür eilten und von dort zu dem unbenutzten Gedeck auf dem Tisch.

So war es immer: Es genügte, dass Thomas nach tausend Kilometern Fahrt vor dem Tor des Gutes hielt – egal, zu welcher Tages- oder Nachtzeit –, um ihn, seinen Vater aufhorchen zu lassen.

Nach einigem Türenschlagen und festen Schritten auf der Treppe trat Thomas ins Speisezimmer, zwei Flaschen Rotwein zwischen die Finger der linken Hand geklemmt. Lächelnd, fast strahlend und doch müde blickte der hoch aufgeschossene Mann erfreut in die Runde: »Oh, Gäste, wie wunderbar«, rief er, strich sich das Haar aus dem Gesicht und stellte die Flaschen etwas zu laut auf den Tisch. Es war der Pechant, ein rebsortenreiner Merlot, den Martin Bongers und Simone in Saint-Émilion seit vielen Jahren kelterten, so wie es Simones Vater zuvor getan hatte. Es war einst ein sogenannter »Garagenwein«, in der ehemaligen Garage gekeltert, weich und trotzdem deutlich im Tannin, aromatisch, fruchtbetont und seit Jahren so knapp und gefragt, dass er dem Handel zugeteilt wurde.

Erwartungsvoll blickten alle Thomas entgegen, eine Erklärung war zwingend notwendig. Es war ihm deutlich anzusehen, dass er Neuigkeiten mitbrachte.

»Ich hoffe, ihr habt mir etwas übrig gelassen? Ich sterbe vor Hunger.« Dann begrüßte er das Ehepaar Sturm und trat hinter Manuel, legte ihm freundschaftlich die Hände auf die Schultern und beugte sich vertraulich zu ihm: »Was ist, *mon ami*, hast du Lust, Pate zu werden?«

Alle am Tisch sahen ihn an, sich fragend, was er damit meinte.

Manuel begriff als Erster den Sinn der Worte, sprang freudig auf und umarmte den Freund. »Na klar, mit größtem Vergnügen. Was wird es? Eine Französin oder ein Franzose? Und die Mutter ist wohlauf?«

»Gestern saß sie noch zwei Stunden lang auf dem Traktor, danach haben wir abgefüllt. Es geht ihr prächtig, ich finde, sie ist noch schöner als sonst«, sagte Thomas begeistert. »Was es wird? Damit warten wir bis zur Geburt. Hauptsache, Mutter und Kind sind okay!«

Auch Philipp umarmte freudig seinen Sohn. »Machst mich zum Großvater? Wurde auch Zeit. Und was sagt Charlotte dazu?«

Derweil war auch Verena aufgestanden, trat Thomas entgegen, umarmte ihn zögerlich und strich ihm mit der Hand über die Wange. Philipp wusste, was die Traurigkeit in ihrem Blick bedeutete. In ihrer ersten Ehe hatte sie ein Kind bei einer Fehlgeburt verloren, auch ein Grund, woran die Ehe letztlich gescheitert war. Und als sie ihn kennengelernt hatte, fanden sich beide viel zu alt für Kinder. »Wenigstens du, Thomas«, sagte sie und lächelte.

Jetzt gratulierten auch die Gäste, die sich anscheinend in dieser sehr familiären Situation ein wenig deplatziert vorkamen, obwohl sie Thomas kannten. Er jedoch, auf Weinpräsentationen im Umgang mit Publikum geschult, löste die Spannung, indem er sich bei den Sturms erkundigte, was ihre Kinder täten. Dass es sie gab, setzte er voraus.

»Markus kommt nach dem Vater«, erklärte Francesca, »er studiert Jura. Alice ist in Berlin, sie macht ein Praktikum bei einem Caterer und Eventmanager.«

»Hoffentlich wird sie bezahlt«, sagte Thomas skeptisch.

»Dafür ist gesorgt«, meinte Ex-Anwalt Sturm grinsend, »allerdings müssen wir einiges für die Miete zuschießen.«

Philipp brachte neue Gläser für den neuen Wein, vorsichtig daran schnuppernd, ob an ihnen noch der Geruch von Spülmittel oder Handtuch haftete, während Manuel in der

Küche verschwand und sich um das Essen kümmerte. Derweil öffnete Thomas den Pechant und dekantierte ihn beinahe tröpfchenweise, nach fünf Jahren auf der Flasche war er wunderbar gereift und zeigte das volle Aroma einer Merlot-Traube von zwanzig Jahre alten Rebstöcken.

Während Thomas sich mit Heißhunger über die Reste hermachte, sah Philipp sich genötigt, den Gästen die Familienverhältnisse zu erklären: Simone sei die Patentochter von Martin Bongers, der verheiratet sei mit Charlotte, die früher als Staatssekretärin in der französischen Entwicklungspolitik tätig war, heute als Landfrau bei einer Umweltorganisation mit extrem scharfer Zunge und den politischen Gegnern der Rechten noch immer ein Gräuel. Ihre Eltern, ehemals Winzer, besäßen ein Haus in Sichtweite auf der nächsten Anhöhe.

»Anhöhe ist vielleicht etwas übertrieben, das Haus ist ein wenig höher gelegen.« Verena und Philipp kannten alles von Besuchen her, und auch Charlotte und Martin waren mehrmals hier gewesen. Als Berufskollegen mangelte es ihnen nie an Gesprächsstoff, und sie belebten in angenehmster Weise die deutsch-französische Kooperation und Freundschaft.

»Es sind Genießer, und Martin beschäftigt sich mit Frankreichs Geschichte, etwa mit François dem Ersten und dem Haus Valois«, sagte Philipp mit Seitenblick auf Verena, wohl wissend, dass sie ihn in den nächsten Wochen mit pfälzischer Geschichte traktieren würde. »Bei Simone weiß ich noch nicht, in welche Richtung sie sich entwickelt.«

»Die beiden kennen sich schon lange?«, fragte Frau Sturm mit einem freundlichen Seitenblick auf Thomas.

»Ziemlich lange«, murmelte Thomas mit vollem Mund, dem anzusehen war, dass es ihm nicht lieb war, wenn über ihn gesprochen wurde. Aber heute schien alles anders, und ein schwelgender Ausdruck lag beim Kauen auf seinem Gesicht.

»Simone macht ihre Arbeit gern und gut«, fuhr Philipp fort, »das sind die Voraussetzungen für ein gelungenes Produkt und den Erfolg. Was man nicht gern macht, wird auch nicht gut, und es hängen tausend Dinge direkt oder indirekt damit zusammen. Ich trinke gern Wein – und was machen Sie? Das ist einer ihrer Standardsprüche. Die Bremse vom Lieferwagen geht kaputt, und die geernteten Trauben können nicht abgeholt werden. Simone weiß noch am selben Tag, wie die Bremse funktioniert, und repariert sie. Man sollte wissen, mit wem man sich zusammentut. Ich glaube, mein Sohn weiß das. Er hat ein Gespür für Menschen.« Und das macht ihn hart, zumindest häufig härter als notwendig, hatte er noch sagen wollen, aber er verkniff es sich und schaute Verena an.

Einerseits war Philipp glücklich über die schöne Nachricht, er wäre gern euphorisch gewesen, er mochte Simone ohne jeden Vorbehalt. Es war ihm gelungen, Thomas jeden Zweifel über die Perspektive einer Fernbeziehung zu nehmen, hatte ihm immer Mut gemacht, und jetzt würde das eintreten, was er schon immer befürchtet hatte: Sein Sohn würde gehen! Er würde zu ihr nach Saint-Émilion ziehen, allein schon aus betrieblichen Gründen. Bongers braucht Simone, sie war die Nachfolgerin, er und Charlotte wollten sie adoptieren, auch aus erbrechtlichen Gründen. Dass ihre leibliche Mutter wieder geheiratet hatte, noch dazu einen reichen Nichtsnutz, *l´inutile*, wie Simone ihn nannte, begriff sie als Verrat an dem idealisierten Vater. Bei einem ihrer Besuche hier hatte sie, erst nach einigen Gläsern Wein, ihren ganzen Frust abgeladen, auch über den Bruder, der dem Geld und der Oberflächlichkeit verfallen war, wie sie es ausgedrückt hatte.

Thomas war trotz der langen Autofahrt, die hinter ihm lag, gespannt, wie Verena die Nachricht, dass er Vater würde, aufnähme. Er wunderte sich im Stillen, dass sie, ganz im Gegensatz zu ihrer sonstigen Offenheit jedwedem Überraschungsbesuch gegenüber, heute deutlich schweigsamer war als gewöhnlich. Eigentlich hatte er erwartet, dass sie sich über die Nachricht freute, bedeutete das doch, dass er nach Saint-Émilion zog und sie den Vater endlich ganz für sich hatte.

Thomas gab Manuel ein Zeichen, ihn draußen sprechen zu wollen, was der sofort verstand. Zwölf Jahre waren sie nun befreundet, hatten zusammen studiert, zusammengewohnt, er hatte Manuel aus dem Knast rausgehauen, indem er den wahren Mörder von Manuels damaliger Freundin Alexandra gestellt hatte. Dann hatten sie zusammen das Weingut aufgebaut. Manuels geschmackloser Fehltritt mit seiner damaligen Freundin Kamila war nicht vergessen, aber längst verziehen, hatte er doch hart dafür bezahlt, beinahe zu hart, und letztlich hatte es dazu geführt, dass Thomas und Simone zusammengekommen waren.

Thomas brachte das Geschirr in die Küche, Manuel gab vor, den Weißburgunder vom Quarzit zu holen.

»Was ist los bei euch?«, fragte Thomas und räumte das Geschirr in die Spülmaschine. »Ich komme mit den besten Nachrichten, und Verena tut, als würde sie lächeln, dabei zieht sie ein Gesicht und schweigt. Ich merke, wie sie sich zusammenreißt. Das hat hoffentlich nichts mit mir zu tun?«

Manuel winkte ab und versuchte, die Reste vom Zitronenkuchen und die dazugehörenden Himbeeren so aufzuteilen, dass jeder eine Portion davon abbekam, die nach etwas aussah. »Sie hat's nicht leicht. Gestern fand die Vernissage von Hélène Haller statt. Ich weiß, Waltraud und der Kitsch«, schob er belustigt nach, da er Thomas' hochgezogene Oberlippe bemerkte. »Im Morgengrauen rief die Polizei hier an, dass die Galerie aufgebrochen sei und sämtliche Bilder geklaut …«

Thomas stierte seinen Freund an und lachte. »Sag das noch mal! Geklaut?«

»Ja, alles geklaut, gestohlen, entwendet, herausgetragen

und weggeschafft – mit unbekanntem Ziel, von unbekannten Tätern, vermutlich mit einem Lieferwagen.«

»Grandios. Es gibt anscheinend noch Menschen, die wissen, was zu tun ist, um die Öffentlichkeit vor Schaden zu bewahren.« Thomas starrte auf Manuels Kuchenarrangement, nahm eine Himbeere und steckte sie grinsend in den Mund. »Alle?«

»Finger weg von den Himbeeren! Du meinst die Gemälde?«

»Du meinst diese … Skizzen? Weiß man was über die Täter? Wer könnte … damit was anfangen, außer …«

»Außer sie verschwinden zu lassen? Ja, ich kenne deine Ansicht. Aber man muss die Leute lassen, sonst werden sie böse. Wer oder was man damit anfangen kann? Genau das haben sich heute viele gefragt, nicht in dem Sinne, wie du das meinst. Die halbe Stadt war da, nicht nur die Nachbarschaft, mindestens doppelt so viele Leute als gestern bei der Vernissage. Endlich ist mal mehr los als ein simpler Einbruch oder ein Verkehrsunfall. Das bringt die Leute auf die Beine. Kümmerst du dich um den Kaffee?«

»Du scheinst das auch nicht besonders ernst zu nehmen?«

Manuel zuckte mit den Achseln. »Schlimm ist es für Verena, aber sie wird darüber hinwegkommen. Allerdings macht Waltraud sie für das Geschehen verantwortlich. Die Bilder? Na ja, du kennst meine Meinung. Verena wollte ihr einen Gefallen tun, vielleicht wollte sie ihrer Galerie ein wenig …«, er machte mit der Hand eine weit ausholende Geste, »mehr Bekanntheit, mehr Flair verschaffen. Aber Thomas – bitte, keine blöden Sprüche, halte dich zurück! Ihre Stimmung ist sowieso auf 'nem Tiefpunkt. Lass dir deine Schadenfreude bloß nicht anmerken«, raunte er ihm zu, als die Freunde das Kaminzimmer wieder betraten.

Dort war man inzwischen beim selben Thema angelangt, und Verena berichtete ausführlich von den Ereignissen des Tages, als müsste sie es sich von der Seele reden.

»Ich hoffe nur für dich, dass alles gut versichert ist.« Thomas hatte die Tassen verteilt und schenkte Verena – nach einem Wink von Philipp – als Erster den Kaffee ein.

»Das hatten wir glücklicherweise geregelt, Hélène hat darauf bestanden.«

»Und die Presse war auch da?«, fragte Thomas. »Wenn gestern Abend die Vernissage stattgefunden hat, kann heute noch nichts in der Zeitung gestanden haben, dann können sie morgen beide Meldungen miteinander verbinden, die Vernissage sowie den Einbruch. Ein toller Aufmacher: Kunstraub nach der Vernissage. Das wird eine große Geschichte, sicher mit Fortsetzung.«

Philipp blickte seinen Sohn drohend an und presste die Lippen aufeinander, um ihn zum Schweigen zu bringen. Er wusste, dass Thomas jetzt etwas Ungehöriges sagen oder einen zynischen Spruch bringen würde.

Und genau so war es. »Da gewinnt die liebe Hélène H. ja endlich die Publizität, die sie sich immer gewünscht und mit ihrem Malkurs nicht bekommen hat.« Die Nachdenklichkeit, mit der er das vorbrachte, machte neugierig. »Mit den Bildern hat sie's bisher nicht geschafft, mit dem Drama wird es vielleicht was.«

Philipp beobachtete, wie sich Verenas Blick verfinsterte.

»Die Bilder sind versichert, sie kriegt ihr Geld, du, Verena kriegst deinen Anteil, und es steht in allen Zeitungen, sicher nicht nur in unseren Lokalblättern. Besser geht's doch nicht. SWR3 und Radio Sunshine haben wahrscheinlich heute schon berichtet.«

»Lang und breit«, bestätigte Manuel, »ich habe die Berichte gehört.«

»Was Besseres kann ihr gar nicht passieren.« Thomas tat

gänzlich unbedarft und sachlich, als würden ihn die Folgen seiner Worte nicht interessieren. »Die hat die Bilder selbst geklaut oder klauen lassen! Kann sie einen Transporter fahren? Jetzt ist sie berühmt, jetzt wollen andere auch Bilder von ihr, jetzt ist sie jemand – und verdient. Erst der Medienrummel macht den Künstler. An den Einbruch wird man sich in Zukunft erinnern, weniger an die … äh … Künstlerin.«

Verena war inzwischen wie versteinert. Einer Statue der griechischen Rachegöttin Nemesis gleich starrte sie Thomas an, ganz im Bewusstsein, dass sie diejenige war, die an Selbstüberschätzung leidende Männer bestrafte.

Sorgenvoll schaute Philipp von seiner Frau zum Sohn und wieder zurück. Thomas hatte ausgesprochen, was er sich nie erlaubt hätte. Aber Thomas' Gedanken waren gar nicht so abwegig. Doch um des lieben Friedens willen hätte Thomas besser den Mund gehalten.

Ohne Kenntnis der persönlichen Animositäten gingen Francesca und Arnold unbedarft auf das Thema ein, empfanden es als verständlich, dass man darüber sprach, und begannen eine Diskussion, ob Verena von der Malerin bewusst reingelegt worden sei.

Philipp wollte den Abend retten und schaute hilfesuchend zu Manuel. Der sprang ein, indem er den Weißburgunder ausschenkte und dabei die Lagencuveé der Pfälzer Mittelhaardt erläuterte. Dann übernahm Philipp und sprach über den Quarzit, der sich hier vor dem Pfälzer Wald fand, und lobte die feine Struktur des Weins und seine zarte Mineralität. Mit weiteren Eindrücken hielt er sich zurück, um den Klienten, so sah er das Ehepaar Sturm, keinen Geschmack in den Kopf zu reden, solchen wie Anklänge an Birne und Mango. Wichtig war, dass der Wein gefiel. Und das tat er, zumal die Trauben nach den Richtlinien des biologischen Weinbaus angebaut waren.

Arnold Sturm nahm die Flasche aus dem Kühler und betrachtete das Etikett. »Wieso schreiben Sie das nicht aufs Etikett, kein Siegel?«

»Wir streiten seit Jahren darüber. Wir arbeiten längst nach den Regeln des biologischen Anbaus. Aber ich glaube nicht, dass die Kunden nach einem Siegel kaufen. Bei der Verwirrung, die von zig Aufklebern ausgehen, über Zuckergehalt, Haltungsformen, ECOVIN und Demeter, Fair'n Green – wer soll sich damit auskennen? Letztlich entscheiden eine vage Vorstellung von der Rebsorte, der Geschmack und der Preis. Auf unserer Homepage kann man lesen, wie wir arbeiten, es hängt ein Etikett mit der Machart an der Flasche, das müsste reichen. Und Ihr Sommelier im Restaurant hat was zu erzählen. Ob wir langfristig bei Demeter und/oder bei Fair'n Green mitmachen, wird sich zeigen. Wir stecken mitten in der Diskussion, drei Kompagnons, drei Meinungen. Und wir haben die Einrichtung des Vetos. Ein guter Freund und Winzer im Rheingau meinte, Fair'n Green sei lediglich Greenwashing, ein anderer guter Bekannter von der Mosel, beide im Verband der Prädikatsweingüter – das sind die mit dem Adler auf der Kapsel –, macht dabei mit, es sei ein deutlich umfassenderes System mit wirtschaftlichen wie auch sozialen Anforderungen. Und ein dritter lehnt die Biosiegel als zu begrenzt ab. Was nun?«

Frau Sturm interessierte ein ganz anderes Thema. »Wohin werden Sie gehen, Thomas, wo werden Sie mit Ihrer jungen Familie leben, hier oder in Frankreich? Das ist eine wichtige Entscheidung. Haben Sie die bereits getroffen?«

Nach dieser Frage richtete sich die Aufmerksamkeit wieder auf Philipp. Verena sah ihn kurz an, und er las in ihren Augen, dass sie wusste, was er fürchtete, und er wusste, dass sie es erhoffte: dass Thomas nach Frankreich ging.

3. Kapitel
Macbeth

Thomas stand früh auf, obwohl es am Abend zuvor spät geworden war, außerdem hatte er schlecht geschlafen. Ihm steckte die Fahrt von Frankreich hierher noch in den Knochen. Oder war es die Hitze? Für diese Jahreszeit war es wieder einmal eindeutig zu heiß. Aber was entsprach heutzutage überhaupt noch der Jahreszeit? Und es wird schlimmer werden, dachte er. Oder war es die Sorge um Simone, die sich trotz ihrer Schwangerschaft bereits frühmorgens auf den Traktor schwang, mittags stundenlag Triebe in die Drahtrahmen einflocht und sich nicht davon abhalten ließ, abends noch Büroarbeiten zu erledigen? »Arbeitskraft ist teuer«, pflegte sie zu sagen.

War es die innere Unruhe ob der ungeklärten Fragen, die sich vor ihm auftürmten und die ihre Beantwortung forderten? Waren es die gravierenden Veränderungen, die unweigerlich damit verbunden waren? Der Abschied von allen hier?

Er stellte sich kurz unter die Dusche und ging in die Küche, wo sich das Geschirr des gestrigen Festmahls türmte und die Menge benutzter Wein- und Wassergläser kaum Platz ließ, seine Tasse Tee abzustellen, mit der er gewöhnlich den Tag begann und über anstehende Arbeiten nachdachte.

Das Aus- und erneute Einräumen des Geschirrspülers übertönte fast Manuels Schritte im Flur. Er kannte diesen Schritt, seit sie vor vielen Jahren in Geisenheim zusammen mit Regine ihre Wohngemeinschaft gegründet hatten. Die damaligen Ereignisse hatten die zufällig zusammengewürfelten WG-Mitglieder derart zusammengeschweißt, dass sich keiner vorstellen konnte, dass irgendetwas diese Freundschaft jemals würde auseinanderbringen können. Dennoch führte Regine jetzt in der Champagne ein Gut, dessen kinderlose Besitzer glücklich waren, jemanden gefunden zu haben, die ihr Lebenswerk fortsetzte.

Thomas ließ die Teller ruhen, blickte zur Tür und sah Manuel eintreten. Gestern waren alle zu müde gewesen, noch ein Wort über die Zukunft zu verlieren, doch jetzt konnte Thomas der Debatte über die bevorstehende Trennung nicht mehr ausweichen. Er erinnerte sich an den Schrecken in Manuels Augen – es war der Blick eines verunsicherten, hilfesuchenden und in seinem Inneren zutiefst verletzten Menschen. Für Letzteres übernahm er keine Verantwortung, wohl aber für die Verunsicherung und die Frage nach Hilfe. Dafür gab es Antworten. Er kannte diesen Blick gut: die Augen weit aufgerissen, grundsätzliche Fragen stellend, die weit über das hinausgingen, was der Alltag momentan von jedem von ihnen verlangte. Und er meinte auch, die Trümmer des in den Grundfesten erschütterten Vertrauens wahrzunehmen.

Diesen Blick hatte er bisher nur zweimal aushalten müssen. Zuerst an jenem Tag, als man Manuel in seiner Gegenwart auf der Straße unter Mordverdacht verhaftet hatte, ihn, diesen grundanständigen und immer hilfsbereiten Mann. Sein Blick an der Rhône war ähnlich gewesen, als Manuel unbewusst oder bewusst in die Schussbahn gelaufen war und dadurch Simone wahrscheinlich das Leben gerettet hatte. Damals war es die Sorge um das Leben seines Freundes, heute war es eine Verletzung der Seele, hervorgerufen durch seine Ankündigung, ihn zu verlassen und damit ihre über ein Jahrzehnt dauernde tagtägliche Zusammenarbeit zu beenden.

Da waren die Fassproben im eisigen Keller, die nächtliche Weinlese im Scheinwerferlicht des Traktors, getrieben vom herannahenden Hagelsturm. Sie hatten gemeinsam Weine ausgeliefert und in Berlin und Hamburg im Sprinter ihre Matratzen auf Weinkisten ausgebreitet, denn jeder Euro, auch für billige Hotels, hätte in den Anfangsjahren ihr Projekt des gemeinsamen Weingutes gefährdet.

Heute war Manuels Blick ähnlich wie damals, aber das Entsetzen war ein anderes, eher erschüttert statt angsterfüllt. Ging es wirklich um den bevorstehenden Abschied?

»Mensch, Manuel!« Thomas schauderte unter diesem Blick seines Freundes, der unschlüssig in der Tür stehen geblieben war. »Was ist passiert? Rede schon!«

Manuel schluckte, seine Augen irrten durch den Raum und schienen in dem Chaos von Geschirr und Gläsern nirgends Halt zu finden. Er stand da, stocksteif, und hatte die Arme von sich gestreckt, hielt Thomas die offenen Handflächen entgegen, die Finger seiner Hände leicht abgespreizt. Sie waren rot und glänzten, helle Haare klebten daran. War es Blut?

»Heinrich«, stammelte Manuel, »sie haben Heinrich …« Jetzt betrachtete er seine Hände und schüttelte den Kopf. »Wer … wer macht so was?«

Heinrich? Meinte er den Leithammel ihrer kleinen Quessants, die ihnen freundlicherweise einen Teil der Weinbergspflege abnahmen? Einen anderen Heinrich kannte Thomas nicht.

»Was ist mit Heinrich?«, fragte er verständnislos, während er weiter auf die blutigen Hände starrte. Er sah nicht Manuel, er sah Lady Macbeth vor sich, wie sie nach dem Mord an König Duncan mit blutigen Händen über die Bühne wankte, die Hände ähnlich von sich gestreckt. Sie hatten vor ewigen Zeiten mit der Abiturklasse das Schauspiel gesehen. Er hatte nie wieder daran gedacht, doch jetzt sah er sie vor sich. Jetzt glitt Thomas' Blick von Manuels Händen hinauf zu seinen Augen. »Woher kommt ... wieso das ... Blut? Heinrich?«

Konnte sich das Tier so schwer verletzt haben? Sie verwendeten Elektrozäune mit niedriger Spannung und keinen Stacheldraht.

»Jemand hat ihm ...«, Manuel stockte die Stimme, »jemand hat ihm ...«, er suchte nach Worten, zog die Schultern hoch und machte die Geste des Halsabschneidens. »Jemand hat ihm die Kehle durchgeschnitten ... Ich habe Heinrichs Kopf genommen, und dabei sind meine Hände ...« Jetzt streckte er sie wieder von sich, als gehörten sie nicht zu ihm.

Thomas duckte sich erschrocken weg, unverwandt Manuel anblickend, unsicher, ob er ihm glauben sollte. Aber nein, es war das Ereignis, das eigentlich unvorstellbar war. »Wasch dir die Hände, Mann. Das sieht grauenhaft aus, als hättest du selbst ...« Er legte Manuel zaghaft den Arm um die Schultern, schob ihn zur Spüle, öffnete den Wasserhahn und drückte ihm die Seife in die Hand. »Und dann gehen wir zusammen ... Ich schau mir das an. Dann sehen wir weiter.«

Hinter dem Haupttrakt des Weingutes hatten sie mit einfachen Mitteln einen Pferch mit einer Holzhütte gebaut, wo die Schafe vor Sonne und Regen Schutz fanden. Von hier aus gelangten sie ohne große Umstände in die Weingärten; in die entfernteren Lagen wurden die Tiere mit einem umgebauten Pferdehänger gebracht. Thomas mochte die Schafe sehr, sie waren nützlich. Sehr viel mehr Freude machten sie jedoch Efe, auf den sie besonders gut hörten und der jedes Tier mit Namen kannte. Wenn der Nigerianer rief, kamen sie, bei Thomas schauten sie höchstens kurz auf.

Thomas ging langsam zum Pferch. Er fürchtete sich vor dem, was ihn erwartete, obwohl er nicht wusste, was es sein würde. Manuel ging mit gesenktem Kopf voran, als fühlte er sich verantwortlich.

Als Thomas das tote Tier sah, blieb er entsetzt stehen. Der

grässliche Anblick rührte ihn heftig, obwohl er es besser als Manuel verstand, sich schlechte Gefühle vom Leib zu halten. Hier allerdings stockte auch ihm der Atem. Jemand musste das Schaf bei den Hörnern gepackt, es aus der Hütte gezogen und ihm den Hals durchgeschnitten haben. Der Boden vor der Tür des Pferchs war voller Blut. Und dann hatte dieser Jemand ihrem Heinrich den Bauch aufgeschlitzt. Die Eingeweide quollen heraus, und inmitten der Blutlache lag das verendete Tier.

Sprachlos schauten sich die Freunde an, als hätte einer von beiden eine Antwort auf die Frage, die sich zwangsläufig aufdrängte: Wer hatte das getan? Wer konnte eine derart brutale Tat begehen? Wem war so etwas zuzutrauen? Und wozu? Da musste jemand sehr krank und extrem gestört im Kopf sein.

»Ich habe mal gehört, dass es Leute gibt, die Pferde abstechen, Verrückte, die sich nachts auf Weiden schleichen und sich an den Tieren vergehen«, sagte Manuel mit tonloser Stimme.

Das hier kann auch nur ein Wahnsinniger getan haben, dachte Thomas. Wenn er das Schreckensbild vor ihnen allerdings als arrangiert oder als Inszenierung betrachtete, dann kam ihm ein anderer Gedanke in den Sinn, und er stand still. »Will uns jemand diesen Anblick vorsetzen? Will uns jemand Angst einjagen? Wer, Manuel, könnte uns so feindlich gesinnt sein?«

Sein Freund hatte keine Antwort, er war eindeutig viel zu betroffen, um rational an das sich vor ihnen ausbreitende Elend heranzugehen.

»Wer ist uns feindlich gesinnt?«, wiederholte Thomas. »Wer kann einen solchen Hass in sich tragen, ein so kleines, friedliches Tier umzubringen?«

»Oder wer ist so kaputt, um sich an so etwas zu ergötzen?«, fragte Manuel schulterzuckend zurück.

Darauf hatte Thomas nur ein Kopfschütteln zur Antwort.

Der Mann, der ihm in den Sinn gekommen war, würde noch für weitere vier Jahre im Gefängnis einsitzen. Oder war Marquardt vorzeitig entlassen worden?

»Du dachtest an denselben Mann wie ich?«

»Kannst du Gedanken lesen?« Thomas nickte. »Ja, aber das ist Quatsch. Ich glaube nicht, dass er dazu in der Lage wäre. Da wird, da *muss* was anderes dahinterstecken.«

Manuel war anderer Ansicht, wie er Thomas wissen ließ: Wer in der Lage war, einen Menschen umzubringen, dazu noch eine junge Frau, der war auch zu solchen Bluttaten fähig. Aber auf diese grausame Weise? Daran hatte auch er ernste Zweifel. »Allerdings – kann er jemanden beauftragt haben?«

»Dazu müsste er wissen, wie er uns treffen kann. Nein, das glaube ich nicht. Aber es ist längst Zeit, die Polizei zu rufen.« Thomas griff nach seinem Smartphone, trat zurück und machte einige Aufnahmen, sowohl von dem toten Tier wie auch vom näheren Umkreis, »bevor die anderen hier alles zertrampeln«. Er meinte damit die Familie sowie die örtliche Polizei, die er daraufhin benachrichtigte und den Fall schilderte. »Vor uns liegt ein totes Schaf …«

»Ja, wie schrecklich«, entgegnete der Beamte ironisch. »Und da rufen Sie uns an?« Die Person am anderen Ende der Leitung verstand nicht recht, worum es ging, hielt die Polizei in diesem Fall für nicht zuständig und empfahl, einen Tierarzt zu konsultieren, »besser noch den Abdecker – wegen möglicher Seuchengefahr!«.

Thomas stand kurz davor, richtig wütend zu werden und damit alle Sympathien zu verspielen, als ihm Manuel energisch das Smartphone aus der Hand nahm. »Die Kehle durchgeschnitten und den Bauch aufgeschlitzt! Ein extremer Fall von Tierquälerei. So! Und jetzt möchte ich mit Schlauchmeier persönlich sprechen.«

»Polizeiobermeister Schleichmeier meinen Sie wohl«,

sagte der Mann tadelnd, der die Angelegenheit anscheinend nicht ernst nahm.

»Wie auch immer«, gab Manuel in seltener Schärfe zurück, die Thomas erstaunt aufblicken ließ. »Er soll kommen, nicht schleichen, am besten mit Blaulicht. Wir kennen uns aus der Galerie Südstern, er war gestern dort. Wir sind ausgeraubt worden.«

Gab es Schlüsselbegriffe, auf die hin die Polizei erst tätig wurde? »Überfall« mochte eines sein, allerdings nicht »Kehle durchgeschnitten« und »Bauch aufgeschlitzt«.

»Er ist in einer wichtigen Angelegenheit unterwegs. Ich werde ihn benachrichtigen, sobald er …«

»Sie benachrichtigen ihn sofort!«, schob Manuel wütend nach. »Wir stehen hier vor einer Blutlache.«

Thomas zuckte zusammen, als ihm jemand die Hand auf die Schulter legte, und fuhr herum. Hinter ihnen stand Efe, ihr Praktikant aus Nigeria, das gleiche starre Entsetzen und die Fassungslosigkeit in den Augen wie zuvor sie selbst.

Efe schwieg einen Moment, sah sich nach allen Seiten hin um, dann holte er Luft und schien darüber nachzudenken, wie er das, was er zu sagen hatte, auf Deutsch erklären könne. »*Ogum*«, sagte er, nach Worten suchend, »*Ogum*, das heißt ›Krieg‹ in meiner Sprache! Wenn er anfangt, toten sie erst Tiere von Nachbarn, dann die Nachbarn, dann den Feind.« Er schien auf eine Gegenrede oder eine Antwort zu warten und machte einen Schritt auf das tote Tier zu. Manuel wollte ihn zurückhalten, dann lenkte der Rufton von Thomas' Smartphone ihn ab, und Efe kniete sich neben den Kadaver. Er nickte und bestätigte seine eigenen Worte: »*Ogum*! Ein großer Krieg!«

Ogum war also das Wort für Krieg in der Sprache des nigerianischen Yoruba-Volkes, dem Efe angehörte, so viel hatte Thomas herausgehört, und er hatte den tiefen Ernst in

Efes Stimme bei diesem Wort wahrgenommen. Er verstand die Botschaft und versuchte, sich an etwas zu erinnern. Die ärgerliche Stimme seines Vaters aus dem Smartphone riss ihn aus seinen Gedanken.

»Was ist los bei euch? Ist keiner mehr im Haus? Wo seid ihr?«

Thomas erklärte es ihm, und Augenblicke später erschien Philipp und reihte sich in das Entsetzen der drei jungen Männer ein. Eine Antwort auf das Geschehen hatte keiner von ihnen parat, und was Efe meinte, schien allen bis auf Thomas wenig einleuchtend.

»Schleichmeier ist oder soll im Anmarsch sein«, fühlte Manuel sich bemüßigt zu sagen.

»Dieser Oberbulle von gestern?« Thomas hatte bisher nur bruchstückhaft von den Ereignissen in der Galerie erfahren. »Die Pfeife eben am Telefon meinte, ein Tierkadaver sei Sache der Abdecker.« Er wusste, wie sein Vater auf die Nachlässigkeit der Polizei reagieren würde. Seit sie beide damals den Betrug mit dem Champagner-Fonds aufgedeckt hatten, war ihr Verhältnis zur Staatsgewalt ähnlich problematisch.

Philipp wandte sich dem Pferch zu, wo sich die anderen Schafe verängstigt in der hintersten Ecke ihres Stalls zusammendrängten. Er zählte laut durch. Nur Heinrich lag hier – allen anderen schien kein Haar gekrümmt worden zu sein. Um sich abzulenken, besprachen sie, wo die Herde demnächst eingesetzt werden sollte. Die Lage, wo der rote St. Laurent wuchs, war bereits gänzlich eingezäunt. Efe und Grigoriy würden sich darum kümmern, die Tiere dorthin zu bringen, zuvor jedoch den Elektrozaun prüfen.

Manuel sagte, ihm wäre es lieber, tagsüber dort Wache zu halten. »Solange wir nicht wissen, was hier los ist, sollten wir auf unsere Schafe gut achtgeben, jedenfalls besser als bisher«, schob er nach, als hätte er seine Pflicht verletzt.

»Das übernimmt besser Grigoriy«, schlug Thomas vor, »er

müsste längst hier sein.« Ihr ukrainischer Praktikant wohnte, anders als Efe, im Nachbarort bei einer Familie Bouchard zur Untermiete.

Philipp, der sich im Gespräch kaum an irgendwelchen Mutmaßungen hinsichtlich Täter und Motiv beteiligt hatte, hielt den Vorschlag für sinnvoll. »Wir werden die Tiere bis auf Weiteres abends reinbringen.« Er sah sich nach dem Pferch um. »Vielleicht wird das auch nichts nutzen, über den niedrigen Zaun kommt jeder rüber. Da muss ein richtiger Zaun her.«

»Wenn einer die Kneifzange dabeihat, nutzt der Zaun auch nichts mehr«, unkte Verena. Mittlerweile hatte auch sie sich eingefunden. Nach einem kurzen Blick auf das grauenvoll zugerichtete tote Tier wandte sie sich an Philipp. »Ich vermute mal, dass heute aus unserer Abreise wieder nichts wird.«

Ein Achselzucken Philipps musste einstweilen als Antwort genügen. »Die Düsseldorfer sind gestern Abend im Taxi zurück zum Hotel. Ihren Wagen wollen sie holen, nachdem ihnen jemand das Weingut und die Weinberge gezeigt hat. Machst du das, Thomas?«

Er war dazu immer gern bereit. »Es sind sympathische Leute, wir müssen ihnen ja nicht jede Lage vorführen, ich verschaffe ihnen einen Überblick, damit sie ihren Gästen was zu erzählen haben. Damit verkauft sich der Wein leichter.« Er sah zu Manuel hinüber, dem Heinrichs Tod scheinbar mehr zu schaffen machte als allen anderen; ihm selbst gelang es eher, seine Gefühle zu überspielen und rascher an der Lösung eines Problems zu arbeiten. »Es kommt darauf an, was sie vom Weinbau verstehen.«

»Wohl einiges. Sturm war lange, wie er beim Abendessen erzählte, Mitglied in einem Weinverein«, warf Philipp ein.

Thomas nickte, dann wandte er sich an Manuel: »Deine Weinberge am Libellenberg und die Bewässerungsanlage wirst du ihnen besser erklären können als ich …«

»Es sind, verflucht noch mal, *unsere* und nicht *meine* Weinberge!«, stieß Manuel heftig hervor und verschaffte sich so Luft, der blutige Anblick schien ihm zu viel Beherrschung abzuverlangen.

Beschwichtigend hob Thomas die Hände. »Okay, wir kümmern uns um alles. Verena, ihr könnt morgen auf jeden Fall fahren.«

Es hänge natürlich auch davon ab, wie die Polizei reagiere, wagte Philipp vorsichtig anzumerken, obwohl er die Reaktion seiner Frau fürchtete.

»Ich sehe schon«, unkte Verena weiter und seufzte, »wir kommen hier nie weg. So ist das immer, wenn wir beide uns etwas vornehmen.«

»Machen Sie schon wieder Umstände?« Schleichmeier schien von dem Anblick des toten Schafs weniger beeindruckt zu sein als sein uniformierter Begleiter. »Was haben Sie jetzt wieder angestellt?!«

»Glauben Sie tatsächlich, dass wir unsere Schafe meucheln?« Das war provokant gesagt und von Philipp genau so gemeint. Er ärgerte sich, dass Schleichmeier und nicht ein anderer Polizist gekommen war. Er war offensichtlich am toten Schaf noch weniger interessiert als am Diebstahl der Bilder.

Schleichmeier blieb die Antwort schuldig und umrundete den Tatort. Dem hageren Mann gab das grau melierte Haar einen seriösen Anstrich, ihn hätte man sich auch als Polizeipräsidenten vorstellen können, allerdings in einer eleganteren Uniform und ohne die blöde Mütze. Er wirkt von außen anders, als er innen drin ist, dachte Philipp, er kontrolliert sich, das muss er tun, er wird von einem deutlich aggressiveren Motor getrieben, als es der Dienstvorschrift nach erlaubt ist. Irgendwo auf dem Dienstweg ist er stecken geblieben. Entweder waren Bad Dürkheim und Neustadt zu unbedeutend, zu klein für den Aufstieg, oder in der Pfalz waren zuerst die dran, die sich näher an der Politik bewegten und das richtige Parteibuch vorzeigten. Philipp nahm an, dass er nur gewissenhaft vorging, wenn die Herausforderung wirklich groß war. Aber ein Schafbock?

»Haben Sie hier alles schon zertreten? Da lassen sich keine Spuren mehr sichern.«

»Wir haben alles fotografiert ...«

»Wie ein Laie das so macht«, unterbrach der Polizeiobermeister von oben herab.

»Ich nehme an, dass Sie Ihre Spurensicherung sowieso nicht motivieren wollen, sich hier umzusehen. Gestern kam auch niemand in die Galerie, um ...«

»Und wer sind Sie?«, fragte Schleichmeier, den Kopf gereckt, beinahe gelangweilt, die Mundwinkel heruntergezogen.

»Mein Sohn Thomas ist Mitinhaber des Weingutes«, erklärte Philipp, »genau wie Herr Stern, den kennen Sie bereits, alle zu gleichen Teilen«, meinte er nachschieben zu müssen, um Missverständnissen vorzubeugen.

Erst jetzt entdeckte der Polizist unter den Umstehenden das tiefschwarze Gesicht Efes, und seine Miene verfinsterte sich. »Und wer ist dieser ... Mann? Auch ein ... Mitinhaber?« Es fiel Schleichmeier nicht leicht, seine Herablassung zu verbergen, er gab sich auch keine Mühe, seine Feindseligkeit war offensichtlich. Er meinte, sich das erlauben zu können. Seine Augen glitten an dem jungen, groß gewachsenen Nigerianer herab. Als er Blutflecken in Höhe der Knie bemerkte, bekam sein Gesicht einen lauernden Ausdruck.

Diskret hob Philipp die Hand und hielt Thomas von einer Beleidigung ab. Er kannte seinen Sohn zu gut und wusste, wie er auf Ungerechtigkeit reagierte und was seinen Zorn hervorrief. »Das ist Herr Efe Obinna aus Nigeria«, meinte er lächelnd zu Schleichmeier gewandt. »Efe arbeitet mit uns. Er ist anerkannter Flüchtling. Wollen Sie seine Papiere sehen?

Wenn es noch mehr Leute geben würde, die so engagiert arbeiteten wie er, würden wir sie vom Fleck weg einstellen. Die Jungs hier in der Gegend sind sich ja zu fein für den Weinbau. Sie bilden sich ein, mit dem Joystick in der Hand könnten sie vom Sofa aus die Welt regieren. Aber sich die Finger schmutzig machen?«

»Aus Nigeria?«, meinte Schleichmeier finster. »Afrika?« Der Polizist konnte den Blick nicht von der blutbefleckten Hose abwenden. »Diese Schwarzen da machen doch Tieropfer? Die schächten Tiere in ihren Kulten, wer weiß, was für ein Ritual«, wieder traf Efe ein abfälliger Blick, »er hier zelebriert hat.«

Die Art, wie Verena und die vier Männer ihn anstarrten, brachte Schleichmeier zum Schweigen. Scheinbar war er klug genug, um zu wissen, dass der Vorwurf des Rassismus unweigerlich eine Untersuchung nach sich ziehen würde, besonders in diesem Umfeld. Vermutlich hatte er sich gestern noch über den Polizeicomputer schlaugemacht, mit wem er es hier zu tun hatte – bis auf Verena und Efe waren sie ja alle aktenkundig. Ihm war sicher inzwischen klar, dass er es hier mit »Querulanten« zu tun hatte.

Schleichmeiers zweiter Mann hingegen, er hatte sich kurz als Polizeimeister Voss vorgestellt, schien es mit der Spurensuche ernst zu nehmen. Er wirkte deutlich interessierter an der Bluttat als sein Vorgesetzter. Er fotografierte den Tatort, wie er ihn tatsächlich nannte, von allen Seiten, ebenso den Pferch der Schafe. »Hier kommt ja jeder rein«, sagte er und betrat die kleine Hütte, ließ sich erklären, wozu man sie einsetzte und wie man auf das Grundstück gelangte.

»Anscheinend muss er sich noch anstrengen, um in die nächste Besoldungsgruppe vorzustoßen«, raunte Thomas seinem Vater zu, der ihm bedeutete, den Mund zu halten, um die Beamten nicht zu verärgern. »Wir sind auf sie angewiesen, wenn wir rauskriegen wollen, was dahintersteckt.«

Thomas sah das anders: »Da werden wir uns schon selbst drum kümmern müssen, ich schwör's dir.«

»Was ist das für eine Rasse?«, fragte Voss. »Sie sind ziemlich klein im Vergleich zu denen, die wir sonst hier haben.«

Das seien bretonische Quessants, erläuterte Manuel, sie stammten von einer Insel vor der französischen Westküste. Größere dürfe man im Weinberg nicht einsetzen, sonst fräßen sie die Laubwand an und kämen an die Trauben. »Wieso interessiert Sie das?«

»Ich stamme von einem Bauernhof«, sagte Voss. »Ich habe viel gesehen, aber so grausige Fotos habe ich mein Leben lang nicht machen müssen.«

»Was für Menschen vergehen sich derart an einem kleinen wehrlosen Tier?« Verena hatte sich an Voss gewandt, sie wollte sich wahrscheinlich nicht schon wieder eine Abfuhr von Schleichmeier einhandeln.

»Für solche Taten kommen meist psychisch oder sexuell gestörte Menschen infrage«, setzte Voss an.

Doch Schleichmeier funkte abfällig dazwischen: »Woher wollen Sie das denn wissen?« Sein Blick glitt immer wieder in Richtung des Weges, der um das Weingut herumführte und auf dem sie gekommen waren.

»Das ist die Ansicht der Forensik«, entgegnete Voss, der sich vom Desinteresse seines Vorgesetzten nicht in seiner Neugier und seinem Aufklärungsinteresse beirren ließ. »Meistens geht es um Pferde, wir haben Hunderte von Morden und Verstümmelungen an den Tieren. Die bekannt gewordenen Fälle summieren sich inzwischen auf mehr als neunhundert, weniger bei uns im Süden als vielmehr in Niedersachsen und in den neuen Bundesländern. Die Täter werden beschrieben als bestialisch, als pervers veranlagt und rein triebhaft gesteuert. Diesen Menschen fehlt irgendetwas im Leben, oder es gab Gewalterfahrungen in der Familie, in der Kindheit.«

»Woher wollen Sie das schon wieder wissen?« Schleichmeier schien umso ungehaltener zu werden, je mehr Voss erklärte und sich das Interesse ihm zuwandte.

»Es geht um die Freude an der Zerstörung, es handelt sich um Menschen, denen es Lust bereiten muss, Macht und Kontrolle auszuüben. Auch Kühe sind davon betroffen, Schafe hingegen viel seltener. In der Debatte über die Aggression gegen Tiere diskutieren Forensiker und Psychiater, ob ein derartiges Verhalten ein Indikator, also ein Anzeichen für spätere aggressive Handlungen gegenüber Menschen ist, eine Art Training für Schlimmeres sozusagen.«

Die Männer stellten undurchdringliche Mienen zur Schau, sie alle hatten wohl das von Efe Angedeutete in Erinnerung. Verena hingegen zeigte deutlich ihre Furcht. »Wollen Sie damit sagen, dass sich die Gewalt auch gegen uns richten kann?« Nach einer Antwort suchend blickte sie die Männer der Reihe nach an, doch bis auf Voss wichen alle ihrem Blick aus.

»Das ist nie auszuschließen, obwohl es dafür keine Nachweise in der Wissenschaft gibt. Meistens sind solcherlei motivierte Taten jedoch gefahrlos für andere.«

Während Philipp Voss' Ausführungen zuhörte, ließ er seinen Blick vom Weinberg, der sich hinter dem Haus in Richtung der Höhenzüge des Pfälzer Waldes erstreckte, zu Thomas gleiten, der die Lippen zusammenpresste – ein Zeichen, dass er sich nicht von seinen Gefühlen tragen ließ, sondern auf eine Lösung sann. Manuel stand bei Efe, der seine Trauer um das tote Tier nicht verbarg – vorausgesetzt, Philipp deutete seinen Gesichtsausdruck richtig.

Efe war seit einem Dreivierteljahr bei ihnen. Meistens war er mit Manuel und Thomas unterwegs im Weinberg oder im Keller. Die drei verstanden sich prächtig. Wenn sie etwas zu erledigen hatten, in Bad Dürkheim oder in Neustadt an der Weinstraße unterwegs waren, Einkäufe fürs Geschäft tätigten oder eine ihrer Maschinen zur Reparatur oder Wartung brachten, dann war Efe dabei. Sie setzten ihn der Wirklichkeit aus, unterhielten sich mit ihm, korrigierten geduldig sein Deutsch, nahmen ihn abends dann und wann auch mit in eine Kneipe, wenn es die Arbeit zuließ. »Wir gewöhnen die Pfälzer daran, dass es auch schwarze Menschen gibt.« Und das war ganz in Philipps Sinne.

Und im örtlichen Fußballverein freuten sie sich über den Neuzugang auf der Stürmerposition, beim Toreschießen spielte die Hautfarbe keine Rolle. An die neugierigen, fragenden oder abfälligen Blicke hatten sie alle sich gewöhnt. Die Afroamerikaner der Airbase Ramstein, meist nicht mehr ganz so schwarz wie Efe, tauchten auf dieser Seite des Pfälzer Waldes, der östlichen, seltener auf.

Verena war mit Voss' Antworten zu den Beweggründen des Täters noch immer nicht zufrieden. »Was wären denn noch mögliche Motive?« Es war ihr offenbar gleichgültig, dass Schleichmeier dabei zusehends nervöser wurde. Er schien es eilig zu haben, hier wegzukommen, oder war es ihm unangenehm, dass Voss mehr wusste als er? Ein totes Schaf – was für eine Lappalie.

»Ich habe auch gehört, dass eine schwere Kränkung des Selbstwertgefühls über lange Zeit zu Hass führt oder zum Bedürfnis, sich für real erlebtes oder eingebildetes Unrecht zu rächen. Dann wird das Tier sozusagen zum Ersatzobjekt. Kleine Kinder quälen kleinere Tiere, Erwachsene suchen sich größere Objekte, an denen sie sozusagen üben.«

»Sie sollten sich nach Mainz zur Abteilung Polizeipsychologie versetzen lassen«, frotzelte Schleichmeier, »da braucht man Leute wie Sie. Im Übrigen reicht es jetzt, Voss! Wir haben genug von Ihren Weisheiten!«, brach es lautstark aus ihm hervor. »Abmarsch!«

»Und was ist mit einem Protokoll? Was mit der Spurensuche?« Philipp war empört. Er wurde laut: »Wieder wie gestern? Wieder nichts? Hier gehört ein richtiger Forensiker her.«

»Sie können sich ja beschweren«, meinte Schleichmeier.

»Das werde ich tun! Und wie sollen wir uns weiterhin verhalten? Alles im Sande verlaufen lassen? Sie verweigern uns die Hilfe! Das ist nicht nur ein totes Schaf, das war ein tätlicher Angriff auf uns, auf unser Weingut. Es war Mord!« Selten wurde Philipp derart scharf.

»Ich fand das hochinteressant, was Herr Voss sagte«, meinte Verena, »schließlich sind wir …«

»Dann müssen Sie eben jemanden abstellen, der hier nachts aufpasst«, fiel Schleichmeier ihr ins Wort. »Wahrscheinlich waren das Rechtsradikale oder Menschen, die sich von Flüchtlingen bedroht fühlen, oder …«, er blickte Efe an, »sie … sie verlagern ihre Stammeskämpfe hierher. Für Ihre Sicherheit müssen Sie schon selbst sorgen. Dafür haben wir keine Leute.«

Philipp las an Thomas' Miene ab, dass der kurz davor war, dem Polizisten was aufs Maul zu hauen. Und auch Manuel schien diesem Gedanken nicht abgeneigt.

»Ich komme ein andermal vorbei«, sagte Voss in verbindlichem Ton, »und sehe zu, dass ich jemanden von der Spurensicherung motiviere. Fassen Sie möglichst nichts an und sperren Sie den Tatort ab.« Er nickte freundlich und folgte Schleichmeier, der vorausgegangen war.

Schweigend und um keinen Deut klüger als zuvor, was Täter und Motive betraf, stand die Gruppe zwischen Pferch und Weinberg. Es war mittlerweile zehn Uhr, und Philipp wurde nervös. Die Arbeit blieb liegen, und er schaute sorgenvoll in den Himmel. Es war jetzt bereits so heiß wie sonst um die Mittagszeit.

Thomas trat mit dem Smartphone zu ihm und zeigte ihm den aktuellen Wetterbericht: »Wieder nur Hitze und kein

Tropfen Wasser, das wir im Moment dringend bräuchten. Das Hoch zieht sich von Frankreich bis nach Tschechien. Es ist stabil, und ein Tief ist nirgends in Sicht. In Frankreich sind die ersten Waldbrände ausgebrochen, die Loire ist fast trocken, sie haben die vier AKWs dort bereits abgestellt …«

»Gott sei Dank«, warf Manuel ein, »wenigstens mal 'ne positive Nachricht.«

»… ebenso der Po, und einige hundert Kilometer weiter südlich herrscht Überschwemmung. Es wird ein verdammt schwieriges Jahr, wie ich das sehe. Unser Glück nur, dass wir bei dem frühen Austrieb im Mai keine Nachtfröste hatten.«

Philipp sah es ähnlich. »Nicht nur dieses Jahr wird schwierig, Thomas, die nächsten werden es wohl auch, wenn nicht schlimmer. Bei euch in Bordeaux wird wenigstens was getan …«

»Philipp! Papa! Noch bin ich nicht weg! Noch bin ich hier. Aber grundsätzlich ist das richtig, in Frankreich passiert zumindest im Agrarbereich und im Weinbau entschieden mehr. Die Winzer dort haben bereits um die hunderttausend Hektar auf Bioweinbau umgestellt, das ist so viel wie die gesamte deutsche Weinbergsfläche. Weitere fünfzigtausend Hektar sind in der Umstellung. Martin und Simone haben ihr Weingut längst auf Biobetrieb umgestellt. Auch die Spanier sind vorangegangen, ebenso Italien. Nur die Deutschen nicht. Sie tun sich nur wichtig, reden und reden, halten sich für Weltmeister im Umweltschutz, und was rauskommt, sind nichts weiter als Zehn-Punkte-Programme, Eckpunktepapiere und vielleicht 'ne Taskforce, aber konkrete Maßnahmen werden nicht umgesetzt. Die Agrarlobby gibt der Politik via grünem Minister die Ausreden vor, und die Großindustrie wurstelt dank der FDP weiter wie bisher. Es macht keinen Spaß mehr. Wer weiß denn noch, was er oder sie glauben soll?«

»Wir werden weiter einiges umstellen müssen, einiges neu pflanzen, kurz- und langfristig«, meinte Philipp. »Es kommt viel Arbeit auf uns zu – und Kosten.« Sie würden sich nicht nur um hitzeresistente Rebsorten kümmern müssen, die mit weniger Wasser auskämen, sondern auch um die Unterlagsreben, schließlich seien es deren feine Wurzelspitzen, die das Wasser aufnähmen. Er sei froh, dass sie die Bestellungen frühzeitig aufgegeben hatten, denn auf die Idee, die Klone nach der Wasseraufnahmefähigkeit auszusuchen – »meine Güte, was für ein Wort« –, kämen mittlerweile viele. Es sei von Manuel sehr vorausschauend gewesen, seine neuen Lagen …

»Scheiße, verdammt«, fuhr Manuel dazwischen, »es sind *unsere*, kapiert ihr es endlich? Ich habe sie ins Betriebsvermögen eingebracht, also sind es *unsere*. Klar?«

»Gut, also es war sehr klug, dass du darauf bestanden hast, *unsere* neuen Burgunderlagen bewässern zu lassen. Die Jungreben würden die Trockenheit nicht überstehen, besonders am Hang.«

»Du vergisst Johanna und den Eindruck, den die Folgen der Hitzewelle in Portugal auf sie gemacht, was sie von verbrannten Reben erzählt hat: dreißig Prozent Ernteverlust. Wie soll man das ausgleichen, wie überstehen?«

»Johanna sieht wie immer alles viel zu negativ«, warf Verena ein.

»Vielleicht weiß sie zu viel. Ich erinnere mich, wie geschockt sie von der Reise zurückkam. Erst daraufhin haben wir uns für Tropfbewässerung entschieden, zumindest bei den jungen Reben. Bei den alten Reben, die bereits tief wurzeln und bei den Flachlagen wie dieser«, Philipp wies auf den ans Gut grenzenden Weingarten, »ist das was anderes …« Er bemerkte erst jetzt, dass sich die Aufmerksamkeit ruckartig von ihm abgewandt hatte. Niemand schaute in die angegebene Richtung, sondern zur Seite, wo sich trotz der Windstille das Weinlaub bewegte. Da schlich jemand geduckt durch die Reben des Rieslings.

Verena machte zwei Schritte zurück, während die Männer sofort eine Abwehrstellung einnahmen, allen voran Thomas, der im hiesigen Sportzentrum seit Jahren Kampftraining machte, und das aus gutem Grund, wie Philipp wusste. Einmal hatte sein Sohn das Gelernte anwenden müssen, damals, als er in Frankfurt auf der Straße von drei Kerlen angefallen worden war, die ihm ein Rechtsanwalt auf den Hals gehetzt hatte.

Aber wer hier zur Überraschung aller aus dem Weinlaub trat, war eine Frau, in ihren Händen hielt sie eine Kamera mit aufgesetztem Teleobjektiv. Sie schien mittleren Alters, war mittelgroß, schlank, braun gebrannt, die Augen hinter einer großen Sonnenbrille verborgen, das hellbraune Haar streng nach hinten gebunden. Sie trug einen schicken Jeansanzug und war eine attraktive Erscheinung.

»Ich habe es befürchtet.« Verenas leise vorgebrachter Ausruf stieß auf Unverständnis. »Die Journalistin von gestern, sie kam mit anderen Presseleuten. Und sie hat angekündigt, dass sie wiederkommen würde. Nur, dass es so schnell passieren würde, habe ich nicht erwartet.«

»Du kennst sie?«, fragte Philipp verwundert, der der Fremden zusah, wie sie sich langsam näherte und dabei mit entschuldigendem Lächeln eine Strähne aus dem faltenlosen Gesicht strich; sie war sich der Wirkung ihres Auftritts wohl bewusst. Doch als sie das tote Tier sah, blieb sie abrupt stehen, als wäre sie gegen eine unsichtbare Wand gelaufen, und schaute sich irritiert um. Von jenseits des Kadavers blickte sie unruhig auf die Phalanx der vor ihr aufgereihten Personen, scheinbar plötzlich verunsichert, wohin oder an wen sie sich wenden sollte. Was sich in ihrem Gesicht abspielte, ließ sich nicht erkennen, die Sonnenbrille verdeckte jede Mimik.

Philipp ärgerte sich über den unangemeldeten Besuch. War das Auftauchen dieser Frau reiner Zufall?

»Sie war gestern in der Galerie«, raunte Verena ihm zu, »sie hätte sich telefonisch anmelden müssen.«

»Nicht näher kommen!«, rief Manuel, der damit begonnen hatte, mit einem Seil den Tatort im Umkreis von fünf Metern abzusperren, während Thomas Abgrenzungspfähle für das Weidennetz in den Boden rammte, um für die Schafe eine Gasse in den Weingarten zu schaffen. Vielleicht war das vergebliche Mühe, denn es war ungewiss, ob die Polizei, vielmehr Polizeimeister Voss, jemanden von der Spurensicherung schickte, aber der Versuch war es wert. Von diesem Schlafmeier war sowieso nichts zu erwarten.

»Das ist Frau von Weiden«, erklärte Verena laut. Wie sie ihr gestern erzählt habe, arbeite sie als freie Journalistin für diverse Zeitungen der Pfalz. Sie sei wohl auch jenseits der Grenze in Frankreich journalistisch tätig und habe ein kleines Büro in Reims, dort sei sie näher am Champagner. »Sie schreibt über Wein und Winzer, die ihre Arbeit mangels Nachfolger aufgeben, wie sie mir sagte. Da sei ein Weingut wie unseres ein schöner Kontrast.«

»Mit dem Mord an dem Schaf als Einstieg?«, unkte Philipp. »Das wird 'ne hübsche Geschichte.«

Unter den skeptischen Blicken der Gruppe war Beatrix von Weiden an die Absperrung herangetreten und starrte den toten Heinrich an, dann wich sie vor dem grausigen Anblick zurück. Sie schaute verstört von Verena zu Thomas, der sie kalt musterte. Für Philipp zeigte sie kein Interesse, und so konnte er in Ruhe beobachten, wie ihr Gesichtsausdruck vom Schrecken zum schmeichelhaften Lächeln wechselte, als sie Manuel entdeckte. Augenblicklich straffte sich ihr Körper, nahm eine kokettierende Haltung ein, es kamen fünfzig Prozent Weiblichkeit hinzu, wie Philipp bemerkte. Die Journalistin schien sofort zu erkennen, wer von ihnen ihren Reizen am zugänglichsten, wer als Opfer auserkoren war. Schließlich trat sie auf Philipp zu und stellte sich vor.

»Gehe ich recht in der Annahme, dass Sie der Winzer sind, Herr Achenbach? Mit Ihrer Gattin hatte ich bereits gestern das Vergnügen.« Sie trat zu Verena und war im Begriff, sie zu umarmen, eine Geste, die Verena deutlich zu persönlich war. Die Journalistin bemerkte es sofort und nutzte den Schwung der Bewegung, um ihren Fotokoffer abzustellen.

»Wir alle hier sind Winzer.« Philipp fand einen freundlichen und gleichzeitig deutlichen Ton. »Auch Herr Obinna gehört zu uns.«

Die Angesprochene verstand die Zurechtweisung, und Efe bekam ein Kopfnicken mit fernsehtauglichem Zähnefletschen. Dann fiel ihr Gesicht in den Ausdruck des Erschreckens zurück. »Was ist hier geschehen? Was für ein entsetzlicher Anblick!« Sie wandte sich dem toten Schaf zu, hob die Kamera, schnell waren einige Bilder gemacht.

Als Thomas sich mit erhobenen Händen abweisend dazwischenschob, ließ sie die Kamera sinken. »Das Schaf ist doch tot?«, fragte sie kopfschüttelnd. »Das ist ja grauenvoll. Wann ist das geschehen?« Wieder zuckte die Hand mit der Kamera. Die Jagd nach dem dramatischen Bild schien ihr in Fleisch und Blut übergegangen zu sein.

Den World-Press-Foto-Preis wird man mit dem toten Heinrich nicht gewinnen, sagte sich Thomas und fragte sich, was die Frau hierhergetrieben und wie sie von dem barbarischen Akt erfahren hatte. Es sollte Polizisten geben, die Reporter über Sehenswertes informierten.

»Wer dafür verantwortlich ist, werden wir mit Sicherheit herausfinden«, sagte er ruhig und bestimmt, »darauf kann sich der Täter verlassen. Aber jetzt zu Ihnen, Frau von …«

»Weiden«, ergänzte sie, »meine Freunde nennen mich Trixi.«

Die Abneigung zwischen ihnen beiden war in Sekunden besiegelt.

»Schön, Frau von Weiden«, Philipp übernahm und setzte das Gespräch fort, »was führt Sie zu uns?«

Für einen Moment schien sie verwirrt, dann wandte sie sich an Verena. »Wissen Sie inzwischen mehr über den Einbruch in Ihre Galerie? Nein? Ich hatte bereits gestern erklärt, dass der Wein mein Thema sei, allerdings so firm wie Sie alle hier als Profis bin ich darin bei Weitem nicht.«

Will sie damit um Schonung bitten, fragte sich Thomas insgeheim, dem nicht entging, wie die Besucherin Manuels Blick suchte. Anscheinend verfügte sie über ein Gespür dafür, wer von ihnen am leichtesten zu gewinnen war, und das war ohne jeden Zweifel Manuel. Sie war selbstbewusst und wirkte so, als könnte sie Männer dahin führen, wohin sie wollte. Manuel war schnell verwirrt, er konnte bei Frauen generell kaum unterscheiden, was Kalkül, Geplänkel oder ein ernst gemeinter Flirt war. Thomas nahm sich vor, diesmal besser auf ihn aufzupassen, statt sich verletzt und beleidigt nach Frankreich abzusetzen. Manuels letzter Ausrutscher mit Kamila hatte um ein Haar nicht nur ihn in die Katastrophe geführt.

Die schöne Journalistin erklärte Philipp, »wie ich bereits gestern Ihrer Frau sagte«, dass sie lieber freiberuflich arbeite, als Aufträge anzunehmen und diese im Sinne der Chefredaktion zu erledigen, die in vorauseilendem Gehorsam wichtige Artikel zensierte oder kritische Gedanken eliminierte. Freiberuflich zu arbeiten, bedeute für sie auch, frei zu denken. Sie sei hier, um ein Porträt über das Weingut zu machen, besonders da sie erfahren habe, dass Vater und Sohn Quereinsteiger seien.

Thomas, der mit Efe und Manuel jetzt den Elektrozaun entlang eingerammter Pfähle abrollte, hörte genau zu. »Quereinsteiger? Hast du mitgekriegt, Manuel, was sie sagte? Wir sind Quereinsteiger?« Er schmunzelte. »Das wusste ich noch gar nicht. Bachelor in Önologie sind Quereinsteiger? Von wem hat sie das denn?«

Während Thomas wie immer Efe geduldig erklärte, was

ein Quereinsteiger ist, bemerkte er, dass Manuel, statt auf die Arbeit zu achten, nur noch Augen für die Frau hatte. Die von Weiden war der Typ, von dem Manuel sich allzu gern um den Finger wickeln ließ. Doch auch er selbst hatte sich einst wie sein Freund von Kamila einwickeln lassen. Aber heute war die Lage eine andere. Was für Absichten hegte diese Trixi wirklich? Es gefiel Thomas gar nicht, dass sie das tote Schaf fotografierte, bevor sie selbst die Hintergründe der Untat kannten. Die Buschtrommeln dröhnten durchs Ländle. Das war nicht gut fürs Image.

»Ich möchte Sie nochmals bitten, das tote Tier nicht zu fotografieren«, sagte er laut und entschieden. »Und sollten Sie bereits Bilder aus der Deckung heraus gemacht haben«, er wies auf das dichte Weinlaub, aus dem sie getreten war, »dann verzichten Sie bitte auf die Veröffentlichung. Ich bitte höflich darum.«

Das Verhältnis zwischen Frau von Weiden und Thomas war längst geklärt. Von Verena traf ihn ein tadelnder, wenn nicht vernichtender Blick, sein Vater schaute ihn an, als fragte er sich, was ihn bewegte, denn er kannte das besondere Gespür seines Sohns. Thomas irrte sich selten, eigentlich nie.

Der Zaun war gespannt, die Herde verließ wie gehetzt den Pferch, froh, endlich herauszukommen, und machte sich über das restliche Grün der Rebzeilen her. Die Triebe an den Stämmen der Rebstöcke waren auf diesem Flurstück bereits abgefressen. Morgen würden sie die Schafe zu den anderen Lagen verfrachten. Die Blüte war längst nicht abgeklungen, sie verlief in diesem Jahr sehr unterschiedlich. Heute noch mussten auf zwei entfernteren Lagen die Triebe der Rebstöcke in die Drahtrahmen eingeflochten und stellenweise sogar beschnitten werden, das galt auch für überflüssige Fruchtansätze, denn ihnen kam es mehr auf Qualität denn auf Menge an. Und vieles war sicher vertrocknet.

Er hätte gern den Schafen ein Weilchen beim Fressen zugesehen, es beruhigte Thomas, aber er musste dem Gespräch mit der Journalistin folgen. Ihn störte zu vieles an der Frau, sie war zu schön, zu eifrig, zu glatt. Ihre zur Schau gestellte Unbedarftheit passte nur schlecht zu diesem Job.

Es war unübersehbar, dass es der Journalistin nicht schwerfiel, mit ihrem Charme Verena und Philipp ins Gespräch zu verwickeln. Welcher Winzer freute sich nicht, wenn über seinen Betrieb und ihn in der Presse berichtet wurde. Man verkaufte schließlich nicht nur Wein, sondern auch ein Lebensgefühl, man musste eine Geschichte vorweisen. Doch letztlich war entscheidend, wie die Weine bewertet wurden. Und das mit dem toten Schaf kam sicher nicht gut an.

Als Verena und Philipp Beatrix von Weiden auf einen Kaffee und zu einem Vorgespräch ins Haus einluden, warnte Thomas seinen Vater flüsternd im Vorbeigehen: »Lasst euch nicht reinlegen!«

Philipp senkte kurz die Augenlider zum Zeichen, dass er verstanden hatte.

Die Freunde besprachen mit Efe und Grigoriy, der inzwischen eingetroffen war, die anstehenden Arbeiten und wie sie in der Zeit von Philipps und Verenas Abwesenheit aufgeteilt werden sollten. Dabei blieb ihnen nicht verborgen, wie Efe herumdruckste – schließlich arbeiteten und lebten sie seit Monaten zusammen. Er schien etwas auf dem Herzen zu haben.

»Fahrt einer von euch heute in die Stadt? Ich muss was kaufen.«

Da er keinen Führerschein besaß, musste er immer jemanden finden, der ihn fuhr oder mitnahm. Nur zur Not nahm er das Fahrrad.

»Muss es heute sein?«, fragte Manuel. »Kann das nicht bis morgen warten? Kann Frau Behr dir nichts mitbringen?« Sie hatte auf dem Weingut die Büroarbeit übernommen und tätigte auf dem Heimweg kurzfristige Einkäufe, da sie in Bad Dürkheim wohnte.

»Was brauchst du?«, wollte Thomas wissen.

Efe rang sich schließlich zu einer Antwort durch: »Ich brauche drei Zigarren, drei Flasche Schnaps, kleine, drei Schachtel Streichholzer und drei Kerze.«

Seine Arbeitskollegen blickten ihn erstaunt an.

»Das ist für Èṣù!«

»Was ist das«, fragte Thomas, und auch Manuel sah unwissend aus. »Èṣù?«

»Wer das ist? Er ist der Diener, der Knecht von unseren Òrìṣà, von allen Kräften, sagen manche. Er ist der Anfang von alles, er ist der Herr der Wege, er schließt sie auch, und ich will, dass er den Weg vom Morder von Heinrich schließt und uns die Tur zum Morder fuhrt, und Èṣù bestraft ihn …«

»Aha.« Thomas verstand gar nichts. Bisher hatte er Efe für einen Christen gehalten. Seit er sich in der neuen Gemeinschaft freier und angenommen fühlte, zeigte sich der Hang zu seiner animistischen Vergangenheit, zu den Òrìṣà, den Kräften seiner Ahnen. »Und wofür sind die Zigarren und der Schnaps?«

»Wer nicht gibt, bekommt nichts. So ist es. Èṣù will Schnaps, Zigarren und ein Licht, und er holt sich alles an drei Kreuzungen um Mitternacht, in einer Woche … Ich geh allein.«

Thomas sah seinen Kompagnon verwundert an. »Warum nicht?«, meinte er achselzuckend. »Wenn's denn hilft?«

4. Kapitel
Sabotage

Die Aufregung hatte sich gelegt, aber die Fragen blieben. Manuel saß mit Efe und Thomas in der Küche bei Tee und Kaffee zusammen, und sie diskutierten wie an jedem Morgen seit Beginn des Austriebs und besonders, seit die Blüte viel zu früh begonnen hatte, die Wetterberichte. Das Hoch über Mitteleuropa bewegte sich keinen Millibar, weder aufwärts noch abwärts. Die Umweltprobleme nahmen zu, von der Regierung aus Berlin kam nichts, und der Rhein führte bereits jetzt Niedrigwasser.

»In nicht allzu ferner Zukunft werden wir nicht nur Manuels, ich meine *unsere* Junganlagen«, korrigierte sich Thomas, »bewässern müssen, sondern alles Übrige auch. Unser Gemüsegarten braucht jetzt schon jede Menge Wasser.«

Dieser war Verenas Terrain – die beste Erholung, wenn sie nach Schließung der Galerie nach Hause kam, wie sie gerne betonte. Das Kochen war Sache der Männer, da hatte Efe nicht zurückstehen wollen. Mit ihm hatten Jams, Okraschoten, Maniok sowie Melonensamen, Palmöl und Couscous Eingang in ihre Küche gefunden, wie auch seine nigerianische Würztechnik. Nur mit dem Aufräumen und Abwaschen – das sei Sache der Frauen – hatte es anfangs gehapert, bis sie ihm das schmutzige Geschirr mitsamt der Töpfe mehrmals vor seine Zimmertür hatten stellen müssen.

»Wir sollten noch einen weiteren Wasserwagen auftreiben oder einen Tank auf einem Anhänger, gebraucht natürlich«, meinte Manuel, »oder beides einzeln. Was kaputt ist, schweißen oder löten wir. Dann werden wir Wasser in den Berg bringen. Am besten klappert einer von uns die nächsten Schrottplätze ab.« Sie kämen neuerdings sogar aus Franken her, hatte Manuel gehört, um Wassertanks zu finden, bei denen in Franken am Main sehe es schlimmer aus als hier. »Vielleicht kriegen wir das noch diese Woche hin …«

Danach besprachen sie das gestrige Ereignis. Einen Reim auf die Bluttat konnte sich noch immer keiner machen, weder auf die Gründe dafür noch darauf, wer verantwortlich war – bis auf Efe. Er schloss einen psychisch gestörten Täter grundsätzlich aus und blieb starrköpfig bei seiner Meinung, dass es die Ankündigung von Krieg sei, die Kriegserklärung sozusagen. »Denkt nach, wer eure Feinde sind, sie toten erst die Tiere, dann Menschen«, wiederholte er, und seine Besorgnis wirkte nicht, als wollte er sich wichtigmachen.

Manuel hielt diese Gedanken lieber von sich. Ihm erschien ein Angriff auf sie eher unwahrscheinlich: Sein Vater war tot, von ihm ging keine Gefahr aus, der Anwalt hatte die Zulassung verloren, und Marquardt, der Mörder von Alexandra, saß seine lebenslange Strafe ab. Auch Thomas, obwohl weitaus kämpferischer, verdrängte trotz seines unguten Gefühls die daraus möglicherweise erwachsenden Konsequenzen – das sah Manuel ihm an. Andererseits tat keiner von ihnen Efes Meinung rundheraus ab.

Ausdrücken konnte er sich mittlerweile recht gut. Sein Deutsch war nach einem Dreivierteljahr auf dem Weingut mit vier Akademikern zwar nicht brillant, doch gab es fast kein Thema, bei dem er nicht mitredete. Die meiste Zeit verbrachte er mit Thomas im Weinberg, der ihm dort jeden Arbeitsschritt erklärte und ihn die Anweisungen wiederholen ließ. Beim Rebschnitt im Winter hatte Efe sich fast die Hände und Beine abgefroren, sodass Manuel, von Mitleid getrieben, ihm eine beheizbare Hose gekauft hatte, was Efe angeblich vor dem Kältetod errettete. Die Hose war auch noch in der kurzen Aprilkälte beim Entfernen überflüssiger Blüten zum Tragen gekommen, beim Einflechten der täglich manchmal sogar zehn Zentimeter wachsenden Triebe. Jetzt war es so heiß, dass alle im T-Shirt und in kurzen Hosen arbeiteten.

Auch die Kellerarbeit war dank Efes Hose ein Erfolg geworden, dank ihrer hielt er es im Gewölbe inzwischen fast genauso lange aus wie Manuel. Efe hatte eine hervorragende Nase, nur fehlte ihm einstweilen das nötige Vokabular. Während Manuel bei der Kellerarbeit meist allein gewesen war, beim Probieren und Prüfen des Weins, beim Weg von Fass zu Fass, von Barrique zu Barrique, hatte er sich Notizen gemacht. Das ließ er jetzt Efe für sich machen. Das war Wein-, Deutsch- und Rechtschreibunterricht als Intensivkurs. Dagegen war Grigoriy nicht mehr als ein guter Arbeiter, er tat gerade mal das, was man ihm auftrug, und nur das. Enthusiasmus? Fehlanzeige.

Manuel legte sich ins Zeug, um Efe beizubringen, wo die Unterschiede zwischen blumigen und fruchtigen Aromen lagen, was erdige Noten waren wie die von Pilzen, Humus und Waldboden. Mit Röst- und Gewürzaromen tat er sich nicht so schwer, obwohl es viele Gerüche in seinem olfaktorischen Heimatuniversum schlicht nicht gegeben hatte. Er lernte, ob ein Wein klar oder trüb oder mit Schleiern behaftet war, was sich leicht feststellen ließ, doch mit den Farben und ihren Nuancen war es deutlich schwieriger. War ein Weißwein nun grünlich oder blassgolden? Bernsteinfarben oder goldgelb? Vielleicht ja graugelb? Aber Efe gab nie auf, und so hatte er im Winter seine Nase überall hineingesteckt, und einmal hatten sie ihn zu früher Stunde in der Küche mit der Nase in den Gewürzgläsern angetroffen.

»Irgendwann werde ich bester Winzer der Yoruba.« Dabei lachte Efe und schien es selbst zu glauben. Er sah sich nicht als Nigerianer, er bestand darauf, der Volksgruppe der

Yoruba anzugehören, sie lebten beidseits der Grenze von Benin und Nigeria. Briten und Franzosen hatten einst die Grenzen gezogen.

An diesem Morgen gab Efe sich dem Duft von frischem Kaffee hin, während Manuel und Thomas spekulierten, ob ein Forensiker kommen und den Fundort untersuchen würde, wobei ein Ergebnis fraglich blieb. Sie hatten am vergangenen Nachmittag nochmals Meter für Meter abfotografiert und die Bilder anschließend am Bildschirm vergrößert. Die Fußspuren gaben keinerlei Hinweise auf mögliche Täter. Das niedergetretene Gras richtete sich allmählich wieder auf, der Tierkadaver war in einem Plastiksack versteckt und wartete auf die Beisetzung. Für elf Uhr hatte sich das Ehepaar Sturm angemeldet. Es musste auf jeden Fall vermieden werden, dass der Anblick des toten Tieres ein schlechtes Bild auf ihr Weingut warf.

Manuel rief nochmals bei Polizeimeister Voss an, der ihm mitteilen musste, dass seine Intervention leider zu nichts geführt habe. »Wenn es ein Pferd gewesen wäre oder ein teures Rind … aber ein Schaf?« Es würde also kein Forensiker vorbeikommen. Sicher hatte zuvor der Polizeiobermeister Schlaumeier interveniert.

Den toten Heinrich in einen Plastiksack zu stecken, erschien Manuel viel zu profan. Er protestierte, schließlich hatte der Schafbock entschieden zum Wachsen ihrer kleinen Herde beigetragen und damit ein würdiges Grab verdient. Also wurde er auf die Schnelle an einer wenig einsichtigen Stelle des Weinbergs hinter dem Anwesen beigesetzt.

Danach ging jeder seiner Arbeit nach, Thomas verschwand mit Efe im Weinberg, Manuel bereitete mit Grigoriy im Keller eine Abfüllung vor.

Philipp und Verena opferten einen weiteren Tag ihres Urlaubs. Sie tat es, um Leonie besser einzuarbeiten und die

Galerie umzugestalten. Ohne Hélène Hallers Bilder wirkten die Räume wie kurz vor der Zwangsräumung, also musste alles, was es an Kunstgegenständen gab, aus dem Lager heraufgeschafft und ausgestellt werden. Verena erwartete heute viel Kundschaft, denn der Zeitungsbericht und was es im Internet zu lesen gegeben hatte, würde Neugierige in Bewegung setzen. Da nahm man aus dem Laden gern schon mal etwas mit: eine Vase, einen Krug, hübsche Teller, eine surrealistische Tonfigur für den Garten, die Vogeltränke, lasierte Blumentöpfe, irgendetwas gefiel immer.

Bevor sie ging, hatte sie Manuel gefragt, ob er mitkommen wolle, ihr waren die heimlich scheuen Blicke zwischen ihm und Leonie nicht entgangen. Man muss ihn zu seinem Glück zwingen, sagte sie sich und dachte daran, wie Manuel gestern auf die Journalistin reagiert hatte. Von dieser Frau musste man ihn dringend ablenken, sie würde mit ihm spielen, sich amüsieren, ihn ausnutzen und ihn dann in die Wüste schicken. Und Manuel würde wieder leiden. Beim Wein, bei der Arbeit, bei den Weinstöcken und Schafen war er grandios, sogar bei der Reparatur ihrer Maschinen, er hatte mit seinen Pianistenhänden sogar schweißen und löten gelernt. Aber an Frauen verbrannte er sich die zarten Finger, und Verena wollte das kein zweites Mal miterleben müssen.

Philipp wollte Korrespondenz erledigen und die Außenstände sowie unbezahlte Rechnungen sichten. Bevor die anderen aufgebrochen waren, hatte er sich noch nach der Meinung seiner Kompagnons zur Journalistin erkundigt und welcher Eindruck von ihr zurückgeblieben war.

Die Ansichten waren geteilt. Er selbst meinte, dass man erst einmal abwarten müsse, wie und ob sie überhaupt über den Diebstahl der Bilder berichte. Er las viele Weinzeitschriften und die Tagespresse, auf die Schnelle hatte er lediglich zwei Artikel aus ihrer Feder in deutschen Medien gefunden.

In französischen Gazetten tauchte sie mit dem Kürzel BvW in Verbindung mit Wein auf. Verwunderlich war nur, dass weder bei Instagram noch bei Facebook etwas über sie zu finden war.

Philipp fürchtete, wie es in Journalistenkreisen immer häufiger der Fall zu sein schien, dass sie finanzielle Forderungen stellen würde, nach dem Motto: »Wenn ich über Sie schreibe, dann überweisen Sie mir tausend Euro, oder Sie geben in meinem Blatt eine Anzeige in entsprechendem Umfang auf, und dann kriege ich zwei Zwölferkisten ...« Man würde sehen, man müsste abwarten, es würde sich zeigen, aber es war letztendlich positiv, wenn jemand über sie schrieb. Nur gab es Themen aus der Vergangenheit, über die alle lieber Stillschweigen bewahrten.

Verena gab zu, dass sie »die von Weiden« für ihre Galerie sowie das Weingut Achenbach & Stern als Chance betrachte. Sie würden bekannter werden, das war positiv fürs Image und sicher auch für die Umsatzentwicklung. Sie sah in der Journalistin eine engagierte Beobachterin, die man sich warmhalten solle, wobei Verena natürlich auch gespannt war, was die von Weiden über den für sie grauenhaften Montag und die geschädigte Künstlerin zu sagen hatte.

Manuel schloss sich Verenas Ansicht an, und es war ihm nicht anzumerken, was er wirklich von der Journalistin hielt, ob er sich zu ihr hingezogen fühlte oder nicht, ob er alte Fehler wiederholen würde. Er argumentierte ausschließlich professionell. Also, fragte er geradeheraus, was sollte Philipps Skepsis?

Thomas tat wie immer unbeteiligt oder indifferent, wenn er sich weder festlegen noch Verenas Zorn und ihren Vorurteilen aussetzen wollte, weil er wieder herumunkte. Er hielt die in Frankreich erschienenen Artikel für durchschnittlich. Viel fachliche Kompetenz schimmerte nicht durch, obwohl die Sympathie für die Winzer deutlich war, das brachte allein die Wahl des Themas mit sich. Ansonsten sei es viel zu früh für ein Urteil, meinte er, und wie sie mit den Pfälzer Winzern umgehen würde, ließe sich erst nach den Veröffentlichungen erkennen. Trotz ihrer vordergründigen Eleganz schätzte er sie als gerissen ein. Und wenn ihr Thema das Problem der Nachfolge auf den Weingütern war, was hatte sie dann zu ihnen geführt? War es allein der Diebstahl der Bilder?

Philipp verstand, was Thomas meinte: Die von Weiden war viel zu direkt auf sie zugekommen, als hätte sie ein klares Ziel, einen Auftrag. Andere Winzer waren bekannter, waren ihrem Terroir seit Generationen verhaftet, hatten Große und Erste Lagen und konnten auf eine tolle Reputation und Preise zurückgreifen. Über Spitzenwinzer zu schreiben, war sicher ruhmreicher, und sie hätte sich damit profilieren können. Ein wenig Ruhm fiel immer auf diejenigen ab, die darüber berichteten. Also – wie war sie dann auf sie gekommen? Gut, Achenbach & Stern wagte sich von Jahr zu Jahr in den Bewertungen langsam nach oben, von einem Weinführer wurden sie als »Aufsteiger« bezeichnet, ein anderer hatte ihnen eine Traube verliehen, erst in Schwarz, dann in Rot, aber dennoch …

Der Anruf, dass die Düsseldorfer eingetroffen waren, erreichte Thomas im St.-Laurent-Weinberg. Efe konnte die schnell wachsenden Triebe hier auch allein weiter zwischen die Ziehdrähte einflechten, die hatten sie bei den vorderen Rebzeilen als Erstes angehoben, sodass Efe genug mit dem Einflechten zu tun hatte, bis er zurück war. Ihr Praktikant hatte inzwischen das nötige Fingerspitzengefühl entwickelt, wie weit man Triebe biegen durfte, bevor sie brachen, und was an Überflüssigem abzuschneiden war. Thomas hatte versucht, ihn davon zu überzeugen, bei der sengenden Sonne so wie er einen Hut zu tragen, aber Efe bestand auf seiner knallroten Schirmmütze.

So langsam und vorsichtig wie eine Schnecke aus ihrem Haus kroch Manuel aus seinem Keller. Dass Thomas sie verlassen würde, machte ihm mehr zu schaffen, als er gedacht hatte. Sich jedoch ins Unabänderliche zu fügen, fiel ihm in diesem Fall besonders schwer. Draußen lachte die Sonne, nein, sie lachte längst nicht mehr, sie brannte auf alles nieder, sie würde die Weinstöcke verbrennen, wie Johanna bei ihrer Rückkehr aus Portugal berichtet hatte: drei Tage und Nächte bei neununddreißig bis dreiundvierzig Grad Celsius. Kaum ein Unterschied zwischen Tag und Nacht. Sie hatte die verbrannten Reben fotografiert. Ein gruseliger Anblick, eine gruselige Perspektive?

Auch hier, in den ehemals kalten Breiten, würden die Trauben zu schnell reifen und zu viel Zucker akkumulieren, was zu alkoholreichen, pappigen und breiten Weinen führen würde, weil die Säure absank, je länger die Trauben am Stock blieben, um die phenolische Reife zu erlangen – erklärte Manuel dem Ehepaar Sturm auf der Fahrt durch schier endlosen Rebanlagen, die sich bis an die Hügel der Haardt erstreckten. Ihre Neupflanzungen am Libellenberg lagen dort, wo das Land anstieg und schließlich in den Wald überging.

»Es werden tatsächlich immer häufiger Weine mit geringerem Alkoholgehalt nachgefragt«, bestätigte Arnold Sturm, das sei in ihrem Restaurant nicht anders.

»Ja, die Säure bliebe bei diesen Temperaturen auf der Strecke, dabei ist sie gefragt, um den Wein frisch und im Gleichgewicht zu halten. Nur nimmt sie im Reifeprozess der Beere ab. Entscheidend für ihren Erhalt sind kühle Nächte, mit denen wir im Sommer immer weniger rechnen dürfen. Die physiologische Reife entscheidet über die Entwicklung der Aromastoffe und damit über den Geschmack«, erklärte er weiter, während sie ausgedehnte Flachlagen durchquerten. »Das Mostgewicht, der Gehalt an Zucker war in Zeiten wichtig, als Kälte und Regen die Trauben nicht reifen ließen und nach Öchslegraden klassifiziert wurde, je mehr Zucker, desto besser der Wein.« Aber man trenne sich immer mehr von Prädikatsstufen wie Kabinett, Spätlese oder Beerenauslese. Sie hielten sich lieber an die Lagenklassifizierung: vom Ortswein über den Gutswein zur Ersten und dann zur Großen Lage. »Je deutlicher die Herkunft, desto besser muss ein Wein sein.«

»Und auch der Winzer«, meinte Arnold Sturm.

Sie ließen Bad Dürkheim links liegen, überquerten die Deutsche Weinstraße, danach ging es leicht bergauf, bis Schotter unter den Reifen von Manuels altem Pick-up wegspritzte und die Reben bis auf Armeslänge herankamen. »Das letzte Stück gehen wir zu Fuß.«

Manuel meinte, dass man in Ruhe ankommen müsse, um den Weinberg zu begreifen. Er und Thomas hatten das Weingut am stärksten in Richtung Bioweinbau vorangetrieben, jetzt plädierte Manuel für die Zertifizierung ihres Betriebs und hatte langfristig die Biodynamie des Anthroposophen Rudolf Steiner im Sinn. Zumindest wollte er es ausprobieren. Klar, die Welt würde damit nicht gerettet, aber …

Arnold Sturm war ausgestiegen, er entledigte sich seiner Jacke, blinzelte in die fast senkrecht stehende Sonne und krempelte die Ärmel seines Hemdes hoch, um sich mit einem Sonnenschutzmittel einzureiben, ebenso das Gesicht und die Kopfhaut. Dann setzte er sein Basecap auf. »Seit Jahren habe ich mit Hautproblemen zu kämpfen. Bei meiner Frau mit ihren italienischen Vorfahren ist das anders. Aber der zunehmende Haarausfall macht mir mehr zu schaffen als der Sonnenbrand.« Er lachte, schaute auf die Uhr, es war kurz nach elf. »Ist das hier immer so heiß?«

»Nicht immer, nur immer häufiger«, antwortete Manuel, der seine ärmellose Weste ebenfalls im Wagen ließ.

»Und bei dieser Hitze müsst ihr hier arbeiten?«

»Wo sonst?« Manuel grinste. »Das ist wie bei euch bei Hochbetrieb in der Küche. Deshalb habe ich mich für den Keller entschieden, ich komme nur raus, um mich aufzuwärmen.«

Sie folgten einem steinigen Weg mit heller ockerfarbiger Erde entlang des Höhenzugs. Links fiel der Hang leicht ab, rechts stieg er an, hier waren etwa hundert Meter mit Reben bepflanzt, dahinter begann der Wald.

»Sind das ringsum auch Bioweinbauern?«, fragte Francesca Sturm. »In eurer Beschreibung des Weingutes steht, dass ihr alle Kriterien des Bioweinbaus erfüllen, aber ihr lasst euch nicht zertifizieren, wäre das nicht vorteilhaft?«

»Wenn die anderen Agrogifte spritzen, werden sie zu euch rübergeweht«, bemerkte Arnold Sturm, sein Wissen ging tatsächlich weit über das eines Weinliebhabers hinaus. »Wenn die Spritzmittel in eurem Wein festgestellt werden, seid ihr jedes Ökosiegel los, oder?«

»So ist es. Bisher verkaufen wir unseren Wein unter unseren Namen und nicht unter einem Biosiegel.« Manuel schüttelte den Kopf und zog einen zerknautschten Hut aus der Gesäßtasche, strich ihn einigermaßen glatt und setzte ihn auf. »Gegen Oidium, den Echten Mehltau, setzen wir Schwefel ein. Bei Befall mit Peronospora, dem Falschen Mehltau, ist es jedoch erlaubt, das Schwermetall Kupfer auf die Blätter auszubringen. Der Regen wäscht es ab, und es bleibt im Boden. Ohne geht es nicht. Wer ein Mittel gegen den Falschen Mehltau erfindet, gewinnt den Nobelpreis und wird Milliardär. Aber wir kommen wirklich auf Dauer an einem Biosiegel nicht vorbei.«

Wenn Thomas erst in Frankreich ist, sagte sich Manuel, wird der Weg dahin einfacher, nur er hatte sich bislang heftig dagegen gesperrt. »Thomas sind damit zu viele Formalitäten verbunden, und dass man zuletzt in Brüssel auf Betreiben Frankreichs und Italiens ein Stärkungsmittel für Reben als Pflanzenschutzmittel klassifiziert und damit verboten hat, zeigt den geistigen Wirrwarr und das Machtgefüge der Brüsseler Beamten. Die meinen, sich mit immer neuen Verordnungen profilieren zu müssen.« Manuel schnaubte verächtlich. »Unsereins dagegen ist froh, wenn er kostendeckend arbeiten kann.«

»Das geht uns nicht anders«, steuerte Francesca Sturm bei. »Ein Vorteil ist, dass es zu unseren Weinen viel zu erzählen gibt, wie wir arbeiten, mit welchen Hilfsmitteln und Pülverchen, wie wir Bio verstehen, bei den vielen guten Weinen auf dem Markt braucht man eine gute Story – wir kleben nicht einfach nur ein Siegel aufs Etikett.«

Manuel bückte sich und griff eine Handvoll Erde. Doch es war nur Sand, trockener Staub, der durch seine Finger rieselte. »Man könnte verrückt werden, wenn man das hier sieht oder was gewisse Konzerne mit unserer Erde anstellen. Sie wird versiegelt, die Erntemaschinen werden immer schwerer und verdichten den Boden, der trocknet bei der Hitze aus. Und wegen der Gewinnmaximierung gibt es immer weniger Hecken und Knicks. Den Rest besorgen Starkregen und Wind. Wir werden uns kurzfristig umstellen müssen, wir brauchen Rebsorten, die Trockenheit aushalten, wenn wir unser Geschäft weiterbetreiben wollen.« Er zählte die Rebsorten auf, die jenseits der Alpen, im Süden Frankreichs und auf der Iberischen Halbinsel angebaut wurden.

»Wir haben in Jahrzehnten der Monokultur alle Fehler gemacht, die man begehen kann. Schaut euch um!« Er umriss mit der Hand das Land unterhalb ihres Standortes. »Zwischen den Reben steht kein Baum, kein Leben und totgespritzte Rebanlagen. Ich frage mich immer, ob hier niemand Fachblätter liest, da steht alles drin, und Seminare für nachhaltiges Wirtschaften gibt's zuhauf. Man könnte sich umstellen. Aber als wir angefangen haben, hier Bäume und Büsche zwischen unsere neuen drei Hektar zu pflanzen und Blühstreifen anzulegen, und das dann auch bei den Flachlagen, gab's erst mal Geschrei: Die Vögel würden die Weinbeeren wegfressen, Rehe und die Wildschweine die Stöcke und reifen Trauben, na ja, solches Gerede eben.«

Sie hatten sich mittlerweile den neuen Parzellen mit der Bewässerungsanlage genähert, als Manuel plötzlich seinen Schritt verhielt. Wie angewurzelt blieb er stehen. Seine Begleiter hielten irritiert inne. Rechts, wo der Weg vom Wald herunterkam, befand sich eine Art Transformatorenhäuschen, ein weiß gestrichener Betonkasten mit einer roten Tür, die Pumpstation. Die Tür stand offen.

»Hier sind unsere neuen Pflanzungen mit den Reben der Pinot-Familie: Weiß-, Grau- und Spätburgunder«, sagte Manuel, als wäre er nicht bei sich, und zeigte wie abwesend nach links. Sein Blick blieb auf die Pumpstation gerichtet. »Wir haben dazugekauft, wir werden zur Not auch pachten, da kann der Winzer auf seinem Hof bleiben, braucht nicht ins Altersheim, und von uns kriegt er seine Rente – oder das Geld, wie er will.«

Arnold Sturm hielt das für eine recht sinnvolle Lösung. »Die Alten bleiben, sie kennen sich aus, man kann ihren Rat einholen, auf ihre Erfahrungen bauen, und das Land vereinsamt nicht …«

Doch Manuel hörte ihm nicht mehr zu.

»Deren Rat? Dazu hat sich im Weinbau letztlich zu viel verändert …«, sagte Manuel kopfschüttelnd, hielt wieder inne und starrte weiter auf die offene Tür der Pumpstation. Ihm lief ein Schauer über den Rücken, dann rannte er los.

Das Vorhängeschloss lag aufgebrochen im Sand. Er bückte sich, nahm es in die Hand und betrachtete es ungläubig. Jemand musste den Bügel mit einem Bolzenschneider geknackt haben. Er betrat den fensterlosen Raum, und seine düstere Vorahnung wurde sofort bestätigt. Der Kasten mit dem Steuerungscomputer für die Bewässerung war aufgebrochen und der Computer zertrümmert.

Erst töten sie die Tiere, dann die Menschen. Also hatte Efe doch recht, schoss es Manuel durch den Kopf. Demnach waren afrikanische Regeln universell und galten auch in der Pfalz? So sah es aus.

Er wandte sich abrupt um, stieß Arnold Sturm dabei fast um, der ihm nachgekommen war, um ebenfalls einen Blick ins Innere zu werfen. Manuel lief zur Anlage mit Weißburgunder, sie lag direkt gegenüber. Es war, wie er befürchtet hatte: Der Boden war knochentrocken, zumindest in der oberen Schicht. Doch erst, als er sich hinkniete und mit den Händen wie ein Hund Erde wegschaufelte, um zu sehen, ob irgendwo noch Feuchtigkeit war, bemerkte er den ganzen Schaden. Die Rebstöcke wirkten krank, durstend nach Wasser hingen Blätter und Triebspitzen nach unten.

Auch der Schlauch der Tropfbewässerung und der Draht, der die Schläuche hielt, war durchtrennt – und das nicht nur bei dieser Rebzeile, sondern auch bei der nächsten und übernächsten und den folgenden …

Manuel stockte der Atem, er raufte sich das Haar. Er hätte schreien und heulen können. Es war nicht das Geld, das die Anlage gekostet hatte, es war ein Angriff auf ihn, auf seine Kompagnons, auf seine Freunde, seine Familie, auf ihre Existenz, auf alles, was er war und besaß. Erst die Bilder, dann das Schaf und jetzt die Anlage? Wie hatte Efe das genannt? *Ogum?* Das war Krieg!

Das Ehepaar Sturm blieb sprachlos zurück, als Manuel gehetzt zur nächsten Parzelle rannte. Hier hätte ihre Musteranlage für die Zukunft entstehen sollen, Spätburgunder, eine Erste Lage, ein nötiger Schritt in seine, in ihre Zukunft.

»Warum macht jemand so etwas?«, fragte Arnold Sturm hilflos angesichts der Zerstörung und sah betroffen zu seiner Frau.

»Warum?« Manuel kam zurück, sein Gesicht wirkte wie versteinert.

»Warum ist die falsche Frage!«, grollte Manuel mit tiefer Stimme. Hätte er einen Feind oder jemanden entdeckt, der für den Angriff verantwortlich war, er wäre ihm an die Gurgel gegangen. »Mit einem Warum kommst du nirgends weiter. Auf ein Warum gibt es hundert vage Antworten.« Er zuckte verkrampft mit den Achseln. »Wer war das?, muss es heißen. Bin ich gemeint, sind wir gemeint oder jemand anderes? Was wird damit bezweckt? Weshalb gerade jetzt? Was ist das Ziel der – Täter? Wie viele Leute waren beteiligt? Wann wurden die Leitungen durchgeschnitten, wann der Computer zerschlagen? Nur so kommt man zu Antworten.«

»Der Computer hat sicher registriert, wann er zerstört wurde«, meinte Frau Sturm. »Damit bekommen Sie zumindest eine erste Antwort und können weiter konkrete Fragen stellen.«

Sein inneres Beben wollte Manuel nicht nach außen dringen lassen und bemühte sich vergeblich, sachlich zu bleiben. Innerlich raste er, ein Gefühl, das er nicht kannte, er hatte seine Hände in die Hosentaschen gesteckt und so fest geballt, dass sie schmerzten. Er war alles andere als ein Krieger, er hatte in seinem Leben niemals Streit angefangen, aber wenn *sie* Krieg wollten, wer immer *sie* auch waren, dann sollten *sie* ihn haben! Und den mit allen Konsequenzen, mit allen! Mit Genugtuung dachte er an sein Jagdgewehr. Zwei Wildschweine hatte er damit erlegt.

Inzwischen stand er wieder am Rand der zweiten Lage, um die Schäden genauer zu untersuchen. Hier hatten er und Thomas vor drei Jahren in den mit Humus vorbereiteten Boden Spätburgunder gepflanzt. Während die Besucher auf dem Weg blieben, ging Manuel die Rebzeilen ab. Die Verwüstung war ähnlich wie beim Weißburgunder: Die Schläuche der Tropfbewässerung, die etwa eine Handspanne über dem Boden an einem Draht aufgehängt an den Rebstöcken entlanggeführt waren, hatten die Täter an vielen Stellen durchgeschnitten. Da war nicht nur ein Mann am Werk gewesen, sagte sich Manuel, es mussten mehrere Täter gewesen sein, sie hatten sich Mühe gegeben. Nur gut, dass der Computer die Wasserzufuhr gestoppt hatte, sonst wären Unmengen besten Bodens wie bei Starkregen vom Wasser den Hang hinabgespült worden.

Manuel zog sein Smartphone aus der Tasche, rief Thomas an. »Komm sofort her, sofort!« Statt in seiner Aufregung wild draufloszureden, zwang er sich, die Katastrophe sachlich zu schildern. Er riss sich zusammen, um nichts von seinem Entsetzen durchschimmern zu lassen. »Und bring Efe mit«, fügte er hinzu. »Die Bullen rufen wir an, wenn ihr hier seid. Dieser Obergeneralinspektor, oder was er auch sein mag, soll sich hier nicht blicken lassen. Wir brauchen einen richtigen Polizisten. Dieser Schlaumeier muss wahrscheinlich erst einen Antrag stellen oder sein Martinshorn ölen.«

Mit einem richtigen Polizisten meinte Manuel Kommissar Pascal Bellier, ihren gemeinsamen Freund, heute Ehemann ihrer Studienfreundin Regine. Dabei war nur zu hoffen, dass er abkömmlich war und nicht in irgendeiner zeitraubenden, aber langweiligen Ermittlung steckte, oder dass er mal wieder wegen seines Übereifers kaltgestellt war. Er war zu oft Politikern auf die Füße getreten. Von Metz bis hierher benötigte er mit dem Wagen höchstens zwei Stunden.

Thomas wusste sofort, wen Manuel meinte: »Ich check gleich, ob er kommen kann, vielleicht reichen uns vorab auch telefonische Anweisungen, obwohl dann jemand mithören könnte.«

»Schick ihm besser eine verschlüsselte Mail«, riet Manuel. »Ich glaube nach diesem neuen Angriff, dass Efe richtig liegt mit seinem – *Ogum*. Aber – wer sollte den Schlag geführt haben und zu welchem Zweck?«

»Das diskutieren wir später, ich fahr erst mal los …«

Das Ehepaar Sturm war Manuel inzwischen zum Grauburgunder gefolgt, und Arnold begann, am hinteren unteren Ende der Lage die Schläuche zu untersuchen. »Die Kerle scheinen müde geworden zu sein, hier sieht es nicht mehr so schlimm aus, in den letzten Reihen scheint sogar alles heil geblieben zu sein. Kann man das reparieren, oder müsst ihr neue Schläuche besorgen?«

Glücklicherweise könne man das flicken, es gebe Schlauchverbinder aus Messing sowie aus Kunststoff, erklärte Manuel, als sie in Richtung des Pumpenhäuschens zurückgingen. »Da kommt viel zusätzliche Arbeit auf uns zu. Die Reparatur muss schnell geschehen. Wir werden heute noch bei Tageslicht damit anfangen müssen, damit wir alle Schnittstellen finden.« Er war froh, jetzt nicht allein hier zu sein und sich deshalb zusammenreißen zu müssen. Vor Fremden durfte er sich nicht gehen lassen. Am liebsten hätte er allerdings auf irgendwen oder irgendetwas eingedroschen, was gar nicht seine Art war. Diese explodierende Wut war ihm neu, zum ersten Mal hatte er sie gespürt, als er angeschossen worden war. Hatte er bis dahin all diese Gefühle von Wut und Hass unterdrückt? Hier nahmen sie ihm fast die Luft.

Beim Pumpenhäuschen angekommen, gab Manuel Francesca Sturm den Autoschlüssel, denn im Wagen waren immer einige Flaschen Wasser, und sie litt am meisten unter der Hitze.

Wie ließe sich klären, an welchem Tag der Anschlag geschehen war?, fragte sich Manuel. Das Display des Computers war zerschlagen, man müsste den Datenchip auslesen. Dem kläglichen Zustand der Reben nach zu urteilen, muss es innerhalb der letzten drei oder vier Tage geschehen sein, also während des Wochenendes, sicher in den letzten hellen Abendstunden, wenn niemand mehr im Weinberg arbeitete. Er war zuletzt am Freitag hier gewesen.

Während Francesca Wasser holen ging, war er ins traurige Grün der Rebzeilen ihres ersten Flurstücks getaucht, immer über die Blätter streichend und insgeheim den Weinstöcken versichernd, dass sie alles täten, damit sie bald wieder Wasser bekämen. Er wusste, dass Thomas mit den Pflanzen sprach, es sollte ihnen guttun. Nach zwanzig Metern blieb er stehen und schob mit den Händen die Erde beziehungsweise den trockenen Sand mitsamt des Bewuchses beiseite. Arnold Sturm war ihm gefolgt.

Manuel lag richtig in der Annahme, dass die jungen Stöcke drei bis vier Tage kein Wasser mehr bekommen hatten, aber die Wurzeln reichten inzwischen tief genug hinunter. Für die feinen Haarwurzeln, entscheidend für die Wasseraufnahme, wurde es langsam gefährlich – kein Grund zum Aufatmen. Trockenschäden an Jungpflanzen wirkten sich bis ins Alter negativ in Bezug auf Qualität und Menge der Trauben aus, nicht anders als bei uns, dachte er und erinnerte sich an seine Kindheit.

Dem Boden war in der Vergangenheit viel zu wenig Aufmerksamkeit geschenkt worden. Wasser sei bis vor fünf Jahren genug da gewesen, davor hatte es nur geheißen: ordentlich Dünger drauf, so würde aus dem Wein schon was werden. So auch die Devise des Winzers, auf dessen Stück Land sie gerade standen und das Manuel kaufen wollte. Sie hatten die alten Rebstöcke ausgerissen, Müller-Thurgau, Kerner und Portugieser, und bereits in Hinblick auf ihre bessere Resistenz gegen Trockenheit Weiß-, Grau- und Spätburgunder sowie Cabernet Sauvignon gepflanzt – bei vergrößerten Abständen zwischen den Stöcken, der besseren Durchlüftung wegen. Neue Methoden des Rebschnitts praktizierten sie schon seit Übernahme des Weingutes. Die Unterstockpflege hatten die Schafe übernommen und damit auch den in Brüssel für weitere zehn Jahre genehmigten Unkrautvernichter Glyphosat überflüssig gemacht.

Manuel ließ den Blick über die Junganlage streifen, langsam die zusätzlichen Kosten überschlagend und die zusätzliche Arbeit, die auf sie zukam. Er sah auf die Uhr. Es würde eine lange Nacht werden. Bei dieser Hitze durfte er den jungen Pflanzen nicht noch weitere Tage ohne Wasser zumuten. Er bückte sich, nahm eine Handvoll Erde, hielt sie hoch und ließ sie durch die Finger rieseln. Und wieder verwehte der Wind den trockenen Sand.

Beklommen sah Francesca Sturm, die inzwischen wieder bei ihnen war, dem Staub nach.

»Damit genau das nicht geschieht, reichern wir den Boden weiter mit Humus an, mulchen und begrünen. Organisches Material steigert seine Fähigkeit, Wasser zurückzuhalten. Und die Bäume, Büsche und Blühstreifen, die wir gepflanzt und angelegt haben, trennen die einzelnen Flächen.«

Manuel blickte wieder den Hang hinab, aber von Thomas war noch nichts zu sehen. Er wurde immer nervöser. Dass die Weinrebe entwicklungsgeschichtlich eine Kletterpflanze sei, die sich an Bäumen emporrankte, um sich zu stützen und ans Licht zu gelangen, wussten die Sturms sicher. Um sich abzulenken, sprach er darüber, dass die Wurzelsysteme der Weinrebe mit denen von Bäumen und Sträuchern eine Art Symbiose eingingen, was die Wasseraufnahme verbessere, darum pflanzte man sie gemeinsam. »Die Wurzeln der Bäume werden vom gleichen Mykorrhiza-Pilz besiedelt wie die der Weinstöcke. Aber seht ihr außer bei uns irgendwo Bäume im Weinberg?« Manuel wies auf die umliegenden Rebanlagen. Da war der Wald, er begann oben am Hang, darunter kamen einige Hektar Wein. Bäume wuchsen erst weiter unten am Weg zum Dorf, ansonsten war jeder Flecken bestockt.

Dass die Rebzeilen heutzutage zum großen Teil begrünt seien, sei bereits ein gewaltiger Fortschritt. Ansonsten gehe es wie in der Industrie leider ausschließlich um kurzfristige Rendite. »Die Weinberge sind seit Jahrzehnten zu Monokulturen verkommen und auf den Einsatz von Maschinen ausgerichtet«, ereiferte er sich. »Diese Wirtschaftsweise trägt durch die Freisetzung von Kohlenstoff zur Klimakatastrophe bei, die biologische Vielfalt bleibt auf der Strecke, die Böden verarmen, und damit haben die Reben den Angriffen durch Hitze, Krankheiten und Trockenheit immer weniger entgegenzusetzen. Da verzichten wir lieber auf ein paar Rebstöcke und pflanzen Bäume.«

»Demnach wird Wassermangel generell unser zukünftiges Problem?«, fragte Arnold Sturm, als ihm seine Frau eine Wasserflasche reichte.

»Er ist es bereits«, antwortete Manuel. »Den Geländwagen zu waschen, mit dem Mutti zum Friseur oder einkaufen fährt, ist wichtiger. Junganlagen wie diese kommen ohne Bewässerung nicht mehr aus. Doch woher dann das Wasser nehmen? Wie wird es hierhertransportiert? Dann die Hürden der Bürokratie … Oh, da kommt Thomas!« Er hatte die Staubwolke am Fuß des Hangs erblickt.

Der Wagen schleuderte durch eine Kurve und raste in halsbrecherischer Fahrt weiter den Hang aufwärts. Am Pumpenhäuschen blieb er stehen, und sie sahen zu, wie Thomas Achenbach noch in der sich senkenden Staubwolke in das Häuschen rannte, blitzschnell wieder herauskam, auf die Rebanlage zustürzte und hektisch zwischen den Reben entlangrannte. Schließlich blieb er keuchend vor Manuel stehen und packte ihn an den Schultern. »Diese Schweine. Sind alle Leitungen zerstört?«

Manuel schüttelte den Kopf. »Nicht alle, Tom, beruhige dich, trotzdem werden wir jeden Meter überprüfen müssen! Sie sind nur glatt durchgeschnitten, Einstiche habe ich bisher nicht entdeckt. Das werden wir erst rausfinden, wenn wir Druck auf die Leitungen geben.«

»Ganz hinten, das sind wohl die Testreihen mit Cabernet, dort sind die meisten Schläuche heil«, bestätigte Arnold Sturm, der ziemlich betroffen wirkte, »und fast alle Drähte sind ganz geblieben.«

Sofort machte sich Efe, der mit heraufgekommen war, auf die Suche.

Francesca Sturm spekulierte, dass den Saboteuren die Puste ausgegangen war, »oder sie haben die Lust verloren. Oder jemand ist gekommen und hat sie gestört?«

»Nicht mitten in der Nacht«, meinte Manuel. »Hier kommt niemand rauf, höchstens, wenn er hier zu tun hat.«

Thomas kratzte sich am Kopf, er wirkte ganz im Gegensatz zu seiner sonstigen Art in seiner Wut hilflos. »So ein verfluchtes Dreckspack. Und die Verteilerleitungen? Was ist mit denen?« Sofort suchte er den Boden vor dem Pumpenhäuschen ab. Manuel und er hatten die Leitungen selbst verlegt, aber zum Glück waren sie nirgends ausgegraben.

Nun war es Manuel, der Thomas am Arm fasste und ihn ein paar Schritte zur Seite zog.

»Was geht dir durch den Kopf?«, fragte er.

»Jetzt sieht die Sache von gestern ziemlich anders aus, findest du nicht?«, gab Thomas zurück. »Da war kein Gestörter am Werk, da ist jemand ganz anders gestört. Ich sehe das eindeutig als Anschlag auf uns! Wir sind hier oben die Einzigen mit künstlicher Bewässerung. Bei den Nachbarn ist Bewässern noch nicht nötig.«

Er wandte sich an Arnold Sturm: »Nehmen Sie meinen Wagen und fahren Sie mit Ihrer Frau zurück. Efe begleitet Sie. Es ist ja nicht nötig, dass Sie hier in der Hitze rumsitzen, während wir auf die Bullen warten. Die weitere Besichtigung müssen wir wohl oder übel auf ein andermal verschieben – wir hoffen unter diesen Umständen auf Ihr Verständnis.«

Es war fraglich, wann sich die Polizei herabließ, den neuerlichen Tatort aufzusuchen, und ob sie ihn als solchen gelten lassen würde. Das wusste auch Manuel. »Ach, der Achenbach nervt schon wieder«, würde es heißen, wenn Thomas anrief. Außerdem mussten sie vermeiden, dass ihre Gäste womöglich Zeugen einer unschönen Debatte würden, die unweigerlich auf sie zukäme, falls der Schleimmeier auftauchte. Darüber verständigten sich Manuel und Thomas wie immer mit einem kurzen Blick, einem verstohlenen Kopfnicken.

»Sie werden uns aber gewiss auf dem Laufenden halten, Herr Achenbach?«, bat Francesca Sturm, und die Besorgnis in ihrer Stimme klang echt. Gleichzeitig bot sie ihre Hilfe an. »Mein Mann wird Sie gewiss in rechtlichen Fragen unterstützen, falls es nötig werden sollte.«

»Wir wollen unbedingt weiterhin Ihre schönen Weine genießen«, fügte Arnold Sturm hinzu.

Man verabschiedete sich, Efe brachte die Gäste zum Wagen, dann kam er noch mal zurück, stellte sich vor Manuel und Thomas und fragte: »Wer kennt diese Weinberge, wer weiß, dass sie euch gehören?«

Eine gute Frage. Wer hatte sie verraten?

5. Kapitel

Schnittstellen

Die Stille hatte etwas Unheimliches, obwohl es helllichter Tag war. Die Sonne stand hoch, die Vögel waren verstummt, und Insekten, die in den Anfangsjahren noch mit ihrem Brummen auf sich aufmerksam gemacht hatten, ließen sich immer seltener blicken.

Thomas saß neben Manuel im Schatten des Pumpenhäuschens. Jetzt, wo sie unter sich waren, konnten sie offen reden. Aber sie schwiegen. Efe war mit den Gästen entschwunden, Thomas hoffte, dass ihnen Philipp nicht begegnete und Fragen stellte, dann wäre er in Nullkommanichts hier oben, und Verena wäre sauer, wenn ihr Urlaub von einem Tag auf den nächsten verschoben wurde. Wahrscheinlich würde sie ihm die Schuld geben, denn egal, was passierte, immer war er es, der für etwaige Unbilden im Weingut verantwortlich war. Philipp hatte sich damit abgefunden, »du weißt, wie sie ist, mach dir nichts draus«. Das war leicht gesagt.

In Saint-Émilion werde ich meine Ruhe haben, aber da werden andere Probleme auf mich zukommen, und Kindergeschrei wird mich wecken, dachte Thomas und lächelte bei dem Gedanken an Simone und was sie beide erwartete. Sie fehlte ihm. In neun Tagen würde sie wieder hier sein, und bis dahin müssten sie …

»Was lächelst du?«, fragte Manuel in die Stille hinein und sah ihn an. »Sag's nicht, ich kann mir schon denken, was in dir vorgeht. Du bist bald weg und lässt uns in diesem Schlamassel sitzen.«

»So ein Quatsch! Wie kommst du auf so einen Blödsinn?«, empörte sich Thomas. Er wurde richtig grantig. »Du meinst, dass ich euch mit dem Scheiß hier allein lasse?« Er wies auf die Reben, dann stieß er Manuel mit dem Ellenbogen in die Rippen. »Hast du 'nen Knall? Ich habe dich nie allein gelassen. Ich habe dir jede Woche die Skripte und meine Notizen in den Knast gebracht, und das hier wuppen wir allemal, und zwar bald und gemeinsam. Verlass dich darauf. Wir kriegen die Leute, die das angerichtet haben, wir werden das tun, WIR! Auf Schlauchmeier und Konsorten ist kein Verlass. So, ruf du die Bullen an. Ich bin wohl manchmal etwas zu … heftig.«

»Gelinde gesagt, ja. Heftig …« Manuel lachte. »Ja, heftig, das ist gut.« Der Freund nickte mehrmals. »Ich glaube, zuerst brauchen wir Klarheit und einen Plan, die Polizei hat sowieso keinen. Frage eins: Wer war's? Frage zwei: Was soll das? Sabotage oder Rache? An Sabotage glaube ich nicht, hier in der Gegend haben wir keine Feinde, wir hatten bisher mit niemandem Krach, keinen Streit um Grund und Bodenrechte oder geklaute Trauben. Also glaube ich nicht, dass es jemandem darum ging, unsere Arbeit zu stören. Frage drei: Was steckt in Wahrheit dahinter? Ist es für oder gegen irgendwas eine Unterstützungsaktion, flankierendes Feuer? Frage vier: Neid der Nachbarn oder Fremdenhass? So gut, dass man neidisch werden könnte, sind wir noch lange nicht. Irgendwelche Vandalen waren's kaum, die wären unsystematisch vorgegangen. Außerdem braucht man für das Schloss hier am Häuschen einen sehr guten Bolzenschneider, den hat keiner zufällig in der Tasche. Der kam sicher auch bei den Drähten zum Einsatz. Für die Schläuche reicht 'ne kräftige Gartenschere. Also gab oder gibt es ein Ziel und einen Plan. Dass die Schläuche in den letzten Rebzeilen heil geblieben sind, ist für mich ein Zeichen, dass die Täter meinten, genug Schaden angerichtet zu haben – und dass es vorgeschickte

Handlanger waren. Der oder die Auftraggeber hätten ganze Arbeit geleistet!«

»Aber wer sind die, die Auftraggeber?« Thomas rappelte sich mühsam auf, heute kam er mit der Hitze nicht mehr klar, sie hinderte ihn beim Denken, der Schweiß lief ihm in die Augen. Oder war es etwas anderes? Wagte er sich nicht an die Vorstellung heran, die ihn seit gestern verfolgte, schwammig, unklar, überlagert von anderen, recht alten Bildern, Gedanken, die er weit von sich fernhielt? Er müsste sich das alles nochmals ins Gedächtnis rufen, am besten zusammen mit seinem Vater, sie waren damals in der Champagne gewesen, nicht Manuel, das war sogar noch vor seiner Winzerlehre und ihrer Geisenheimer Zeit. Er musste dringend mit Pascal Bellier reden, der musste wissen, was aus Goodhouse und Touraine geworden war.

Jetzt waren sie raus, ihre Namen, wie freigelassene bissige Hunde, nein, mehr wie Hyänen auf der Jagd, jetzt hatten sie ihr Eigenleben und waren nicht mehr wegzudenken. Was trieben sie, wo hielten sie sich auf? Was hatten sie in den letzten Jahren gemacht? So wie er sie einschätzte und wie er den Prozess gegen Goodhouse, den Mörder Touraine und das schießwütige Töchterchen erlebt hatte, baldowerten sie gewiss eine neue Schweinerei aus. Die konnten nicht anders. Sollte Goodhouse, der Engländer, dabei sein, dann ging es bestimmt ums große, ums ganz große Geld. Keiner von denen kannte irgendwelche Skrupel, auch Touraines Tochter nicht. Sie hatte dem Engländer den Fangschuss geben wollen. Beinahe hätte sie ihr Ziel erreicht. Keiner von denen konnte still sitzen, sie mussten einfach immer irgendwas Dreckiges aushecken.

Nein, Goodhouse war nicht sein richtiger Name, kam es Thomas in den Sinn. Der war ihm zwar im Gedächtnis geblieben, doch eigentlich hieß der Mann Melvin Russel, ebenfalls Engländer. Der echte Goodhouse war irgendwo in Südamerika untergetaucht, verschwunden, wahrscheinlich ermordet, und Russel war in seine Identität geschlüpft – nein – gekrochen. Solche Typen schlüpfen nicht, die kriechen wie Würgeschlangen. Und sie stinken. Mit acht Jahren Gefängnis war Melvin Russel bestraft worden. Behinderung der Justiz und Vorbereitung von Straftaten waren noch das Geringste, der organisierte Finanzbetrug konnte ihm auch nachgewiesen werden, ebenso die Bildung einer kriminellen Vereinigung. Aber die Polizei hatte nicht genau feststellen können, wer auf Pascal geschossen hatte. Touraine war seinerzeit in Abwesenheit wegen Beihilfe zu acht Jahren Gefängnis verurteilt worden, seine Tochter wegen Mittäterschaft zu sechs Jahren.

Pascal hatte Zugang zum Computersystem der französischen Polizei, er müsste wissen, was dieser Russel gegenwärtig trieb. Vermutlich waren Touraine und sein feines Töchterchen nicht weit. Pascal hatte mit beiden eine Rechnung offen, eine recht hohe …

»Es wäre reizend, wenn du mich an deinen Gedanken teilhaben ließest«, vernahm er Manuels Stimme. »Oder ist es dir zu warm zum Denken? Mir ist gerade eingefallen, dass wir erst einmal selbst mögliche Spuren sichern, bevor die Polizei hier rumtrampelt. Es können nur deine, meine und die Fußabdrücke von Efe hier sein, sonst wüsste ich nicht, wer sich hier aufgehalten haben sollte, außer die Sturms eben und ja – vielleicht dein Vater?«

»Der rennt nicht grundlos durch die Rebzeilen.«

»Unsere Abdrücke fotografieren wir, genau wie unsere Schuhsohlen …«

»Und wem soll das helfen?«, fragte Thomas.

»Das lässt sich jetzt noch nicht sagen«, meinte Manuel, »aber wenigstens haben wir dann unsere eigenen Informationen und sind unabhängig. Die Polizei wird hier keine Fahndung durchführen, die machen höchstens ein paar Bilder, archivieren sie und stellen das Verfahren ein. Bei meinem Prozess damals war das nicht anders. Da hast du die Ermittlungsarbeit übernommen, du und Johanna. Wo ist die eigentlich? Wollte die heute nicht herkommen?«

»Ich kenne ihren Vorlesungsplan nicht, eigentlich hatte sie sich fürs Wochenende angemeldet. Wahrscheinlich habe ich sie falsch verstanden. Sollen wir sie auf die Journalistin ansetzen? Dann hätten wir sie vom Hals, ich meine die Journalistin. Johanna könnte sie mit önologischem Fachchinesisch vertreiben.« Und sie könnte der Beatrix von Soundso auf den Zahn fühlen. Er mochte keine Weinjournalisten, er verabscheute sie, wenn sie sich aufführten, als verstünden gerade sie mehr vom Weinbau als die Winzer. Waren sie nicht nur dazu da, die Rückseiten von Anzeigen vollzuschreiben? So hatte es ihm gegenüber mal ein Chefredakteur formuliert. Außerdem hatte er das blöde Gefühl, Manuel vor dieser Beatrix schützen zu müssen. Das sagte er dem Freund jedoch besser nicht, das mit dem »auf den Zahn fühlen« schon.

Manuel schien von dem Gedanken, ihn auszuschließen und Johanna auf Beatrix von Weiden anzusetzen, gar nicht erbaut. Es bestätigte Thomas' Verdacht, dass sein Freund im Begriff stand, in die nächste Frauenfalle zu tappen. Die von Weiden hatte schnell erkannt, dass Manuel dafür anfällig war. Das musste verhindert werden, er musste es verhindern, auch wenn er sich damit den Zorn seines Freundes zuzog.

Er rief Efe an und erkundigte sich, ob Sturms inzwischen abgereist waren. Dann bat er ihn, ihre Arbeitsschuhe, mit denen sie normalerweise im Weinberg unterwegs waren, in eine Kiste zu packen und wieder mit hierherzubringen. So konnten sie die Sohlen und Profile vergleichen und nach unbekannten Abdrücken suchen, das war in dem lockeren Sand sicher nicht einfach. »Bitte, vergiss deine eigenen Stiefel nicht!« Und nach einem Moment schob Thomas eine Frage nach: »Hast du meinen Vater irgendwo gesehen? Ich möchte nicht, dass er davon erfährt.«

»Zu spät, mein lieber Junge«, Philipp schien Efe das Smartphone aus der Hand genommen zu haben, »ich komme mit raus, und dann möchte ich wissen, was eure Geheimniskrämerei bedeutet. Klar? Ach, übrigens, meine Stiefel braucht ihr nicht, ich bin da nicht durchgetapert. Bis gleich!« Es klang nach einer Drohung.

Während sie warteten, erzählte Thomas seinem Freund von seinem aufkeimenden Verdacht gegenüber Russel, Touraine und dessen Tochter – Manuel musste unbedingt wissen, wer möglicherweise den Angriff auf die Reben am Libellenberg verübt hatte.

Eine halbe Stunde später traf Philipp mit Efe am Tatort ein, sein Ärger war verraucht. Efe nahm den Karton mit den Schuhen und schüttete sie neben dem Häuschen ins Gras. Hier waren sie selbst herumgetrampelt, hier würden sie keine erkennbaren Spuren mehr finden.

Philipp bat darum, ihn über die Geschehnisse zu informieren, »bevor die Polizei anrückt, wenn sie es denn tut«.

Während sie die Paare sortierten und die Sohlen fotografierten, erklärte Manuel die Lage und fragte Philipp, ob er ihm mehr über diesen Goodhouse alias Russel und auch über Touraine erzählen könne.

Die abweisende Art seines ehemaligen Chefs bei France-Import und die Verweigerung von Informationen hätten damals Philipps Verdacht genährt, dann sei er auf erste Ungereimtheiten gestoßen. »Und sein Mann fürs Grobe, dieser Touraine, ist clever und hochgefährlich, der geht über Leichen. Die wollten auf der Flucht zum Schluss sogar noch ihren Chef erschießen, hat aber nicht geklappt.«

»Ich hab nicht alles verstanden«, sagte Efe ein wenig kleinlaut. »Ich will das auch wissen.«

Philipp glaubte, etwas wie Furcht in den Augen ihres jungen Mitarbeiters zu sehen, und auch Neugier lag in seinem Blick. Das Einzige, was sie nun tun konnten, war, ihm die Angst zu nehmen und ihm mit absoluter Offenheit zu begegnen. Dann würde er nicht mit Verschlossenheit reagieren, so wie Grigoriy, und sie hätten einen weiteren Verbündeten.

»Den Professor habt ihr gar nicht mehr auf der Liste der möglichen …«

»Nein«, unterbrach ihn Thomas sofort, »Marquardt müsste noch sitzen. Ob er wegen guter Führung vorzeitig entlassen wird, ist fraglich. Höchstens wegen Krankheit. Der ist fertig, schwer depressiv, der Knast hat ihn kaputtgemacht …«

»Woher willst du das wissen? Gerade das kann ihn gefährlich machen«, meinte Philipp. »Der schickt irgendwelche Idioten, die er im Knast kennengelernt hat.«

»Hat er aber nicht«, kam es trotzig von Thomas, was Philipp skeptisch die Stirn runzeln ließ, während Efe für den Augenblick offenbar genug gehört hatte und sich auf der Jagd befand, das Smartphone in der Linken, die Nase am Boden und die Augen abwechselnd entweder aufs Display oder auf mögliche Spuren im Sand gerichtet.

Thomas grinste, während er Efe nachblickte. »Ich könnte mir gut vorstellen, wie er auf den Spuren einer Gazelle durch den Busch schleicht.«

»Was redest du da für Unsinn?«, fuhr ihn sein Vater heftig an. »Ist das der kolonial-französische Einfluss deiner zukünftigen Familie?«

»Leitest du jetzt deinen Frust über mein Weggehen auf diese Weise ab? Du solltest mal hören, wie Efe und ich miteinander reden, wenn wir allein sind. Kolonist und Kolonisierter, lies Frantz Fanon, vor dreißig Jahren geschrieben, das ist unsere tägliche Deutschstunde. Er ist der, der hier für uns knechtet, und ich bin das weiße chauvinistische Schwein, das ihn ausbeutet. Und falls du das vergessen haben solltest: Niemand hat sich bei der Ausländerbehörde für Efe so ins Zeug gelegt wie ich. So, und jetzt machen wir hier weiter, verdammt!« Thomas holte tief Luft, zog das Hemd aus der Hose, knöpfte es gänzlich auf und wischte sich damit den Schweiß aus dem Gesicht. Die Temperatur war inzwischen auf siebenunddreißig Grad gestiegen. Die Luft stand still.

»Also fallen eurer Meinung nach Marquardt und Konsorten aus«, fasste Philipp zusammen, »dann bleibt nur noch …«

»… Russel übrig«, vervollständigte Thomas den Satz. »Efe hatte recht, irgendwer hat uns den Krieg erklärt – und der käme infrage. Russel ist intelligent und ein Spieler, aber Touraine ist gefährlicher. Und Rache ist ein starkes Motiv.«

Der Ansicht war auch Philipp. Er stand auf und überblickte die drei Hektar mit achtzehntausend Rebstöcken, die sie von Winzer Ender gepachtet hatten. Bei eineinhalb Kilo Trauben würden sie vielleicht achtzehntausend Flaschen Wein erbringen – wenn alles gut geht, dachte Philipp. Mit einem Mal freute er sich nicht mehr auf den Urlaub, aber er würde fahren, alles andere wäre Verena nicht zuzumuten. Es würde ihn Überwindung kosten, den Jungs das Weingut zu überlassen, eines Tages würde er sich sowieso komplett zurückziehen.

Nur – wie sollte es ohne Thomas weitergehen? Wenn Russel ihr Gegner sein sollte, dann würde es hart werden, verdammt hart. Der Mann und seine Helfer werden gelernt haben, und sie kennen uns. Vielleicht sind sie ja hier gewesen? Philipp sah, wie Efe an mehreren Stellen Stöckchen in die braunen, ehemals begrünten Rebzeilen steckte. Er war weiter begeistert bei der Spurensuche, und bei dem Gedanken an die Gazelle musste selbst Philipp schmunzeln. Während er noch überschlug, was sie der Schaden kosten würde und wie lange sie für die Reparatur brauchen würden, fragte er sich, ob sie wirklich jede Unterbrechung der Leitungen entdeckten. Es war durchaus möglich im Sinne der Arbeitsökonomie, nicht zu reparieren, sondern die Schläuche auszutauschen. Und was würde ihren unbekannten Gegnern einfallen, wenn sie merkten, dass ihr Sabotageplan nicht aufging? Wo und was würden sie als Nächstes angreifen? Und vor allem – wen?

Manuel war seinem Blick gefolgt. »Ich werde dem Winzer noch heute sagen, dass ich die drei Hektar kaufe. Sofort. Ich fahre gleich zu Wilhelm Ender. Und seine restlichen sieben Hektar will ich auch – für uns! Klar?«

»Das alles willst du einbringen? Wir haben nicht genügend Manpower, nicht die entsprechenden Kapazitäten, weder zur Verarbeitung noch zur Lagerung. Wir brauchen Fässer, Lagerkapazitäten …« Philipp sah nicht Manuel an, er fixierte seinen Sohn. »Du gehst zum falschen Zeitpunkt.«

»Wann wäre der passende?«

»Wenn wir was machen, dann richtig.« Manuel hatte sich ohne Zweifel bereits länger entschieden. »Ich habe das Vorkaufsrecht. Die Zeiten der winzigen Familienbetriebe sind vorbei. Den kann Thomas in Bordeaux weiterführen.«

Der widersprach sofort: »Martin Bongers steht ebenfalls in Verhandlungen, auch in Bordeaux geben die Weinbauern auf, in den letzten zehn Jahren mehrere tausend. Jetzt schlägt überall in der Landwirtschaft wieder die Stunde der Großagrarier.«

»Wir holen uns noch ein paar Leute so fähig wie Efe. Die Geflüchteten wollen mehr als Stütze, Krankenkasse und Wohngeld. Die Deutschen sind zu satt, die Geflüchteten sind hungrig, die wollen vorwärts, arbeiten, ein anständiges Leben, das können wir bieten. Und Efe wird uns dabei helfen, nicht wahr, Efe?«

Der Angesprochene war außer Hörweite, jetzt hob er den Arm. Was sollte das Zeichen bedeuten?

Philipp legte Manuel die Hand auf den Arm. »Sag bei Wilhelm Ender kein Wort über das, was hier passiert ist, erwähne weder Heinrich noch die heutige Entdeckung. Versprochen?« Dann hielt er Manuel die Hand hin, und der schlug ein. »Am besten kommst du mit.«

Dann rief Philipp endlich die Polizei.

»Mal sehen, womit sie uns heute abspeisen«, meinte Thomas und forderte Philipp auf, ihn zu Efe zu begleiten. Beim ersten Stöckchen im Boden blieben sie stehen. Efe kam, um ihnen zu erklären, was er entdeckt hatte. Er ließ auf dem Smartphone die verschiedenen Schuhsohlen durchlaufen. Plötzlich stoppte er den Durchlauf: »Hier! Dies Schuh ist anders, und bei nachste Schuh …«, er strich mit dem Finger über das Display, die nächste Sohle erschien, »hier ist auch anders.«

Es war so, wie Efe sagte. Er hatte Abdrücke von vier verschiedenen Sohlen entdeckt, die mit denen ihrer eigenen Schuhe nicht deckungsgleich waren. Und zu den Sohlen der schicken italienischen Schuhe des Ehepaars Sturm passten sie auch nicht. Zudem endeten die Abdrücke genau am letzten Schnitt des Tropfschlauchs. Bei einem der fremden Paare war die linke Hacke stark abgelaufen, bei dem anderen fehlten rechts einige Stollen im Profil. Jetzt hatte auch Manuel sich dazugesellt, und sie starrten zu viert gebannt auf Efes Smartphone.

»Also doch Gazelle«, witzelte Thomas.

»Nein«, Efe grinste ihn an, »Zebra.« Er musste die Bemerkung vorhin mitbekommen haben, und Philipp entging nicht, wie peinlich Thomas sein Spruch jetzt war, er bekam rote Ohren. Glücklicherweise schien Efe es ihm nicht krummzunehmen. Er kannte schon lange die Bedeutung von »jemanden durch den Kakao ziehen«, diese Redewendung hatte er anfangs ernst genommen. Seit sie ihm erklärt hatten, was es hieß, nutzte er sie gern.

Endlich erschien die Polizei. Es waren zwei Beamte, die so gut wie gar nicht darauf vorbereitet waren, was sie erwartete. Von der KTU, einem Kriminaltechniker, keine Spur.

»Es ist ja nur Sachbeschädigung«, entschuldigte sich der ältere der beiden, ein Mann mit Bart. Keiner von ihnen war motiviert, unter brennender Nachmittagssonne die Rebzeilen abzulaufen und gebückt nach Spuren zu suchen, wobei den armen Kerlen sicherlich der Schweiß in die Augen rinnen würde, wie zuvor bei Efe und Manuel.

Zwischenzeitlich war Thomas zum Weingut zurückgefahren, um Essen und Getränke zu holen. Er hatte auch den Wassertank auf dem zweirädrigen Anhänger volllaufen lassen und wieder mit heraufgebracht. Damit könnten sie zumindest einen Teil der Reben bewässern, sollte die Hitze anhalten und die Reparatur der Leitungen zu lange dauern. Einen oder zwei Tage ohne Wasser müssten die Rebstöcke noch durchhalten.

Auf eine lange Wartezeit bis zum Eintreffen der Polizei hatten sie sich eingestellt, aber mit der Lustlosigkeit der Uniformierten hatten sie nicht gerechnet. Sie warfen einen kurzen Blick auf den zerschlagenen Steuerungscomputer für die Wasserzufuhr. »Wie gut, dass gleich die Wasseruhr gestoppt wurde, sonst wäre sicher vieles von dem Erdreich weggespült worden. Bis in dieser Einöde mal jemand vorbeikommt …«

Als ob es in Bad Dürkheim lebhafter zugeht, dachte Manuel, aber er hielt den Mund. Bis nach der Lese war an einen Trip in die Großstadt kaum zu denken.

Dann schickten die Polizisten sich an, die Schnittstellen zu begutachten. Der Witz des jüngeren Beamten – ein hoch aufgeschossener junger Mann – über digitale Schnittstellen kam nicht gut an. Und auch nicht die Sorge um seine blank geputzten Schuhe. Aber Manuel enthob ihn schnell des Problems.

»Bitte zertreten Sie die Spuren nicht, Sie sehen die Stöckchen … das sind Markierungen …«

Die Bohnenstange hatte nur auf Manuels Einwand gewartet und kam sofort zwischen den Rebzeilen zurück.

»Wie wir unsere Arbeit machen, überlassen Sie besser uns, junger Mann«, kam es knurrend vom älteren, wohl auch der höhere Dienstgrad. Er tat, als betrachtete er interessiert die begrünte Rebzeile, schien aber weder etwas zu sehen noch etwas gefunden zu haben, bis Efe ihm die Schuhsohle auf dem Smartphone zeigte und den entsprechenden Abdruck im Boden.

»Die Spurensuche haben Sie uns gestern auch überlassen.« Manuel war ähnlich ungehalten, er gab sich nicht geschlagen. »Wir haben gewartet, aber nichts ist geschehen.«

»Was war gestern?« Die Bohnenstange redete lieber, als dass sie sich auf schweißtreibende Spurensuche begab. Die Mütze war ihm verrutscht, und Schweiß tropfte ihm von der Nase.

Manuel und Thomas wandten sich ab, sonst hätten sie losgeprustet, und auch Philipp verkniff sich offenbar mühsam das Grinsen. Diesmal war er es, der in kurzen Worten die Geschehnisse vom Vortag schilderte.

»Da werden ein paar Verrückte unterwegs sein bei uns«, wiegelte der Ältere ab, »die machen vor nichts Halt, so sind Klimachaoten. Die einen kleben sich fest, die anderen schneiden Wasserleitungen durch, dritte besetzen Baustellen und seilen sich über Autobahnen ab.« Die Bohnenstange war unterdessen mit seinen Schuhen beschäftigt. Er putzte sie an den Hosenbeinen ab.

»Und wer nimmt nun den Schaden auf?«, wollte Thomas wissen. »Wir brauchen was Offizielles für Sichel, unseren Versicherungsmakler.« Sichel war seit ewigen Zeiten mit Martin Bongers befreundet, Thomas kannte ihn aus Saint-Émilion.

Manuel verteilte derweil kleine Wasserflaschen und sparte die Polizisten aus. Das wäre ihm früher nie eingefallen.

»Den Sachschaden aufnehmen?«, empörte sich der ältere Polizist. »Die durchschnittenen Schläuche? Mehr dürfte es ja wohl nicht sein, wie ich sehe. Ja, der Computer vielleicht …« Er tastete die Uniform nach seinem Diensthandy ab, fand aber keines.

»Sie haben sich lediglich zwei Rebzeilen angeschaut«, meinte Manuel erbost.

»Die Bewertung der Angelegenheit überlassen Sie gefälligst uns. Wir machen das nicht zum ersten Mal.«

»Ach«, Manuel stellte sich dumm, »sind noch mehr Winzer von Sabotage betroffen?« Den Erstaunten zu spielen, ließ ihn seine Wut leichter verbergen. Er war längst nicht mehr so dünnhäutig wie früher, ließ sich weniger leicht einschüchtern, dafür war er leichter reizbar und ging die Menschen und Dinge aggressiver an. Auch fordernder war er, und er spürte selbst, dass ihn das besser gegen die Unbilden des Alltags mit mangelnder Rücksichtnahme, explodierendem Egoismus und wachsendem Desinteresse am Nächsten wappnete.

»Ob andere Winzer mit ähnlichen Schäden zu tun hatten oder haben …«, der Satz riss Manuel aus seinen Gedanken, »dürfen wir nicht sagen. Datenschutz. Sie verstehen?«

Manuel verstand: Weder wusste sein Gegenüber etwas darüber noch interessierte es den Mann. Was waren diese Polizisten? Nichts anderes als die Müllmänner einer sich auflösenden Gesellschaft? »Und wer dokumentiert dann die Schäden?«, fragte er.

»Na, selbstverständlich Sie!« Der Beamte nahm zum wiederholten Mal die Mütze ab und fächelte sich Luft zu. Damit gewann er auch keine Autorität.

»Das wird der Versicherung nicht reichen«, sagte Philipp.

»Das ist nicht unser Problem, Herr Achenbach. Holen Sie sich jemanden von der Versicherung her, ganz einfach.«

Thomas murmelte: »Wir sollten diese Dorfpolizisten

wegschicken. Es ist wie immer, wir müssen uns um unseren Scheiß selbst kümmern.«

»Vielleicht erreiche ich einen Gutachter von der Versicherung, ich kümmere mich drum«, sagte Philipp und griff zum Smartphone.

»Und hinterher kriegen wir den Ärger, und die Versicherung zahlt nicht.« Manuel kochte vor Wut. Seine Erfahrungen mit der Staatsmacht als Mordverdächtiger in Untersuchungshaft waren damals nicht die besten gewesen. Auch in seinem Fall war weder konsequent noch beharrlich ermittelt worden, schon gar nicht professionell.

Philipp zog Manuel aus der Schusslinie. »Ich weiß gar nicht, ob die Versicherung bei Vandalismus überhaupt zahlt. Wir sehen uns nachher den Vertrag an.«

»Was war das mit den Dorfpolizisten?« Es war das erste Mal, dass die Bohnenstange Thomas ansprach.

»Wird das auch schon als Beamtenbeleidigung gewertet? Nur gut, dass wir …«

Das Motorengeräusch eines zweiten Polizeiwagens, der im ersten Gang den Hügel heraufkroch, und Manuels Ellenbogen in seinen Rippen brachten Thomas zum Verstummen. Manuel ahnte, dass der nächste Spruch seines Kompagnons sicher beleidigend ausgefallen wäre.

Voss hatte ebenfalls ihren Notruf erhalten, und er war gekommen, heute ohne Schleichmeier, stattdessen mit einem anderen Kollegen. Mit Voss ließ sich vernünftig reden, anscheinend war er der einzige wirkliche Profi. Er und sein Kollege, der informiert zu sein schien, schüttelten allen freundlich die Hand und nahmen die beiden Dorfpolizisten beiseite. Die Beamten besprachen sich leise. Der Lange setzte seine Mütze in einer Geste stoischer Autorität auf und schob die nachgemachte Ray-Ban-Sonnenbrille cool auf seiner Nase zurecht.

»Am liebsten wäre er einer der Hollywood-Bullen in

schwarzer Lederjacke auf einer Harley-Davidson«, unkte Thomas, »nur bei Wind wird's für die Bohnenstange gefährlich. Mich wundert's, dass sie für Polizisten derartige Übergrößen parat haben.«

»Das wird eine Spezialanfertigung sein«, vermutete Manuel.

Philipp erinnerte die Szene an einen Satz aus Schillers *Wilhelm Tell*: »Siehst du den Hut dort auf der Stange?« Es war die Kopfbedeckung des Landvogts, den die Bevölkerung zu grüßen hatte.

Der junge Beamte ging zur Beifahrertür des Polizeiwagens und rieb sich vor dem Einsteigen nochmals die Schuhe an den Hosenbeinen ab.

Voss nickte den abfahrenden Kollegen zu und kam herüber. »Jetzt können wir reden.« Er warf dem Wagen einen kurzen Blick hinterher, den man als genervt und erleichtert hätte bezeichnen können, und zuckte mit den Achseln. »Es ist bei der Polizei wie überall: Es gibt Kollegen, die ihre Arbeit ernst nehmen, und andere denken lieber an den Feierabend oder an den Polizeisportverein. Nun, meine Herren, zu Ihrem, äh, zu unserem Fall«, korrigierte er sich. »Wer erklärt mir das Vorgefallene?«

Fragend blickte er von einem zum anderen, alle waren angesprochen, auch Efe. Da sich die vier ähnlich unentschlossen verhielten, machte Voss eine auffordernde Handbewegung in Richtung Manuel.

Der erläuterte, was sie vorgefunden hatten, sowie ihr Vorgehen beim Vergleich der Stiefelspuren, und gemeinsam schritten sie die Rebzeilen ab, verweilten an Efes Markierungen und verglichen seine Aufnahmen mit den Abdrücken am Boden.

In der Nachmittagshitze war es eine quälende Tätigkeit, dabei blieb es zwischen den Weinstöcken etwas kühler als im freien Gelände. Thomas hatte derweil den zerschlagenen

Steuerungscomputer ausgebaut und telefonisch ein Ersatzgerät bestellt. Bei den gegenwärtigen Temperaturen mussten sie so schnell wie möglich die Tropfbewässerung wiederherstellen. Später würden sie die Leitungen reparieren, es würde eine lange Nacht werden, aber zumindest war es bis zweiundzwanzig Uhr hell. Heute würde ihnen der Tank helfen, einer von ihnen musste mit dem Schlauch die Rebstöcke bewässern, während die anderen die Schlauchverbindungen einsetzten.

Stöhnend ließ sich Voss ins Gras fallen, dankbar nahmen sein Kollege und er das angebotene Wasser an. »Sehr gut, Herr Efe«, sagte Voss, »Sie haben ein gutes Auge für Spuren. Solche Leute braucht die KTU. Wollen Sie nicht bei uns anfangen?«

Thomas erklärte Efe, was die KTU war, doch der zeigte statt einer Antwort nur auf den Boden vor sich.

»Verstehe«, sagte Voss, »Ihr Job hier ist auf jeden Fall angenehmer. Aber heute sehe ich euren Fall ganz anders als gestern. Bei den gestohlenen Bildern dieser …«

»Hélène Haller«, half Philipp ihm aus der Bredouille.

»… gut, dieser Malerin, sah und sehe ich keinen Zusammenhang, aber der … der Tod des Schafes und die Sabotage hier, die stehen eindeutig im Zusammenhang. Zu möglichen Hintergründen werden Sie mir mehr sagen müssen!«

Es war Philipp immer unangenehm, über die Vergangenheit zu sprechen. Da waren der Champagner-Fonds, das Verschwinden dieses Michael Müller und der Mord im Rheingau. »Ich denke genau wie Sie – die beiden Fälle stehen miteinander in Verbindung. Efe«, Philipp wies auf den Nigerianer, »er meint, es sei eine Kriegserklärung: Zuerst werden die Tiere getötet, dann die Menschen.«

»Malen Sie den Teufel nicht an die Wand, womöglich sollte das lediglich eine Art Zwischenschritt sein? Haben Sie Feinde, offene Rechnungen?«

Thomas und sein Vater tauschten Blicke, die Voss offenbar nicht entgangen waren. Ihm war klar, dass es da etwas in der Vergangenheit geben musste. Und Philipp erklärte ihm, was damals vorgefallen war. »Das ist allerdings zwölf Jahre her …«

»Das hat wenig zu sagen«, meinte Voss, »auch alte Rechnungen wollen beglichen werden, besonders in solchen Kreisen. Ich werde sehen, ob ich in unseren Computern was finde, was uns weiterbringt …«

Nachdem Voss und sein schweigsamer Begleiter den Weinberg verlassen hatten, teilten sie sich auf: Thomas und Efe wollten sich sofort um Schlauchverbinder kümmern, um möglichst heute noch mit der Reparatur zu beginnen, während Manuel und Philipp zu Winzer Wilhelm Ender nach Erpolzheim fuhren.

Es waren nur zwei oder drei Kilometer bis zu seinem kleinen Weingut am Rand des Dorfes. Herr und Frau Ender lebten in einem Haus, das mit seinen zwei Etagen und dem ausgebauten Dach viel zu groß war für ein Ehepaar am Beginn des Rentenalters. Die Kinder waren bereits vor Jahrzehnten weggezogen. Sie kamen nur noch im Winter zum Rebschnitt her, wenn die Eltern mit der Arbeit gar nicht mehr nachkamen, an Weihnachten – und zur Weinlese. Da halfen auch die Enkelkinder, sonst war es ihnen in dem Dorf längst zu langweilig. Also blieb nur der Verkauf.

Bereits bei Manuels erstem Gespräch, als es darum ging, die drei Hektar oben am Libellenberg zu pachten, hatte er gemerkt, dass die Enders schwer loslassen konnten. Ihre anderen sieben Hektar machten nur Mühe und waren keine Freude mehr, aber sie brachten zumindest noch etwas ein. Aber wer mochte sich schon von seinem Lebenswerk verabschieden und es in fremde Hände geben?

Um seine Investition langfristig zu sichern und damit die

Enders nicht Immobilienhaien in die Hände fielen, hatte Manuel sich das Vorkaufsrecht schriftlich gesichert sowie eine Option für die restlichen Lagen.

Er war schon einige Male hier gewesen und fand das gelbe Haus mit dem braunen Tor sofort wieder. Es war das Nadelöhr des Weingutes, die Durchfahrt war für moderne Ackergeräte zu schmal, aber der Abriss der Durchfahrt hätte Auswirkungen auf die Statik des Nebengebäudes gehabt und einen Umbau zu teuer gemacht. Seine Frau hatte nebenbei leise verlauten lassen, dass sie sich mit dem Geld des Verkaufs endlich neue Möbel anschaffen konnten. Ender musste verkaufen, ob er wollte oder nicht.

Manuel fand ihn im Hof, er werkelte an seinem überalterten Traktor herum und schien über das unangekündigte Erscheinen seines Pächters gar nicht erfreut zu sein. Da Manuel vor vier Jahren die Verhandlungen über den Libellenberg geführt und den Kontakt gehalten hatte, ergriff er das Wort.

»Entschuldigen Sie, dass wir einfach so auftauchen, wir wollen nicht stören und sind gleich wieder weg. Ich wollte nur sagen, dass wir die drei Hektar kaufen – und die restlichen sieben auch – oder wir pachten sie. Das dürfte Ihnen doch gefallen?«

Ender sah ihn mit offenem Mund an, mehr erschrocken als erfreut.

»Ihr Haus wird nicht angerührt«, beschwichtigte Manuel, weil er glaubte, dass Ender fürchtete, vertrieben zu werden. »Wir würden natürlich gern, bis wir die entsprechenden Kapazitäten bei uns verarbeiten können, die Ihren nutzen, Fässer, Tanks, einige Geräte – je nachdem, was Sie uns davon überlassen wollen. Das Geld für die drei Hektar könnten wir schon nächste Woche überweisen.«

Ender war sprachlos, und auch Philipp, der sich im Hintergrund hielt, sagte nichts. Manuel ahnte, was in seinem Kompagnon vor sich ging: Von den sieben Hektar Enders war bislang nicht offiziell die Rede gewesen, und natürlich mussten sie überlegen, wie sie das gesamte Weingut umstrukturieren und die neuen Flächen in ihren Plan integrieren sollten, zumal Thomas in absehbarer Zeit ausfallen würde. Die Fragen, die damit einhergingen – Wer sollte die Arbeit machen? Woher Arbeitskräfte nehmen? –, würden sie in Ruhe später klären.

Anders als erwartet reagierte Ender verhalten, wenn nicht ablehnend auf Manuels Vorschlag und schlug die Augen nieder. Er leckte sich die Lippen, schnappte nach Luft, schien nach Worten zu suchen, sah sich um, als ob von anderswo Hilfe oder eine passende Antwort käme.

»Ich … äh, wir … äh, meine Frau hat … das äh …«, stammelte er und benahm sich, als hätte man ihn bei etwas Verbotenem erwischt. »Ich kann nicht … ich habe … die anderen …« Er sah zur Rückseite seines Hauses hinauf, dann glitten seine Augen über die Dächer, und er biss sich auf die Lippen.

»Niemand will Ihnen etwas wegnehmen, Herr Ender«, versuchte Manuel, ihn zu beruhigen. »Sie haben selbst den Gedanken ins Gespräch gebracht, zu verkaufen. Sie wollen aufhören, den Laden am liebsten dichtmachen, wie Sie sagten. Wir machen Ihnen ein marktübliches Angebot. Für die Nutzung Ihrer technischen Einrichtung und Geräte zahlen wir selbstverständlich. Außerdem brauchen wir Sie zur Beratung.«

Manuel vermutete, dass es sicher ein Schock war, plötzlich damit konfrontiert zu werden, sein Lebenswerk aus den Händen zu geben und alles hinter sich zu lassen, was man ein Leben lang aufgebaut, worum man in schlaflosen Nächten gebangt hatte. Aber da musste noch etwas anderes sein.

Er ruderte zurück: »Wir verstehen, wenn Sie sich erst an den Gedanken gewöhnen müssen. Wir haben Zeit.«

Doch in Enders Miene zeigte sich noch etwas anderes,

etwas wie ein schlechtes Gewissen, Gedanken, die Ender nicht auszusprechen wagte. Wovor fürchtete sich der Mann? Was verschwieg er? Ender wich sowohl Philipps wie Manuels Blicken aus, er wandte sich zur Seite und benahm sich wie ein Kind, das beim Lügen erwischt worden war. Nun trat auch noch seine Frau aus der rückwärtigen Tür und ging, ganz anders als er, freudig auf die Besucher zu. Das passte ihm offensichtlich gar nicht.

»Wie schön, Sie wieder bei uns zu sehen.« Frau Ender begrüßte sie bester Laune. »Ihren Thomas haben Sie nicht mitgebracht? Wie geht's oben? Wächst alles nach Ihrer Zufriedenheit? Ich war neulich da, die Anlage sieht schön aus, auch das mit der Bewässerung. Ohne geht es tatsächlich nicht mehr. Es freut uns wirklich, dass Sie vorankommen.« Es waren ehrlich gemeinte Worte. »Aber was ist los mit dir?« Verständnislos betrachtete sie ihren Mann. »Was machst du für ein griesgrämiges Gesicht?«

»Sie wollen alles kaufen, die drei Hektar oben und die anderen sieben ...«

Hocherfreut strahlte Frau Ender die Besucher an. »Das ist ja wundervoll, ach, was für eine Freude, Herr Stern.« Im Überschwang ihrer Gefühle umarmte sie Manuel, während sich das Gesicht ihres Mannes weiter verfinsterte. »Das haben wir uns immer gewünscht, alles in die richtigen Hände zu geben.«

»Es ist besser, du hältst dich da raus«, fauchte ihr Mann sie an. »Wir besprechen das später.«

»In welchem Ton redest du mit mir?«, empörte sich Frau Ender. »Was sollen wir später besprechen? Was gibt's da überhaupt noch zu besprechen? Männersache? Rede keinen Unsinn. Wir sind immer bestens mit Herrn Achenbach und mit Manuel zurechtgekommen. Wilhelm! Du verbirgst doch etwas! Rede schon, los!«

Die Bewegungen von Wilhelm Ender erinnerten Manuel

an einen Regenwurm, der sich verzweifelt in der Handfläche wand, um sich schleunigst in der Erde zu verkriechen.

»Was ist los, Wilhelm?«, wiederholte Frau Ender. »Was verschweigst du uns?« Sie rückte deutlich von ihrem Mann ab und stemmte die zu Fäusten geballten Hände in die Hüften.

Ender nahm die Brille, putzte sie nervös, rieb sich die Hände und schnappte nach Luft. »Ich geb's ja zu, vielleicht habe ich einen Fehler gemacht.«

»Was hast du gemacht? Einen Fehler?«

»Ich habe unsere Weinberge jemand anderem zugesagt.«

»Alle?« Frau Enders Mund klappte auf. Verständnislos sah sie ihren Mann an. »Bist du von allen guten Geistern verlassen? Einen Fehler nennst du das? Und weshalb weiß ich davon nichts? Es ist immer noch unser Weingut. Hier entscheiden immer noch wir beide gemeinsam, du und ich, ist das klar? Wem hast du was versprochen?«

Wie vor den Kopf geschlagen starrten Manuel und Philipp den sich windenden Winzer an. Was war hier los? Was geschah hinter den Kulissen, wovon sie nichts wussten? Mit wem hatte der Winzer verhandelt?

6. Kapitel

Manuels Erwachen

»Kommt rein, hier draußen ist es viel zu warm.« Frau Ender winkte sie ins Haus. Im Vergleich zu modernen Betonbauten waren die alten Häuser aus Fachwerk und Klinkern deutlich kühler, allerdings fehlte ihnen die Wärmedämmung für den Winter. Grimmig und im Bewusstsein ihrer Stärke führte die Winzerin ihre Pächter in den Probierraum, schmallippig und mit gesenktem Kopf folgte Wilhelm Ender. Dieser Raum war vor mehr als vierzig Jahren eingerichtet worden. Die Wände waren mit vergilbten Fotos aus den Anfängen des elterlichen Weinbaus und gerahmten Zeitungsausschnitten der Nachkriegszeit dekoriert, alte Urkunden hingen dazwischen und Prämierungen der Deutschen Landwirtschafts-Gesellschaft DLG.

Philipp hielt nicht viel von Urkunden und Medaillen, sie waren ihm zu unkritisch. Von sechzehntausend Weinen in Rheinland-Pfalz bekamen mehr als siebzig Prozent eine Medaille. Manche Winzer betrachteten es als Verkaufshilfen, andere brauchten es für ihr Ego. Manche Weinfreunde jedoch ließen sich davon beeindrucken, denn eine »Goldene Kammerpreismünze« tat ihre Wirkung.

»Vor vierzig Jahren haben wir den Betrieb von den Schwiegereltern übernommen. Damals hatten alle davon leben können, da konnten zehn Hektar eine Familie ernähren«, erklärte Frau Ender und rückte die Stühle am Tisch zurecht. »Da hatten wir auch noch einen großen Gemüsegarten und eine Streuobstwiese und eine Kuh im Stall. Geh bitte und hol uns was zu trinken, Wilhelm. Bei der Hitze vertrocknet man bei lebendigem Leibe. Apfelsaft ist noch da«, rief die resolute Frau ihrem Mann nach. Es schien, als wollte sie ihn möglichst nicht in der Nähe haben. »Die Äpfel stammen von unserer Streuobstwiese. Garantiert ohne Spritzmittel!«, betonte sie ihren Gästen gegenüber, die schweigend hinter den zugewiesenen Stühlen standen.

»Alles easy«, flüsterte Manuel Philipp zu, als Frau Ender eine Tischdecke holte. »Sie«, er nickte ihr hinterher, »ist unsere stärkste Verbündete hier. Ich kann bestens mit ihr, und sie mag dich auch.« Er schien noch etwas sagen zu wollen, schwieg aber, denn Frau Ender kam zurück.

»Nun setzen Sie sich schon und machen nicht so griesgrämige Gesicher. Das klärt sich alles auf. Sie kriegen das Land. Wir haben es versprochen, und dabei bleibt es! Er kann sich auf den Kopf stellen. Ich weiß auch nicht, was in ihn gefahren ist.« Etwas hilflos breitete sie die Arme aus.

»Ihr Mann wird uns hoffentlich den Irrtum erklären.« Philipp versuchte erst mal, das Gehörte nicht an sich heranzulassen, obwohl die Aussicht, zusätzlich weitere sieben Hektar zu bearbeiten und dabei zukünftig auf Thomas verzichten zu müssen, nicht unbedingt ermutigend war. Eigentlich hatten sie beschlossen, den Maschineneinsatz zu reduzieren, um die Böden nicht weiter zu verdichten. Das war entschieden worden, bevor sich Thomas' Umzug angekündigt hatte.

»Was hast du gemacht?«, brauste Frau Ender auf, als ihr Mann eine Flasche Wasser auf den Tisch stellte, dazu den eigenen Apfelsaft und eine Flasche ihres Müller-Thurgaus. »Unsere Weinberge jemand anderem versprochen? Das ist Wortbruch, und so etwas passt nicht zu uns!«

Philipp verfolgte, wie die Perlen des Kondenswassers an den Flaschen herabliefen und auf der Tischdecke einen dunklen Rand hinterließen. Dann verteilte Ender schweigend die Gläser. Er tat alles so extrem langsam, als wollte er sich Zeit verschaffen, um sich eine passende Antwort zu überlegen. Umständlich schenkte er ein, setzte sich und versteckte seine Hände unter dem Tisch.

»Was ist in dich gefahren? Mach es nicht so spannend, rede endlich. Wem hast du was versprochen? Wie kommst du auf eine derart dämliche Idee? Wirfst einfach unsere Absprachen über den Haufen? Haben sie dir was Besonderes geboten? Und wieso hast du mir nichts davon gesagt? Musstest du deshalb neulich so dringend weg? Wer waren diese Leute?«

»Da war ein Mann, nein, zwei Männer, ein Deutscher und ein Franzose … und ihr Fahrer, der war wohl auch Franzose. Sie fuhren aber einen Audi mit deutschem Kennzeichen.«

»Darum geht es nicht, schleich dich nicht weg«, zischte sie wütend.

»Wie alt waren die?«, fuhr Philipp sofort dazwischen, »die Franzosen meine ich.«

»Wieso? Das … das war ein jüngerer, so wie Ihr … wie unser Herr Manuel hier, beide gut gekleidet, im Anzug … Der Fahrer war ein dunkler Typ, auch so zwischen dreißig und vierzig.«

Fürs Erste war Philipp beruhigt, bei dem Alter konnte es sich nicht um Russel handeln, der musste die sechzig längst überschritten haben. Oder er war im Knast gestorben? Vielleicht hatte ihn auch jemand umgebracht, den er aufs Kreuz gelegt, dessen Depot er geplündert hatte. Allein den Namen zu denken, war, wie einen bösen Geist aus der Flasche zu lassen. Einmal gedacht, war er da, nicht mehr wegzudenken und führte in seinem Gehirn ein Eigenleben. Zur Hölle mit ihm. Ob sie mit Pascal Bellier reden sollten? Er war vielleicht der Einzige, der helfen konnte, der wusste, wo dieser Russel zuletzt gesehen worden war. Und Touraine schien auch nicht mit Ender gesprochen zu haben, auch auf ihn passte die Beschreibung nicht. Als Philipp ihn zuletzt gesehen hatte, mochte er Mitte vierzig gewesen sein, dann war er jetzt …

Frau Ender traktierte ihren Mann weiter, endlich den Mund aufzumachen. Sie drang mit solcher Heftigkeit auf ihn ein, dass er nur die Chance hatte, sich gänzlich zu verweigern oder darauf einzugehen. Diese Situation war ihm vor den Besuchern sichtlich peinlich, er wand sich, und es dauerte, bis er sich zum Sprechen bewegen ließ.

Begonnen habe es vor vier Wochen damit, dass sie Besuch von einer Journalistin bekommen hätten. Sie habe einen Artikel über Winzerfamilien schreiben wollen, die sich gezwungen sahen, ihre Weingüter sowie die Weinberge zu verkaufen, weil sie zu alt seien, die Weingüter weiterhin zu bewirtschaften, weil sie wegen ihrer geringen Größe unrentabel seien und die Nachfolger fehlten.

»Den Besuch hast du mit keinem Sterbenswörtchen erwähnt«, empörte sich seine Frau, »hast es mir verschwiegen.«

»Wie hieß die Journalistin?«, fragte Manuel äußerst leutselig.

»Sie hieß irgendwas mit Weiden, glaube ich, ja, Beate oder Bärbel von Weiden. Sie gab mir eine Visitenkarte.« Ender stand auf, um sie zu holen. Er reichte sie Philipp, der gab sie nach einem Blick darauf an Manuel weiter und hoffte, dass der von seiner Faszination für diese Dame geheilt werden würde. Es war die gleiche Karte, die auch er erhalten hatte.

Sie habe erzählt, dass es überall in Europas Weinbaugebieten das Gleiche sei, so der Winzer, die Übergabe von einer Winzergeneration an die nächste sei kompliziert und werde nicht einfach zu regeln sein; die Nachfolge sei ein grundsätzliches und strukturelles Problem. Nur die großen Weingüter und Kellereien würden überleben. Und ihr liege daran, mit ihren Artikeln Winzern wie ihm ein Instrument an die Hand zu geben, damit sie nicht von Investoren über den Tisch gezogen würden. Dann habe sie gefragt, inwieweit die Kinder noch involviert seien, Anteile besäßen und ob er vorhabe, seine Weinberge in absehbarer Zeit zu verkaufen.

»Ist doch klar, da habe ich von einigen hier in der Gegend erzählt, von denen ich es weiß. Die Namen hat sie aufgeschrieben.« Dann habe sie wissen wollen, ob er Vorkehrungen bezüglich ihres Ausscheidens aus dem Berufsleben getroffen habe. In diesem Zusammenhang sei der Name Achenbach & Stern gefallen und dass er ihnen bereits einige Hektar verpachtet habe. Er habe auch erzählt, dass man die alten Reben auf dem Libellenberg ausgerissen und neue gepflanzt hatte. Und dass diese jetzt künstlich bewässert werden müssten.

»Das hat diese Frau sehen wollen. Sie sagte, dass sie von Bewässerung wenig verstünde. Ich könne sie schlaumachen.«

»Und du bist mit ihr da hingefahren?« Frau Ender schüttelte entrüstet den Kopf. »Wolltest du bei ihr Eindruck schinden?«

»Warum hätte ich es nicht tun sollen, weshalb sollte ich ihr misstrauen? Sie ist Journalistin.« Ob er von weiteren Verkaufsplänen und der Option auf die übrigen Lagen gesprochen hatte, wisse er nicht mehr. »Hätte ich darüber nicht reden dürfen?« Der Winzer schien nicht zu begreifen, was an seinem Handeln falsch war, und die wirkliche Tragweite war ihm bei Weitem nicht bewusst.

Seine Frau saß ihm gegenüber am Tisch mit gefalteten Händen, darauf ihr Kinn gestützt und betrachtete ihren Mann, als hätte sie eine bis heute gänzlich unbekannte Seite an ihm entdeckt.

Also von ihm hatte die von Weiden ihre Adresse und wusste um die bewässerten Flurstücke, das wurde Philipp in diesem Moment klar, und er fragte sich, ob Manuel den gleichen Gedanken hatte, aber er vermied es, ihn anzusehen.

»Wem willst du unser Leben jetzt verkaufen? Jemandem, der all das, was wir geschaffen haben, nicht zu schätzen weiß? Das ist wie weggeworfenes …«

»Und wie ging es weiter?«, wollte Manuel wissen, »was kam nach der Journalistin? Die beiden Männer?«

Verschämt kam das Ja.

»Und die wollten das Weingut kaufen?«

Das neuerliche »Ja, für ihre Firma« hörte sich bereits nicht mehr so selbstbewusst an, »nur die Weinberge«.

»Haben Sie ihnen gesagt, dass es einen Pachtvertrag gibt?«

»Ja.«

»Und wie haben sie reagiert?«

»Dass ich mir keine Sorgen machen soll, der würde beim Verkauf ungültig.«

»Falsch«, sagte Philipp und wurde zusehends schärfer, »man hat Sie offensichtlich belogen. Der Verkauf bricht nicht die Pacht, solche Verträge bleiben bestehen. Das sagt Ihnen jeder Anwalt.«

Frau Enders Miene hatte sich von einem Ja zum nächsten verfinstert. »Und solchen Leuten willst du unser Lebenswerk verkaufen?« Sie schien sich zu fragen, ob das Alter in seinem Kopf bereits erste Spuren hinterließ. »Nicht mit mir, Wilhelm, nicht mit mir«, wiederholte sie. »Mir gehört schließlich von allem die Hälfte. Hast du dich über sie erkundigt?«

»Nein. Sie garantierten mir, dass sie alle Kosten übernähmen, für Grundbucheinträge, für Anwälte und mögliche Gerichtsverfahren. Sie haben mir Papiere vorgelegt, Urkunden mit Stempeln und Bilanzen, alles von Wirtschaftsprüfern – wie sagt man? – testiert!« Ender war von der Verteidigung zum Angriff übergegangen, und das nicht nur im Ton. »Es ist ein Teilkaufmodell. Alles bekäme ich schriftlich. Ich lasse mir den Verkauf nicht wegnehmen. Es ist unsere Altersversicherung, unsere Zukunft.« Zuletzt war er laut geworden, Wilhelm Ender fühlte sich zunehmend in die Enge getrieben, unwillig, weitere Fragen zu beantworten. Das spürte auch Philipp. Sie mussten langsamer vorgehen.

Doch Manuel zog jetzt an ihm vorbei: »Wer sind die Käufer? Waren die vom Fach, waren es Winzer?«

»Danach habe ich nicht gefragt.«

»Wieso nicht? Wollten sie unser Gut nicht bewirtschaften?«

»Woher soll ich das wissen. Es waren eben Geschäftsleute, die mir ein Angebot machten, und da redet man erst mal. Einer meinte, er sei Rechtsanwalt.«

»Aber du hast bereits Vereinbarungen getroffen, mündlich, du Dummkopf! Auch das zählt. Mit was für einem Esel bin ich nur verheiratet?« Frau Ender hielt sich den Kopf, als würde das Gesagte nicht mehr hineinpassen. »Was für ein Esel«, wiederholte sie. »Wo habt ihr euch übrigens getroffen? Hier jedenfalls nicht. Das hätte ich gewusst. Wolltest du alles hinter meinem Rücken abziehen?«

»Nein, das wollte ich nicht.« Der Ton wurde jetzt weinerlich.

»Das hast du aber.«

»Das wollte ich wirklich nicht. Wir haben uns in der Weinstube Bach-Mayer getroffen – das ist das alte fürstliche Jagdhaus.«

»Damit kann man dich also beeindrucken? Und dabei kamst du dir wichtig vor?«

Statt einer Antwort verzog Ender genervt das Gesicht.

Manuel hakte nach: »Wie heißen die Burschen?«

Der eine sei Prokurist und Anwalt, der andere nannte sich CFO, »der war der Cheffinanzier – oder so …«, war die hilflose Antwort. Eilig stand Herr Ender auf, stieß dabei seinen Stuhl um und lief hinaus.

Was hatte er vor? Schweigend lauschten sie zu dritt am Tisch den Schritten des Winzers im stillen Haus. Der Müller-Thurgau war nicht angerührt worden, lediglich das Wasser fand Abnehmer. Manuel griff jetzt nach dem Apfelsaft. Während er sich etwas eingoss, sagte er zu Philipp: »Ich habe dich selten mit einem so grimmigen Gesicht gesehen.«

»Das wundert mich nicht«, antwortete dieser. »Mir ist auch grimmig zumute. Die haben gefälschte oder erfundene

Dokumente vorgelegt. Bilanzen werden geprüft, ob sie formal richtig sind, und nicht, ob Betrug vorliegt. Aber wir wollen Frau Ender nicht mit unseren Problemen belasten.«

»Ihre sind meine, haben Sie das nicht längst bemerkt?« Sie war nicht mehr wütend, nicht aufgebracht, sie wirkte nur müde und traurig.

Wilhelm Ender kam zurück und warf verächtlich zwei Visitenkarten auf den Tisch. Eine Karte gehörte einem Leopold Essling, die andere einem Marc Comberousse von der VÖW, der Vereinigung Ökologischer Weinbau. Im Text darunter hieß es, die VÖW sei ein Tochterunternehmen der SVEE, der Société de la Vigne Écologique Européenne in Brüssel.

Für Philipp sah das einerseits nach Weinbau aus, andererseits nach dem Tochterunternehmen eines Investors. Worum ging es hier? Um Landwirtschaft, um Kapitalanlagen oder um Landgrabbing? Hatten die Heuschrecken Afrika abgegrast, sich das fruchtbare Land von der korrupten Elite überschreiben lassen, und nun war Deutschland beziehungsweise Europa an der Reihe? Welche Idioten waren hier an der Regierung und ließen es geschehen? Putin und seine Politik hatten sie in ihrem Gasrausch auch nicht begriffen. Wahrscheinlich verdienten die Liberalen mit und hatten das Ganze eingefädelt. »Was hat man Ihnen geboten?«, fragte er.

Frau Enders finsterer Blick hätte auch Philipp zurückschrecken lassen. »Nun sag schon, Mann, irgendwas werden sie geboten haben, sonst hättest du nie zugehört, ich kenn dich.«

Jetzt wand sich Wilhelm Ender wieder so erbärmlich, dass Philipp kaum hinsehen konnte.

»Eine Leibrente«, antwortete der Winzer schließlich zögerlich, »viertausend im Monat, bis zum Ende, und sollte ich vor dir sterben, wäre der Restbetrag fällig. Haus und Hof interessierten sie nicht.«

»Wie gnädig, dass ich hierbleiben darf.« Frau Ender war zusehends erstarrt.

»Und eine Einmalzahlung ...«

»Wie viel?«

»Es wurde Stillschweigen vereinbart.«

»Das ist doch nicht zu fassen. Auch deiner Frau gegenüber?« Sie stand auf, beugte sich über den Tisch und stützte sich dabei auf die geballten Fäuste, ihren Mann auf der anderen Seite des Tisches drohend im Blick. »Wie viel?«

»Zehn ...«

»Zehn was?«

»Zehntausend. Als Vertrauensvorschuss. Das haben sie gesagt.« Ender starrte auf die Tischplatte. »In bar.«

Die anderen sahen sich fassungslos an.

»Also Schwarzgeld? Hast du's genommen, oder sollst du es noch kriegen? Bist du jetzt unter die Ganoven gegangen?«

Philipp und Manuel verständigten sich mit einem Blick: Sie hatten genug gehört. Sollten sich die beiden ruhig gegenseitig die Haare ausreißen. Frau Ender jedenfalls stand auf ihrer Seite, und den Libellenberg würde ihnen niemand streitig machen können. Jetzt ging es darum, das Gespräch einigermaßen elegant zu beenden.

»Wir möchten Sie bitten, den Pachtvertrag aufrechtzuerhalten, damit wir keine Rechtsanwälte beschäftigen müssen.« Manuel fand rasch zu einer verbindlichen Form zurück. »Ich will die drei Hektar kaufen, das Geld kann nächste Woche überwiesen werden. Überlegen Sie gut, was Sie damit anfangen, sonst wird es von den Preiserhöhungen aufgefressen. Und was unsere Option für die sieben anderen Hektar betrifft, da wüsste ich gern, was die Herren der Vereinigung Ökologischer Weinbau Ihnen geboten haben. Möglich, dass wir über das Angebot hinausgehen. Sie wollen sicherlich nicht, dass wir Schadenersatz verlangen, zum Beispiel für die Sabotage an unserer neuen Bewässerungsanlage.«

»Sabotage?« Frau Ender reagierte entsetzt. »Was bedeutet das, Sabotage?«

»Die Schläuche und Drähte wurden an etlichen Stellen durchgeschnitten, der Computer zur Reglung der Wasserzufuhr zerschlagen.«

»Da oben, in unserem Weinberg? Wer hat das getan?« Frau Enders Entsetzen war echt.

»Das wüssten wir auch gern. Sie, Herr Ender, haben diese Journalistin mit hinaufgenommen, und wer weiß, vielleicht hat sie den Tätern den Hinweis gegeben.«

»Diese reizende Frau? Niemals. Das war eine Journalistin, eine integrierte, äh, integere Frau, gebildet …«

»Wir kommen soeben von dort, die Polizei hat die Spuren aufgenommen.«

»Das hätte jeder sein können, das können Sie mir nicht anhängen.«

»Jeder, mein Lieber? Jeder tut so was nicht, das hat es hier nie gegeben. Darüber reden wir nachher«, zischte Frau Ender.

Mit einem freundlichen Händedruck verabschiedete sich Manuel artig von der wütenden Winzerin, sie war wirklich die beste Verbündete bei dem bevorstehenden Streit mit ihrem Mann. So sah es auch Philipp. Sie würde ihn weichklopfen.

Für Herrn Ender, jetzt ein Häufchen Elend, reichte Manuel ein Kopfnicken, von Philipp kam der begütigende Handschlag. »Keine Sorge, Herr Ender, wir kriegen das hin, und Sie kriegen Ihr Geld – von uns.«

Frau Ender begleitete sie zum Hoftor. »Sie müssen es meinem Mann verzeihen. Er weiß nicht … Sie werden ihn überfahren haben, ums Geld habe immer ich mich gekümmert.«

»Längst geschehen, liebe Frau Ender.« Manuel hakte sich bei ihr ein. Sich einzuschmeicheln, verstand er weitaus besser als seine Kompagnons.

»Und Sie machen sich keine Sorgen, Sie kriegen Ihre Weinberge«, beruhigte sie ihn, »eigentlich haben Sie die ja schon, mein lieber Manuel.«

»Was wir jetzt brauchen, wäre Folgendes: eine Liste mit den Winzern, die hier in der Gegend aufgeben wollen, egal, aus welchen Gründen, die Namen, die Ihr Mann der Journalistin genannt hat. Wir müssen wissen, wer oder was hinter dieser VÖW und der SVEE aus Brüssel steckt. Vielleicht könnten Sie in Erfahrung bringen, in welchem Hotel sie abgestiegen sind? Oder eine Telefonnummer?« Auf den Visitenkarten hatte Philipp lediglich eine E-Mail-Adresse entdeckt.

»Ich werde ihn ausquetschen wie eine Zitrone, dann sag ich's Ihnen.«

Vertraulich beugte Manuel sich ihr zu: »Dann wäre es hilfreich zu wissen, wie viel diese Herren für Weinberge so bieten. Sie kennen die Winzer hier, Sie treffen sicherlich die eine oder andere Winzerin. Falls Sie etwas hören … Wir erkundigen uns auch bei anderen Verkäufern.«

Das war als Vorsichtsmaßnahme gedacht, damit die Enders den Preis nicht willkürlich nach oben trieben. Marktüblich ja, darüber nein. »Wenn Sie wieder von den Aufkäufern hören und die bei Ihnen vorbeikommen, wären wir Ihnen sehr dankbar, wenn Sie uns informieren. Und dann besuchen Sie uns mal, wir würden uns wirklich freuen, mein Kompagnon Thomas kocht fantastisch …«

Philipp verbiss sich mühsam das Grinsen. Manuel hatte gelernt, er war härter geworden, charmant war er immer gewesen, nur dass er auch den Schleimer gekonnt spielte, war neu. Thomas sollte sich davon eine Scheibe abschneiden, dann hätte er es bei einigen Mitmenschen leichter.

Philipp fuhr, Manuel schaute aus dem Fenster, die Klimaanlage zischte. Bis nach Bad Dürkheim waren es wenige Kilometer, und Philipp wollte auf dem Weg bei Verena in der Galerie vorbeischauen. Kurz dachte Manuel an die junge Frau, die spontan ihre Hilfe angeboten hatte – Leonie, die

Tochter des Hausbesitzers. Ob die beiden gut miteinander klarkamen?

Dann schob sich ein anderer Gedanke in den Vordergrund. Diese Journalistin interessierte ihn doch mehr, als er es wahrhaben wollte. Aber dass sie diejenige gewesen sein könnte, die … Gut, als Journalistin kam sie viel herum, man ließ diese Leute ins Haus, teilte ihnen seine Gedanken mit, Ideen und Pläne. Wer konnte wissen, ob sie nicht wenig später dem Nachbarn alles berichtete? Oder gewissen Organen, sollte es um Politik gehen, oder dieser SVEE? Was war das eigentlich? Durch jemanden wie diese Frau ließ sich auch gut zwischen den Winzern Zwietracht säen, eine Person mit scheinbarer Neutralität konnte die Nachbarn gegeneinander aufbringen, die Gegend auskundschaften, erfahren, ob noch andere im gleichen Auftrag unterwegs waren und was andere über ihn und das Weingut Achenbach & Stern dachten und wussten.

Das Thema Generationenwechsel und gleichzeitige Geschäftsaufgabe war gut gewählt. Aber eigentlich hatte ihre Stärke ihn angezogen; Manuel fand sie charmant, eine Frau, die wusste, was und wohin sie wollte. Doch das, was ihm jetzt in den Sinn kam, war ernüchternd und beunruhigend: War er noch immer auf der Suche nach seiner Mutter? Was für eine Scheiße und wie ätzend langweilig. Fiel er deshalb immer wieder auf Frauen rein, die stark erschienen, ihn scheinbar bewunderten und angeblich das Beste für ihn wollten? Weil sie so waren oder weil sie glaubten, ihn führen zu müssen, aus Machtstreben oder aus Fürsorge? Bei Beatrix von Weiden ist es Machtstreben, sagte er sich, sie geht die Dinge an, das, was sie will, sie folgt ihrem Ziel und ist sich ihres Auftretens und der Aufmerksamkeit aller bewusst, kokett und sprachgewandt. Und doch reizt sie mich ungeheuer, geradezu unheimlich. Reizte sie damit, dass man sie begehrte, wohl wissend, dass man sie nicht bekam? Oder war alles an ihr lediglich Pose? Je mehr er den Gedanken an sich heranließ, desto mehr gewannen Skepsis und Abstand die Oberhand, und das Misstrauen ihr und sich selbst gegenüber wuchs. Oder war das seine Methode, sie sich schlechtzureden, um sie sich besser vom Leib zu halten?

Wenn er sich sicherer fühlen würde, wäre es spannend, der Frage nachzugehen, aber es war gut möglich, dass er sich dabei wieder die Finger verbrannte. Alexandra, seine Freundin damals in Geisenheim, war der gleiche Typ, strotzend vor Selbstvertrauen. Genau wie Kamila, und es war kein Trost, dass auch Thomas auf sie abgefahren war und sich jahrelang von ihr hatte täuschen lassen. In Gedanken versunken seufzte Manuel, was ihm von Philipp einen besorgten Blick einbrachte.

»Es ist alles in bester Ordnung«, murmelte er vor sich hin, seiner Grübelei ergeben. Thomas hatte Glück, dass er Simone begegnet war, sie war eine tolle Frau. Und sie war vom Fach, das zählte, das machte alles einfacher. Sie war im Wein aufgewachsen, hatte als Kind bereits zwischen den Reben gespielt, die hinter ihrem Haus wuchsen, und sie scheute sich vor keiner Arbeit, konnte Scheibenfilter zusammenbauen, Rechnungen schreiben, beherrschte den Rebschnitt ebenso wie die Assemblage von Cabernet Sauvignon, Merlot und Cabernet Franc, die klassische Bordelaiser Cuveé. Außerdem zeigten in Frankreich sogar die Bäuerinnen den gewissen Schick. Und ihr Kind, ob Mädchen oder Junge, würde bestimmt Traktor fahren können, bevor es aus den Windeln stieg.

Das Bild ließ ihn einerseits schmunzeln, andererseits machte es ihn traurig. Er hatte, seit Thomas und Simone ein Paar waren, den Gedanken immer wieder verdrängt, dass der Freund umsiedeln könnte. Dabei war stets klar gewesen, dass sie Simones Patenonkel niemals auf seinem Garagenweingut allein zurücklassen würden. Über das Garagenstadium seines Betriebs war Martin Bongers längst weit hinaus. Aber Thomas würde gehen, sein Freund, sein Bruder, den er nie gehabt und sich immer gewünscht hatte. Ihm blieben wohl noch drei Monate hier, jetzt war Juni, damit waren es weniger als hundert Tage bis zur Reife. Die Lese würden sie noch gemeinsam durchziehen, die ersten Trauben von der Dreierlage oben …

»Was bist du so still, Manuel? Hat dich das Gespräch mit Ender derart mitgenommen?« Philipp schien ernstlich besorgt.

»Man muss alles erst einmal sacken lassen, am besten drüber schlafen. Aber das mit dem Handgeld von zehntausend – da sind Gangster unterwegs.« Manuel wollte nicht über seine Gefühle reden, aber vielleicht war Philipp genau dafür der Richtige? Schließlich ging sein Sohn. Verließen nicht alle Söhne irgendwann die Eltern, und dieser hier ging erst nach dreiunddreißig Jahren?

Manuel hatte häufig daran gedacht, eine Therapie zu machen. Eigentlich hatte er keine Ahnung, was das war, er wollte die Scheiße nicht wieder aufkochen. Sein Vater hatte die Mutter früh aus dem Haus geekelt. Vielleicht war sie vor Kummer gestorben und nicht an Krebs oder an beidem. Und sein Alter war ein Rechner gewesen, eine Akkumulationsmaschine, Zahlenkönig in den obersten Etagen der Chemiebranche. Statt Zuneigung, Hilfestellung und Verständnis waren lediglich Forderungen gekommen, wie er als Sohn zu sein, was er zu denken und was er zu tun hatte und wie man Verhandlungspartner über den Tisch zog. Zum endgültigen Bruch war es gekommen, als Manuel sich statt für Finanzwissenschaft für Önologie entschieden hatte.

»Hast du als Kind nicht genug im Garten gespielt?«

Diesen Kommentar würde er niemals vergessen, geschweige denn verzeihen. Aber genau das war es, was ihn in seinen Beruf getrieben hatte. Außer miesen Erinnerungen war wenigstens das Vermögen geblieben, und davon kaufte er jetzt Weinberge – und er konnte sie teilen. Er teilte sie mit den Achenbachs, und er teilte gern. Sie waren seine Familie. Philipp hatte damals sein Haus verkauft, um das Weingut bezahlen zu können. Alles, was Achenbachs besaßen, hatten sie in den Betrieb gesteckt und sich auf ein Jahrzehnt verschuldet, bis zum Hals. Auch er steckte alles in den Betrieb, allerdings ohne sich verschulden zu müssen, doch als gleichberechtigter Gesellschafter haftete auch er. Das machte ihn glücklich, das Drumherum, das im Grunde das Eigentliche war, genau wie der Austrieb, die Lese, sogar der Winterschnitt zusammen mit Philipp und Thomas, oder wenn er allein im Keller Fass für Fass probierte. Dabei hörte er Sviatoslav Richter, der Beethoven, Rachmaninoff und Mozarts Klavierkonzert in d-Moll spielte. Wie sich die Musik auf den Wein im Keller auswirkte, hatte sich gezeigt, er wurde immer harmonischer. Manuel hatte die Stereoanlage erst im letzten Sommer installiert. Bei Haydn und Chopin nahm er die Düfte des Weins viel intensiver wahr, genoss die Nuancen, erkannte die Rebsorten wieder und wusste, was sie vom Pflanzen der Rebstöcke bis zur Flasche geschaffen hatten. Ihre Kunden freuten sich dran, genossen den Wein zum Essen, bei festlichen Gelegenheiten oder betranken sich damit. Na und? Sollten sie doch. Dafür war er da, seit Jahrtausenden. Er beschwingte, ja, genau, manchem wuchsen nach zwei Gläsern sogar Schwingen und beflügelte Gespräche und ließ sie fließen.

Wie üblich parkte Philipp ihren uralten Caddy auf der Rückseite der Galerie. Die aufgehebelte Hintertür war inzwischen durch eine neue, weitaus sichere ersetzt worden, und am Klimpern der Schlüssel merkte Manuel, dass man drinnen mit der neuen Schließtechnik nicht vertraut war.

Verena öffnete und war sichtlich erstaunt, Philipp und ihn zu sehen. »Wie war es bei Ender?«

»Lass uns am Abend darüber sprechen, sonst müssen wir das alle fünf Minuten für jeden wiederholen. Außerdem sterbe ich vor Hunger.«

»Wir haben noch Kuchen oben«, hörte Manuel eine Frau sagen. Zu seinem Erstaunen war ihm die Stimme gut bekannt und angenehm im Ohr. Es konnte sich nur um Leonie handeln, der Tochter des Hausbesitzers. Die Stimme verwirrte ihn, so angenehm hatte er sie nicht in Erinnerung, sie tat seinem musikalischen Gehör gut, sie war warm und höflich, nicht cool und schrill.

Sie sah ihn aus dem Flur kommend an, erfreut, ein Lächeln huschte über ihr Gesicht, erstaunt, einen Moment lang stand ihr Mund offen, vielleicht eine Sekunde, als wollte sie etwas sagen. Dann klappte er zu, und sie wandte sich ab.

Er verstand ihre Reaktion nicht, verwirrt folgte er Philipp und sah ihr nach. Die Art, wie sie sich bewegte, gefiel ihm, sie ging weder aufreizend noch gewollt lässig, ihr Schwung hatte etwas Selbstverständliches. Ob sie gern tanzte? Ob sie zusammen tanzen könnten? Er würde gern mit ihr … Was für einen Kram ich mir zusammenfantasiere, dachte Manuel und haderte für einen Moment mit sich. Gleichzeitig gefiel es ihm, Leonie anzusehen und sich über sie Gedanken zu machen. Er kannte sie seit Langem vom Sehen, schon seit sie ein kleines Mädchen war, das mittags aus der Schule gekommen, die Treppe raufgerannt und oben in der elterlichen Wohnung verschwunden war. Das musste zehn Jahre her sein.

Eines Tages dann hatte er sie hinter dem Steuer eines Kleinwagens entdeckt, mit dem sie abends von der Arbeit gekommen war; sie hatten denselben Parkplatz angesteuert. Was genau sie machte, wusste er nicht. Irgendwas mit Bioengeneering. Ich kann sie fragen, sagte er sich, dann habe ich ein Thema, und auch wenn er sich sonst als schüchtern betrachtete, hatte er keine Angst vor einer Abfuhr, sondern ganz einfach den Wunsch, ein Gespräch mit ihr anzufangen, als gäbe es nichts, was selbstverständlicher wäre.

Er war stehen geblieben und betrachtete erst jetzt die Wände und staunte über die radikale Veränderung. Er hatte sie von der Vernissage her mit den »Gemälden« dieser Hélène alias Waltraud in Erinnerung und zuletzt als weiße Wüste. Jetzt hingen überall wieder Bilder verschiedener Künstler, große und kleine Formate, zwei Plakate der Pfalz, Landschaften von ihrer besten Seite, Weinlandschaften im Herbstlaub. Es gab ein neues Sideboard, vollgestellt mit Keramiken und Terrakottafiguren eines Töpfers aus Deidesheim und seinen Nachbildungen des Fabelwesens Elwedritsche in mehrfacher Gestalt, wie sie aus dem Ei schlüpft und auch den letzten Atemzug tut. Der Nierentisch mit den beiden Sesseln war neu, nicht ganz, secondhand, aber passend. Auf dem Tisch standen Gläser und daneben ihre Flaschen: Riesling vom Schiefer, Spätburgunder vom Kalkmergel und Gewürztraminer vom Lösboden der Ebene. Alles war äußerst einladend dekoriert und für Manuel sehr verwirrend, anders als bisher, nicht unbedingt Verenas kühler, distanzierter und intellektueller Stil. Das konnte nur Leonies Einfluss sein. Ihr Organisationstalent, gepaart mit entsprechender Orts- und Menschenkenntnis, war erstaunlich.

»Ich habe sie machen lassen«, sagte Verena, auf die unübersehbare Neuerung angesprochen. »Wir haben umgebaut, es kamen am Vormittag so viele Leute wie nie, wahrscheinlich aufgrund der Zeitungsartikel. Dann hat Leonie mein Adressbuch durchtelefoniert und alle bildenden Künstler gefragt, ob sie etwas ausstellen wollten, ein Bild, ein Gemälde, Zeichnungen, Plastiken seien auch erwünscht, aber nur je zwei Stück, bis auf die Elwedritsche. Lediglich herbringen, hat sie gesagt, alles herbringen!«

Kaum hatte sie den Satz beendet, trat wieder ein Maler ein, der eine Chance für sich sah, aber der letzte Flecken

Weiß sollte soeben mit einem Bild verdeckt werden, mit dem Leonie sich beim Aufhängen schwertat.

Manuel fasste mit an, er hielt das Bild, damit Leonie die Haken anbringen konnte. Es war nicht leicht, ihn mit einem Duft zu beeindrucken, hatte er doch täglich die vielfältigsten Nuancen seiner Weine in der Nase. Aber der Duft ihres Parfüms (oder war es ihr Duft gepaart mit dem des Parfüms?) war anders, weder aufreizend noch frivol, weder dick aufgetragen oder schwer, vielmehr leicht, blumig und frisch, ein Hauch von Wald, wie er sich in der Kühle des Abends ausbreitete und ins Tal floss, ein ruhiger, ein beruhigender Wald. Fast wäre ihm vor Verwirrung das Bild aus den Händen geglitten, und es war ihm peinlich, er fürchtete, jemand hätte bemerken können, wie er an ihr herumschnüffelte. Er blickte sich um, niemand hatte etwas mitbekommen.

Als das Bild hing, sahen sie sich an, als hätten sie gemeinsam ein gewaltiges Werk vollbracht. Und sie lachten, befangen, ein wenig linkisch und zaghaft, beide darauf bedacht, nicht von sich aus den Augenkontakt abzubrechen. Verenas Ruf holte Manuel in die andere Wirklichkeit zurück.

»Na? Wie gefällt euch das?« Sie trat zu Leonie und legte ihr freundschaftlich den Arm um die Schultern. »Das alles ist das Werk meiner neuen Mitarbeiterin. Manche haben's eben, andere nicht.«

Philipp war erleichtert und froh, Verena nach Tagen des stillen Protests wieder lachen zu sehen, wie eben in der Galerie. Leonie tat ihr gut, und sie tat der Galerie gut. Mit diesem Gefühl der Sicherheit, dass der Laden in guten Händen war, würden sie endlich in ihre Ferien starten können. Nur ihm war nicht wohl bei dem Gedanken an die tagelange Abwesenheit und die latente Bedrohung, es braute sich was zusammen. Zuerst der Schafbock, dann die Bewässerungsanlage – für die Galerie oder ihr Weingut reichte ein Molotow-Cocktail.

Aber länger als anderthalb Autostunden würde er nie vom Weingut entfernt sein.

Der Tag hatte ihm viel abverlangt, der Besuch bei Ender völlig neue Fragen aufgeworfen und seine Sorge um das Weingut und die beiden Jungs vergrößert, die Ungewissheit, ob die Gespenster der Champagne jetzt aus der Vergangenheit auftauchten. Außerdem rumorte der Hunger in seinen Eingeweiden. Der Kuchen, den Leonie von oben geholt hatte, und die Tasse Kaffee dazu änderten wenig daran. »Wir fahren jetzt zurück, irgendwas Kochbares werden wir finden. Und dann ist Feierabend.«

Salat und Kräuter wuchsen im Garten, Nudeln waren immer im Haus, genau wie Gorgonzola, Joghurt und saure Sahne, um eine gute Soße zu machen. Leonie war eingeladen, Manuel bot sich an, sie später nach Hause zu bringen.

Zur Freude aller war inzwischen Johanna Breitenbach eingetroffen.

Die Umweltingenieurin wollte nicht lange bleiben. »Am Freitag habe ich ein Projekt in Bingen und eine Vorlesung in Geisenheim. Am Wochenende kommt Carl aus Stuttgart. Vielleicht kommen wir bei euch vorbei, wenn ihr uns zum Essen einladet. Aber was war bei euch los? Aus den merkwürdigen Nachrichten bin ich nicht schlau geworden.«

»Das sind wir auch nicht«, bemerkte Philipp und sah Thomas entgegen, der mit Efe die Einkäufe für seinen Yoruba-Zauber erledigt hatte: Kerzen, Streichholzschachteln, Schnapsflaschen und Zigarren, von allem drei. Thomas erzählte, er habe lediglich fahren und nichts anfassen dürfen, die Käufe habe Efe erledigen müssen. Das sei vor dem Fußballtraining geschehen, aber die Kerzen müssten erst in der Nacht von Montag auf Dienstag brennen, eine Woche nach der Tat, direkt neben den Opfergaben. »Das ist für Èṣù, und zwar um Mitternacht, wie Efe mir erklärte.«

»Hat das was mit seinem Amulett zu tun?«, fragte Leonie, die sich so als aufmerksame Beobachterin erwies. Es war ein auf den Bogen gelegter Pfeil.

Wie sich herausstellte, war Manuel der Einzige, der darüber etwas wusste, und der tat sich schwer, er ließ sich lange bitten, darüber zu reden. »Nein, das bedeutet etwas anderes. Efe hat mir das Èṣù-Symbol in den Sand gezeichnet, es ist ein Dreizack, ein Querbalken kreuzt den Stiel.«

Alle sahen ihn sprachlos an. »Wieso erfahren wir erst heute davon?«

»Weil es vorher nicht nötig war«, erklärte Manuel. »Es ist eine Frage des Vertrauens.«

»Und zu uns hat er das nicht?«

»So hat es den Anschein, zumindest nicht in Fragen der Spiritualität. Fragt ihn doch selbst. Es steht mir nicht an, mehr zu sagen.«

Thomas, der Efe nach den Einkäufen am Fußballplatz abgesetzt hatte, wechselte rasch das Thema. Der neue Computer für die Wassersteuerung sollte bereits am nächsten Tag per Express eintreffen. Aufs Geratewohl hatten er und Efe fünfzig Schlauchverbinder gekauft, die sie morgen in aller Frühe einsetzen wollten. Ob es genug waren, die Anlage wieder funktionsfähig zu machen, würde sich zeigen. Sie hatten dummerweise nicht gezählt, wie oft die Schläuche durchgeschnitten worden waren. Und Draht konnte man immer gebrauchen. Hatten es sich die Täter leicht gemacht und wie beim Spätburgunder die letzten Reihen des Cabernet Sauvignon verschont? Andererseits war zu befürchten, dass sie stellenweise mehrere Meter auswechseln mussten. Schläuche hatten sie genug in Reserve.

An der unterirdisch verlegten Zuleitung hatte sich niemand vergriffen, glücklicherweise auch nicht am Brunnen am Fuß des Hanges, von wo aus das Wasser nach oben gepumpt wurde. Irgendein Gift oder eine Farbe hätte alles verdorben. Für Philipp war klar, dass sie es nicht mit Fachleuten zu tun hatten. Wie hatte der Polizist gesagt? »Wir können nicht jeden Weinberg bewachen. Für Ihre Sicherheit müssen Sie schon selbst sorgen.«

Hieß das etwa, dass sie erst kamen, wenn einer von ihnen als Leiche dem Libellenberg zu Ruhm und einem neuen Namen verhalf? Bedeutete das, dass sie von jetzt an ihren Weinberg selbst bewachen mussten? In La Rioja hatte er in den Weinbergen die Häuschen gesehen, in denen in früheren Zeiten die Wächter genächtigt hatten, um Traubendiebstahl zu verhindern. Aber da hatte es sich um hungrige Menschen gehandelt und nicht um Gangster.

»Wir brauchen deinen Rat«, sagte Thomas zu Johanna, nachdem man das Essen aufgetragen hatte. »Es sind nacheinander drei ziemlich erschreckende Ereignisse eingetreten.« Kurz und knapp berichtete er vom Bilderdiebstahl, vom Mord am Schafbock Heinrich und von der Sabotage im Weinberg. Sie waren so gut aufeinander eingespielt, dass sich Johanna gegenüber viele Erklärungen erübrigten.

Verena ermahnte nebenbei Leonie, die sich zum ersten Mal in diesem Kreis bewegte, dass sie nicht mit dem hausieren gehen solle, was hier besprochen wurde. Philipp hatte sie vor dem Treffen darauf angesprochen und wunderte sich, woher Verena plötzlich das Vertrauen zu einer ihr bis dato unbekannten Person nahm.

»Gefühlssache«, war die simple Antwort gewesen. »Und ein Tag gemeinsamer Arbeit. Sie ist ein Organisationstalent, sie hat Stil und ist geschäftlich besser als ich.«

Johanna die Vorfälle der vergangenen Tage zu berichten, war eine Gelegenheit, die Ereignisse gemeinschaftlich und in Ruhe zu reflektieren und eventuell Schlüsse zu ziehen. »Dass jemand den kleinen Heinrich umbringt, macht mich fassungslos«, Johanna kam nicht darüber hinweg. »Den Hals durchgeschnitten, sagst du? Wer ist zu so etwas fähig?«

»Schlachter gibt's genug, Türken auch, die des Schächtens fähig sind. Sachbeschädigung nannte das dieser Schlaumeier, der Polizist, den sie uns geschickt haben.« Thomas machte keinen Hehl aus seiner Ablehnung des Beamten. »Ein Schaf sei eine Sache, also handle es sich um Sachbeschädigung.«

»Das sind Mafia-Methoden oder wie beim Islamischen Staat. Was sind das für Leute? War das als Warnung gemeint? Mit wem habt ihr euch diesmal angelegt? Kann es etwas mit den Ereignissen damals an der Rhône zu tun haben?«

Sechs Jahre war das her. Da hatte Thomas sich mit einer Polizeichefin, einem Fremdenlegionär und einem bekannten Weingutsbesitzer angelegt, dazu noch mit einer rumänischen Diebesbande. Ein gewisser Wahnsinn, um nicht zu sagen Größenwahn, war ihm bei aller Freundschaft nicht abzusprechen.

Thomas kramte aus den vielen Taschen seiner Arbeitsweste sein Mobiltelefon hervor und hielt es Johanna hin: »Hier, ein Foto. So sah es aus.«

Angewidert wandte Johanna sich ab. »Tu sofort das Bild weg«, bat sie. »Aber im Weinberg müssen Dilettanten am Werk gewesen sein, glaube ich, Handlanger, die jemand hingeschickt hat. Die verstanden nichts von Bewässerung. Sonst hätten sie gleich die Hauptleitung zerstört. Wollten sie die Wasserzufuhr stoppen und die Reben zum Vertrocknen bringen, oder war die Anlage das Ziel?«

»Beides«, war Philipp überzeugt, »ganz sicher beides!«

Vor ihrer nächsten Frage zögerte Johanna einen Moment und schaute in die Runde, sah jeden Einzelnen an. »Was ist der Kern der Angelegenheit? Worum geht es? Habt ihr Feinde?«

»Nein!«, sagte Manuel mit fester Stimme, obwohl er an seiner Antwort bereits zweifelte.

»Das ist falsch, mein Lieber. Ihr werdet Feinde haben, andernfalls wäre Heinrich noch am Leben. Sehr böse Feinde, denn wer sich dazu hinreißen lässt, ein Tier zu töten und Sabotage zu begehen …«

»Oder es gehört für gewisse Subjekte zum normalen Geschäftsgebaren. Es wird ja auch Massenmord begangen, um sich Ölquellen zu sichern.«

»Das ist bekannt«, winkte Johanna ab. »Was hat sich bei euch in letzter Zeit Außergewöhnliches geändert, wodurch ihr euch Feinde gemacht haben könntet? Denkt drüber nach. Was ist der Kern des Ganzen? Daraus ergeben sich die Gründe. Wer hat die Täter geschickt? Wer sind die Auftraggeber? Wenn ihr das wisst, können wir entsprechende Gegenmaßnahmen ergreifen.« Johanna, die sonst mehr von ihren Gefühlen getrieben war, zeigte sich auf einmal hart.

Aber es war etwas anderes, das Philipp bemerkte: Johanna war vom *Ihr* zum *Wir* übergegangen, ein Zeichen, dass sie die Sache des Weingutes zu ihrer machte. Aber hatte sie das nicht von Anfang an getan?

»Du willst wissen, mit wem wir uns angelegt haben?« Philipp fand die Frage angesichts der Ereignisse vergangener Jahre berechtigt. »Da kommen einige in Betracht.«

Vielleicht könnte ihnen der Rechtsanwalt Dr. Anlahr aus Köln weiterhelfen, ging es Philipp durch den Kopf, als Thomas sich an ihn wandte.

»Hast du auch schon an Pascal gedacht?«, fragte er. »Manuel und ich haben überlegt, dass wir ihn kontaktieren sollten.« Und an Leonie gerichtet, sagte er: »Pascal Bellier ist ein guter Freund, er ist Kommissar bei der Kripo in Metz und außerdem mit unserer ehemaligen WG-Genossin Regine verheiratet. Und um auf deine Frage zurückzukommen, Johanna: Ja, wir haben uns damals tatsächlich unbeliebt gemacht. Ich dachte da weniger an die Rhône als an die Champagne und Russel. Er war ein Drecksack, auch wenn er vornehm tat. Er war weiter nichts als ein Lügner und Finanzjongleur auf höchstem Niveau, also ein professioneller Betrüger. Man hat ihn vor drei Jahren aus dem Gefängnis entlassen. Pascal müsste wissen, wo unser Freund sich rumtreibt.«

Thomas hielt kurz inne. »Pascal wird auch wissen, wo Touraine und sein feines Töchterchen stecken. Sie wird kaum das brave Eheweib und die treusorgende Mutter spielen.« Dann drängelte er: »Lass uns jetzt gleich zusammen anrufen. Und sprich du mit Pascal, Philipp. Dein Französisch ist besser.«

In diesem Moment läutete Philipps Telefon. Es war Frau Ender. Die Geheimniskrämerei ihres Mannes und das gebrochene Versprechen ließen ihr keine Ruhe, wie sie sagte. Sie nannte Philipp drei Namen von Familien, die ihr Weingut aufgeben wollten, Gresser, Hölzer und Scheimann.

»Bei Gresser sind sie schon gewesen, diese Leute von der französischen Firma, französische Namen kann ich mir nicht merken.« Frau Ender wollte sich am nächsten Tag um weitere Winzer kümmern, die sich zum Aufgeben gezwungen sahen, die Suche schien ihr Spaß zu machen. »Von einem komme ich zum nächsten, jeder kennt einen. Wir sind alle ungefähr eine Generation, mit einigen bin ich zusammen zur Schule gegangen. Aber sagen Sie bloß meinem Mann nicht, dass ich mich eingemischt habe. Wenn die noch mal kommen, schmeiße ich sie raus, versprochen, egal, was mein Mann sagt.«

Philipps Respekt Frau Ender gegenüber wuchs. Es war ein gutes Gefühl, Verbündete zu gewinnen. Mit Johanna war es heute bereits die zweite. Und wenn er Leonie und Manuel betrachtete, auch eine dritte. Wir rotten uns zusammen, dachte er, und das gefiel ihm.

7. Kapitel
Klimawandel

Die Frauen überließen den Männern die Küche und setzten sich im Kaminzimmer an den kleinen runden Tisch am Fenster zum Hof. In dem Raum wurden Gäste empfangen, hier fanden die Besprechungen statt, denn etwas wie ein Wohnzimmer oder einen Salon gab es nicht mehr, die Arbeit stand im Vordergrund. Weinproben fanden im Keller statt. Nur Verena und Philipp bewohnten zwei Räume. Den drei Junggesellen stand im Obergeschoss jeweils nur ein Raum zur Verfügung. Dann gab es das große Büro, wo auch Efe seinen Schreibtisch hatte, und das Esszimmer. Der Dachausbau, den sie jahrelang vor sich herschoben, war wieder einmal stecken geblieben, als die Arbeit draußen im Weinberg begonnen hatte. Da Efe dauerhaft das ehemalige Gästezimmer bewohnte, blieb Johanna lediglich der Raum unterm Dach, genannt die Zelle. Zumindest hatte sie ihr eigenes Bad.

Johanna bedauerte sehr, dass Efe nicht zugegen war. Zwischen ihnen hatte sich ein besonderes Vertrauensverhältnis aufgebaut, allein durch die gegenseitige Wissbegier. Sie war es, die ihn dazu gebracht hatte, ihnen die Hintergründe seiner Flucht offenzulegen. Thomas hatte sich dafür eingesetzt, dass sein Asylstatus anerkannt worden war, Verena hatte sich der Arbeitserlaubnis wegen mit den Behörden herumgeschlagen.

Die Yoruba waren zur Hälfte Christen und zur anderen Muslime. Doch islamistische Terrorgruppen wie Boko Haram verschiedener Ethnien verbreiteten durch Gewalt Angst und

Schrecken und forderten die Wiedereinführung der Scharia mit all ihren bösen Folgen wie Steinigungen und Peitschenschlägen. Als Aktivist innerhalb seiner Jugendorganisation war Efe in deren Visier geraten, nach der öffentlich ausgesprochenen Todesdrohung hatten ihm seine Eltern ans Herz gelegt, noch in derselben Nacht das Land zu verlassen. Acht Monate hatte die Flucht gedauert.

Alle im Haus betrachteten Efe als Bereicherung ihres Lebens, und er erschloss dieser Gemeinschaft einen neuen Kulturkreis. Die Fußballer in Neustadt sahen in Efe den neuen Anthony Ujah, ein Profi aus Nigeria, der einst vom FC Köln zu Werder Bremen gewechselt war. Sollte Efe sich tatsächlich einfallen lassen, vom FC Bad Dürkheim zum VfL Neustadt zu wechseln, würde man ihm hier ernstlich böse sein. Aber damit war kaum zu rechnen, der Wein interessierte ihn weitaus mehr. Doch zu glauben, jemals der beste Önologe der Yoruba zu werden, war illusorisch, wenn der Islam in Nigeria weiterhin mit Kalaschnikows, mit Feuer und Mord verbreitet und bereits ein Glas Wein verboten wurde.

Die drei Männer überließen die Küche sich selbst und wechselten mit ihren Gläsern und einer Flasche Pinot noir, seit Langem Philipps Lieblingsrebe, ins Büro. Nach dem Telefonat mit Frau Ender hatte Philipp kurz bei Pascal Bellier angerufen, ihn aber noch im Dienst erwischt. Der Franzose hatte versprochen, sich zurückzumelden, sobald er unterwegs war.

Eine Viertelstunde später erfolgte der Rückruf. Der Kommissar war schnell. »Was ist passiert?«

»*Alors, ça va la vie?*« Wie es um Leib und Leben stehe, war die übliche Begrüßungsformel zwischen Pascal und Philipp, der jetzt das Gespräch übernahm und den Raumlautsprecher einschaltete.

Dass alles in bester Ordnung sei, war die Antwort, die Philipp gern hörte. Zu Spätfolgen von Pascals damaliger Schussverletzung in der Champagne war es nicht gekommen, und seit er mit Regine verheiratet war, bewegte er sich vorsichtiger. »Doch bei euch scheint etwas nicht in Ordnung zu sein«, vermutete er.

»*C'est vrai*«, antwortete Philipp. Sein Französisch war nahezu perfekt, jahrelang war er für einen Kölner Weingroßhändler als Einkäufer durch Frankreich gereist, nur fehlte ihm inzwischen die Übung. Doch er sprach diese Sprache gern, sie fügten seinem Gefühl eine weitere, im Deutschen nicht vorhandene Dimension hinzu. So fiel es ihm leicht, Pascal die Hintergründe seines Anrufs deutlich zu machen. Auch die Société de la Vigne Écologique Européenne erwähnte er.

»*Tu es très préoccupé, mon ami.*« Obwohl Philipp sachlich geblieben war, hatte Pascal deutlich die große Besorgnis herausgehört. »Manches im Leben lässt einen nie los. Sollte es sich um die alte Feindschaft handeln, ist Wachsamkeit dringend angeraten. Andererseits darf man sich von diesen Typen das Leben nicht versauen lassen. Es wundert mich nicht, dass dir Russel und Touraine in den Sinn kommen, nicht zu vergessen seine Tochter, *la gâchette facile.*«

La gâchette facile nannte er sie also noch immer, die Schießwütige. Dass sie ihn fast umgebracht hatte, war zu seinem Trauma geworden.

»Thomas und mir geht es mit Russel ähnlich.« Das seien Menschen, die nicht ruhten, bevor sie nicht ihre widerwärtigen Ziele erreicht hätten.

Inzwischen kannte Pascal viele von dieser Sorte. »Sie können nicht anders. Ich sehe hier gewisse Parallelen zur Politik. Da man sie nicht abwählen kann, muss man sie endgültig stoppen.«

»Pass auf, was du am Telefon sagst.«

»Keine Sorge, ich rufe von unterwegs aus einem Bistro

an. Noch sind hier weder Le Pen oder die Islamisten an der Macht. Und von unseren Gangstern habe ich nichts gehört, eigentlich seit Prozessende. Ich kümmere mich im Rahmen meiner Möglichkeiten darum.«

»Du denkst an Rache?«

Pascal seufzte. »Durchaus möglich, aber ich denke auch an neue Schweinereien. Diese Finanzjongleure können nichts anderes. Sie lassen sich immer wieder was Neues einfallen. Sie brauchen den Kitzel. Die Kohle reicht nie. Ich werde auch mal sehen, ob ich was über diese SVEE, die Société de la Vigne Écologique Européenne herausfinde.«

»Lass gleich die Finger auf den Tasten und gib noch einen Namen ein. Deine Eingabe wird registriert?«

»*Naturellement.*«

»Dir wird eine Begründung einfallen. Bitte überprüfe den Namen Beatrix von Weiden. Sie ist Deutsche oder Französin. Bildschön, aber ich glaube, sie ist ein Aas. Sie tauchte in der Galerie auf, nachdem die Bilder gestohlen worden waren, und hier bei uns, als wir das tote Schaf gefunden haben.« Dann kam er noch mal auf die Sabotage der Bewässerung zu sprechen. »Wir wissen, dass sie oben an den neuen Lagen war. Angeblich recherchiert sie als Journalistin bei Winzern, die ihre Weingüter aufgeben. Und unserem Manuel hat sie den Kopf verdreht.«

»*Le pauvre*, der arme Kerl ist alt genug, der soll auf sich selbst aufpassen. Jeder macht seine Erfahrungen mit den Frauen, und das sind meistens welche mit sich selbst.«

Darüber mussten alle vier Männer lachen, und es war immer gut, ein Telefonat mit einem Lachen zu beenden. Man blieb in bester Erinnerung. Sie verabschiedeten sich herzlich, Pascal würde sich gleich morgen die einschlägigen Datenbanken vornehmen, und wie üblich kündigte er den nächsten Besuch an, aus dem dann wieder nichts wurde. Thomas und Manuel grüßten aus der Tiefe des Raums, der kaum noch vom weichen Abendlicht erhellt wurde, der rote Schimmer des späten Sonnenuntergangs nahm den weißen Wänden die Härte und schien auch den inneren Aufruhr zu glätten.

»Was jetzt?« Philipp sah auf die Uhr. »Was ist mit Leonie?«

»Was soll sein?« Manuel tat unschuldig, obwohl alle gesehen hatten, wie sich die beiden beim Abendessen angeschmachtet hatten. Als Vater und Sohn gleichzeitig zu lachen begannen, wurde er rot.

»Es wird Zeit, dass du sie nach Hause fährst, sonst kriegt sie noch Krach mit ihrem Papa, und er erhöht Verena die Miete. Efe kannst du auch gleich einsammeln, nicht, dass er mit seinen Fußballkumpels versackt. Außerdem müsst ihr morgen beim ersten Licht raus und die Leitungen reparieren.«

Leonie war fast eingeschlafen, als Manuel sie fragte, ob er sie jetzt heimfahren solle. Sie war dankbar, sie konnte kaum die Augen offen halten. Auf die Frage, weshalb sie vorher nichts gesagt habe, meinte sie, dass der Abend viel zu anregend gewesen sei, Verenas Kunstverstand mache ihr Spaß, sie lerne gern, und ihre Ratschläge hinsichtlich der Dekoration seien angenommen worden. Manuel meinte, dass ihm der Laden jetzt viel besser gefalle als vor der Vernissage. Außerdem hätten ihn Waltrauds Bilder wenig begeistert, vorsichtig ausgedrückt.

Die Fahrt, um Leonie nach Hause zu bringen, endete für Manuel viel zu früh, eine Viertelstunde war nicht lang, sie hätte eine Stunde oder länger dauern können. Nach dem Aussteigen beugte sie sich zum offenen Wagenfenster hinunter, er ertappte sich dabei, dass er ihr ein paar freundliche Worte über den schönen Abend sagen wollte, stattdessen winkte er nur lachend zurück, längst nicht entschieden zwischen Befangenheit und Übermut.

Und kaum auf dem Weg, Efe abzuholen, sah er diese Beatrix wieder vor sich, ihr Gesicht, eingerahmt vom fließend fallenden kastanienfarbenen Haar, lockend der rot geschminkte Mund mit dem vielversprechenden Lächeln. Locker wehte der Wind das Sommerkleid um ihre Beine, dezent zwar – verdammt, was war das wieder? Wieso in diesem Moment? Er hasste sich dafür.

Der Gedanke, Efe aus der Kneipe loseisen zu müssen, befreite ihn von seinen Selbstvorwürfen, den inneren Teufeln. Er suchte seinen Weg durch das Städtchen zum Vereinslokal vom FC. Efe wäre gern geblieben, besonders bei Sprüchen wie »ah, da kommt Papa dich holen«, aber Manuel erinnerte Efe und seine Mitspieler eindringlich daran, dass die Nacht kurz sein werde.

Kaum auf dem Gut verschwand er in seinem Zimmer, Manuel hingegen irrte ziellos durchs Haus, er sah nach den Schafen und fand es dringend nötig, einen stabileren Schafstall zu bauen. Aber sie überließen die Tiere auch nachts auf anderen Weinlagen sich selbst. War es angebracht, von jetzt an etwas wie einen Patrouillendienst einzurichten? Das war keine dauerhafte Lösung, das verstand sich von selbst. Sie mussten an die Leute herankommen, die Heinrich die Kehle und ihnen die Leitungen durchgeschnitten hatten. Und dann? Sie der Polizei übergeben? Die würde sie nach Aufnahme der Personalien laufen lassen.

Manuel holte sein Jagdgewehr aus seinem Zimmer, zog den dunklen Kapuzenpullover an, darüber die Jagdweste. Zögernd betrachtete er die Patronenschachteln. »Wer eine Waffe in die Hand nimmt, muss sich klarmachen, dass er schießen wird.« Den Satz seines Ausbilders hatte er sich gut gemerkt. Wenn die Saboteure wieder unterwegs waren, was sollte er tun? Schießen? Ja, aber in die Luft. Ihm war, als hätte er vor zwei Jahren, als er der Wildschweine wegen den Jagdschein gemacht hatte, gewusst, wofür er es eines Tages wirklich brauchen würde. Exakt für diesen Moment? Er schob acht Patronen ins Magazin und steckte es in die Jackentasche. Er würde schießen, wie damals auf das Wildschwein. Er würde sich das, was er, Thomas und Philipp sich aufgebaut hatten, nicht zerstören oder wegnehmen lassen, von niemandem. Er merkte, dass er die Zähne so krampfhaft zusammenbiss, dass sie schmerzten. Er setzte sich, zwang sich zum ruhigen Atmen, und als der Krampf vorüber war, brach er auf.

Er schlich durchs Haus, hörte Verena und Johanna im Esszimmer reden und holte sich eine Flasche Wasser aus der Küche.

Als er in den Wagen stieg, dachte er kurz daran, dass sie zu viele Autos fuhren, sie mussten hier eine bessere Ökonomie erreichen. Der Sprinter und der Traktor waren allerdings unverzichtbar, und Efe musste sich selbstständig bewegen können. Er würde sich nach einem E-Roller für ihn umsehen. Danach erforderte die Dunkelheit seine Umsicht, obwohl er den Weg hinauf zum Libellenberg auch blind gefunden hätte.

Wie oft war er mit Thomas hier gewesen! Er ließ sich im Schneidersitz an der Stelle nieder, von wo sich der Weg herauf überblicken ließ. Bei Nacht allerdings war die Szenerie für ihn neu. Unheimlich war sie nicht, obwohl seit den Anschlägen diese latente Bedrohung in der Luft lag. Und heute wirkte die Umgebung fremd: diffuse Schatten, ungenaue Linien, verschwommene Silhouetten, kaum deutbare Umrisse und das alles von Mittelgrau bis Tiefschwarz. Hinter ihm zeichnete der Hügel eine scharfe Linie in den Nachthimmel, und ein kühler Luftstrom kam vom Wald herunter und brachte mit dem Duft von Holz und Harz und Erde ein wenig Erholung mit.

Vor irgendeiner Bedrohung durch Unbekannte fürchtete Manuel sich weniger als vor immer häufiger auftretenden Hitzewellen und Starkregen. Auf beides konnte man nicht schießen. Maßlosigkeit, Ignoranz, Geldgier und die Dummheit der Klimakrisenleugner und Profiteure waren nicht mit Gewehren zu erlegen. Trotzdem fühlte er sich mit der Waffe besser, sicherer, selbst in dieser Nacht sah er klarer. Er hatte sich entschieden.

Die Reben, die sich vor Manuel in mathematischer Genauigkeit den Hang hinabzogen, hatte er mit Thomas gepflanzt, anders als das Rebmaterial, das sie beim Kauf des Weingutes vorgefunden hatten. Sie brachten in diesem Jahr den verwertbaren Ertrag. Aber ohne Wasser und ohne Thomas? Wie sollte das gehen? Sie hatten den Boden geprüft und die Proben analysieren lassen. Erst danach hatten sie versucht, den Boden mit ihren Vorstellungen hinsichtlich der Wahl der Rebsorte und deren Erfordernissen in Einklang zu bringen – und was man würde verkaufen können.

Bis vor drei Jahren war hier konventionell gearbeitet worden, mit Kunstdünger und Pestiziden und ohne Begrünung zwischen den Reben. Als sie Humus eingebracht, neu gepflanzt sowie begrünt und bewässert hatten, war das Leben förmlich explodiert. Sie hatten am Kopf der Rebzeilen Rosen gepflanzt, sie zeigten Mehltau als Erste an. Doch das war mehr eine Spielerei, denn Regenradar und der Agrarwetterbericht waren hilfreicher. Schon die gepflanzten Apfelbäume, die Sauerkirsche und Maulbeere zwischen den drei Rebsorten brachten Vögel in die Monokultur zurück und desgleichen die Fledermäuse. Auf Pheromonfallen mit dem Lockstoff gegen Traubenwickler konnten sie jedoch noch nicht verzichten.

Anfangs hatte Ender gestaunt und sich gefreut, das alles zu sehen. Nur was hatte ihn jetzt bewogen, sich auf die Leute von SVEE einzulassen, wie hatten sie ihn umgedreht? Wie viel hatten sie geboten? Mit den Zehntausend geködert? Oder hatten sie ihn unter Druck gesetzt? Und wenn – dann womit?

Eine Sternschnuppe raste durch den nachtblauen Himmel, der sich wie eine Glocke über der Pfalz wölbte und am Horizont die Erde berührte. Manuel sah der Sternschnuppe nach und wünschte sich etwas, das er gleich darauf verwarf. Thomas würde gehen, so viel stand fest. Beharrlich suchte Manuel den Himmel für den nächsten Wunsch nach weiteren Sternschnuppen ab, aber er hatte kein Glück.

Rechter Hand warf Bad Dürkheim seinen Lichterschein in die Nacht, Scheinwerfer huschten wie Leuchtkäfer von Dorf zu Dorf, da lagen Herxheim und Kleinkarlbach, auch Grünstadt im Norden ließ sich ausmachen. Es war erstaunlich, wie weit er in dieser Nacht von einem erhöhten Standpunkt sehen konnte. Er sollte nachts öfter herkommen – vielleicht mit Leonie? Ob es ihr hier gefallen würde? Vielleicht war es sogar nötig, zumindest eine Zeit lang den Weinberg zu bewachen, und Leonie könnte ihm dabei Gesellschaft leisten? Unmöglich, allein der Gedanke, sie in Gefahr zu bringen, verbot sich von selbst.

In Deidesheim hatten Unbekannte nachts mit einem Vollernter den gesamten Weinberg abgeerntet. In Edesheim waren junge Rebstöcke ausgegraben worden, um sie nach Rumänien zu schaffen. Und im schweizerischen Wallis wurden zur Reifezeit inzwischen die Weinberge polizeilich überwacht. Darauf würde man hier lange warten müssen. Immer knappe Kassen, keine Leute und lustlose Typen wie dieser Schnarchmeier. Anscheinend war nur mit Voss was anzufangen. Aber solche Typen wurden nie Chefs, auch Pascal war dafür ein Beispiel.

Ein Fahrzeug näherte sich, es war noch in weiter Ferne, aber Manuel hatte den Eindruck, dass es direkt auf ihn zufuhr. Er zog die Repetierbüchse vorsichtig aus der Hülle, das Zielfernrohr für die Nachtjagd würde ihnen auch beim Wacheschieben sehr helfen, und tastete nach den Patronen in seiner Weste. Er lud die Waffe durch, es war kein Jagdgewehr mehr, vielmehr eine Kriegswaffe, und legte sie sich auf den Schoß. Links raschelte etwas, ein Fuchs schnürte vorbei, Vögel flogen über ihn hinweg, er meinte sogar das Schlagen ihrer Flügel zu hören. Und irgendwo rumorten Wildschweine. Sie würden jedoch erst herauskommen, wenn die Trauben reif waren. Das Moped, das in der Ferne knatternd jemanden nach Hause brachte, übertönte für einen Moment die Stille, die danach umso stärker auf ihn wirkte. Da, eine Sternschnuppe, und Leonie fiel ihm ein, nur war er sich des Wunsches, den er mit ihr verband, nicht klar. Und dann schob sich wieder diese Beatrix von Weiden vor sein inneres Auge. Es war zum Kotzen. Was war mit ihm los?

Schön waren sie beide, jede Frau auf ihre Art, Leonie war die wärmere, die ehrlichere, Beatrix die reizvollere Frau. Was ist das Richtige, das, was man will, oder das, was man bekommt? Zwei Seelen wohnen ach in meiner Brust. War das nicht Goethe im *Faust*?

Er ließ sich rücklings ins Gras fallen und starrte in den Himmel. Er, Manuel Stern, betrachtete die Sterne. Waren die Sterne auf seiner Seite oder aufseiten aller? Das Ideal, von dem er träumte, gab es nicht, er musste sich mit dem Erreichbaren zufriedengeben, mit der Einsicht in die Notwendigkeit. Aber bei der Hitze war das unmöglich. Sogar jetzt, kurz vor Mitternacht, war die Erde noch warm und trocken sowieso. Was war nach vier trockenen Jahren von diesem Sommer zu erwarten, wenn es im Juni bereits zu heiß war? Starkregen, der alles den Hang hinabschwemmen würde?

Wann würde man zu Fuß durch den Rhein laufen können? Vier bis fünf Liter Wasser hatten sie auf den Quadratmeter gegeben, in drei bis vier Stunden pro Woche. Um die dreißigtausend Quadratmeter hier oben zu bewässern, brauchten sie tausendfünfhundert Hektoliter, und das jede Woche. Wasser gäbe es momentan noch genug, wenn die Gemüsebauern im Rheintal damit nicht so verantwortungslos aasen würden.

Ein Drittel verdunstete wirkungslos durch ihre rückständige Beregnung. Aber der kluge Mann dachte zuerst an sich.

Manuel schaute auf die Uhr. Er musste in vier Stunden aufstehen. Er rappelte sich auf, beinahe wäre er eingenickt. Er packte das Gewehr wieder ein und fuhr heim. Heute Nacht kam bestimmt niemand mehr. Wie würden sie reagieren, wenn es knallte? Heute nicht, heute würde es nicht mehr zum Schuss kommen …

Sie hatten Manuels Schritte gehört, als er das Haus verließ. Philipp meinte, dass er nochmals hinauf zum Libellenberg wollte.

Johanna machte sich keine Sorgen um ihn, etwas anderes interessierte sie mehr. »Und diese Leonie ist anscheinend ein sehr patentes Mädchen. Was habt ihr mit ihr gemacht? Die Ärmste schlief fast im Stehen ein. Ist das eine neue Freundin?«

Verena schmunzelte, Johanna kannte ihre Männer gut. Sie wusste, wessen Freundin gemeint war. »Wenn er diese andere Frau aus seinem Kopf kriegt, dann vielleicht.« Sie erzählte vom Besuch der Journalistin und wie sie ihr mondänes Auftreten wahrgenommen hatte, ganz anders als das von Leonie.

»Leonie hat gerade frei und vertritt mich während des Urlaubs in der Galerie. Sie hat mehr Lust, dort zu arbeiten als in ihrem Beruf als Biotechnikerin. Sie ist toll, sie rettet mir den Laden, du musst dir das morgen ansehen. Mir liegt viel an deinem Urteil. Alles ist anders, es weht da seit heute ein anderer Wind. Ich wage es kaum zu sagen, aber irgendwie freue ich mich sogar, dass die Bilder von Hélène gestohlen wurden. Manuels Freundin? Wer weiß, verdient hätte er es nach all den Katastrophen.«

»Und wo ist Efe? Wieso ist er nicht hier bei uns?«

»Er ist oben auf seinem Zimmer, da läuft noch Musik.« Es waren neue Töne und afrikanische Rhythmen, die mit ihm eingezogen waren und die Verenas Lust zu tanzen wiederbelebt hatten. Sogar Philipp zeigte sich davon beschwingt. »Thomas ist zu Bett gegangen, die Jungs wollen früh raus, die Bewässerung reparieren, es wird bei der Hitze ein harter Tag für sie.«

»Dann sind sie nur zu dritt? Schaffen sie das?«, wollte Johanna wissen.

»Ich war mit Efe bei der Ausländerbehörde und bei einem Verein, der Geflüchtete unterstützt. Wir brauchen noch so jemanden wie ihn, der anpacken kann und neugierig ist. Am besten zwei davon. Aber keine Muslime, dann sei er morgen weg, hat er uns angedroht.«

Johanna bot sich an, unter ihren Studenten herumzufragen, wer zumindest in der vorlesungsfreien Zeit noch keinen Job habe oder scharf auf einen Praktikumsplatz sei oder die Neuanlagen sowie die Erweiterung des Gutes zur Diplomarbeit machen wolle. »Wer sich dann meldet, hat auch Lust zu arbeiten.«

»Die meisten wollen doch nur zu den VDP-Gütern«, gab Verena zu bedenken, »der Verband der Qualitätsweingüter ist für viele das Nonplusultra.«

»Nicht, wenn ich die Auswahl treffe. Ich kenne meine Studis. Lediglich mit der Unterbringung könnte es kompliziert werden. Wie weit seid ihr mit dem Dachausbau?«

Es war ein Thema, zu dem Philipp sich ungern äußerte. »Den Ausbau verschieben wir bis in den Winter. Momentan hat keiner von uns Zeit, und Handwerker findest du sowieso nicht.« Er wollte sich nicht damit belasten, anderes war jetzt wichtiger. »Ich will wissen, ob sie Ermittlungen aufgenommen haben.« Er meinte, dass man sie nerven müsse, am besten mit der Presse die Angelegenheit in die Öffentlichkeit tragen. Jetzt müsste das Bild von Heinrich in die Zeitung, damit die Sache nicht abkühlte, »selbstverständlich mit einem schwarzen Balken über der Kehle.« Das würde ihnen das

Tier nicht verübeln, schließlich wolle jeder wissen, wer sein Mörder sei. »Und wir warnen vor denen, die Weinberge verwüsten.«

»Und dann?« Johanna sah darin wenig Sinn.

»Man wird sehen. Mit einem Foto will ich schon schockieren. Das Leid, das Tieren angetan wird, bewegt die Leute mehr als …«

»Besonders das der Hühner, Schweine und Rinder«, unterbrach Johanna, »wenn die Leute Appetit darauf haben, nicht des Hungers wegen, sondern aus Lust, nicht wahr? Ihr kennt meine Einstellung dazu.« Je älter Johanna wurde, desto puristischer gebärdete sie sich – und es war fatal, wenn man zu viel wusste.

»Deine Einstellung hat sich seit deiner letzten Portugalreise ziemlich verändert. Du bist radikal, du bist pessimistisch, du lässt kaum etwas mehr gelten. Und das Fliegen ist für dich inzwischen eine der sieben Todsünden.«

Es war Johanna anzusehen, dass sie Philipp nicht übelnahm, was er ihr an den Kopf warf, sondern darüber nachdachte. »Das stimmt, bereits die letzte Umweltkonferenz hat nichts gebracht, und dann kamen die verbrannten Reben bei Lissabon. In Dubai haben sich siebzigtausend von den Scheichs vorführen lassen. Nicht lange, dann sieht es hier auch so aus wie in Portugal. Klimawandel ist nur ein Wort, bis man ihn selbst erlebt: als Waldbrände auf der Iberischen Halbinsel, als ausgetrocknete Loire oder als Überschwemmung in Italien und bei uns an der Ahr. Danach nennt man es Klimakatastrophe. Im Mittelmeer trifft man inzwischen beim Baden auf Leichen, und der Mais vom vorletzten Jahr in Brandenburg hat es nur bis in Hüfthöhe gebracht, alles trocken und braun, war nicht einmal als Tierfutter zu gebrauchen, kaum Material für die Biogasanlage.«

»Du beschreibst das, was passiert, mit Bildern. Nichts anderes will ich. Ich will es in der Zeitung sehen, da sehen es viele, und vielleicht hat jemand was gesehen, vielleicht auch unsere nächtlichen Besucher.« Philipp sah alles in einem Zusammenhang: Sonntagnacht der Bilderdiebstahl, am Vortag das Schaf und die Sabotage der Bewässerung.

»Das mit den Bildern passt nicht ins Bild«, warf Verena ein.

Johanna pflichtete ihr bei, sie sah es ähnlich. »Habt ihr euch gefragt, ob jemand euch von hier vertreiben will oder auf euer Weingut scharf ist?«

»Ich fände es sehr abwegig. Wir haben uns gar nicht richtig mit der Sache befasst, nicht einmal mit dieser Gesellschaft SVEE. Allerdings haben wir Frau Sturm, eine neue Kundin und ehemalige Wirtschaftsprüferin, gebeten, Erkundigungen über das Unternehmen einzuholen.«

»Na ja, und diese Firma hat sich anscheinend mit euch befasst, wenn sie euch Enders Weinberge wegschnappen will. Die wollen mehr. Dieser Ender hat möglicherweise von eurem Vorkaufsrecht gesprochen. Außerdem habt ihr viel in die Neuanlage investiert, die Reben großgezogen, dann die Option auf weitere sieben Hektar – das reizt.«

»Du weißt davon?«

»Selbstverständlich. Manuel erzählt mir alles, das glaube ich zumindest. Ihr solltet euch fragen, wo ihr noch verwundbar seid.«

Verena verstand nicht, worauf Johanna hinauswollte, Philipp hingegen kam zu einer ähnlichen Einschätzung.

»Die von Weiden muss unser Weingut ausgespäht haben, sonst wüssten er oder sie nichts von den Schafen. Ender hat wahrscheinlich mit den Neupflanzungen angegeben und wo sie liegen. Sie waren sogar dort. Aber ich sehe keinen Sinn dahinter.«

»Kann es um Geld gehen oder …«, Johanna stockte.

»Oder was?«

»… oder Angst verbreiten, damit ihr euch zurückzieht.

Rache ist ein beliebtes Motiv. Das fände ich kaum verwunderlich, bei den Dingern, die ihr gedreht habt, du und dein Sohn mit seinem Gerechtigkeitssinn. Der lässt ihn irgendwann heftig stolpern.«

»Vielleicht wird er gerade solide.«

»Wieso das?«

»Du weißt noch gar nicht, dass er Vater wird?«

»Nein, sag das noch mal. Er? Vater?« Johanna wirkte freudig überrascht.

»Ja, da staunst du, wer hätte das gedacht?« Verenas Kommentar klang eher ironisch.

»Warum denn nicht?«, fragte Philipp. »Schließlich sind sie seit drei oder vier Jahren zusammen, er hat uns Simone damals gleich vorgestellt.«

»Und – sind sie glücklich?«

Philipp lächelte, die Frage zeigte ihm, wie zugetan Johanna seinem Sohn war, und er freute sich heute ausnahmsweise sogar ein wenig darauf, Großvater zu werden.

Bei Sonnenaufgang waren sie auf den Beinen. Es war einigermaßen kühl, wenn man bei siebenundzwanzig Grad überhaupt davon sprechen konnte. Sie sahen kurz nach den Schafen, dann beluden Manuel, Thomas und Efe den Sprinter mit den Ersatzteilen und dem nötigen Werkzeug. Das größte Problem schien der Draht zu sein, an dem die Schläuche befestigt waren. Der war ebenfalls durchtrennt worden. Die beiden Rollen, die Thomas besorgt hatte, würden kaum reichen, obwohl sich stellenweise die Reparatur mit Drahtspannern und Verbindern bewerkstelligen ließ. Wie weit sie mit den Schlauchverbindern kommen würden, war ebenfalls fraglich. Wenn sie heute nicht fertig wurden, müssten sie am Abend wieder mit dem Wassertank kommen und jeden Rebstock einzeln bewässern. Deshalb begannen sie mit der Reparatur an der Lage, die vom Pumpenhäuschen am weitesten entfernt lag. Hier, beim Cabernet Sauvignon und dem Grauburgunder war der Schaden am geringsten. Dann wäre ein Hektar weniger von Hand zu bewässern.

Die Sonne stieg, der Osten war flammend rot, aber dafür hatte heute niemand einen Sinn. Rasch waren sie aufeinander eingespielt, jeder wusste, was zu tun war, jeder Handgriff saß, und Stunde um Stunde arbeiteten sich die Männer schweigend vorwärts. Verena hatte veranlasst, dass ihre Bürokraft ihnen das Frühstück brachte, das sie schweigend verzehrten. Reden kostete zu viel Kraft.

Das Spannen der Drähte war schweißtreibender als das Einsetzen der Schlauchverbinder. Als sie ein Motorengeräusch hörten, herrschte Alarmstimmung. Efe zog sich zurück, Manuel und Thomas griffen sich ein Werkzeug als mögliche Waffe.

Thomas ging davon aus, dass sich der Anschlag auf die Bewässerungsanlage herumspräche und Neugierige anlockte. Unweigerlich würden die Täter von der Reparatur erfahren, wenn nicht heute, so doch morgen oder spätestens übermorgen. Aber wer kam da jetzt? Als sie den alten Kombi sahen, atmeten sie erleichtert auf.

»Es ist Frau Ender!«, sagte Manuel. Die Spannung wich, und herzlich begrüßten Thomas und er die neue Verbündete. Anschließend gesellte Thomas sich zu Efe.

»Ich wollte sehen, wie groß der Schaden ist – und ob ich helfen kann. Und ich wollte Ihnen sagen, dass mein Mann die von der SVEE angerufen hat – in meinem Beisein«, betonte Frau Ender. »Er hat abgesagt! Und die Zehntausend wird er zurückgeben.« Nur sei er nach dem Telefonat ganz still gewesen und habe ihr auch nicht gesagt, wie die Leute darauf reagiert hätten. »Aber ich glaube, dass er jetzt Angst hat.«

»Wahrscheinlich war ihm sein gestriges Verhalten peinlich«, mutmaßte Manuel, um eine Brücke zu bauen und die ansonsten so resolute Frau zu beruhigen.

Sie griff in ihre Kühltasche, nahm eine Flasche ihres Muskatellers und eine des Portugiesers heraus und hielt sie Manuel hin. »Für eure Mittagspause, dann geht die Arbeit hinterher schneller. Sicherlich sind die nicht so gut wie eure …«

»Überschätzen Sie uns nicht, Frau Ender, wir lernen noch.«

»Ich nehme an, Sie werden auf den anderen Lagen so wie hier die Rebstöcke rausreißen und neue pflanzen?« Deutlich schimmerte ihre Besorgnis durch, denn jeder Rebstock war Teil des Lebenswerks dieser Familie.

»Wir werden gar nichts ausreißen, das können und wollen wir nicht. Wir haben alle Weine Ihrer Parzellen probiert. Wir werden selbstverständlich einiges ändern, technisch gesehen, die Arbeit an der Laubwand, Stärkung des Bodenlebens mit neuen Einsaaten, wir werden den Ertrag reduzieren, außerdem hätten wir gar nicht das Geld für neue Anlagen, wir müssten dann drei oder vier Jahre auf Erträge verzichten.«

Die Erleichterung über das Gehörte war Frau Ender deutlich anzusehen, und mit dankbarem Lächeln bat sie darum, ihr die Schäden zu zeigen.

Manuel führte sie zwischen die Rebzeilen und erklärte, doch je näher sie Thomas und Efe kamen, die längst weiterarbeiteten, desto häufiger schaute ihre Besucherin zu ihnen hinüber.

Manuel grinste verstohlen, er wusste, dass der schwarze Mann im Weinberg Frau Ender irritierte. »Efe arbeitet seit vielen Monaten mit uns, er ist toll, er lernt wie verrückt, ohne ihn kommen wir gar nicht mehr zurecht. Wir wären froh, wenn er uns noch jemanden wie ihn aus seiner Heimat vermitteln könnte.«

»Ein Flüchtling?«

»Ja, mit achtzehn Jahren durch die Sahara, danach ein Gefangenenlager in Libyen, schließlich übers Mittelmeer und zuletzt …«

»Wie schrecklich, der arme Kerl. Und seine Familie?«

Manuel winkte Efe heran. Frau Ender sah ihm mit einer Mischung aus Angst und Mitleid entgegen, diesem Mann, über den Politiker im Fernsehen stritten, über den sich die Leute das Maul zerrissen. Und als Efe ihr mit breitem Lachen die Hand entgegenstreckte und fragte, wie es ihr gehe und wer sie sei, kamen Erstaunen und Neugier hinzu. »Er spricht ja unsere Sprache!«

Als sie zu ihrem Wagen zurückging – »ich lasse Sie jetzt besser arbeiten« –, blickte sie sich nach Efe um, die Hand zu einem zaghaften Winken erhoben. »Und wie kommt … äh … der hier klar?«

»Mit uns und seinen Fußballern bestens!«, Manuel lächelte sehr überzeugend, »zumindest hier in der Gegend.«

Beim Einsteigen wandte sie sich verschwörerisch noch einmal an ihn: »Soweit ich gehört habe, sind die Männer von dieser SVEE morgen auf dem Hof von Hölzer. Ich weiß es von seiner Frau. Das war früher ein Mischbetrieb, die hatten Schweine und Rinder, er war Nebenerwerbswinzer, acht Hektar, drei dazugepachtet. Es lohnt sich nicht mehr, wie bei uns, und die Kinder wollen nicht. Ob die Männer noch mal zu uns kommen, wie das jetzt weitergeht mit der Geldrückgabe, weiß ich nicht, mein Mann hat nichts dazu gesagt. Wenn ich etwas erfahre, gebe ich Ihnen auf jeden Fall Bescheid.«

Manuel sah ihr nach, die Verbündete hatte Wort gehalten. Er hatte den Eindruck, dass sich die Frauen weniger einschüchtern ließen als die Männer. Und wer von beiden ließ sich leichter kaufen? Die Frage werde ich jetzt nicht beantworten, sagte er sich, schüttete eine halbe Flasche Wasser in sich hinein und machte sich wieder an die Arbeit. Bei bald vierzig Grad oder mehr in der Sonne war jede Tätigkeit schweißtreibend, und die Nacht war viel zu kurz gewesen. Er zog den Hut tief ins Gesicht und krempelte die Ärmel herunter, um sich nicht die Arme zu verbrennen.

Die nächste Besucherin war Johanna. Sie hatte den neuen Steuerungscomputer für die Bewässerung mitgebracht, kaum größer als ein Schuhkarton. Da waren die drei Männer längst mit dem Cabernet fertig und reparierten die Drähte für den Spätburgunder daneben. Hier war der Schaden größer, aber längst nicht so dramatisch wie vorn beim weißen Burgunder, ließ sie sich berichten.

Thomas riss Johanna das Paket fast aus den Händen, drückte ihr einen Kuss auf die Wange und machte sich sofort daran, das Teil einzubauen. »Ich weiß, dass es unmöglich ist, den Weinberg und die Installationen dauernd zu bewachen«, sagte er zu Johanna, die ihm ins Häuschen gefolgt war und zusah. »Und die Schafe und den Hof? Aber was bleibt uns anderes übrig, als das Wasser hier wieder zum Fließen zu bringen?«

»In alten Zeiten sind Trauben gestohlen worden, weil die Menschen Hunger hatten«, gab sie zurück, »der ist inzwischen offensichtlich vom Hunger nach Geld abgelöst worden.«

Johanna bewunderte, mit welcher Energie Thomas sich dieser Arbeit widmete, und gleichzeitig sah sie den Hörsaal vor sich, wo die jungen Leute gespannt ihren Ausführungen folgten, voller Hoffnung auf die Zukunft. Gut möglich, dass es die Letzte Generation war. Was möglich war, wollte sie ihnen mitgeben, um sich zu wappnen, wobei Kampfgeist das Wichtigste war. Auch sie hätte sich auf die Straße geklebt, vielmehr hätte sie heimlich wie früher Krähenfüße auf die Straße geworfen, dann hätten sich die Autos wegen aufgeschlitzter Reifen gegenseitig blockiert. Der SUV war wichtiger als das Leben, oder er wurde damit verwechselt.

Johanna hatte bis heute nicht begriffen, wozu alle ständig herumfuhren – und wohin? Und wenn das Verursacherprinzip nichts mehr galt, dann hatte die Menschheit nichts anderes verdient – mit Schrecken stellte sie fest, wie Schadenfreude sich immer häufiger in ihre Gedanken schlich. Ihr Elektroauto nutzte auch nichts, und brav trug sie weiter ihren Stoff im Hörsaal vor, beriet die Studierenden, so wie einst den jungen Mann, der jetzt vor ihr den Computer in Gang setzte. Doch im Gegensatz zu damals war ihre Überzeugung heute leider gespielt.

Das Dumme jedoch war, dass die Verursacher und Nutznießer der Klimakatastrophe nicht ihre Opfer waren. Dumm war auch, dass ihr eigener Kampfgeist sich verflüchtigte. Inzwischen sah sie sich mehr als Zeitzeugin, um sich von der ungewissen Zukunft nicht überrollen zu lassen. Sie dachte an Nicolas Hollmann, den sie in Portugal kennengelernt hatte. Der versuchte, sein Portweingut am Rio Douro zukunfts- und hitzefest zu machen. Sie dachte an die vielen Winzer hier, die kämpften, die sich bemühten, sich nicht bange machen ließen, aber es waren zu wenige und der Idioten zu viele. Im Kreis der Dozenten und Studenten sprach sie ihre Meinung niemals offen aus, sonst hätte sie kündigen müssen. Aber das hier war ihr Leben.

Thomas nahm die Betriebsanleitung des Rechners zur Hand, schaltete den Strom ein und tippte vorsichtig auf einige Tasten. Seinem Kommando »Wasser marsch« folgte ein kaum hörbares Rauschen in der Leitung. Wie besessen rannte er zur Lage mit dem Spätburgunder, und dort schrie er irgendetwas, es klang wie »es tropft, es tropft wieder!« Dann sprang er in die Höhe, drehte sich mit ausgebreiteten Armen, schaute lachend in den Himmel und hüpfte wild herum.

Sie mochte ihn, sie mochte ihn so sehr … Sein Tanz erinnerte Johanna an den Filmklassiker *Alexis Sorbas*, in dem der

Schauspieler Anthony Quinn nach dem Zusammenbruch seiner Seilbahn am Strand des Mittelmeeres einen Sirtaki aufführt. Manuel und Efe rannten Thomas entgegen, und gemeinsam tanzten sie, diesmal mit erhobenen Fäusten, bis ihnen der Schweiß die Augen verklebte und den Blick vernebelte.

»Wenn hier morgen wieder alles läuft beziehungsweise tropft, machen wir uns auf die Suche! Wir werden sie kriegen, diese Schweinehunde!«

Johanna zweifelte nicht eine Sekunde daran. Sie kannte Thomas lange genug, um zu wissen, dass er nicht zu bremsen war und keine Angst kannte. Sein Vater war ähnlich gestrickt, nur bei Manuel hatte sie Zweifel. Aber seit der Kugel des Fremdenlegionärs hatte er sich kolossal verändert, auch jetzt wieder. Er war offener und energisch, zeigte deutlich seinen Willen, und auch er vermittelte eine ähnliche Entschlossenheit wie seine Mitgesellschafter, wie er sie manchmal nannte. Und er verstand es inzwischen, sich zu wehren. Die drei würden es schaffen. Ach, sie waren ja zu viert, Efe hätte sie beinahe vergessen. Thomas hatte erzählt, dass er seine Òrìṣàs mobilisieren wolle, die uralten Kräfte seines Yoruba-Volkes. Wenn es denn half? Dann konnte nichts mehr schiefgehen.

8. Kapitel
Abgetaucht

Frau Behr, die sich im Büro des Weingutes Achenbach & Stern um Bestellungen, die Korrespondenz und die Buchhaltung kümmerte, rief Leonie in der Galerie an und bat sie, die Männer im Weinberg mit dem Nötigsten zu versorgen. Das war zuallererst viel Wasser und Obst zum Ausgleich der Mineralverluste. Heute waren ausnahmsweise Plastikflaschen gestattet wie auch Plastiktöpfe mit Reis, gebratener Ente, Chop Suey und Huhn mit Paprika und Nudeln, die Leonie beim Chinesen in Bad Dürkheim besorgte und in einer riesigen Plastiktüte anschleppte. Frau Behr fuhr mit ihrem Wagen zum Libellenberg voraus, da Leonie den Weg nicht kannte.

Die Männer lagen flach auf dem Boden im Schatten einer Baumgruppe oberhalb der Rebanlage, sie hatten fast ohne Pause von Sonnenaufgang bis jetzt gearbeitet, getrieben von der Sorge um die jungen Rebstöcke. Nachlässigkeit wie Wassermangel in den ersten Jahren des Wachstums führten zu dauerhaften Schäden, nicht anders als beim Menschen.

Ob irgendetwas Wichtiges vorgefallen sei, fragte Manuel Frau Behr. Ja, eine Journalistin habe angerufen, eine Frau von Weiden, die ihn habe sprechen wollen. Sie hätten ein Interview vereinbart, jetzt gehe es um den Termin. »Ich sagte, dass ihr im Weinberg seid und die Leitungen repariert.«

»Ach du Scheiße«, sagte Manuel ganz langsam und drehte sich zu Thomas um. »Hast du das gehört?« Das hatte er nicht, Manuel musste ihn erst wecken. »Jetzt wissen sie's.«

»Was wissen sie?«, murmelte er schlaftrunken.

»Sie wissen, was wir hier machen, wenn von Weiden wirklich für die Bande spioniert.«

»Klar, jetzt wissen sie's, sind ja nicht blöd.«

»Hab ich was Falsches gesagt?« Ängstlich schaute Frau Behr von einem zum anderen.

»Leider ja, aber Sie konnten es nicht wissen. Wir hätten Sie informieren müssen. Wahrscheinlich steht diese Frau mit den Leuten in Verbindung, die den Schaden hier angerichtet haben.« Thomas wies auf den zerstörten Steuerungscomputer und zerstückelte Reste des Bewässerungsschlauches. »Zu keinem anderen Menschen irgendein Wort über unsere Tätigkeiten, bitte, kein Wort darüber, wo wir sind, was wir tun und wer hier ist.«

»Das tut mir wirklich sehr leid …«

»Mir auch«, sagte Thomas. »Mir auch. Wirklich. Kein Wort mehr zu dieser Person.« Dabei sah er Manuel an und erklärte in wenigen Worten den Hintergrund, doch eher für Leonie. »Hast du sie am Tag nach der Vernissage gesehen? Sie war mit den anderen Presseleuten da.«

Als Leonie verneinte, zog Manuel sein Smartphone aus der Tasche und zeigte ihr ein Foto. Er hatte es gemacht, als die Journalistin geduckt zwischen den Reben heraustrat und ihre Kamera auf das tote Schaf richtete. »Was hältst du von ihr?« In diesem Moment hätte er sich die von Weiden gut als Paparazza vorstellen können, ihre ganze Haltung drückte nichts als die Gier nach dem Foto aus. Er war gespannt auf Leonies Reaktion.

»Eine Schlange! Die schönsten sollen die giftigsten sein, heißt es, manche sind sogar tödlich.«

Manuel fühlte sich irgendwie ertappt. Er versuchte es zu überspielen, tat plötzlich unbeteiligt und starrte blöde ins Blaue.

Frau Behr wollte sich eiligst aus dem Staub machen, als

Thomas sie zurückrief und fragte, ob sie den Nachmittag über im Büro bleiben könne, in der augenblicklichen Situation dürfe man das Weingut nicht unbeaufsichtigt lassen.

Sie werde sich um den Gemüsegarten kümmern, versicherte sie, das tue sie sowieso am liebsten.

Thomas sah ihr nach. »Von jetzt an müssen wir ständig auf der Hut sein. Vielleicht sollten wir einen Wachdienst anheuern, zumindest für die Zeit, in der Verena und Philipp unterwegs sind?«

»Wir brauchen auf jeden Fall eine Wildkamera, die uns ein Signal schickt, wenn jemand sich hier oben rumtreibt.«

»Und bei jedem Kaninchen gibt es Alarm?« Durstig griff Thomas nach einer neuen Wasserflasche. Ihr mitgebrachter Vorrat war längst aufgebraucht. Dafür waren inzwischen auch die Schäden an den Leitungen für den Spätburgunder beseitigt. Jeder Handgriff saß. Wenn sie bis zur Dämmerung weiterarbeiteten, ließe sich vielleicht sogar der Weißburgunder wieder mit Wasser versorgen, das würde ihnen die Bewässerung von Hand ersparen.

Mit Heißhunger machten sie sich über das Essen her.

Efe schlief als Erster, ihm machte der harte, trockene Boden nichts aus, dann nickte Thomas ein, hingegen hielt Leonies Anwesenheit Manuel wach, und beide sprachen leise mit Johanna über Biodiversität und Artenschwund. In seiner Befangenheit über Leonies Gegenwart hätte Manuel über nichts Persönliches reden können.

»Früher konnte man hier kaum schlafen, so ein Summen und Brummen war um einen her«, erinnerte sich Johanna, »alle zehn Sekunden setzte sich eine Fliege auf die Nase. Heute herrscht Stille.«

»Grabesstille« hielt Manuel für den treffenden Begriff. »Das haben wir den Agrogiften zu verdanken. Vielleicht arbeiten Bayer und die EU-Kommission mit den Herstellern von Minidrohnen für künstliche Bestäubung zusammen.«

»Einstweilen fehlt leider das praktische Wissen, Biodiversität zu fördern«, meinte Leonie. »Es mangelt an Beratungsangeboten, Seminaren und entsprechenden Förderprogrammen.«

»… und in erster Linie ganz sicher am politischen Willen.« Das war die brummige Stimme des sich schlafend stellenden Thomas, trotz seiner Müdigkeit kritisch wie immer. »Politischer Wille bezieht sich auf Karriere und die eigene Partei, auf Posten und so – darf ich weitermachen?«

»Schlaf lieber, es nutzt niemandem, hier im dürren Gras über Politiker herzuziehen«, wiegelte Johanna ab und wandte sich dann wieder an Manuel: »Ich habe gehört, dass ihr weitere sieben Hektar kaufen wollt. Was habt ihr damit vor? Was wächst dort jetzt? Was ist mit Bodenanalysen? Sind es Flachlagen?«

Manuel hatte bisher als Einziger Enders Weine von den besagten Lagen probiert, um zu sehen, was Ender daraus gemacht hatte. Es war nicht die Qualität, die ihnen vorschwebte. »Pachten, nicht gleich kaufen. Zweitausendachthundert Euro im Jahr. Da ist einmal die Scheurebe, der Chardonnay ist als Junganlage vorhanden, da hätten wir viele Korrekturmöglichkeiten, aber ich mag diesen Schmeichler nicht besonders.«

»Der Name Chardonnay ist bekannt, und vielleicht lässt er sich gut verkaufen«, gab Leonie zu bedenken und zeigte einmal mehr ihren Geschäftssinn.

Davon hielt Manuel wenig, er war Purist, Eigenständigkeit statt Anpassung war sein Credo. »Enders Bester ist der Silvaner. Bei den Roten ist es der St. Laurent. Den Dornfelder und den Portugieser müssten wir langfristig durch andere ersetzen. Der Regent ist eine Piwi-Rebe, also pilzwiderstandsfähig. Wir werden sehen, was sich daraus machen lässt. Erst einmal würde ich mit Rebschnitt die Menge um bis zu fünfzig Prozent reduzieren, unreifes Zeug rausschneiden.

Momentan ist ein guter Zeitpunkt, um zu sehen, wie sich die Laubwand entwickelt, aber ohne Wasser wird es schwierig. Ob sich dabei der Extrakt positiv verändert, wird sich zeigen. Der Vorteil ist, dass es ein relativ geschlossenes Gebiet ist und von unseren Flachlagen nicht so weit entfernt.«

»Werdet ihr auch künstlich bewässern wie hier?«, fragte Leonie.

»Weiß der Geier«, ließ sich Thomas' brummige Stimme vernehmen. »Erst muss der Angsthase Ender sich überwinden und an uns verpachten und nicht an die SVEE verkaufen. Dann irgendwann können wir uns mit Holzhäckseln oder Rindenmulch beschäftigen und im nächsten Jahr mit Einsaaten, damit der Boden nicht austrocknet. Wir haben das Rückhaltepotenzial des Bodens noch nicht bestimmt, seine Fähigkeit, die Feuchtigkeit zu halten, Bindefähigkeit nennt man das auch, nicht wahr, Johanna?«

»Schlaf weiter, du hast noch viel vor dir.«

Manuel war strikt gegen Häcksel: »Das Unkraut wächst zwischen den Häckseln durch, dann müssten wir wieder die chemische Keule nehmen. Nein! Alles zu begrünen, halte ich für sinnvoller. Die Gefahr der Erosion ist bei den Flachlagen gering. Eine Bewässerung wird erst bei Neuanlagen wichtig, drei bis vier Jahre lang, wie hier. Vorerst ist noch Wasser da, aber wenn es weiter so trocken bleibt und wir so friedlich in die Katastrophe taumeln und politisch nichts unternommen wird, bleibt uns irgendwann nichts anderes übrig als alles …«

»Wenn es dann noch genügend Wasser gibt«, unkte jetzt auch Leonie. »Niemand weiß, wie die Zukunft wird, besser wohl kaum. Ich habe im Radio einen ausführlichen Bericht darüber gehört, dass unsere Winzer neuerdings in Konkurrenz zu den Gemüsebauern im Rheintal und ihrer Lobby treten. Der Bauernverband mischt sich ein, die protestieren mit Traktoren, damit wir ihre Gülle und Spritzmittel essen. Ekelhaft. Alle fünf Minuten wird ein neues Agrogift erfunden, das bekommt eine vorläufige Genehmigung aus Brüssel, und bis das dann Verbotene aus dem Markt genommen wird, vergehen Jahre. Dann ist längst ein neues da. Dahinter steckt Methode. Die Bauern glauben immer noch, dass die Erde eine Scheibe wäre. Dann kommen die Großproduzenten, die wollen ans Wasser, die haben Geld, die kaufen die Politiker und damit die entsprechenden Gesetze, Spekulanten sichern sich die Talsperren …«

»… und die entsprechenden Schlupflöcher!« Thomas konnte sich des Kommentars nicht enthalten.

»Die Regierung hat eine Nationale Wasserstrategie beschlossen …«

»Sehr witzig«, sagte Thomas, und das höhnische Gelächter auch aus Manuels und Johannas Mund verunsicherte Leonie.

»Ich meinte doch nur …«

»Das geht nicht gegen dich, meine Liebe«, Johanna merkte sofort, wie verschreckt Leonie über die Reaktion war. »Du kennst den hier herrschenden Ton noch nicht. Das Problem ist leider, wann diese … diese … sagen wir mal … Strategie umgesetzt wird. Das ist wie beim Atom- und Kohleausstieg. Im Jahr 2040? Oder 2050? Oder in Abstimmung mit den EU-Partnern? Oder wenn die Energie-, die Finanz- und Autolobby ihr Okay gibt? Oder wenn das Formular für die Genehmigung zur Erteilung einer Erlaubnis aktualisiert wurde? Zuvor müssen die Mittel zum Nachdruck ebendieses Formulars genehmigt werden. Doch bis der entsprechende Beamte aus dem Krankenstand zurückkommt, sind hier alle Reben verbrannt.«

»Ich meinte ja nur … ihr habt da sicher mehr Erfahrung.« Vorsichtig zog Leonie sich aus der Schusslinie und streckte sich hilfesuchend neben Manuel aus, während Johanna sich zu Efe setzte und im Flüsterton mit ihm sprach. Manuel schätzte es sehr an ihr, dass auch sie sich intensiv nach Efes Befinden erkundigte, seit er hier lebte.

Thomas hatte sich kaum auf die Seite gerollt, als sein Smartphone die Pause beendete. Es war Francesca Sturm, die ehemalige Wirtschaftsprüferin hatte von unterwegs telefonisch einige Nachforschungen angestellt.

»Viel gefunden habe ich nicht, aber der Anfang ist gemacht. Diese SVEE, von der Sie sprachen, ist in Frankreich registriert, dahinter steht ein Konzern mit Sitz in Luxemburg. Wer noch dazu gehört, weiß ich nicht, das kläre ich von zu Hause aus. Wir sind am Wochenende wieder in Düsseldorf. Sie sollen nur wissen, dass ich Sie nicht vergessen habe. Diese SVEE gehört zum European Fund for Agrarian Development, kurz EFAD mit Sitz in Luxemburg. Ein weiteres Unternehmen gehört dazu mit Namen Green Wine Ltd., kurz GWL, eine Art Übermutterkonzern in Delaware, USA. Da besteht nicht einmal Publizitätspflicht.«

»Und was ist der Geschäftszweck dieser Unternehmen?«, fragte Manuel. Er hatte sich in dem Moment zu Thomas gesetzt, als er hörte, dass Frau Sturm anrief. »Wenn Sie ›Luxemburg‹ hören, klingeln da bei Ihnen nicht die Alarmglocken?«

Da war Frau Sturm unentschieden, Luxemburg sei ein wichtiger internationaler Finanzplatz, da träfe sich Gut *und* Böse, »wenn es denn in der Finanzwelt etwas wie ›gut‹ gäbe. Aber bei Delaware ist das etwas anderes.« Als Geschäftszweck sei die Entwicklung des europäischen Weinbaus, des ländlichen Raums, die Förderung innereuropäischer Kooperation und der Erhalt seiner sozialen Struktur angegeben.

»Aus welchem Parteiprogramm ist das abgeschrieben?«, fragte Thomas.

Auch Frau Sturm hielt es für allgemeines Wischiwaschi. Zu den genannten Namen Beteiligter hätte sie bislang nichts erfahren. »Die Herren Essling und Comberousse tauchen weder in diesem noch in anderem Zusammenhang auf, aber Sie wissen es selbst, Papier ist geduldig, auf Visitenkarte kann man schreiben, was man will. Wichtig ist vor allem: Schützen

Sie Ihr IT-Netzwerk, denn manche Firmen verfügen über die entsprechenden Hacker. Und – Sie haben wirklich keine Vermutung, wer hinter den Anschlägen stecken mag?«

Einen Verdacht gab es sicherlich, nur Thomas wollte nicht mit Frau Sturm darüber reden. Er bedankte sich für ihre Mühe, wünschte ihr weiter eine gute Reise und beendete das Gespräch. Um ihr Russels Rolle zu erklären, hätte er zu weit ausholen müssen, außerdem gab es keinen konkreten Hinweis, der diesen Verdacht erhärtete. Er konnte sich gut an den Prozess gegen Russel erinnern und mit wie viel Hass er ihn und seinen Vater bei der Urteilsverkündung angestarrt hatte. »Die Sache ist noch längst nicht vom Tisch«, hatte Philipp damals gesagt, und Thomas hatte ihm wortlos zugestimmt.

»Das hier ist genauso wenig vorüber«, sagte er laut und meinte damit vordergründig die Wiederherstellung ihrer Anlage zur Tropfbewässerung.

Johanna wollte Leonie begleiten und sehen, was sie aus der Galerie gemacht hatte, während die Männer die Arbeit wiederaufnahmen. Nie zuvor in ihrem Leben hatten sie den Sonnenuntergang so sehr herbeigewünscht wie heute, diesen wunderbaren Moment, wenn die Sonne hinter dem Pfälzer Wald unterging und der kühle Luftstrom aus dem Wald herunterwogte und sich ins Tal ergoss. Je später es wurde, desto mehr fühlten sie sich wie Roboter. Niemand sprach mehr, keiner riss Witze, in der Parzelle mit dem Weißburgunder waren die größten Schäden verursacht worden, da hatten die Saboteure begonnen und noch Lust gehabt. Dann endlich, eine Stunde vor dem wunderbaren Moment des Sonnenuntergangs waren alle Leitungen repariert.

Alle drei hätten sich am liebsten fallen lassen, aber der Wunsch nach der Dusche war größer. Sie wollten essen und schlafen, egal, wo. Efe verschwand in seinem Zimmer, heute war nichts von seinen Lieblingstrommlern zu hören. Johanna hockte sich vor den Fernsehapparat, Manuel schlief im Sessel ein, und Thomas hielt sich gerade so auf den Beinen. Er war im Begriff, sein Bett aufzusuchen, als Pascal Bellier anrief. Sofort war er hellwach, er hatte den ganzen Tag über auf diesen Anruf gewartet. Er brauchte Klarheit, wer hinter den Anschlägen steckte, denn davon hing nicht nur das Weingut ab, sondern auch sein zukünftiges Verhalten – und vielleicht sogar ihr Leben.

Pascal, ein Mann mit seinen Fähigkeiten und seiner Spürnase, gepaart mit Biss und der Ausdauer eines Langstreckenläufers, wäre bei der Steuerfahndung oder der Finanzaufsicht Frankreichs bestens aufgehoben. Aber er wäre zu erfolgreich. Man würde ihn binnen Kurzem kaltstellen. Jeder Fall, der irgendwie nach Politik roch, wurde sowieso von ihm ferngehalten. »Was will denn jemand wie Sie in der Politik, Monsieur Bellier? Da passen Sie nicht hin, Sie sind viel zu gradlinig«, so was habe er sich anhören müssen, hatte Pascal bei anderer Gelegenheit erzählt.

Jetzt gestand er, bisher leider wenig herausgefunden zu haben. »Kurz nachdem Russel aus dem Gefängnis entlassen wurde, haben wir seine Spur verloren. Er war weg, unauffindbar. Nichts von ihm wurde bekannt, keine Adresse, keine Kreditkarte, kein Führerschein, einfach nichts. Soweit wir wissen, hat er die Zeit im Knast bestens genutzt, um seine Kenntnisse zu erweitern und neue Seilschaften zu bilden, die bis in die Reihen der Aufseher reichten. Er hat so eine Art von Börse eingerichtet. Er hat sie alle bestochen, die Mithäftlinge, die ihn in Ruhe ließen, und auch einige Aufseher, die ihn mit allem versorgten, was sein Herz begehrte, vom besten Wein über ausgewählte Speisen bis zum Prepaidhandy, selbstverständlich abhörsicher. Er bekam die wichtigen Zeitungen wie *Le Monde diplomatique*, die Wirtschaftsblätter *Les Échos* und *La Tribune*, die *FAZ* sowie den britischen

Economist, sogar die *New York Times*. Den Aufsehern gab er Tipps für ihr Gespartes, um Aktien wie auch ETFs zu kaufen und zu verkaufen, Exchange Trade Funds, damit lässt sich kostengünstig in ganze Märkte investieren, und selbstverständlich französische Staatsanleihen. Russel bekam Prozente auf den Erfolg. Er muss sein Vermögen in der Knastzeit vervielfacht haben! Jetzt ist auch das weg. Das muss man sich mal geben: Er hat für sich damit geworben, jedem, der mitmacht, zu mehr Geld zu verhelfen, und für diejenigen, die sich gegen ihn stellten, hatte er jemanden draußen, der auf ihn wartete. Ach, ein Lehrer, der sich an einer Schülerin vergangen hat, gab ihm Französischunterricht.«

»Und was ist mit Touraine, in welchem dreckigen Loch steckt der?«

»Er ist damals in der Champagne bereits abgetaucht, der und seine Tochter verschwanden als Erste, und niemand weiß, wohin. Uns haben nicht einmal unsere Kontakte in die Unterwelt von Marseille geholfen. Ich kann mir nicht vorstellen, dass die beiden sich zur Ruhe gesetzt haben. Solche Hirne brauchen den kriminellen Kick wie wir die Luft zum Atmen.«

Im Gefängnis seien einige Aufseher vom Dienst suspendiert worden, nachdem die Verbindungen ruchbar geworden seien. Die Verfahren seien anhängig. »Man kam auf sie, da sie plötzlich über Mittel verfügten, die ihrem Status in keiner Hinsicht entsprachen. Ja, mit Geld muss man umgehen können.«

»Hast du die Untersuchungen angeschoben?«

»Nein, die Möglichkeiten habe ich gar nicht, und auch nicht die Kompetenz.«

»Der Direktor vom Knast hat mitgemacht?«

»Der ist ein gemachter Mann, un homme arrivé. Auch er wurde suspendiert, man hat ihm Straffreiheit angeboten, wenn er auspacken würde, aber angeblich weiß er von nichts. Das Verfahren läuft.«

»Und wie geht es Regine?« Es fiel Thomas nicht leicht, bei dem jetzt erreichten Grad von Müdigkeit noch eine Frage zu stellen.

»Der geht es wunderbar. Sie sitzt hier neben mir auf dem Sofa, die Kinder schlafen. Willst du sie sprechen?«

Mehr als einige Sätze konnten sie nicht wechseln, dann fiel Thomas der Hörer aus der Hand …

Es war für Thomas fast eine übermenschliche Kraftanstrengung, sich um sechs Uhr aus dem Bett zu wälzen und sich unter die Dusche zu schleppen, um wach zu werden. Obwohl er körperliche Arbeit gewöhnt war, Weinkisten schleppte oder zur Reinigung in die Tanks kroch und bei eisigen Temperaturen die Reben schnitt, war der gestrige Tag einer der schlimmsten seiner bisherigen Laufbahn als Önologe, Traktorist, Elektriker, Weinpromoter und Erntehelfer – und das bei achtunddreißig Grad im Schatten, nicht gezählt, wie viel Grad es in der Sonne gewesen waren.

Manuel wehrte sich ähnlich entschieden gegen den neuen Tag und beschimpfte Thomas, der ihn weckte, ihn mutwillig zu quälen und ihn um seine verdiente Nachtruhe zu bringen. Letztlich half nur das Wasser vom Nachttisch, das Thomas auf Manuels Stirn tröpfeln ließ.

»Eine uralte chinesische Foltermethode, die wirkt garantiert. Wenn man sie lange genug anwendet, wird das Opfer wahnsinnig. Wenn du das nicht willst, dann steh endlich auf!«

Efe hatte Kaffee gemacht, es war das Einzige, das die Männer an diesem Morgen zu sich nahmen.

Der Weinberg war so, wie sie ihn zurückgelassen hatten: Nichts war angerührt, alles funktionierte, Drähte und Schlauchverbinder hatten ausgereicht, die Anlage wieder gänzlich in Betrieb zu nehmen. Bereits nach zwei Stunden war alles aufgeräumt und zusammengepackt, und zur Kontrolle schritten sie gemeinsam sämtliche Leitungen ab und sahen zufrieden die Wassertropfen aufs Erdreich fallen. Den Tanz des Alexis Sorbas ersparte Thomas sich heute. Den Reben sah man bereits an, dass sie die Nacht über bewässert worden waren. Die Männer bildeten es sich zumindest ein.

Manuel ließ sich ins taunasse Gras fallen und sah das nächste Problem auf sie zukommen. »Wir müssen wirklich überlegen, wie wir das Ganze zukünftig schützen sollen. Als Nächstes schneiden sie uns die Rebstöcke ab.«

»Da hätten sie viel zu tun.«

»Mit 'ner Motorsäge geht das fix.«

»Viel zu laut. Du hast die Waffe, und ich schaffe mir einen Hund an.«

Von der Waffe, die Manuel seine Flinte nannte, um ihr das Martialische zu nehmen, hielt er viel, vom Hund weniger. »Bis so ein Tier dir gehorcht, vergehen Monate. Bis dahin sind wir pleite. Außerdem müssten wir dann ständig hier nachts auf der Lauer liegen.«

»Falsch«, sagte Thomas, ohne dass ein Vorwurf mitschwang, »je schneller wir herausfinden, wer oder was dahintersteckt, desto eher schlafen wir wieder ruhig.« Er berichtete von dem Gespräch mit Pascal und dass von Russel sowie von seinem Killer Touraine und dessen Tochter jede Spur fehle. »Efe hatte recht, davon bin ich längst überzeugt. Erst töten sie die Tiere, dann die Menschen. *Ogum* – wenn sie Krieg haben wollen? Sowohl Frau Sturm wie auch Pascal suchen weiter, genau wie wir, und wir sind nicht blöd. Wenn es hart auf hart kommt, wird Pascal hier sein, auch er will seine Rechnung begleichen. Touraine hat damals auf ihn geschossen. Der wird wahnsinnig vorsichtig sein, denn wenn sie ihn fassen, verbringt er den Rest seines Lebens hinter Gittern, wegen versuchten Polizistenmordes. Da sind Franzosen gnadenlos. Außer Russel, Touraine und seiner Tochter haben wir keine Feinde.«

»Du machst es dir zu leicht«, wandte Manuel ein. »Wenn Russel im Knast ein Vermögen gemacht hat, kauft er sich eine Armee, wenn es sein muss, in Russland. Was für eine Scheißwelt! Trotzdem will ich jetzt frühstücken. Schau, wie wunderbar es tropft. Ich könnte mich hierhersetzen und den ganzen Tag lang zuschauen. Diese Tropfen sind wunderbar. So, lasst uns fahren.«

Manuel war aufgestanden, hielt die Hand unter eines der Ventile und betrachtete zufrieden, wie Feuchtigkeit sich auf dem Handteller verbreitete. »Nachher kümmere ich mich um Boden-Feuchtigkeits-Sensoren, dann erfahren wir per Smartphone, ob sie wieder zugeschlagen haben.«

Nach dem Frühstück machten Thomas und Manuel sich auf den Weg zum Weingut Hölzer. Doch die Strecke bis Haßloch war nicht weit, zu kurz, um darüber zu sprechen, was Thomas jetzt bewegte. Deshalb hielt er an der Einmündung zu einem Wirtschaftsweg kurz hinter Meckenheim. Um sie herum nichts als flache Rebanlagen bis an die Gemüsefelder.

»Was soll das? Ist was mit dem Wagen?«, fragte Manuel.

»Ich will dich was fragen, aber nimm es mir bitte nicht übel.«

»Und was?«

Thomas holte tief Luft: »Traust du dir zu, diese von Weiden zu einer Weinprobe zu uns einzuladen, um ihr auf den Zahn zu fühlen, ob sie wirklich vom Fach ist? Ich habe Pascal gebeten, sie auf seine Suchliste zu setzen. Und ich rufe bei den Redaktionen an, für die sie angeblich schreibt. Spiel ihr Interesse vor, zeig dich ihr zugänglich, du musst ja nicht gleich mit ihr ins Bett gehen.«

»Und was soll dabei rauskommen?«, fauchte Manuel.

»Kannst du dir das nicht denken? Führ sie zum Essen aus, sie wird deine Einladung mit Sicherheit annehmen, weil sie glaubt, dich aushorchen zu können und mit dir leichtes Spiel hätte. Was guckst du so entsetzt? Sie ist doch attraktiv, da saßen dir schon andere gegenüber. Ich habe gesehen, wie du auf sie angesprungen bist. Das hat sie gemerkt. Solche Frauen merken das sofort. Sie glaubt, dich einwickeln zu können.«

»Ich finde dich unverschämt.«

»Wieso? Du kennst dich doch selbst. Ich habe nicht gesagt, dass du auf sie abfährst, nur dass du anspringst. Sie ist genau der Typ wie Alexandra … und Kamila.«

»Das musst gerade du sagen. Wie lange warst du mit Kamila zusammen? Jahrelang, und du hast sie nicht durchschaut. Ich musste die Scheiße ausbaden.«

»Wir mussten es, mein Freund, und dich hätte es fast das Leben gekostet.«

»Ja, aber nur, weil du nach Frankreich abgehauen bist und dich gleich mit Simone getröstet hast.«

»So siehst du das?« Thomas wollte sich schon über das Wort »getröstet« aufregen, es ärgerte ihn sehr, dass seine Liebe zu Simone so verstanden werden konnte. Aber ihr Vorhaben war wichtiger, und er schluckte seinen Ärger hinunter. Simone und er waren sich zufällig über den Weg gelaufen und hatten sich äußerst vorsichtig angenähert, mit Trippelschritten sozusagen.

»Ich will hier und heute kein Großreinemachen beginnen«, fuhr Thomas fort, ihm war klar, dass der Stachel bei Manuel noch immer im Fleisch stak, »aber dein Vorwurf ist unberechtigt. Das mit dem Interview war lediglich ein Vorschlag. Vergiss es.« Thomas ärgerte sich jetzt, dass er das Thema aufgegriffen hatte, aber er konnte nicht schweigen, dazu beschäftigten ihn die Vorfälle der vergangenen Tage zu sehr. »Es ist genau das, was unseren Feinden nutzt, dass wir uns streiten. Dabei kennen wir die nicht einmal. Dann treffe ich mich eben mit ihr für das Interview«, sagte er beleidigt und startete den Wagen, fuhr einige hundert Meter, nur um gleich darauf wieder anzuhalten.

»Ich glaube zu wissen, was dich wirklich beschäftigt«, nahm er einen weiteren Anlauf.

»Und das wäre?« Manuel starrte verbissen geradeaus.

»Dass ich weggehen werde, dass ich dich, dass ich euch, dich und Philipp und Verena, allein lasse.«

Thomas meinte, dass Manuels Schweigen ihm recht gab. »Das Interview für uns zu nutzen, war lediglich eine Idee, um vielleicht rauszukriegen, ob und wer hinter ihr steht und was geplant ist. Du sollst ja nicht mit ihr … Ich sagte es bereits. Die lässt eh jeden zappeln. Ich hoffe, deine Ambitionen auf diesen Typ Frau sind dir vergangen.«

»Spielst du dich jetzt als Vormund auf, wo du Vater wirst?«

»Nein, Mensch«, Thomas suchte wütend nach Worten, um das auszudrücken, was ihn quälte. »Ich will endlich aus dieser Ungewissheit raus. Ich habe ganz einfach auch Schiss, dass uns jemand abknallt oder wie bei Heinrich … Und da dachte ich, dass du eher an sie rankommst als ich, weil sie glaubt, mit dir leichteres Spiel zu haben, wenn sie dich auf ihr Spielbrett zieht. Wenn du dich jetzt nicht einkriegst, fahren wir besser zurück. Sonst geht es schief.«

»Fahr weiter«, sagte Manuel barsch, »nichts geht schief, und ich mache das Interview. Klar?«

»Sicher?«

»Bist du nun zufrieden?«

»Klar!«

Die Familie Hölzer lebte in einem Eckhaus kurz vor dem Ortsausgang. Von einer Nebenstraße führte die Zufahrt durch einen Torbogen aufs Grundstück, dort konnte man auf dem Sandstreifen parken, dort würden Besucher, wohl auch die angekündigten Käufer, ihren Wagen abstellen. Thomas ließ den Wagen sicherheitshalber an der nächsten Ecke stehen: Man hatte sie ausgespäht, also wussten die Aufkäufer möglicherweise – wenn sie es waren, die hinter der Sabotage steckten –, welche Fahrzeuge zu Achenbach & Stern gehörten. Es war noch eine Viertelstunde bis zu dem Termin bei Hölzer, wie Frau Ender berichtet hatte. Dann wollten die beiden Herren eintreffen.

Zu Fuß und immer mit Blick auf den Verkehr, umrundeten Manuel und Thomas das Grundstück. Hinter den Wirtschaftsgebäuden der Winzerfamilie lag ihr Gemüsegarten, daran schlossen die Weingärten an. Ob sie zu Hölzers Besitz gehörten, war fraglich, denn die seit Jahrhunderten geltende Realteilung bei Erbschaften hatte zu einer elenden Zerstückelung jeden Besitzes geführt.

Das Weingut der Hölzers wirkte, als würde hier weiterhin gearbeitet, die Gebäude machten einen gepflegten Eindruck. Frau Ender hatte berichtet, dass die Kinder seit Langem anderswo lebten und sich kein Nachfolger oder Interessent zeigte. Erst ein Artikel über das Weingut in einer britischen Weinzeitschrift habe das Interesse der Firma geweckt, so die Antwort, wie man auf sie gekommen sei.

Thomas und Manuel suchten sich ein Versteck, von wo aus sich die Straßen im Auge behalten ließen. Es wäre einfacher gewesen, sich direkt an die Einmündung der Nebenstraße zu stellen, doch auch von dort konnte schließlich ein Wagen kommen.

In den Dörfern gingen die Uhren anders, verging die Zeit langsam, Geräusche ließen sich auseinanderhalten, besonders bei dieser infernalischen Hitze, es war, als ob die Stille sie noch stärker spürbar machte, und jeden Wagen hörte man bereits von Weitem. Es ging ein leichter Wind, der die Blätter der wenigen Straßenbäume nicht bewegte, sondern taumeln ließ, und sie warfen mit ihren Schatten wirre Bilder auf die Bürgersteige. Ein Wagen näherte sich, fuhr vorbei und bog ein Stück weiter ab. Danach legte sich die Stille wie eine schwere Decke über die Kreuzung. Ein Insekt brummte müde vorbei. Die nächsten Kennzeichen stammten alle aus der Gegend. Und wieder rollte ein Auto so langsam vorbei, als würde es in der heißen Nachmittagsstimmung schmelzen, und Thomas meinte, es litte ähnlich unter der Hitze wie er selbst. Für ihn war es wie in jenen schlaflosen Nächten, als er die in der Ferne vorbeifahrenden Autos gezählt hatte, damals bei dem großen Drama zwischen ihm, seiner Ex-Freundin Kamila und Manuel … Die Motorengeräusche kamen aus der Ferne, sie näherten sich, wurden lauter, dann wieder leiser, bis sie schließlich mit der Distanz verschmolzen und verstummten.

Manuel hatte seine Kamera mit Teleobjektiv dabei und tat wie vereinbart so, als würde er die Landschaft rund um ein Pfälzer Weindorf fotografieren. Fußgänger waren selten, man blieb wohl lieber drinnen, denn in den Häusern war es kühler als hier draußen.

Dann endlich, zwanzig Minuten nach der vereinbarten Zeit, sah Thomas, wie sich Manuel wie verabredet bückte, um sich die Schuhe zuzubinden. Mit einem Kopfnicken zeigte er an, dass sie sich aus dem Ortskern näherten. Das hieß, dass sie nicht aus Neustadt, sondern aus Richtung Speyer anreisten. Hatte das etwas zu bedeuten? Jedes Detail konnte wichtig sein.

Es war ein unauffälliger großer japanischer Wagen in hellem Silberblau. Der Wagen war Manuel aufgefallen, weil drei Männer aus den offenen Fenstern blickten, als suchten sie Hausnummern oder Namensschilder. Wie erwartet hielt der Wagen auf dem Standstreifen. Jetzt waren die drei Insassen beim Aussteigen gut zu fotografieren. Jedenfalls hoffte Thomas, dass Manuel sie mit dem aufgesetzten Teleobjektiv gut erwischte. Die beiden Anzug- und Laptopträger waren etwa in ihrem Alter, Anfang bis Mitte dreißig, wie üblich sehr kurz geschnittenes Haar, blasse Gesichter. Die Bewegungen der Männer wirkten städtisch, wenn auch leicht ordinär, jedoch nicht so grob wie der Fahrer, der von seinem Körperbau her gut als Türsteher hätte durchgehen können. Da half auch das hellblaue Sakko nicht, das er sofort nach dem Aussteigen ausziehen wollte, woran ihn sein Begleiter jedoch hinderte.

Es gab diese sich smart gebenden jungen Männer in allen Klassen, und neureich waren diese Typen inzwischen alle. »Hänschen gnadenlos« nannte sie sein Vater, Hauptsache Geld. Die Toten, Hungeropfer der Investitionen, die Dürre durch Staudämme, Opfer der Überschwemmungen und Waldbrände, das alles interessierte sie nicht. Nach guter Allgemeinbildung sahen die drei auch nicht aus. Das waren alles keine Geschäftsleute, meinte Thomas zu erkennen, sie hatten sich mehr als solche verkleidet. Aber wer für diese Typen keinen Blick hatte, fiel darauf herein. Anlageberater? Nein, eher der uneheliche Nachwuchs von Immobilienhaien. Sie sprachen bei Hölzer sicher gleich von Rendite, von sicherer Rente und Portfolios, verwirrten mit Aktien und Anleihen und mit Festverzinslichen. Dann zauberten sie aus ihren Koffern bunte Prospekte mit Tabellen und Säulendiagrammen hervor nebst Porträts von glücklichen Winzern und ihren Familien. Das alles lief unter der Schlagzeile: »Geben Sie Ihr Land in die richtigen Hände – Wir machen Geld für Sie draus.«

Wenn Thomas die Zeit fand, was selten genug der Fall war, hörte er sich derartige Vorträge an, er nahm sie ernst und lernte so, wie der allgemeine Betrug vor sich ging. Kapitalismus lebte davon, dass die Arbeiter nicht das bekamen, was sie erarbeiteten, und dass man dem Kunden nicht lieferte, was er bestellt hatte. Siehe Mercedes, Audi, Volkswagen und die Mogel-Software, eigentlich der größte Betrug der Nachkriegsgeschichte. Was wirklich funktionierte, war der Bruch an der Sollbruchstelle und das Wegschmeißen statt der Reparierbarkeit. Damals, als Thomas die Regeln klar geworden waren, hatte er das BWL-Studium geschmissen. Das war es nicht, was er gewollt hatte. Lieber stand er um fünf Uhr auf und fuhr eine Ladung Mist in den Weinberg.

Der Fahrer des japanischen Wagens lehnte sich an die Motorhaube und zündete sich eine Zigarette an, während seine Passagiere die Außenfront des Weingutes fotografierten und sich besprachen. Ihr Verhalten, das wichtigtuerische Gehabe, die Kleidung – das alles signalisierte, dass es hier nicht um Weinbau ging. Hier sollte Geld verdient werden, nicht durch Arbeit, sondern durch Ideen, es ging darum, Vorstellungen zu schaffen.

Jedenfalls schien ihm vieles faul zu sein an den beiden auf schneidig gemachten Jungs. Was war es?

Und dann begriff Thomas, was unstimmig war: Sie passten nicht in die Anzüge! Und deren Blau machte sie billig, es war eine Spur zu schrill. Weinbau wollte hier keiner betreiben. Was konnte man stattdessen mit einem Weingut machen? Es zerlegen und in allen Einzelteilen zu Geld machen? Und dann? Bodenspekulation war angesagt.

Die beiden Kofferträger wurden an der Tür mit der Kutscherlaterne und dem Namenszug von einem älteren Mann freundlich empfangen und hereingebeten, sicherlich von Hölzer persönlich. Damit entzogen sie sich dem Blickfeld. Der Fahrer hatte sich inzwischen neben dem Wagen in den Schatten einer Hecke gesetzt, rauchte und wischte sich fortwährend den Schweiß aus dem Gesicht.

Manuel gesellte sich zu Thomas und tippte auf seinem Smartphone herum. »WI – das bedeutet Wiesbaden, und hier steht, es seien die Initialen der Autovermietung Enterprise ... Mich würde interessieren, ob das die beiden Männer sind, die sich auch mit Ender getroffen haben.«

Thomas bat Manuel, noch einmal Frau Ender anzurufen: »Du kannst gut mit ihr, vielleicht hat sie noch etwas Hilfreiches von ihrem Mann erfahren.«

Doch Frau Ender hatte leider keine neuen Informationen. »Kann ich sonst noch etwas tun?«, fragte sie, ihr Bedauern war deutlich zu hören.

»Wir sind gerade bei Hölzer vor der Tür, zwei Männer sind drinnen, der Fahrer wartet draußen«, sagte Manuel. »Könnten Sie heute Abend oder morgen bei Hölzer anrufen und fragen, wie das Gespräch verlaufen ist? Und wie viel die Käufer für das Land geboten haben? Vielleicht bringen Sie sogar die Namen der Besucher in Erfahrung.«

»Das kann ich gern tun. Ich melde mich wieder bei Ihnen.«

Zwei Stunden mussten sie warten, bis sich die zwei Kofferträger vom Ehepaar Hölzer verabschiedeten. Es schien zu keinem befriedigenden Abschluss gekommen zu sein. Die Männer gingen schweigend und mit verschlossenen Gesichtern zum Wagen zurück und weckten den Fahrer. Der hatte geschlafen, genau wie Manuel und Thomas, die sich nach einer Stunde Wache abgewechselt hatten. Thomas hatte Mühe, zu sich zu kommen, die Hitze machte unendlich träge.

Statt den direkten Weg zur Autobahn zu nehmen, zogen es die Anzüge vor, über die Dörfer zu fahren, von Maxdorf nach Oggersheim, wo der Fahrer an einem Baumarkt hielt, einer der Anzüge hineinging und wenig später mit einer großen Tasche herauskam. Dann fuhren sie weiter nach Ludwigshafen. Manuel hatte keine Schwierigkeiten, ungesehen zu folgen.

In Ludwigshafen bogen sie in die Tiefgarage des Hotels Excelsior ein. Dass sie hier logierten, zeigte sich, als sie an der Schranke eine Karte an ein Lesegerät hielten, worauf die Schranke aufschwang und der Wagen im Dunkel untertauchte.

»Sieht sehr danach aus, als würden die vier zusammengehören, die zwei, die bei Ender waren, und die beiden heute bei Hölzer. Aber ob sie für dasselbe Unternehmen arbeiten, ist damit nicht geklärt.«

»Für wen sollten sie sonst arbeiten? Gehen wir rein und fragen, ob die beiden, die sich mit Ender getroffen haben, auch hier wohnen? Die Namen haben wir.«

»Und wenn jemand an der Rezeption ihnen sagt, dass nach ihnen gefragt wurde?«

»*No risk – no fun*«, sagte Thomas und grinste. »Ich geh rein, ich gebe eben einen falschen Namen an.«

»Setz die Sonnenbrille auf, dann erkennt dich kein Schwein«, empfahl Manuel.

»Die Schweine sowieso nicht«, sagte Thomas im Weggehen.

Nach zehn Minuten war er zurück.

»Die beiden Kofferträger, die heute bei Hölzer waren, heißen Wilson und Dombrowski und arbeiten für eine Firma namens VEC, Viticultura Ecologica del Chianti, wie mir die charmante Rezeptionistin anvertraute, ganz stolz auf ihre italienische Aussprache. Und die beiden anderen, die mit Ender in Kontakt sind, Comberousse und Essling von der SVEE, wohnen ebenfalls hier.«

»Hast du ihr schöne Augen gemacht, oder wieso ging das so schnell?«

»Ich habe sie angesehen und ihr nicht schöne Augen gemacht. Zurück zum Thema: Nach Melvin Russel habe ich auch gefragt, aber den kannte die junge Dame nicht. Jedenfalls war er nicht im Computer, ebensowenig wie Goodhouse und Touraine.«

»Jetzt sollten wir wirklich überlegen, wie wir den Wachschutz für den Weinberg und für die Schafe organisieren.«

Beiden war klar, dass Philipp einstweilen ausfiel, dann blieben nur noch Efe, Grigoriy und sie beide.

»Wollte Voss uns nicht einen Wachdienst empfehlen?«

»Hat er bislang nicht. Vielleicht reicht es, wenn ab und zu jemand nach oben fährt und Präsenz zeigt und Krach macht«, meinte Thomas.

Manuel war der gleichen Ansicht. »Kann durchaus sein, dass sie eine ähnliche Nummer noch mal abziehen und jetzt die Reben abschneiden. Oder sie lassen sich was anderes einfallen. Ich möchte mich lieber davon überzeugen, dass unsere Tropfbewässerung funktioniert und wir keine Schnittstelle übersehen haben.«

»Gern, aber lass uns vorher nachsehen, ob die Sensoren für Bodenfeuchtigkeit schon eingetroffen sind. Wenn wir kapieren, wie man sie justiert, kriegen wir die Daten heute noch aufs Handy.«

»Eines Tages brauchen wir gar nicht mehr in die Weinberge zu gehen, der Computer misst den Wasserbedarf vom Weißburgunder, er macht auch den Rebschnitt und setzt die ferngesteuerten Vollernter in Gang. Wir trinken dann nur den Wein, und ansonsten bleiben wir im Bett, das wird geil, Thomas. Was hältst du davon?«

»Viel, sehr viel. Aber hol dein Gewehr, das macht Eindruck. Vielleicht ist es tatsächlich so, wie Efe meinte, und es gibt Krieg. Wie es scheint, haben wir es mit mehreren krummen Hunden zu tun. Jetzt sind es bereits vier. Wie hat er das genannt?«

»*Ogum*!«, sagte Manuel.

9. Kapitel
Spitzenlagen

Frau Behr war heute früher als sonst ins Büro gekommen, hatte Kaffee gemacht und dann mit Philipp und Verena beim Frühstück die anstehenden Arbeiten durchgesprochen.

Verena hatte nicht drängeln müssen, im Gegensatz zu anderen Reisen konnten sie wie besprochen um neun Uhr losfahren. Von der Unruhe, die Philipp wie ein Schatten begleitete, seit sie Heinrich tot aufgefunden hatten, ließ er sich nichts anmerken. Ansonsten war nach der Sabotage der Bewässerung des Libellenberges nichts mehr dazwischengekommen – bisher. Doch das mulmige Gefühl, von irgendwoher und von irgendwem beobachtet zu werden, war immer da.

Obwohl sie an sechs Tagen in der Woche beinahe dieselbe Strecke nach Bad Dürkheim in ihre Galerie fuhr, erschien ihr die Umgebung ihres Weingutes heute anders als sonst. Sie sah die Weinreben zu beiden Seiten der Landstraße mit den Augen einer Urlauberin, statt auf den Verkehr zu achten. Sie waren endlich mal nicht in Eile, weder musste Philipp sich mit irgendeinem Landmaschinenvertreter treffen, weil ein Ersatzteil für den Grubber fehlte, noch war es für sie an der Zeit, ihre Galerie zu öffnen. Das tat Leonie nun für sie die nächsten Tage, wie herrlich. Von ihrer Dachwohnung bis ins Parterre war es ein kurzer Weg.

In der Ferne zu ihrer Linken blinkten mit Plastikplanen abgedeckte Felder, als wären sie eine Seenlandschaft, und man sah noch die Fontänen der Beregnungsanlagen.

Sie schwangen in verschwenderischem Gleichmaß darüber hinweg, fast wie ein Reigen, in dem die Gemüsebauern des Rheintals ihre Felder bewässerten. Seit sie sich nach der Sabotage ihrer Tropfbewässerung ernsthaft mit der Wasserfrage beschäftigte, wusste sie, dass bei dieser allgemein gebräuchlichen Methode ein Drittel des Wassers verdunstete, ohne den Boden und geschweige denn die Wurzeln der Pflanzen zu erreichen. Auch hieß es, die Wasseruhren seien manipuliert, und illegale Brunnen würden genutzt. Das Regierungspräsidium Kassel hatte die Wasserentnahme aus den nord- und osthessischen Fließgewässern eingeschränkt und zum Teil verboten. Im *Agrar-Pressedienst*, den sie manchmal im Vorbeigehen las, kritisierte der Europäische Rechnungshof den verschwenderischen Umgang der Landwirte mit dem immer kostbarer werdenden Nass. Die EU könne nicht sicherstellen, dass die Landwirte das Wasser nachhaltig nutzten, hinzu käme die Verschmutzung durch Düngemittel und sogenannten Pflanzenschutz. In Spanien hießen die entsprechenden Mittel sinnigerweise *Agrotóxicos*, wie ihr Thomas erklärt hatte, Agrargifte, der Name traf es besser.

Anfangs hatte Verena die Sache mit dem Wasser als Übertreibung ihrer drei Winzer gesehen, dann hatte sie sich intensiver damit befasst, um sich nicht überfahren zu lassen, und inzwischen sah sie die Klimakrise auch als drohende Katastrophe. Ändern würde das nichts, denn dass »selbst Götter vergebens mit der Dummheit kämpfen«, hatte bereits Friedrich Schiller gewusst.

Noch schien kaum jemand wirklich erfasst zu haben, welche Einschränkungen auf sie zukommen würden und in welchem Maß sie selbst weiter zur Verschärfung der Krise beitrugen. Ohne Klimaanlage wäre es im Wagen elend heiß gewesen, trotz des Fahrtwindes. Bis vor Kurzem hatte sie noch geglaubt, dass genügend Wasser für alle da sei, dass es für alle genügend gäbe – gut, Portugal und Spanien, das waren eben trockene Länder, auch Frankreich hatte schon immer einen trockenen Süden. Nicht erst die Debatten, die seit Tagen zu Hause um die Bewässerung geführt wurden, hatten sie eines Besseren belehrt.

Sie hatte immer gemeint, auch Johanna Breitenbach würde übertreiben und sähe als Wissenschaftlerin viel zu negativ in die Zukunft. Mittlerweile aber folgte Verena größtenteils ihrer Meinung, einmal mehr beim Anblick der kreisenden Fontänen in der Ebene und weil der Rhein bereits wieder Niedrigwasser führte. Sich die Frage zu stellen, wann die Politik darauf reagieren würde, war müßig. Offiziell hieß es, es sei genügend Wasser da, trotzdem, in weiser Voraussicht, sei eine Wasserstrategie aufgestellt worden, vielleicht ein Zwanzig-Punkte-Plan? Dreißig Punkte? Man könne eine Taskforce einsetzen oder ein Gutes-Wasser-Gesetz auf den Weg bringen. Das hörte sich gekonnt an, professionell, politisch, sozialdemokratisch. Nur – wenn von irgendetwas die Rede war, bedeutete es noch lange nicht, dass auch nur ein Bruchteil davon Wirklichkeit wurde. Es wurde so lange debattiert, bis alle glaubten, dass tatsächlich etwas geschehen sei und die Häuslebesitzer der Wärmepumpen (und des Finanzministers) müde waren.

Philipp fuhr für den Anlass ihrer kleinen Reise angemessen langsam. So hatte Verena Muße, die Landschaft weiter zu betrachten, und sie konnte ihren Gedanken nachhängen. Dabei drängte sich die Wirklichkeit mit Macht in ihre Ferienstimmung. Möglich, dass sie sich in einem oder zwei Tagen besser entspannte. Aber all das um sie herum war sehr nah.

Sie sah inzwischen den Mord an Heinrich als einen Angriff auf sich selbst, auf ein Schaf zwar, aber es war ein Lebewesen, das zu ihnen gehörte, das in gewissem Sinne mit ihnen arbeitete und ihnen zugetan war. Sie kannte ihn, seit er als acht Monate alter Bock auf ihr Gut gebracht worden war, und sie lächelte bei der Erinnerung daran.

»Was ist«, fragte Philipp mit einem kurzen Seitenblick, »woran denkst du?«

»An Heinrich und wie er nach dem Ausladen auf dem Hof vor allen davongeflitzt ist.«

Bei der Erinnerung schmunzelte auch Philipp und erinnerte sich daran, wie wenig er anfangs davon gehalten hatte, Schafe für bestimmte Arbeiten im Weinberg zu nutzen.

»Als das mit Heinrich passiert ist, dachte ich zuerst, irgendwelche Araber wären beim Schächten gestört worden«, überlegte Verena laut. »Aber die hätten das Schaf lebendig mitgenommen. Da muss allerdings jemand dabei gewesen sein, der mit dem Messer umgehen kann.«

Seit ihr genau das klar geworden war, sah sie den Mord – für sie war es Mord – als gegen sich gerichtet, gegen alle, die auf dem Weingut lebten. Der Bilderdiebstahl auch? Nein, da ging es um sie – oder um Hélène. Die durchgeschnittenen Bewässerungsschläuche wiederum betrafen sie alle. Sie hatte immer versucht, Galerie und Weingut auseinanderzuhalten, doch es gelang ihr immer weniger. Aber jetzt gab es Leonie, und ihr selbstbewusstes Auftreten wies ihr keine Nebenrolle zu. Ob sie mit Manuel etwas anfangen würde? Leonie müsste die Initiative ergreifen.

»Du lächelst schon wieder«, bemerkte Philipp und schien sich darüber zu freuen. »Greift hier Ferienstimmung um sich?«

»Könnte sein«, antwortete Verena versöhnlich, und gleichzeitig signalisierte sie, mit ihren Gedanken allein bleiben zu wollen.

Eine Rebzeile schmiegte sich an die nächste, vervielfachte sich, sie schufen Schatten und Wellen, geschlossene Flächen wechselten sich an Wirtschaftswegen mit Bäumen ab. Rebzeilen liefen in spitzem Winkel aufeinander zu, andere standen quer zueinander oder breiteten sich fächerförmig aus und krochen die nächste Anhöhe hinauf. Das Grün glänzte in der Sonne, mal heller, mal dunkler, auf einer anderen Fläche dann voller und je nach Alter und Lichteinfall in anderem Grün. Alle boten ein unterschiedliches Bild, zeigten eine andere Reife, und die Sonne schuf von Hang zu Hang und vom Tal zur Kuppe überall friedliche Bilder. Aber es fehlten die Bäume, die Blüten, die Büsche.

Nicht, dass Verena die Rebsorten an ihren Blättern hätte auseinanderhalten können, Philipp hatte es aufgegeben, ihr die Unterschiede zu erklären. Verena war es egal, ob sie mal mehr oder weniger gebuchtet waren oder rundlich, ob sie mit ihren spitzen Zacken dem Blatt einer Kreissäge glichen oder die fünf Lappen eines Blattes deutlicher ausgeprägt waren oder, wie die vom Spätburgunder, einen geschlossenen Kreis bildeten. Spätburgunder war die einzige Rebsorte, die sie am Blatt erkannte.

Bad Dürkheim ließen sie rechts liegen, ebenso die römische Villa bei Wachenheim. Da sie es nicht eilig hatten, fuhren sie nicht auf der Bundesstraße. Das Hügelland begann, der dunkel sich im Westen erhebende Pfälzer Wald rückte näher, und im Schritttempo quälten sie sich durch die engen Gassen von Deidesheim in Richtung Gimmeldingen. Kein Ort auf ihrer Reise war so weit vom Achenbach-Stern'schen Weingut entfernt, als dass sie nicht abends hätten nach Hause fahren können. Doch um wirklich den Kopf einmal freizukriegen und nicht vom Alltag eingeholt zu werden, hatten sie für unterwegs Hotelzimmer reserviert. Das erste in Bad Bergzabern. Das war vor dem vergangenen Sonntag gewesen. Seitdem fuhr jedoch zu Verenas Leidwesen der Alltag auf dem Rücksitz mit.

Eigentlich hatten sie überlegt, eine Nacht im französischen Wissembourg zu bleiben, um die Distanz zwischen sich und der Gleichförmigkeit ihres Daseins zu vergrößern, doch das schönste Hotel lag außerhalb in der Natur, und davon hatten sie zu Hause genug. Mainz und Mannheim waren mal gut für ein Konzert oder eine Ausstellung, aber dann waren sie wieder froh, wenn sie danach im Dunkel der Nacht auf die Einfahrt zufuhren, automatisch das Licht anging, das Tor sich öffnete und die Stille ihres Hofes sie umfing.

Bei dem Gedanken daran erinnerte sie sich wieder an die beiden Anschläge und dass sie Thomas und Manuel damit allein ließen. Wäre es nicht besser, Grigoriy würde in der Zeit ihrer Abwesenheit bei ihnen wohnen, und sie könnte Manuel bitten, sich mit ihm intensiver zu befassen? So offen Efe mit ihnen umging, so verschlossen blieb Grigoriy. Als sie es ansprach, stellte sie erfreut fest, dass Philipp es ähnlich sah.

»Daran habe ich auch gedacht«, sagte er, »ruf die Jungs an.«

Grigoriy sei längst informiert, erklärte Frau Behr, »er ist einverstanden, hier zu übernachten. Außerdem will Manuel heute noch Bewegungsmelder anbringen, einen vorne am Tor, den anderen hinten am Schafstall.« Voss, der Polizist, hätte sich noch nicht wieder gemeldet. »Im Übrigen wollten Sie Ferien machen, Frau Baederle, die Jungs wissen ziemlich genau, was zu tun ist.«

Ein wenig schnippisch klang es schon, doch Verena war einstweilen beruhigt, obwohl sie weitere Zusammenstöße fürchtete.

»Wir sollten uns dringend einen Hund zulegen, einen Wachhund, einen großen, kein Hündchen«, sagte Verena unvermittelt, »und richtig gefährlich muss er aussehen.«

Selten fand eine Idee sofort Philipps Zustimmung; er brauchte Zeit zum Abwägen, aber heute pflichtete er ihr bei, natürlich nicht ohne Einschränkung. »Bitte keinen Rottweiler, auch keinen Dobermann oder Schäferhund. Die werden nicht alt, und dann ist das Gejammer groß. Mir würde ein Hirtenhund gut gefallen, auch der Schafe wegen.«

»Ein Pyrenäen-Mastiff, habe ich gelesen, kann sowohl als Herdenschutzhund dienen als auch gleichzeitig den Hof bewachen. So ein Tier könnte man nachts bei den Schafen lassen.«

Philipp sah dabei nur ein Problem: »Wer sollte so einen Hund ausbilden? Niemand von uns versteht was davon. Und bis das Tier gelernt hat, was zu tun ist, ist dieser Spuk hier vorbei.«

»Woher willst du das wissen?«

»Weil wir etwas gegen die Bedrohung unternehmen werden – niemand hält das länger aus. Wir müssen aktiv werden, irgendwas ist uns immer eingefallen.«

»Von unterwegs können wir momentan nichts tun …«

»Die Jungs sind heute in dieser Sache unterwegs. Und auch Voss will wieder anrufen.«

»Und unser Superbulle, der Schleicheimer?«

Philipp rümpfte die Nase. »Den interessieren weder deine Bilder noch unsere Schafe oder irgendwelche Wasserleitungen. Ich weiß gar nicht, was ihn überhaupt interessiert.«

Die Frage nach dem Hund blieb einstweilen unbeantwortet, Verena würde sie in der nächsten Hauptversammlung vorbringen, so nannte sie das Treffen aller, Efe, Frau Behr und Grigoriy eingeschlossen, um entsprechende Vorschläge zu erarbeiten.

Hinter Gimmeldingen nahmen sie eine kleine Straße durch die Weingärten (etwas anderes gab es hier sowieso nicht), die an Neustadt vorbeiführte und bei Diedesfeld wieder auf die Weinstraße traf. Irgendwie gerieten sie nach Edenkoben, dort war die durch die Ortsmitte führende Straße gesperrt, und die ausgeschilderte Umleitung führte sie auf einen Garagenhof. Philipp folgte einem Wagen mit dem Kennzeichen SÜW der Südlichen Weinstraße, das brachte sie zurück auf den richtigen Weg – über Rhodt und Siebeldingen bis nach Eschbach.

Das kleine Weindorf hatte Philipps Neugier geweckt, bereits als er das erste Mal durchgefahren war. Es war nicht der

Ort selbst, obwohl er eine achthundert Jahre alte Geschichte vorweisen konnte. Es waren die Esel, die überall herumstanden, an Straßenecken, in Vorgärten, vor einer Hauswand aus Buntsandstein oder neben einer Zufahrt durch ein Gitter schauend. Philipp hatte seinerzeit gehalten und einen älteren Mann danach befragt. Der hatte ihm erzählt, dass es damit zu tun hatte, dass die Raubritter des ausgehenden Mittelalters von der über Eschbach gelegenen Madenburg die Beute ihrer Raubzüge auf Eseln hinaufgebracht hatten. So war es aber nicht: Adelsleute und Ritter hatten sich im 15. Jahrhundert zum Esels-Bund zusammengeschlossen und pflegten Turniere, ritterliche Tugenden und den Zusammenhalt. Und bei ihnen galt der Esel als das denkende Tier.

Da stand einer dieser Denker mit Schleierblick und dem Stockmaß von einem Meter im blumigen Vorgarten; der an der Kreuzung hatte Flügel und schien aus Gold zu sein. Ein anderer diente den Bremer Stadtmusikanten als Stütze, einem waren ein schwarzer Anzug und Leitzordner auf den Leib gemalt, das war sicher der Buchhalter der vermeintlichen Raubritter. Auch ein Hut tragender Esel war dabei, in der Einfahrt im Vorgarten eines Fachwerkhauses; dann gab es noch das ganz coole Tier mit roter Basecap, es war auf dem Skateboard unterwegs, sicher ein riesiger Spaß für den Vierbeiner, in der Hügellandschaft bergab zu rasen. Auch die missbräuchliche Nutzung eines Esels als Werbeträger durfte nicht fehlen, aber waren es nicht immer die Esel, die sich missbrauchen ließen? Sie protestierten nicht, vielleicht hatten sie inzwischen das Denken aufgegeben.

Bis nach Bergzabern benötigten sie knappe zehn Minuten. Verena freute sich auf den Stadtbummel und die Besichtigung des Schlosses, einst eine Wasserburg, inzwischen wurde dort die Verbandsgemeinde verwaltet. Das Westwallmuseum interessierte sie weniger. Die Nazirelikte flößten ihr ausschließlich Grauen ein. Voller Erwartung hingegen sah sie dem Luxus des Schlosshotels Bergzaberner Hof entgegen. Mal nichts tun, mal kein Geschirr in die Spülmaschine räumen, das Bett gemacht bekommen, nicht die Galerie am Abend ausfegen und wischen müssen, weil die Putzfrau nicht gekommen war. Sich einfach nur bedienen lassen. Gut, das Kochen und den Einkauf nahmen ihr sowieso die Männer ab, aber den Garten pflegen, den Schafstall ausmisten und die Tiere abends reinbringen, morgens durch das Getrappel und die lauten Flüche der drei Männer geweckt werden, von all dem hoffte sie verschont zu werden und Kunst und Kulturgeschichte pur zu erleben.

Während Verena nach dem Mittagessen zu einem ersten Stadtrundgang aufbrach, sah Philipp den Terminen bei seinen ausgewählten Winzern entgegen. Verena hatte nicht mitkommen wollen, das Deutsche Weintor in Schweigen, gebaut 1936, fand bei ihr weder Anerkennung noch Verständnis und erst recht keine Gnade. Ihrer Ansicht nach reichte es nicht, das Hakenkreuz aus dem vom martialischen Reichsadler gehaltenen Traubenkranz herauszuschlagen. Die bombastische Anlage mit Säulengang und Arkaden umwehte der faulige Dunst der NS-Architektur, mochte es der Beginn der Deutschen Weinstraße sein oder nicht.

»Die Franzosen hätten es bei Kriegsende einfach sprengen sollen.« Das war der einzige Kommentar der Kunsthistorikerin.

Der Ort Rechtenbach schloss sich Schweigen direkt an. In der Hauptstraße gab es zwei Winzerbetriebe, die Philipp besuchen wollte. Beide gehörten dem VDP an, dem Verband der Prädikatsweingüter. Weitere zweihundert Betriebe standen auf der Mitgliederliste, und es waren nicht die schlechtesten, eher die besten des Landes. Zu Hause diskutierten sie seit Jahren darüber, sich ökologisch zertifizieren zu lassen. Am stärksten hatte sich Thomas dagegen ausgesprochen, er ließ sich ungern zertifizieren und damit in eine bestimmte Kategorie einordnen.

Aber insgeheim schielten Philipp, Thomas und Manuel auf die Weine der VDP-Mitglieder, obwohl sie nur drei Prozent der in Deutschland produzierten Trauben lieferten. Oder vielleicht gerade deswegen? Sie schwankten zwischen deren Stilen und dem eigenen und dem, was ihnen möglich war. Und es kam etwas anderes hinzu: Sie mussten sich doppelt anstrengen, denn sie waren bei der Verteilung beziehungsweise dem Verkauf guter, bekannter und großer Lagen, von denen auch die besten Trauben stammten, zu spät gekommen. Die großen Namen waren vergeben, und auch ihre finanziellen Mittel reichten bislang nicht, um in die Kategorie der Großen Lagen vorzustoßen. »Noch nicht«, war Manuels Credo, »noch nicht.«

Leider schien der Weg dorthin in weite Ferne zu rücken, da Thomas sie verlassen wollte. Aber das war kein Grund, aufzugeben. Thomas würde Teilhaber bleiben, er würde auch im nächsten Jahr weniger als Mitarbeiter denn als Berater zur Verfügung stehen. Nur war er *der* Mann im Weinberg, *er* bestimmte hauptsächlich, was von dort in den Keller kam, denn wie es hieß, entstand der Wein im Weinberg und weniger im Keller. Außerdem war es eine Frage des Bodens: Was gab die Erde her, die ihnen zur Verfügung stand? Bei ihnen im nördlichen Teil des Pfälzer Waldes hatte es Jahre gedauert, den Boden mit natürlichen Mitteln sozusagen zu renaturieren, um Trauben einzufahren, die den Namen eines Naturproduktes verdienten.

Sie hatten Humus, Kompost oder organische Nährstoffe eingesetzt, auf chemisch-synthetische Mittel zur Bekämpfung von Schädlingen verzichteten sie schon seit Jahren, genauso wie auf das Teufelszeug Glyphosat, um das Unkraut unter den Rebstöcken zu entfernen. Sie benutzten eine Rollhacke. Man fräste sozusagen den Bewuchs unter den Weinstöcken heraus. So einfach war das – leider auch mehr Arbeit, als mit der Giftspritze durch die Reihen zu fahren. Eigentlich taten sie auf dem Weingut Aschenbach & Stern alles, um sich als Bioweinbau zertifizieren zu lassen. Bisher waren sie nur von ihren Kunden zertifiziert worden – durch den Kauf ihrer Weine.

Jemand wie Gerd Bernhart hatte das Glück gehabt, auf dem elterlichen Weingut andere Bodenstrukturen vorzufinden als das Dreiergespann, als das sie vor elf Jahren das Weingut unterhalb von Bad Dürkheim gekauft hatten. Löss, Rheinkies und Sand und sandige Lehmböden herrschten bei den Lagen vor, die ihnen am nördlichen Rand des Pfälzer Waldes zur Verfügung standen. Die drei Hektar oben am Waldrand waren der große Sprung nach vorn. Doch Bernhart, der studierte Önologe, hatte eine andere Ausgangssituation. Der freundliche, entgegenkommende und auch nachdenklich wirkende Pfälzer war gern bereit, dazu Auskunft zu geben.

Tiefgründiger Lösslehm herrschte bei seinen einundzwanzig Hektar vor, Kalk mit Ton kam vor, in Spitzenlagen ein wenig Buntsandstein, da standen die Riesling-Reben. Zwanzig Hektar (acht davon waren gepachtet) waren nach Philipps Ansicht das Minimum für den Winzer, um wirtschaftlich arbeiten zu können.

Das Weingut Bernhart war 1886 gegründet worden, 1956 entstand der Neubau. Zuerst war es ein bäuerlicher Mischbetrieb gewesen, wie die meisten in der Region. Sich gänzlich dem Weinbau zugewandt hatte sich die Familie erst im Jahr 1965. Da hatte man noch auf Literweine gesetzt. 1988 wurden die ersten Barriques angeschafft und auf Qualität hingearbeitet. Bis sie sich dann auf den biologischen Weinbau verlegt hatten, waren nochmals fünfunddreißig Jahre vergangen.

»Auf dem Traktor sitzen und die Luft beim Spritzen gegen Mehltau einzuatmen, ist grauenhaft, besonders bei Rückenwind«, erklärte der Winzer. Das war etwas, das Philipp leider zu gut kannte, wenn er oder Thomas nach mehreren Stunden »Pflanzenschutz« rotgesichtig und halb vergiftet von solchen Fahrten zurückgekommen waren.

»Eigentlich ist das niemandem auf Dauer zuzumuten«, meinte Bernhart. »Weil wir begannen, den Weinberg als lebendigen Organismus zu betrachten, war Bioweinbau für uns die einzige Option. Auch das Pflanzgut, die neuen Weinstöcke, müssen ebenfalls bio sein. Anders als für unsere skandinavischen Kunden ist das Ökosiegel für Deutsche noch immer kein Grund für eine Kaufentscheidung.« Und die hiesige Bürokratie mache auf Dauer mürbe.

Mit der Entscheidung für biologischen Weinbau, so der Winzer, hätten sie Ruhe in die Weinberge gebracht, was sich auch darin zeigte, dass plötzlich wieder Wildschweine ihr Interesse an den Trauben zeigten. Denn Kompost, Pferdemist sowie die Rückführung des Tresters nach der Pressung seien Teil der Natur und würden so zurückgegeben. Durch die Einsaat von Leguminosen wie Hülsenfrüchten, Lupinen und Luzerne würde Stickstoffdünger eingespart und Lachgas reduziert. Das langlebige Treibhausgas fördere die globale Erwärmung und den Treibhauseffekt. So schön die gelben Rapsfelder aussähen, das war Philipp klar, ihre Emissionen bei großflächigem Anbau für Biokraftstoff mache den Beitrag des Biotreibstoffs zum Klimaschutz vollständig zunichte. Aber niemand äußerte sich zu diesem Thema.

Für Philipp war es wichtig, zu erfahren, wie Bernhart den zukünftigen Wassermangel sah oder ob langfristig die Umstellung auf südliche Rebsorten eine Option sei. Aber der Winzer dachte anders. Zum einen hätten sie einstweilen genügend Wasser, hier im Süden regne es mehr als im nördlichen Teil des Pfälzer Waldes. Einer Trockenphase würde man mit einer Verringerung der Blattmasse begegnen. Im Winter seien alle Rebzeilen begrünt, im Sommer hingegen nur jede zweite, wegen der Konkurrenz der Pflanzen um Wasser. Spätburgunder, der ein Drittel ihrer Reben ausmache, sei auf einer trockenresistenten Unterlage aufgepropft. Die beiden anderen Burgundersorten hielten vorübergehende Trockenheit auch gut aus. Und tiefgründiger Lösslehmboden halte Feuchtigkeit. Um den Riesling mache er sich auch keine Sorgen.

Der Anbau von Merlot und Cabernet Sauvignon, typisch für Bordelaiser Cuvées, war schlicht der Neugier des Winzers geschuldet. Auch sei die vom VDP geforderte geringere Beanspruchung der Reben in Bezug auf ihre Produktionsleistung hilfreich. Siebentausendfünfhundert Hektoliter pro Hektar war die festgesetzte Höchstgrenze, Bernhart blieb klar darunter, und für das Große Gewächs, die höchste Qualitätsstufe, waren sowieso nur fünftausend Hektoliter gestattet.

Die Frage, ob es auch hier im südlichen Teil des Pfälzer Waldes Weingüter gebe, deren Besitzer aufgeben wollten, verneinte Bernhart, allerdings gebe es bei Bergzabern große Güter, die alles schlucken würden, was sie bekommen könnten. Die wiederum kämen für die Aufkäufer nicht infrage, sagte sich Philipp, höchstens die Güter, die geschluckt werden sollten. Welche das sein könnten, würden sie herausfinden. Nur wollte er hier nicht länger nachfragen, um niemanden nervös zu machen und bei den Verursachern keinen Verdacht zu erregen, dass sich jemand mit ihnen beschäftigte.

Die Weinprobe interessierte ihn jetzt mehr – das, was letztlich alle Bemühungen krönte. Weinfehler waren nicht zu erwarten, bei keinem der Winzer, die Philipp besuchen wollte, Durchschnitt ebenfalls nicht, eher waren es kleine önologische Kunstwerke, hinter denen das stand, was viele Winzer ihre »Philosophie« nannten. Der nach der Achenbach'schen Auffassung vom Weinbau zu hoch oder falsch gegriffene Begriff wurde an der Spitze der Qualitätspyramide nicht gebraucht. Diese Winzer machten ihre Sache einfach gut.

Lösslehmboden war die Grundlage für Bernharts Gutswein, der in Frische, Klarheit und seiner angenehmen Säure den Weißburgunder gut zum Ausdruck brachte. Junge Reben vom Kalkmergel lieferten volleren Wein, schön ausgewogen zwischen Süße und Säure. Diese Rebe, auf Kalk und Ton auf dem Wormberg gewachsen, brachte einen wesentlich weicheren, gesetzteren und im Nachklang längeren Wein hervor. Birne und Pfirsich waren deutliche Aromen, Aprikose kam manchmal hinzu, doch Philipp hatte sich angewöhnt, den Wein bei Proben nicht mehr in geschmackliche Bestandteile zu zerlegen, sondern den Wert auf den Gesamteindruck zu legen. Die Lage Rädling machte den Wein voll, rund sowie intensiv, und gleichzeitig blieben die Aromen diskret. Auch die Wildschweine hatten den Wert der Trauben fürs Große Gewächs erkannt und ein Drittel der Trauben vor der Lese weggefressen. Es war wirklich schade, denn der Wein war wunderbar, und Bernhart hatte sich beim Ausbau im Holz zurückgehalten.

Der Spätburgunder, der im Stückfass von tausendzweihundert Liter ausgebaut worden war, zeigte sich deutlich sortentypischer, vorherrschend die Kirsche mit weiteren beerigen Noten. Der zwei Jahre alte Spätburgunder aus bereits vorher belegten Barrique-Fässern zeigte bereits positive Alterungsnoten, die Frische blieb erhalten, und neben Kirsche meinte Philipp etwas von reifen Pflaumen wahrzunehmen. Es war verständlich, dass bei dem fünf Jahre alten Spätburgunder von vierzig Jahre alten Reben der Körper und die Wärme deutlich kräftiger waren. Die Große Lage Sonnenberg lieferte die Trauben für einen runden, vollen, dichten Wein mit festem Körper, vollmundig und extraktreich.

Was für ein wunderbarer Tag, an dem ihm derartige Weine zuteilwurden, dachte Philipp, als er die Straßenseite wechselte, denn sein nächster Besuch galt dem Weingut und der

Weinstube von Werner Jülg und seinem Sohn Johannes, erst seit Kurzem auch Mitglied des VDP. Während der Vater des seit 1961 bestehenden Gutes sich mehr dem Sekt zugewandt hatte, kümmerte sich der Sohn nach Jahren diverser Praktika um den Wein, der, biologisch angebaut, eine Fläche von vierundzwanzig Hektar bedeckte.

Aber die Namen tragenden Lagen sind nicht alles, wenn alles auf zweihundertsiebzig einzelne Flurstücke zersplittert ist, dachte Philipp. Das machte die Arbeit im Weinberg langwierig, kompliziert und teuer. Hinzu kam das zeitraubende Hin- und Herfahren. Da stehen fünf Rebzeilen hier, sieben dort, mal fünfzig Meter, mal nur dreißig Meter oder weniger in der Länge. Und je kürzer die Rebzeilen, desto häufiger die zeitraubenden Wendungen mit dem Traktor. Das war Philipp aus eigener Erfahrung nur zu gut bekannt. Bei Ellerstadt bewirtschafteten sie auch derartig zerfledderte Flächen. Und auf jedem Flurstück konnte aufgrund der Bodenbeschaffenheit der Wein andere Anforderungen stellen; das waren hier Chardonnay und Pinot noir als wichtigste Reben, hinzu kamen Traminer und Muskat, Riesling, Weiß- und Grauburgunder, Sauvignon blanc sowie Chardonnay und Scheurebe.

Bei einzelnen Gutsweinen stellte Jülg lediglich den Kalk beim Riesling, beim Weiß- und Spätburgunder heraus, bei den Ortsweinen wurde der Bodentyp wie Kalkmergel und Buntsandstein erwähnt, bei den Lagenweinen waren es Namen wie der Riesling vom Springberg, der Weißburgunder vom Pfarrwingert und der Spätburgunder für das Große Gewächs vom Sonnenberg, wobei diese Lage nochmals unterteilt war nach Sonnenberg KB, einem stärker vom Kalk geprägten Teil, und dem Sonnenberg KT, einer besonderen Parzelle.

Bis auf die Trauben für die sogenannten Brot & Butter-Weine, mit denen das meiste Geld verdient wird, kam bei Jülg nur die Lese von Hand in Betracht. Jede Traube wurde geprüft, jede faule oder unreife Beere herausgeschnitten. Für den Ausbau standen je nach dem Ziel der Vinifikation entweder der Edelstahltank, das traditionelle Pfälzer Stückfass von tausendzweihundert Liter oder das Eichenholz-Tonneau zur Verfügung. Auch Barriques fanden Verwendung, hatte doch Johannes Jülg einen Teil seiner Ausbildung im Burgund gemacht, was Spuren in seiner Auffassung eines Weins hinterlassen hatte.

In diesem Betrieb wurde Philipp einmal mehr damit konfrontiert, dass die guten Lagen vergeben waren, und das nicht erst seit ein paar Jahren, sondern seit Jahrzehnten. Die Lagen Pfarrwingert und Sonnenberg befanden sich nördlich vom Weingut, die Lagen Sankt Paul und Kammerberg südlich, aber jenseits der französischen Grenze. Doch wenn die Weine in Deutschland bereitet, das heißt vinifiziert wurden, galten sie als Deutscher Wein. Und seit dem Schengener Grenzabkommen musste auch niemand mehr für die Weinbergpflege den Personalausweis vorzeigen. Für jede ihrer Reben beanspruchte der Winzer, den optimalen Standort gefunden zu haben, denn vor jeder Neupflanzung wurde nach einer Bodenanalyse entschieden, welche Rebsorte hier gepflanzt werden sollte.

An eine Änderung ihres Rebsortenspiegels wegen zunehmender Hitze wurde bei Jülg noch nicht gedacht, obwohl sich der Klimawandel auch hier bemerkbar machte und der Austrieb von Jahr zu Jahr früher begann. Der Regen entlang des Pfälzer Waldes war ungerecht verteilt, im Vergleich zum nördlichen Teil regnete es hier einstweilen noch genug. Allerdings gab es Verluste durch Hitze, verbunden mit der Zunahme von Pilzerkrankungen. So hatten sich vor drei Jahren die Verluste bei einzelnen Rebsorten bis auf vierzig Prozent summiert. Jülg war der Ansicht, dass die Zukunft mit weniger Wasser schwieriger würde, denn es gab keine Brunnen, während die Gemüsebauern des Rheintals ihr Wasser aus dem Fluss holen konnten.

Aber ans Aufgeben dachte hier niemand, zumindest war davon nichts bekannt, und die Herren Jülg waren auch weniger am Wachstum interessiert. Ihnen waren dreißig Hektar genug, alles darüber verlangte nach zu großen Investitionen.

Zu Philipps Überraschung wurde ihm zur Probe zuerst ein Crémant serviert, assembliert aus Weißburgunder und Chardonnay. Er hatte vergessen, dass man zu Fuß die Hauptstraße entlang in nur wenigen Minuten im Elsass und damit in Frankreich war.

Einen deutschen Schaumwein mit Flaschengärung, hergestellt nach der *méthode champenoise*, hatte er lange nicht probiert. Er hätte sich hier außerdem durch das vielseitige Angebot verschiedenster Crémants und Sekte probieren können, aber so etwas selbst zu machen, gehörte weder zu seinem noch zu Manuels Programm. Und bei diesem Gedanken überraschte er sich selbst, denn was die Zukunft anging, so würde er sie mit ihm gestalten und weniger mit Thomas.

Weißburgunder und Chardonnay waren eine gelungene Mischung, sehr angenehm und frisch mit feiner Perlage, gelbe Früchte, Steinobst und ein Hauch vom Ausbau im Holz. Das hatte einen feinen Wein ergeben. Ob er sich beim Grauburgunder für den Ortswein oder den Gutswein entscheiden sollte? Beide hatten ihren Verdienst, bei ersterem war die Säure prägnanter, beim zweiten ging das Vordergründige zugunsten von Tiefe verloren, aber eigentlich war der anderthalbjährige Wein zu jung zum Probieren.

Den Grauburgunder vom Kalkmergel hätte man auch eine deutsch-französische Cuvée nennen können. Er hatte den Punkt seiner Reife fast erreicht, seine Eleganz zeigte sich und die Geschliffenheit, die allen Jülg-Weinen zu eigen war. Eigentlich war das eine Selbstverständlichkeit, wenn man sich in diesen Winzerkreisen bewegte. Und Philipp erschien der Weg immer länger, den sie zu gehen hatten. Nein, er war nicht zu alt, um ihn zu gehen.

In der Spitze ließen sich Weine nur mit anderen derselben Kategorie vergleichen. Beim Spätburgunder vom Sonnenberg gab es den KT und den KB, im musischen Vergleich wirkte ersterer mit seiner akzentuierten Säure jünger und war damit der Dur-Wein. Der zweite ließ sich in seiner Fülle und seinem größeren Volumen besser mit Moll beschreiben, als einzelne Früchte aufzuzählen.

Jetzt noch die Reihe der Weißburgunder und die Rieslinge zu probieren, wäre Philipp an diesem Tag zu viel geworden. Er hatte bei internationalen Weinverkostungen bis zu fünfzig Weine am Tag probiert, doch das war lange her.

Er ging eine halbe Stunde spazieren, überquerte aus Neugier die deutsch-französische Grenze, dahinter ging es auch nicht anders weiter. Er rief Verena an, und sie verabredeten sich zum Essen in Bad Bergzabern. Er wäre gern hiergeblieben und hätte die Gerichte des Grenzlandes probiert, weil die vegetarische Küche in der Pfalz anscheinend noch nicht so recht angekommen war. Den Appetit auf den so beliebten Saumagen, das Pfälzer Nationalgericht, verdarb ihm bereits der Name, doch Fisch und Salate würden sicherlich zu finden sein.

Auf der kurzen Rückfahrt dachte er daran, die Jungen anzurufen, aber ob sie etwas erreicht hätten, würde er erst am späten Nachmittag erfahren, außer es würde sich etwas Unvorhergesehenes ereignen. Und zum ersten Mal hatte er das Gefühl, ein wenig Urlaub zu machen, zumindest für einen Nachmittag.

10. Kapitel

Entzauberung

Wie der Selbsttest ausgehen würde, war ihm nicht klar. Würde sie ihn einwickeln können? Würde er sich einwickeln lassen? Es gab keinen anderen Weg, als es auszuprobieren. Manuel überwand sich trotz des Gefühls, sich bei dieser Hitze auf dünnem Eis zu bewegen, und rief Beatrix von Weiden an. »Wenn ich Sie richtig verstanden habe, wollen Sie über uns als Quereinsteiger eine Story schreiben und das Weingut vorstellen.«

»Ja, genau«, sagte sie erfreut, »wie schön, dass Sie sich melden und mich nicht vergessen haben.« Sie sang die Worte beinahe.

Wie könnte ich, dachte Manuel, noch mit sich selbst hadernd. »Ich habe mir gedacht, wo Sie doch fremd in der Gegend sind, machen wir einen kleinen Ausflug in die jüngere Geschichte der Pfalz. Ich hole Sie gleich vom Hotel ab. Um zehn Uhr könnte ich dort sein. Wo logieren Sie?«

Seinen ersten Versuch, die Verbindungen der Journalistin zu klären, machte Beatrix von Weiden sofort zunichte. »Es ist reizend von Ihnen, Manuel – ich darf doch Manuel sagen?«, fragte sie und legte ihr Lächeln in die Stimme. »Ich möchte Ihnen keine Unannehmlichkeiten bereiten. Es ist einfacher, wenn ich zu Ihnen aufs Weingut komme, den Weg kenne ich bereits«, sagte sie jetzt in einer Bestimmtheit, die keinen Einwand zuließ. »Um elf Uhr bin ich da. Ich freue mich darauf, und ich freue mich besonders auf Sie«, schob sie nach. Bevor Manuel etwas entgegnen konnte, beendete sie das Gespräch.

Verwirrt starrte er auf sein Smartphone. Sie hatte das Gespräch beendet und mit der Ankündigung ihres Kommens die Initiative wiedergewonnen.

Er hatte innere Kämpfe austragen müssen, bis er sich dazu hatte überwinden können, sich mit dieser Frau zu verabreden. Er zweifelte immer noch, dass er ihr gewachsen war und ihrer Anziehungskraft widerstand. Für den späten Nachmittag hatte er sich vorsichtshalber mit Leonie verabredet, sozusagen als Rückversicherung. Sie war sein Rettungsanker, der ihn vor seiner Anfälligkeit für einen bestimmten Frauentyp schützen sollte. Gleichzeitig meldete sich sein Gewissen, Leonie für etwas zu benutzen, von dem sie nichts wusste.

Es gelang ihm nur, seine innere Zerrissenheit zu überwinden, indem er sich seine Aufgabe bewusst machte. Ich tue es für uns alle, sagte er sich und sah sich dabei in der Verantwortung für das Weingut. Er erinnerte sich an die Verfolgung der Kofferträger bis nach Ludwigshafen und dass sie damit einen Schritt weitergekommen waren. Jetzt ging es darum, festzustellen, ob es zwischen den Aufkäufern der Weingüter und der von Weiden wirklich eine Verbindung gab. Alles um sie herum war Vermutung. Und darauf ihr Handeln aufzubauen, war verantwortungslos und zu kurz gedacht.

Er musste es rein rational angehen. Ihn beim Vornamen zu nennen, begriff er als Versuch der von Weiden, vordergründig eine persönliche Beziehung zu schaffen, um ihn zur Preisgabe von Informationen zu bringen. Aus dem gleichen Grund war sie erstaunlicherweise sofort auf sein Angebot eingegangen. Mit ihrer Zustimmung zu dem Ausflug hatte er nicht gerechnet. Anscheinend war es ihr oder ihren Auftraggebern wichtig, über ihn an das Weingut heranzukommen. Nur weshalb? Gleichzeitig wurde er das Gefühl nicht los, dass sie mehr über ihn und das Weingut wusste, jedoch nichts davon preisgab. Er müsste sie fragen, was sie vor diesem »Job« gemacht hatte, an welchen Themen sie gearbeitet hatte. Vielleicht ergab das Anhaltspunkte, auch wenn alles gelogen sein sollte, denn auch die Art der Lüge konnte aufschlussreich sein.

»Bring sie in eine Umgebung, die ihr neu und fremd ist, fahre mit ihr aufs Hambacher Schloss. Du kennst es, wir waren zusammen dort, und du kennst die deutsche Geschichte. Darin fühlst du dich wesentlich sicherer, falls sie dich mit ihrem koketten Gehabe verwirrt, und du trittst sicherer auf. Klopf ihr demokratisches Verständnis ab und checke ihr Weinwissen. Ziehe sie auf dein Feld, da bist du unschlagbar.«

Mit einem gewissen Widerwillen hatte Manuel sich gestern Thomas' Ratschläge angehört. Nachdem er sie überschlafen hatte, empfand er sie als hilfreich.

»Du weißt so viel darüber, du hast mehr als ein Jahrzehnt praktischer Erfahrung im Keller. In Fragen des Weinausbaus, der Entwicklung und Veränderung der unterschiedlichen Rebsorten während der Alterung bist du der Experte. Führ sie aufs Glatteis, achte auf ihre Mimik, wann sie die Augen niederschlägt und deinem Blick ausweicht. Baue in deine Erzählung Fehler ein und sieh zu, ob sie es bemerkt und wie sie darauf reagiert.«

Einerseits hatte sich Manuel über all diese Tipps geärgert, andererseits kannte ihn niemand so gut wie Thomas, denn in Gegenwart dieser Frau von Weiden war es mit seinem Selbstvertrauen nicht weit her.

Thomas empfahl ihm außerdem, mit ihr essen zu gehen, auf Geschäftskosten natürlich, er solle eigene Weine mitnehmen, so tun, als würde er zwei Weißweine des Hauses bestellen, und falls man auf die Säure zu sprechen käme, könne er sie nach der »Malo« fragen, ob man sie machen solle oder nicht, wie sie das bei diesen Weinen sähe und so weiter. Vielleicht weiß sie sogar, dass bei der malolaktischen Gärung sich die harte Apfelsäure in weiche Milchsäure wandelt. Beim

Spätburgunder könnte er plötzlich Brett riechen, manche hielten moderiges Holz oder den Geruch eines Pferdesattels für ein Qualitätsmerkmal. Ihre Reaktion wäre interessant, womöglich kannte sie Brettanomyces-Hefen nicht einmal.

»Die Speisekarte auf dem Schloss ist gut, die Aussicht berauschend – und du kannst ein galanter Gastgeber sein. Nur lass es nicht zu dick kommen, dann fühlt sie sich womöglich herausgefordert und legt noch einen drauf, oder sie merkt, worauf es hinausläuft. Gib an unwichtigen Stellen nach. Und bitte verzeih mir diese ... diese ...« Plötzlich hatten Thomas die Worte gefehlt, und Manuel hatte begriffen, dass er sich schämte.

Das Gespräch auf der Rückfahrt von Ludwigshafen war trotz allem hilfreich gewesen, und Manuel sagte sich, dass er all das, was Thomas ihm geraten hatte, selbst wusste. Doch auf seine Ratschläge zu hören, war etwas anderes. Anders als Thomas war er in Bezug auf Menschen kein Stratege, und besonders nicht in Bezug auf diese Frau. Nur in Sachen Wein und was das gemeinsame Fortkommen anging, wusste er genau, was er wollte. Er sah seine Trauben, begleitete ihre Reife, wusste, was in den Keller kommen würde, und stellte sich vor, welchen Wein sie in zwei Jahren liefern würden.

»Frag sie, frag sie wieder und noch mal, denn nur wer fragt, der führt. Du bist der Interviewer. Antworte auf jede Frage mit einer Gegenfrage. Von jetzt an führst du!«

Das war Thomas' Rat, der ihm am Morgen bereits nach dem Aufwachen durch den Kopf geisterte. Der Satz war nicht neu, der mit der Führung, genauso wenig wie der, dass alles, was man im Liegen dachte, Blödsinn war. Als er sich daran erinnerte, war er aufgestanden.

Manuel stand oben auf der Freitreppe und schaute in den Hof, als Beatrix von Weiden vorfuhr. Sie fuhr einen neuen Wagen, ein französisches Fabrikat. Was ihm auffiel, war das deutsche Nummernschild und das Kennzeichen. Es begann mit WI! WI – das stand für Wiesbaden. Es waren die gleichen Initialen wie bei den Kofferträgern. Wieder ein Zufall – oder hatte sie gemeinsam mit den Kofferträgern der Firma SVEE aus Bordeaux und denen, die bei Hölzer aufgetaucht waren, ihre Autos bei derselben Firma gemietet? Der Standort des Autovermieters war Wiesbaden, und das war nicht weit. Hatte da jemand Geld sparen wollen – an der falschen Stelle – und damit versehentlich eine Spur gelegt? »Niemand macht keine Fehler«, sagte Philipp immer, wenn etwas schiefging.

Das Erste, was Manuel von der von Weiden zu sehen bekam, waren ihre wohlgeformten braunen Beine. Sie stieg aus, warf den Kopf in den Nacken, als wäre der Hof des Weingutes ihr Terrain und dass man sie empfing eine Selbstverständlichkeit.

Was sich einige Meter entfernt vor seinen Augen abspielte oder aufgeführt wurde, sah Manuel als Schauspiel, eigens für ihn inszeniert. Durch diese Betrachtung gewann er bewusst die nötige Distanz, mit Beatrix von Weiden entsprechend umzugehen. Sie schaute zu ihm auf, als er die Treppe herunterkam, und sah ihm mit strahlendem Lächeln entgegen, als hätte sie sich nichts Schöneres vorstellen können als ein Wiedersehen. Die Journalistin trug ein bunt geblümtes, ein wenig glänzendes, stark taillenbetontes Sommerkleid, das der unangenehm warme Wind um ihren Körper wehte und die Form fast zu deutlich werden ließ. Der Ausschnitt war tief, ein Knopf zu viel war offen, man konnte es der Hitze zuschreiben.

Manuel fing sie ab, bevor sie die Treppe erreichte, und versuchte sich an einem Lächeln, wobei er fürchtete, dass es ihm missriet. Als er ihr die ausgestreckte Hand entgegenhielt, spürte er, wie sie sich ihm entgegendrängte, dass sie erwartete, auf französische Art auf die Wangen geküsst zu werden.

»Ich bin gespannt, wohin Sie mich entführen, Manuel«, sagte sie keck und gab sich unwiderstehlich. »Ich habe meine Kameras im Wagen gelassen, wir könnten sofort weiterfahren.«

Darauf durfte er sich auf keinen Fall einlassen. »Nehmen Sie die Kameras am besten gleich mit, denn wir fahren mit einem unserer Firmenwagen.« Er wies auf den Sprinter. Seine Handbewegung war auch so zu verstehen, dass der danebenstehende Passat Kombi gemeint sein könnte, den sie für Geschäftsbesuche nutzten. »Ein winziger Umweg, es wird nicht lange dauern.«

War es der Umweg oder der Umstand, dass man nicht mit ihrem Wagen fahren würde, der Frau von Weiden die Stirn runzeln und ihre Lässigkeit verlieren ließ? Sie senkte den Kopf, als müsste sie nachdenken, wie auf die Änderung des Plans zu reagieren sei. Anscheinend hatte sie einen anderen. Lag es daran, dass er schon wieder das Steuer übernahm – und damit führte? Hatte sie sich den Umgang mit ihm leichter vorgestellt? Oder tat sie verstimmt, dass er sie nicht ins Weingut ließ? Als sie sich dann nicht in den bequemen Kombi, sondern in den verschrammten Sprinter einzusteigen genötigt sah, riss sie sich zusammen, um ihren Missmut nicht zu zeigen. Außerdem fuhr Manuel ziemlich rasant, was seiner Nervosität geschuldet war; sein Fahrstil zwang sie, sich festzuhalten.

»Die Stoßdämpfer sollten wir austauschen. Ein Lieferwagen verfügt leider nicht über gepolsterte Schalensitze. So ist es eben auf Weingütern.« Zur eigenen Überraschung grinste er. »Sie wollen über Weingüter schreiben? Ja, so geht es bei uns zu. Wir sind kein Edelweingut. Hier ist kaum etwas privat. Jeder Schritt ist dem Diktat der Notwendigkeit unterworfen. Wir sind im Vergleich mit anderen Winzern der Pfalz spät dran, das heißt, wir müssen uns mehr anstrengen, *we try harder* ist unsere Devise.«

Dann sprach er von den schwierigen Anfangsjahren, dem Umbau des Weingutes, der Analyse der vom Vorbesitzer produzierten Weine und seiner Weinberge. Hinzu gekommen waren damals für ihn und Thomas die Doppelbelastung durch das gleichzeitige Studium und dem Test neuer Techniken. Das waren Informationen, mit denen seine Beifahrerin kaum Unheil anrichten konnte.

Als er sie fragte, wie sie zum Thema Wein gefunden habe, wehrte sie ab, das sei eine lange Geschichte: »Die schwierigen Zeiten scheinen nicht vorüber zu sein. Was ist aus den Bildern von Hélène Haller geworden, die Frau Ihres … äh, wie soll ich sagen …?«

»Meines Kompagnons?«

»Ja, gut, Ihres Kompagnons«, wiederholte sie, als hätte sie eine andere Antwort erwartet, »hat wahrscheinlich viel Ärger. Haben die Bilder sich gefunden? Sind sie irgendwo aufgetaucht? Was haben die Ermittlungen der Polizei ergeben?«

»Nichts, die Bilder sind spurlos verschwunden!« Manuel schüttelte den Kopf, gab sich vergrätzt und schaute angestrengt in die Rückspiegel. Seit sie den Hof verlassen hatten, folgte ihnen ein schwarzer Wagen in gleichmäßigem Abstand. Es musste nichts zu bedeuten haben, denn auf dieser Landstraße war bei Gegenverkehr nicht ans Überholen zu denken. Gleichzeitig fragte er sich, was sie als Nächstes wissen wollte. Er sollte sie mutmaßen lassen, dann würde er nichts erklären müssen. Und er wüsste, was sie wissen wollte.

»Sie können sich denken, dass es mich natürlich brennend interessiert, was es mit dem Schaf auf sich hat. Hat sich da etwas ergeben? Ich vermute, dass es die Tat irgendeines irregeleiteten Menschen gewesen ist.«

Irregeleitet. Das ist gut, das ist sehr gut, dachte Manuel, nicht einmal falsch und eine plausible Erklärung. Das »irregeleitet« ließ sich auf mehrere Arten interpretieren.

»Haben Sie keinen Verdacht? Wer könnte Ihnen übelwollen? Es war eine barbarische Tat. Und was sagt die Polizei?«

Manuel spürte, dass sie ihn ansah, und ihre Stimme hatte sich bei der Frage verändert.

»Wer treibt sich hier nachts herum, so weit weg vom Ort? Übrigens«, sie wirkte plötzlich irritiert, »wir sind gerade an der Abzweigung nach Bad Dürkheim vorbeigefahren.«

»Da geht es auch nicht hin.« Er gab sich geheimnisvoll. »Ich habe angekündigt, dass es eine Überraschung wird.«

Es trat eine Pause ein, Beatrix von Weiden waren anscheinend die Fragen ausgegangen. Oder sie sortierte ihre Gefühle und Gedanken neu. Manuel blickte wieder in den Rückspiegel, damit ihm heute nicht das Gleiche passierte wie den Kofferträgern gestern.

»Es wird doch jemand von Ihnen darüber nachgedacht haben, wer für eine derartige Untat infrage kommt, haben Sie wirklich keinen Verdacht?«

»Sicher, wir alle, auch die Polizei, einer der Beamten kennt sich mit solchen Verbrechen recht gut aus.«

»Mit welchem?«

»Mit dem Mord an Heinrich.«

»Wieso Heinrich?«

»So hieß das Schaf.«

»Mord nennen Sie das?« Es klang von oben herab und schien sie zu amüsieren.

»Ich könnte auch abschlachten sagen.« Er warf ihr einen finsteren Blick zu.

»Pardon, so war es nicht gemeint. Und … und was ist seine Ansicht, die des Polizisten?«

Manuel merkte ihr an, wie gespannt sie auf die Antwort war. »Ein Verrückter, ein Sodomist, irgend so ein verwirrtes Wesen, das hier in der Einsamkeit sein Mütchen kühlen, seinen Hass ausleben wollte, ohne gestört zu werden, wie auch immer. Ein Fall für den Psychiater.«

»Das scheint naheliegend.« Sie wirkte einerseits beruhigt, andererseits beleidigt. »Habt ihr auch an Araber gedacht? Es werden immer mehr bei uns in Frankreich. Die lieben Hammelfleisch und schächten die Tiere. Vielleicht wurden sie gestört? Ihr habt hier doch auch so einen, einen … Schwarzen.«

Es kostete Manuel Mühe, bei diesem Thema ruhig zu bleiben. Wenn jemand Efe attackierte, fühlte er sich selbst angegriffen. Er zwang sich, ruhig weiter zu atmen, es war sinnvoller, eine Pause zu machen, als ihr eine schnelle und womöglich unbedachte Antwort zu geben. Und der Zauber dieser Frau verflog zusehends. »Unser Mitarbeiter, er spricht übrigens außer Yoruba und Deutsch auch Englisch und Französisch, ist Christ und schächtet keine Schafe.« War sein Ton zu scharf gewesen?

»Oh, Verzeihung, Manuel. Aber bei Ihnen passiert zurzeit so viel, eine wahre Pechsträhne, die Bilder, das Schaf, und dann war auch noch die Bewässerungsanlage kaputt? Ihre Mitarbeiterin im Büro sagte mir am Telefon, dass Sie dabei seien, die Schäden zu reparieren. War der Schaden groß? Läuft das Wasser wieder?«

»Wir arbeiten daran. Der Schaden?« Manuel zuckte mit den Achseln. »Wie man es nimmt«, antwortete er vieldeutig. In erster Linie ärgerte er sich über Frau Behr, sie hatte gegenüber Fremden über Interna zu schweigen – das hatten sie ihr nun klargemacht.

»Gibt es wenigstens hier Anhaltspunkte in Bezug auf die Täter? Könnten es neidische Nachbarn sein, die Ihnen den Erfolg nicht gönnen?«

War es Zufall, dass sie von Tätern gesprochen hatte? Manuel tat, als würde ihn das Vorgefallene nicht weiter beunruhigen. »Das mit den Nachbarn vermuten wir auch, es wird jemand gewesen sein, dem es Spaß macht, anderen zu schaden, könnte auch aus reiner Zerstörungswut geschehen sein. Wir haben entsprechende Maßnahmen ergriffen.« Und mehr zu sich selbst als für sie gedacht murmelte er: »*Déja que vengan, ya verán.*«

»Wie meinen Sie? War das Spanisch? Sie sprechen Spanisch?«

»Sogar im Weinberg ist eine gute Allgemeinbildung von Nutzen. ›Lass sie nur kommen, sie werden schon sehen‹, sollte das heißen …«

Der kurze Seitenblick seiner Begleiterin signalisierte ihm, dass sie begriff, dass ihm doch nicht so leicht beizukommen war.

Bei der Weiterfahrt beklagten sie gemeinsam die vielen Baustellen, die sie in schlecht ausgeschilderte Umleitungen zwangen und über teils katastrophale Straßen, aber das war kein Pfälzer Problem, sondern ein nationaler Zustand. Sie erreichten Neustadt an der Weinstraße und durchquerten den Ort.

»Sie kennen die Stadt?«, fragte Manuel.

Beatrix von Weiden verneinte. »Aber Sie kennen sich aus. Dann können Sie mir sicher einiges zeigen.« Sollte das verheißungsvoll klingen? »Ist das jetzt unser Ziel?«

Manuel hatte sich gefangen und lächelte, zufrieden mit sich selbst, mit seiner Art, ihr zu begegnen, und mit dem Verlauf des Gesprächs. »Ich habe Ihnen, liebe Beatrix, eine Überraschung versprochen. Das soll es auch werden.« Je länger er die Preisgabe des Ziels hinauszögerte, desto mehr konnte er sie verunsichern. Nachdem sie die Gleise am Bahnhof überquert hatten, sah die von Weiden den ersten Wegweiser. »Ist das vielleicht unser Ziel?«

11. Kapitel

Hambach

Manuel hätte gern noch ein Weilchen gewartet, dann wäre die Überraschung perfekt gewesen, denn der Eindruck aus der Ferne, besonders der Blick von unten nach oben, war beeindruckend. Aber nachdem sie den Wegweiser gesehen hatte, konnte er schlecht zurück. Bis zum Schloss war es noch ein gutes Stück.

»Waren Sie schon mal dort oben?«

»Nein«, sagte sie erwartungsvoll, »noch nie, es wird sicher interessant. Sie kennen sich in der deutschen Geschichte gut aus?«

»Wie man's nimmt.« Manuel gab sich bescheiden. »Sie als Journalistin sind da sicher besser informiert. Ich hatte mehr eine Vorliebe für Biologie, Chemie und Physik. Wir sehen uns oben die Ausstellung an, die ist gut gemacht, vieles dort erklärt sich durch die interessante Auswahl von Medien. Es gibt einige optische und akustische Spielereien, das ist alles recht plastisch, man kommt gut ins Thema. Es gibt auch einen Audioguide, wenn Ihnen das lieber sein sollte, auch auf Französisch. Aber Sie schulden mir noch eine Antwort: Wie sind Sie zum Wein gekommen? Wie wurde er zu Ihrem Thema?«

Eine Denkpause war ihr vergönnt, Manuel wollte sie nicht treiben. Dass er derjenige war, der das Interview führte und die Fragen stellte, hatte sie aus dem Konzept gebracht. Ihre Worte kamen nicht in Fluss, sie wirkten gestelzt, als würde sie ihre Geschichte gerade erfinden.

»Mein Vater … er … er war ein großer Weinfreund. Kein Essen bei uns zu Hause ohne Wein, und … kein Wein ohne die entsprechenden Erklärungen. Er hatte einen großen Weinkeller. Aber der war für uns Kinder, für meinen Bruder und für mich, tabu. Nur keiner von uns konnte mit den väterlichen Erklärungen etwas anfangen. Wen mein Vater damit beeindrucken wollte? Wahrscheinlich diente es mehr der Selbstvergewisserung.«

Sie hatte sich dann lange vom Wein abgewandt. Ihre Eltern trennten sich irgendwann, die Mutter heiratete einen Franzosen, und sie war ihr gefolgt. So war sie nach Frankreich gekommen und hatte sich an der École de journalisme in Marseille eingeschrieben.

»Tja, und ehe ich mich ganz in der Politik verhakte, wurde der Wein wieder zu meinem Thema. Es ist viel angenehmer. Da gibt es weniger Hintergedanken.«

»Da gebe ich Ihnen vollkommen recht.« Er war gänzlich anderer Meinung, aber er wollte ihr nicht auf die Nase binden, dass Ursprungszeugnisse gefälscht, Produktionszahlen geschönt und Inhalte falsch deklariert wurden, hinzu kam Etikettenschwindel, spanischer Wein wurde als französischer ausgegeben und so weiter. Manuel zwang sich, verbindlich zu bleiben, kein Thema zu weit auszureizen, um sie nicht zu schnell zu verprellen. »Bestimmt kennen Sie sich gut aus«, fuhr er fort und schaute angestrengt geradeaus, dann bog er rechts ab und kurz darauf wieder links und war auf der Weinstraße, die ihn bis nach Hambach hineinführte.

Die Straßen wurden enger, klein, gemütlich, ländlich und freundlich, Weingüter auf beiden Seiten, und oben drüber auf dem Berg stand das berühmte Schloss, das von einigen als die Wiege der deutschen Demokratie bezeichnet wurde. Heute hing das Schwarz-Rot-Gold am Fahnenmast schlaff in der Mittagshitze: eine Analogie zu Deutschland und dem Klimawandel, schoss es ihm durch den Kopf. Ihr alter Lieferwagen hatte keine Klimaanlage, aber bei offenen Fenstern machte der Fahrtwind die Hitze einigermaßen erträglich, und bei der Auffahrt zum Schloss durch den Schatten des Kastanienwaldes, vorbei an aufgelassenen Terrassen, wurde es für Momente sogar angenehm kühl.

»Hier waren Sie wirklich noch nie?« Beatrix von Weidens Antwort würde darüber entscheiden, ob sein Plan aufgehen würde.

»Nein. Aber Sie!« Das klang nach einem Vorwurf. »Damit ist Ihnen tatsächlich eine Überraschung gelungen. Was haben Sie da oben mit mir vor?« Die Frage sollte ihre positive Erwartung signalisieren, doch Manuel hörte eher Besorgnis heraus.

Er wiegelte ab. »Wir nehmen manchmal wichtige Besucher mit hinauf.« Er hoffte, dass sie sich angesprochen fühlte. »Es ist für die Pfalz und für Deutschland ein wichtiger Ort, für die Vergangenheit wie auch für unsere Gegenwart. Hier oben wurden wichtige Forderungen formuliert, vor etwa dreißigtausend Menschen ausgesprochen, Forderungen, die bis heute ihre Gültigkeit haben. So wie es aussieht, nehmen die Politiker sie nicht besonders ernst.« Er blickte sich suchend um, die Reihe der links hintereinander am Straßenrand geparkten Fahrzeuge war recht lang. Es war die einzige Parkmöglichkeit, ganz hinauffahren durften nur geladene Gäste und Lieferanten. Aber dazu fehlten einstweilen die richtigen *connections*, und er musste ein Stück zurücksetzen.

»Sind Sie gut zu Fuß?« Er blickte auf ihre Schuhe, es waren nagelneue weiße Sneakers. »So weiß wie jetzt werden Sie die nicht nach Hause tragen.«

Sie sah ihn an, und Misstrauen flackerte wieder in ihren Augen. »Sind die Wege so schlecht?«

»Der Fußweg ist nicht lang, und er liegt im Schatten, vielleicht ein bisschen warm für den Aufstieg, aber Sie sind sicher sportlich, und ein schöner Weißwein wird uns erfrischen.« Er fand langsam in seine Rolle als Gastgeber, und hier oben fühlte er sich sicher und zu Hause. Das Wichtigste war jedoch, dass er den Überblick behielt, über sie, über das Ziel des Ausflugs und seine Gefühle. Es war entscheidend, dass er auf seinem Gebiet blieb. Die Strategie war richtig, seinem Eindruck nach hatte sie die Kontrolle verloren. Aber wer sich zu früh auf der Seite der Sieger wähnt …

»Hier sind sie raufmarschiert, am 27. Mai 1832.« Es sei damals üblich gewesen, politische Feste als gesellige Anlässe zu tarnen. Als die tatsächliche Zielsetzung bekannt wurde, nämlich »die Abschüttlung innerer und äußerer Gewalt sowie die Anerkennung gesetzlicher Freiheiten«, sei das Fest verboten worden. »Die Pfalz stand damals unter bayerischer Verwaltung. Schließlich wurde es doch wieder genehmigt, mit Auflagen, so wie bei den Demos heutzutage. Daher blieben den Organisatoren lediglich fünf Wochen zwischen der Einladung und dem Marsch hierher. Man hatte all das beibehalten wollen, was unter Napoleons Herrschaft an liberalen Freiheiten eingeführt und unter Fürst Metternich wieder abgeschafft worden war. Metternich – ist Ihnen ein Begriff?«

»Aber natürlich, Manuel«, Empörung sprach aus ihrer Stimme, »ich kenne die Branche, das ist die berühmte Sektmarke.«

Hinter einem Hüsteln versteckte Manuel seinen spontanen Lacher. War das ironisch gemeint? Oder war Geschichte demnach nicht ihr Fach? »Was Ihnen sicherlich gefallen wird, ist der Umstand, dass beim Hambacher Fest speziell auf die Teilnahme von Frauen gedrängt wurde.«

Ihre Reaktion war indifferent, mit ihrer Meinung dazu hielt sie hinterm Berg.

»Mir hat es gefallen, dass für die Teilnehmer tausendvierhundert Festessen bestellt worden waren und dazu tausendvierhundert Flaschen Wein, aber an die dreißigtausend sind aus ganz Deutschland zusammengekommen. Die fehlende

Menge an Wein werden die Winzer sicherlich gern hinaufgeschafft haben.«

Beatrix von Weiden war stehen geblieben. »Ich stelle mir gerade vor, wie mühsam es gewesen sein muss.«

»Das haben Pferde gemacht. Für die wird es hart gewesen sein. Wir sind gleich oben, Beatrix.« Er sah, wie sie sich zum wiederholten Mal diskret die Schweißperlen aus dem Gesicht tupfte und dann bewundernd den restaurierten Bau bestaunte. Im 11. Jahrhundert hatten die Salier die Burg errichten lassen mit dem Ziel, die sich bei Neustadt kreuzenden Handelswege zu kontrollieren.

»Nach den Saliern«, erläuterte Manuel, »galten die Bischöfe von Speyer als Besitzer. Mitte des 16. Jahrhunderts brannten dann Söldner die Burg nieder, später residierten bischöfliche Förster in der Ruine, bis die baufällige Anlage von französischen Truppen gänzlich zerstört wurde. Derartige Bauten scheinen böse Menschen anzuziehen. Irgendwer ließ die Kapelle wiederherstellen, dann kamen 1794 französische Revolutionäre und legten wieder Feuer. Zu Zeiten des Hambacher Festes war es eine Ruine. Danach ging der Komplex in Privatbesitz über. Später erhielt ihn irgendein bayerischer Kronprinz als Hochzeitsgeschenk. Erst zum hundertfünzigjährigen Jubiläum des Hambacher Festes ließ Rheinland-Pfalz das Schloss vollständig restaurieren.«

»Was für ein Vortrag! Sind Sie nun, lieber Manuel, ein Winzer oder Historiker?«

»In erster Linie Fachmann für Weinbau und Kellerwirtschaft. Und gerade deshalb muss man wissen, auf welcher Erde man lebt. Früher mal, als Schüler, wollte ich Geschichte studieren, Biologie und Chemie, bin dann aber auf den Weinbau gekommen, da fällt das alles mit rein.«

»Wie ging es nach dem Fest weiter«, fragte sie auf dem Weg zum Museumsshop.

»Wie? Na, wie immer. Es begann die Repression, die Fürsten bekamen es mit der Angst zu tun, Polizei, Verhöre, Repression, Verbote und schließlich Verhaftungen und Flucht. Die Organisatoren haben sich euphorisch zu früh auf der Seite der Sieger gewähnt.«

»Tja, so ist es immer, wenn man glaubt, man sei der Stärkere.« Hohn und Überheblichkeit lag in dieser Bemerkung. Kam jetzt wieder die starke Beatrix von Weiden durch? Sah sie sich bereits auf der Seite der Sieger?

Im Museumsshop kaufte Manuel die Entrittskarten, sie gingen noch ein kurzes Stück bergan und fuhren im Inneren des Gebäudes im gläsernen Fahrstuhl in den fünften Stock zur Dauerausstellung.

Beatrix von Weiden hatte schnell genug von der Historie. »Sie sprachen von einem Restaurant? Ich sterbe vor Durst.«

Manuel bedauerte seine Unaufmerksamkeit, sich darüber wundernd, wie geschmeidig, wenn nicht falsch man (er) sein konnte. Als sie den Fahrstuhl wieder verließen und ins Freie traten, blieb Beatrix von Weiden überrascht an der Brüstung stehen: »Was für ein grandioser Ausblick. Faszinierend.« Strahlend blickte sie Manuel an. »Das gesamte Rheintal liegt vor uns!«

Ist sie meine Feindin? Ist irgendetwas an ihr echt? Ist sie die Spionin, für welche obskuren Hintermänner auch immer? Ist alles an ihr Show?, fragte er sich und lächelte sie dabei an.

In Bezug auf den weiten Blick stimmte er ihr zu. »Ich fahre gern hierher. Wir in der Ebene haben nicht viel davon. Aber manchmal bin ich hier, man kann hier oben gut nachdenken.« Darüber ein Wort zu verlieren, dass der Blick vom Libellenberg ihm inzwischen lieber war, verbiss er sich.

»Am Horizont, jenseits des Rheins, liegt der Odenwald. Weiter im Süden im Dunst versteckt sich der Schwarzwald, und direkt unter uns ist Diedesfeld, eines unserer hundert Weindörfer. Wenn Sie länger herumfragen, werden Sie auch dort Winzer finden, die aufgeben wollen oder sich leider dazu gezwungen sehen.«

»Ist es nicht schrecklich, wenn man nach einem Leben als Winzer keinen Nachfolger findet?« Der mitfühlende Ton klang echt. »Wenn die Kinder nicht wollen oder der Betrieb zu klein und damit unwirtschaftlich ist, wird es traurig. Sie kennen sicherlich Kollegen, denen die harte Arbeit im Alter zu viel wird?«, fragte sie – aus rein beruflichem Interesse?

Das war für Manuel der Einstieg, auf den er gewartet hatte. Er merkte, wie sie auf ihn reagierte, und konnte seinen Plan umsetzen. Er hatte schon einmal in seinem Leben total falsch reagiert. Das würde ihm nicht noch einmal passieren. Er durfte nicht warten, er musste handeln.

»Ja, es ist eine dramatische Entwicklung, einer von denen ist mit uns befreundet, Weingut Leirich, auch das steht zum Verkauf. Die gehören zu den fünfundzwanzig Prozent aller Winzer, die ans Aufgeben denken.« Ein anderer Name war ihm im Moment nicht eingefallen.

»So viele? Das ist ja fürchterlich!« Das Entsetzen war eindeutig gespielt, der Vorwurf über die besetzten Tische der Aussichtsterrasse ehrlich: »Nur einer ist frei, aber der ist reserviert.«

»Für uns, meine Liebe, nur für uns«, sagte Manuel galant. Er richtete sich in seiner neuen Rolle weiter ein und führte sie zum Tisch. »Sie sind selbstverständlich mein Gast. Oder müsste es Gästin heißen?« So konnte er das Gespräch weiter lenken.

»Gast oder Gästin, das ist mir gleich, die Hauptsache ist, dass wir mal Zeit füreinander haben. Sie sprachen eben vom Weingut Leirich, so war der Name? Wie viele Hektar Rebland gehen dann wieder verloren? Es ist ein Jammer. Ist es ein kleines Gut?«

Der Köder hat funktioniert, sagte sich Manuel. Also war sie der Scout, der das Gelände erkundete. Weshalb sollte sie sonst nach der Größe des Weingutes fragen. »Acht oder neun Hektar sind es, Pachtland gibt's auch, das damit frei würde. Sie haben schon gewählt?« Er wusste, was er wissen wollte.

Sie griff nach der Speisekarte und lehnte sich zurück. Jetzt sah er von ihr nur noch den Haaransatz und die gepflegten, schlanken Finger (mit zu vielen Diamantringen), die roten Nägel waren zu spitz gefeilt oder aufgeklebt. Das passte nicht zu ihrem Stil – oder zeigte sie hier ihre vulgäre Ader?

»Den Wein wählen Sie natürlich aus, Manuel.«

»Nein, das machen Sie.« Manuel machte eine lange Pause, er unterstrich mit seinem Schweigen die Aufforderung. »Die Expertin sind Sie, schließlich schreiben Sie darüber. Ich mische mich nicht in Ihre Arbeit. Es geht um Ihr Urteil.«

Dass er ihr die Wahl überließ, war ihr sichtlich unangenehm. Er sah es an ihrem Lächeln, er lernte zu unterscheiden, wann es gespielt und wann es echt war. Schließlich nahm er ihr großzügig die Entscheidung über den Wein ab.

Sie bestellte das Carpaccio vom Weiderind, er die italienische Buratta. Und während er in Kräuterpesto glasierte Tagliarini wählte, entschied sie sich für Wildlachs zum Hauptgang.

Als sie die Toiletten aufsuchte, um sich »frisch zu machen«, nutzte Manuel die Gelegenheit, nahm die lederne Kühltasche, die er bei sich hatte, eilte zum Oberkellner, stellte sich vor und vereinbarte mit ihm, natürlich gegen Korkgeld, diese Weine auf sein Zeichen hin zu servieren. »Zur Vorspeise bringen Sie bitte, wenn möglich, den Weißburgunder, danach den Riesling! Es geht um einen Test«, raunte er dem Ober zu, und der verstand. Ein Trinkgeld zum Korkgeld zerstreute seine Bedenken.

Da Beatrix noch immer auf sich warten ließ, rief er Thomas an: »Alles geht glatt, wir sind auf dem Schloss. Falls du mithören willst, lasse ich das Handy eingeschaltet.«

»Und wenn es zu intim werden sollte …?«

»Idiot! Bis dann, sie kommt.« Manuel steckte das Smartphone in die Westentasche. »Ich habe das Gespräch gleich beendet«, entschuldigte er sich, »man soll seine Gäste nicht mit Bürokram langweilen. Es gibt interessantere Themen, zum Beispiel unser Problem mit Lesehelfern aus dem Elsass. Das wäre vielleicht auch ein Thema für Sie.« Ihnen besorge eine Freundin an der Hochschule Geisenheim die Saisonkräfte in den Semesterferien, und andere kämen aus Rumänien. Ob ihr Mitarbeiter aus Nigeria beim Anwerben seiner Freunde vom Fußballverein erfolgreich sei, werde sich bei der kommenden Lese zeigen, »wenn uns die Reben nicht verbrennen«. Damit hatte er nichts über die interne Struktur des Weingutes preisgegeben.

»Ist es nicht ein Unding, dass der Staat den Flüchtlingen verbietet, hier zu arbeiten?« Frau von Weiden spielte gekonnt die Empörte. »Gleichzeitig jammern alle über fehlende Arbeitskräfte. Es ist nicht zu fassen.«

Das Kopfschütteln mit dem federnden Schwung des Haars war toll, doch da war bei ihm keine Lust, mit den Händen hineinzugreifen. Manuel wunderte sich selbst darüber, dass es ihn kalt ließ. Was hatte sich verändert?

Zu fehlenden Arbeitskräften sagte er klar seine Meinung: Es kursierten zu viele Scheißhausparolen der Rechten, man äußere sich besser nur, wenn man Bescheid wisse. Aber das sei nicht ihr Thema. In diesem Moment stellte der Ober zwei Gläser Sekt auf den Tisch.

»Wollen Sie mich etwa betrunken machen?«

»Meinen Sie, dass es mir gelingen würde?« Er packte seinen ganzen Charme in sein Lächeln und bekam ein vieldeutiges kokettes Lächeln zurück. Sie stießen an.

Ihre Spannung wich. Erleichtert nahm sie ein winziges Aufnahmegerät aus ihrer Handtasche, kaum größer als eine Zigarettenschachtel, und stellte es auf den Tisch. »Nichts dagegen?«

»Wie sollte ich. Deshalb sind Sie ja hier.« Ein kurzes Flackern in den Augen konnte mehr verraten als ein ganzer Satz. Er kam auf Gärverfahren zu sprechen, auf Ganztraubenpressung und die Vorteile moderner Presseverfahren. Statt Fragen zu stellen, nickte sie immer wieder zustimmend. Er sprach von der anfänglichen Problematik, die Weinberge umzugestalten und herauszufinden, ob die Flurstücke für die darauf wachsenden Rebsorten wirklich geeignet waren, ob Eingriffe in den Boden, Mengenbegrenzung und Rebschnitt zu besseren Ergebnissen führen würden und welche Art von Fässern sie im Keller ihres Weingutes vorgefunden hatten. Barriques seien sehr teuer geworden, der Preis läge bei knapp achthundert Euro, aber sie hätten jetzt eine gute Quelle in Frankreich.

»Wer das ist, wollen Sie mir nicht sagen?«

Manuels »Nein« kam sehr freundlich. »Das wird Sie kaum interessieren, es geht um unwesentliche Stückzahlen. Sie wollen ja kein Weingut eröffnen.«

Frau von Weidens »Allerdings nicht« hingegen kam eher beschwichtigend.

Dass ihnen Martin Bongers beziehungsweise Thomas zukünftig diese Fässer besorgte, und zwar von Winzern, die sich auch in Bordeaux zum Aufgeben gezwungen sahen, behielt er für sich. Stattdessen setzte er seine Fachvorträge fort. Im Grunde waren es Allgemeinheiten, die für jedes Weingut galten.

Immer wieder versuchte sie, das Gespräch auf die Zahl der Personen zu bringen, die zum Weingut gehörten, und wie man sich die Sicherung des Gutes nach den Anschlägen vorstelle. »Wo liegen denn auf Weingütern die besonders sensiblen Bereiche? Rechnen Sie damit, erneut belästigt oder gar bedroht zu werden?« Auch die Weinberge könnten verwüstet werden. »Liegen sie nah am Weingut oder weit auseinander?«

Manuel wiegelte ab, das sei bei ihnen so wie bei allen, weit verstreut, und bat sie, über die Angriffe bitte vorerst nichts zu schreiben, was sie ihm versprach.

Der Ober brachte die Vorspeisen und wollte Manuel den Probeschluck einschenken, wobei er mit der Hand das Etikett verdeckte. Manuel nahm sein Weinglas und schnüffelte mehr spielerisch daran. Es sollte weder nach Spülmaschine riechen noch nach Poliertuch, was bei einem Haus wie diesem ausgeschlossen sein dürfte. Er beobachtete genau, ob Beatrix das Gleiche tat, was nicht der Fall war.

Er hatte keine versierte Verkosterin vor sich, das war klar, keine mit Wissen oder Erfahrung. Wenn Wein tatsächlich ihr Thema wäre, wüsste sie, dass die organoleptische Neutralität der Gläser eine Voraussetzung für eine richtige Bewertung war.

Der Ober schenkte ein, und Manuel sah, wie ernsthaft sie das Glas mit gespitztem Mund betrachtete. »Und, meine Liebe, was sagen Sie zu diesem Wein?« Sie sah kurz auf, versuchte, im Gesicht des Obers zu lesen, doch mehr als ein gleichmütiges Lächeln war ihm nicht abzugewinnen. Sie nahm das Glas, fasste den Stiel oben unter dem Kelch, schwenkte ihn und betrachtete den blassgoldenen Wein. Ein Profi hätte den Stiel ganz unten gefasst und den Fuß des Glases auf dem Tisch stehen lassen. So konnte beim Schwenken nichts überschwappen. Das war der zweite Fehler. Klar, dass bei ihr beinahe etwas überschwappte. Dann probierte sie.

Sie hielt den Wein für einen Sauvignon blanc oder einen Chardonnay. »Der Duft erinnert mich an einen Abend in der Champagne, in Reims war das gewesen. Kennen Sie Reims? Nein? Eine angenehme Stadt. Dieser Wein …« Sie lächelte Manuel auf die Weise an wie bei ihrer ersten Begegnung, als alle um den toten Heinrich herumstanden. Es war wieder die Verheißung …

»Wie war das nun mit der Frucht?«, fragte er.

»Sehr schön, gerade richtig, angenehm« – das war sie bei den meisten Weinen –, »das Verhältnis von Süße und Säure ist recht gut ausbalanciert, nur dass er derart trocken sein kann, hätte ich von einem Sauvignon blanc nicht erwartet.« Auch sei das Aroma vom Weinbergpfirsich selten so ausgeprägt. Apfel, Birne, Zitrusfrüchte, das seien zarte, aber deutliche Aromen. Sie verharrte einen Moment, als hätte sie sich verrannt oder zu weit vorgewagt, sie wurde vorsichtiger.

Es war der Weißburgunder, er hatte etwas Nussiges, das Aroma erinnerte leicht an Birne und Pfirsich. Manuel fürchtete, dass sein Mienenspiel irgendetwas verraten haben könnte, als er nach der Harmonie fragte.

Für dumm hielt er die von Weiden auf keinen Fall. Aber sie wand sich, als er konkreter wurde, und auf seine Frage, ob man hier lieber auf die Malo verzichtet hätte, um die Säure besser zur Wirkung kommen zu lassen, gab sie eine ausweichende Antwort und redete sich mit dem Verhältnis von Süße und Säure heraus und damit, dass sie einen ähnlichen Wein bei einer Recherche im Elsass getrunken habe, wo sich die Aromastoffe in dem gemäßigt kühlen Klima sehr gut entwickelten. Als ihr Glas fast leer war, schenkte er nach, um den Blick aufs Etikett zu verhindern.

Vor dem Hauptgang trat der Ober mit dem Riesling an den Tisch. Manuel bat um zwei neue Gläser, was Frau von Weiden nicht für nötig hielt. Entweder kannte sie die Gepflogenheiten nicht, für einen anderen Wein ein neues Glas zu benutzen, oder es zumindest mit dem Tafelwasser oder einigen Tropfen des neuen Weins auszuspülen. Manuel bat, den Rest Weißburgunder kühl zu stellen, der angebrochene Riesling kam in den Flaschenkühler. Er wunderte sich schon gar nicht mehr, dass sie sich nicht die Etiketten zeigen ließ. Entweder hat sie keine Ahnung, oder Wein interessiert sie nicht wirklich, sagte er sich, und im Grunde hakte er sie ab. Nur durfte er das nicht zeigen.

»*Avvinare i bicchieri*, das Glas zuvor mit Wein ausspülen, vinieren auf Deutsch. Die Worte sind mir von meinen ersten Winzerbesuchen in Italien in Erinnerung. Übrigens, unser Wein hier, der …«

»Ein schöner, frischer und nicht zu fruchtiger Wein, er passt sehr gut zu meinem Fisch.«

Endlich mal eine Aussage, der auch Manuel zustimmen konnte, aber frische und nicht zu fruchtige Weine gab es zuhauf, Tausende waren so, frisch und fruchtig.

»… und dabei die leichte Salzigkeit, die Mineralität. Sie kommt sehr schön zum Ausdruck.«

Wo hatte sie das gelesen? Genau das war es, was Manuel und worin er sich mit Philipp und Thomas einig war und weshalb sie die drei Hektar von Ender gepachtet hatten. Vom Kalk hatten ihre flachen Lagen zu wenig. Kurz dachte er daran, dass Ender bezüglich des Kaufs einen Rückzieher machen könnte. Nein, seine Frau würde ihm das Fell abziehen.

Während Frau von Weiden lächelnd davon sprach, dass Riesling ganz unterschiedliche Aromen hervorbringe wie Ananas und Quitte, Grapefruit und Orange, was ja von so vielen Faktoren abhängig sei, ging Manuel innerlich weiter auf Distanz. Er sah ihr in die Augen, was sie eine oder zwei Sekunden lang aushielt und dann, die Denkende mimend, in die Ferne schaute. Dann sah sie ihn wieder an – jetzt schaut sie mehr fragend und mit einer Lüge im Blick, als ein Versprechen zu geben, dachte er und bemerkte, dass er im Begriff stand, gelangweilt mit den Achseln zu zucken. Eigentlich interessierte ihn das Gespräch jetzt nicht mehr, er war erleichtert, dass diese Frau ihre Faszination verlor. Ihr Flair schwand in der Hitze, die Aura bröckelte von ihr ab, als wären einige Mosaiksteinchen herabgefallen – mochte sie auch davon sprechen, dass die Bodenabdeckung Einfluss auf die Weinqualität und die Aromen habe, und so tun, als interessierte sie sich für die Verwässerung des Geschmacks durch Tropfbewässerung.

»Ob es so ist, kann ich Ihnen in unserem Fall nicht sagen, wir stehen diesbezüglich am Anfang. Es gibt leider noch zu wenige, die sich mit der Wasserfrage beschäftigen. Möchten Sie vielleicht einen Grand Marnier oder einen Cognac?«

»Sie wollen mich doch betrunken machen.« Wieder das Versprechen, wieder die Lüge.

»Wie könnte ich …« Manuel tat entrüstet. Sie verstand, dass sie verloren hatte, als er daraufhin den Kaffee bestellte: »Cappuccino oder Crema?«

Die Rückfahrt verlief mehr oder weniger einsilbig. Es kamen noch einige Wein-Fachsimpeleien, Kommentare zu den Farben und dem Baustil der Häuser am Straßenrand, den Staubwolken, die über die Reben geweht wurden, und was die Hitze anrichtete. Sie wollte wissen, wie er in dieser ländlichen Einsamkeit leben könne, wo er doch in Frankfurt aufgewachsen sei. Sie fragte nach Winzerkollegen, sie wollte wissen, ob das Weingut Achenbach & Stern sich weiter vergrößern wolle und auf der Suche nach neuen Flächen sei und wo die lägen. Wo so viele Winzer der vorherigen Generation aufgäben, wäre das doch eine Chance, an Weinberge zu kommen.

Nein, sie hätten nur Kontakt zu Kollegen in der Nähe, die gern weitermachten, mehr um Leistadt, Ungstein und Ellerstadt herum.

In Neustadt besorgte Manuel sicherheitshalber noch zwei Rollen Tropfrohre, falls es am Libellenberg zu weiteren Undichtigkeiten käme. Auch waren die dort bestellten Feuchtigkeits-Sensoren eingetroffen.

Frau von Weiden machte einen langen Hals, um zu sehen, was er einlud, doch Manuel hatte alles in einen großen Düngemittelkarton packen lassen. Auf den letzten Metern startete sie ihren letzten Versuch, etwas über die Sicherheit des Weingutes zu erfahren, und sprach das Thema Sicherheitsdienst direkt an. Manuel war klar, dass sie nicht mit leeren Händen zu ihrem Auftraggeber zurückkehren wollte.

Als er den Sprinter langsam auf den Hof des menschenleer wirkenden Weingutes steuerte, gab er ihr etwas mit: »Wir haben einen Wachdienst engagiert, der patroulliert nachts hier und auf dem Libellenberg.« Da hatte sie ihren Erfolg. Und den Namen Leirich. Da würde sie sich wohl verhört haben …

Die von Weiden stimmte ihm rasch zu: »Ein Wachdienst ist gut, eine kluge Maßnahme, da kommt keiner auf dumme Gedanken.«

Dann lassen sie sich was Neues einfallen, vermutete Manuel. »Wie wär's, sehen wir uns wieder?« Er musste ihr das Gefühl geben, dass noch mehr aus ihm rauszuholen war. Plötzlich machte es ihm Spaß, der Führende zu sein, oder war es die Erleichterung? »Ende des Monats ist in Landau Altstadtfest, wir könnten zusammen hingehen. Sind Sie dann noch hier?«

»Das ist eine schöne Idee. Ich rufe Sie an. Versprochen.« Sie hielt ihm die Wange zum Abschiedskuss hin, lächelnd ging er darauf ein. Das Parfüm war verlockend, ihre Blicke trafen sich – aber das Versprechen war vom Misstrauen verdrängt worden und in Gleichgültigkeit umgeschlagen.

Von einem der Fenster zum Hof beobachtete Thomas die Abschiedsszene, wie die von Weiden in ihren Wagen stieg und in einer Staubwolke den Hof verließ. Er war beruhigt. Manuel hatte die Feuertaufe bestanden. Mit vier Flaschen Bier zwischen die Finger geklemmt, kam Thomas die Treppe herunter und hielt Manuel eine der Flaschen hin. »Endlich mal was Vernünftiges. Und? Wie es aussieht, hat sie dich nicht gefressen, unsere Femme fatale.«

»Bemerkst du irgendwelche Bissspuren?«, fragte Manuel nach einem gewaltigen Zug.

»Zieh mal das Hemd hoch, vielleicht hast du Kratzer von ihren Krallen auf dem Rücken.«

»Höchstens auf der Brust. Du weißt, sie ist der dominante Typ. Ist noch mehr Bier da?« Die erste Flasche war gegen den Durst, die zweite für den Genuss. »Ich habe nicht einmal zugelassen, dass sie mich anknabbert.«

»Hast du was rausbekommen?«

»Weniger anhand der Aussagen als vielmehr der Fragen wegen.« Als Manuel den Sprinter abschloss, fuhr Thomas dazwischen. »Hat sie nur vorne gesessen?«

»Ja, weshalb?«

»Hier?« Thomas fuhr mit der Hand unter die Beifahrerbank, tastete die Ablage unter dem Armaturenbrett von beiden Seiten ab und sah ins Handschuhfach. »Sie hätte wie ich auf die Idee kommen und einen GPS-Tracker verstecken können.« Er zog sein Smartphone aus der Tasche, der Bildschirm zeigte eine Straßenkarte, am Rand ein roter Punkt. »Schau. Da ist sie. Auf dem Weg nach Mannheim. Bis dahin reicht die Übertragung, weiter leider nicht. Vielleicht kriegen wir so raus, wo sie logiert.«

»Das wollte sie nicht verraten. Als ich ihr anbot, sie abzuholen, konterte sie damit, dass sie lieber herkäme.«

»Das ist alles ziemlich faul. Ich sag's ja. Und sonst?«

»Von Wein versteht sie wenig.« Manuel berichtete vom Gespräch auf der Fahrt und seinen Testfragen auf dem Schloss. »Über Allgemeinplätze, die man in jeder Weinzeitschrift findet, kommt sie nicht hinaus. Vom Gärprozess versteht sie nichts, nicht einmal den Begriff Malo kannte sie, und auch das Klima ist kein Thema. Man müsse ein Bewusstsein für den Umgang mit Wasser entwickeln, meinte sie, sich der drohenden Knappheit klar werden. Auch vom Rebschnitt null Ahnung. Und Piwis, die pilzwiderstandsfähigen Reben, sind in ihre Welt noch nicht vorgedrungen. Doch sie wollte wissen, ob wir mit der Reparatur der Bewässerungsleitung fertig sind, und schlug vor, dass ein Sicherheitsdienst hilfreich wäre.«

Thomas fand es mutig, dass Manuel sich auf das Treffen mit der von Weiden eingelassen hatte, und er sagte es ihm.

»Ich musste an unser Gespräch gestern denken, ich habe mich sehr über deinen Ton geärgert, aber letztlich half's.« Manuel seufzte wie zur Bestätigung. »Bei manchen Menschen scheint die Aura gleichzeitig Panzerung zu sein. Ich habe sie nicht zerstört, aber sie trägt Risse davon, auch ihr Selbstbewusstsein. Und außerdem steht sie mit den Kofferträgern in Verbindung.«

»...«

»Sie fährt einen Wagen mit WI im Kennzeichen. Die sind alle beim selben Autovermieter.«

»Habt ihr euch wieder verabredet?«

»Aus Höflichkeit. Wir sehen uns bestimmt wieder. Mal sehen, auf welchem Schauplatz das sein wird.«

»Übrigens hat unsere Miss Marple angerufen, Frau Ender hat noch einen Kollegen aufgetrieben, der verkaufen will. Wunderlich aus Rödersheim-Gronau. Die haben elf Hektar. Bei dem hat sich wieder eine andere Gesellschaft als Käufer gemeldet. Diesmal ist es eine spanische Gesellschaft, Viñedos Ecológicos de Cariñena, kurz VEC. Ich finde das extrem merkwürdig, alle tragen dieselben oder ähnliche Kürzel.«

»Wahrscheinlich verlieren sie andernfalls die Übersicht, genau wie wir.«

»Frau Ender ist ein Schatz. Sie hat es irgendwie arrangiert, dass einer von uns sich als Sohn ausgibt und dabei sein kann.«

»Fantastisch, die Frau ist wirklich klasse. Was glaubst du, wo oder wie und wann werden unsere ... Freunde als Nächstes zuschlagen?«

»Entweder sägen sie die neuen Rebstöcke ab oder streuen Pflanzenschutzmittel in unsere Weinberge. Dann müssen wir auf die Ökozertifizierung wieder jahrelang warten. Das wäre ein Schlag.«

»Das Haus werden sie uns kaum anzünden. Ich hab erzählt, wir hätten einen Wachschutz engagiert.«

»Glaubst du wirklich, dass sich jemand davon abhalten lässt?« Thomas schaute seufzend auf sein Smartphone. Der rote Punkt stand in Mannheim beim Hotel Pfälzer Land. Ein solches Hotel konnte sich eine freie Journalistin kaum leisten, außer sie hatte einen solventen Auftraggeber hinter sich. »Ich fürchte, uns stehen weiter schlaflose Nächte bevor. Den Wachschutz brauchen wir auf jeden Fall.«

Manuel rief Voss an, dann bestieg er wieder den Sprinter. »Ich muss los, noch sind die Geschäfte offen.«

»Was brauchst du so dringend? Wir dürfen unseren Wein nicht vergessen!«

»Wir brauchen eine Wildkamera. Was gegen Wildschweine hilft, ist auch gegen Schweinehunde gut.«

»Dann kauf gleich einen großen Feuerlöscher und stell ihn in die Galerie.«

»Wozu das?«

»Wer weiß, auf welche Ideen diese Typen sonst noch kommen.«

12. Kapitel

Piwis und Große Lagen

Mit etwas Abstand kehrte wieder Ruhe in seinen Kopf zurück. Das Gemenge der vergangenen Tage hatte Philipp sehr angestrengt, zu vieles war auf ihn eingestürmt, zu vieles war unklar, Lösungen waren nicht in Sicht. Philipp wollte es allen recht machen, seiner Frau, Manuel und auch seinem Sohn. Die rechte Freude über ein zukünftiges Enkelkind und dass Thomas eine Frau gefunden hatte, die er liebte und die aus ähnlichem Holz geschnitzt war wie er, radikal und selbstbewusst, stellte sich noch nicht ein, oder konnte er sich ihr nicht stellen? Martin Bongers, ein geschätzter Winzer, und seine Frau Charlotte, eine ehemalige Staatssekretärin, heute in NGOs engagierte Aktivistin, würden die »Familie« im weitesten Sinne bereichern. Andere Menschen, andere Ideen und Worte.

Man könnte einen Clan bilden, Kooperation war angesagt, sie brachte immer bessere Ergebnisse ein, als einzeln vor sich hin zu wursteln. Mit den Eltern war man schlecht zurechtgekommen, die Brüder gingen andere Wege, die Schwester verlor man in der viel gerühmten mobilen Gesellschaft aus den Augen. Leonie als Neuzugang? Er mochte sie, sie lernten sie gerade erst kennen, doch was er von ihr sah, gefiel ihm, und es würde ihm gefallen, wenn sie sich mit Manuel zusammentat. Wenn Thomas ging, dann würde er Manuel fragen, ob er ihn adoptieren dürfe. Er brauchte einen Sohn, das Weingut brauchte einen Nachfolger, und Manuel würde Steuern sparen. Ohne ihn wären sie nicht da, wo sie jetzt waren.

Sie alle würden zum Clan gehören, nicht ein einziger Quertreiber war dabei. Und weshalb kam dann bei ihm keine rechte Freude auf?

Weil momentan über allem eine latente Bedrohung lag? Von wem sie ausging, wagte er nicht einmal zu denken, denn sofort traten Bilder aus dem Champagnerkeller in Reims vor sein inneres Auge, besonders der Moment, in dem es draußen zum Schusswechsel gekommen war. Es war reines Glück, dass Pascal Bellier noch am Leben war und sie wohl auch. Das Problem, das sie damals nicht gelöst hatten, war Touraine. Und so etwas oder so einer verfolgte einen ein Leben lang. Wann würde Pascal mehr wissen, wann Francesca Sturm?

Jetzt, beim Morgenspaziergang durch das noch kühle und stille Bergzabern, Verenas Hand in der seinen, löste sich langsam der Wirrwarr seiner Gedanken. Es waren mehrere lose Fäden, die heillos ineinander verwickelt waren, ein Chaos wie ein Gordischer Knoten. Leider fehlte ihm das scharfe Schwert, ihn durchzuschlagen. Oder waren die Fäden nicht lose und nicht einzeln, sondern alle miteinander verbunden, sodass er nur das entsprechende Ende finden musste? Waren Touraine und Russel, oder wie immer sie jetzt auch heißen mochten, das lose Ende?

»Wenn dir das alles keine Ruhe lässt, fahren wir selbstverständlich wieder nach Hause und warten auf eine ruhigere Zeit – vielleicht nach der Lese, wenn alles im Keller ist?« Verena war stehen geblieben, hatte die Arme um seinen Hals gelegt und sah ihn an. »Ich sehe doch, wie es dich belastet, und das stimmt mich überhaupt nicht froh. Ich glaube, was dich am meisten schmerzt, ist, dass Thomas uns verlassen wird.«

Es war nicht ihr Verständnis für seine Situation als Vater, das ihn beruhigte, es war das Wort »uns«. So hatte sie sich noch nie ausgedrückt. Andererseits sprach auch er immer von »ihrer« Galerie, als würde jeder von ihnen nur eigene Interessen verfolgen. Manuels drei Hektar, Thomas' Fahrten nach Saint-Émilion, Efes Vergangenheit und seine Geschichte. Nein. Es war die Geschichte aller Europäer – unsere Geschichte.

Seien sie verflucht, diese Possessivpronomen, die besitzanzeigenden Fürwörter. Sie waren es, die Menschen auseinanderbrachten: mein, dein, sein … Das Einzige, das etwas taugte, war »unser« – mochte es dadurch auch zu unserem Problem werden.

»Was war dein Plan für heute? Du hast sicher am Vormittag irgendeinen Termin vereinbart.« Es war schön, dass sie dabei lächelte, statt ihm Vorwürfe zu machen, obwohl sie dazu allen Grund … Nein, den hat sie nicht, sagte sich Philipp. Wenn man zusammen ist, muss man gemeinsam durch den Schlamassel.

»Am Vormittag wollte ich zum JKI in Siebeldingen, im Julius Kühn-Institut werden neue Reben gezüchtet. Dort geht es sowohl um deren Resistenz gegen Schädlingsbefall wie auch um Reben, die mit steigender Hitze und zunehmender Wasserknappheit zurechtkommen. Wenn wir uns früh genug anpassen, werden wir die Klimakatastrophe zwar nicht aufhalten, dazu sind wir zu dumm, dem Luxus zu sehr verfallen und die Industrien zu mächtig. Aber wir könnten vielleicht die Kipppunkte nach hinten verschieben, damit unsere Enkel hoffentlich nicht zur Letzten Generation gehören.«

»Dann fahr los, mein Liebster, vielleicht bekommen deine Enkelkinder so eines Tages noch die Chance, das Weingut weiterzuführen. Wein wird auch in Zukunft getrunken. Aber heute Abend ist auf der Madenburg ein Konzert, es gibt viel Reggae – das magst du doch auch – oder?«

Der Geilweilerhof, bei dem das Julius Kühn-Institut angesiedelt war, lag einen Kilometer vor Siebeldingen. Ein gewaltiger viereckiger Wehrturm war zwar ein Neubau, doch in seiner Wuchtigkeit und dem mittelalterlichen Charakter überragte er die umgebenden Gebäude und verlieh dem nach außen geschlossenen Komplex ein Gewicht, das seinem Alter von achthundert Jahren Geschichte entsprach. Der Name der alten fränkischen Siedlung, Calardiswilre, stand bei einigen der Neuzüchtungen des JKI Pate.

Die modernen Forschungseinrichtungen sowie die Büros der Wissenschaftler schlossen sich dem Geilweilerhof an, das alles eingerahmt von Versuchsanlagen mit den Neuzüchtungen. Philipp bedauerte, dass Johanna bei dem Gespräch nicht anwesend sein konnte, sie war in aller Frühe nach Geisenheim aufgebrochen.

Johanna beschäftigte sich inzwischen immer mehr mit dem Thema Wasser und seiner Wiederaufbereitung sowie der Zweitverwendung und Rückführung in den Kreislauf, denn die Bestände schwanden, der Grundwasserpegel sank und die Verunreinigungen nahmen zu. Beregneten die Gemüsebauern des Rheintals bereits mit Mikroplastik? »Wir sägen nicht nur die Äste ab, auf denen wir sitzen«, pflegte Johanna zu Beginn ihrer Vorlesungen zu sagen, »wir fällen sogar die Bäume!« Und dazu projizierte sie einige Bilder versteppter, verkarsteter, baumloser und ausgetrockneter Landschaften und die der verbrannten Reben.

Seit der Echte Mehltau aus Amerika eingeschleppt worden war, richtete der Pilz enorme Schäden im Weinbau an. Das erste Fungizid gegen den Befall der Weinstöcke war die Bordelaiser Brühe, eine wässrige Lösung von Kalk und Kupfersulphat. Doch Kupfer war giftig, Regen wusch es nach dem Ausbringen von den Blättern der Pflanzen, und es reicherte sich im Boden an. So war bereits im Jahr 1925 damit begonnen worden, Rebsorten zu züchten, die gegen den Pilz resistent waren.

Einer derjenigen, die sich mit der Züchtung pilzresistenter

Rebsorten befasste, war Dr. Oliver Trapp, stellvertretender Institutsleiter des Julius Kühn-Instituts. Damals wie heute war es darum gegangen, den Einsatz von Pflanzenschutzmitteln zu verringern, also weniger Gift auszubringen, den Boden zu schonen, die Rebstöcke zu retten und eine hohe Weinqualität zu erhalten. Mittlerweile standen mehr als dreißig Piwis zur Verfügung, pilzwiderstandsfähige Rebsorten, die mit deutlich geringerem Aufwand vor dem Befall geschützt werden konnten.

Doch die Pilze seien nicht dumm, so der Wissenschaftler, sie fänden immer neue Wege, Blockaden zu umgehen. Auch die Wissenschaftler waren nicht dumm. Sie hatten in den letzten Jahrzehnten zwar die Lage bestimmter Gene (Genorte), die für Resistenzen standen, bestimmen und in Reben wie den Regent hineinzüchten können. Doch die Pilze hätten sich darauf eingestellt und die sogenannten Resistenzmechanismen umgangen. Kombinierte man hingegen mehrere Genorte, also zwei verschieden agierende Gegner, wurde es den Pilzen unmöglich gemacht, diese Blockaden zu überwinden.

Eine dieser Rebsorten war die weiße Felicia. Die erste, die im Wein einige Verbreitung fand, war der rote Regent. Dann gab es Cabernet Carol, Cabernet blanc und Cabernet Carbon sowie den Souvignier gris. Hier waren bekannte Namen mit neuen Namen kombiniert. In Deutschland aber hatte Bio noch immer ein Wollsocken-Image, man trank bekannte Rebsorten, Riesling sollte es sein, Cuvées hingegen waren weniger gefragt. Dass fast all die berühmten Bordeaux eine Assemblage von Merlot, Cabernet Sauvignon und Cabernet Franc war, wurde ignoriert.

Bei einer Cuvée musste man auf den eigenen Geschmack vertrauen – und den hatte nicht jeder. Man merkte es am Angebot der Discounter. Also gab es eine Sperre gegen das Neue und das Unbekannte, gegen die Namen und die geringe Bereitschaft, sich generell mit neuen Geschmacksbildern zu beschäftigen: Was der Genießer nicht kennt, das trinkt er nicht. Hinzu kam der Hindernismarathon der deutschen Bürokraten, die sich Zeit ließen, anderweitigen Interessen folgten, unterbesetzt waren, unter Nachwuchsmangel litten oder gerade mit dem Ausfall ihrer Faxgeräte beschäftigt waren, oder irgendwelche Freien Demokraten legten Steine in den Weg.

Leider waren nicht viele Winzer bereit, sich auf das Experiment mit den Piwis einzulassen, einen halben Hektar für viel Geld mit Felicia zu bestocken, den Wein zu keltern, ihn auszubauen, abzufüllen und dann auf Tausenden Flaschen sitzen zu bleiben. Philipp und die Jungs sahen sich eher als Vorreiter. In seiner Funktion als Weineinkäufer hatte Philipp jahrelang Weine nach den Kategorien Qualität, Verkaufbarkeit, Preis und Namen ausgesucht. Nur dass ein Châteauneuf-du-Pape aus dreizehn Rebsorten bestand und ein Chianti aus bis zu vier, war vom Weintrinker kaum zur Kenntnis genommen worden. Für die Produzenten kam hinzu, dass die Süße und die Primäraromen des Traubensaftes neuer Reben die im Verarbeitungsprozess entstehenden Stoffwechselprodukte und damit ihren Geschmack überdeckten, doch das zeigte sich erst nach Abschluss der Gärung.

Thomas war mutiger als sein Vater, bei Manuel hingegen war die Risikobereitschaft am größten. Nachhaltiger Weinbau bedeutete auch, weniger auf Spritzmittel zu setzen und mehr auf Stärkung der Reben und ihrer Widerstandskraft. Manuel war neuerdings geradezu besessen davon, neue Methoden zu erproben. Philipp würde die Phase der Piwis am liebsten überspringen. Er dachte an den übernächsten Schritt. Ihm ging es hauptsächlich darum, sich auf eine Hitze wie heute als einen Dauerzustand und die damit verbundene Wasserknappheit vorzubereiten. Eine Unterlagsrebe zu züchten oder zu modifizieren, die über das entsprechende Wurzelwerk verfügte, war gefordert. Die Rebsorte, die aufgepropft werden sollte, brauchte eine Blattstruktur, die der

Hitze und verstärkter Sonneneinstrahlung widerstand. Bis zum Auspflanzen der Neuzüchtungen dauerte es etwa fünfundzwanzig Jahre. Er bezweifelte, dass ihnen noch so viel Zeit blieb.

Auf seine Frage, was man bei zunehmender Hitze und geringeren Niederschlägen anbauen sollte, ob eine reblausresistente Unterlagsrebe infrage kam und welche Rebsorte, vielleicht eine Piwi, hatte er keine Antwort erhalten. Die Forschung hierzu war wohl gerade mal in den Anfängen.

Erste Beispiele gab es, wie Weinstöcke mit Hitze und Trockenheit umgingen, die galt es zu fördern: Diesmal waren Mykorrhizapilze im Spiel. Sie verbanden ihr tief wurzelndes Geflecht von Fäden im Boden mit dem Feinwurzelsystem der Weinstöcke. Dadurch erhielten diese in Trockenzeiten mehr Wasser und Nährstoffe. Diese Methode war allerdings nur für Biowinzer geeignet, denn gewöhnliche Pflanzenschutzmittel vernichteten die überaus wichtigen Pilze.

Einstweilen setzten die meisten Winzer auf Bodenbearbeitung, auf den Verzicht des Pflügens, auf Begrünung und Kompost oder Rindermist, um die seltener werdenden Niederschläge im Boden zu halten und ihn nicht durch zu viele Fahrten mit Traktoren weiter zu verdichten. Harter Boden ließ das Regenwasser an der Oberfläche abfließen. Sollte Ender ihnen die gepachteten Weinberge verkaufen, mussten sie nach der Bodenbearbeitung bei Neupflanzungen die Ausrichtung der Rebstöcke genau planen, damit sie sich bei stärkerer Sonneneinstrahlung und weniger Wolken gegenseitig Schatten spenden konnten. Bei einer Reise vor vielen Jahren nach Malaysia hatten er und Thomas dort Häuser besichtigt, die nach der Hauptwindrichtung ausgerichtet worden waren, sodass der Wind unter dem Doppeldach durchpfiff und das Haus kühlte. Das galt nicht für die Hochhäuser der Hauptstadt Kuala Lumpur, zeigte jedoch die Richtung für mögliche Lösungen an.

Und so wie sie seit zwei Jahren Schafe einsetzten, erinnerten sich einige Kollegen bereits wieder an den Einsatz von Pferden im Weinberg. Der Winzer Herbert Heußler in Rhodt war einer von ihnen. Jedoch war ein Traktor schneller zu reparieren, wenn das Ersatzteil nicht aus China kam, als dass ein entzündeter Pferdehuf verheilte. In der Forstwirtschaft waren Rückepferde längst wieder im Einsatz, die einmal gefällte Stämme aus dem Wald zogen. Ein sechs- oder achträdriger motorisierter Rückezug hingegen wog mehr als das Zehnfache eines Pferdes und machte jeden Boden zu Beton. Das war nach Philipps Auffassung die absolute Negation einer biodiversen Waldwirtschaft.

In fast allen Regionen der Erde hatten sich die Pflanzen ans Klima angepasst – oder waren verschwunden. Je kleiner die Blätter der Pflanze waren, desto geringer war die Oberfläche, über die eine Verdunstung stattfand. Das sorgte für einen geregelten Wasserhaushalt und geringeren Flüssigkeitsbedarf der Pflanze. Einige trockenheitsresistente Pflanzen schützte ein feiner Flaum auf den Blättern vor dem Austrocknen. Andere Pflanzen wappneten sich mit grauen oder silbrigen Blättern, wodurch weniger Wasser verdunstete. Tief wurzelnde Pflanzen wie der Wein hatten es generell leichter, an Wasser zu kommen. Philipp erinnerte sich an einen Kollegen im Rheingau, der sich staunend gefragt hatte, wie seine Reben auf den Terrassen und Steilhängen oberhalb von Assmannshausen in den vergangenen Trockenjahren überhaupt an Wasser gekommen waren.

Leider würden noch Jahrzehnte vergehen, bis diese vielen Eigenschaften in den Weinstock hineingezüchtet waren. Also würde man auf südeuropäische Rebsorten zurückgreifen müssen: ein spanischer Tempranillo von der Mosel, ein französischer Mourvedre aus der Pfalz und die portugiesische Touriga Nacional kämen dann von der Ahr. In der Pfalz gab es bereits die ersten dieser Weinstöcke, leider taten sich die Behörden mit der neuen Kategorisierung schwer, aber womit eigentlich nicht? Einige Winzer waren dabei, solche Weine zu schaffen, und die waren recht gut. Aber noch war das große Zeitalter des Rieslings nicht vorüber, und Müller-Thurgau blieb so beliebt wie Dornfelder.

Philipp sah auf die Uhr. Obwohl es ihm schwerfiel, verkniff er sich den Anruf bei den Jungs. Sie sollten sich nicht bevormundet oder kontrolliert fühlen. Wie er seinen Sohn kannte, wusste er um die Gefährlichkeit ihres Gegners, und Thomas würde dranbleiben.

Bevor Philip nach Siebeldingen fuhr, um Ökonomierat Rebholz zu besuchen, den langjährigen Vorsitzenden des VDP Pfalz, kaufte er noch einige Piwis im Geilweilerhof. Sechs Flaschen verschiedener Rebsorten würden ihnen einen guten Eindruck vermitteln, er würde sie mit allen zusammen bei einem schönen Abendessen probieren.

Möglich, dass ein Wein darunter war, den sie auf einer ihrer zukünftigen Lagen pflanzen könnten. Enders Müller-Thurgau und den Dornfelder hatten sie sowieso roden wollen und sie oben am Libellenberg ohne besondere Empathie behandelt. Letztendlich kam es auf den Geschmack an. Sollten sie einen Versuchsweingarten mit jeweils drei Reihen verschiedener Piwi-Sorten anlegen? Es würde allerdings drei bis vier Jahre dauern, bis sie verifizierbare Ergebnisse hätten. Aber die Mühe war es wert. Dort könnte Efe sich beweisen. Dann wäre Thomas nicht mehr dabei, und wieder empfand Philipp einen Stich.

Philipp war klar, dass ihre Weinhändler sowie die deutschen Kunden sich nur zögerlich an Neues heranwagten, anders als die junge Generation der Winzer mit einer fundierten Ausbildung.

Er wischte sich zum wiederholten Mal den Schweiß von der Stirn, sein Smartphone gab aus der Jackentasche erstickte

Laute von sich. Vielleicht war auch das Gerät der Hitze nicht gewachsen und schwitzte sich zu Tode? Philipp hielt am Straßenrand und nahm erleichtert Pascal Belliers Anruf aus Metz entgegen. Endlich würde er mehr über Russel und Touraine erfahren. Seiner eiskalten Tochter würde er gern wie damals eine Falle stellen. Ob sie auf Rache sann?

»Ich muss dich enttäuschen«, meinte der Kommissar aus Metz gleich zu Beginn des Gesprächs. »Viel ist es nicht, was wir rausbekommen haben, eigentlich nichts. Touraine wurde mal hier oder dort gesehen, aber er verschwand sofort wieder. Und seit Russel aus dem Gefängnis entlassen wurde, hat man auch Touraine und sein feines Töchterlein nicht mehr gesehen.«

»Von wo aus rufst du an?«

»Ich bin in einem Bistro, wer möchte schon, dass jemand mithört.«

Philipp grinste in sich hinein, er fand es bemerkenswert, dass ein Kommissar der Kripo sich davor schützte, von den eigenen Leuten abgehört zu werden.

»*Et bien*, Russel hat sich im Gefängnis äußerst beliebt gemacht und weitreichende Geschäfte getätigt«, fuhr Bellier fort. »Aber ein eigenes Vermögen konnten wir nirgends feststellen. Er wird nichts umsonst gemacht haben, keinen Federstrich, alle werden ihm Provisionen gezahlt haben, auf jeden Fall, *dans tous les cas.*«

»Wohin sind die geflossen?«, fragte Philipp. »Habt ihr nichts gefunden?«

»Nein, rein gar nichts. Es gibt in Frankreich keine Konten seinerseits, nirgends erscheint sein Name, er hat Strohmänner eingesetzt, die sicher in diversen Ländern und Steueroasen agieren. Es gibt Programme, die Zahlungseingänge mit jeweils unterschiedlichen Summen auf hundert verschiedene Konten weiterleiten und dann weiter auffächern und wieder zusammenführen.«

»Er ist ein Fuchs.«

»Nein, er ist nur gefräßig wie ein Hai – ansonsten ist er ein Schweinehund. Er hatte nach der Entlassung eine Wohnung, in der er nur kurz auftauchte, dann wurde von einem auf den anderen Tag keine Miete mehr gezahlt, und die Wohnung war leer geräumt. Es fehlte jede Spur, nicht einmal Fingerabdrücke waren zu finden gewesen – weder von Russel noch von Touraine oder dessen Tochter. Entweder sind sie im Ausland oder leben mit falschen Papieren unter falschem Namen irgendwo.«

»Vielleicht sind sie jetzt gerade hier.« Philipp erzählte von den Vorfällen der letzten Tage und von den verschiedenen Firmen, die sich um die zum Verkauf stehenden Kellereien bemühten. »Es sind mindestens drei und Luxemburger Holdings mit Verbindung in die USA. Sie benutzen ähnliche Namen. Eine Kundin von uns, sie ist eine ehemalige Wirtschaftsprüferin, stellt diesbezüglich Nachforschungen an. Wenn ich an den Champagner-Fonds denke …«

»Der ist mir auch sofort eingefallen. Der Fonds war ebenfalls europaweit aufgezogen. Internationale Finanzgeschäfte sind ganz nach Russels Geschmack. Das ist sein Kitzel. Geld hat er längst genug. Und das macht ihn besonders gefährlich, wenn nicht die Gier ihn treibt, wenn er ausschließlich mit Kalkül an seine Geschäfte geht.«

Pascal hatte noch eine Rechnung offen, weniger mit Russel als mit Touraine und seiner Tochter. Aus wessen Waffe damals die Schüsse abgegeben worden waren, hatte sich nicht ermitteln lassen. Philipp hätte lieber noch länger darüber nachgedacht, doch der nächste Termin drängte, und in Bad Bergzabern wartete Verena.

Es waren knapp zehn Minuten bis zum Weingut von Ökonomierat Hansjörg Rebholz. Er verband zwei wesentliche Eigenschaften miteinander, zum einen praktizierte er biodynamische Weinwirtschaft, zum anderen hatte er dem hiesigen Verband der Prädikatsweingüter fünfundzwanzig Jahre vorgestanden und gehörte zu den besten Winzern Deutschlands. Sein Weingut lag mitten im kleinen pfälzischen Ort Siebeldingen.

Von außen wirkte die geschlossene Front der Fassade nicht wie ein Weingut, doch kaum hatte Philipp das Tor passiert, befand er sich im Innenhof mit Rosen, blühendem Oleander und Palmen, was eine geradezu südländische Atmosphäre schuf. Mochten die Mauern auch den Eindruck des Altgediegenen vermitteln, so waren die Innenräume, auch der, in dem Philipp dem Winzer gegenübersaß, zeitgemäß modern gestaltet. Das alles gehörte zum repräsentativen Empfangsbereich, in dem Rebholz zwar nicht residierte, der aber mit Gelassenheit und seinem zuvorkommenden Wesen den Raum ausfüllte. Zu dem gemessenen Schritt nach der Übergabe des Weingutes an die beiden Söhne trat die Selbstverständlichkeit des Erfolgs.

Das passte zu einem Mann, der sich auf seinen Beruf verstand, sein Metier kannte, ob es nur der Boden war, die landwirtschaftliche Struktur der Pfalz oder Verbandsarbeit. Andernfalls hätte er sie nicht über Jahrzehnte betrieben.

Besonders interessierte Philipp die Struktur des Betriebs, den Rebholz vor fünfundvierzig Jahren vom Vater übernommen hatte, und die Weine. Seit 2005 wurde der Weinbau nach ökologischen Richtlinien bewirtschaftet, wenig später dann nach biodynamischen Prinzipien.

Sechsundzwanzig Hektar – die Hälfte zur Pacht – erbrachten Rebholz hundertzwanzigtausend Flaschen Wein. Bei dieser Fläche ein geringes Ergebnis – hätte man meinen können, aber hier ging es um Qualität, um Harmonie innerhalb des Ökosystems, und da war die Menge nicht das wesentliche Kriterium. Seine Flächen erbrachten zwischen achtunddreißig und fünfundsechzig Hektoliter, je nach Rebsorte und

Lage. Das war in etwa ein Liter pro Stock, fünftausend davon wuchsen auf dem Hektar. Hundertfünf Hektoliter waren in der Pfalz zugelassen.

Von der Obergrenze hatte sich auch Philipp in all den Jahren immer weiter entfernt, sie waren bei durchschnittlich fünfundsiebzig Hektoliter angekommen, die Reben waren gesünder, der Wingert ebenso, die Trauben dadurch extraktreicher und die Weine interessanter, und sie zeigten mehr ihre Herkunft. Gegenwärtig mussten sie teilweise noch mit Masse operieren, denn weder der Name Achenbach & Stern noch die Qualität und damit die Bewertung ließen höhere Preise zu. Zumindest handelten sie die Weinführer inzwischen als »Aufsteiger« mit einer Traube oder erwähnten sie lobend. Dennoch lagen ihre Preise weit unter denen dieses Weingutes. Dort, wo bei Rebholz die Untergrenze für Guts- und Ortsweine begann, lag bei ihnen die Obergrenze.

Bei ihnen war die ökologische Zertifizierung und die Hinwendung zu biodynamischen Methoden das Dauerthema. Thomas hatte sich bei Peter Jakob Kühn im Rheingau seinerzeit intensiv damit beschäftigt. Dass Manuel sich weiter in das Thema vertiefte, konnte Philipp sich gut vorstellen. Doch was nutzte die ganze Mühe, wenn es im Wein nicht zu spüren war? Entscheidend war, sich harmonisch in die Umgebung einzupassen und an der Natur nicht länger Raubbau zu betreiben. Dafür waren Rebholz und die anderen führenden Winzer der Pfalz ein gutes Beispiel.

Das Experiment oder vielmehr die Probe, die Philipp zuteilwurde, war von ganz besonderer Art. An etwas Ähnliches konnte er sich auch aus seiner zehnjährigen Praxis als Weineinkäufer nicht erinnern. Hansjörg Rebholz hatte vier Rieslinge kalt gestellt: Es waren alles die gleichen Klone, also genetisch bestand kein Unterschied zwischen den Weinstöcken; doch alle waren auf unterschiedlichen Böden gewachsen und stammten von Lagen für Große Gewächse. Demnach handelte es sich um die Spitze der Qualitätspyramide. Daher waren die Weine nach diesen Großen Lagen benannt.

Ganz Horn war ein merkwürdiger Name für eine Lage (und einen Wein). Dieser junge Riesling war auf Buntsandstein-Hangschotter gewachsen, Ablagerungen aus der letzten Eiszeit. Kleinklima und die Hände der Winzer taten ihr Übriges. Von dem Geschmack eines solchen Weins hatte Philipp keine Vorstellung. Die Aromen vom Riesling waren da, Aprikose vielleicht, das war die fruchtige Seite, die Säure war fein und nicht zu vordergründig und trotz seiner Jugend sehr elegant.

Die Mischung von Granit, Schiefer und Melaphyr hatte seine rote Färbung während der einst wüstenähnlichen Bedingungen im Ablagerungsgebiet angenommen. Der Kastanienbusch in dreihundertzwanzig Meter Höhe war eine der wenigen Lagen des Pfälzer Waldes, wo dieses Phänomen deutlich wurde. Philipp empfand den hier gewachsenen Wein trotz seiner Jugend als kraftvoll, empfand sein Volumen für einen Riesling als stark und warm. Da waren Aromen von Wiese und Kräutern, begleitet von einer deutlichen, aber nicht zu spitzen Säure. Die Mineralität, die als Salzigkeit hätte wahrgenommen werden können, stammte vom Schiefer, und ebenso filigran, wie der Wein in seiner Eleganz war, stand er dem Vorgänger in nichts nach.

Weine, die auf Muschelkalk wuchsen, hinterließen für den, der den Geschmack zu deuten wusste, eine markante Spur. So war es auch beim Großen Gewächs von der Lage Im Sonnenschein. Die Mineralität des Rieslings zeigte sich, der rauchig-würzige Duft war kein Widerspruch zu seiner Zartheit, vielleicht war seidig das bessere Wort, und da waren Tiefe und reife gelbe Fruchtaromen. Die Intensität dieses Weins wurde auch in seinem langen Nachklang deutlich.

Der Riesling vom schieferhaltigen Boden fand wieder eine andere, eine deutlichere Ausprägung. Er wirkte steinig, wer den Geruch von Schiefer kannte, würde ihn hier vermuten. Die Frucht blieb zurückhaltend, sie zeigte sich erst spät und wurde dann stärker und deutlich, genau wie die Säure. Das war ein weiteres grandioses Gewächs.

Einen Spätburgunder von Rebholz brauchte man gar nicht zu probieren, er war per se außergewöhnlich. Aber Philipp wollte ihn kennenlernen, und es kam immer darauf an, ob man in der Lage war, die Nuancen auch wahrzunehmen, und ob man sie schätzte. Denn auch auf dieser Qualitätsstufe gab es die Etikettentrinker, aber mit denen müsste Thomas sich demnächst auseinandersetzen, denn von dieser Spezies waren die meisten in der Bordeaux-Abteilung zu finden.

Der drei Jahre alte Spätburgunder war noch nicht das, was Philipp erwartet hatte. Aber der ein Jahr länger gelagerte brachte die erwartete Finesse. Es war ein Wein, eine Form, ein Guss, eine Einheit, die auseinanderzunehmen, in die Bestandteile von Harmonie, Frucht oder Reife zu zerlegen, einem Frevel gleichkam. Doch auch ein solcher Wein konnte noch getoppt werden. Zwei Jahre im Barrique und drei Jahre Lagerung auf der Flasche hatten einen in seiner Kraft recht männlich wirkenden Wein entstehen lassen, von der Zeit geschliffen und in ihr gereift. Es war keine Frage, dass die Rebsorte dieses Großen Gewächses sofort erkannt werden konnte, ohne dass die Kirsch- und Beerenaromen in irgendeiner Weise aufdringlich erschienen. Ein grandioses Werk, kein Wein zum Probieren, sondern zum Weitertrinken.

Die Frage des Klimawandels wollte Philipp auch hier ansprechen. Rebholz hielt den Grauburgunder für den ersten Verlierer, aber der war im Portfolio des Winzers nicht der wichtigste. Bedeutsam waren Riesling und Spätburgunder, den Weißburgunder sah er als Gewinner, er brachte das Terroir deutlicher zum Ausdruck, den Boden, auf dem er gewachsen war, und das Klima, das ihn hatte reifen lassen. Nur wer von den Kunden konnte oder wollte das beurteilen?

Dazu wäre es nötig, das Terroir zu kennen, eine Erinnerung davon zu behalten, denn die Witterung und der davon abhängige Reifeverlauf veränderten den Wein von Jahr zu Jahr. Wie die herrschende Hitze sich auf die Säure auswirkte, bis wann die aktuelle Wetterlage anhielt, ob feuchtwarmes Klima folgte und die Pilzgefahr ins Unermessliche wuchs, so wie gegenwärtig in Bordeaux und der Champagne, konnte niemand vorhersagen.

Das sind keine guten Voraussetzungen für Thomas' Ortswechsel, schoss es Philipp durch den Kopf, doch er schob den Gedanken daran beiseite, um sich wieder ganz auf seinen Gastgeber zu konzentrieren.

Sie sprachen über die Unterlagsrebe, die mit alkalischem Boden und seinem Kalkgehalt zurechtkommen musste, die Begrünung der Rebzeilen mit ein- und mehrjährigen Pflanzen war ein Thema, und sie kamen dabei auf Untersaaten zu sprechen und ihre Vorteile. Aber was die steigende Hitze anging, so musste jeder Winzer seinen Gegebenheiten entsprechend handeln. Ein Weinberg war steil, ein anderer war skelettreich, wichtig war die Gründigkeit, der durchwurzelbare Untergrund, der das Speichervolumen für Wasser bestimmte. Auf lokaler Ebene ging es um die Nutzung aufgelassener Brunnen, um Wasser aus Drainagen und Rückhaltebecken für den hoffentlich gemäßigt kommenden Regen.

Als Philipp nach diesem ereignisreichen Vormittag in den Wagen stieg, zeigte der Blick in den Himmel, dass für die Reben eher mit Sonnenbrand als mit Starkregen zu rechnen war. Andererseits versöhnte es ihn, wieder einmal erfahren zu haben, dass Kollegialität und Freundlichkeit hier in der Pfalz stärker waren als anderswo, genau wie eine optimistische Sicht, worauf vielfach der Erfolg beruhte.

Sie trafen sich im Café am Ufer des Schwanenweihers im Kurpark von Bad Bergzabern. Mit dem Blick aufs Wasser und auf den gegenüberliegenden Wald hätte sich bei Verena die vermisste Ruhe einstellen sollen. Doch da war leider noch die über allem schwebende Bedrohung und die Sorge um Manuel und Thomas. Sollte es einen erneuten Angriff geben, so stünden sie in der Feuerlinie, wie es Philipp ausdrückte. Auch wenn es nicht gegen ihre Angst half, so wollte Verena trotzdem alles wissen, was Pascal Bellier über den Verbleib des Gangstertrios aus der Champagne berichtet hatte.

Schlimmer als das Nichtwissen empfand Verena den Umstand, dass die französische Polizei die Spuren dieser drei Personen vollständig aus den Augen verloren hatte und dass ihre drei Männer nicht offen über ihre Vermutungen redeten. Aber deren Verunsicherung spürte sie deutlich. Am Vormittag war sie bummeln gewesen und hatte endlich Zeit gehabt, in Ruhe über die Ereignisse dieser nervenaufreibenden Tage nachzudenken.

Vom Verbleib der Haller'schen Bilder hatte sie nichts gehört. Sie ärgerte sich darüber, dass auch sie allmählich Thomas' Verdacht in Erwägung zog, Waltraud könnte jemanden veranlasst haben, die Bilder für sie zu stehlen, um für Furore zu sorgen, die Öffentlichkeit auf sich aufmerksam zu machen und ihr damit den hohen künstlerischen Wert ihrer Werke vorzugaukeln: Seht her, meine Gemälde sind so bedeutend, dass sie sogar gestohlen werden.

Erst jetzt fiel ihr auf, dass sie an Waltraud und nicht an Hélène Haller gedacht hatte. Und jetzt, mit einigem Abstand, musste sie sich eingestehen, wenn sie mit sich selbst ganz ehrlich war, dass die Bilder längst nicht so herausragend waren, mochte Waltraud sich auch lange mit der impressionistischen Manier eines Max Liebermann beschäftigt haben. Manch ein Betrachter fühlte sich vage an ihn erinnert, andere, die Kunstverstand simulierten, hatten mit wichtiger Miene und schräg gehaltenem Kopf die Bilder bei der Vernissage betrachtet und Wal… äh … Hélène sogar einen eigenen Stil zugebilligt.

Glücklicherweise habe ich mich der Presse gegenüber zurückgehalten und Waldtraud reden lassen, sagte sich Verena, jetzt froh über das unbewusst offen gelassene Hintertürchen. Und sollte es tatsächlich so sein, wie Thomas vermutete, dann war es ausschließlich Waltrauds Angelegenheit. Sowohl Verena wie auch die Versicherung waren die Betrogenen. Zehn- bis fünfzehntausend Euro höchstens könnten für Waltraud als Versicherungssumme dabei rausspringen, hatte Sichel gemeint. Eigentlich war er längst in Rente, aber Martin Bongers' langjähriger Freund kümmerte sich weiter um die Versicherungen der Weingüter und auch der Galerie.

Insgeheim machte Verena sich Vorwürfe, dass sie den eigenen Vorteil, den sie aus der Vernissage zu ziehen glaubte, zu sehr in den Vordergrund gerückt und ihre kunstsinnigen Augen nicht weit genug geöffnet hatte.

Sie betrachtete Philipp, der vor sich hin sann, das gegenüberliegende Ufer betrachtete und sich auf die Fingerknöchel biss. Das tat er fast immer, wenn er sich um irgendetwas oder um jemanden sorgte. In diesem Moment meldete sich ihr Handy. Sie ärgerte sich, dass sie es nicht im Hotel hatte liegen lassen, und nahm das Gespräch trotzdem entgegen, denn Leonies Bild erschien auf dem Display. »Was gibt's?«, fragte sie ihre Vertretung, »irgendwelche Probleme?« Etwas anderes konnte Verena sich momentan nicht vorstellen.

»Keine Probleme, dein Laden läuft bestens. Das ist aber nicht der Grund meines Anrufes. Hast du in den letzten Tagen mal bei Facebook oder Instagram nachgeschaut, was bei deiner Malerin los ist?«

Dazu hatte Verena bisher keine Veranlassung gesehen und keine Lust gehabt. Sie war nicht »internetaffin«, wie sie es nannte, sie pflegte lediglich ihre Homepage. Dort war kaum etwas über sie persönlich zu finden, sie zeigte lieber die Arbeiten der Künstler, die in der Galerie ausstellten, und erzählte etwas über sie und deren Fähigkeiten. Social Media und den Hype darum empfand sie nur als exhibitionistisch, als indiskret und geschmacklos.

»Bei Hélène Haller ist der Teufel los!« Leonie war ehrlich empört. »Es scheint, als ob die gesamte Republik ihr Bedauern über den schrecklichen Verlust der Bilder ausdrücken muss. Meist sind es Frauen, die meinen, sie müssten ihre unqualifizierte Meinung und Fotos von der Vernissage verbreiten. Und du, Verena, wirst beschimpft als verantwortungslose und typisch geldgeile Galeristin, du nutzt angeblich die Arbeit einer selbstlosen Künstlerin aus.«

Über die Bilder, die Haller auf ihrer Homepage und bei Instagram veröffentlichte, lese man nur Bestes, auch von der ach so wundervollen, gelungenen und erfolgreichen Vernissage, auf der fast sämtliche Bilder verkauft sein sollten. »Wir wissen, dass es nicht stimmt. Ein grandioses Werk sei geschaffen und weiteres Blabla, und der Künstlerin wurde eine wunderbare Zukunft vorausgesagt. Alles nur unsinniges Gequatsche, meiner Meinung nach. Erspare es dir besser, die blöden Kommentare zu lesen, Verena. Widersprechen kann man sowieso nicht …«

Verena beendete das Gespräch, wütend und gleichzeitig enttäuscht, dass die Arbeit mit Waltraud eine derartige Wendung nahm. »Die Böse bin jetzt ich«, beschwerte sie sich bei Philipp, »als hätte ich irgendein Interesse, den Dieben Vorschub zu leisten.«

»Das Volk braucht einen Schuldigen, noch besser, wenn es eine Frau ist. Die würden auch wieder zu öffentlichen Hinrichtungen rennen«, meinte Philipp bitter, »die haben sie zwar täglich im Fernsehen, allerdings ist live schon was anderes.«

13. Kapitel

Nachtwache

»Hast du die Wildkamera bekommen?« Thomas war der Zweck dieser Neuerwerbung nicht ganz klar. Aber Manuel war der Jäger. Dass er sich so verändert hatte, Härte und Konsequenz zeigte und überhaupt ein Gewehr anfasste, erstaunte ihn immer aufs Neue.

»Es gehört zum Plan«, meinte Manuel und zeigte Thomas das relativ kleine Objekt. »Teuer war sie nicht. Die Wildkamera ist sozusagen der fotografische Bewegungsmelder. Ob nun ein Wildschwein kommt, ein Reh oder einer von den Ganoven, das ist egal, beide werden gefilmt und damit festgehalten. Wir brauchen Beweise, dass tatsächlich etwas passiert ist. Und außerdem hat Voss angebissen, mit ihm können wir rechnen. Ich habe ihm von unserem Plan erzählt, und er findet den Plan gut. Er hält sich ab Mitternacht bereit. Es scheint ihm Spaß zu machen, mal auf Verbrecherjagd zu gehen. Hier ist doch sonst nichts los! In der Pfalz sind sie alle so freundlich, so nett, so liebenswürdig … und man ist friedlich. Übrigens kommt Leonie gleich noch.«

Sie kam eine Dreiviertelstunde später und bereitete für alle Spaghetti Bolognese. Damit könne sie nicht viel falsch machen, auch wenn sie sich mit dem Kochen nicht auskenne. Es habe sich zu ihr rumgesprochen, dass in diesem Haus größter Wert auf besonders gutes Essen gelegt wurde und dass nur die Männer kochten. Die Einkaufsliste hatte sie von Manuel bekommen, und den Spätburgunder in der Bolognese würde er dosieren.

Thomas freute sich über den späten Besuch und beobachtete seinen Freund, wie er Leonie begrüßte. Die Selbstverständlichkeit, mit der die beiden so kurz nach dem Kennenlernen miteinander umgingen, gefiel ihm gut. Sie passten zusammen, und Thomas war sich sicher, dass mehr daraus würde, dass bereits viel mehr dahinter war, als heute Abend gemeinsam die Teller in die Spülmaschine zu räumen.

Efe war in den Plan eingeweiht und nörgelte herum, weil er nicht mitmachen durfte. Grigoriy hatten sie aus allem herausgehalten, er wusste von nichts. Das war auch besser so. Seine Zurückhaltung und dass er kaum einen Abend in der Gemeinschaft verbrachte, schuf kein Vertrauen, im Gegenteil, es baute sich ab. Er war ein guter Arbeiter, aber für ihr Weingut reichte das nicht.

Die beiden Freunde arbeiteten bis zum Einbruch der Dämmerung, der Himmel blieb lange hell. Bevor es nicht vollkommen finster war, würde sich oben am Pumpenhäuschen nichts tun. Es war überhaupt die Frage, ob ihre Gegner sofort zu weiteren Schlägen ausholen würden, je nachdem, was Beatrix von Weiden ihren Auftraggebern über den Tag mit Manuel berichtet hatte und welche Schlüsse daraus gezogen wurden, von wem auch immer. Thomas war inzwischen überzeugt, dass es hier, ermittlungstechnisch gesehen, um drei verschiedene Ebenen ging: um Diebstahl, Mord und Sachbeschädigung. Und es wurden drei unterschiedliche Ziele verfolgt. Waren es demnach auch drei verschiedene Gegner? Auf Wache, wie er es innerlich nannte, würde er genug Gelegenheit haben, die Angelegenheit mit Manuel zu besprechen.

Eine halbe Stunde nach Sonnenuntergang zog von Osten die Nacht als dunkle Decke herüber, im feucht-warmen Dunst des Rheintals war kaum ein Stern zu sehen. Und noch immer war die Temperatur kaum zum Aushalten.

Gegen dreiundzwanzig Uhr brachen sie auf. Manuel hatte neben dem Tarnnetz seine Jagdtasche dabei.

»Das Gewehr ist geladen?«

»Ich glaube nicht, dass es bei einem Geländespiel bleibt – heute.« Der Ernst, mit dem Manuel das sagte, zeigte Thomas, dass sein Freund genau das tat, was auch er für nötig hielt. Diesen Grad an bewusster Entschlossenheit hatte er bei ihm noch nie bemerkt. Seine drei Hektar dort oben am Libellenberg waren ihm fast heilig, die ließ er sich nicht wegnehmen oder zerstören. Der Ausflug mit Beatrix von Weiden musste ihm gutgetan haben, vielleicht war er sich zum ersten Mal in seinem Leben seiner Stärke bewusst geworden? Einer Stärke, die er immer besessen hatte, andernfalls hätten er, sein Vater und Manuel, nie in dieser Konstellation auf dem Weingut zusammengefunden. Hier gab es keinen Chef – außer dem Wetter, außer den Weinstöcken, außer dem Boden, außer … Aber was nutzte diese Stärke, wenn man sie weder kennt noch nutzt?

Die zwei großen Wasserflaschen trug Thomas, zwei Isomatten hatte er unter die Arme geklemmt, Kaffee und eine Packung Kekse sowie ein starker Handstrahler waren in einer Umhängetasche. Manuel hatte sich in Kosten gestürzt und neben der Wildkamera ein teures Nachtglas gekauft, obwohl sein Gewehr mit einem Zielfernrohr mit Nachtsicht ausgestattet war. »Das ist meine Sache. Die Wildkamera zahlt das Weingut, den Rest ich!«

Es waren nur wenige Kilometer bis zum Libellenberg unterhalb des Waldes, wo sich wieder der kühle Luftstrom bemerkbar machte. Am schwierigsten war, ein Versteck für den Wagen zu finden, damit nicht ein Chromteil aufblitzte, falls die Scheinwerfer eines herauffahrenden Wagens über das Gelände strichen. Thomas überzeugte sich davon, dass die Bewässerungsanlage funktionierte, er leuchtete mit einer Lampe die Rebzeilen ab, fand aber keine undichten Stellen in den Leitungen.

Derweil suchte Manuel nach dem geeigneten Platz für die Wildkamera. Sie erfasste einen Raum von hundertzwanzig Grad, um auch zwei aufrecht oder gebückt gehende Männer zu erfassen. Per WLAN ließ sich das Bild ohne Kabel direkt aufs Smartphone übertragen. Mit einer Art Gürtel befestigte er die Wildkamera an einem Baum und folgte Thomas, der links oberhalb des Pumpenhäuschens eine Mulde gefunden hatte, von wo aus sie die Lage mit dem Weißburgunder sowie das Häuschen und den heraufführenden Weg im Auge hatten. Die Isomatten waren bequem, aber der Boden so weich und warm, dass sie nur störten. Keiner von ihnen war beim Militär gewesen, doch sich ein Versteck zu bauen und unters Tarnnetz zu kriechen, war ein Leichtes. So konnten sie sich bewegen und waren gedeckt.

Manuel zog sein Gewehr aus der Tasche, überprüfte es und lud durch.

»Du würdest wirklich schießen?«

Manuel schwieg einen Moment. »Was glaubst du, wozu ich es mitgenommen habe.« In der Antwort lag tiefer Ernst. »Ich habe es gekauft, um die Wildschweine zu vertreiben, aber es reagiert auch auf Schweinehunde.«

»Falls du schießt, bringst du die Auseinandersetzung auf eine andere Ebene. Mit Gewalt eskaliert das Ganze.«

»Wir haben den Krieg nicht begonnen. Heinrich und die Leitungen, das war keine Gewalt? Bist du nun dabei oder nicht?«

Manuel legte sich zuerst in die Mulde, das Gewehr vor sich, es war dorthin gerichtet, wo er die Männer erwartete. »Wieso gehst du davon aus, dass die wieder gegen diese Lage vorgehen, dass sie genau hier etwas unternehmen?«

Thomas kniete sich neben ihn, zog das Tarnnetz über sie und dachte einen Moment daran, dass sie wahrscheinlich das taten, wovor Grigoriy aus der Ukraine geflohen war. Möglicherweise schoss sogar jemand zurück. »Befehlsempfänger nehmen immer den bequemsten Weg, nämlich den, der am wenigsten Arbeit macht. Hier oben waren sie schon mal, unsere anderen Lagen kennen sie nicht.«

»Außer sie hätten Einsicht ins Flächenverzeichnis. Aber da kommt nur der Eigentümer ran«, meinte Manuel, »oder die Berufsgenossenschaft, Versicherungen und die Behörden.«

»Ach, glaubst du wirklich, dass dieses Verzeichnis dadurch sicher ist? Bei all diesen Leuten findet sich immer jemand, der einem weiterhilft. Das ist eine Frage des Preises. Nun lieg endlich mal still, sonst kommst du noch an den Abzug.«

Manuel kramte weiter in der Gewehrtasche herum und zog einen länglichen Gegenstand mit einem undefinierbaren Aufsatz auf dem kurzen Rohr heraus. In der Dunkelheit war für Thomas nicht zu erkennen, wozu er diente.

»Das ist ein Paintball-Gewehr, mein Freund, ein Markierer. Wenn ich den Gegner oder einen Gegenstand wie sein Auto treffe, dann bleibt ein großer gelber Fleck.«

»Mir scheint, du ziehst in den Krieg, Manuel.«

»Wenn wir sie markiert haben, werden sie vorsichtiger sein, und wir finden sie wieder …«

»…oder sie werden gerissener und brutaler vorgehen.«

»Hast du vergessen, was Efe gesagt hat?«

»Was hat er gesagt?«

»*Ogum*!, hat er gesagt, Krieg. Erst töten sie die Tiere, dann die Menschen. Darauf möchte ich es nicht ankommen lassen. Unten, wo der Asphalt beginnt, wartet Voss nachher. Ich sollte ihn anrufen, wenn wir hier oben eingerichtet sind, einen Kollegen bringt er mit. Dann geht der Wachdienst auf die erste Tour, und wenn die Gangster schlau sind, warten sie die ab und kommen danach. Wenn wir sie vertreiben, steht Voss unten und schneidet ihnen den Weg ab. Er wird sie festnehmen. Dann erfahren wir endlich, wer unser Feind ist.«

»Weiß Schlafmeier davon?«

»Einen Teufel weiß der«, sagte Manuel und lachte. »Ich

finde es toll, wie viele Möglichkeiten es gibt, seinen Namen zu verballhornen.«

»Aber wir wissen, wer unser Feind ist, Philipp kennt ihn und ich auch.«

Es schien, als müsste Thomas ein paarmal Luft holen, bevor er weitersprach. Oder hörte er darauf, was die Umgebung sagte? Da war ein Rascheln im Gras, einige Nachtvögel machten unbekannte Geräusche, Fledermäuse waren um sie herum unterwegs und in der Ferne Autos, deren Scheinwerfer sich durch die Dunkelheit tasteten. Aus dem nahen Dorf drang das Bellen eines Hundes herauf, dann eines zweiten …

»Im Gegensatz zu dir wissen wir, was es bedeutet. Denn dass nicht nur Pascal auf ihn geschossen hat, erfuhr Russel erst im Prozess gegen ihn – aber nicht, wer es gewesen war.«

»Untereinander gehen sie demnach auch nicht besser miteinander um als mit uns.«

»Daher wissen wir, was uns erwarten kann. Also ist es gut, mein Lieber, dass du dein Gewehr dabeihast. Zumindest kannst du damit Krach machen, und wir halten uns die Bande vom Pelz.«

Wieder kroch die Nacht heran, in ihrer Neumond-Schwärze war sogar der Widerschein der Dörfer am Himmel kaum zu sehen. Dann hörten sie den Wagen, der Wachdienst kam herauf bis zu ihnen, die Wildkamera musste nachjustiert werden, dann wendete das Fahrzeug und entfernte sich, und die Stille mit den vielen Geräuschen der Nacht kehrte zurück.

»Heute Morgen habe ich darüber nachgedacht, was unsere Gegner mit ihren Aktionen bezwecken. Der Bilderdiebstahl war läppisch, abgehakt, der Mord an Heinrich schon nicht mehr, und was sie hier angerichtet haben – dazu braucht es Nerven.«

»Und zu welchem Schluss bist du gekommen?« Manuel war mit seinem Smartphone beschäftigt und schaute nach, wo sich der Tracker von Frau von Weiden befand. Er blieb unverändert in Mannheim. »Ich wüsste zu gern, was sie dort macht.«

»Wahrscheinlich trifft sie einen Liebhaber, du hast sie ja nicht rangelassen.«

»Klugscheißer. Also, was wollen sie bezwecken? Uns schaden, das ist klar. Du meinst, wie und ob die Angriffe zusammenhängen? Der Bilderklau hat weder mit Heinrich noch mit den durchgeschnittenen Leitungen was zu tun. Beim Diebstahl waren Dilettanten am Werk und sorgen für Publicity für die allseits geschätzte Pinselkünstlerin.«

»Und wenn es ein Ablenkungsmanöver ist? Was ist mit Heinrich?« Thomas blieb skeptisch.

»Ein Racheakt oder laut Efe eine Kriegserklärung, lediglich der Anfang.«

»Die Schläuche?«

Manuel schwieg und starrte ins Dunkel. »Da will jemand uns allen wirtschaftlich schaden. Bei Heinrich und den Schläuchen steckt dein französisches Trio dahinter. Mit der von Weiden ist es inzwischen ein Quartett. Die machen aber nichts selbst, ich glaube, dass nicht die Kofferträger, sondern die Fahrer zu den Hilfstruppen gehören. Wenn Touraine dahintersteckt, wird er neue Hilfstruppen ausgehoben haben. Die bezahlt Russel. Wenn er im Knast acht Jahre lang gezockt hat, wird genug zusammengekommen sein. Vielleicht sind es auch Leute, die bereits damals für seinen Champagner-Fonds gearbeitet haben.«

Genau das hielt Thomas auch für wahrscheinlich. »Seine Helfershelfer wurden bis auf drei oder vier Kanaillen fürs Flaschenstapeln in seinen Kellern nicht gefasst. Die wussten angeblich von nichts, die kamen mit Bewährungsstrafen davon.«

Manuel überlegte, wie sie herausfinden konnten, wer in anderen Ländern als Aufkäufer von Weingütern unterwegs war. Man müsste Frau Sturm fragen und Martin Bongers einspannen, auch er hatte Kontakte zur dortigen Kriminalpolizei oder seit seinem kleinen Rumänienabenteuer zum Geheimdienst. Aber darüber konnte er sich auch morgen noch Gedanken machen.

»Weck mich, wenn sie kommen.« Manuel rollte sich auf die Seite, legte den Kopf auf den linken Arm und drückte das Gewehr an die Brust, dann schob er es zu Thomas rüber, der es widerstrebend entgegennahm. »Stell dich nicht so an. Du sollst auf niemanden schießen, nur abdrücken und Krach machen, wenn ich es sage.«

»So ein Ding hat doch einen Rückstoß«, gab Thomas kleinlaut zu bedenken.

»Dann halt es gut fest. Ich nehme den Paintball-Marker. Ich muss auf Anhieb treffen, denn dann sind sie alarmiert. Erstens merkt man den Einschlag, zweitens hat man einen riesigen Fleck auf den Klamotten. Vielleicht sind sie zu zweit …«

»Bestimmt sind sie das.«

»… und ich kriege den zweiten Mann auch.«

»Was hast du noch in deiner Waffenkammer?« Manuel hörte das Erstaunen in Thomas' Stimme, diese Seite kannte er trotz all der vielen gemeinsamen Jahre des Lebens und Arbeitens noch nicht. »Schalldämpfer?«

»Nur beim Jagen«, sagte Manuel gedehnt. »Ich hab, was man so braucht: Flammenwerfer, zwei israelische Maschinenpistolen, eine russische Bazooka, diverse Handfeuerwaffen tschechischer Provenienz selbstverständlich.«

»Ich glaube, du hast da oben auf dem Schloss zu viel Sonne abgekriegt.« Mehr kam von Thomas nicht mehr, stattdessen ruckelte er sich im Sand zurecht; die tieferen Schichten der Erde waren ein wenig kühler. Einen Vorteil hätten Hitze und Trockenheit, gab er zu bedenken. Die Mücken würden sie in Ruhe lassen, die ihnen sonst unter dem weitmaschigen Tarnnetz Hals, Gesicht und Arme zerstochen hätten. Alles lechzte nach Regen, auch die Mücken.

Manuel erinnerte sich in der Stille dieser Nacht sehr gut daran, wie Thomas und er in den Anfangsjahren bei Regen, Hitze und Kälte im Weinberg gearbeitet und sich auf ersten Weinmessen die Beine in den Bauch gestanden hatten. Wie wird es sein ohne ihn?, fragte sich Manuel. Still wird es werden ohne ihn, so still wie diese Nacht. Aber er war sich sicher, dass Thomas häufig hier sein würde, es war schließlich auch sein Land, sein Leben steckte hier im Boden, er kannte jeden ihrer Weinstöcke, wirklich jeden, so absurd es klingen mochte. Hier stand sein Haus, von allem gehörte ihm ein Drittel, auch vom Wein im Keller, und dort, in Saint-Émilion, war er nichts und ein Niemand und ein Deutscher, der Ressentiments zu fürchten hatte. Dort würde er sich erst einen Platz erobern müssen, den er hier längst hätte. Vielleicht würde er nur Simones Ehemann bleiben?

Das war doch ein Hoffnungsschimmer. Der einzige Lichtblick war Efe. Er war eine gewaltige Hilfe. Mit ihm verstand sich Manuel bestens, und auf ihn war Verlass. Was außer ihm noch Licht in seine Zukunft warf, war Leonie. Es war gut und richtig, dass sie es langsam angingen, dass sie sich Zeit ließen. Er war dabei, sich auf eine ganz andere Art zu verlieben, nicht Hals über Kopf, keine Begierde, keinen Heißhunger, dafür war sie nicht der Typ, und er hatte sich zu oft die Finger und das Herz verbrannt.

Da oben auf dem Hambacher Schloss hatte sich etwas in ihm geöffnet, seine bisherigen Gefühle waren ihm fremd geworden. Er dachte an Leonie, er wartete auf sie, er sah sie gern an, er fand sie schön. Und er fühlte etwas wie Ruhe in ihrer Nähe, die er sonst nur zwischen den Reben und in der Stille seines Weinkellers empfand, wenn er konzentriert von Fass zu Fass ging, mit den Händen darüberstrich, eine Probe zog, daran schnüffelte und probierte und seinen Empfindungen freien Lauf ließ. Dann begann er nachzudenken und kam letztlich zu der Erkenntnis, dass der Wein gut war oder noch zwei Monate und drei Tage im Fass bleiben sollte.

Die Lücke, die Thomas hinterlassen würde, konnte Leonie nicht schließen, dazu war sie nicht da. Sie öffnete allerdings eine neue Tür. Es war wie beim Wein – Süße und Säure mussten im Einklang sein, erst damit ergab sich Harmonie. Raues Tannin konnte eingebunden werden. Leonie war lebendig und kreativ, sie hatte Geschmack und Stil und packte an, wie die totale Neugestaltung von Verenas Galerie innerhalb nur eines Tages …

Manuel hatte das Gefühl, gerade erst eingeschlafen zu sein, als Thomas ihn anstieß: »Wach auf! Sie kommen!«

Sofort war er hellwach. Sie hörten einen Motor, man fuhr im zweiten Gang, dann im ersten, als es steiler wurde. Sie sahen die Scheinwerfer über Bäume hinweghuschen und durch die Büsche geistern, dann meldete sich die Wildkamera, und ein Auto rumpelte übers Display von Manuels Smartphone. Kurz darauf erloschen die Scheinwerfer, und als der Wagen sich als heller Schatten vor dem Pumpenhäuschen abhob, erstarb auch das Motorengeräusch. Es blieb nur das Sirren der Zikaden. Zwei Autotüren wurden in kurzer Folge geöffnet und zugeschlagen, die eine kräftiger als die andere, also kamen sie zu zweit.

»Die kommen immer zu zweit oder zu dritt«, flüsterte Thomas. »Das ist wie damals an der Zonengrenze, hat Philipp gesagt, einer kontrolliert den anderen.«

»Wann hat er das gesagt?«

»Vorhin, wir haben telefoniert. Ich habe nicht gesagt, was wir vorhaben. Aber still …«

Sie waren keine dreißig Schritte entfernt. Ihre Konturen zeigten, dass es ziemlich stämmige Typen sein mussten, die Gesichter waren lediglich helle Flecken. Es war nicht auszumachen, ob sie zu den Kofferträgern gehörten, möglicherweise die Fahrer waren. Vermutlich gab es mehrere dieser Fahrer, die anscheinend fürs Grobe zuständig waren.

Die länglichen Gegenstände in den Händen der Männer stellten sich beim Blick durchs Fernrohr als große Astscheren heraus. Damit ließ sich jeder zwei Finger dicke Weinstock mit Leichtigkeit abknipsen, sicherlich waren damit auch die Bewässerungsschläuche gekappt worden. Den Arbeitsgang hätten sie sich erspart, wenn sie sich gleich die Weinstöcke vorgenommen hätten. Manual zweifelte, dass es mit einer Motorsäge schneller gehen würde, außerdem ließ sich bei Nacht der Lärm kilometerweit hören. Die Männer schienen sich absolut sicher zu fühlen, sie bewegten sich so geschickt durch die Dunkelheit, als kannten sie den Ort. Obwohl sie laut sprachen, war leider auf die Entfernung kein Wort zu verstehen. Aber Tonfall und Sprachmelodie waren eindeutig.

»Die sprechen Französisch, so viel kann ich hören«, flüsterte Thomas. »Die von Weiden wird ihnen gesagt haben, dass die Bewässerung wieder funktioniert, deshalb nehmen sie sich jetzt die Weinstöcke vor.«

»Aber an das, was gleich auf euch zukommt, werdet ihr euch verdammt lange erinnern«, raunte Manuel seinem Freund zu, obwohl die Worte den Männern zugedacht waren.

Sich nach allen Seiten versichernd, gingen die beiden Männer auf das nächstliegende Flurstück zu, es war der Weißburgunder. Hier hatten sie an den Schläuchen den größten Schaden angerichtet.

»Besonders diese Lage werden sie so schnell nicht vergessen«, zischte Manuel, seine Nervosität war verflogen. Bei ihm war nur noch stille, unheimliche Wut. Jemand vergriff sich an dem Weinberg, den hauptsächlich er in drei langen Jahren aufgebaut hatte und der in diesem Herbst erstmals verwertbare Früchte tragen würde, die das Terroir beurteilen ließen. »Drei lange Jahre … die verbringt ihr im Knast, Freunde.«

Er sprach leise, er atmete ruhig und gleichmäßig, hielt den Marker in Händen, legte an und zielte …

»Nein!« Thomas griff ihm in den Arm. »Noch nicht! Wir müssen sehen, worauf sie hinauswollen, zwei oder drei gekappte Weinstöcke schaden uns nicht, wir können neue aufpropfen. Wenn sie nichts zerstören, reden sie sich leicht raus. Andernfalls lässt sich an den Scheren genetisches Material der Stöcke nachweisen – vermutlich sogar Spuren der Schläuche. Die Scheren werden sie wohl kaum desinfiziert haben.«

Manuel ließ den Marker sinken. »Stimmt.« Er hielt den Marker weiter im Arm und nahm das Nachtglas ans Auge. Die Ganoven hatten die erste Rebzeile erreicht und verständigten sich kurz, dann ging einer zur linken Seite, der andere wandte sich nach rechts. Gleichzeitig schnitten sie die ersten Rebstöcke der beiden vorderen Rebzeilen ab.

Manuel konnte sich nicht zurückhalten. Das Nachtglas ablegen, den Marker an die Wange nehmen, zielen und schießen war eine einzige Bewegung. Es gab einen leisen Knall – und er hatte getroffen. Der vordere der Männer stieß einen Schrei aus, wahrscheinlich weniger vor Schmerz als vor Schreck, und sprang in die Höhe. Damit gab er das neue Ziel frei. Zeit zum Überlegen, woher der Schuss gekommen war, ließ Manuel ihnen nicht, er drückte wieder ab und traf den zweiten Mann, dessen Gestalt sich trotz der Dunkelheit sichtbar vor dem Nachthimmel abhob.

»*Putain de merde – ils nous tirent dessus!*«, schrie er, sah an sich herunter, fuchtelte mit den Armen und warf sich zu Boden. »*Qu'est-ce que c'était?*«

»*Peinture flurescente … bazar.*«

»Dass sie mit Leuchtfarbe beschossen werden, haben sie nicht erwartet.« Thomas gluckste vor Schadenfreude, die Farbe war dünnflüssig, es mochte an der Hitze liegen, zerlief auf den Jacken der Männer und machte sie unübersehbar.

Dann platzierte Manuel die nächste Farbkugel auf einer Seitenscheibe des Wagens.

Während der zuerst Getroffene anscheinend völlig perplex in die Nacht starrte, sich die Jacke vom Leib riss und sich dabei weiter mit Farbe beschmierte, hatte der Liegende eine Waffe gezogen und schoss in die Richtung, aus der er meinte, dass die Farbe abgefeuert worden war.

Manuel sah das Mündungsfeuer, er riss Thomas das Gewehr aus der Hand und setzte blitzschnell den Schalldämpfer auf. »Du hampelst mit dem Ding zu viel herum.«

Das Nachtglas vor Augen rief Thomas jetzt Voss an: »Die Typen sind bewaffnet, haben Sie die Schüsse gehört? – Ich glaube, die machen sich gerade auf den Rückzug.«

Manuel schlug das Tarnnetz zurück und brachte sich in Schussposition.

»Sie können sie unten in Empfang nehmen, Herr Voss. Wir sind fertig, wir kommen sofort nach.«

»Haltet euch zurück, ich will keine Verletzten. Was war das? Ein Schuss, der letzte? Das war keine Pistole …«

Bevor Voss mehr Fragen stellen konnte, legte Thomas auf. Manuel hatte geschossen, dem kaum hörbaren Knall war sofort ein scharfer metallener Laut gefolgt. »Ich glaube, ich habe den Reifen getroffen oder die Felge. Was heißt eigentlich ›Hände hoch‹ auf Französisch?« Noch während er sprach, schraubte er den Schalldämpfer ab.

»*Les mains en l'air!* Du willst sie doch hoffentlich nicht festnehmen?«

»Nein, ich bin nicht lebensmüde, das Offizielle macht Voss doch gleich. Schau, sie hauen ab.«

Die Männer liefen geduckt zum Wagen und sprangen hinein, der Motor heulte auf. Doch das Fahrzeug ließ sich in dem sandigen Gelände nur schwer steuern. Manuel hatte einen Vorderreifen getroffen, und beim Rangieren grub sich anscheinend die Felge in den weichen Untergrund.

Jetzt rächte es sich, dass die Gangster beim Heraufkommen den Wagen nicht gleich gewendet und in ihrer möglichen Fluchtrichtung abgestellt hatten. Das Wendemanöver schien endlos zu dauern, das Fahrzeug schlingerte auf den Weg zu, dann verschwand es mit heulendem Motor aus dem Blickfeld.

»Sie haben sich verdammt sicher gefühlt, oder es ist, wie du sagtest, sie sind einfach nur faul oder zu blöd. Los, komm! Nimm den Strahler.« Manuel warf das Tarnnetz gänzlich ab, klemmte das Gewehr und die Hülle unter den Arm und lief los. Aber er rannte nicht hinter den Ganoven her, sondern verschwand in den Büschen hinter ihrer Mulde. Erst als er ein paar Minuten später wiederkam, klärte er seinen Freund auf: »Ich musste … das Gewehr … es musste verschwinden.«

Gemeinsam hetzten sie stolpernd den Hang hinab auf das Blaulicht zu, das weiter unten die Umgebung wie ein Stroboskoplicht mit blauen Blitzen erleuchtete. Schwitzend und völlig außer Atem erreichten sie die Straßensperre. Voss hatte mit dem Polizeiwagen den Weg blockiert. Es schien, als hätten die Gangster rechts am Streifenwagen vorbeifahren wollen und hatten dummerweise den Graben hinter den Büschen übersehen. Genau da steckte der Wagen drin, sein Heck ragte schräg aus den Blättern, die Warnblinkanlage hatte sich eingeschaltet und zuckte sinnlos. Das gelbe Blinken mischte sich mit dem Blaulicht, die Szene erinnerte Thomas an ein Unglück auf der Go-Kart-Bahn bei der Kölner Kirmes. Voss' Kollege hatte den Scheinwerfer eingeschaltet, beide Beamten standen mit gezogenen Waffen und zielten auf die Ganoven, die sich hinter dem Airbag aus dem Wagen quälten. Der Fahrer richtete sich mühsam auf, hob die Hände, betrachtete fassungslos den demolierten Wagen im Graben und schien nicht zu verstehen, was um ihn herum geschah. Der andere, ein Mann mit Vollbart, etwa Mitte dreißig, was bei dem harten Licht des Scheinwerfers kaum zu beurteilen war, schleuderte einen Gegenstand mit der Rechten ins Gebüsch, mit der Linken hielt er sich den Kopf. Blut lief über seine Wange, dann streckte er den rechten Arm steil in die Höhe.

»Zum Anschnallen blieb ihnen keine Zeit. Den Kopf sollte man nicht verlieren.« Wegen seiner Häme schämte Manuel sich kein bisschen. »Das mit dem Blut war ich nicht.«

Kaum standen die Männer auf dem Weg, ergoss sich ein Schwall französischer Beschimpfungen über die Polizisten, und nur die Waffen hielten sie davon ab, auf Voss und seinen Begleiter loszugehen und eine Prügelei anzufangen. Thomas übersetzte für Manuel, was er verstand: dass sie hier spazieren gehen wollten, und da habe jemand auf sie geschossen, sie überfallen, sie seien unter Lebensgefahr geflohen, sie seien die Opfer. »*Nous sommes les victimes!*«, wiederholte der mit der Kopfwunde immer wieder und protestierte, als ihm Handschellen angelegt wurden. »*Nous sommes les victimes!*«

»Vorsicht!«, rief Thomas. »Die haben Waffen, sie haben auf uns geschossen.«

In dem Moment stand Manuel bereits hinter dem Mann, und sein »Stop!« und der Lauf des Paintballmarkers im Rücken ließ den Franzosen erstarren. Manuel zog mit spitzen Fingern die Pistole aus dem Hosenbund, während Voss' Begleiter den Bärtigen abtastete. Auch der bekam Handschellen angelegt. Die beiden Männer raunten sich etwas zu, nur um dann wieder lautstark zu protestieren.

»Spricht einer von euch Französisch?« Fragend blickte der zweite Polizist die Freunde an und stellte sich als Wachtmeister Gerber vor.

»Ganz leidlich«, meinte Thomas. »Zuerst hat er seinem Komplizen jedes weitere Wort verboten, er würde die Konsequenzen tragen müssen, falls er den Mund aufmache, und jetzt verlangt er nach einem Arzt und dem Botschafter.«

»Den Arzt kann er haben«, knurrte Voss mit bösem Blick

auf den Mann, »nur etwas später, in der Zelle. Der Botschafter hat heute leider keine Zeit für euch. Können Sie das übersetzen?«

Thomas nickte, aber was er sagte, wiederholte er nicht auf Deutsch.

Voss holte einen Verbandskasten aus dem Streifenwagen, nahm eine Wundauflage, sprühte ein Desinfektionsmittel auf die Stirnwunde und klebte eine Wundauflage fest, um die Blutung zu stillen. »Sieht schlimmer aus, als es ist, muss aber wohl genäht werden.«

Wachtmeister Gerber meinte, dass es Zeit sei, endlich Verstärkung und die Spurensicherung anzufordern, und setzte sich in den Wagen.

»Das mache ich besser«, sagte Voss entschieden und ziemlich barsch und erklärte dann etwas vermittelnder, dass er die gesamten Hintergründe kenne. »Es gab in den letzten Tagen bereits zwei Anschläge auf die Herren Stern und Achenbach. Da scheint ein großes Ding zu laufen. Pass bloß auf diese Typen auf. Wir durchsuchen den Wagen erst, wenn die Kollegen hier sind.« Damit wandte er sich ab, setzte sich in den Streifenwagen und schloss die Tür. Was er mit seiner Zentrale besprach, war anscheinend nicht für fremde Ohren bestimmt.

Die Franzosen hatten sich am Wegrand fallen lassen, Manuel ließ sich neben Gerber ihnen gegenüber im Schneidersitz nieder, eine Hand am Paintball-Marker. Sein langes dunkles Haar war vom Schweiß verklebt, die Nacht schien so heiß zu bleiben wie der Tag. Hatten sie bisher reflexartig gehandelt, so begann jetzt die Phase der Entspannung.

»Ich habe höllischen Durst«, sagte Thomas, »die beiden Knallköpfe uns gegenüber sicher auch. Was treibt diese Leute an? Wie kann man so bescheuert sein und sich darauf einlassen, anderer Leute Arbeit bei Nacht zu zerstören?« Er beugte sich zu Manuel. »Das Gewehr ist in Sicherheit?«, fragte er flüsternd.

Manuel nickte kaum merklich.

»Ich gehe rauf und hole unser Wasser, ich sterbe vor Durst«, sagte Thomas laut. »Und ich räume da auf«, fügte er so leise hinzu, damit nur Manuel ihn verstand. »Ich beseitige unsere Spuren, bevor die Spurensicherung auftaucht. Die werden da oben auch herumkriechen, aber wahrscheinlich erst bei Tageslicht.«

Voss hatte alle nötigen Anrufe erledigt und stieg aus dem Wagen. »Ich habe gesagt, dass Sie fließend Französisch sprechen, aber man braucht einen vereidigten Übersetzer fürs Verhör.«

»Den könnt ihr euch sparen. Die haben sich eben abgesprochen, die halten das Maul. So habe ich sie zumindest verstanden. Sonst bekämen sie Ärger.«

»Fragt sich nur, mit wem«, bemerkte Voss. »Sie wissen das wirklich nicht?« Es war ihm anzumerken, dass er an Thomas' Worten zweifelte.

»Wissen? Nein. Es gibt lediglich Vermutungen, mehr nicht. Nur wer will darauf bauen?«

Beim Pumpenhäuschen angekommen, sah Thomas zuerst nach den Rebstöcken. Vier waren gekappt, einer angeschnitten. Der war mit einem Verband und Baumharz vielleicht zu retten. Das Tarnnetz rollte er auf und klemmte es unter den Arm, beim Runtergehen konnte er es im Wagen lassen. Nach kurzem Suchen fand er gleich neben ihrer Kuhle auch die ausgeworfene Patronenhülse und steckte sie sicherheitshalber ein. Er nahm die Wasserflaschen, fand eine weggeworfene Astschere – also deshalb der Halt am Baumarkt – und ging zurück. Eine Flasche bekamen die Polizisten, die andere gab er Manuel. Die beiden Ganoven sahen ihn an, als wären sie bereit, sogar für eine halbe Flasche Wasser zu töten.

»*Nous vous laisserons mourir de soif*«, sagte Thomas so laut, dass die Gefangenen es verstehen konnten, eigentlich war es an sie gerichtet. Niemand hier hatte ihnen etwas getan, und sie brachten Unglück über Menschen, die sie nicht kannten, aufgehetzt von irgendeinem Großmogul, wahrscheinlich mit Namen, aber ohne Gesicht. Das machte Thomas am meisten zu schaffen.

Thomas wurde unruhig, er musste irgendetwas tun. Nur um hier auf noch mehr Polizisten zu warten, war die Nacht zu schade. Sie würden aus Neustadt anrücken. Aber erst einmal mussten sie aus den Betten kommen. Er selbst könnte sich zwar im verdorrten Gras wie ein Hund zusammenrollen und würde sofort einschlafen, aber stattdessen stand er auf. »Wir sollten verschwunden sein, wenn die Kavallerie anrückt.«

»Es wird sicher Fragen geben, die wir besser nicht beantworten«, meinte Manuel. »Falls die beiden Gangster auspacken, werden sie versuchen, uns was anzuhängen.« Er stand ebenfalls auf, holte sich bei Gerber einen Pappbecher, füllte ihn mit Wasser und hielt ihn dem Bärtigen an den Mund. Der trank den Becher in einem Zug leer. Trotzdem blieb sein Blick voller Hass. Oder hatte er Angst vor seinem Chef, wer immer das war?

Voss und sein Begleiter bugsierten die widerstrebenden Männer zum Streifenwagen und durchsuchten sie. Sämtliche Taschen waren leer, kein Führerschein, keine Brieftasche, weder Geld noch Zigaretten, auch keine Zimmerkarte eines Hotels. Aber bei der anstehenden Auswertung des Navigationsgerätes ließen sich sicherlich die Touren der vergangenen Tage rekonstruieren. Als sie ihnen die Schuhe auszogen, mussten sie den Tritten der Männer ausweichen. Den Schwall von Schimpfwörtern und Beleidigungen übersetzte Thomas lieber nicht, es hätte die Situation nur verschärft, außerdem war er kein vereidigter Übersetzer. Zum Schluss wiederholten sie den stereotyp vorgebrachten Hinweis, dass sie die Opfer seien.

Nachdem das Durchsuchen der Franzosen erfolglos blieb und sich nicht der kleinste Hinweis auf ihre Identität ergab, sah Voss ins Handschuhfach des Wagens im Graben und zog den Mietvertrag für den Wagen heraus. Und siehe da, für Thomas kaum verwunderlich war Vermieter wieder die Wiesbadener Firma und als Mieter eingetragen die SVEE Société de la Vigne Écologique Européenne.

Auf dem Rücksitz fand sich die zweite Astschere, die Idioten hätten sie auf dem Weg irgendwo in die Büsche pfeffern sollen, so lieferten sie belastende Beweise. Außerdem noch eine Motorsäge eines französischen Fabrikats, sicherlich in China hergestellt, und ein Vorschlaghammer.

»Wozu könnte der wohl gut sein?« Voss blickte finster von einem zum anderen und dann zum Wagen.

»Vielleicht wollten sie noch das Pumpenhäuschen in Klump hauen. Je nach Laune«, schlug Manuel vor.

»Wozu auch sonst braucht man einen Vorschlaghammer«, wunderte sich Thomas, »wenn man mit zwei Pistolen unterwegs ist?«

»Sachbeschädigung ist kein großes Delikt. Falls sie geständig sind, kommen sie mit einer Geldstrafe davon, wenn sie den Schaden begleichen.«

Davon auszugehen, wäre falsch, wandte Manuel ein. »Sie müssten Angaben zu den Hintergründen machen, es würde weiter gefragt, auch weshalb ein Unternehmen die Wagen gemietet hat und wozu. Welche Motive stehen dahinter?«

»Also gehe ich davon aus, dass Sie Anzeige erstatten werden?« Voss runzelte die Stirn, so sah es zumindest aus, wenn das Blaulicht über sein Gesicht huschte.

»Klar, die haben auf uns geschossen. Wer von beiden, wissen wir nicht. Das ist ein Mordversuch. Schmauchspuren könnten das nachweisen, und welche Waffe benutzt wurde, lässt sich auch feststellen.«

»Das ist dann schon ein ganz anderer Vorwurf.«

»Wir haben sie lediglich markiert, damit Sie hier …«

»Das lassen wir besser weg.« Jetzt wurde Voss nervös. »Da kriege ich Schwierigkeiten, Schleichmeier würgt mir da was rein.«

»Er mag Sie nicht …«

»Das wäre untertrieben.«

»Falls Sie den Job verlieren«, beruhigte ihn Thomas mit einem Seitenblick auf Manuel, »wir brauchen demnächst noch jemanden auf dem Weingut, der zuverlässig ist.«

Aus der Ferne näherte sich ein Martinshorn, was Thomas zu einem eiligen Nachsatz veranlasste: »Vergessen Sie nicht, die Astscheren auf Fingerabdrücke und auf Spuren von Weinstöcken und von Kunststoffschläuchen zu untersuchen. Und ich würde gern die Schuhe der Männer fotografieren beziehungsweise die Sohlen.«

»Wozu soll das dienen?«

»Um einen der beiden zu überführen. Ihr Polizeiobermeister Schleifmeier hielt es nicht für nötig, hier nach dem Mord an unserem Schaf und dem Sabotageakt die Spuren zu sichern. Aber Sie wissen doch, dass wir das getan haben. Und ich wüsste gern …«

»… ob einer der beiden Franzosen dabei war?«, vollendete Voss die Frage und behielt den Wagen mit den Festgenommenen im Auge. »Sie wollen einen Abgleich machen. Sie scheinen viel mehr zu wissen, als Sie preisgeben.«

»Vermutungen, nichts als Vermutungen.«

»Mit welchen fremden Mächten arbeiten Sie zusammen?«

»Mit solchen, die noch einiges aufzuklären haben.« Thomas dachte an Pascal, dem es ein sehr persönliches Anliegen war, Touraine hinter Gitter zu bringen, besser noch unter die Erde, aber offen gesagt hatte er das nie. »Schauen Sie in den französischen Polizeicomputer, da wird einiges zu finden sein.«

»Da komme ich nicht ran, außer bei grenzüberschreitender Fahndung.«

»Dann werden wir Sie mit jemandem zusammenbringen«, versprach Thomas.

»Da kommen übrigens Ihre Kollegen.« Manuel hatte die beiden Polizeifahrzeuge entdeckt, die mit Abblendlicht den Hügel heraufkrochen. »Sieh an, sie haben den Libellenberg tatsächlich gefunden.«

»Fahren die noch nach Stadtplan, oder gibt's bei euch schon Navis?«

»Seht zu, dass ihr hier wegkommt …«

14. Kapitel

Schlucht mit Wasserfall

»Wie war das Konzert gestern Abend? War Jimmy Cliff auch dabei? Peter Tosh vielleicht oder gar Bob Marley? Nein?« Wie auch, die waren alle längst tot. Trotzdem hätte es Thomas gefallen, so hatte er sich mit dem kurzen Life-Mitschnitt zufriedengeben müssen, den sein Vater ihm noch am Abend per Smartphone geliefert hatte. Das war kurz vor ihrem Aufbruch zum Libellenberg gewesen. Ihr Vorhaben hatte er wohlweislich verschwiegen, denn Widerspruch hätten sie vor ihrer nächtlichen Aktion nicht gebrauchen können. Philipp wäre strikt dagegen gewesen, schließlich waren tatsächlich Schüsse gefallen. Trotzdem sah Thomas es genau wie Manuel als vollen Erfolg.

Begeistert berichtete Philipp von dem Konzert und von der coolen Atmosphäre, der guten Musik und einem fantastischen Sternenhimmel. Es sei nach Tagen der Anspannung endlich mal wieder ein Abend ohne Sorgen und Aufregung gewesen, das alles hätten sie vergessen können. Auch Verena, die die letzten Eintrittskarten aufgetrieben hatte, sei glücklich gewesen, zumal Leonie von guten Verkäufen in der Galerie berichtete. Alles war bestens.

»Und wie war es bei euch? Ist noch was vorgefallen?«

»Nein … aber dazu gleich mehr.«

»Wieso? Was machen unsere Helfer?«

»Efe hat die Schafe endgültig adoptiert oder sie ihn, ich konnte ihn nicht davon abhalten, draußen zu schlafen. Er wollte Wache halten, das hat er dann auch getan. Im Weinberg ist im Moment Blüte, wie du weißt, bei der Selbstbefruchtung lassen wir sie besser in Ruhe. Aufs Entblättern verzichten wir einstweilen, bei der intensiven Sonne und Hitze könnten die Blüten verbrennen. Wenn es denn mal regnen sollte, müssen wir rasend schnell handeln.«

Philipp ließ wissen, dass er es als Dilemma empfand, weil jetzt eigentlich die Zeit für den Laubschnitt begann, damit die Durchlüftung gefördert wurde, denn je feuchter, wärmer und stickiger das Klima war, desto wohler fühlten sich die Pilze im dichten Blattwerk.

»Ich bin mit Efe und Grigoriy unterwegs, um Triebe anzubinden«, fuhr Thomas fort, »aber fürs Wipfeln ist es zu früh, vielleicht schneiden wir die Spitzen in zwei Wochen, Anfang Juli haben wir nicht so viel zu tun. Ein paar Aufträge sind reingekommen, die Flaschen packt Grigoriy.«

Thomas eierte am Telefon herum, sprach über Nichtigkeiten, denn er fürchtete die Vorwürfe seines Vaters, ihn nicht vor der nächtlichen Aktion informiert zu haben. Aber ihm war klar, dass sein Vater ihn zu gut kannte, als dass er ihm etwas hätte verheimlichen können. Deshalb war er nicht überrascht, als Philipp fragte: »Also, was war los?«

So kam Thomas nicht umhin, ihm ausführlich davon zu berichten. Danach entstand eine lange Pause.

»Weshalb hast du mir gestern nichts davon gesagt?«

»Ihr habt Ferien, die wollten wir euch nicht verderben. Du hättest dich wahrscheinlich quergestellt. Außerdem regeln Manuel und ich derartige Dinge selbst.«

»Du erinnerst dich aber, wie gefährlich die Sache mit dem Champagner-Fonds war?«

»Ich bin inzwischen nicht blöder geworden, und wie gesagt, wir hatten Voss auf unserer Seite. Er hat mitgespielt, seine Kollegen nicht, die danach kamen, die haben hundert Fragen gestellt, wir sind nicht schnell genug weggekommen und werden demnächst vorgeladen, um irgendwelche Protokolle zu unterschreiben. Hauptsächlich ging es darum, dass wir mit dem Marker auf die Gangster geschossen haben. Den haben sie gleich beschlagnahmt. Aber er hat gute Dienste geleistet.« Thomas lachte hämisch, sich an die Bilder der vergangenen Nacht erinnernd.

Philipp verkniff sich den Kommentar. »Und Manuels Gewehr? Was ist damit?«

»Welches Gewehr? Ach so, seine Jagdwaffe meinst du«, antwortete Thomas gedehnt. »Das Gewehr … ja, das … das ist natürlich zu Hause geblieben. Den beschädigten Wagen haben sie beschlagnahmt, und die beiden Typen sind im Knast, zumindest vorläufig. Die sagen kein Wort, nichts. Das Amtsgericht Bad Dürkheim entscheidet, wie es weitergeht, wo sie in U-Haft kommen. Dann erst werde man sehen, meinte Voss, wie man über ihre Fingerabdrücke ihre Identität feststellt. Die Hintermänner werden sich irgendwelche Idioten für die Drecksarbeit gesucht haben. Die beiden haben gewaltig Schiss. Das ist mein Eindruck. Uns haben die Bullen behandelt, als wären wir die Delinquenten. Ohne Voss hätten sie uns glatt verhaftet.«

»Und die Beweismittel wie Baumscheren, die Motorsäge, Pistolen und so weiter?«

»Zumindest haben sie das alles auf unser Drängen hin eingetütet, und im Morgengrauen wollten sie die Gegend weiter in Augenschein nehmen. Ich glaube, dass sie hier auf dem Dorf ein wenig hinten dran sind.«

»Jetzt sollten wir wirklich Dr. Anlahr einschalten, den Anwalt aus Köln, wenn es ernst wird, er hat uns damals in der Champagne geholfen.« Dann meinte Philipp noch, dass die Polizisten ohne Kenntnis der Zusammenhänge keine Schlüsse ziehen könnten, was Thomas' Ansicht bestätigte.

»Als ich davon berichtete, dass hier mehrere Teams unterwegs seien, die alten Winzern ihre Weinberge mit falschen Versprechungen abluchsen, haben sie mich angesehen, als hätten wir uns das alles ausgedacht. Der Sachverhalt ist wirklich zu komplex, als dass ein Provinzbulle die Dimension verstehen könnte.«

»Und das Fazit?«

»Aus einer Pistole ist geschossen worden, das ist eindeutig ein Mordversuch, dann Waffenbesitz, auch das Draufhalten auf die Polizeisperre. Voss meinte, dass sie sich wegen der Farbkugeln auf Notwehr rausreden würden. Aber die Hintergründe, die ich andeutete, interessierten die Ermittler nicht, doch als Ausländer blieben sie in U-Haft, wegen möglicher Verdunkelungsgefahr. Voss war klar, dass sie Französisch sprachen, und ich bot ihm an, zu übersetzen, aber meine Übersetzung sei ermittlungstechnisch nicht verwertbar. Wir haben zumindest die Kennzeichen, wir haben den Mietvertrag, wir haben die Schuhsohlen fotografiert, und wir haben zwei Hotels, eins in Ludwigshafen, das elegantere in Mannheim, und der von Weiden habe ich den GPS-Tracker verpasst.« Thomas freute sich noch immer darüber. »Wir müssen weitersuchen, denn außer uns tut es niemand! Außerdem hat Frau Ender den Besitzer vom Weingut Wunderlich bequatscht, damit ich bei dem anstehenden Verkaufsgespräch als sein angeblicher Sohn dabei sein kann. Sein Handy bleibt eingeschaltet in der Tasche, dann wissen wir mehr.«

»Dann sind wir ziemlich weit, aber vergiss nicht, wir haben es immer noch mit Leuten ohne Gesicht zu tun. Wir wissen, dass sie schießen, und wer das tut, der weiß, dass er töten kann. Das mit Dr. Anlahr ist wichtig, ruf ihn an. Hoffentlich hat er Zeit, sich darum zu kümmern.«

»Und ihr beide, Verena und du? Was liegt bei euch an? Habt ihr eine gute Zeit?«

»Wir wollen heute nach Wissembourg, es sind nur wenige Kilometer über die französische Grenze. Es soll ein freundliches Städtchen sein.«

»Warum kommt ihr nicht zwischendurch mal nach Hause? Wir essen alle zusammen und besprechen die nächsten Schritte. Du bringst die Piwis mit, und wir machen eine schöne Weinprobe … Übrigens, die Galerie bleibt heute geschlossen. Leonie fühlt sich nicht gut.«

Manuel stand wie verabredet vor der Galerie, aber es waren noch ein paar Minuten bis halb elf. In der Frühe hatte er einen Anruf von Leonie erhalten: Sie wolle sich krankmelden, aber das sei eine Ausrede. Stattdessen habe sie vor, das Atelier Haller in Meckenheim zu besuchen, samstags sei da sicherlich viel Trubel – ob er sie fahren würde?

Wenn ja, möge er sich bitte entsprechend gut anziehen, zum Beispiel wie ein aufstrebender Anwalt in der Freizeit, wie ein junger Betriebswirt von der BASF, er könne auch als Art Director einer Mainzer Werbeagentur kommen, mit weißem T-Shirt unterm dunklen Sakko, nur bitte nicht als Jungwinzer in ausgefransten Jeans und Kapuzenpullover so wie in seinem Keller.

Es war ihm schwergefallen, sich nach nur vier Stunden Schlaf aus dem Bett zu quälen. Das war zu wenig nach der nächtlichen Aktion. Um Verena nicht zu verärgern, bat Manuel Thomas um Stillschweigen auch gegenüber Philipp. Dabei wusste nicht einmal er, was Leonie vorhatte. Er hatte Verständnis dafür, dass, wenn überhaupt, sie die Sache erst dann zur Sprache bringen wollte, wenn sie mit einem konkreten Ergebnis aufwarten konnte.

Schon beim Abendessen hatte Leonie Andeutungen gemacht, dass sie einen Plan verfolgte. Sie schien sich sehr darüber zu ärgern, dass sich niemand bei Achenbach & Stern dafür interessierte, was sich im Internet auf den diversen Plattformen abspielte: Hélène Haller war zur Heldin der Kleinstadt Meckenheim erkoren worden, dem Tor zur Mittelhaardt. Niederträchtige Männer hätten die aufstrebende

Künstlerin, von der noch Großes zu erwarten sei, um die Früchte ihres Erfolgs gebracht, so die Mehrzahl der Kommentare. Es war erwogen worden, mittels einer Sammlung der ihrer Heimat verbundenen Malerin unter die Arme zu greifen. Wer Zugang zu sozialen Medien hatte, fühlte sich berufen, sich zu dem Bilderdiebstahl zu äußern. Und die Anfragen nach weiteren Bildern häuften sich. Meckenheim freute sich bestimmt über die Publizität, und Waltraud machte sich, zumindest im Internet, als Hélène einen Namen. »Irgendwann wird die Kunstwelt garantiert auf sie aufmerksam werden«, hatte Leonie mit viel Sarkasmus in der Stimme geunkt.

Nun trat eine schlanke junge Frau in einem leichten hellgrauen Hosenanzug mit mondän aufgekrempelten Ärmeln aus dem Haus, schloss die Tür ab und kam auf ihn zu. Sie war eine ansprechende Erscheinung mit viel Chic, das dunkle Haar war streng nach hinten gekämmt und zu einem kurzen Zopf gebunden. Über dem ein wenig knallig geschminkten Mund verdeckte eine Sonnenbrille mit großen dunklen Gläsern die Augen. Vorsichtig nahm die Frau die Stufen zum Bürgersteig, denn die ausgetretenen Steine waren nichts für hohe Absätze.

Wen hat Verena jetzt engagiert, fragte Manuel sich, denn die junge Frau hatte zuvor ein Schild mit »Heute geschlossen« ins Schaufenster gehängt. Er ging auf die Frau zu, dann stutzte er, blieb stehen und traute seinen Augen nicht, als sie die Sonnenbrille abnahm und ihn anlachte. Die Veränderung war kolossal, ein anderer Mensch schien vor ihm zu stehen, nicht aber Leonie.

»Schau nicht so bedeppert, Manu«, so nannte sie ihn, »Klamotten und Farbe, das ist alles, der Rest ist unverändert. Aber für mein Vorhaben ist dieser Aufzug angebracht.«

Jetzt verstand Manuel, weshalb er nicht in seiner geschätzten Drillichjacke mit dem Geruch von Trester erscheinen sollte. Sie brauchte für irgendeinen Auftritt das entsprechende Gegenüber. Es wäre ihm peinlich gewesen, wenn ihn Bekannte so gesehen hätten, denn das war er nicht, weder Schnösel noch Stutzer. Da schon eher das geforderte Stereotyp junger, karrierebewusster Männer.

Leonie griff ihm ungefragt ins Haar und brachte es mehr in die von ihr gewünschte Form. »Als Entschädigung lade ich dich demnächst zum Essen ein. Ich bin am Umsatz beteiligt, und deine Stiefmutter und ich haben die Woche über gut verdient.«

Er war so perplex, dass er sogar vergaß, sie in den Arm zu nehmen.

Schon vor ein paar Tagen hatte er ihr von Thomas' Verdacht in Bezug auf Waltraud erzählt. Und da Leonie von den Bildern auch nicht viel hielt, »da fehlt nur noch die Zigeunerin in Reitstiefeln oder auf dem Dürkheimer Riesenfass«, fand sie die Theorie durchaus plausibel, dass der Diebstahl fingiert worden war. »Nur wieso hat Verena sich auf diese Person eingelassen?«

»Es gab anscheinend sonst niemand, der oder die bei ihr ausstellen wollte und sich davon etwas versprach«, vermutete Manuel, »oder sie hat nicht die richtigen Kontakte.« Der Kunstmarkt wimmelte von Scharlatanen. Und wer die Leute förderte, die zumindest Umbra und Siena zu unterscheiden wussten, konnte damit viel Geld verdienen.

Leonie winkte ab. »Der Rummel um Hélène hat uns genutzt, wir haben bereits jetzt drei Anfragen von Künstlern, die bei ihr ausstellen wollen, kein van Gogh oder so. Wenn Verena zurück ist, wollen sie sich und ihre Bilder vorstellen. Vielleicht hoffen sie, dass ihre Werke auch geklaut werden.«

Alle Bilder, die Hélène Haller aktuell im Internet zeigte – da musste jemand eiligst ihre Homepage aktualisiert haben –, wurden für mindestens fünfhundert Euro teurer angeboten als die der Vernissage. Das überzeugte Manuel letztlich davon, dass es sich nicht um Diebstahl, sondern um eine Entfernung aus marketingtechnischen Erwägungen heraus handelte, wofür die Künstlerin lediglich die nötigen Maßnahmen ergriffen hatte. Allein deshalb war er gern bereit, Leonie nach Meckenheim zu begleiten. Und er hatte einen Grund, in ihrer Nähe zu sein. Es machte ihm Freude, zu erleben, wie leicht sie mit vielem, nein, mit allem und auch mit ihm umging, und es war schön, sie lachen zu sehen.

Andererseits konnte es auch für Leonie gefährlich werden, falls ruchbar würde, dass der Einbruch fingiert war, und sie es publik machte. Den Einbruch würde Waltraud alias Hélène nicht ohne die Hilfe eines oder mehrerer Männer durchgeführt haben. Möglicherweise kam sogar ihr Freund in Betracht. Sie sollten also vorsichtig sein, darüber waren Manuel und sie sich einig.

Das Haus, in dem die Haller mit ihrem Freund wohnte, war leicht zu finden. Das riesige Schild zwischen dem ersten und dem zweiten Stock mit der Beschriftung »Hélène Haller – Atelier« war nicht zu übersehen.

»Noch plakativer geht's kaum«, sagte Leonie, als sie im Schritttempo an dem in einem satten Rot gestrichenen Haus vorbeifuhren. Etwa ein Dutzend Neugierige stand vor dem bunt bemalten Hoftor herum und wartete auf Einlass. Leonie hatte recht: Samstag war ein guter Tag für einen Besuch, da hatten die Kunstbeflissenen Zeit für einen Ausflug, von dem sie ein schönes Gemälde mit nach Hause bringen konnten.

Manuel parkte den Wagen ein paar Ecken weiter, dann schlenderten sie betont langsam zurück zum Atelier. Leonie wollte sich zunächst im Hintergrund halten. Falls sie erkannt würden, die Welt war klein, konnte sie ihren Plan in den Wind schreiben. Inzwischen drängten die ersten Besucher in den Hof und ins Nebengebäude mit dem Atelier. Es war so gestaltet, als hätte die Künstlerin gerade erst den Pinsel aus der Hand gelegt. Manuel berührte vorsichtig eines der Bilder, die an den Wänden standen und mit Preisen ausgezeichnet waren. »Mir scheint, dass die Farbe auf der Leinwand noch nicht trocken ist.«

Leonie nahm manieriert die Sonnenbrille ab, beugte sich vertraulich zu ihrem Begleiter und grinste ihn an: »Wie war das mit dem Eisen, das man schmieden muss, solange es heiß ist?«

Die Malerin war hauptsächlich von Frauen umlagert, Leonie meinte, einige von ihnen schon mal irgendwo und irgendwann gesehen zu haben, aber sie war sich sicher, dass niemand sie in diesem Aufzug erkannte.

Die Haller machte gute Geschäfte. Es gab Kundinnen, die sofort bezahlten und die in Packpapier eingeschlagenen Bilder glücklich mitnahmen. Andere würden ihre reservierten Bilder erhalten, sobald das Geld auf dem Konto sei (und die Farbe trocken), und es erschienen weitere Interessierte. In dem Getriebe fielen Leonie und Manuel nicht weiter auf, denn sie stöberten und taten, als suchten sie etwas Bestimmtes.

Da sprach Hélène Haller sie an. »Ihr könnt euch nicht entscheiden? Ihr sucht etwas Bestimmtes?«

Manuel wandte sich ab und wieder den Bildern zu – schließlich könnte die Haller ihn mit Verena in Verbindung bringen –, er tat, als betrachtete er voller Kunstsinnigkeit die Hardenburg im Frühling, hörte aber genau zu.

»Mein Name ist Korade.« Lächelnd und fast ein wenig huldvoll reichte Leonie der Malerin die Hand.

Der genuschelte Name verfehlte nicht den gewünschten Effekt, die Künstlerin musste ihn schon mal gehört haben, denn es kam ein gehauchtes »Oh …« Offenbar ließ er Hélène Hallers Herz schneller schlagen – so ähnlich hieß eines der Vorstandsmitglieder der BASF.

»Ich suche nach einem ganz bestimmten Bild«, sagte Leonie, »ich habe es auf Ihrer Vernissage gesehen. Es ist das Motiv der Schlucht mit der Bogenbrücke aus Naturstein und dem dahinter angedeuteten Wasserfall. Meine Mutter liebt Wasserfälle, und ich würde ihr das Bild zu gern schenken. Ich weiß nicht mehr, was es kosten sollte, das interessiert mich auch nicht«, meinte sie achselzuckend. »Schade, ich hätte jeden Preis bezahlt.«

Woher hat sie diese Schauspielkunst, wieso kann sie das?, fragte sich Manuel. Leonies Auftreten wirkte äußerst echt und glaubwürdig auf ihn.

Die Haller schaute sie bewundernd an, und man merkte, wie sich ihre Gedanken überschlugen. Langsam schwante Manuel, worauf es hinauslief. Ein gewagtes Spiel kündigte sich an, und es begann, ihm Spaß zu machen.

»Für meine Mutter ist mir nichts zu schade«, säuselte Leonie. »Es wäre das ideale Geburtstagsgeschenk. Sie haben es hier nicht ausgestellt. Ich habe es zumindest hier nicht gesehen. Es ist doch nicht etwa verkauft? Das wäre wirklich schrecklich.«

»Ah … nein, äh … Sie wissen es nicht?« Mehr als ein paar Brocken brachte Hélène Haller nicht heraus. »Wir wurden bestohlen, in der Galerie …« Sie begann, über den Diebstahl zu lamentieren, und zog Leonie am Arm mit sich, ihrem Publikum den Rücken kehrend.

Nach einigen Minuten näherte Manuel sich den beiden und bekam noch mit, wie die Haller darüber sprach, wie schäbig sie von der Galeristin behandelt worden sei. Aber wenn die junge Dame Stillschweigen bewahren könne – sie senkte die Stimme und sah sich um –, sie habe da einiges in Sicherheit bringen können, ihre Stimme war nur noch ein Hauch, sie werde sehen, was sich machen ließe.

»Und der Preis?«, fragte Leonie ganz ungeniert.

»Lassen Sie mich sehen, was sich machen lässt. Wo lebt Ihre Familie, Ihre Mutter?«

Leonie seufzte gekonnt, auch die leidende Tochter spielte sie gut. »Vielleicht wissen Sie, meine liebe Hélène, wie das in erfolgreichen Familien ist. Für die Männer gibt's nur Karriere, ein Kampf bis aufs Messer – meine Mutter lebt in Essen, am Baldeneysee, sie hat ein Segelboot – wunderschön …«

Die Haller sah sich um, bat Leonie, zu warten, und verschwand. Nach einigen Augenblicken kam sie zurück. »Ist es Ihnen möglich, in etwa …« sie blickte auf ihre Armbanduhr, »in anderthalb Stunden noch mal herzukommen? Wie war noch mal Ihr Name?«

»Korade.« Das Lächeln unterstrich die Bedeutung.

»Vielleicht habe ich dann etwas für Sie. Welchen Preis hatten Sie in Erinnerung?«

»Ich erinnere mich nicht. Ich war derart von dem Bild fasziniert.«

»Dreitausendfünfhundert!«

»Einverstanden.«

»Können Sie per Smartphone in meiner Gegenwart die Überweisung machen? Dann übergebe ich Ihnen das Bild.«

»Und in bar?«

»Noch besser …« Und schon trippelte Hélène von dannen.

»Was machen wir, bis sie zurückkommt?«, fragte Manuel, der inzwischen Leonies Plan verstanden hatte.

»Hast du es nicht kapiert? Sie holt jetzt das Bild, und wir fahren ihr nach, dann wissen wir, wo die anderen versteckt sind.«

»War das dein Plan?«

»Mensch, du rufst deinen Voss an und die Polizei… aber ich glaube, wir müssen los.« Leonie zog Manuel diskret mit sich zum Ausgang. Dort stand Hélène Haller und sprach mit einem Mann. Von der Ähnlichkeit her konnte es ihr Bruder sein, ihr Begleiter von der Vernissage war es jedenfalls nicht.

Sie beeilten sich, zu ihrem Wagen zu kommen. Manuel fuhr bis zur nächsten Ecke und hatte Sicht auf das Tor des Vorderhauses. Die Malerin diskutierte weiter mit dem Mann, es war keine angenehme Unterhaltung, wie die Gesten zeigten. Inzwischen stand sie neben einem schwarzen Kombi und öffnete die Tür, der Mann entfernte sich mit einer wegwerfenden Handbewegung.

Die Straße war frei, Manuel konnte sich hinter dem Kombi halten, ohne dass sich jemand dazwischensetzte, und der Abstand blieb sicher. Nur einmal auf dem Weg aus der Altstadt heraus kam Manuel in Probleme, musste richtig aufs Gas treten, um die Malerin einzuholen, sie hatte beim Abbiegen vergessen, den Blinker zu setzen. Am Ortsrand gelangten sie an ein Gehöft, das die besten Zeiten hinter sich hatte, baufällig war und nur noch zum Teil betrieben wurde. Die Haller hielt, stieg aus, dann ging sie zu einem Schuppen und öffnete ein Vorhängeschloss.

Manuel folgte ihr, er hörte aus dem Inneren des Schuppens Geräusche, als würde sie etwas räumen. Er wusste, was er wissen wollte. Jetzt musste nur noch die Malerin mit dem Bild erscheinen …

Und tatsächlich trat sie vor die Tür, trug ein Bild unter dem Arm, hatte es in Packpapier eingeschlagen und eine Decke darübergelegt. Sie stellte es zur Seite und schloss ab, sich immer wieder umschauend. Doch bis auf drei Radrennfahrer, die vorbeirasten, war weit und breit niemand zu sehen.

»Wie dumm, wenn man den Anschluss ans Hauptfeld verloren hat«, meinte Leonie, den Männern nachblickend, »und bis Paris ist es noch so weit. Wir könnten zurückfahren, Manuel. Meinst du nicht auch? Hast du ein Foto gemacht?«

Manuel zeigte es ihr.

»Ein schönes Foto, wirklich: die berühmte Malerin, bekannte Diebin der eigenen Werke, an der Tür ihres Heims und vor ihrem geheimen Lager. Das wären passende Bildunterschriften. Die Fotos könntest du verkaufen. ›Auf frischer Tat‹ wäre als Titel auch geeignet. Was tippst du jetzt auf deinem Handy?«

Er musste Voss zu dem Foto zumindest die Adresse mailen, damit er den »Apparat« weckte, oder die Kollegen waren bereits beim Grillen im Garten. Einen Moment später wandte sich Manuel wieder Leonie zu.

»Müssen wir uns jetzt nicht küssen, wie am Ende der James-Bond-Filme?«, fragte sie und tat unschuldig.

Manuel schmollte. »Zu gerne, wirklich, aber das Ding ist noch nicht durch.«

»Na und?«

Sie hätte gern gebacken, aber die Zeit zwischen Rückkehr aufs Weingut bis zur »Vollversammlung« reichte dazu nicht. Vorsichtshalber hatte Verena von unterwegs Kuchen mitgebracht. Sie hatte sich sehr beeilt, um nicht die Letzte zu sein, und hatte damit Erfolg. Manuel fehlte noch. Er kam eine halbe Stunde zu spät – Leonie im Schlepptau. Die Runde erstarrte wegen ihres eleganten Aussehens, und Thomas fragte irritiert: »Macht sie von jetzt an bei uns mit?«

Manchmal wussten die anderen nicht, wie Thomas es meinte, ob es ihm gefiel oder ob er dagegen war.

»Sie ist dabei«, antwortete Manuel, und alle wussten, dass die Jungs manchmal keine weiteren Worte brauchten, um sich zu verständigen. Erklärungen waren Nebensache, aber die anderen warteten darauf. »Um es kurz zu machen«, setzte Manuel an, »Leonie hat die Haller dazu gebracht, uns zum Versteck der geklauten Bilder in Meckenheim zu führen. Sie tat es freiwillig, zwar war Geld der Motor, aber es ging ganz ohne Gewalt und Zwang. Sie weiß es noch nicht einmal.« Er schaute auf seine Armbanduhr und dann in die verdutzten Gesichter seiner Gesellschafter, Mitarbeiter, Kollegen, Freunde, alle Funktionen waren versammelt, sogar Grigoriy machte heute mit. »Das erste Problem wäre gelöst, wenn Voss es schaffte, seine Kollegen zu …«, »wecken« hatte er eigentlich sagen wollen, doch er wich auf das neutrale »mobilisieren« aus. »Schließlich ist Samstag.«

»Es wäre nett, wenn du uns etwas mehr preisgeben würdest«, sagte Philipp.

Aber Manuel wies auf Leonie. »Es war alles ihre Idee, ich war nur der Fahrer. Den Rest erfahrt ihr von ihr.«

»Sie ist wirklich dabei«, sagte Verena, stand auf und umarmte Leonie. »Jetzt kriegen wir noch mal Presse, diesmal aber eine gute.« Sie wandte sich Thomas zu. »Anfangs hatte ich eine riesige Wut auf dich, weil ich dachte, dass du dich mal wieder mit deinen Ansichten in den Vordergrund drängst und durchsetzen musst. Aber am Ende …«

»Am Ende solltest du einfach mal auf mich hören, liebe Stiefmutter.« Es kam selten vor, dass sie in einer wichtigen Angelegenheit Thomas recht gab. Vielleicht haben bereits zwei Tage Urlaub bei mir zum Umdenken geführt, dachte sie.

»Wem gehören die Bilder jetzt?«, fragte Philipp.

Das brachte Manuel auf das Thema der neuen Preisgestaltung. »Tausend mehr wollte sie für das mit der Brücke, dreißig bis fünfzig Prozent hat sie auf ihre anderen Bilder aufgeschlagen.«

»Den ganzen alten Ramsch, der bei ihr an der Wand lehnt, verkauft sie«, empörte sich erstmalig Leonie als neues Mitglied ihrer Chaostruppe. »Und die Leute greifen zu, ein Gemälde der berühmten …«

»…berüchtigten…«, warf Thomas ein.

»…von mir aus auch berüchtigten Künstlerin zu erwerben.«

»Wir werden jetzt keine Debatte über den Kunstgeschmack der Allgemeinheit führen. Es sind noch andere Fässer offen.«

In der folgenden Stunde versuchten sie, alles zusammenzutragen, was eine oder einer von ihnen in Bezug auf Heinrich und den Angriff auf die Bewässerungsanlage und die Weinstöcke am Libellenberg wusste.

Manuel war unkonzentriert, immer wieder suchten seine

Augen die von Leonie. Außerdem wartete er auf Voss' Bestätigung. Innerlich rang er die Hände, bis Voss ihm endlich mitteilte, dass sie die Haller geschnappt und die Bilder sichergestellt hätten.

»Die sitzt jetzt hier und heult und weiß auch nicht, was sie zu dem Diebstahl getrieben hat, und es tue ihr entsetzlich leid, und sie entschuldigt sich fortwährend.«

»Und Kollege Schlaumeier?«, wollte Manuel wissen. »Was macht der zurzeit?«

Voss schien bester Laune, die Festnahme und Aufklärung des Falles würden ihn einer Beförderung näherbringen, er könnte dadurch den gleichen Rang wie Schleichmeier erhalten. Zufrieden sagte er: »Der kocht, aber nicht für seine Frau. Wir, also Sie und ich, hätten ihn gemeinsam ausgetrickst, kaltgestellt, ihm bewusst Informationen vorenthalten. Die Haller hat uns die Schlüssel für den Transporter gegeben, der ist mitsamt Bildern zu uns unterwegs. Wir haben alles konfisziert.«

»Wenn Sie Lust haben, kommen Sie mal bei uns vorbei und holen sich 'ne Kiste Wein ab.«

»Wollen Sie mich bestechen?«

»Nein, motivieren«, sagte Manuel. »Wir sind längst nicht am Ende. Was ist mit den Gangstern von letzter Nacht?«

»Die schweigen nach wie vor.«

Verena hielt es für sinnvoll, sich um die Mietwagenfirma zu kümmern.

»Dann sind die Ferien erst einmal vorbei?«, fragte Philipp, erstaunt über Verenas plötzlichen Einsatz.

Leonie sprach von einem Bekannten im Landwirtschaftsministerium, der sich dort umhören könne, ob es Anfragen oder Interessenten hinsichtlich der Weingüter und der Einsicht ins Flächenregister gäbe.

Dass Thomas am Montag bei dem Gespräch zwischen den Kofferträgern und Winzer Wunderlich anwesend sein würde, war ausgemachte Sache. Und Manuel würde mit ihrem Notar bezüglich des Kaufs von Enders Weinbergen die nötigen Schritte einleiten.

Philipp wollte zu gern wissen, wie Manuels Ausflug mit der von Weiden ausgegangen war. Augenscheinlich gut, denn wenn er ihn und Leonie betrachtete, dann waren sie zwar kein Herz und eine Seele, aber er sah, wie sie sich vertrauensvoll beim Aufstehen auf ihn stützte, um sich eine Tasse Tee zu machen.

An der nächtlichen Aktion am Libellenberg übte Philipp nach wie vor heftige Kritik. Sie hätten dringend einen dritten Mann dort gebraucht, wo Voss gewartet hatte. Es hätte auch tatsächlich zu einer Schießerei kommen können. Deshalb schlug er vor, sich dort oben nochmals umzusehen, um sich den Ablauf der Ereignisse vorstellen zu können. Thomas müsse mitkommen, schließlich habe er sich am Vormittag ausruhen können. »Und du, Manuel, du legst dich erst einmal aufs Ohr, du schläfst ja fast im Stehen. Ihr beide«, damit meinte er Efe und Grigoriy, »ihr kümmert euch um die Lage 12 mit dem Grauburgunder, da gibt es genügend einzuflechten. Wir essen um neunzehn Uhr. Ist das zu schaffen?« Bei der Frage sah er Verena an.

»Nur wenn Leonie mir hilft!«

»Das tut sie gern«, sagte die Angesprochene. »Was soll's denn geben?«

»Lasst euch was Gutes einfallen, heute werden alle helfen. Es gibt drei Rote heute Abend und drei Weiße. Wie sie sind? Keine Ahnung. Ich habe die Piwis nie zuvor probiert.«

Thomas hatte längst Stift und Papier ergriffen und schrieb die Einkaufsliste. »Für die Weißen schlage ich Chicorée-Salat und Rucola oder Radicchio vor, Huhn in Curry, vielleicht auch Schweinegulasch mit Oliven, als Fischersatz Spaghetti mit Meeresfrüchten. Für frischen Fisch ist es zu spät, tiefgefroren schmeckt er nicht, und kauft nur kleine Mengen zum Probieren.«

Weil Manuel mittlerweile die Arme auf dem Tisch verschränkt und den Kopf daraufgelegt hatte, sagte Thomas augenzwinkernd: »Leonie, bring ihn ins Bett, der arme Kerl bricht uns noch zusammen. Aber komm bitte wieder runter, wir brauchen dich hier.«

Während sie Manuel mit sich zog, wandte sich Thomas wieder dem Essen zu, das entspannte ihn.

»Für die Roten haben wir noch Manuels Wildschwein in der Tiefkühltruhe, eine Tomatensuppe, zur Not auch mit Dosentomaten, dann Gnocchi mit Auberginen. Gebratenes Huhn sollte dabei sein, Brust oder Schenkel, egal. Und Bratwurst vom Rind oder zwei Filets, kleine, nur zum Probieren, wie es sich mit dem Wein macht. Sollten wir eines schönen Tages Piwis im Restaurant vorstellen, kann uns alles passieren.«

Während Verena die Kaffeemaschine anwarf und Efe sich mit Grigoriy besprach, beriet sich Thomas mit Philipp über den sich erhärtenden Verdacht gegenüber Russel.

»Was und wer dahintersteckt, werden wir erst Montag erfahren. Aber wenn mich nicht alles täuscht, hat sich der Drecksack diese ganze Schweinerei ausgedacht.«

»Was soll er machen, der arme Kerl, der kann nichts anderes.« Thomas sah Leonie entgegen. Er freute sich, wie sie lächelnd eintrat. Sie würde bleiben, so viel war klar. Bevor er endgültig ging, würde er versuchen, ihr so viel wie möglich über den Weinbau beizubringen. Dazu müsste sie allerdings ihren Job kündigen. Nur so nebenbei war das nicht möglich. Für die Kellerwirtschaft hatte sie dann Manuel.

Thomas befand sich in einer Art Alarmzustand und überließ seinem Vater das Fahren. Sie kamen an den letzten Häusern vorbei, kurz dahinter begann der Schotterweg hinauf zum Libellenberg.

»Halt an!« Der Ausruf war so eindringlich, dass Philipp

hart auf die Bremse trat und beide in den Sicherheitsgurten hingen. »Das kann ein Wagen von denen sein.« Thomas sprang aus dem Auto und lief zu dem silbergrauen Toyota am Straßenrand. Soweit er von außen sehen konnte, lag nichts Persönliches auf den Sitzen, das irgendeinen Anhaltspunkt über die Besitzer hätte liefern können. Der Wagen wirkte klinisch sauber. Thomas rief Voss an. »Wo sind Sie?«

»Ich bin mit der Spurensicherung am Libellenberg. Wir bergen gerade den Wagen der beiden Schweiger.«

»Ich vermute, es sind zwei weitere auf dem Weg zu Ihnen. Was sollen wir machen?«

»Sind Sie sicher?«

»Ziemlich. Hier steht ein weiterer Wagen.«

»Wer ist noch bei Ihnen? Ihr Freund Stern?«

»Nein, mein Vater. Er wollte sich das hier ansehen.«

»Tun Sie nichts. Bleiben Sie, wo Sie sind!« Voss schwieg einen Moment. »Sollten Sie ganz sicher sein, dann … Was für ein Fabrikat?«

»Toyota, mit Wiesbadener Kenn…«

»Die Japaner haben doch auch Luft in den Reifen, oder etwa nicht? Wir kommen.«

Thomas verstand den Hinweis und ging zu Philipp. »Voss meinte, wir sollen aus einem Reifen die Luft rauslassen, dann können sie nicht weg. Er hat es anders gesagt, aber genau das gemeint. Und wir sollen hierbleiben. Sie kommen runter. Wäre schön, wenn wir jetzt etwas schlauer wären.«

»Die Ereignisse scheinen sich zu überschlagen«, meinte Philipp. »Wahrscheinlich rücken wir ihnen immer näher auf die Pelle, und die werden uns nicht in Ruhe lassen, bis einer k. o. geht. Aber was bleibt uns anderes übrig? Dann geh und lass ihnen die Luft ab, wenigstens das. Ich passe auf. Zwei Männer?«

»Normalerweise ja. Bei Ender waren es drei, bei Hölzer auch, zwei Kofferträger und der Fahrer, letzte Nacht waren sie zu zweit. Es kommt wahrscheinlich auf den Job an, den sie erledigen.«

Tatsächlich kamen zwei Männer den Weg herab, doch es waren Voss und ein uniformierter Begleiter. Von den Insassen des Toyotas fehlte jede Spur. Die Polizisten nahmen sich vor, die Leute in der Nachbarschaft zu befragen, ob jemand den Besitzer des Toyota kenne oder zumindest gesehen habe.

Die Spurensucher am Libellenberg waren beschäftigt, sie wollten und konnten sich nicht an der Suche nach irgendwelchen Männern beteiligen.

Als sie wieder zu zweit waren, sagte Thomas sarkastisch: »Zumindest ist es gut, dass die abgeschnittenen Weinstöcke aktenkundig sind. Und vielleicht ist es gut, dass wir niemanden treffen«, fügte er hinzu, und das war nicht spöttisch gemeint. »Vergangene Nacht haben sie geschossen. Du musst nicht glauben, dass wir keine Angst gehabt hätten, obwohl Manuel sein Gewehr dabeihatte.«

»Das sagst du mir erst jetzt? Seid ihr wahnsinnig geworden? Manuel hatte den Marker, und du hast …?«

»Er hat den Reifen zerschossen.«

»Von dem Gewehr höre ich zum ersten Mal.« Philipp stöhnte, er kratzte sich am Kopf. »Das kann Ärger geben, mein Junge, mit der Polizei und mit der Justiz. Hat man das Projektil gefunden?«

»Die Patronenhülse habe ich eingesteckt, und das Gewehr hat Manuel penibel gereinigt. Meinst du nicht, dass sie die beiden laufen lassen, und die hauen ab nach Frankreich? Die Grenze ist nebenan, und für die Behörden ist der Fall bisher bedeutungslos. So kann man Kosten sparen und hat den Bürokram vom Hals.«

Das konnte sich Philipp nicht vorstellen. Er gab zu bedenken, dass die Männer bewaffnet waren und geschossen worden war. »Ich weiß, was wir tun. Frau Behr muss sofort kommen. Niemand kennt sie, und sie macht gern Fotos, von allem und jedem. Sie soll hier warten und die Männer fotografieren, wenn sie den Reifen wechseln. Und wenn sie meint, dass es für sie unangenehm werden könnte, soll sie Gas geben.«

»Es kommt ein Abschleppwagen!«, sagte Frau Behr eine Stunde später zu Philipp am Telefon. »Er hält an. Zwei Männer gehen auf den Wagen zu, einer probiert einen Schlüssel … die Tür … sie geht auf, auch die Klappe hinten … ja … sie wechseln den Reifen. Sind das die Männer, die ihr sucht?«

Sind es wirklich Monteure, fragte sich Philipp, oder sind es die Fahrer des Wagens?

»Moment, ich rufe gleich zurück.« Sie beendete das Gespräch.

Hoffentlich machte sie keinen Unsinn, wünschte sich Philipp.

»Ich bin raus und habe die zwei in ein Gespräch verwickelt«, sagte Frau Behr, als sie sich kurz darauf wieder meldete. »Wie teuer es würde, jemanden abzuschleppen, habe ich gefragt. Die beiden waren sich dabei uneins, so mit drei- bis vierhundert müsste ich rechnen. Es waren Monteure, ihr Chef habe sie hergeschickt.«

Philipp war beruhigt, dass alles glattgegangen war. »Ich hatte fast den Eindruck«, sagte er zu Verena, als er ihr davon erzählte, »es hat Frau Behr Spaß gemacht, wir haben sie anscheinend unterschätzt. Dann hat sie noch gesagt, dass nach dem Reifenwechsel der Wagen nicht angesprungen ist und sie ihn dann aufgeladen haben.«

»Du solltest Voss anrufen wegen der Fingerabdrücke am Lenkrad.«

»Da haben andere jetzt dran rumgegrabscht, der Monteur mit öligen Händen …«

»Den Wagen sollte sich die KTU vornehmen. Haarproben oder so was, auch Hautschuppen sollen sich für Genanalysen eignen. Und dann muss der Polizist in Metz eingeschaltet werden, euer Freund Pascal. Wenn es Franzosen sind, hat er die in seiner Verbrecherdatei.«

Philipp staunte. Seit wann interessierte Verena sich für solche Nachforschungen?

Jetzt war die Verblüffung auf ihrer Seite. »Hältst du mich für ignorant, nur weil ich gern Urlaub mit dir machen möchte? Und das Chaos hier, glaubst du etwa, das lässt mich kalt?«

15. Kapitel

Alles öko

Ein Gedränge wie heute hatte es in der Küche des Hauses Achenbach & Stern in all den Jahren selten gegeben. Entweder hatten Thomas oder Manuel den Speiseplan aufgestellt, einer von ihnen übernahm die Regie und kochte. Beim Gemüseschneiden sowie beim Aufräumen und Putzen durfte jeder helfen und sich noch jemanden dazuholen. Verena lieferte das, was der Garten und die Jahreszeit hergaben. Dass die Männer Leonie am Abend zuvor in die Küche gelassen hatten, war eine Premiere. Trotz des Chaos herrschte Hochstimmung: Sie hatten durch Leonies kriminalistischen Spürsinn den ersten Sieg errungen. Nur Verena wirkte missgelaunt, was sie nur mühsam überspielte. Eigentlich hatte sie doch allen Grund, sich zu freuen, denn dadurch war sozusagen Leonie ins Haus gespült worden, und die Galerie Südstern hatte in wenigen Tagen einen Aufschwung erlebt. Aber sie war wortkarg, und verbissen folgte sie den Anweisungen des Küchenchefs. Thomas fühlte sich davon wenig berührt, der Grund war ihm klar, und ein Blick genügte, sich mit Philipp darüber zu verständigen. Sie haderte offensichtlich damit, dass Thomas mal wieder recht behalten hatte. Dabei hatte er lediglich eine Vermutung geäußert.

In dem Durcheinander übernahm er das Kommando und erteilte jedem eine Aufgabe. Es sollten keine Mengen zubereitet werden, es ging lediglich um Happen, um die Wirkung der Weine in Verbindung mit den jeweiligen Speisen zu testen. Auf die Idee dazu hatte ihn der deutsche Portweinwinzer Nicolas Hollmann vom Rio Douro gebracht. Er hatte in einem Frankfurter Restaurant seine Rubys und Tawnys vorgestellt und sie mit Schokolade, mit Trockenfrüchten und Nüssen kombiniert. Und bei jedem Bissen wirkte die Portweinqualität gänzlich anders.

Sie waren zu fünft, Manuel schlief noch, und Grigoriy hatte sich mal wieder abgemeldet, ein Unding auf einem Weingut. Er hätte angeblich nichts von der Probe gewusst und sich verabredet. Die Arbeitszeit und die ihm übertragenen Aufgaben nahm er wie immer sehr ernst, aber dem sozialen Leben blieb er fern.

»Es scheint mir an der Zeit, dass wir uns über seine Extratouren Gedanken machen«, sagte Philipp zu Thomas, als sie sich einen Moment lang unbeobachtet fühlten. »Hat er eine Freundin und will nicht darüber sprechen, oder sind ihm seine ukrainischen Freunde lieber?«

»Vielleicht beschreitet er Wege, von denen wir nichts wissen sollen? Wäre es möglich, dass ihn die Kofferträger auf ihre Seite gezogen haben?«

Philipp hielt das für ausgeschlossen. »Dann würden sie auch unsere anderen Flurstücke kennen und hätten dort zugeschlagen.«

Doch das Misstrauen nahm zu, und wenn es erst einmal in der Welt war, wuchs es weiter.

»Wir sollten uns genauer damit beschäftigen, wie er seine freie Zeit verbringt.« Verena hatte mitgehört, das unsoziale Verhalten ihres Praktikanten störte sie täglich mehr. »Wir bieten ihm alles, was er sich in seiner Situation wünschen kann, und er? Die Distanz wächst, ich spüre es. Und das, was hier passiert, bei uns, lässt ihn kalt.« In der nächsten Woche sollten sie sich mal ansehen, wohin er sich abends verzog, schlug sie vor, und Philipp willigte ein.

Die heute zu verkostenden Weine galten Philipp als Beispiele für das, was pilzwiderstandsfähige Reben ihnen zukünftig bieten konnten. Selbstverständlich kam es auch hier darauf an, wo die Trauben wuchsen, welches Lesegut vom Weinberg hereinkam und was der Kellermeister, also Manuel, daraus zu machen imstande war. Bei den Weinen, die sie jetzt probieren würden, war allerdings Kellermeister Ertel vom Institut für Rebenzüchtung Geilweilerhof am Werk gewesen.

Gläser gab es in diesem Haus genug, sie waren zu sechst, also brauchten sie achtzehn Gläser für die Weißweinrunde, dann noch einmal die gleiche Anzahl für die Rotweine.

Das Essen war fertig, nur Manuel fehlte, und mit einem Augenzwinkern wurde Leonie nach oben zum Wecken geschickt. »Wir warten!« Sie verstand die Anspielung und verschwand lächelnd.

»Sie passt zu uns«, meinte Verena, ihr nachschauend, »und sie passt sehr gut zu Manuel. Sie wird ihn ans Licht holen, andernfalls mutiert er hier in unserem Keller noch zur Kellerassel.«

»So ist es, meine liebe Stiefmutter«, sagte Thomas absichtlich in der Art, die Verena normalerweise in Rage brachte, »einer geht, eine kommt. Was bist du dann eigentlich für sie, wenn du keine Schwiegermutter bist?«

»Mach die Flaschen auf, mein lieber Stiefsohn, die Roten könntest du dekantieren.« Verena ignorierte die Provokation, zumal sie nicht ernst gemeint war. »Sind die Weißen kalt genug?«

Sie begannen mit Felicia, dem Weißwein aus der Rebsorte, die auch als Speisetraube geeignet war. Es war ein leichter, fruchtiger Wein mit geringem Alkoholgehalt, eine höhere Gradzahl hätte die feine Säure erschlagen. Fruchtige Aromen herrschten vor, es gab da noch einen floralen Hauch, und Manuel konnte sich vorstellen, einen ähnlichen Wein zu schaffen. Nur – wer sollte die Arbeit im Weinberg übernehmen? Thomas war bereit, für eine Übergangszeit die Rolle des Flying Winemakers zu übernehmen, heute in Bordeaux, morgen in der Pfalz, aber auf Dauer konnte das keine Lösung sein, da sie gerade im Begriff waren, von Ender sämtliche Flächen zu übernehmen.

Calardis Musqué war der zweite Weißwein ihrer Probe, eine Kreuzung aus Bacchus mit Seyval, wobei letztere Traube keinem von ihnen je begegnet war. Die Neuschöpfung war ein schöner, runder und kräftiger Wein, eine Erinnerung an Gewürztraminer kam auf, mit einem angenehmen Hauch von Stachelbeere, eine gelungene Züchtung, die kaum ein Weintrinker kannte. Die Traube sollte im Anbau anspruchsvoller als andere Weißweinreben sein. Hier bestand eine Neigung zu Botrytis, die sich zur Edelfäule entwickelte. Aus diesen Trauben konnten sehr schöne restsüße und langlebige Weine entstehen, wie es hieß.

Beim weißen Vielfalt 414 war es gänzlich anders. Hier fragte die Tischrunde, weshalb Philipp ihn mitgebracht hatte. Manuel erinnerte der Weißwein an einen dünnen Pinot Grigio aus dem Veneto, Philipp dachte mehr an die faden Müller-Thurgau der Achtzigerjahre und an die Rieslinge von der Mosel aus regnerischen und kalten Zeiten. Die kannten seine Jungen nicht mehr. Zu Beginn ihres Studiums in Geisenheim hatte der Klimawandel längst eingesetzt.

»Hast du die Weine vor dem Kauf probieren dürfen?«, fragte Manuel provokant. »Die ersten beiden kann ich mir in unserem Portfolio vorstellen, aber der hier?« Er nahm die Flasche in die Hand und betrachtete das Etikett. Ihm war nicht klar, was man sich unter der Zahl 414 vorstellen sollte. Der Name eines Weins transportierte immer ein Gefühl, eine Erinnerung, eine Vorstellung, aber zur Vielfalt fiel ihm nichts ein. Dieser Wein war nichts für ihr Portfolio, befand er.

Das war beim roten Calandro anders. Philipp erinnerte er an die vielfach in Frankreichs Süden angebaute Rebsorte Cabernet Franc. Es war nicht gerade ein Grand Cru, aber doch ein sehr angenehmer Wein. Auch Manuel war dem mediterranen Charakter keineswegs abgeneigt. Verena und Leonie gefiel er, ohne dass sie fachliche Urteile abgeben konnten. Vom mittleren Tannin her war er recht lange lagerfähig, aber bereits jetzt passte er gut zum Fleisch. Regent und Lemberger waren hier gekreuzt worden, beide fielen je nach Machart sehr schön aus, wobei Regent als Piwi längst eingeführt war. Die technischen Hintergründe wie die Widerstandsfähigkeit gegen Pernospora würden sie ein andermal diskutieren. Heute ging es darum, ob ihnen die Weine gefielen und sie sich vorstellen konnten, zukünftig Piwis zu pflanzen. Erst nach dieser Entscheidung müssten technische Fragen geklärt werden wie auch die Verfügbarkeit der Rebsorte. Zurzeit wurde die Hälfte aller Piwis ins Ausland verkauft. Deutschland humpelte mal wieder hinterher. Da es so was wie Wettersicherheit nicht mehr gab, war eine Unterlagsrebe erforderlich, die sowohl der Reblaus trotzte als auch Trockenperioden überstand. Der Klon 5BB sollte die beiden Eigenschaften vereinen.

»Das Problem bei uns ist die Akzeptanz durch Händler und Kunden«, gab Philipp zu bedenken. »Was der Deutsche nicht kennt, das trinkt er nicht.« Auch hielt sich die Scheu vor Cuvées, Weintrinker seien immer auf Rebsorten hin getrimmt worden und nicht darauf, dem eigenen Geschmack zu vertrauen. Aber eine Assemblage aus Riesling und Chenin blanc? Igitt …

Der Reberger, ein gefälliger Name, war deutlicher im Tannin, was ihn kräftig erscheinen ließ, aber keineswegs aufdringlich oder adstringierend. Die Aromen der Vatertraube Lemberger setzten sich durch, es war ein Duftcocktail reifer roter Früchte im Glas, wobei die Sauerkirsche und Holunder am deutlichsten waren.

»Wieso haben es derartig gute und interessante Weine so

schwer, sich durchzusetzen?«, fragte Leonie, der jedes Wissen um das Marktgeschehen fehlte.

»Wenn die Weinhändler kein Geschäft erwarten, kommen Piwis weder in die Vinotheken noch ins Regal. Man wird nach Ökoweinen eine Abteilung für umweltschonende Weine einführen müssen. Bei diesen Reben sparen wir sechzig bis achtzig Prozent der Spritzmittel ein. Wir müssen Händlern sowie Kunden deutlich machen, dass der Weinbau dreißig Prozent aller verwendeten Pestizide ausbringt, aber nur ein Prozent der landwirtschaftlichen Fläche Deutschlands nutzt. Hinzu kommen sechs bis sieben Fahrten weniger mit dem Schlepper, das reduziert den Dieselverbrauch und verringert die Bodenverdichtung.« Philipp sah nur Vorteile, allerdings müssten die Weinberge neu bepflanzt werden. Und das sei nur der Fall, wenn die Rebstöcke erschöpft seien, was sich meist erst nach dreißig Jahren zeigte. Und man brauche viel Geld für entsprechende Investitionen.

Jetzt war nur noch ein Wein zum Verkosten übrig. Die Rebsorte Regent war bereits eingeführt, der Name war gefällig, und es gab Winzer mit Erfahrung, die Regent-Reben kultivierten. Nach dreijähriger Lagerung konnte sich jeder am Tisch mit diesem Wein sofort anfreunden. Schwarze Johannisbeere und Brombeere, dazu ein kräftiger Körper, das richtige Verhältnis von Süße und Säure, und schon hatte man einen Wein, den Philipp als langjähriger Einkäufer französischer Weine für gut verkäuflich hielt.

Alle waren von der Probe sehr angetan, und solange noch etwas in den Flaschen war, wogte das Gespräch hin und her. Efe und Leonie waren intensives Probieren nicht gewohnt, ihnen fehlte die Erfahrung, den Wein mit seinen Aromen über die Nase wahrzunehmen. Für Süße, Säure und mögliche Bitterstoffe war die Zunge vonnöten, und es brauchte einige Übung, um beim Probieren nüchtern zu bleiben. Efe trank hier und dort ein Glas und probierte verhalten, aber sechs Weine nacheinander bei gutem Essen waren zu viel. So versuchte er vergeblich, Leonie seine Muttersprache Yoruba beizubringen, was zu einem komischen Kauderwelsch vermischt mit Deutsch geriet und in Gekicher endete.

Der Einzige, der nicht mitlachte, war Thomas. Sein Kopf sackte immer wieder zur Seite, dann kam er kurz hoch, riss die Augen auf, um gleich darauf wieder vornüberzusinken und erneut aufzuschrecken. Schließlich erbarmte Manuel sich, ihn zu Bett zu bringen. Er legte sich Thomas' Arm um die Schultern, Philipp packte von der anderen Seite mit an, und gemeinsam schleppten sie ihn nach oben.

»Der arme Junge hat seit gestern kein Auge zugetan. Und das Drama der vergangenen Nacht wird ihn die letzten Kräfte gekostet haben.«

»Und wie kommt Leonie nach Hause?«, fragte Verena, zu müde, noch den Geschirrspüler in Gang zu setzen.

»Ist sie da nicht schon?« Philipp hatte gesehen, wie sie Manuel leise gefolgt war.

Das Frühstück fand um zehn Uhr statt. Efe war längst wach und hatte die Schafe gefüttert, sie standen seinen linguistischen Annäherungen aufgeschlossener gegenüber als Leonie, zumal er seine Anweisungen mit Gesten unterstrich. Es war Sonntag, daher war Grigoriy nicht dabei. Und während Leonie unter Manuels verliebtem Blick ihr Frühstücksei aufklopfte und Verena die zweite Kanne Kaffee aufbrühte, rief Voss an und verlangte nach Manuel.

Philipp reichte ihm das Telefon.

»Wie habt ihr die Haller zur Aufgabe gebracht?«

»Sie war wohl klug genug, ihre ausweglose Lage zu begreifen«, vermutete Manuel. »Wenn sie so dämlich ist, das Bild mit dem Wasserfall aus dem Versteck zu holen und anzubieten, dann geschieht es ihr recht.«

Voss verstand nicht, wieso sie sich nach dem sehr glaubhaft inszenierten Theater so dumm verhalten konnte.

»Die Gier, Herr Voss, die Gier! Motivierend wird zum Teil der gekonnte Auftritt des Käuferpaars gewesen sein, seine Verkleidung und der Preis. Leonie hat den genannten Preis, dreitausendfünfhundert Euro, akzeptiert, und sich einen ähnlichen Namen zugelegt wie der Vorstandschef eines bekannten lokalen Chemieriesen. Vielleicht hat die Haller geglaubt, sie käme mit dem Konzern ins Bett, ich meine ins Geschäft. Und was sagt Kollege Schlammeier?«

»Bald weiß ich bei eurer ständig neuen Namensfindung selbst nicht mehr, wie er wirklich heißt. Schleichmeier weiß es noch nicht, aber die ganze Dienststelle lacht. Erst eure Nummer im Weinberg, die Festnahme, dann kommt von euch der Hinweis auf die gestohlenen Bilder …«

»Reden die beiden Franzosen inzwischen?«

»Kein Wort. Sie sind anscheinend überzeugt, dass von außen Hilfe kommt, und warten darauf.«

Philipp nahm das Telefon wieder in die Hand. »Sollte das zutreffen, kann es äußerst heftig werden, sehr heftig. Bitte nehmen Sie den Hinweis ernst, Herr Voss.«

»Sie verheimlichen uns noch immer etwas, Herr Achenbach. Wer steckt dahinter? Wenn Sie Informationen zurückhalten, kann es für Sie … Ach, was rede ich. Sie wissen das längst.«

»Wundern Sie sich darüber? Im Gegensatz zu Ihnen nehmen wir das, was bei uns geschehen ist, verdammt ernst. Außerdem handelt es sich nur um einen Verdacht …«

Als hätte Frau Sturm darauf gewartet, dass alle Betroffenen versammelt waren, rief sie kurz vor Ende des Frühstücks aus Düsseldorf an. Besonders Philipp und Thomas erwarteten von ihrer Recherche Aufschluss über die Hintermänner oder -frauen. Je mehr Thomas wusste, desto spannender würde morgen das Gespräch mit den Kofferträgern bei Winzer Wunderlich sein.

»Über die VÖW, die Vereinigung Ökologischer Weinbau, die Sie mir nannten, bin ich weitergekommen. Es ist keine Vereinigung, sondern ein Unternehmen. Das gehört einer Société de la Vigne Écologique Européenne aus Brüssel, ist aber in Luxemburg registriert. Die SVEE wiederum ist eine Holding sowohl für die deutsche VÖW wie auch für die VEC in Frankreich, dort heißt sie Viticulture Écologiste Côte-d'Or mit Adresse in Meursault im Burgund. Zu der Gruppe gehört auch ein spanisches Unternehmen, die VEC, Viñedos Ecológicos de Cariñena. Der Sitz des vierten Unternehmens der Gruppe ist in der Toskana. Es nennt sich ebenfalls VEC, Viticultura Ecologica del Chianti.«

»Die Namensgebung folgt einem bestimmten Schema«, warf Philipp ein, »VEC und alles ganz ökologisch.«

»Richtig. Das hat mir die Arbeit erleichtert. Ich habe mir die Homepage von allen angesehen. Da scheint derselbe Programmierer drangesessen zu haben …«

Wieder unterbrach Philipp. »Zuvor noch eine andere Frage: Wann wurden diese Unternehmen gegründet?«

»Die Frage habe ich mir auch gestellt. Alle Firmen wurden vor zwei Jahren gegründet, alle gleichzeitig.«

»Da war Russel längst aus dem Knast entlassen«, raunte Thomas seinem Vater zu, »er hatte genügend Zeit …«

»Übrigens, falls Sie sich wundern: Mein Sohn Thomas hört mit, er kennt die gesamten Hintergründe. Russel ist sozusagen ein Synonym für den, der sich alles ausgedacht hat. Gibt es Angaben zum Zweck der einzelnen Unternehmen?«

»Ja, es geht um die Umstellung des europäischen Weinbaus in Richtung Nachhaltigkeit und Ökologie und um Zusammenfassung vereinzelter und unproduktiver Güter in einer Aktiengesellschaft unter Beteiligung der ehemaligen Besitzer.«

Thomas grinste. »So was Perfides kann sich nur der Drecksack Russel ausdenken.«

»Wer, bitte, ist damit gemeint?«, fragte Frau Sturm.

»Entschuldigen Sie, mein Sohn drückt sich manchmal sehr drastisch aus. Das ist der Mann, der damals den betrügerischen Champagner-Fonds aufgelegt hat. Zuerst hieß er Russel, dann Goodhouse, und wie er jetzt heißt, wissen wir nicht. Er ist seit der Entlassung aus dem Gefängnis abgetaucht. Auch die französische Polizei hat seine Spur verloren. Diese Namen sind Ihnen nirgends begegnet?«

»Nein.«

»Und auch nicht der Name Touraine?«

»Das ist ein Weinbaugebiet an der Loire?«

»Ja, und der Name – wie soll ich sagen? – eines Schwerverbrechers.« Philipp umschrieb kurz seine Rolle. »Aber zurück zum Thema Homepage.«

»Ich kenne mich einigermaßen im Weinbau aus, ich hatte sozusagen meine Feuertaufe im Piemont. Danach habe ich mich in das Thema hineingekniet, auch wegen unseres Restaurants. Alle VEC-Homepages ähneln sich in gewisser Weise, das sieht man aber nur, wenn man sich auskennt und sie miteinander vergleicht. Eine passable journalistische Arbeit über die jeweiligen Länder, aber gänzlich unspezifisch. Dörfer, Weingüter, Weinberge, Trauben, Weinstöcke, Holzfässer, Edelstahltanks, Männer und auch Frauen bei der Weinlese, alles schön und bunt, auch länderspezifisch – aber keine Namen.«

»Das hat sicherlich die trickreiche Trixi fotografiert.« Thomas konnte den Mund nicht halten.

»Wer soll das sein, die trickreiche Trixi?«

»Eine Journalistin und Fotografin, die auch bei uns fotografieren wollte und dabei ein wenig grenzüberschreitend vorgegangen ist. Sie heißt Beatrix von Weiden. Haben Sie ihren Namen in irgendeinem Impressum oder Copyright gefunden?«

Die Frage musste Frau Sturm verneinen. Sie habe auch versucht, die finanziellen Hintergründe zu klären, genau wie die Besitzverhältnisse, aber da tauchten immer wieder Firmennamen auf, die zur Muttergesellschaft führten, obwohl die bereits eine Tochter sei, denn es fanden sich Verbindungen zu einem Unternehmen in der Steueroase Guernsey. Aber soweit sie das beurteilen könne, sei alles im Rahmen der Gesetze. Ihr schien diese Konstruktion etwas wie eine Private-Equity-Gesellschaft zu sein, die statt finanzieller Mittel Land einsammelt. »Nur was sie damit wirklich vorhaben, bleibt weiterhin unklar.«

Philipp dankte Francesca Sturm und verabschiedete sich von ihr.

Um ein- oder zweihundert eingesammelte Weinberge sinnvoll zu bearbeiten, das wussten bei Achenbach & Stern alle, waren zusammenhängende Flächen und jede Menge Arbeitskräfte nötig.

»Vielleicht gibt es Sklavenhändler«, sagte Manuel, »ich meine Subunternehmer in Rumänien, Bulgarien oder Moldawien, die über ein Heer von Hilfsarbeitern verfügen. Die werden kurz angelernt und dann eingesetzt. Die schuften auch für einen Hungerlohn.«

»Du bist dem Weinbau zu sehr verhaftet«, gab Philipp zu bedenken. »Wenn hier Russel am Werk ist, geht es nicht um Arbeit, sondern um großes Geld.«

»Was kann man mit dem Land machen?« Finanzfragen überließ Thomas lieber seinem Vater, aber er hörte gut zu.

»Man kann es beleihen, es lässt sich als Sicherheit für Kredite verwenden, und man kann es weiterverkaufen oder es anderen Gesellschaften übertragen, es lässt sich vererben …«

»Du glaubst nicht, dass sie es bearbeiten wollen?«

Philipp hielt es für unwahrscheinlich. »Stell dir vor, sie kaufen zehn Weingüter, das sind durchschnittlich, na, knapp gerechnet, fünfzig Flurstücke, und das Ganze mal zehn! Wie soll man fünfhundert Flurstücke wirtschaftlich sinnvoll bearbeiten?«

»Mit den billigen Arbeitskräften aus dem Osten. Einen Euro und einundzwanzig Cent beträgt der Mindestlohn in der Ukraine. In Moldawien und Bulgarien sieht es auch nicht viel besser aus. Zwölf Euro kriegt Grigoriy bei uns.«

»Wirtschaftlich gesehen, ist es lukrativer, nach dem Krieg dort Land zu kaufen, ein Viertel dort gehört sowieso bereits ausländischen Konzernen. Die sind gerissener als die Oligarchen, kaufen ist billiger als zertrümmern, und alles bleibt heil.«

»Europas Baukonzernen läuft bei dem Gedanken an den Wiederaufbau bereits jetzt das Wasser im Munde zusammen, meinte Martin Bongers. Als ich zuletzt bei ihm in Saint-Émilion war, hat er zum ersten Mal von seinen Erfahrungen in Rumänien gesprochen. Kaum war das Land in der EU, sind alle darüber hergefallen. Die Amis haben Militärbasen gebaut und die wichtigsten Medien aufgekauft. Lidl durfte ein paar Supermärkte eröffnen, und ganze Ländereien wurden verscherbelt.«

»Die brauchen Anlagesphären für ihre Milliardäre. Übrigens – hast du schon mal mit Grigoriy über den Weinbau in der Ukraine gesprochen? Nein? Wir sollten mal nachfragen, was der Bursche vor dem Krieg gemacht hat.«

»So wie er arbeitet, kann ich mir vorstellen, dass er was mit Weinbau zu tun hatte. In Sowjetzeiten soll das Land eine Viertelmillion Hektar bewirtschaftet haben.«

»Sicher als Kolchose«, vermutete Philipp. »Das wird damals wenig Freude gemacht haben.«

»Bei der Annexion der Krim verloren die Winzer dort dreißigtausend Hektar Rebland, hat er erzählt, da gibt Putin sich jetzt die Kante mit Krimsekt. Das ukrainische Weinbauzentrum soll Bachmut gewesen sein, aber da sei alles zerschossen, und in den Weingärten lägen wohl überall

Streubomben. Nur knapp fünfzigtausend Hektar seien der Ukraine geblieben.«

Wenig später saßen alle paarweise vor ihren Rechnern, Efe mit Thomas, Philipp mit Verena, und Manuel saß selbstverständlich neben Leonie. Sie sahen sich den Internetauftritt der vier genannten Firmen an; Französisch war kein Problem, aber mit Spanien und Italien wurde es schwieriger, und bevor Thomas nochmals bei Frau Sturm anrief, um Fachbegriffe nachzufragen, erinnerte er sich an das entsprechende Lexikon ihrer Fachbibliothek. Das Spanische stoppelten sie sich zurecht, und bei den besonders schwierigen Passagen half Johanna Breitenbachs Mann Carl telefonisch. Letztlich kamen sie zu dem Schluss, dass sie sich zu viel Mühe gemacht hatten, denn bei allen Texten handelte es sich um ähnlich formulierte Weisheiten des Weinbaus. Und das System, um das es ging, schien in allen Ländern gleich zu sein.

Die Texte drehten sich darum, zu erkennen, was ein Weinstock brauche, um ihn nach seinen Bedürfnissen zu unterstützen. Man sah den Weinberg als System wechselseitiger Einflüsse und Abhängigkeiten, wobei Artenreichtum für ein stabileres System sorgte, die Monokultur hingegen deutlich anfälliger war. Begrünung fördere ein lebendiges Bodenleben, auch Biodiversität war ein immer wieder gern genutzter Begriff. Der Lese von Hand wurde gegenüber maschineller Lese viel Raum gewidmet. Dazu gab es ernst blickende Männer mit Reagenzgläsern in den Händen und schöne junge Lesehelferinnen, die freundlich lächelnd in die Kamera blickten. Philipp fühlte sich an die Zeitschrift *China im Bild* aus seiner Studentenzeit erinnert. Auf dem damaligen Titelbild waren glückliche Traktoristen in Fünferreihe gestaffelt, mit roten Fahnen auf dem Acker unterwegs, und im Hintergrund ging die rote Sonne des Sozialismus auf.

Das nächste Thema war die schonende Pressung von

Weißwein, der anschließend vergoren wurde, Rotwein hingegen gärte auf der Maische. Das Foto einer historischen Korbpresse schuf die gern gesehene Verbindung zur Historie. Dann wurden die Filtration und die Wirkung natürlicher Hefen erörtert sowie der Ausbau im kleinen oder großen Holzfass – alles aus dem Weinlexikon abgeschrieben, nur die Wortwahl war leicht geändert.

Es sollte der Anschein erweckt werden, als handele es sich um ein nationales System gegenseitiger Unterstützung, einer Optimierung des Maschineneinsatzes sowie der Zusammenfassung von Wissen, Beratung und Kapital. Und ökologisch orientierte Önologen stünden zwecks Beratung bereit. Wer da nicht mitmachte, wer seine Weinberge nicht in diesen Pool einbrachte und später als Aktionär davon profitierte, musste mit Blindheit geschlagen sein.

»Da haben sie sich was Nettes ausgedacht«, meinte Thomas zum Schluss. »Es sieht nach Unabhängigkeit aus, nach einer langfristigen Perspektive. Das System ist in den vier Ländern absolut gleich. Wie viele Weingüter zu dem System der Kooperation gehören sollen und wie und ob die Flächen zusammengefasst werden, ist nirgends beschrieben. Es müssten Hunderte von Flurstücken sein. Wie soll man die wirtschaftlich zusammenfassen? Alles liest sich wie die Homepage einer Agentur für Weinmarketing. Deren Fähigkeit besteht darin, mit schönen Worten nichts zu sagen. Damit wären wir einen Schritt weiter.«

»Meinst du, dass du dem Gespräch morgen bei Wunderlich gewachsen bist?« Philipp sorgte sich um seinen Sohn, die Geschehnisse in der Nacht zum Samstag sowie der Einsatz von Schusswaffen hatten ihm gezeigt, wie ernst die Situation werden konnte. »Ich möchte, dass Manuel oder ich draußen im Wagen sitzen und über Handy der Verhandlung folgen.«

»Mit und ohne Gewehr?«, fragte Thomas und zuckte mit den Achseln. »Es soll und darf eben nicht zu einer Eskalation kommen. Die Kofferträger wollen was verkaufen, und an uns liegt es, an Wunderlich und mir, die richtigen Fragen zu stellen. Was bieten sie für das Land? Zahlen sie ortsübliche Preise? Welche Möglichkeiten zum Betrug ergeben sich? Wer steckt dahinter? Frau Sturm hat uns hier die Richtung gewiesen.«

»Seit wann bist du so diplomatisch?«

Philipp rief Bellier an, brachte ihn auf den neuesten Stand und avisierte die Fingerabdrücke, die Voss oder seine Spurensicherung hoffentlich am Lenkrad oder sonstwo im Wagen hatte abnehmen können. Hoffentlich hatten die Männer vom Abschleppdienst nicht alle mit ihren Ölfingern verwischt. Pascal sollte seinerseits Druck machen – in Philipps Augen war die Situation inzwischen brenzlig.

Für den Nachmittag verabredete sich Thomas mit Wunderlich, um mit dem Winzer die Begegnung am nächsten Tag zu planen und um sich mit den Örtlichkeiten vertraut zu machen. Würde einer von ihnen sich verplappern, wäre alle Mühe umsonst. Philipp und Manuel nahmen sich vor, ihre Flurstücke genauestens zu kontrollieren. Es war möglich, dass es zu einem neuen Anschlag gekommen war – oder kommen würde. Sie teilten sich die Arbeit, auch war es notwendig, zu prüfen, was im Weinberg getan werden musste, denn bei dem Chaos der letzten Tage hatten beide das Gefühl, ihre Rebstöcke zu vernachlässigen. Rebschnitt stand auf dem Programm, das Wegschneiden der sprießenden Triebe. Doch zuvor musste Manuel Leonies Wagen abschleppen, da der Anlasser nicht mehr funktionierte. Danach wolle sie ihn auf seiner Rundtour begleiten. Seit Gründung ihres Weingutes hatten sie die Fläche mehr als verdoppelt, und entsprechend mehr war die Arbeit geworden.

Auf dem Weg zu Wunderlich fuhr Thomas bei Frau Ender vorbei und bat sie, zu dem Gespräch nach Rödersheim-Gronau mitzukommen. Er hatte Wunderlich nur zwei- oder dreimal bei Veranstaltungen getroffen, doch mit Frau Ender war Wunderlich seit Jahrzehnten bekannt, und sie würde sicherlich helfen, eine Vertrauensbasis herzustellen. Schließlich ging es darum, den Verkauf zu verhindern und trotzdem so viel wie möglich über das Vorhaben der deutschen Tochter der Société de la Vigne Écologique Européenne zu erfahren.

Das Weingut Wunderlich stand vor Jahren noch am Ortsrand, inzwischen waren Rödersheim und Gronau zusammengewachsen und viele Flächen in Bauland umgewandelt worden. Doch Wunderlich hatte seine Rebflächen nicht verkauft, und so reichten seine Weinstöcke bis direkt an das Anwesen und bildeten eine relativ zusammenhängende Fläche, was jeden Verkauf erleichtern sollte.

Das Wohnhaus sowie die Wirtschaftsgebäude des ehemaligen Mischbetriebs waren Ende des 19. Jahrhunderts gebaut und immer wieder erweitert worden. Nicht nur die Keller waren mit der Zeit zu klein und für größere Tanks zu niedrig geworden. Auch für notwendige Umbauten und Modernisierungen fehlten Geld, Schwung und die entsprechenden Nachfolger. Wunderlichs Tochter hatte einen gut bezahlten Job in der Weinbranche gefunden. Also musste der Erlös aus dem Verkauf als Alterssicherung dienen, nicht anders als bei Ender.

Die Möbel des Wohnzimmers, wo sie sich niederließen, waren auch nicht die neuesten, doch das störte Thomas nicht im Geringsten, und Frau Ender kannte alles hier seit Jahren. Sie präsentierte Thomas in wärmsten Worten und lobte ihn als absolut vertrauenswürdige Person.

Wunderlich machte seinem Namen keine Ehre, im Gegenteil. Der kräftige, braun gebrannte Mann mit dem vollen schlohweißen Haar wirkte trotz seiner fünfundsechzig Jahre, als könnte er den Betrieb von elf Hektar noch zwanzig Jahre weiterführen. Er sah ernst aus, auch ein wenig besorgt, was man durchaus als Trauer interpretieren konnte, da er und seine Frau ihr Lebenswerk in fremde Hände übergeben mussten.

Frau Ender eröffnete das Gespräch und berichtete ausführlich von dem Treffen der Kofferträger mit ihrem Mann und auch von seiner unrühmlichen Rolle, auch verschwieg sie nicht den Wortbruch gegenüber Manuel und die Annahme der zehntausend Euro. »Wir haben ihnen gesagt, dass wir das Geld zurückgeben wollen, und da wir keine Bankverbindung haben, müssten sie es abholen. Das ist bis heute nicht geschehen. Frag mich nicht, Werner, weshalb. Vielleicht glauben sie, dass wir doch noch auf das Angebot eingehen?«

Thomas hatte bisher geschwiegen, er wollte vermeiden, dass Wunderlich sich von ihnen überrumpelt fühlte, wo auch er sein Land verkaufen wollte und von der Vereinigung Ökologischer Weinbau angesprochen worden war.

»Woher wusste die VÖW von Ihrem Verkaufswunsch?« Thomas konnte es sich denken, aber er brauchte Gewissheit.

»Das kann ich Ihnen nicht sagen, aber ich habe daraus nie ein Geheimnis gemacht, und so etwas spricht sich hier schnell herum, zumal wir nicht die Einzigen sind.«

»Hatten Sie kürzlich, also in den letzten zwei Monaten Besuch von einer Journalistin? Sie gibt an, einen Artikel über das Problem der fehlenden Nachfolge schreiben zu wollen.«

»Wo Sie es sagen, genau, sie war hier, eine reizende Person, eine Frau von Soundso …« Wunderlich merkte, dass Frau Ender und Thomas sich einen bedeutungsvollen Blick zuwarfen. »Ist was nicht in Ordnung mit ihr?«

»Sie ist der Scout, die Pfadfinderin. Sie wird vorgeschickt. Wie könnte die VÖW sonst von Ihren Plänen erfahren haben?«

»Durch das Ministerium. Landwirtschaft und Weinbau sind bei der FDP, der Ökoweinbau ist bei den Grünen, wie Sie wissen. Da wird jemand von der FDP geplaudert haben.«

Thomas wusste von dieser Aufteilung der Zuständigkeiten, nur hatten sie bislang nichts mit den Ministerien zu tun gehabt. Wer mochte sich diese idiotische Regelung ausgedacht haben, fragte er sich. »Bei den Koalitionsverhandlungen werden sie um Ministerien und die Posten geschachert haben, darum geht es schließlich. Die richtigen Verbindungen sind bares Geld.« Es war für Thomas interessant zu erfahren, dass dort eventuell jemand mit Kontakten zur SVEE oder zur VÖW saß. Derartige Türen öffnete man nur mit Beziehungen oder viel Geld, wobei hier sicher Letzteres der Fall war.

»Wir müssen uns dringend das Sie abgewöhnen«, sagte Wunderlich, »wenn ich doch Sie, äh, dich als meinen Sohn ausgeben soll. Also duzen wir uns fortan, nicht wahr? Wer ist denn nun diese geheimnisvolle oder sympathische Dame?«

»Sie heißt Beatrix von Weiden«, sagte Frau Ender, »bei uns ist sie auch gewesen und bei … Du hast ihr alles gezeigt?«

»Selbstverständlich, warum auch nicht. Na ja …« Wunderlich zögerte. »Man hört allerlei über den Journalismus, aber dass sie so weit gehen?«

»Wirtschaftsspionage ist kein Journalismus.« Thomas meinte, für die korrekt arbeitenden Journalisten eine Lanze brechen zu müssen. »Interessen haben alle, oft genug erlebt man, dass manche von der Politik eingekauft werden, andere wechseln die Seiten und gehen von der Umweltbehörde zur Chemiewirtschaft. Es wäre schön, wenn wir eine Runde machen könnten, damit ich Ihren Betrieb und die Weinberge kenne und weiß, worüber wir morgen reden. Ich schlage vor, dass Sie, Herr Wunderlich, die den Wein und den Betrieb betreffenden Fragen beantworten und ich die finanzielle Seite übernehme. Ich glaube zu wissen, worauf es hinauslaufen wird. Wie gesagt, wir sagen zu, unterschreiben aber nichts! Ach ja, und an das Du muss ich mich auch noch gewöhnen.«

Viel Neues gab es bei der Runde nicht. Es war für Thomas

deutlich, dass der Betrieb in Bezug auf die Räumlichkeiten an seine Grenze gelangt war. Überalterte Installationen wie Tanks waren in zu kleinen Kellern zusammengedrängt. Die Pumpen und Filter waren überaltert, und dem Traktor sowie den Anhängern hätte eine Überholung auch wenig genutzt. Ein Fahrzeug auf dem Innenhof zu rangieren, der auch als Flaschenlager diente, erforderte mehr als Geschick.

Das Bild draußen war ein anderes. Einundvierzig Flurstücke waren über elf Hektar verteilt. Die Rebsorten entsprachen in etwa denen, die sie selbst kultivierten. Die Weinberge waren bestens gepflegt, und unter den Stöcken zeigte sich am Gras nicht die rötliche Färbung durch den Einsatz von Glyphosat. Wunderlich betrieb zwar keinen Bioweinbau, hatte sich jedoch in den letzten Jahren immer mehr in Richtung eines nachhaltigen Weinbaus bewegt und die Böden zu rekultivieren versucht, um sie wieder zu einem lebendigen Organismus zu machen. Doch die Kräfte schwanden. Die sozialen Belange konnte er bei der geringen Größe des Betriebs vernachlässigen. Es gab Prämierungen und Medaillen, im Probierraum hingen etliche Urkunden an den Wänden, Frau Ender machte Thomas darauf aufmerksam. Sie bescheinigten dem Weingut überdurchschnittliche Qualitäten, was ein Zeichen für die Gesundung der Böden war. Um seine Trauben zu verkaufen, wo sie in der Maische mit anderen ihren Charakter verloren, waren sie Wunderlich zu schade.

Die meiste Arbeit im Weinberg hatte Wunderlich seit Jahren von einem Subunternehmer machen lassen. Da blieb außer Kosten nicht mehr viel übrig. Es gab zwar noch einen jungen Kellermeister, doch der hatte nicht das Geld, um das Weingut zu übernehmen.

»Du verstehst also, warum ich verkaufen will.« Wunderlich seufzte. »Und den Veränderungen, die durch den Klimawandel auf uns zukommen, sehe ich mich nicht gewachsen. Kannst du nicht noch elf Hektar gebrauchen?«

»Er ist gerade dabei, unsere sieben zu übernehmen. Und es stehen Veränderungen an. Herr Achenbach geht demnächst nach Frankreich. Wie es dann weitergeht …«

Es war Thomas unangenehm, dass darüber außerhalb des Hauses gesprochen wurde, denn jemand, der wegging, erfuhr nichts mehr und wurde auch nicht mehr ernst genommen.

»Wieso machst du dich dann für Frau Ender und für mich stark?«, fragte Wunderlich.

»Die Käufer, die morgen herkommen, wollen dich und deine Frau betrügen, so wie sie Frau Ender betrügen wollten.«

»Und mit euch haben sie anscheinend noch ein Hühnchen zu rupfen?« Frau Ender hätte gern mehr gewusst, doch Thomas schwieg und lächelte. »Ich glaube, dass wir denen schon mal ein Geschäft vermasselt haben – es ist lange her. Wie das Geschäft diesmal genau funktioniert, weiß ich noch nicht, deshalb ist das Gespräch morgen so wichtig. Wann wollen die … die Herren hier sein?«

»Gegen fünfzehn Uhr …«

»Prima. Ich bin also dein Sohn, ich heiße Thomas Wunderlich, bin 1992 in Bad Dürkheim geboren und bin im Getreidehandel tätig – nur falls jemand fragt …«

16. Kapitel

Das Gräberfeld

Lobhudelei gehörte nicht zu Manuels Art und auch nicht zu der seines Freundes Thomas. Philipp ließ sich erst recht nichts einreden, er musste erst überzeugt werden und es tatsächlich sein, bevor er sich zu einem Urteil über die Weine anderer Winzer hinreißen ließ. Er wusste längst nicht mehr, wie viele Weine er in seinem Leben probiert hatte, mit dem Zählen hatte er längst aufgehört. Fünftausend? Fünfzehntausend? Bei einem Winzer waren es zwanzig am Vormittag gewesen, »und den hier müssen Sie unbedingt noch probieren«, bei einem Kollegen am Nachmittag waren es nur fünfzehn. Dann kamen eventuell noch drei oder vier oder fünf bei der Einladung zum Mittag- oder Abendessen hinzu. Seine Leberwerte waren in Ordnung. Er trank kaum noch, er probierte meist nur. Das war ihm genug.

Zehn Jahre hatte er nichts anders getan als durch Frankreich zu reisen, Weingüter zu besuchen, die Winzer kennenzulernen, bis zu einem gewissen Grad auch an ihrem Leben teilzunehmen und für seinen damaligen Arbeitgeber France-Import Weine auszusuchen. Sie mussten sowohl gut wie auch verkäuflich sein, die Balance finden zwischen Kommerz und Qualität.

Ähnlich erging es ihm heute mit den eigenen Weinen. Seit Philipp Wein produzierte, trank er lediglich zum Abendessen ein oder höchstens zwei Gläser. Jetzt freute er sich auf die Proben bei den Winzern, die er sich ausgesucht hatte. Heute stand Steffen Christmann in Gimmeldingen auf seiner

Liste. Der Wein, den er auf der Messe probiert hatte, hatte ihn neugierig gemacht.

Im Ort oberhalb von Neustadt gab es kaum eine Straße ohne Neigung, Gimmeldingen war in seinem ältesten Teil verwinkelt, so wie alle Dörfer am Rande der Haardt, die Häuserfronten geschlossen, nur unterbrochen von Toreinfahrten. Fachwerk, gelber und roter Buntsandstein und weiße Fassaden lockerten die Starre auf. In der Ebene war Platz gewesen, um sich auszudehnen, hier im ältesten Teil klebten die Häuser aneinander. Wer erweitern wollte, musste in die Tiefe gehen. Ein großzügiges und imponierendes Bauen wie im spanischen La Rioja war nicht möglich, Philipp kannte die monströsen Bauten der Kellereien Ysios und Marqués de Riscal und die mithilfe von EU-Geld finanzierten, nicht ganz so protzigen Bauten am austrocknenden Neusiedler See. Die hiesige Szenerie war gesünder, sie stand im Einklang, Architektur und Bewegung passten zusammen, seit über zehn Jahren lebte er nun hier in der Pfalz und fühlte sich wohl.

Die Suche nach einem Parkplatz zog sich hin, genervt stieg Philipp schließlich aus dem Wagen und sah sich um. Kein Wagen war ihm gefolgt, niemand stand unauffällig herum, dennoch spürte er die Bedrohung. Er atmete tief durch, schüttelte sich wie ein Hund, der aus dem Wasser kommt, um die Gedanken an die Gespenster aus der Vergangenheit loszuwerden und sich auf den Besuch zu konzentrieren. Wieder einmal steuerte er auf ein Tor zu.

Von Steffen Christmann hatte er häufig Fotos gesehen, allenthalben tauchte er in den Weingazetten auf. Der Jurist und Winzer war seit mehr als einem Jahrzehnt Vorsitzender des Verbandes der Prädikatsweingüter. Dass er seine Sache gut machte, war klar, davon ging Philipp aus, sonst wäre er nicht mehrmals wiedergewählt worden. Aber der VDP war nicht sein Verband, und Philipp interessierte vor allem der Winzer Christmann. Auf den Fotos hatte er einen positiven

Eindruck gemacht: locker, nicht prätentiös, sympathisch, immer ein leichtes Lächeln im Gesicht – wahrscheinlich war er zufrieden mit dem, was er tat. Und für das Weingut war die Nachfolge geklärt, die Tochter übernahm.

Dass die Weine von Steffen Christmann gut waren, dass sie zur Spitze gehörten, war klar. Man musste allerdings schon einiges bieten, um sie sich leisten zu können. Der Spätburgunder war kontingentiert, ähnlich wie der Pechant, der grandiose Merlot von Thomas' zukünftigem Schwiegervater aus Saint-Émilion. Wer rechtzeitig bestellte, erhielt tatsächlich sogar mal zwölf Flaschen.

Für Philipp folgte der Besuch bei Kollegen immer einer gewissen Routine: Zuerst stellte er die Fragen zum Weingut und der Organisation, dann kamen die Fragen zum Wein, dem Boden und dem Klima sowie seinem Einfluss. Der war am nördlichen Rand der Haardt anders als am südlichen mit mehr Wärme und einer größeren Regenmenge. Auch die Topografie war eine andere. Man hatte in früheren Jahren den Veränderungen des Klimas und der Bewässerung viel zu wenig Aufmerksamkeit geschenkt. Ein befreundeter Winzer in Südtirol hatte bereits vor zwanzig Jahren damit begonnen, in höheren Lagen Flächen für seine Weißweine zu kaufen, da es im Tal dafür zu warm wurde.

Dem Institut für Rebenzüchtung nach dauerte die Neuzüchtung einer Rebsorte etwa zwanzig Jahre; wie lange dauerte aber die Neuzüchtung von Unterlagsreben, die der Trockenheit gewachsen waren? Welches waren die größten Probleme in der Zukunft des Weinbaus? Die steigende Hitze? Starkregen oder zu lange Trockenperioden – abgesehen von der Untätigkeit der Politik, der Wachstumsideologie der Industrie, der Versiegelung des Bodens, Schmutz und Mikroplastik im Wasser? Wenn man einmal darüber nachdachte, öffneten sich viele Wege in Richtung Abgrund … Sie waren längst auf dem Highway to Hell.

Der Eindruck, der mit den Fotos entstanden war, täuschte nicht. Mit Steffen Christmann kam Philipp sofort zum Thema. Und das war Wasser. Noch war vom Mangel hier nichts zu spüren, doch die schwankenden Wasserstände des Rheins blieben nicht unbeachtet. Kleine Becken zur Bewässerung würden nicht zur umfassenden Bewässerung reichen. Christmann sah seine Zukunft in der Fähigkeit des Bodens, Wasser aufzunehmen, größere Mengen in tiefere Schichten durchzulassen und für die Weinstöcke zurückzuhalten. Dazu waren humose Strukturen nötig.

Bereits vor Jahrzehnten war der Winzer zum ökologischen Weinbau gewechselt und hatte den Schritt hin zur Biodynamie nach Rudolf Steiner gemacht. Damit ging ein Verständnis vom Boden als ein lebendiger Organismus einher: Humus, Kuhmist und die Begrünung der Rebzeilen; Leguminosen allein halfen nicht, sie brachten zu viel Stickstoff in den Boden. Der Verzicht auf Kunstdünger war unabdingbar, der Pestizideinsatz verboten. Nur so kamen die Weinberge ins Gleichgewicht.

Christmann und Rebholz waren mit die Ersten, die sich in der Pfalz für ein Bewusstsein um Qualität bemüht hatten, statt einfache, billige Weine zu keltern. Zuletzt hatte Christmann sein Weingut von fünfundzwanzig auf zwanzig Hektar verkleinert, um sich intensiver um seine Weinberge zu kümmern, um alle Debatten zu führen und Veränderungen begleiten zu können, nur so behielt man den Überblick.

Das Weingut existierte seit mehr als zweihundert Jahren. Einen wesentlichen Schritt nach vorn machte der Großvater, indem er die Flurstücke in der Ebene verkaufte und neue am Hang der Haardt erwarb. Damit war die Familie im Besitz wertvollster Flächen, was sich in dem Konzept zeigte, dass die Herkunft wesentlich über die Qualität eines Weins entschied. So waren nur Große und Erste Lagen für Große und Erste Gewächse geblieben.

Die Konzentration auf wenige Weine war ein folgerichtiger Schritt, die Verkleinerung des Sortiments auf Weißburgunder, Riesling und Spätburgunder. Über eine ähnliche, aber nicht so durchgreifende Spezialisierung hatte auch Philipp mit Thomas und Manuel diskutiert, aber das war ein langfristiges Projekt. Zuerst müssten sie die Entwicklung der von Ender hinzukommenden Reben beobachten, bevor sie wie Christmann an eine Umveredelung nach der Selektion Marsalle denken konnten. Dazu mussten sie Edelreiser von ihren besten Weinstöcken auf die bestehenden Unterlagen aufpropfen. Niemand kennt unsere Reben so gut wie Thomas, dachte Philipp. Dazu brauchen wir ihn hier und nicht in Frankreich! Er würde sich für dieses Vorhaben Urlaub nehmen müssen.

An der Spitze stehen – wollten das nicht viele? Ja, aber wie da hinkommen? Wie entstanden die besten Weine? Gab die Lage den Ausschlag? War der Boden mit Kalk und Lehm das Entscheidende, war es Kalkmergel oder Buntsandsteingeröll? War es die Mischung aus Kalk und Ton, die Christmanns Weine an die Spitze gebracht hatten? War es das Kleinklima, oder waren es die Hände und Methoden des Winzers? Waren die Klone einzigartig, und wie sehr wurde die Menge der Trauben begrenzt?

Die grüne Lese war nicht mehr erforderlich, der Weinstock beschränkte sich selbst im Wachstum der Trauben. Schlehen und Wildrosen belebten den Weinberg, in Steinhaufen siedelten Insekten, Weide statt Plastikbänder wurde zum Anbinden der Stöcke verwendet wie auch Schnüre aus Maisstärke.

Und was geschah im Keller? Gärte der Wein im Tank aus Edelstahl besser oder im hölzernen Tausendzweihundert-Liter-Fass? Woher stammte das Holz für die Barriques – aus Frankreich oder Slowenien? Für Christmann war die Lage das Wesentliche. Seine Weinberge hatten ihr Potenzial bewiesen, und der Winzer hatte es herauszuarbeiten. Das war die Einheit.

Die Lage gehe einher mit der Herkunft, danach suchten sich Deutsche den Wein aus, meinte Christmann, sie kauften Chablis und nicht Chardonnay, man verlange einen Chianti und nicht die Traube Sangiovese. Aber niemand kaufe die Pfalz, aber sicher doch einen Riesling. Doch wer kannte schon den Namen einer hervorragenden Lage? Damit kam zu Herkunft und Qualität noch das Marketing hinzu.

So neugierig, wie ihn der Mann zwischen Weinberg und Politik gemacht hatte, so neugierig machte ihn nach all den Worten bei lediglich Wasser jetzt die Aussicht auf das Fazit: eine spannende Probe.

»Aus den Lagen« war die Bezeichnung für die Weine aus den klassifizierten Lagen, sie lösten Orts- und Gutsweine ab. Christmann sah diese Weine als das, was in Frankreich als Second Vin eines Châteaux bezeichnet wurde. Der zwei Jahre alte Riesling war noch verhalten, wirkte ein wenig grasig, zeigte aber keine vordergründige Typizität dieser Rebsorte. Er wirkte sehr saftig und hatte eine schöne Länge. Und erst im Mund wirkte er stärker.

Beim Riesling vom Kapellenberg gab es den Anklang an die Petrolnote, die sich entwickeln würde. Der Wein wirkte fein, sowohl weich wie auch mineralisch. Hier hatten Süße und Säure in schöner Harmonie zueinander gefunden. Der Reiterspfad-Riesling war weicher, schmelziger, hatte mehr Wärme und deutlichere Frucht – Grapefruit und Pfirsich kamen klar.

Dichte, Fülle, Schmelz und Länge waren die besonderen Qualitäten beim Vogelsang, Mirabelle und gelbe Blüten bestimmten den ersten Eindruck. Wenn das nicht reichen sollte …

Der Wein der Lage Meerspinne war deutlich gereift, daher kam die Petrolnote stärker, Kraft und Saftigkeit überzeugten, das Apfelaroma war leicht und doch vorhanden.

Voll, rund und warm waren die Adjektive für den Idig. Hier zeigte sich die Kraft bereits im Duft, das Zitrusaroma unterstrich die Saftigkeit und Frische, als Frucht kam die Erinnerung an Quitte auf.

Der zwei Jahre ältere Idig-Riesling war die Steigerung seines Vorgängers, er war deutlich gereifter – der Wein war da, wo er sein sollte. Die Weine zu trinken, war einfach, sie zu beschreiben, forderte Fantasie, Erfahrung und Vorstellung, sie zu machen, war eine Kunst.

Der Spätburgunder Aus den Lagen war zwar sehr jung, doch jugendliche Eleganz war auch erstrebenswert, und wie die Jugend war er direkt, schnörkellos und frisch. Dazu kam ein wunderbares und nicht aufdringliches Kirscharoma.

Beim Gimmeldinger Schlössel meinte Philipp zuerst etwas Holz zu spüren, die Frucht blieb in der Nase eine Zeit lang verschlossen, doch mit mehr Zeit im Glas öffnete sich der Wein und ließ erahnen, wie er sich verändern würde.

Großartig kam ihm der Wein vom Königsbacher Ölberg bereits aus dem Glas entgegen, ohne es an die Nase zu führen. Neue Aromen stiegen aus seiner Tiefe, darunter neben der Kirsche eine angenehme Holundernote.

Der Spätburgunder vom Gimmeldinger Biengarten war trotz seiner jugendlichen drei Jahre im Fass und auf der Flasche, wie er sein sollte, und selten offen für dieses Alter.

Jeder Wein hier war eine Überraschung, so auch der Spätburgunder vom Idig. Er wirkte dunkel, zeigte Tiefe, eine große Dichte war ihm zu eigen, und alles zusammen erreichte einen hohen Grad an Geschlossenheit. Mehr gab es nicht zu sagen. Diesen Spätburgunder konnte man nur trinken, ihn weiter in seine Bestandteile zu zerlegen, würde ihm und seinem Macher unrecht tun …

… und vergleichen sollten wir uns höchstens mit den Winzern, die in unserer Liga spielen, sagte sich Philipp beim Gehen, alles andere lässt einen schwermütig werden. Er glaubte einen Moment lang, dass die meisten ihrer Versuche müßig waren, wo die besten Lagen sowieso vergeben waren. Aber wer zu früh aufgibt, hat bereits vor dem Start verloren. Jetzt stand der Besuch bei Müller-Catoir auf der Haardt bevor. Er hatte geglaubt, dass die Besuche die reine Freude sein würden, und nicht, dass sie ihm die endlos erscheinende Strecke zeigten, die vor ihnen lag. Aber musste man nicht realistisch sein und das Unmögliche von sich fordern?

Kaum hatte er sich im Autositz zurechtgeruckelt, schaltete Philipp sein Handy ein. Leonie hatte angerufen, zweimal, es sei dringend, desgleichen Efe. Er war mit Leonie unterwegs, um ihr die Flächen zu zeigen, die zu ihrem Weingut gehörten, und die Reben, die darauf wuchsen. Efe hatte sich beim Sprechen verhaspelt, aber Leonie klang genauso aufgeregt. Efe hatte sicher Wichtiges zum Wein zu sagen, und kompetenter war er allemal. Daher rief er ihn an.

»Chef, du musst kommen, wie heißt das, Leonie?«

»Gleich, sofort, jetzt, auf der Stelle, Philipp!«

»Hier ist alles kaputt, *Ogum* war hier, hier war Krieg. Wie ich gesagt … alles abgeschnitten, alle Stöcke …«

»Nicht alle«, unterbrach Leonie, »aber viele. Wir haben sie nicht gezählt. Hunderte, vielleicht … Ich weiß es nicht, auch eine ganze Reihe, vielleicht mehr.« Aus ihrer Stimme sprach Entsetzen.

Da war die Antwort, damit hatten sie gerechnet, ein Schlag folgte nach dem anderen. »Riecht ihr irgendetwas, ein chemischer Gestank, er müsste in der Luft hängen, es ist heiß und windstill heute.«

Das Nein nach einer Pause klang nicht überzeugend. »Komm her, du musst sehen.« Das Handy war wieder in Efes Hand.

»Wo seid ihr?«

Efe beschrieb ihm die Lage, sie waren beim Chardonnay

nahe Erpolzheim, an der Straße nach Freinsheim. Philipp hatte sofort den Wingert vor Augen, es war ein halber Hektar, dort standen etwa dreitausend Rebstöcke. Er begann, den möglichen Verlust zu kalkulieren, aber es war müßig, solange er nicht wusste, wie viele Rebstöcke gekappt waren und ob es ober- oder unterhalb der Veredlungsstelle geschehen war.

Woher wussten sie davon? Sie mussten einen Informanten im Ministerium haben. Auf andere Weise würden sie an die Liste mit den Liegenschaften nicht herankommen. »Rührt euch nicht von der Stelle, in zwanzig Minuten bin ich da.«

Philipp startete den Motor und raste los. Die Räder des Wagens drehten durch, Steine prasselten von unten gegen die Kotflügel, der Wagen macht einen Satz nach vorn. Er ertappte sich dabei, wie er schon wieder seine Wut in Geschwindigkeit umsetzte.

Nach wenigen Augenblicken beruhigte sich Philipp, das Rasen würde jetzt auch nichts mehr helfen, Panik schon gar nicht. Er trat auf die Bremse. Aber wohin mit der Wut? Und die Ungewissheit über den unsichtbaren Gegner, das Desinteresse der Polizei. Ohne Voss wären sie aufgeschmissen. Auf abgeschnittene Unterlagen ließ sich alles Mögliche aufpropfen, gekappte Rebstöcke trieben wieder aus, nur leider hätten sie dann ein oder zwei Jahre lang keinen Ertrag. Den ursprünglichen Zustand wiederherzustellen, würde ein Schweinegeld kosten, jeder Rebstock würde sie zwei Euro kosten, das Ganze mal tausend? Er musste ruhig bleiben, er wusste bislang nicht einmal, um wie viele Rebstöcke es sich handelte. Katastrophal wäre es, wenn sie systemisch wirkende Herbizide einsetzten. Die Pflanze nahm sie auf und starb an inneren Verletzungen. Dann war ein Weinberg verloren. Und mit der Bio-Zertifizierung wäre für weitere drei Jahre Schluss.

Efe und Leonie hatten den Kombi genommen, Philipp sah den Wagen mit der Aufschrift des Weingutes von Weitem.

Daneben standen zwei bedröppelte Figuren, ein sehr ungleiches Paar, schwarz und weiß, aber der Gesichtsausdruck war gleich. Beinahe schuldbewusst sahen sie ihm entgegen.

Wie zur Beruhigung hob Philipp beim Aussteigen die Hand, doch diese Geste galt mehr ihm selbst. Efe wollte ihn weiterwinken, Philipp blieb jedoch neben Leonie stehen. »Ich bedauere es sehr, dass du mit diesen Ereignissen konfrontiert bist, kaum dass du mit uns näheren Kontakt hast.« Das war blöde ausgedrückt. Statt des näheren Kontakts hätte er sagen sollen, »seit du bei uns eingestiegen bist«. Aber das wäre zu direkt.

Leonie verstand, was gemeint war. »Es wird sicher nicht immer so turbulent bei euch zugehen, vermute ich mal.«

Philipp beruhigte sie: »Der Winter ist etwas ruhiger. Aber ich hoffe, dass der Spuk in ein paar Tagen sowieso vorbei ist.« Möglichst noch vor dem Wochenende, sagte er sich, Freitagabend kam Simone, und die angehende Mutter würden sie aus dem Krieg, wie Efe es nannte, um jeden Preis raushalten müssen. Er folgte ihm zwischen die Reben. Dabei merkte er, dass sein Polohemd klitschnass war – kam es von der Hitze, oder war die Aufregung der Grund? Diese Dauerspannung, seit einer Woche hielt sie an, war nichts mehr für ihn. Er wurde bald sechzig. Besorgnis sprach auch aus den Gesichtern seiner Begleiter.

Er setzte sich darüber hinweg und sah sich um. Die Gangster schienen gelernt zu haben, ein wenig, nein, glücklicherweise zu wenig. Zwar hatten sie die ersten drei oder vier Stöcke, die zur Straße hin standen, unberührt gelassen, an den Seiten waren nur zwei Reihen stehen geblieben. Doch innen hatten sie gewütet, Krieg geführt, das Weinlaub außen sollte den angerichteten Schaden verdecken. Aber sie hatten ihre Aktion nicht zu Ende gedacht und – glücklicherweise – fast alle Weinstöcke oberhalb der Veredlungslinie gekappt, da hatte Touraine seine Helfershelfer nicht richtig eingewiesen.

Als geübter Gangster sollte man sein Metier besser kennen. Bei diesem Gedanken gewann Philipp die Überzeugung, dass sie den Gegner schlagen konnten.

Trotzdem machte ihn der Anblick der kreuz und quer in der Sonne verdorrenden Weinstöcke schwer zu schaffen. Über dem Stück Land vor ihm lag ein Hauch von Beerdigung, es war ein Gräberfeld für Weinstöcke. Da stand jetzt ein nacktes Drahtgeflecht, ein Zaun, eine Sperre sozusagen, keine Stütze mehr für Weinreben, und darunter lag verwelkendes Weinlaub, dem Wasser sowie Nahrung fehlten. Das Gebiet, auf dem sie Chardonnay kultivierten, glich einer Rodung. Waren die Weinstöcke wirklich zu retten? Der Anblick von zweitausend sterbenden Rebstöcken war schwer zu verkraften.

Brennende Lastwagen auf der Autobahn hatte er gesehen, war daran vorbeigefahren, aber vor dem eigenen Unglück zu stehen, war weitaus dramatischer. Zu dem Schmerz kam ein Anflug von Verzweiflung. Doch damit würde er sich später beschäftigen, jetzt ging es darum, sich klarzuwerden, wie sie reagieren sollten.

Der Chardonnay würde wieder austreiben. Philipp überschlug den Schaden. Bei zweitausend gekappten Stöcken hätten sie auf zwei Jahre hier nur mindere Erträge, und die nachwachsenden Reben würden ähnlich wie junge mehr Wasser brauchen. Wo sollte das herkommen? Sie würden einen Tank bauen müssen oder von einem Tankwagen aus mit dem Schlauch Weinstock für Weinstock bewässern müssen. Leitungen zu legen, war zu teuer. Im Gehen rief er Thomas an, doch er und Manuel hatten ihre Smartphones ausgeschaltet.

»Nicht weitergehen, Chef«, ermahnte ihn Efe, »ich muss erst sehen, ob Spuren …«, und schon hatte er die Nase wieder am Boden und tat das, was Sache der Polizei gewesen wäre.

Es werden die Fahrer gewesen sein, wie oben am Libellenberg, nur ein anderes Team. Sie machten die Drecksarbeit.

Sie mussten recht schnell gearbeitet haben, es werden mehrere gewesen sein, denn zwischen den Runden des Sicherheitsdienstes lagen maximal zwei Stunden.

»Habt ihr die Polizei benachrichtigt? Nein? Dann tue ich es.« Während Efe Leonie auf dem Handy zeigte, wie die Spuren aussahen, nach denen sie suchten, rief Philipp Voss an. Leider war der irgendwo im Einsatz, also blieben nur noch Bleichmeier oder Blechheiner oder wie er hieß, und irgendein Polizeimeisteranwärter, den er hierher mitnehmen könnte.

»Sie schon wieder«, war alles, was Schleichmeier zu sagen hatte. »Wir sind nicht für Ihre privaten Querelen da. Sie halten unseren Betrieb auf.«

»Tun Sie nicht so, als hätten Sie viel zu tun. Kommen Sie her und bringen Sie die Spurensicherung mit oder zumindest eine Kamera. Aber vielleicht ist die Kriminalinspektion in Neustadt mehr interessiert? Nein, besser die Presse, die Untätigkeit der Polizei bringt wenigstens nationalen Widerhall. Ich rufe besser dort an …«

Das hörte der Polizeiobermeister gar nicht gern und wurde ungehalten. Als Philipp dann von dem angerichteten Schaden berichtete, fehlten ihm die Worte. Mehr als ein mageres »Ich komme …« fiel ihm nicht ein.

Schleichmeier traf fast gleichzeitig mit Voss ein. Die beiden Polizisten kriegten sich zur Belustigung ihrer Untergebenen in die Wolle. Es ging ums Kommando, wobei Voss seinem Vorgesetzten Untätigkeit und mangelndes Interesse vorwarf, Schleichmeier hingegen kritisierte Voss' Eigenmächtigkeit und die Missachtung der Rangordnung sowie der Dienstvorschriften, bis Philipp sich einmischte.

»Meine Herren! Würden Sie sich bitte des Falles annehmen? Schwerste Sachbeschädigung im Wiederholungsfall. Mit der Spurensuche haben wir längst begonnen. Efe, zeige bitte dem Herrn Polizeiobermeister die Fotos …«

Es kostete Schleichmeier sichtbar Überwindung, sich von einem Nigerianer die neuen Aufnahmen zeigen zu lassen, daneben die Bilder vom Pferch der Schafe, wo die gleichen Spuren entdeckt worden waren. Ein Zufall war ausgeschlossen, die Abdrücke der Schuhe waren identisch, an der Sohle eines rechten Schuhs waren drei Stollen ausgebrochen.

»Waren hier auch Psychopathen am Werk, wie bei unserem Schafbock?« Philipp wies auf die gekappten Weinstöcke, er konnte sich des Kommentars nicht enthalten. »Wahrscheinlich liegt ein Mutterkomplex zugrunde, der kann nur mit dem Abschneiden der Weinstöcke, vielmehr der Phalli bekämpft werden.« Ob Schleimeimer das verstand? Zur Aufbesserung der Stimmung jedenfalls führte es nicht.

Die Leute von der Spurensicherung kamen just im richtigen Moment, machten weitere Polemik überflüssig und gingen mit Professionalität zu Werke.

Das Weingut Wunderlich lag in der Mitte zwischen Gronau und Rödersheim. Und dort, wo man von der Hauptstraße zum Weingut abbiegen musste, hatte sich Manuel mit Handy und Kamera postiert. Der Sprinter stand gegenüber vom Weingut, am Ende der Straße begannen die Weingärten. Die Rostlaube, wie Philipp ihren Sprinter nannte, fiel dort am wenigsten auf.

Heute waren die Kofferträger pünktlich, sie schienen von Ludwigshafen gekommen zu sein, und Manuel avisierte sie. Ob sie vormittags bereits den anderen Winzer in Rhodt besucht hatten, von dem Frau Ender inzwischen wusste, war unklar; andernfalls wären sie aus der anderen Richtung gekommen. Frau Ender schien die gesamte Winzerschaft der nördlichen Haardt rebellisch gemacht zu haben, hoffentlich mit der nötigen Diskretion, zu der Thomas sie verdonnert hatte. Die Frau war fantastisch.

»Sie benutzen denselben japanischen Wagen wie neulich

die beiden Typen bei Hölzer, WI im Kennzeichen, helles Silberblau.« Das Versteckspiel schien Manuel Spaß zu machen. Thomas, der bereits bei Wunderlich war, sah das Ganze ein wenig anders. »Aber heute sitzt ein anderer Mann am Steuer, vielleicht gehen ihnen die Fahrer aus, die Kofferträger sitzen hinten.«

Manuel folgte dem Wagen zu Fuß, denn der fuhr wieder sehr langsam, der Fahrer schien sich wieder an den Hausnummern orientieren zu müssen. Manuel amüsierte sich, dass er direkt hinter ihrer Rostlaube parkte. Er selbst ging nahe genug heran, um die Männer unauffällig zu porträtieren. Die Bilder würde er heute noch Pascal zukommen lassen.

Die Kofferträger waren nicht in Eile, sie sahen sich nach allen Seiten um. Ganz so entspannt wie neulich schienen sie nicht mehr zu sein. Sie blieben auf der Straße stehen, besprachen sich und machten mit ihren Handys Fotos. Einmal mehr bestätigte sich der Eindruck, dass es sich nicht um gestandene Geschäftsleute handelte, vielmehr versuchten sie, als solche aufzutreten, zumindest der Größere der beiden. Vermutlich war der Blondschopf der Deutsche, der Kleinere war mehr der südländische Typ. Manuel beneidete Thomas trotz seiner Aufregung ein wenig, denn er wäre gern bei dem Gespräch dabei gewesen, anstatt nur über das Handy mitzuhören. Außerdem hätte er gern gewusst, ob sie in den Koffern noch Waffen mit sich herumschleppten.

Dann blickten die Besucher fast ein wenig erschrocken zur Haustür, denn Wunderlich stand plötzlich dort, neben ihm Thomas, der ihn um einiges überragte. Sich einmal mehr umschauend, traten sie auf den schmalen Bürgersteig und gingen langsam auf den Winzer zu. Möglicherweise verunsicherte sie die Anwesenheit des zweiten Mannes. Der Winzer wurde herzlich begrüßt, es wurde genickt, Thomas' Anwesenheit wurde nicht mit Wohlwollen aufgenommen, trotzdem folgte zwanghaftes Händeschütteln. Wie zur Bestätigung des Treffens wurde auch gelacht, dann legte der Winzer dem kleinen Franzosen den Arm um die Schultern und schob ihn in die Haustür. Bemüht unauffällig ließ der Blonde noch einmal den Blick die Straße entlangschweifen, bevor er eintrat. Nach viel Geld sahen die beiden nicht aus, eher als der Nachwuchs von Immobilienhaien.

Thomas betrat das Haus als Letzter, auch er sah sich noch einmal um, als befürchtete er, beobachtet zu werden. Manuel zeigte sich zwischen zwei geparkten Wagen, fuhr sich zweimal mit der Hand durchs Haar, es war das vereinbarte Zeichen. Er setzte sich in den Sprinter und schaltete das Handy ein, während Thomas ins Dunkel des schmalen Hausflurs tauchte. Kurz darauf hatte Manuel Empfang und nahm digital am Begrüßungsritual teil.

Wie die Anreise gewesen sei, ob sie lange unterwegs gewesen waren – ja, sie seien bereits gestern aus Stuttgart gekommen –, ob die beiden, die sich als Herr Essling und Monsieur Comberousse vorgestellt hatten, denn gut untergebracht seien, was sie bejahten, aber nicht preisgaben, wo genau. Dann setzte man sich in den Probierraum und kam zur Sache.

Herr Wunderlich hatte der Bitte nach offiziellen Unterlagen über den Besitz entsprochen, führte an, dass seine Frau Annegret Mitinhaberin sei und allem zustimmen müsse, was von den Kofferträgern als selbstverständlich erachtet wurde. Dann hörte Manuel erst einmal gar nichts außer verschwommenen Stimmen und Geraschel, sicher steckte das Smartphone in Thomas' Jackentasche. Das Erste, was Manuel wieder verstand, war, dass der Deutsche erklärte, dass man die Liegenschaften mehrerer Weingüter zusammenfassen wolle, um Maschinen wirtschaftlich besser zu nutzen und größere und damit produktive Einheiten zu schaffen, auch um sich von den konventionell arbeitenden Winzern abzugrenzen.

Es folgte ein anscheinend auswendig gelernter Vortrag über Bioweinbau.

Thomas stellte hier und da eine Frage, was den Kofferträgern nicht gefiel, wie Manuel aus den unwilligen Antworten heraushören konnte. Er verstand nur, dass sie sich wunderten, wo er doch einiges vom Weinbau verstehe, dass er das Weingut nicht weiterführe. Mit der Antwort, dass ihm für Investitionen das Kapital fehle und die Bank den Betrieb für zu klein halte, um gewinnbringend zu arbeiten, gaben sie sich zufrieden. Bei seinen Fragen hinsichtlich ihrer Betriebsziele fragte Thomas nicht nach, er durfte nicht zu viel Kompetenz zeigen. Sein Gegenüber musste immer im Glauben gelassen werden, einen Schritt voraus zu sein. Wann denn an die Übernahme der Weingärten gedacht sei, am Haus und den kellertechnischen Einrichtungen seien sie ja wohl wenig interessiert.

»So bald wie möglich«, hörte Manuel den Essling sagen.

»*Mais seulement après les vendanges*«, fügte Comberousse beruhigend hinzu, »erst nach der Weinlese«. Also würden die Trauben dieses Jahres noch Wunderlich gehören.

Mit dem Beginn des Rundgangs und dem Abstieg in den Keller wurde der Handyempfang miserabel, Thomas' Worte zur Erklärung der Enge und der notwendigen Umbauten wurden von Krächzen und Knarren unterbrochen, teilweise drangen nur Wortfetzen an Manuels Ohr. Die Stückfässer und die Barriques seien zwar gebraucht, doch in gutem Zustand, man wolle ja keinen Holzgeschmack im Wein.

Alles schien glattzugehen, die Kofferträger interessierten sich kaum für die Abbeermaschine, weniger noch für die Edelstahltanks und schon gar nicht für den Scheibenfilter oder die pneumatische Presse. Die Weine in den Tanks und im Flaschenlager solle Wunderlich verkaufen, sie seien lediglich an Grund und Boden interessiert.

Als die vier sich wieder an der Erdoberfläche im Verkostungsraum befanden, folgte das Gespräch über den Zustand der Weinberge. Die Fläche sei ideal, elf Hektar seien nicht zu viel, allerdings würde die Vielzahl der Flurstücke den Preis drücken. Aber man würde sehen. Sie seien nicht hier, um den Winzern im Alter die verdiente Ruhe zu nehmen. Und im Weinberg werde man sehen, was zu roden war und was sich relativ einfach auf Bio umstellen ließe.

Thomas kam so gut wie Wunderlich mit den beiden Kofferträgern zurecht, von gegenseitiger Sympathie oder Aufgeschlossenheit vonseiten der Aufkäufer war hingegen nichts zu spüren. Hier stand eine Mauer zwischen ihnen, und dahinter war – Lüge, Misstrauen, Betrug oder Bosheit und Gewalt? Das Gefühl erinnerte ihn an das erste Zusammentreffen mit Touraine in Villers-Allerand in der Champagne. Zwölf Jahre war es her, doch das Gefühl war frisch. Ob er den Auftrag gegeben hatte, den Arbeiter umzubringen, den alle wegen seiner Nase »den General« genannt hatten, oder ob Touraine selbst den Unfall mit dem Lastenaufzug arrangiert hatte, war nicht geklärt. Essling und Monsieur Comberousse zeigten ein aalglattes Lächeln, abgeschaut vom Werbefernsehen bei RTL, aber auch nicht zu billig. Sie hatten ihre Rollen gut einstudiert.

Er musste an sie rankommen, sie ausfragen, er durfte ihnen nur so viel Luft lassen, dass sie nicht misstrauisch wurden und absprangen. Nur so kamen sie weiter. Ihr Vertrauen würde er nicht gewinnen, denn Abneigung war meistens gegenseitig. Der Unterschied zwischen etwas wissen wollen und jemanden ausfragen war gering, aber er war entscheidend. Nein, nicht vom Weg abkommen, sagte sich Thomas. Wunderlich erlöste ihn und fragte, was es für die VÖW bedeute, Boden ökologisch zu bearbeiten.

Sie nahmen sich zurück, beide gleichzeitig, rückten körperlich vom Tisch in ihrer Mitte ab, die Antworten wurden schwammig. Thomas merkte es auch an ihren Händen, sie schlossen sich immer mehr zu Fäusten. Irgendwo musste der Krampf ja raus.

Wunderlich bohrte ein wenig, wahrscheinlich wusste er längst, wen er wirklich vor sich hatte. Er würde gern wissen, sagte er, was genau sie mit Bodenstruktur meinten und wie sich das Unternehmen die zukünftige Bearbeitung der Flächen vorstelle, schließlich seien alle Flächen im Ertrag, seine Weine seien verkäuflich, und die Vereinigten Ökowinzer würden sicherlich nicht auf die Trauben des nächsten Jahres verzichten wollen. Mit dem Rebschnitt im Winter müssten sie sich entscheiden. Also wollten sie die Weinberge sehen, obwohl sie wenig Lust dazu hatten und es rasch hinter sich zu bringen gedachten, wie es Thomas schien. Aber sie gaben sich redlich Mühe. Die Show musste weitergehen. Das wichtigste Thema stand ihnen noch bevor.

Es wurde eine lange Tour, Wunderlich machte es weder den Kofferträgern noch Thomas leicht. Sie mussten sich den Sauvignon blanc ansehen genau wie den Riesling, die Pfälzer Rebsorte Nummer eins, an zweiter Stelle kam Spätburgunder. Es waren sowohl die eingeführten Sorten wie Chardonnay und Muskateller als auch Portugieser und Dornfelder. Thomas enthielt sich jeden Kommentars, während Wunderlich die Rebsorten und die daraus entstehenden Weine erklärte. Seine Ausführungen zu den Rebsorten zogen sich in die Länge, Wunderlich war die Liebe zu seinen Reben deutlich anzumerken, sogar Trauer stand in seiner Stimme. Er würde verkaufen müssen, wenn nicht an die VÖW, dann an andere.

Thomas bemerkte bei den vielen Worten den Unwillen ihrer beiden Begleiter. Es war klar, dass sie wenig vom Weinbau verstanden, und sie begriffen, dass ihre Gesprächspartner ihnen darin überlegen waren.

Dass es mit dem Weinwissen nicht weit her war, hatte auch

Manuel nach seinem Ausflug mit Beatrix von Weiden nach Hambach berichtet, anhand der Fragen erkannte man den Wissensstand seines Gegenübers. Nachher würden sie ihre obskuren Dokumente sowie den sonstigen Papierkram vor ihm ausbreiten, um Wunderlich zu beeindrucken.

Nicht einmal die Wasserversorgung der besuchten Wingerte noch die Rückhaltefähigkeit des Bodens wurden heute thematisiert. Dabei war es das zentrale Zukunftsthema. Die Temperatur war bereits wieder auf knapp unter vierzig Grad Celsius gestiegen, und die Wetterkarte war nicht nur in der Pfalz tiefrot. Das verdammte Hoch stand bewegungslos über Mitteleuropa. Noch sanken nachts die Temperaturen, aber wenn das nicht mehr der Fall sein sollte, würden die Trauben verbrennen, nicht nur bei ihnen.

Während sich die Kofferträger unablässig den Schweiß von der Stirn wischten, die Sakkos hatten sie längst abgelegt, bückte sich Thomas und griff verstohlen nach der Erde. Aber es war Staub, der durch seine Finger rieselte. Dem Winzer Wunderlich konnten Philipp, Manuel und er nicht auch noch sein Land abkaufen. Zum einen fehlte das Geld, auch Manuel stieß an seine Grenzen, zum anderen hatten sie nicht die Kapazitäten, noch mehr Trauben zu verarbeiten, sogar Flaschen waren knapp und teuer geworden.

Er hatte den Kofferträgern gegenüber nicht durchschimmern lassen, dass er sehr gut Französisch sprach und es noch besser verstand. Daher bekam er mit, wie die beiden Männer in ihrer Gesellschaft sich leise darüber verständigten, sich nicht länger mit lästigen weinbaulichen Fragen zu beschäftigen, sondern den Besuch abzukürzen. Sie zappelten herum wie zwei Rennpferde, die endlich aus den Startboxen rauswollten. Nach der Rückkehr auf das Gut würden sie direkt ins Verkaufsgespräch einsteigen. Sie könnten vorgeben, noch einen weiteren Termin wahrnehmen zu müssen. Das größte Hindernis sahen sie bei Thomas, obwohl er sich mit jedweder Äußerung zurückhielt. Aber auch Leute wie sie hatten ein Gespür für ihr Gegenüber.

Die Männer ließen sich im kühlen Haus nieder, statt Wein wurden Wasser und Kaffee getrunken und schöne bunte Flyer mit vielen Fotos von glücklichen Winzern verteilt und die üblichen Hochglanzbroschüren ausgebreitet. Dazu kam der Umschlag mit den Zehntausend. Zwanzig Scheine à fünfhundert trugen nicht stark auf. Sie gingen anscheinend davon aus, dass Bargeld, zumal schwarz, wie betont wurde, nach wie vor seinen Reiz ausübte.

»Sie haben elf Hektar bestockter Fläche, das wären nach Marktpreisen dreihundertdreißigtausend Euro. Die würden wir gern übernehmen.« Essling legte eine Kunstpause ein, um seine Worte wirken zu lassen. »Alle anderen Liegenschaften bleiben davon unberührt, wie Ihr Haus und selbstverständlich der Garten.« Ein versöhnliches Lächeln von Comberousse unterstrich sein Angebot. »Sämtliche Maschinen und Geräte wie Pumpen und bewegliche Tanks können Sie separat verkaufen, unsere Techniker werden sich alles ansehen und Ihnen ein Angebot machen. Wir müssen natürlich sehen, was wir davon nutzen können. Machen Sie am besten eine genaue Aufstellung, wenn es geht, mit den Preisen, die Sie damals bezahlt haben. Wir werden uns ganz sicher einigen, denn unserem Geschäftsmodell nach werden wir weiterhin zusammenarbeiten. Und wir brauchen Ihr Wissen. Niemand kennt Ihren Boden so gut wie Sie. Ich erkläre es Ihnen gleich, Sie bleiben sozusagen weiterhin Teilhaber Ihres Landes.«

Comberousse griff nach dem Umschlag und schob ihn Wunderlich zu. »Machen Sie auf«, sagte er mit schönstem französischem Akzent, »alles für Sie! So sehen Sie, wie ernst wir es meinen.« Damit griff er nach dem Umschlag, zog ihn ein wenig auf, sodass die Scheine wie aufgefächerte Spielkarten herausschauten.

»Zehntausend, als erste Anzahlung, die sind on top zu dem endgültigen Kaufpreis von dreihundertdreißigtausend – und der Steuer.«

Wunderlich schaute auf das Geld, rührte es aber nicht an. Thomas reckte den Hals und machte große Augen, was Habsucht oder Gier ausdrücken sollte, und griff nach den Scheinen, zählte bedächtig das Geld und schob es zurück in den Umschlag. »Wenn mit der Übertragung alles klar geht ... Es ist ein schöner Betrag. Und wie geht es danach weiter? Da Sie ein landwirtschaftliches Unternehmen sind, dürfte der Verkauf kein Problem sein. Sie setzen die Verträge auf ...«

Essling zog die Brauen hoch. »Wir sind noch nicht fertig.« Bis vertraglich alles geklärt sei, ruhe das Geld auf einem Anderkonto, das wären zwanzig Prozent, die sofort ausgezahlt würden. »Ein Notar überwacht sämtliche Transaktionen. Die restlichen achtzig Prozent würden in die Gesellschaft SVEE fließen, genau in dieser Höhe erwerben Sie damit Anteile. Es funktioniert wie ein Fonds, wie eine Aktiengesellschaft, die arbeitet dann für Sie. Und je mehr Land wir zur Verfügung haben, desto rationeller wird die Bearbeitung und die europaweite Vermarktung. Sie, meine Herren Wunderlich, sind entsprechend Ihrer Einlage am Gewinn beteiligt. Im Todesfall, auch darüber müssen wir leider sprechen, gehen alle Rechte an Ihre Frau beziehungsweise an Sie als Sohn über. Falls Ihnen das irgendwann nicht gefällt oder Sie mit den Ausschüttungen nicht zufrieden sind, können Sie nach drei Jahren alle Anteile am freien Markt verkaufen. Ihre Einlage wird in jedem Fall in der Höhe des Europäischen Leitzinses verzinst, oder Sie können sie bei einem finanziellen Engpass Ihrerseits beleihen. Sie fahren also in keinem Fall ein Risiko.«

Essling zog jetzt den Flyer zurate, in dem drei weitere ausländische Gesellschaften als Töchter der SVEE ausgewiesen waren. »Hier sehen Sie die Entwicklung unserer spanischen, französischen und italienischen Schwestergesellschaften. In

Portugal wird gerade auch ein Unternehmen dieser Art gegründet.«

Es waren wieder nur steigende Kurven und wachsende Säulen zu sehen, die unverrückbar fest auf der X-Achse standen. Jetzt zeigten Essling und Comberousse lächelnd die Zähne derer, die wirklich Biss und eine Vorstellung von Wachstum und Erfolg hatten. Siegesgewiss lehnten sie sich zurück. »Ein so lukratives Angebot kann außer uns niemand machen.«

Wunderlich zeigte erste Zeichen der Verstimmung, denn wer es als Winzer geschafft hatte, zu überleben und das kleine Weingut schuldenfrei zu halten, ließ sich ungern an der Nase herumführen. Thomas lächelte, trat ihm unter dem Tisch auf den Fuß und nickte ihm aufmunternd zu, er musste gute Miene zum bösen Spiel machen. Dass es nur böse ausgehen konnte, war klar, denn bei einer derartigen Konstruktion musste Russel – mit welchem Namen auch immer – im Spiel sein. Dabei ging es um nichts anderes als um Betrug. Ob Sabotage und Mord auch zu den Handlungsoptionen der Kofferträger gehörten? Bislang war es glücklicherweise nicht zum Äußersten gekommen … noch nicht …

17. Kapitel

Kahlschlag

Noch bevor Thomas sein Handy einschaltete, wusste er, dass es schlechte Nachrichten geben würde. Genauso war es. Dabei sah er das vorangegangene Treffen als äußerst klärend an. Entsprechend gut war seine Laune. Doch mit Leonies Nachricht sank seine Laune wieder. Sie versuchte, etwas zu erklären, wusste aber nicht genau, wie sie sich im Weinmilieu entsprechend ausdrücken sollte. Nur so viel war zu verstehen, und das reichte, dass ein Teil des Wingerts, den Efe ihr zeigte, abgeholzt worden war.

Er blieb vor dem Sprinter stehen und hörte die zweite Nachricht ab, sie kam von Philipp. Er erklärte das Vorgefallene besser, änderte aber nichts am Wesentlichen: Ein Teil des Wingerts war zwar nicht vernichtet, aber schwer geschädigt und länger unbrauchbar.

»Was ihr neulich verhindern konntet, ist letzte Nacht geschehen, nur einige Nummern größer. Mehr als die Hälfte aller Weinstöcke wurde gekappt.«

»Nur gut, dass wir nicht da waren«, sagte Manuel, nachdem Thomas ihm von den Nachrichten berichtet hatte; er schien den gleichen Ingrimm zu spüren, denn er setzte nach: »Ich hätte draufgehalten.«

Thomas hatte sich auf den Beifahrersitz geschwungen, ein weiteres Mal erstaunt über die harschen Worte des Freundes und die radikale Wendung, die er vollzogen hatte. Er fand es *formidable*, es war beruhigend und ein Grund weniger, sich zu sorgen. Er hatte immer geahnt, dass mehr in Manuel steckte.

»Sind doch selbst schuld, die Schweine, wenn man auf sie schießt.« Aus Manuels Mund hörte es sich total ungewohnt an. Andererseits hatte er Efes Hinweis auf *Ogum* sofort nach der Gräueltat an Heinrich sehr ernst genommen. »Wir haben den Krieg nicht angefangen. Wie ich die einschätze, hätten sie sich den Weg freigeschossen.«

Manuel kannte sich bestens aus, keine zehn Minuten später waren sie beim Chardonnay. Die Verwüstung war schlimmer, als sie es sich vorgestellt hatten.

»Wer angefangen hat, sehen die anders. Philipp und ich haben ihnen damals in der Champagne gewaltig die Tour vermasselt«, sagte Thomas. »Der Mensch braucht immer einen Vorwand und jemanden, dem er die Schuld geben kann. Wenn einer von uns neulich Nacht angeschossen worden wäre, ließe sich Notwehr leicht nachweisen, aber so? Da kommt noch mehr auf uns zu.«

»Wir behaupten, ich hätte geschossen, und dann sagst du, dass du es gewesen warst. Sie können nicht zwei fürs selbe Delikt bestrafen, nur so kommen wir da raus. Beim Marker machen wir's genauso.«

»Spitzenidee, so machen wir's. Manuel, was grinst du so?«

»Um uns anzuklagen, bräuchten sie das Gewehr, aber das haben sie nicht.«

»Irgend so einem Advokaten reicht der Marker. Der findet garantiert was, um sie aus dem Knast zu holen. Wir wissen nicht, wie viele Teams im Einsatz sind, drei mit Sicherheit. Und kümmere dich um deine Freundin.«

Erwartungsvoll sah Leonie Manuel entgegen. Er ging zu ihr und umarmte sie, und wie er es tat, machte allen klar, dass es nicht das erste Mal war. Dann begrüßte er Voss mit Handschlag: »Wir gehen jetzt tote Weinstöcke zählen.« Schleichmeier bekam lediglich ein Kopfnicken.

»Sie zertrampeln die Spuren, sie zu sichern, ist unsere Aufgabe.«

»So plötzlich? Wir waren etwas schneller als die Polizei, wir haben unseren privaten Spurenleser – unseren Kollegen aus Nigeria.«

Während die beiden Spurensicherer sich von Efe die Spuren zeigen ließen und mit denen auf seinem Smartphone verglichen, machten sich die drei Winzer ans Zählen. Auch Leonie zählte mit. Schleichmeier hatte den Streit mit Voss beendet und regelte den Verkehr. Fünf Fahrzeuge hintereinander, eines davon mit Blaulicht, hatten auf der schmalen Landstraße schnell zu einem Stau geführt.

»Sag mal, du erinnerst dich doch an Schmidtlein«, sagte Thomas zu Manuel, der eine Reihe weiter zählte, »den Hannes aus dem Studium?«

»Sechshundertundzwölf«, murmelte Manuel und schrieb mit einem Stock die Zahl neben den Weinstock in den Sand. »Ja, Schmidtlein. Was ist mit dem?«

»Mir ist gestern eingefallen, dass er momentan im Garden House als Sommelier arbeitet, in dem Hotel in Mannheim, wo die von Weiden übernachtet, und ich habe ihn angerufen. Er hatte Dienst …«

»Ich dachte, der wollte nach Australien«, unterbrach ihn Manuel, »auf ein Weingut zum Training.«

»Da war er längst, demnächst will er ins Piemont, aber das geht erst nächstes Jahr los, bis dahin arbeitet er im Hotel Pfälzer Land, meinte er, klein, aber fein und das einzige mit einem Restaurant und einer guten Weinkarte. Wir haben lange gequatscht, und schließlich habe ich angedeutet, was hier abgeht.«

»Bist du wahnsinnig?« Sein Vater war entsetzt. »Der könnte reden, sich verplappern oder sich bei den falschen Leuten beliebt machen wollen.«

»Nicht der«, meinte Manuel kopfschüttelnd, »Schmidtlein hat eine sehr feine Nase, auch für Menschen.«

Thomas wollte auf jeden Fall am Abend hinfahren, um

die Namen rauszukriegen, wer mit der von Weiden zusammen war. »Allein ist sie bestimmt nicht. Wenn die Bande im Hotel-Restaurant essen geht, wird er sie kennen.«

Die Spurensicherer beratschlagten sich mit den Polizisten, ob sie die gekappten Weinstöcke zählen müssten oder ob sie sich mit der Zahl 2365 zufriedengeben sollten, die Philipp ihnen genannt hatte. Für Voss war es in Ordnung, für Schleichmeier nicht. Es war klar, dass es eine Abweichung geben musste, und wenn es sich nur um ein halbes Prozent handelte. Also wurde noch einmal gezählt.

»Wenn er sonst nichts draufhat, muss er wenigstens hier den Chef geben«, murmelte Voss, der neben Thomas stand.

Der zuckte lediglich mit den Achseln. »Wir bleiben, bis das Ergebnis feststeht.«

»2 363 insgesamt«, meldete ein Spurensicherer.

»Die Zahl kann man sich leicht merken«, ließ Philipp einfließen, »das sind unsere 2 365 minus zwei. Das wird die Ermittlungsarbeit kolossal nach vorn bringen.«

Der Schaden wurde registriert; um die Protokolle aufzunehmen, müssten alle in die Polizeidirektion kommen. Efe überspielte seine Fußabdrücke auf die Smartphones der Spurensicherer und kroch weiter durch die Rebzeilen. Die beiden Männer hatten die weißen Anzüge längst ausgezogen, die Hitze darin musste in der prallen Sonne kaum auszuhalten gewesen sein. Die Wasservorräte waren aufgebraucht, und mitten im allgemeinen Aufbruch rief Efe irgendwas und hielt eine Astschere in die Höhe. Die Spurensicherer waren sofort bei ihm, zwischen den dreien war in kürzester Zeit eine Beziehung wie unter Berufskollegen entstanden. »Und wie gesagt: Wenn dir der Wein zu viel wird, kommst du zu uns, wir brauchen Leute wie dich.«

»Der ist loyal, den könnt ihr nicht abwerben, außerdem wird unser Wein niemandem zu viel – besonders nicht den Spurensuchern.« Manuel lag viel an einer guten Beziehung zu ihnen und lud sie aufs Weingut ein; so könnten sie erfahren, wie und ob überhaupt ermittelt wurde.

Im Weingut wurde nur kurz darüber beratschlagt, wer Thomas nach Mannheim ins Hotel Pfälzer Land begleiten solle. Leonie war als Einzige den Kofferträgern nicht bekannt und sollte aus der Nähe das Geschehen beobachten, sich aber auf jeden Fall heraushalten. Sie war sofort Feuer und Flamme. Das Treffen mit Schmidtlein sollte um neunzehn Uhr stattfinden. Heute sei nicht viel los, es sei Montag, hatte der Sommelier gemeint, und es gebe Zeit zum Plaudern.

»Du bist für sie verantwortlich«, Philipp nahm seinen Sohn beiseite, »sie ist mir zu ungestüm und neu im Geschäft. Sie schmeißt sich gleich in alles rein. Ich finde es zwar toll, aber sie weiß nicht, mit wem wir es zu tun haben. Du bist zwar auch impulsiv, aber zumindest bei Gefahr bleibst du cool, da vertraue ich dir.«

Dass Thomas die Sache nicht auf die leichte Schulter nahm, war ihm anzusehen. Philipp kannte seinen Sohn gut genug, um seine Mimik richtig zu deuten.

»Geh auf keinen Fall ein Risiko ein. Wir wollen lediglich wissen, wer sich hier rumtreibt, ob die Begleiter der von Weiden die sind, für die wir sie halten. Mehr nicht, ist das klar?«

Das Hotel Pfälzer Land war ein auf rustikal getrimmtes Hotel in einer modernen Hülle im Mannheimer Zentrum, genannt die Planquadrate. Der Studienfreund hatte sich verändert, wie sie alle. Thomas hatte Schmidtlein zuletzt bei einem Ehemaligentreff in Geisenheim getroffen, das war fünf Jahre her. Danach hatten sie das eine oder andere Mal telefoniert, sich ausgetauscht, Weinfragen diskutiert und gefachsimpelt. Schmidtlein war immer etwas rundlich gewesen, und den blauen Augen in dem freundlichen Gesicht des Pfälzers vertraute jeder. Wenn er einen Wein empfahl, dann passte er sowohl zum Gast wie zum Essen. Aber davon, ihn selbst anzubauen, war er weit entfernt: »Da müsste ich ja richtig schuften.«

Bevor Thomas im hinteren Bereich des Restaurants am Panoramafenster Platz nahm, stellte er Leonie als Manuels Freundin vor, und da sie nicht protestierte, schien sie mit dieser Bezeichnung einverstanden zu sein. Sie postierte sich seitlich an der Bar, von wo aus sie sowohl die Gartenterrasse wie auch den Innenraum überblicken konnte. Zur Not würde sie sich hinter der blank geputzten Zapfanlage und der danebenstehenden Kühlvitrine verstecken. Die Zeit war ideal, die Sonne stand so, dass die Scheiben des Restaurants wie Spiegel wirkten, durch die man nur von innen nach außen sehen konnte.

»Die Namen der Begleiter kann ich dir gleich sagen«, ergriff Schmidtlein das Wort. »Nicht von allen, da sind manchmal andere Typen dabei, an manchen Abenden bis zu vier, die wirkten anders, einige wie Start-up-Gründer, andere wie deren Bodyguards. Die haben sich dann alle in eine Ecke verzogen, ordentlich gebechert, mir soll's recht sein, aber wenn ich an den Tisch trat, schwiegen sie und haben mich voller Misstrauen gemustert. Man merkt das, nach einer Weile kennt man seine Gäste, es erstarb wirklich jedes Gespräch. Erst als ich außer Hörweite war, haben sie weitergeredet.«

Was für ein Glück, dass Schmidtlein sofort kooperierte und ein so guter Beobachter war. »Ich weiß auch, wer die Frau ist, die du meinst. Sie schaut toll aus und ist immer perfekt gekleidet. Die reine Augenweide.«

Sprach er da von Beatrix von Weiden?

»Für ihr Alter ist sie verdammt heiß. Sie taucht abends immer in Begleitung von zwei Männern auf. Und dann ist noch eine andere dabei.«

Das wird Touraines Tochter sein, vermutete Thomas, die Schießwütige, vielleicht wäre ihnen der ganze Ärger erspart geblieben, wenn ihre Schüsse auf Russel ihr Ziel gefunden hätten. »Wie lange sind sie schon hier?«

»Seit mindestens einer Woche oder länger. Ich erinnere mich gut an die Truppe, denn sie trinken immer die teuersten Weine. Nur gereifte Rieslinge und Spätburgunder, auch mal einen französischen, unseren Châteauneuf-du-Pape, aber nur die von den Vieilles Vignes, von den Alten Reben. Vorneweg gibt's Champagner, keinen Sekt.«

»Ein gutes Geschäft für euch?«

»Ich glaube schon, arm sind sie nicht, sie lassen alles aufs Zimmer schreiben. Ob sie zahlen? Keine Ahnung, woher soll ich das wissen?« Schmidtlein schaute auf die Uhr. »Es ist langsam ihre Zeit. Manchmal ist dann noch die jüngere Frau dabei. Na, jünger wäre übertrieben, aber jünger als die Männer und älter als die andere. Ich nenne sie insgeheim die Verbissene. Völlig humor- und freudlos. Die kommt manchmal in der Motorradjacke mit 'nem Helm unterm Arm hier rein. Das sehen wir nicht gerne. Ich musste sie neulich bitten, sich bei der Wahl ihrer Garderobe dem Restaurant anzupassen. Sie wurde fuchsteufelswild, ging auf mich los, als hätte ich sie beleidigt. Der mit dem grauen Vollbart hatte Mühe, sie zu beruhigen, und hat sich x-mal dafür entschuldigt.«

Einen Bart? Touraine hatte nie einen Bart getragen. Aber warum sollte er nicht … Thomas hatte ihn vor zwölf Jahren zuletzt zu Gesicht bekommen.

Der Sommelier ging zur Rezeptionistin, sprach mit ihr einige Minuten, notierte etwas und kam zurück. »Fabien Boyer heißt der mit dem Bart, angeblich kommt er aus Marseille, ein Franzose. Ebenso wie der zweite Mann, der ältere, er heißt Mathieu Morel. Der hat so 'nen leichten englischen Akzent. Sagen dir nichts, diese Namen?«

Sie seien wahrscheinlich falsch, vermutete Thomas, die beiden hießen in Wirklichkeit Touraine und Russel, der Ältere sei Engländer.

Das vermutete Schmidtlein ebenfalls. »Ja, dieser Akzent hat mich stutzig gemacht, obwohl er für meine Begriffe fließend Französisch spricht. Und seine Fragen zu den Weinen lassen auf Kompetenz schließen.«

Wenn er es war, wovon Thomas seit dem ersten Anschlag ausging, hatte er in den acht Jahren im Knast auch reichlich Gelegenheit, es zu üben. Die beiden seien seit Jahren untergetaucht, der Ältere habe lange gesessen und der mit dem Bart sei ein gesuchter Gangster. »Passt mal schön auf, dass sie ihre Rechnung bezahlen.« Dann berichtete er kurz von den Ereignissen der letzten Woche, vom geschlachteten Schafbock und der Sabotage der Bewässerung bis zum heutigen Vorfall und kam auf die Champagne zu sprechen.

Bei den Gesprächen des französischen Quartetts, fuhr Schmidtlein fort, sei es um Winzer und Weinberge gegangen, »*vigneron* und *vignoble*, so viel verstehe ich noch«, auch über Geld sei gesprochen worden, um *participation internationale*, um Hypotheken, Transfers und *certificats d'actions*, um Anteilscheine. »Frankreich ist nicht weit, wir haben viele Gäste aus der Wirtschaft, die wichtigsten Wörter dieser Welt sind in allen Sprachen gleich. Nach einigen Monaten in diesem Restaurant ist man trainiert, man hört die Flöhe husten. Aber mein Französisch bedarf dringend einer Auffrischung … Äh, sieh mal an, wenn man vom Teufel … Da kommt sie, die Schöne, die ist immer vorneweg. Mal sehen, wo sie sich heute hinsetzt.«

Thomas hatte sich strategisch richtig platziert. Er hatte Frau von Weiden gut im Blick, sie sah wirklich toll aus. Trotz der niedrig stehenden Sonne ließ sie sich einigermaßen durch das Panoramafenster fotografieren. Heute trug sie ein flatteriges Kleid in Grün und Gelb.

»Ich überlasse dich jetzt deinem Schicksal.« Mit diesen Worten stand Schmidtlein auf. »Der Job ruft. Oh, mein Freund, du hast Schwein, da kommt die ganze Truppe. Wenn du Hilfe brauchst …«

Thomas erkannte Touraine an seinem eigentümlich schwerfälligen Gang, und trotz des Vollbartes wirkte er jünger, so als hätte er sich einem Facelifting unterzogen. Es waren der Gang und die Partie um die Augen, die ihn verrieten. Fabien Boyer hieß er jetzt. Sicher hatte er auch entsprechende Ausweispapiere, und mit Russels Geld hatte er sich die besten Fälschungen leisten können.

Das Gleiche galt für Russel alias – wie nannte er sich jetzt? Thomas blickte auf den Zettel: Mathieu Morel. Er fragte sich, ob jetzt der Zeitpunkt sei, Voss die Namen durchzugeben, doch er entschied sich dagegen. Was konnte der Polizist schon tun? Nichts lag gegen die beiden vor, außer einem internationalen Haftbefehl gegen einen gewissen Touraine. Aber der existierte offiziell ja nicht mehr. Voss würde die beiden einbestellen und lediglich verhören und wieder laufen lassen. Einen Grund, seine Fingerabdrücke zu nehmen, gab es nicht. Doch Philipp und er wären am nächsten Tag tot oder das Weingut abgebrannt. Und jetzt kannten sie anscheinend auch die Position ihrer Weinlagen. Touraine, vielmehr Boyer würde sofort zuschlagen, oder seine schießwütige Tochter. Thomas erwartete jeden Moment, das Dröhnen ihrer Maschine zu hören.

Pascal war in diesem Fall der richtige Ansprechpartner, er hatte die Rechnung offen, er würde sich reinknien. Aber Thomas wartete noch, er musste wissen, ob Russel, vielmehr Morel auch aufkreuzte. Diese Namenswechsel nervten ihn, sie verschmolzen zu einem, und der lautete *salopard*, Schweinehund. Schimpfwörter waren mit das Erste, was man in einer fremden Sprache lernte.

Touraine / Boyer und Frau von Weiden hatten was miteinander. Es war an der Art zu erkennen, wie sie miteinander sprachen und wie sie die Hand auf seinen Arm legte. Das waren nicht nur *partners in crime*. Wickelte sie ihn um den Finger, oder dominierte er sie?

Leonie war auf ihrem Beobachtungsposten von rosa blühendem Oleander verdeckt. Fragend sah sie Thomas entgegen, als er ihr den Zettel mit den neuen Namen im Vorbeigehen zuschob, für den Notfall, mit dem er immer rechnete. Er ging zur Toilette, sah sich nach weiteren Ein- und Ausgängen um, drehte eine unauffällige Runde durch den hinteren Teil des Gartens, abseits der Terrasse, und setzte sich wieder in seine Ecke hinter dem Panoramafenster.

Als ein Pärchen den Garten betrat, wurde es wieder interessant. Die Frau nickte dem Mann zu und ging direkt zur Tür des Restaurants. Ihr Begleiter – etwa Mitte vierzig, grauer Anzug, gelockerte Krawatte, blass, Brille, langes, schütteres Haar – sah sich um, als müsste er sich versichern, dass er keine Bekannten traf. Thomas kannte diesen Blick. Leider machten die Reflexe auf der Glasscheibe den Gesichtsausdruck unkenntlich, als er an den Tisch von Touraine alias Boyer trat. Thomas erwartete, dass der Fremde eingeladen wurde, Platz zu nehmen, aber Touraines Miene verfinsterte sich, seine Augen wurden schmaler, was nicht auf die Sonne zurückzuführen war, wie Thomas gerade noch erkannte. Es schien Streit zu geben, und just in diesem Moment kam ein älterer Herr vom Fahrstuhl auf den Fremden zu. Er sah sich um, sein Blick blieb für eine Sekunde an Leonie hängen, aber nicht so lange, als hätte ihr Gesicht in ihm etwas wie ein Erkennen ausgelöst.

Die acht Jahre Haft waren an Russel nicht spurlos vorübergegangen. Der Eingriff eines Gesichtschirurgen hatte viel bewirkt, doch die Wesenszüge nicht verändern können. Dazu hätte er ihm das Gesicht zertrümmern müssen. Zu schade, dachte Thomas, es hätte dem freundlichen weißhaarigen Herrn im maßgeschneiderten Anzug, den er an etlichen Prozesstagen hatte beobachten können, viel Ärger erspart. Damit war alles klar: Russel / Goodhouse / Morel war identifiziert. Das war er! Zweifel waren ausgeschlossen. Jetzt mussten sie alle noch unschädlich gemacht werden. Sie würden keine Ruhe geben, bevor sie ihr neues Projekt nicht realisiert hatten. Wer dazwischenfunkte, wurde eliminiert, wie damals »der General« in der Champagne.

Vergiss die schießwütige Motorradbraut nicht, sagte sich Thomas und sah, dass es Morel (es war schwer, sich an den Namen zu gewöhnen) nicht mehr so leichtfiel wie damals im Gerichtssaal, sich zu setzen. Er müsste bald die siebzig erreichen.

Offensichtlich sorgte sein Erscheinen für ein Ende der Auseinandersetzung. Er war der Ideologe, der Chef, sein vermittelndes Lächeln und auch die Geste seiner ausgebreiteten Hände demonstrierten das. Er ließ einen weiteren Stuhl herbeibringen und forderte den Fremden auf, sich zu setzen. Der ging seiner Begleiterin nach, sprach mit ihr, beide flüsterten nur wenige Meter von Thomas entfernt miteinander, ohne ihn zu beachten, dann wandte sich die Frau ab.

Am Gartentisch steckte man die Köpfe zusammen, schien leise zu debattieren, auch die ruckartigen Handbewegungen deuteten darauf hin und die verstohlenen Blicke in Richtung des Neuankömmlings. Als er wieder bei ihnen am Tisch war und Anstalten machte, sich zu ihnen zu setzen, kamen die Köpfe hoch, man lehnte sich zurück, signalisierte einen freundlichen Empfang, und es ging bedeutend ziviler zu.

»Kennst du den Mann, der dazugekommen ist, den jüngeren?«, fragte Thomas den Sommelier, den er herbeigewunken hatte.

Die Frage habe er kommen sehen, sagte Schmidtlein, deshalb habe er die Rezeptionistin gefragt. Er sei Staatssekretär der Grünen im Umweltamt und heiße Derstellen.

»Solche Leute kommen an sämtliche Informationen heran. Sieh mal zu, dass du so viel wie möglich erfährst«, bat Thomas, »quatsch seine Begleiterin, die an der Bar, mit deinen Weinen voll, lock ihr Weinwissen heraus. Vielleicht nutzt es was.«

Während der nächsten halben Stunde gelangen Thomas mehrere Aufnahmen, auch von dem Moment, als dieser Derstellen wütend aufsprang, mit grimmigem Gesicht den Tisch verließ und ins Restaurant zu seiner Begleiterin stapfte. Die von Weiden sagte kurz etwas zu Russel/Morel, der nickte, und während sie Derstellen nachging, griff er entschieden zum Telefon.

Thomas hatte gehofft, etwas von dem folgenden Wortwechsel zu verstehen, aber Derstellen und die von Weiden waren zu weit entfernt. Schließlich ließ sich der Staatssekretär von ihrem Charme beschwichtigen und folgte ihr wieder nach draußen.

Kurz darauf kam Schmidtlein an Thomas' Tisch. »Viel habe ich leider nicht verstanden. Ich kann mich bei denen am Tisch nur kurz aufhalten, das Risiko ist mir zu groß«, bedauerte er. Und es sei um eine Beteiligung gegangen, um irgendwas mit einem Verkauf danach, *après-vente,* und von *dissolution*. Das Wort *dissolution* kam häufiger vor. Was heißt das?«

»Auflösung … nicht *résolution*?«

»Kann sein. Ich stand am Nebentisch, die sprachen sehr leise, und mein Schulfranzösisch ist mäßig«, entschuldigte sich Schmidtlein. »Auch die Abkürzung SVEE kam häufiger vor. Ist das ein Unternehmen?«

Thomas nickte.

»Mehr habe ich nicht zu bieten, es fällt auf, wenn ich mich zu lange bei denen rumtreibe. Mal fragen, ob der Wein gefällt, ein paar Worte dazu sagen … mehr geht nicht.«

»Das ist schon sehr viel für uns, du hast uns einen sehr erfolgreichen Abend beschert.«

»Nun gut – lass mich wissen, wie es weitergeht.«

»Wenn es gelaufen ist, bist du der Erste, der davon erfährt, versprochen.«

Die Auseinandersetzung mit Derstellen nahm derweil an

Schärfe zu, die Mimik der Beteiligten veränderte sich, ihnen entglitten die verbindlichen Gesichtszüge, zumindest meinte Thomas es zu sehen, jetzt waren auch Stimmen zu hören, aber nichts war zu verstehen. Der Staatssekretär stand auf, Russel / Morel neben ihm griff beruhigend nach seinem Arm und nickte mehrmals, als müsste er irgendeinem Sachverhalt zustimmen, bis der Mann sich wieder setzte und der Alte ihm vertraulich die Hand auf die Schulter legen konnte, ohne sofort eine Gegenreaktion zu provozieren.

Touraine / Boyer tat so, als ginge ihn das alles nichts an, er saß mit verschlossener Miene dabei, blieb der von Weiden zugewandt und beobachtete unauffällig die Umgebung. Ab und zu glitt sein verachtender Blick über den Staatssekretär. Jetzt breitete Derstellen in einer fordernden Geste die Hände aus, als wollte er etwas greifen und zu sich heranziehen, und tippte sich mehrmals gegen die Brust. Das schien Touraine gar nicht zu gefallen, er senkte den Kopf wie ein Stier, der zum Angriff überging.

Fehlt nur noch, dass er mit den Füßen scharrt, dachte Thomas. Was denkt der Lump sich jetzt aus, fragte er sich, etwas anderes als eine Schweinerei konnte dabei gar nicht herauskommen. Er lehnte sich weiter zurück, darauf vertrauend, dass die Reflexe auf der Scheibe ihn weiter verbargen. Im Grunde mussten Leonie und er jetzt unauffällig verschwinden. Sie wussten, wer der Gegner war, das war entscheidend, sie hatten die Namen, und alles Übrige würden sie Pascal überlassen. Und sie sollten das Glück, unentdeckt geblieben zu sein, nicht weiter herausfordern.

Thomas stand auf und bedeutete Leonie, ihm in Richtung der Restaurantküche zu folgen. Sie verstand den Hinweis richtig und wartete, denn Thomas nahm noch einmal den Sommelier beiseite. »Ich möchte dich noch kurz um einen Gefallen bitten, es klingt vielleicht ungewöhnlich, aber für uns ist es wichtig.«

»Schieß los!« Die Hilfsbereitschaft des Sommeliers war großartig, kein Fremder hätte sich derart eingesetzt, aber ehemalige Geisenheimer halfen sich eben untereinander.

»Wenn die Typen den Tisch verlassen, sammle bitte die Wein- und Wassergläser ein. Wir brauchen sie wegen der Fingerabdrücke. Ich bezahle sie euch auch.« Thomas griff nach der Brieftasche.

»Geht aufs Haus«, meinte Schmidtlein grinsend.

»Die Fingerabdrücke der beiden Franzosen sind mit Sicherheit bei der französischen Polizei gespeichert. Die Namen werden erst einmal weniger helfen, die sind falsch, genau wie ihre Papiere. Den Staatssekretär kennst du selbst. In den nächsten Tagen ist hier wahrscheinlich die Hölle los. Sieh zu, dass du dich raushältst! Bleib am besten in sicherer Entfernung.«

Thomas zog den Sommelier weiter in den dunkleren Teil des Restaurants. »Der mit dem Bart ist ein Killer, der Weißhaarige ist das Hirn, notfalls schießen sie sich den Weg frei. Das haben sie damals in Frankreich in dem Champagnerkeller, von dem ich dir erzählt habe, auch gemacht. Mein Vater und ich hatten Schwein, dass wir nichts abgekriegt haben. Falls die Kleine mit dem Motorrad auftaucht, such unbedingt das Weite, wirklich, sie ist die Schießwütigste. Die Bullen werden nicht mit Blaulicht kommen, wahrscheinlich eher leise und in Zivil. Könnte sein, dass sie diskret vorgehen, um kein Aufsehen zu erregen.«

Thomas gab Schmidtlein auch Manuels Telefonnummer und die seines Vaters. »Wir schalten die Handys nicht aus. Du kannst uns bei Tag oder Nacht erreichen, wenn sich hier was Ungewöhnliches tut.«

»Wird gemacht«, sagte Schmidtlein mit breitem Grinsen; die ganze Angelegenheit brachte Abwechslung in seinen Alltag.

»Wenn das Ding gelaufen ist, machen wir bei uns im Weingut eine riesige Fete!«

Der Sommelier führte Leonie und Thomas durch die Wirtschaftsräume zu einem seitlichen Ausgang. Thomas konnte sich nicht zurückhalten, die Neugier trieb ihn nochmals zum Garten. Er hätte zu gern gewusst, was in der makabren Runde dort besprochen wurde. Russel / Morel redete noch immer mit väterlichem Lächeln auf den Staatssekretär ein, der sich den Wein kräftig nachschenkte. Näher heran wagte sich Thomas nicht, es hätte die Deckung gefehlt, und man durfte das Glück nicht zu sehr herausfordern.

Da tauchten wie aus dem Nichts zwei Gestalten auf, der eine geschniegelt wie alle Jünglinge vom Kofferträgerteam, der andere gehörte zu den Fahrern, beiden war Thomas beim Winzer Wunderlich begegnet.

Der Kreis schloss sich, die Gewissheit über die Zusammensetzung der Bande nahm zu. Touraine schien ihnen ein Zeichen gegeben zu haben, er erhob sich, ging ins Innere des Restaurants, und der Kofferträger folgte. War es Glück oder Fügung, dass Leonie und Thomas kurz zuvor ihre Beobachtungsposten verlassen hatten? Wenn Touraine ihn nicht erkannt hätte, der Franzose hätte es sicherlich getan.

Während Leonie und Thomas aufatmend zum Wagen gingen, legte er ihr seine Schlussfolgerungen dar. Einige Meter weiter stand ein weiteres Fahrzeug mit Wiesbadener Kennzeichen. Das war in Mannheim nichts Ungewöhnliches, aber ein japanischer Wagen mit WI im Nummernschild und zwei dunkelhaarigen Männern, die in Richtung des Gartens starrten, schon. Leonie wusste inzwischen recht gut, worauf zu achten war, und ging hinter Thomas in Deckung. Der musste sich plötzlich ganz schnell die Schuhe zubinden, obwohl er Slipper trug. Den Mann hinter dem Lenkrad hatte er bei Hölzer gesehen, über das Lenkrad gebeugt, mit geneigtem Kopf, ein wenig wie ein Geier, ein Aasgeier.

Thomas dirigierte Leonie unauffällig mal hierhin, dann dorthin, als wollte er Fotos von seiner Freundin machen, bis er den Fahrer in einer Ecke des Bildes hatte. Nun war bald die gesamte Bande fotografiert – bis auf die Motorradbraut.

Es war gut, dass Thomas nicht sofort zurückgefahren war, denn Touraines Tochter stellte sich nach zehn Minuten ein. Während sie im Auto saßen, vertraute Leonie ihm an, dass sie ihren Job kündigen werde und bei Achenbach & Stern ein Volontariat beginnen wolle. Aber Thomas war zu sehr damit beschäftigt, sich einen Reim darauf zu machen, was das alles zu bedeuten hatte, statt auf ihre Ankündigung einzugehen.

Erst als er sie vor der Galerie Südstern absetzte und den Motor des Wagens abstellte, ließ er den Gedanken an sich heran. »Ich freue mich über deinen Entschluss – allerdings habe ich irgendwie schon damit gerechnet. Ich hoffe, du findest, was du gesucht hast. In zweierlei Hinsicht.«

Er umarmte sie, bedankte sich überschwänglich bei ihr für ihre Mithilfe und hatte gleichzeitig ein schlechtes Gewissen, sie in ihre Angelegenheiten hineinzuziehen. Sie mochte alt genug sein, um Nein zu sagen, aber die Tragweite der Auseinandersetzung und des Risikos konnten ihr nicht bewusst sein – oder? Ihre Eltern – wüssten sie davon – hätten sie bestimmt weit weggeschickt. Er bezweifelte jedoch, dass sie es sich hätte gefallen lassen.

Es war Zeit für ein grundsätzliches Gespräch, wie man weiter verfahren wollte und sich vor weiteren Angriffen schützen konnte. Thomas unterrichtete alle über die Beobachtungen des Abends und die Schlussfolgerungen in Bezug auf den Staatssekretär.

»Wenn ihr zu einer Konklusion gekommen seid, wenn ihr wisst, was wir weiter tun sollten, dann teilt es mir bitte mit.« Philipp wirkte durch die permanente Bedrohung und die Hitze zermürbt, und ihm stand nicht der Sinn nach einer Debatte, die sich bis in die Nacht hinziehen würde. Verena und er zogen sich zurück.

Thomas und Manuel gingen ins Büro, jeder an seinen Schreibtisch. Eigentlich wären die Eintragungen ins Kellerbuch längst fällig gewesen, aber dazu fehlte die Ruhe. Was sie in Bezug auf die Abholzung der Chardonnay-Stöcke von der Polizei erwarten konnten, war immerhin mehr als lediglich die Aufnahme eines Protokolls, zumal Voss engagiert dabei war. Dass endlich Ermittlungen gestartet wurden, war anzunehmen.

»Wir können mit der Presse drohen und einen Journalisten finden, den das interessiert«, meinte Manuel.

Thomas war in Bezug auf die Presse skeptisch. »Es kommt darauf an, ob der Ressortleiter oder der Chefredakteur zustimmt.«

»Wir hatten ja letzte Woche einige hier, die könnten wir ansprechen. Ich übernehme das. Man müsste es als eine Art Warnung an die Winzerkollegen formulieren, dann hätte es vermutlich Erfolg. ›Passt auf euren Wingert auf, es sind böse Jungs unterwegs‹ – so ähnlich, natürlich besser formuliert.«

»Das löst unser Problem mit Russel alias Morel nicht. Wenn über seine Machenschaften etwas in der Zeitung steht, macht er den Laden zu und ist weg.«

»Dann ruf jetzt Pascal an«, schlug Manuel vor, »das wolltest du doch sowieso machen. Wenn er mit seinem europäischen Haftbefehl für Touraine anrückt, muss die hiesige Polizei handeln.« Würde er verhaftet, wäre auch der Boss aufgeschmissen, das wussten sie beide.

Manuel warf seinen Rechner an und fand, was er suchte. »Hier steht, dass Mitgliedsländer verpflichtet sind, im Ausland Verurteilte auszuliefern, dazu muss der Hintergrund nicht geprüft werden.«

»Aber so ein Haftbefehl müsste auf Fabien – scheiße, wie heißt er? Ich habe diesen Decknamen schon wieder vergessen. Ja, Fabien Boyer.« Thomas griff nach dem Telefon, schaltete den Lautsprecher ein und rief Bellier an:

»*Bon soir*, Pascal, wir haben fantastische Neuigkeiten, *des nouvelles fantastiques*! Wir haben Touraine heute aufgespürt, in einem Hotel in Mannheim! Er nennt sich jetzt Fabien Boyer.«

Einen Moment lang blieb es am anderen Ende der Verbindung still. »Ist das wahr?« Bellier wirkte vollkommen überrascht.

»Glaubst du, ich erzähle dir Märchen?«

Wieder blieb es einen Moment lang still. »Du sagtest, er heißt jetzt Fabien Boyer? Da sehe ich ein Problem.«

»Und zwar?«

Manuel verdrehte genervt die Augen. »Läuft bei den Bürokraten hier nichts mehr ohne Probleme?«

»Ich kann ihn nur mitnehmen, wenn der Haftbefehl und der Name übereinstimmen. Falls er korrekte Papiere hat, davon gehe ich aus bei dem Geld, über das die Bande verfügt, sind mir die Hände gebunden. Die deutsche Polizei wird ihn mir nicht übergeben.«

»Ist es nicht einen Versuch wert?« Thomas übersetzte kurz für Manuel, sein Französisch war nicht das beste.

»Ihr wisst nicht, wie lange er in dem Hotel bleibt?«

»Natürlich nicht. Russel und die Journalistin sind auch da, auch die Motorradbraut. Russel heißt jetzt übrigens Mathieu Morel.«

»Dann wird es ein großes Ding sein.«

»Uns haben sie letzte Nacht mehr als zweitausend Weinstöcke gekappt …«

»Das Gesindel gibt keine Ruhe. Ich komme, ist klar, auf jeden Fall, aber erst übermorgen. Ich brauche den Tag zur Vorbereitung – mit den deutschen Kollegen.«

»Wegen des Rechtsstaats und so?«, fragte Manuel.

»Gehört Mannheim nicht zu Baden-Württemberg?«

»Zeigt sich da das nächste Problem?«, stöhnte Manuel.

»Ja, da kann ich mit euren Polizisten nicht kooperieren,

ich werde mich ans dortige Polizeipräsidium wenden müssen. Und das dauert. Dort hat die Bande bisher keine Verbrechen begangen.«

»Aber bei uns in Rheinland-Pfalz. Zwei sitzen in Haft wegen Waffenbesitzes, Angriff auf Polizisten, Sachbeschädigung …«

»Na, das ist doch schon mal ein Anfang.«

»Die beiden schweigen.«

»Die halten das nicht ewig aus, *alors, on se voit après-demain …*«

»Grüß Regine von uns und bring ein paar Flaschen von ihrem Champagner mit.«

Nach dem Gespräch fühlte Manuel sich niedergeschlagen, planlos, leer, sie waren nicht vorangekommen. Pascal wollte erst übermorgen kommen? Und wie jetzt weiter? Dabei hatte er das Gefühl, dass die Bedrohung näherkam. Oder näherten sie sich ihr? Er war nicht so naiv, zu glauben, dass ihre Bewegungen von der Gegenseite unbeobachtet blieben. Ab morgen gäbe es Fingerabdrücke an den Gläsern, er würde selbst hinfahren und sie holen. Der einzige Lichtblick. Er sah sich um im Büro. Nirgends blieb sein Blick hängen.

Thomas quälte der Gedanke, dass die Angelegenheit sich länger hinzog als gedacht. Am Freitag kam Simone, er hatte gehofft, dass bis dahin alles über die Bühne gegangen wäre. Er durfte sie auf keinen Fall in Gefahr bringen. Wahrscheinlich wäre es besser, sie bliebe einstweilen in Saint-Émilion.

Die Freunde entschlossen sich, draußen weiter zu beratschlagen, in der Hoffnung, dass es zumindest in der Nacht ein wenig abkühlte und es ihre Laune besserte. Außerdem war Efe noch nicht zurück. Wenn er am Straßenrand eine Kerze anzündete, konnte er versehentlich für einen Bombenleger gehalten werden. Seitdem Thomas das eingefallen war, wuchs seine Unruhe, er machte sich ernstlich Sorgen. Die nahmen ihm die Schafe ab, ihre Nähe legte sich beruhigend aufs Gemüt. Thomas holte eine Flasche Weißburgunder aus dem Keller, Manuel nahm Gläser und Korkenzieher, und sie setzten sich vor dem Pferch auf den Boden.

Normalerweise stand Dunst über der Ebene, aber inzwischen war es sowohl dafür wie für den morgendlichen Tau zu trocken. Bei etlichen Weinstöcken begannen die Blüten abzufallen. Wenn es nicht bald Regen gab und so heiß blieb wie bisher, war mit der bisher schlechtesten Ernte zu rechnen. In alten Zeiten waren große Kulturen durch den Wassermangel untergegangen, wie die Maya auf der mexikanischen Halbinsel Yucatan. Und hier setzten alle auf Wachstum. Dafür strahlte der Sternenhimmel wie an den kältesten wolkenfreien Tagen im Dezember. Diese Pracht ließ sie schweigen und die Stille genießen, die nur von fernem Motorengeräusch unterbrochen wurde und dem Rascheln der sich im Stroh wälzenden Schafe.

Manuel fand zuerst die Sprache wieder. »Es bleibt uns nichts anderes übrig, als selbst zu handeln.«

»Du meinst, Russel und Touraine lassen uns nicht in Ruhe?«

»Niemals. Sonst hätten sie mit dem Scheiß gar nicht angefangen. Russel will sich für acht Jahre Knast rächen, und Touraine weiß, was ihn erwartet, wenn … Sie könnten uns heute den nächsten Wingert vergiften, dann wächst da gar nichts mehr nach, weder aus der Unterlage noch aus dem Stock, irgendein Totalherbizid, Glyphosat bringt alles um …«

»Also müssen wir uns was einfallen lassen«, meinte Thomas, »wir!«, und kratzte sich hilflos den Kopf. »Ich könnte Touraine auf dem Hotelflur schnappen und verprügeln, danach steht er nicht mehr auf …«

»… und du gehst in den Knast … Quatsch.«

»Russel geht sowieso schon am Stock. Den braucht man ihm nur wegzunehmen.«

»Der erzählt irgendwas von Geiselnahme, dann schickt er dir die Bullen auf den Hals, und seine Schlägertypen zünden uns das Haus an.« Plötzlich grinste Manuel. »Ich habe eine bessere Idee – wir hetzen sie aufeinander. Weiß Russel, dass Touraines Tochter auf ihn geschossen hat? Kam das im Prozess zur Sprache?«

»Soweit ich weiß, nein. Leider hat sie nicht getroffen, dann hätten wir die Sauerei hier nicht.«

»Zwietracht säen hilft immer, sie aufeinanderhetzen, falsche Behauptungen aufstellen und sie dadurch auseinanderbringen, das funktioniert, im Großen wie im Kleinen, sieh dir die Parteien an. Man müsste jedem Einzelnen was versprechen, wovon der andere nichts weiß.«

»Und was?«, fragte Thomas. Er hielt wenig von der Idee.

»Ein besonderes Geschäft, ein großes. Die Kofferträger halte ich für ungefährlich …«

»Wenn du dich da mal nicht täuschst. Junge Hunde haben Hunger.«

»Die Fahrer sind meist allein, zwei sind im Knast, bei drei Teams und einem Ersatzmann wären jetzt noch zwei übrig. Falls die in dem Hotel in Ludwigshafen wohnen, könnte man sie da festnehmen.«

»Weshalb sollte die Polizei das tun?« Nach den jüngsten Erfahrungen war von der Seite nicht mit Hilfe zu rechnen. »Etwa prophylaktisch? Niemals!« Thomas blieb skeptisch: »Russel braucht Touraine, er macht die Drecksarbeit. Touraine braucht Russel, er ist das Hirn, er denkt sich alles aus. Keiner ist ohne den anderen handlungsfähig.«

»Zwietracht zu säen, müsste von den Verkäufern ausgehen«, gab Manuel zu bedenken. »Warte mal … Nehmen wir an, einer der Winzer ruft Russel an und gibt vor, er hätte sich verwählt und erzählt, was die Kofferträger mit ihm und Touraine vereinbart hätten.«

»Wir wissen noch gar nicht, was genau Russel plant. Das

Einzige, was ich mir vorstellen könnte, ist, dass sie alle Weingüter in diese Holding SVEE überführen, die Ländereien beleihen, Kredite aufnehmen und dann die Liegenschaften an eine ihrer anderen Firmen verhökern. Anschließend wird die SVEE liquidiert. Das Geld verschwindet in den steuerfreien Gedärmen des Finanzmarktes. Wenn sie hier diesen Staatssekretär im Umweltministerium gekauft haben, dann gilt das auch für etwaige Genehmigungsverfahren bei der EU in Brüssel, das haben wir kürzlich bei Griechenland gesehen.«

»Und wenn Pascal unseren Freund Touraine verhaftet, ganz offiziell? Er wird die Fahrer kommandieren. Wenn er weg ist, packen die anderen ihre Sachen …«

»… oder packen aus, um ihren Arsch zu retten. Einer quatscht immer.« Da war sich Thomas allerdings nicht so sicher.

»Die werden nichts wissen, die kriegen immer nur ihre Jobs zugeteilt.«

»Wir müssen Touraine und Russel dazu bringen, selbst die Bühne zu betreten und nicht immer nur ihre Knechte spielen zu lassen.«

»Was lockt einen wie Russel aus dem Hotel?«, fragte Manuel, »Geld vielleicht?«

»Nein, der hat genug davon, der zockt nur gern, außer es handelt sich um Millionen.«

»Frauen?«

»Dafür ist er zu alt.«

»Bleiben nur noch Macht und Bewunderung, egal, von welcher Seite … das Gefühl, alle anderen reingelegt zu haben.«

»Oder einer der Verkäufer macht Schwierigkeiten und muss beruhigt werden.«

»Oder eine Verkäuferin. Da bleibt nur eine Person, die ich für geeignet halte.«

Thomas war klar, wen Manuel im Sinn hatte.

18. Kapitel

Landgrabbing

Es war klar, dass Frau Ender mitspielte, nachdem Manuel ihr am frühen Morgen erklärt hatte, worum es ging. Und sie würde nicht nur gegenüber Fremden, sondern sogar ihrem Mann gegenüber schweigen. Sie hatte sich inzwischen erkundigt und wäre mit dem gebotenen Preis sowieso nicht mehr einverstanden. Stattdessen wollte sie mindestens fünfzigtausend Euro für den Hektar fordern. Nicht nur für Ackerland, auch für bestockte Weinflächen wurden die Preise zurzeit ständig nach oben getrieben. Hinzu kam der Aufschlag für Pflanzrechte. Die ließen sich unabhängig vom Boden veräußern und waren so wertvoll wie der Boden. Land konnte man unbeschränkt besitzen, aber Weinstöcke zu pflanzen, war in Europa reglementiert, um die Überproduktion nicht noch weiter zu erhöhen. In allen Weinbauländern gab es inzwischen Winzer, die sich mit dem Gedanken trugen, statt Wein andere Früchte anzubauen.

Frau Ender erklärte sich einverstanden, sofort die Kofferträger, die bei ihnen gewesen waren, anzurufen, ihnen zunächst zu erklären, dass sie es sich anders überlegt habe, und dann ihre Forderung vorzubringen. So energisch, wie sie auftrat, würde man es ihr abnehmen. Die Preiserhöhung würde erst einmal nicht akzeptiert werden, davon ging Manuel aus. Also musste der Druck vergrößert werden. Wenn Frau Ender genügend Krawall machte, wenn sie damit drohte, die Winzerkollegen zu informieren und so etwas wie eine Interessengemeinschaft der Verkäufer ins

Leben zu rufen, müsste zumindest Touraine anrücken, um sie zu »beruhigen«.

»Wir alle werden dann bei Ihnen auf ihn warten, Frau Ender, mein Kompagnon Thomas und selbstverständlich ich, außerdem Kommissar Bellier aus Metz. Er als Kriminalkommissar hat den internationalen Haftbefehl in der Tasche und auch eine Waffe. Wir verfolgen alles von nebenan. Sie brauchen sich keine Sorgen zu machen.«

»Das tue ich auch nicht, mein lieber Manuel. Es wird mir ein Vergnügen sein …«

Und wenn es so weit sei, würde sich auch Polizeimeister Voss in Bewegung setzen, ihr Vertrauensmann bei der örtlichen Polizei. Dann gehe alles seinen offiziellen Gang.

Was es bedeutete, in der neunten Generation Weinbau zu betreiben, konnte Philipp kaum oder gar nicht ermessen. Er und die beiden Jungs waren auf dem Weingut Achenbach & Stern die erste Generation. Wahrscheinlich hatten die Catoirs in Frankreich bereits vorher mit den Reben gearbeitet und Wein gemacht. Nur dass dann der katholische König seine Gefolgsleute beziehungsweise den Clan der Guisen zu den Messern hatte greifen lassen, um die Protestanten umzubringen und die Thronfolge von Heinrich IV. zu verhindern, hatte die hugenottische Familie Catoir nicht ahnen können. Wie auch? Die Flucht nach Deutschland war die einzige Chance gewesen, das Leben zu retten.

Die Zeiten haben sich nicht geändert oder die Menschen, dachte Philipp beim Besuch des Weingutes Müller-Catoir. Die einen fliehen hierher, die anderen über den Mekong, die nächsten über die Berge, wieder andere übers Mittelmeer …

Die Catoirs hatten ihr Gutsgebäude oberhalb von Neustadt im 18. Jahrhundert erbauen lassen. Die neoklassizistische Erweiterung erfolgte am Ende des 19. Jahrhunderts mit Buntsandstein, der hier in Steinbrüchen gewonnen wurde und in seiner gelben Variante neben Sandsteinschotter und Muschelkalk das Geschmacksbild der Weine aus Ersten und Großen Lagen prägte.

Über den großzügig angelegten Hof gelangte Philipp an die Haustür des zur Straße liegenden Hauptgebäudes und wurde nach dem Klingeln von Philipp Catoir empfangen. Es war das erste Mal für Philipp, dass er in der Pfalz zu einem Gespräch und einer Weinprobe in einem fast fürstlichen Saal unter einem Kronleuchter mit gediegenen Möbeln eingeladen war. Eine Weinprobe in diesem Rahmen ließ sich gänzlich anders an als die in einer kleinen Bauernstube. Jeder Wein hier gewann in dem weiten Raum an Leichtigkeit und Volumen, was nicht mit Fülle zu verwechseln war. Auch wenn die Qualität seiner Weine ihn in den VDP geführt hatte, gab sich der Chef weniger fürstlich als kollegial – bereit und offen für ein Gespräch.

Vieles von dem, was Philipp Catoir sagte, traf bei Philipp Achenbach auf offene Ohren. Da war einmal die Hinwendung zum ökologischen Weinbau genau wie die früh erfolgte Begrünung der Rebzeilen und die Einsicht, das System des Weinbergs in Harmonie zu bringen und damit zu natürlichen Zyklen zurückzukehren. Das führe sozusagen zum Erwachen der Rebe, wobei ein lebendiges Wurzelsystem das individuelle Bodenleben und -gefüge erschloss. Und der Verzicht auf Chemie mache die Arbeit im Weinberg für Menschen gesünder.

Fünfundzwanzig Hektar wurden bewirtschaftet, eine Größenordnung, die auch Philipps Vorstellungen traf. Fünfundzwanzig Hektar ließen sich einigermaßen überblicken und waren mit wenigen Arbeitskräften zu bearbeiten, wesentlich war hier natürlich die Arbeit des Kellermeisters Martin Franzen. Vor langer Zeit noch waren Trauben dazugekauft worden, aber das passte nicht mehr in die aktuelle Philosophie des Hauses. Die Verlegung der Rebanlagen von Flach-

zu den besseren Hanglagen oberhalb von Neustadt war vor Jahren bereits vollzogen worden.

Seit den Anfängen von 1744 war das Weingut auf Weißwein spezialisiert, die Rebsorte Scheurebe war wichtig, Muskateller und Sauvignon blanc. Vor siebzehn Jahren war Spätburgunder hinzugekommen. Auch hier wurden Rebstöcke aus dem Burgund importiert und die Selektion Marsal praktiziert. Es war eine Freude, über die Methoden der Bodenbearbeitung zu diskutieren, statt sich mit der Bedrohung durch Russel und Konsorten zu beschäftigen. Mochte der Besuch auf dem Weingut auch anstrengend sein und Konzentration erfordern, so war es für Philipp gleichzeitig entspannend, sich über die Vorteile des biologischen Anbaus zu verständigen, obwohl der das Dreifache an Arbeitszeit gegenüber dem konventionellen Anbau erforderte. Und in den Pausen zwischen den Regengüssen wurde nicht mit chemischen Mitteln gegen Mehltau gekämpft, sondern mit Backpulver und Schwefel, dem sogenannte Mittel zur Löslichkeit beigefügt wurden, um die Löslichkeit und die Benetzung zu fördern. Dann waren nur noch minimale Mengen von Kupfer gestattet.

Der Vorteil des biologischen Anbaus war, dass die Rebe weniger Beeren produzierte und die Grüne Lese, das Ausschneiden zu vieler Trauben, überflüssig wurde. Der Weinstock beschränkte sich selbst. Ganz bewusst wurden die Erntemengen niedrig gehalten, bei Müller-Catoir reichten sie von sechzig Hektoliter je Hektar bei den Gutsweinen bis zu fünfunddreißig Hektoliter bei Trauben für Große Gewächse. Nicht die Menge war entscheidend, es war die Konzentration der Inhaltsstoffe auf weniger Beeren.

Die neun Weine, die Philipp zur Probe angeboten wurden, reichten vom Riesling-Gutswein mit einem wunderbaren Bouquet über den Weißburgunder aus Erster Lage mit idealer Verbindung von Wein mit dem Holz des Fassausbaus. Hinzu kam der Duft mit dem Aroma reifer Birnen sowie Quitte und einem nussigen Ton. Die Scheurebe, eine anspruchsvolle Rebsorte, zeigte bereits beim anderthalb Jahre alten Gutswein eine Fülle von Aromen, das von Mirabelle bis zu Pfirsich reichte. Die Haardter Scheurebe war wieder ein gänzlich anderer Wein, von angenehmem Volumen mit einem zarten Duft und trotz diskreter Säure von schöner Saftigkeit. Die Spätlese vom Mandelring unterhalb des Gutes hatte für Philipp eindeutig Präferenz, wobei die Süße des Weins im Hintergrund blieb, er gleichzeitig aber mit einer unaufdringlichen Fülle im Mund aufwartete und deutliche Aromen von Ananas und Pampelmuse zeigte.

Zwei Spätburgunder rundeten die Probe ab, beide waren zweieinhalb Jahre alt, sie stammten aber aus unterschiedlichen Lagen, einmal vom Muschelkalk der Lage Vogelsang, sie war klassifiziert als Große Lage, der zweite Spätburgunder war auf dem Sandstein der Lage Herzog gewachsen, eine Erste Lage in der VDP-Hierarchie. Dieser Wein brachte mehr Dichte und Reife mit, hatte aber ähnliche Aromen wie der vom Muschelkalk, der Philipp deutlich jünger anmutete. Es gab Holunder, Sauerkirsche und Brombeere, er hatte aber nicht die Kraft und Deutlichkeit im Aroma wie der Vorgänger.

Aber was sollte das? Er musste nicht zwei Große Weine auseinanderdividieren. Das wäre lächerlich. Er war hier, um zu lernen, was es gab und was unter bestimmten Bedingungen möglich war. Er blieb begeistert, ohne neidisch auf den Erfolg oder die Große Lage zu sein. Er hatte früh seine Grenzen erkannt, sie zu verschieben, war in Zukunft Manuels Angelegenheit. Auf Thomas' Rat und Bereitschaft, mit anzupacken, konnte er sich verlassen.

Müller-Catoir war ein ruhig geführtes Weingut, dieses Gefühl nahm Philipp mit, nachdem er sich verabschiedet hatte und zu seinem Wagen ging, der gegenüber des imposanten

Hauptgebäudes auf der Wiese stand, gleich neben den Reben. Er verharrte, betrachtete das Gebäude – allein an der Fassade war viel zu sehen, Verzierungen, die in einer viel zu glatten Welt dem Auge guttaten.

Er wandte sich um und schaute auf Bad Dürkheim, auf eine Stadt, die aus dieser Ferne betrachtet wie aus einem anderen Jahrhundert wirkte, friedvoll und angenehm in ihrer Beschaulichkeit.

Philipp fürchtete sich davor, sein Smartphone wieder einzuschalten. Schlechte Nachrichten brachten ihn seit einer Woche aus der Ruhe, angefangen mit dem fingierten Einbruch dieser großartigen Künstlerin. Noch vor wenigen Jahren hätte er sich mit den Jungs gemeinsam auf die Jagd nach Russel und Touraine gemacht. Mittlerweile mussten die beiden sich ohne ihn und seine Fähigkeiten durchschlagen. Die waren weniger auf den physischen Einsatz als vielmehr auf die Gabe der Analyse und des Kombinierens ausgerichtet. Dabei wäre es durchaus seine Aufgabe, Verena sowie die Jungs als auch Efe und das Weingut zu schützen, nicht zu vergessen die Schafe. Die wenigen Tage der Zweisamkeit, eigentlich waren es nur ein paar gemeinsame Stunden gewesen, hatten ihm gezeigt, dass er Verena vernachlässigte, er sich zu wenig Zeit für sie nahm. Wann waren sie zuletzt im Theater oder in einer Ausstellung gewesen, wann im Konzert? Nach den gemeinsamen Abendessen wurden kurz die Arbeiten für den kommenden Tag besprochen, danach fielen alle todmüde ins Bett – außer es mussten noch Pakete gepackt werden, außer es musste der Text fürs nächste Mailing geschrieben werden, außer …

Leonie wird sich wundern, wenn sie bei uns bleibt, dachte Philipp. Sie sollte besser ihren gut bezahlten Job mit festem Gehalt, mit Weihnachtsgeld und Urlaubsanspruch behalten. Sie konnte krank werden und durfte im Bett bleiben. Das alles gab es bei ihnen nicht, aber es war merkwürdigerweise in den letzten Jahren auch niemand ernstlich erkrankt, trotz der Arbeitsbelastung.

Das Display in seiner Hand kannte keine Gnade, da stand die Aufforderung, Manuel oder Thomas sofort anzurufen. Das war um zehn Uhr gewesen, seitdem waren drei Stunden vergangen. Philipp merkte, dass er sich drücken wollte, auch davor, die Wirklichkeit anzuerkennen. Er schaltete den Flugmodus aus, stellte das Smartphone auf laut und rief Thomas an. »Was löcherst du mich mit Nachrichten? Ich soll dich dringend anrufen. Was ist jetzt schon wieder passiert?«

Einen Moment lang herrschte Stille. »Sie sind weg«, sagte Thomas mit grottentiefer Stimme, »sie sind alle weg, Russel, Touraine, seine Tochter und die von Weiden – einfach abgereist.«

»Noch am Abend oder heute?«

»Gestern noch, eine Weile, nachdem wir verschwunden sind.«

»Und wohin?«, wagte Philipp zu fragen, dabei zweifelte er, dass jemand das Ziel kannte, dass es bei der Abreise genannt worden war. Also war das Smartphone nichts als der Überträger schlechter Nachrichten. Hatten sie bemerkt, dass es für sie zu heiß wurde, und sich abgesetzt? Dass jemand ihren Plan durchschaut hatte, der damit undurchführbar geworden war? Oder war es ihre übliche Methode, Spuren zu verwischen? »Und wohin sind sie gereist?«, wiederholte Philipp.

»Es ist merkwürdig. Ich habe vorhin mit Schmidtlein gesprochen, denn was ich weiß, habe ich von ihm. Er war heute Morgen schon früh im Garden House, um eine Weinlieferung anzunehmen. Da hatten sie längst ausgecheckt – und bar bezahlt. Sie sagten wohl, sie würden nach Mainz fahren – aber mein Tracker sagt, wenn er nicht spinnt, dass zumindest die von Weiden in Speyer ist. Es wäre gut, wenn du sofort herkommst. Pascal will morgen früh hier sein und Touraine verhaften, wenn's denn klappen sollte. Jetzt sieht es erst mal wieder düster aus.«

Eine halbe Stunde darauf war Philipp zurück auf dem Weingut und ging ins Büro. Manuel hatte seinen Keller verlassen, Thomas war gerade aus dem Weinberg gekommen.

»Arbeitet dein Tracker noch?« Falls nicht, dann finge die Sucherei von vorne an, und die Bedrohung schwebte weiter über ihnen.

»Die Batterie hatte fast ihren Geist aufgegeben, beim letzten Flackern sah ich den roten Punkt vor dem Hotel Carolus Magnus in Speyer. Hier gibt man anscheinend was auf Tradition. Aber das Neueste weißt du natürlich noch nicht!«

»Das kann nur die nächste Katastrophe sein. Ich nehme an, du wirst mich gleich einweihen.«

»Hörst du keine Nachrichten? Wo lebst du?«

»*De préférence entre les tonneaux de vin.*«

Thomas verstand es zu gut. Was für seinen Vater der Aufenthalt zwischen Weinfässern war, das war für ihn die Arbeit zwischen den Weinstöcken.

»Die Katastrophen sind austauschbar, genau wie die Kriege, die Putsche und Überschwemmungen, und die hohlen Politikersprüche kennt man zur Genüge. Also, was ist?«

»Ich habe dir von diesem Staatssekretär erzählt, der gestern am Tisch saß, mit dem sie heftig gestritten haben …«

»Derstellen … ja und?«

»Im Radio kam die Nachricht, dass er auf der Bundesstraße einen Autounfall hatte und ums Leben kam, seine Begleiterin liegt im Koma. Sein Wagen soll von der Straße abgekommen sein und sich mehrmals überschlagen haben. Kurz vor Nonnenbusch am Silbersee. Angeblich war Alkohol im Spiel. Man gibt sich sehr betroffen, man sei wie immer mit den Gedanken bei den Angehörigen.«

Philipp überraschte das nicht. »Haben sie ihn abgefüllt,

und einer der Fahrer hat ihn von der Straße gedrängt? Früher nannte man es ›das Archiv verbrennen‹, Mitwisser beseitigen. Anscheinend machen sie reinen Tisch.«

»Damit hätten wir den ersten Toten«, meinte Manuel lakonisch. »Mehr dürfen es auf keinen Fall werden!«

Nach Thomas' Ansicht sah Manuel das vollkommen richtig. Russel brauchte Ruhe im Laden für sein Landgrabbing. »Zwei seiner Leute sind im Knast, an die kommt er nicht ran, nur über einen Anwalt. Die Fahrer sind nur Fahrer, die kennen seine Strategie nicht, sie könnten allenfalls die Ermittler auf die Fährte der anderen Beteiligten bringen. Wird es hier zu heiß für ihn, oder bilden wir uns das bloß ein, weil es uns so lieber wäre? Er ist weitaus klüger als Touraine, der geht lieber mit der Brechstange ran.«

Thomas blieb wie immer skeptisch, oft behielt er damit leider recht. »Möglicherweise bricht er seine Operation hier ab, falls ihm die Landkäufe in Frankreich, Spanien und Italien reichen. Oder er weitet seine Aktivitäten anderswo aus. Österreich halte ich für ein mögliches Ziel, dort sind die Strukturen ähnlich wie bei uns.«

»Der wird auf jeden Fall weitermachen.« Davon war Philipp überzeugt. »Leute wie er hören nicht auf, je mehr einer hat, desto mehr will er, so funktioniert das, bei Verbrechern genau wie bei Konzernchefs. Wachstum ist ihre Religion.«

»Dann passiert hier inzwischen genau dasselbe wie in der Landwirtschaft im Osten Deutschlands und der Ukraine?«

»Nach dem, was dir dieser Sommelier Schmidtlein gesteckt hat und was er von dem Gespräch mitbekommen hat, will Russel weder Wein machen, noch wird er Weizen anbauen. Ich verstehe es so, dass er das Land haben will beziehungsweise die Titel, dann wird alles beliehen. Anschließend überträgt Russel das Geld und alle Rechte von den Tochtergesellschaften auf die Holding, und die überträgt alles auf einen Mutterkonzern irgendwo im Ausland. Dann lässt er die Tochtergesellschaften sowie die Holding liquidieren. Und vom Mutterkonzern verschwindet das Geld, wird in arabischen Steueroasen, in Pennsylvania oder auf den Cayman Islands angelegt und auf hundert Konten verstreut. Weg ist weg, die Firmen existieren nicht mehr, die Winzer haben das Land verloren, ihnen bleibt nur die Anzahlung und ihr Haus.«

»Man müsste wissen, in welcher Phase sich die Geschäfte hier befinden. Was passiert in diesem Moment in Frankreich, in Spanien und Italien?« Frau Sturm wäre diejenige, die darüber etwas wüsste. »Gäbe es einen Skandal, dann hätten wir sicherlich davon gehört. Hier sind sie anscheinend noch in der ersten Phase, Land zu kaufen, und das braucht Zeit. Jetzt steht ihnen dafür nur noch ein Team zur Verfügung.«

»Die könnten weitere aus anderen Ländern abziehen«, gab Philipp zu bedenken. Ob es eine Reserve gab, die sie hier einsetzen könnten, wussten sie nicht. »Die Aufpasser kommen sowieso aus Frankreich. Die Teams könnten in gutem Glauben handeln, junge Typen, die in der City of London arbeitslos geworden und gierig genug sind, werden sich davon was versprechen ...«

Thomas unterbrach seinen Vater: »Du meinst, sie kriegen immer neues Personal, um weiterzumachen?«

»Sicher, linke Typen, die auf ihre Chance warten, gibt es reichlich. Aber Jammern ist nutzlos. Wir müssen jetzt nach einer Lösung suchen. Jetzt!« Philipp sah seine Kompagnons durchdringend an und blickte dann zur Tür.

Verena war eingetreten, sie musste den letzten Satz mitgehört haben: »Eine Lösung finden, das ist unser ureigenes Interesse. Der Einzige, der uns wirklich vertraut und dem wir wirklich vertrauen, ist Pascal. Und er hat Möglichkeiten, er darf eingreifen. Pascal hat einen europäischen Haftbefehl gegen Touraine?«

Philipp nickte. »Der gilt überall in der EU. Pascal darf ihm auf der Stelle Handschellen anlegen und ihn mitnehmen. Das wäre für uns das Beste; dann bleibt aber noch seine Tochter, die geht auf jeden los, ist schießwütig und skrupellos. Ich erinnere mich gut, wie sie sich damals aus dem anfahrenden Wagen beugte, wie sie ihre Hand mit der Waffe aus dem Fluchtwagen streckte und auf den am Boden liegenden Russel schoss.«

»Ein Verletzter auf der Flucht behindert die Fliehenden nur«, mutmaßte Thomas. »Dass sie es wagt, hier aufzutauchen, wundert mich noch immer. Was starrst du mich so an, Verena?«

Sie schien entsetzt zu sein. »Mit einem derart grimmigen Gesicht habe ich dich noch nie gesehen, Thomas.«

»Wundert dich das? Die Frau ist die Pest, ich vermute, sie würde uns alle abknallen, ohne mit der Wimper zu zucken, wenn ihr Vater es wollte. Was meinst du, Philipp?«

Der war ernst und schmallippig geworden, verkniffen geradezu, ihm war anzumerken, wie sehr ihn die Angelegenheit mittlerweile zu schaffen machte. Er sagte nichts, nickte nur. Hatte er Angst?

Es entstand eine längere Pause, in der sich alle nur schweigend ansahen und jeder nach einer Lösung oder einem Ausweg suchte.

Als Erster ergriff Philipp wieder das Wort. »Wenn Russel sich hätte zurückziehen wollen, hätte er mit der Sache gar nicht angefangen. Falls sie aber aus diesen Geschäften aussteigen sollten, hypothetisch meine ich, bliebe ihnen nur eine vollständige Aufgabe. Ich glaube, dass wir in den nächsten Tagen höllisch auf uns achtgeben müssen.« Alle im Raum wussten, was er meinte. »Thomas, hast du mit Voss geredet?«

Statt seiner fühlte sich Manuel angesprochen. »Warum sollte er? Und worüber?« Manuel hielt es für überflüssig. »Irgendwelche unüberlegten Polizeiaktionen machen die Meute nur nervös, sie würden alle Aktionen abbrechen, unser Plan, sie gegeneinander aufzuhetzen, würde nicht aufgehen. Wer möchte so enden wie Heinrich? Wenn Pascal hier ist und Touraine festnimmt, muss Voss Rückendeckung leisten, aber auf keinen Fall dieser Schleichmeier. Voss hingegen weiß, dass wir mehr wissen, aber damit nicht rausrücken, und er hält still, er überlässt uns die Initiative.« Er wandte sich Thomas zu: »Was sagt dein GPS-Tracker, gibt er noch Töne von sich?«

»Nein, der ist tot. Der rote Punkt flackerte zuletzt in Speyer am Hotel Carolus Magnus.«

»Haben wir da einen Kontakt, kennen wir …?«

Im nächsten Moment rief Thomas bereits bei Schmidtlein an, ob er jemanden in besagtem Hotel kenne. Die Welt war klein, es handelte sich zwar nicht um einen Studienkollegen aus Geisenheim, dafür aber um eine Sommelière namens Nicole Herberts, in die er sich beim letzten Treffen der Sommelier-Union verknallt hatte. Er war sofort bereit zu helfen und machte keinen Hehl daraus, dass er damit den gesuchten Vorwand hatte, wieder Kontakt zu ihr aufzunehmen. Ihre Handynummer hatte sie ihm seinerzeit bereitwillig überlassen.

Die Männer suchten sich eine Arbeit im Haus, die sie jederzeit abbrechen konnten, um nach Speyer zu fahren. Leider würden sie bis zum späten Dienstbeginn von Schmidtleins Flamme warten müssen. Verena verschwand im Gemüsegarten, Efe und Grigoriy räumten den niedergemetzelten Weingarten auf und würden morgen die Stümpfe von Hand bewässern. Vielleicht könnten sie die Stöcke, wenn sie kühl gehalten wurden, zum Aufbau einer anderen Lage nutzen.

Um neunzehn Uhr kam die Nachricht, dass sich auf der Gästeliste des Hotels niemand mit Namen Morel oder Boyer befand. Allerdings hätten am Vormittag zwei Franzosen eingecheckt mit Namen Michel Laurent und Bernard Caron, eine Frau sei auch dabei gewesen, sie hieß Valerie Gillette, sie habe ein Einzelzimmer genommen. Eine Frau von Weiden sei jedoch nicht dabei.

»Sie wird in einem nahen Hotel abgestiegen sein. Sind sie's nun, oder sind sie's nicht?« Thomas lehnte sich zurück und starrte an die Decke, als wäre dort die Antwort geschrieben. »Wir wissen auch nicht, ob die Kofferträger und Fahrer ebenfalls die Hotels wechseln. Es wäre ziemlich viel organisatorischer Aufwand.«

»Russel und Touraine wechseln die Namen mit jedem Standort. Wen wollen sie damit täuschen? Die Behörden? Die Winzer? Wenn es auf die Polizei abzielt, dann hieße es, dass sie mit Verfolgung oder Observation rechnen.«

»Das mit Gillette passt bestens, sie ist scharf wie eine Rasierklinge, im kriminellen Sinne – versteht sich. Möglich, dass sie von der Pistole zur Klinge wechselt.«

»Dein schwarzer Humor ist manchmal geschmacklos.« Verena schien wie immer Schwierigkeiten mit Thomas' beißendem Spott zu haben.

»Kann doch sein, weshalb nennt sich jemand Gillette?« Er schlug vor, nach Speyer zu fahren und der Sommelière die im Garden House gemachten Aufnahmen zu zeigen.

Für Manuel war nicht klar, dass sie die drei gesehen hatte und dass diese am Abend im Hotel essen würden. »Wir müssten den Rezeptionisten fragen, aber der vom Vormittag wird keinen Dienst mehr haben. Und welche Geschichte sollen wir ihm auf die Nase binden?« Mit einem Mal begann er zu strahlen. »Wir brauchen Leonie! Sie kriegt das hin, sie kennt die Typen und könnte sich ins Foyer setzen und sehen, wer raus- und reingeht. Frauen können sich am besten verkleiden: Schminke, Frisur, Klamotten, von Puttchen Brammel bis Veronica Ferres ist bei Leonie alles drin.«

»So gut kennst du sie bereits?«, fragte Thomas mit unverschämt breitem Grinsen.

Manuel zeigte ihm den Mittelfinger. »Ich glaube, dass ihr das sogar Spaß machen wird. Auch die Haller ist darauf reingefallen.«

»Ich finde es nicht in Ordnung, dass ihr sie mit hineinzieht.« Philipp war strikt dagegen. »Es ist unsere Angelegenheit, unser Krieg – oder vielmehr der gegen uns. Wir haben uns das eingebrockt und müssen den Kopf oder sonst was hinhalten, wir kennen das Risiko, uns wurde der Schaden zugefügt.«

Doch auch Verena plädierte für Leonies Einsatz: »Du, Thomas, musst sie hinfahren und dabeibleiben. Das hat in Mannheim gut funkioniert mit euch beiden, oder?«

»Was meinst du, Manuel?«, fragte Thomas und verständigte sich mit Manuel mit einem Blick. »Die Entscheidung liegt bei dir.«

»Fahr du, ihr zwei habt bereits Erfahrung.«

»Ihr beide auch«, entgegnete Thomas, »die Nummer bei Waltraud Haller war gekonnt …«

»Es bleibt dabei, fahr du mit Leonie. Ich sehe mir die Unfallstelle an. Nach dem, was du berichtet hast, haben sie Derstellen irgendwie umgebracht. Ich hoffe nur, sie haben den Wagen in die KTU transportiert und nicht auf den Schrottplatz. Zuzutrauen ist ihnen alles.«

Verena entschied, Manuel zu begleiten.

Bis zur Unfallstelle waren es keine fünfzehn Kilometer. Linker Hand lagen die Seen, dahinter der Vogelpark, auf der rechten Seite standen Bäume. Einer hatte sich dem Wagen entgegengestellt und einer Tonne Blech und Plastik getrotzt und dafür lediglich ein wenig seiner Rinde eingebüßt. Aber das Auto war ein Totalschaden, er war genau an der Stelle von der Straße abgekommen, an der die Leitplanken fehlten. Manuel stellte seinen Wagen an der Einfahrt zu einem Feldweg ab und ging mit Verena zurück.

Der Baum würde auf lange Zeit markiert sein. Vielleicht wird ein Angehöriger hier ein Kreuz aufstellen, dachte Verena und sah sich den Ort des Unfalls genauer an, und auch Manuel schnürte wie ein Hund mit der Nase am Boden, ob es etwas zu entdecken gäbe. Obwohl hier geräumt worden war, so war es für Verena doch unangenehm und auch gruselig zu wissen, dass hier ein Mensch gestorben und ein zweiter schwer verletzt worden war. Es hatte ja geheißen, dass die Begleiterin im Koma lag.

Ein Teil der Rinde war vom Stamm abgeschält, das Fahrzeug musste mit sehr hoher Geschwindigkeit unterwegs gewesen sein. Es glitzerten Glassplitter im Gras, einige kleinere Teile der Innenverkleidung des Wagens lagen herum, und auf dem kurzen Stück zwischen Straße und Baum war die Erde aufgerissen, und längst vertrocknete Grasbüschel zeichneten den Weg nach, den der Wagen die Böschung hinab genommen hatte. Wo er liegen geblieben war, roch es nach Benzin und Öl.

»Es muss sehr schnell gegangen sein«, vermutete Manuel, »oder hast du irgendein Anzeichen für Bremsspuren gesehen?« Bei der Suche auf der Landstraße war Vorsicht geboten, denn kaum jemand hielt sich an die Geschwindigkeitsbegrenzung. Inzwischen ging es in diesem Land nur noch darum, dass der PS-Stärkere siegte. Geschwindigkeit wurde gänzlich anders wahrgenommen, je nachdem, ob man selbst mit hundert Stundenkilometern hinter dem Steuer saß oder am Straßenrand stand und die anderen vorbeirasten.

Verena fiel auf, dass der Wagen abrupt die Richtung verändert hatte und nach rechts ausgebrochen war, als hätte er einen Stoß … Sie winkte Manuel zu sich, der ein paar Meter weiter herumsuchte. »Könntest du dir vorstellen, dass der Wagen einen Stoß gekriegt hat, von der Seite, und dann in den Graben stürzte?«

»Vorstellen könnte ich mir alles, besonders bei diesem Gesindel, mit dem wir's zu tun haben«, sagte Manuel und besah sich, was Verena ihm zeigte. »Die Breite der Schleifspuren könnte bedeuten, dass er auf die Seite gekippt und mit hoher Geschwindigkeit gegen den Baum gerutscht ist und sich dann erst überschlagen hat.«

»Wenn man weiß, mit wem dieser Staatssekretär vorher zusammengesessen hatte und dass es zum Streit gekommen war, wie Thomas erzählt hat, dann fügt sich für mich ein Bild.« Verena schauderte bei dem Gedanken, sie schüttelte sich. »Wie sehr müssen Menschen sich hassen, um sich gegenseitig umzubringen?«

»Hass wird nicht im Spiel sein, Abscheu reicht, oder jemand stört die Kreise oder das Kalkül anderer. Dann ist der Mord lediglich folgerichtig. Oder es wird ein Befehl befolgt, oder jemand meint, einen Mitwisser aus dem Weg räumen zu müssen. Vielleicht hat er Forderungen gestellt oder wollte aussteigen. Alles ist möglich.«

Es machte Verena wahnsinnig, dass sie, obwohl jetzt die Protagonisten des Dramas bekannt waren, sie schon wieder auf Mutmaßungen angewiesen waren. »Alles wäre einfacher«, sagte sie und seufzte, »wenn wir offen mit der Polizei oder irgendwelchen Ermittlungsbehörden zusammenarbeiten könnten. Dann wäre uns geholfen, und wir hätten eine größere Chance, gegen diese Bande was zu unternehmen.«

Manuel verzog das Gesicht. Er hielt es für keine gute Idee, die Polizei einzuschalten. »Es wäre eine ungleiche Veranstaltung. Wir dürften liefern, die Behörden hingegen rücken nichts raus und werden sich darauf berufen, dass es sich um ein laufendes Verfahren handle, die Bürokratie würde alles vermasseln. Wir hätten nicht die geringste Chance, zu erfahren, was sie mit unseren Informationen anfangen und ob sie die überhaupt nutzen. Du hast damals das Verfahren gegen mich nicht mitbekommen, Verena. Thomas und Johanna Breitenbach haben sich die Beine ausgerissen, um zu beweisen, dass ich unschuldig war. Der Untersuchungsrichter hatte einen Mörder, der soll ich gewesen sein – wozu dann noch weiter ermitteln? Diesmal ist es anders.«

Manuel sah sich auf der Unfallstelle um und breitete hilflos die Arme aus. »Wir wissen nicht, was hier wirklich geschah. Die Fahrer werden nicht so dumm gewesen sein, um einen ihrer Mietwagen für derartige Manöver zu nutzen. Man müsste lediglich den Bordcomputer auslesen, dann wäre klar, wer zu welcher Zeit unterwegs war. Außerdem gäbe es unübersehbare Spuren an dem Auto.«

»Würden wir weiterkommen, wenn wir wüssten, ob gestern Abend in der Gegend hier ein Auto geklaut wurde, mit dem der Staatssekretär von der Straße geschoben wurde?«

»Sicherlich, nur müsste es ein älteres Modell sein, bei dem der Bordcomputer nicht anzeigt, wo der Wagen um welche Uhrzeit war«, gab Manuel zu bedenken. »Wenn wir auf diese Idee kommen, dann werden die Fahrer von Russel allemal darauf gekommen sein. Nur wird man uns diese Information vorenthalten. Wenn Russel bereits zur Ebene der Staatssekretäre vorgedrungen ist, wer weiß, über welche Kontakte er bei der Polizei verfügt.«

»Vermutlich ist es nur eine Frage des Preises. Je höher der Dienstgrad, desto teurer.«

Die Gewinnerwartung musste riesig sein, wenn Russel sich und seine Equipe in einem Fünfsternehotel unterbrachte. Oder war es sein Hang zum Luxus? Ursprünglich stammte Russel, wie Thomas im Verlauf des Prozesses damals in Reims erfahren hatte, aus sehr einfachen Verhältnissen. Auch war es nach acht Jahren im Knast, bei allen Vorzügen, die er dort genossen hatte, verständlich, dass er es sich gut gehen ließ. Außerdem musste man zeigen, dass die Firma solvent war und die hohen Versprechen bezüglich der finanziellen Möglichkeiten einhalten konnte. Also musste man auf Teufel komm raus repräsentieren. Eine schlichte Pension als Quartier wäre absolut kontraproduktiv.

Auf der Homepage des Hotels ließ sich erahnen, in welchen Suiten die Gangster logierten – mit schöner Aussicht auf den Dom der Stadt. Die musste bezahlt werden. War es das Geld aus den Spekulationsgewinnen der Gefängniszeit? Thomas musste lächeln, wenn er daran dachte, dass schon einmal ein berühmter, nein, ein berüchtigter Verbrecher wegen Steuerhinterziehung zu Fall gebracht worden war: Al Capone!

»Was lächelst du«, fragte Leonie, als sie vor dem Eingang des Hotels standen und sich anschickten, ihren Beobachtungsposten einzunehmen.

»Ich stelle mir gerade vor, dass sie Russel bei einer seiner Transaktionen erwischen und ihn deshalb festnehmen – ein schöner Traum. Die Quellensteuer beträgt in Frankreich dreißig Prozent, also wird Russel sämtliche Geschäfte über Strohmänner und -frauen in Steuerparadiesen abgewickelt haben.« Dass ihm die französische Bankenaufsicht ACPR auf die Schliche käme, hielt Thomas für unwahrscheinlich, wenn sie ähnlich verschlafen war wie die deutsche Bafin. Man sollte den Steuerfahndern Provisionen nach der Höhe des aufgefundenen Geldes zahlen, zehn Prozent von dem, was reinkommt. Aber dagegen würden alle Parteien Sturm laufen, alle!

Von diesem Finanzkram verstehe sie nichts, gestand Leonie. »Um Geldsachen und unsere Hausverwaltung kümmert sich meine Mutter, mein Vater verkauft Baustoffe. Er verdient ganz gut. Die Firma arbeitet gerade an ökologisch verträglichen Materialien, die gleichzeitig dämmen …«

Da hatte Thomas bereits das Hotel betreten, und ein Kälteschauer überlief ihn. Nach dem Schritt durch das Eingangsportal des Carolus Magnus begann die Eiszeit. In einer Sekunde von fünfunddreißig auf zweiundzwanzig Grad heruntergekühlt zu werden, war kaum auszuhalten. Dafür glitzerte und leuchtete es überall, Glas und Messing, gedimmt bei indirekter Beleuchtung, edle Hölzer am Boden und an den Wänden und altes Holz im Fachwerk der perfekt restaurierten Fassade. Alles in allem ein kühles und stilles, von der bösen Außenwelt vollkommen getrenntes Universum. Allerdings fragte er sich bei diesem Gefühl, welcher Untaten man sich schuldig machte und wie viele Sklaven es brauchte, um sich dieses Universum leisten zu können. Er wandte sich nach rechts zu einer abgeschirmten Sitzgruppe.

Leonie trat an die Rezeption: »Wir sind mit Ihrer Sommelière verabredet. Weingut Achenbach & Stern. Dürfen wir hier auf sie warten?« Sie zeigte auf die Sitzgruppe, wo Thomas die dort liegende *Süddeutsche Zeitung* bereits aufgeschlagen hatte. Hinter ihr konnte man sich gut verstecken, nur ließ sich das Kommen und Gehen der Gäste nicht so gut beobachten, und den Fahrstuhl hatte er gar nicht im Visier. »Wenn Frau … äh … Herberts eintrifft, dann schicken Sie sie bitte gleich zu uns.«

Leonie bat um einen Kaffee für sich und um ein Wasser für ihren Begleiter, dabei lächelte sie so gekonnt gnädig, als würde sie alle Tage in einem derartigen Etablissement absteigen. Sie setzte sich zu Thomas und sah sich noch einmal auf seinem Smartphone die Fotos an, die er im Garden House gemacht hatte, und suchte sich dann einen strategisch besseren Platz. Sie breitete mitgebrachte Papiere vor sich aus, das gab ihr einen geschäftsmäßigen Anstrich.

Derweil rief Thomas Efe an, um sich bei ihm nach seiner mitternächtlichen Aktion zu erkundigen. »Lief alles so, wie du es dir vorgestellt hast?«

»Es war sehr gut. Ich habe alles auf Erde gestellt, nicht konnte brennen. Habe ein Stunde gewartet. Èṣù wird uns helfen, alles wird gut.«

Auf Deutsch zu telefonieren, fiel Efe immer noch schwer,

deshalb stellte Thomas keine weiteren Fragen, aber er war gespannt, ob sein Opfer für diesen Èṣù tatsächlich wirkte. Es wäre zu schön, diese Scheiße endlich hinter sich zu haben. Dann könnte er sich auf Simone freuen. Er hatte ihr gegenüber die Ereignisse der letzten Tage mit keinem Wort erwähnt. Sollte Efes Zauber und Frau Enders Bemühen keine Früchte tragen, müsste er ihr absagen. Einer auch nur gedachten Gefahr durfte er sie keinesfalls aussetzen.

Er schlug die Zeitung zu, nahm das Wasser und ging zu Leonie.

Sie hatte die von Weiden vor dem Hotel auf und ab gehen sehen. »Es sieht aus, als wäre sie auf Patrouille«, sagte sie. »Sie kennt dich doch, versteck dich besser hinter deiner Zeitung.«

In diesem Moment traten sie aus dem Fahrstuhl: Russel, Touraine und seine schießwütige Tochter.

»Sie sind es. Auftrag erfüllt.« Leonie war die Freude darüber anzusehen. »Wir haben sie gefunden. Dann können wir wieder nach Hause fahren.«

»Zu dir oder zu uns?«

»Zu euch natürlich. Meinst du, Manu hat was Schönes gekocht?« Leonie legte Thomas die Hand auf den Arm. »Sieh nicht auf, sie schaut her, die von Weiden steht an der Rezeption.«

Thomas griff nach dem Wasserglas, wandte sich ab und führte es an den Mund. Er meinte, dass die von Weiden beim Hinausgehen sich nach ihm umgeschaut hatte. Es musste nicht bedeuten, dass sie ihn erkannt hatte …

19. Kapitel

Frau Enders Sammeltassen

Philipp wollte nach Ilbesheim, wo er mit den Winzern Boris Kranz und Sven Leiner verabredet war. Beide gehörten zu den richtig guten Leuten, Philipp wollte sie kennenlernen und wissen, woher sie kamen, was sie taten und wohin sie wollten. Bei Kranz war es die Kalmit, die Große Lage, die seine Weine prägte. Dort wuchsen sein Riesling, sein Weiß- und Spätburgunder.

Auch das Portfolio von Leiner war spannend, der seine Weine als Landwein anbot. Dahinter stand der Gedanke, den Geschmack der Herkunft nicht nur bei Riesling und Spätburgunder, sondern auch bei Chardonnay sowie Gewürztraminer schmeckbar zu machen.

Es würde wieder ein interessanter Tag werden, doch zuvor musste Philipp sehen, wie Efe und Grigoriy beim Chardonnay aufgeräumt hatten. Der Wingert lag zwar abseits seines Weges nach Ilbesheim, aber es war ihm wichtig. Auch wusste er nicht, ob die abgeschnittenen Weinstöcke gerettet und anderweitig aufgepropft werden konnten. Mit dem bisherigen Ergebnis dieser Lage waren sie immer zufrieden gewesen, was nicht hieß, dass man es nicht besser machen konnte.

Am Wingert angekommen, wagte Philipp kaum auszusteigen, er fürchtete sich vor dem Anblick des aufgehäuften toten Holzes, und in der glühenden Hitze eines einzigen Tags war das Weinlaub verwelkt. Das, was hier geschehen war, betrachtete er als eine persönliche Niederlage. Es hatte es nicht verstanden, ihren Besitz zu schützen, seinen eigenen, den von Verena und von Manuel, nicht zu vergessen den seines Sohnes. Erst jetzt kam ihm die Tragweite und Niedertracht der Verbrechen richtig zu Bewusstsein.

Dabei hatten sie von Anfang an geahnt, wer ihr Gegner war. Die Schießerei am Libellenberg hatte es schließlich klargemacht. Und hier hatten Männer auf Russels Befehl mehr als zweitausend Pflanzen getötet, nur um ihnen zu schaden. Das waren keine Warnungen mehr gewesen. Wovor auch? Es waren Taten.

Sie hatten die Stöcke zu dritt gepflanzt, großgezogen, aus ihren Trauben schönen Wein gekeltert und ihn gut verkauft. Mit jedem Jahr, das er im Weinberg verbrachte, wuchs die Beziehung zu den Pflanzen, sie festigte sich, drangen die Wurzeln tiefer in die Erde ein und in ihn selbst. Den Kriminellen, die hier gewütet hatten, war er nie zuvor begegnet, hatte ihnen nie geschadet. Was sie getan hatten, war ausschließlich des Profits wegen geschehen, auf der Grundlage persönlicher Bosheit.

Da lag ihre Arbeit auf mehreren Haufen, und eine ungeheure Wut kochte in ihm hoch. Es war heiß, heißer an diesem Tag als an den Tagen zuvor, und er selbst hatte das Gefühl zu kochen. Sein Mund war trocken, der Hals zu eng, die Ohren glühten, und der Schweiß von der Stirn rann in die Augen und ließ das grässliche Bild des verstümmelten Weinbergs verschwimmen.

Er hatte immer eine große Flasche Wasser im Wagen, es war lauwarm, trotzdem war es eine Erleichterung, als er es sich über Kopf und Gesicht laufen ließ, und brachte ihn in die Realität zurück. Efe hatte es bereits am Tag nach Heinrichs Tod richtig gesehen: Wie hieß Krieg in seiner Sprache? *Ogum*? Ja, ihr Mann aus Nigeria hatte es sofort erkannt. Den würde er auf keinen Fall hergeben, weder an eine Ausländerbehörde noch an Vollzugs- oder Abschiebebeamte. Efe hatte sich seinen Platz erstritten, besser konnte er sich gar nicht integrieren. Er hatte ihre Sache zu der seinen gemacht. Und sie machten seine Sache zu der ihren.

Was wundern sich diese Klugscheißer und Hetzer in Berlin, Dresden und München, dass immer mehr Afrikaner kommen, dachte Philipp wütend, während die Europäer ihren Kontinent seit vier Jahrhunderten ausplündern, von Sklaven über Elfenbein bis zu seltenen Erden, ganz zu schweigen vom nigerianischen Öl im Niger-Delta, mit dem hier die Autos befeuert wurden. Und dort, im Delta, lebten zwei Drittel der Bewohner in Armut.

Ich muss runterkommen, sagte sich Philipp, möglichst schnell und möglichst vollständig. Er setzte sich in den Wagen und stellte die Klimaanlage auf Höchstleistung, bis ein Niesanfall ihn durchschüttelte. Das brachte ihn zur Besinnung. Er musste ganz schnell nach Ilbesheim, er war über die Zeit, und gleichzeitig war er mit seinen Gedanken bei Thomas und Manuel und auch bei Pascal. Efe hatte es sich nicht nehmen lassen, Teil des Kommandos zu sein, das auf Touraine wartete. Ob er kommen würde, ob der Plan aufging? Hatte Frau Ender überzeugend gespielt und ihn zu sich gelockt? Wenn sie Touraine hatten, dann mussten sie noch mit der Tochter fertigwerden. Diente sie ihm als Begleitschutz? Außerdem gab es noch den Fahrer und zwei Kofferträger. Oder war der Ersatz für die außer Gefecht gesetzten Fahrer längst auf dem Weg hierher?

Je weiter Philipp sich nach Süden bewegte, desto hügeliger wurde das Weinland, entstanden durch tektonische Verschiebungen vor Jahrmillionen und dem Einbruch des Rheingrabens. Diese Bewegung begann vor fünfundvierzig Millionen Jahren und hielt bis heute an. Kalk, Löss und Lehm, Basalt und Ton sowie sandige Sedimente boten ein wunderbares Betätigungsfeld für Winzer. Hier ließ sich bedeutend besser mit der Ausrichtung zur Sonne spielen, mit der Hangneigung, der Verschiedenartigkeit des Bodens und seiner Möglichkeit, Wasser aufzunehmen und zu speichern.

Das kleine Weingut am Rande von Ilbesheim lag in Sichtweite der Kleinen Kalmit, weit ab vom Verkehr, unbeleckt von der Politik und den Unbilden der Moderne. Und doch gehörte es in der Art der hier entstehenden Weine in diese Zeit. Siebenundzwanzig Hektar wurden bearbeitet, aufgeteilt in hundert Parzellen im Umkreis von drei Kilometern. Noch in den Sechzigerjahren des letzten Jahrhunderts ein landwirtschaftlicher Mischbetrieb, der Fasswein produzierte, begann man in den Siebzigern mit eigener Abfüllung. Das geschah zu jener Zeit, als in der Familie noch jeder alle Arbeiten verrichten musste und Boris Kranz beim Studium in Geisenheim zum praktischen Wissen die theoretischen Grundlagen für seine erfolgreiche Zukunft erwarb. Dass er Winzer werden wollte, stand für ihn außer Frage.

Die Methoden hatten sich in den letzten Jahrzehnten verändert, ein anderes Verständnis vom Weinbau griff um sich, der Boden wurde immer wichtiger, die Harmonie mit natürlichen Gegebenheiten angestrebt. Die besten Winzer waren zum Bioweinbau übergegangen, die Besuche an den vergangenen Tagen hatten es wieder gezeigt. Rollhacken machten Glyphosat überflüssig, mit denen die Gräser um die Weinstöcke untergepflügt wurden, statt sie totzuspritzen. Der Raum zwischen den Rebzeilen wurde begrünt und die Pflanzen gewalzt und so ein Teil ihrer Kraft dem Boden zurückgegeben. Dass auch der Trester zurück in den Boden kam, war längst selbstverständlich. Seit mehr als dreißig Jahren wurde hier ökologisch gearbeitet, was im Ausland deutlich mehr geschätzt wurde als in Deutschland, ja nahezu eine Notwendigkeit war, um dort zu verkaufen. Alle diese Maßnahmen waren im Spitzenweinbau längst selbstverständlich, an dem sich konventionell arbeitende Winzer im Schneckentempo orientierten. War ihnen ihre Welt egal? So musste es wohl sein.

Die Weinprobe bei Kranz war eine Erholung für die Gedanken. Was über Nase, Zunge und den Gaumen geschah und eindrucksvoll genug war, versöhnte Philipp wieder mit der Welt. Der feinperlige Sekt, ein Rosé, von dem es im Jahr nur sechstausend Flaschen gab, gefiel mit seiner Herbheit. Der Auxerrois hatte ein schönes, kräftiges Bouquet, dem Weißburgunder merkte man die Herkunft von der kalkgeprägten Kleinen Kalmit an, es war ein angenehmer Sommerwein, die Säure passte zu den zarten Blumen im Duft und endete mit guter Länge. Die gleiche Rebe vom Arzheimer Klingenwingert, eine Erste Lage, war deutlicher vom Kalk geprägt, sei es von Land- oder Meerschnecken in fernen Äonen, fein und doch kraftvoll und mit tiefem Hintergrund.

Ein Wein von einer Großen Lage sollte man erst nach Jahren beurteilen, wenn er gereift war. Der Kalmit-Weißburgunder zeigte zwar bereits seine gelbfruchtige Aromatik und die diskrete Verbindung von Holz und Frucht, aber es war beinahe Sünde, eine derartige Flasche zu früh zu öffnen. Die Guts- und Ortsweine der VDP-Qualitätspyramide entsprachen dem, was Achenbach & Stern bisher zustande brachten, ohne sie abwerten zu wollen. Wenn Manuel so weitermachte wie bisher und sich jemand mit Thomas' Fähigkeiten für den Weinberg fand (Efe dürfte bis zur Lese keine Minute von seiner Seite weichen), würden sie auch an die Weine Erster Lagen herankommen. Leider fehlten ihnen Lagen wie der Ranschbacher Seligmacher (oder sie mussten sie schaffen). Kranz' Riesling von dort war klar, nicht gekünstelt, sauber und frisch und zeigte seine schöne Frucht. Der vom Ilbesheimer Westerberg war weicher als der Vorgänger, eher kräutig als fruchtig und war mundfüllender. Zum Kalmit-Riesling, dem Großen Gewächs, fiel ihm nichts anderes ein als die Eleganz und der Glanz einer Barockkirche. Ihm mit Adjektiven beizukommen, würde diesem Wein nicht gerecht.

Von einer bestimmten Qualität an fiel es Philipp schwer,

Unterschiede zu machen. Es gab sie, in ihrer Ausprägung, jeder Wein war anders, aber nicht schlechter oder besser, da war jeder seine eigene Liga. Ließ sich sagen, dass ein Miró besser war als ein Bild von Gaugin? Das eine gefiel, das andere nicht, hier aber gefielen beide Spätburgunder, wie verschieden sie auch waren: eine südliche Ausrichtung zur Sonne, eine geringe Erntemenge, Handlese selbstverständlich, keine Zuchthefen für die Gärung, und der Ausbau erfolgte im Barrique und die Alterung auf der Flasche.

Der Spätburgunder Arzheimer am Fürstenweg hatte ein Jahr im Barrique hinter sich und war mittlerweile vier Jahre auf der Flasche gereift. Er war offen, die Aromen deutlich, aber nicht zu stark, hier waren Kraft und Eleganz kein Widerspruch.

Der Wein von der Kalmit schien noch leicht verschlossen, die Eleganz des Spätburgunders ließ sich ahnen, noch war der Wein längst nicht dort, wo er hinsollte, aber die Anlagen für einen großen Wein waren vorhanden.

Als er die Weinprobe abgeschlossen hatte, krochen die Gedanken an das, was im Hause Ender gegenwärtig passierte, wie sich windende Regenwürmer in sein Gehirn. Sie brachten Philipp nach dieser Zeit der Entspannung und des Genusses – das war die Probe zweifelsohne gewesen – zurück in seine bedrohliche Gegenwart. Um sich bei Leiner nicht von dem ablenken zu lassen, was alles schiefgehen konnte, welche unvorhergesehenen Zwischenfälle möglicherweise ihre Pläne über den Haufen werfen konnten, verschob er den Besuch und fuhr zu Ender.

Pascal Bellier war morgens wie vereinbart eingetroffen. Sie hatten zusammen gefrühstückt und den Schlachtplan entworfen, bevor Philipp nach Ilbesheim aufgebrochen war. Wenn alles glattging, würde Touraine alias Adrien Diconne alias Fabien Boyer alias Bernard Caron heute ein formidables Abendessen hinter Gittern serviert bekommen, schlichte deutsche Küche an Graubrot, serviert auf echtem Tafelblech. Wenn Touraine ihm nicht mehr zur Verfügung stand, so die Überlegung, wäre Russel nicht mehr handlungsfähig.

Alle waren eingespannt, Efe nicht weniger als Leonie, die im Büro mit Frau Behr Wache hielt. Verena hatte wohl die Galerie wieder geöffnet, davon ging Philipp aus. Er fragte sich, ob es besser wäre, wenn er sich abseits hielt, aber seine Neugier war zu stark, und er hoffte inständig, dass Manuel mit seinem Jagdgewehr keinen Unsinn machte. Es hatte ihm damals gereicht, ihn in U-Haft zu wissen, obwohl ihre Beziehung längst nicht die Bedeutung gehabt hatte wie heute. Heute? Da fürchtete er um seinen Kompagnon, seinen Freund …

Philipp beschleunigte den Wagen, ohne sich um die Geschwindigkeit zu kümmern. Würde Pascal heute zu seiner Revanche kommen? Das war schon keine normale Polizeiarbeit mehr, das war ihm zur Lebensaufgabe geworden. Seit zwölf Jahren war er hinter Touraine her. Sollte Philipp Voss anrufen, sozusagen um Pascal sowohl rechtlich wie personell den Rücken freizuhalten?

Schleichmeister durfte sich nicht einmischen, er würde das Ding gegen die Wand fahren, und in dem Fall würden sie weder Touraine noch Russel los. Voss' Gegenwart war auch unverzichtbar, um Thomas notfalls rauszuhauen, er fungierte für Pascal als Fahrer. Das Risiko war hoch. Es führte also kein Weg an Voss vorbei, und deshalb rief Philipp ihn an.

Er erklärte im Telegrammstil, worum es ging, und gab ihm die Adresse durch. »Ich bitte Sie dringend, machen Sie sich auf den Weg! Es kann zu einer Schießerei kommen. Ob die Kofferträger bewaffnet sind, weiß ich nicht, die Fahrer jedenfalls sind es.«

»Ich weiß, Herr Achenbach, ich weiß. Zwei von denen haben wir ja bereits.«

»Haben sie geredet?«

»Kein Wort.«

»Und der Anwalt?«

»Kein Anwalt bisher.«

»Die aus Marseille reden nie. Und wenn sie reden, sind sie tot. Wo sind Sie?«

»Ich stehe gerade mit drei Kollegen nicht weit vom Haus der Enders entfernt, wir sind bei der Einsatzbesprechung …«

»Warum sagen Sie das nicht gleich?«

»Sie haben mich nicht gefragt.«

»Und warum sagt mir keiner was von der Aktion?«

»Ihr Sohn meinte, es sei zu aufregend, Sie hätten nicht mehr die Nerven für derartige Veranstaltungen. Übrigens ist alles mit Monsieur Bellier besprochen. Ich habe mir den Haftbefehl angesehen, der ist in Ordnung.«

Erleichterung war nicht der richtige Begriff, für Philipp war es mehr. Die Bilder kamen zurück, wie sie in Reims durch die Kreidekeller gerannt waren … Aber der härteste Brocken lag noch vor ihnen. Das war Touraine. Er war keine Nuss, die zu knacken war, für ihn brauchte man einen Schlagbohrer.

Statt mit einem Wagen waren sie mit zweien unterwegs. Damit hätten sie rechnen müssen. Bisher waren immer zwei Kofferträger mit einem Fahrer angerückt, Touraine aber kam mit einem eigenen Wagen, und selbstverständlich diente der Fahrer als Leibwächter. Das war eine neue Wendung. Sie waren zu viert, er selbst, Thomas, Manuel und Pascal. Mit Voss konnte man allemal rechnen, und der hatte noch drei Kollegen dabei.

Alles musste schnell gehen. Touraine durfte nicht zur Besinnung kommen, vor allem mussten sie vermeiden, dass er seine Leute draußen informierte, sie waren bewaffnet und er vielleicht auch. Dann waren da die Kofferträger. Zwei würden beim Gespräch anwesend sein. Bei Gefahr würde Touraine sich wie beim letzten Mal den Weg freischießen. Dem

Mann fehlte jeder Skrupel, absolut. Man musste ihm vorher in den Arm fallen. Vielleicht schwirrte auch irgendwo dieses kleine Scheusal herum, seine Tochter?

Thomas deponierte sein Smartphone in der Vitrine des Probierraums und ließ die Scheibe einen Spalt offen, so würden Manuel und er vom Nebenzimmer aus mithören. Vom Fenster zur Straße beobachteten sie, wie die Bande ihre Wagen rückwärts auf der gegenüberliegenden Straßenseite einparkte und ausstieg. Und da kam er, Touraine! Im hellen Licht des Tages. Die Operation hatte ihn nicht schöner gemacht, die Falten glatt gebügelt und ihm damit ein totes Gesicht verpasst. Dahinter folgten die beiden Kofferträger. Die Fahrer waren ebenfalls ausgestiegen. Nach einem eher oberflächlichen Blick in die Runde lehnten sie sich an ihre Fahrzeuge und zündeten Zigaretten an.

Frau Enders gespielte Aufregung wegen der Bodenpreise hatte gewirkt, die SVEE wollte das Land, und sie hatte es ihr angeboten. Wie und ob sie damit gedroht hatte, auch die anderen Winzer, von deren Verkaufsabsichten sie wusste, über die höheren Forderungen zu informieren, wusste Philipp nicht. Doch sie wird es beiläufig erwähnt haben, sagte er zu Thomas, so wie es abgesprochen war. Fünfzigtausend pro Hektar!

»Die Kostensteigerung wird Touraine hergelockt haben«, meinte Manuel, »oder Russel hat ihn geschickt, um Frau Ender entweder einzuschüchtern und Druck zu machen oder sie einzulullen.«

Manuel war bester Laune. Nachdem er die beiden Smartphones vernetzt hatte, zog er Thomas vom Fenster weg und mit sich ins Nebenzimmer, denn jetzt war Frau Ender aus der Haustür getreten. Ihr gegenüber stand die Phalanx von Männern nebeneinander wie beim Showdown in Tombstone. Doch sie lächelte und winkte die Männer herein.

»Sie muss gestern beim Friseur gewesen sein«, bemerkte Thomas, »geschminkt hat sie sich auch und anscheinend ihr bestes Kleid angezogen. Ich hoffe nur, dass sie nicht auch von uns fünfzigtausend haben will, das wären hundertvierzigtausend mehr. Wo sollen wir die hernehmen? Und dann kämen die Investitionen in die neuen Weinberge hinzu.«

»Mach dir später Gedanken darüber, wir regeln das mit Abzahlung.« Manuel war ruhiger als Thomas. »Schau dir lieber an, mit welcher Souveränität sie die Scheißkerle begrüßt. Sie ist richtig cool.«

Lächelnd stand sie mit den »Konferenzteilnehmern«, wie sie die Männer gestern genannt hatte, auf dem Bürgersteig und redete auf sie ein, während einer der Kofferträger versuchte, ihren Mann ins Gespräch hineinzuziehen, der schüchtern im Hauseingang stehen geblieben war. Den Deutschen in der Gruppe kannte Thomas vom Sehen, er war bei Hölzers gewesen. Dombrowski hieß er.

Jetzt bewegte sich die Gruppe ins Haus, während Manuel und Thomas vom Fenster zurücktraten und sich hinter der Tür postierten. Im Probierzimmer wurden Stühle gerückt, Männer räusperten sich, und Teelöffel klirrten auf dem Kaffeegeschirr. »Mein bestes Service«, betonte Frau Ender, und Stolz klang aus ihrer Stimme, »dem besonderen Anlass entsprechend. Ist in dieser Runde einer, der Deutsch spricht?«

Dombrowski meldete sich und beruhigte Frau Ender, er würde alles übersetzen. Der zweite Mann, Mister Wilson, sei Engländer, was den internationalen Charakter ihrer Unternehmungen widerspiegeln würde, und Monsieur Caron sei Franzose.

Thomas klebte mit dem Ohr an der Tür und fragte sich, wie Pascal sich fühlte, er saß ihm gegenüber, links der Tür auf einem Stuhl, ernst, konzentriert, angespannt und doch souverän. Der Mann, der ihn hatte töten wollen, saß auf der anderen Seite der Tür. Er hatte geschossen, seine Tochter hatte geschossen. Beide hatten sich der Verhaftung entzogen. Die beiden wollten davon leben, andere zu betrügen und letztlich um ihren Besitz zu bringen. Dabei fiel jede Menge Schmutz an. War Weltpolitik eigentlich etwas anderes?

Dann gewann Frau Ender wieder Thomas' Aufmerksamkeit. Schauspielerin hätte sie werden sollen, unsere Frau Ender, dachte er und bewunderte die Courage der alten Dame, ihre Entschiedenheit. Alt? Nein, mit fünfundsechzig war man nicht alt, und Frau Ender sah, falls sie an SVEE verkaufte, nicht unbedingt ruhigeren Zeiten entgegen, das hatte sie schnell begriffen.

Wieder klirrte das Geschirr, Tassen wurden in die Hand genommen und wieder abgesetzt. »Wunderbar, Ihr Kaffee, Frau Ender«, lobte Dombrowski. »*Yes, a wonderful coffee*«, fügte Wilson hinzu, und auch Caron alias Touraine stimmte mit ein: »*Oui, merveilleux, le café!*«

Die letzten Worte musste Thomas nicht übersetzen, aber doch das, was jetzt kam, obwohl Pascal mit einer Deutschen verheiratet war.

Touraine redete mit sonorer Stimme, langsam, eindringlich und pathetisch, er erklärte noch einmal ausführlich das System der SVEE. Sie kauften viele kleine Weingüter und gaben so den Winzern, die aufgeben wollten, um sich im Alter eine sorgenfreie Zukunft zu gönnen, oder die mangels Nachfolge oder aus gesundheitlichen Gründen aufgeben mussten, eine lukrative und damit sichere Perspektive. Und Dombrowski übersetzte relativ frei.

»Nur große Einheiten haben heutzutage die Chance, zu überleben, Frau Ender, auch hinsichtlich Marketing und Vertrieb. Also braucht es etwa fünf Güter von Ihrer Größe.«

Und durch ihr Beteiligungssystem über Aktien an der Muttergesellschaft seien sie weiter an den Erträgen beteiligt mit Renditen über zwanzig Prozent. »*Où pouvez-vous trouver tellement*?«, fragte Touraine und bestätigte sich selbst. »*Nulle part*.« Und brav übersetzte Dombrowski, dass man sonst nirgends so viel bekäme.

Darüber hinaus gäbe es eine Art Patenschaft. Es raschelte, anscheinend legte einer der Männer Unterlagen auf den Tisch. »Ihr im langen, ereignisreichen Leben erworbenes Know-how in Bezug auf Ihre Weinberge ist für uns unverzichtbar. Wir bezahlen mit weiteren Anteilscheinen. Wir brauchen Sie weiterhin, Frau Ender, niemand kennt die Pfalz und ihre Lagen so gut wie Sie.« (Jetzt watete Dombrowski knöcheltief im Schleim.) »Sie werden also weiter mit unserem Team international erfahrener Önologen zusammenarbeiten. Ihr Rat ist uns natürlich teuer, Frau Ender.«

»Er labert sie voll, und er spricht streckenweise so schnell, dass man kaum folgen kann und möglichst nicht darüber nachdenkt«, bemerkte Manuel. »Sie haben sich ziemlich flott auf die neue Lage eingestellt, nur Frau Ender wird angesprochen, sie muss überzeugt werden – oder überredet – und nicht ihr Mann. Der hat noch kein Wort gesagt. Sie haben begriffen, dass er in diesem Haus nichts zu sagen hat.«

»Er ist feige«, vermutete Thomas, »wie hat sie's mit so einem Mann ausgehalten?«

Jetzt sprach Touraine Herrn Ender direkt an, obwohl er kein Wort verstand, aber es gab ja Dombrowski. »Zuletzt sagten Sie uns ja, dass Sie die zehntausend Euro zurückgeben wollen«, fuhr er unbeirrt fort. »Das ist jammerschade. Das Geld war als eine Umstellungshilfe gedacht. Es würde sich ja vieles für Sie verändern, zum Positiven selbstverständlich, ohne die ermüdende Arbeit im Wingert. Sie haben lange genug geschuftet. Sie werden Ihre Maschinen verkaufen, das kostet viel Mühe, bürokratische Hürden sind zu nehmen, Sie kennen das sicher, Sie werden das Geld brauchen. Und wie gesagt – es ist eine Unterstützung, eine Art Darlehen. Das muss nicht versteuert werden. Sie erwähnten Ihren altersschwachen Pkw. Ein neues Fahrzeug wäre doch gut angelegtes Geld.«

Im Nebenzimmer schüttelte Thomas ungläubig den Kopf. »Na, unter Betriebseinnahmen werden sie das Bestechungsgeld nicht verbuchen. Für Russel sind diese Darlehen eine verkaufsfördernde Maßnahme.«

Pascal wurde zunehmend unruhig, Thomas hatte gut übersetzt, es war Zeit für den finalen Schritt. Der Kommissar hatte durch genaues Hinhören mehr oder weniger die Positionen der Beteiligten am Tisch festgestellt und aufgezeichnet. »Touraine sitzt am Kopf des Tisches, er ist am gefährlichsten und unberechenbar. Hinter ihm ist die Tür zur Küche, rechts ist der Flur, gegenüber sind wir.«

»Die Tür zur Küche habe ich eben abgeschlossen«, sagte Manuel.

»*Très bien*. Ihm gegenüber sitzt Frau Ender. Hinter der Tür rechts von Touraine soll Voss warten, auf derselben Seite sitzen auch die beiden Kofferträger. Den Ehemann hat sie zu ihrer Rechten, so haben wir ihn aus dem Weg. Dann ist niemand mehr zwischen Touraine und mir. Falls ich die Waffe gebrauche, wird niemand gefährdet. *D'accord*?«

Alle waren einverstanden. »Wenn ihr den Traktor hört, fährt Efe raus und stellt sich quer vor die Wagen der Fahrer, damit hindert er sie am Eingreifen.« Manuel hatte sein Jagdgewehr mitgebracht, er wollte nicht darauf verzichten. »Das ist nur dazu da, um ihnen notfalls einen Schreck einzujagen.«

»*Il est chargé*?«

»Ob es geladen ist?« Manuel lachte leise. »Meint ihr, Touraine reagiert auf Zündplätzchen? Dann haben wir noch im Hof und auf der Straße die Polizisten.«

Thomas übersetzte, und Manuel bekam einen zustimmenden Blick.

»*Bien. C'est parti*.« Pascal zog die Waffe und lud sie durch.

Es war ein so typisch metallenes Geräusch, das jeden Gangster und Polizisten hellhörig machen musste, und ohne jedes Zögern stieß er die Tür auf und zielte auf Touraine. Mit der linken Hand hielt er ihm den internationalen Haftbefehl hin.

»*Monsieur Touraine! Je vous arrête pour meurtre!*«

Das war der Satz, auf den Thomas Jahre gewartet hatte – sehr lange Jahre: »Ich verhafte Sie wegen Mordes!«

Sie hatten ihn, Touraine. Melvin Russel alias Goodhouse mochte den wahren Goodhouse umgebracht haben, die weiteren Verbrechen gingen auf Touraines Konto. Thomas' Erleichterung war körperlich spürbar. Er hätte sich zu gern zurückgelehnt, aber Pascal war mit seiner Anklage noch nicht fertig.

»*Je vous arrête pour la création d´un réseau criminelle et falsification de documents.*«

Diese Worte durchtrennten die absolute Stille wie ein Messer. Mit so viel gnadenloser Härte in der Stimme hatte Thomas Pascal noch nie sprechen hören. »Er verhaftet ihn wegen Bildung einer kriminellen Vereinigung und Dokumentenfälschung.« Das war für Manuel bestimmt. Thomas sah nur die beiden Kofferträger ihm gegenüber, Touraine blieb außerhalb seines Blickfeldes. Er war bereit, sich sofort auf Touraine zu stürzen, falls es erforderlich sein sollte.

Draußen fuhr der Traktor an, schnelle Schritte waren im Haus zu hören, und Manuel stand mit dem Gewehr in Händen hinter der Tür.

Touraine breitete verblüfft die Arme aus. »*Monsieur, vous devez me confondre avec quelqu'un d'autre*«, und machte unschuldig große Augen. »*Mon nom est Bernard Caron, je suis un citoyen français.*« Dass er französischer Staatsbürger war, erleichterte Pascal die Arbeit. Aber dass er behauptete, mit einem anderen verwechselt zu werden, war dreist. Die Kofferträger wirkten überrascht, schienen für einen Moment handlungsunfähig zu sein. »*S'il vous plaît, ne tirez pas*«, sagte

Touraine in jämmerlichem Ton, als wenn jemand vorhätte, ihn zu erschießen, und ließ kaum merklich die Arme sinken. Ein kleines Kind konnte kaum unschuldiger wirken. Die Szene war lächerlich, eine Farce für einen Brocken wie Touraine. Dann entdeckte er Thomas, der hinter Pascal hervortrat, und in diesem Moment war ihm klar …

Frau Ender sprang auf und drückte sich in der Ecke an die Wand. Touraines Hände hatten die Tischkante erreicht, und mit ungeheurer Kraft hob er den schweren Tisch an, um dahinter Deckung zu suchen und ihn auf Pascal zu werfen, aber er hatte sich verschätzt. Der Tisch kippte zur Seite und fiel auf einen der Kofferträger, der laut aufschrie. Kaffee ergoss sich auf den Boden, und die Sammeltassen gingen scheppernd zu Bruch. Vom Flur her stürzte Voss herein, ebenfalls seine Waffe im Anschlag.

Thomas warf sich auf Touraine, der ihn am Hals packte und zudrückte. Aber Thomas kannte den Befreiungsgriff, fuhr von unten mit den Armen zwischen Touraines Arme und drückte sie auseinander, gleichzeitig traf Thomas' Knie ihn zwischen den Beinen. Aber der Mann war nicht leicht zu besiegen. Er war nicht schnell, er war nicht geschickt, aber er war schwer, massig und hatte Kraft. Und er hatte den absoluten Willen, sich nicht besiegen zu lassen. Er packte Thomas wieder, versuchte, ihn mit einer Hand zu würgen und dabei mit der anderen Hand an seine Waffe zu kommen. Erst als Thomas ihm mit beiden Fäusten auf die Ohren schlug, ließ er einen Moment nach, die Pistole rutschte über den Boden. Dombrowski streckte sich danach, da trat Voss ihm mit voller Wucht auf die Hand. Der Mann schrie vor Schmerz auf, und jetzt hielt Voss ihm seine Waffe an den Kopf.

Manuel stand derweil ruhig am offenen Fenster, das Gewehr im Anschlag, und beobachtete die Fahrer. Sie saßen in der Falle, der Traktor verhinderte ihre Flucht. Also gingen sie auf Efe los, und als sie ihn vom Schlepper herunterzerren wollten, gab Manuel einen Schuss ab. Er wollte niemanden treffen, doch der Effekt des Knalls war enorm. Sie ließen von Efe ab, einer hob die Hände, der zweite Fahrer rannte weg, in Richtung Ortsausgang, verfolgt von einem Polizisten. »Nimm ihm das Handy ab«, schrie Manuel, »das Handy!« Russel durfte nichts von der Festnahme erfahren.

Zu dritt lagen sie jetzt auf Touraine, um ihm die Arme auf den Rücken zu drehen, doch der Anblick der Handschellen ließ seine Kräfte wachsen. Thomas hatte den Griff an die Halsschlagader, die den Gegner in Sekunden kampfunfähig machte, noch nie angewandt, aber in dem Gemenge der über den Boden rollenden Männer verlor er seine Skrupel und drückte zu. Sein Daumen blockierte die Blutzufuhr ins Gehirn, und Touraine sackte zusammen wie ein Ballon, aus dem die Luft entwich. Sofort löste Thomas den Griff, er konnte tödlich sein. Dann legten sie Touraine Handschellen an und rollten ihn auf den Rücken.

»Oh Gott! Er blutet ja.« Frau Ender hielt sich entsetzt die Hand vor den Mund. Touraine war mit dem Gesicht in die Scherben der Kaffeekanne gefallen. Als er wieder zur Besinnung kam, wollte er sich das Blut aus dem Gesicht wischen, merkte, dass er gefesselt war, rotierte rücklings auf dem Boden, sah nichts mehr und trat nach jedem, der sich näherte, bis einer der Polizisten der Länge nach hinschlug. Frau Ender brachte eine Wäscheleine, und mit ihr gelang es, Touraine zu bändigen.

Als Nächstes wurden alle Mobiltelefone eingesammelt, während Frau Ender sich mit Tränen in den Augen um die Scherben ihrer Sammeltassen kümmerte. »Ich hätte die anderen nehmen sollen, die anderen. Wie konnte ich nur so dumm sein?«

»Sie kriegen neue«, versuchte Thomas, sie zu beruhigen.

»So etwas gibt's heute nicht mehr«, jammerte Frau Ender.

»Wir finden welche, versprochen«, sagte Thomas hustend,

rieb sich den schmerzenden Hals und blickte auf den besiegten Touraine herab.

»*Je te trouverai et alors je te tuerai*«, presste der hasserfüllt zwischen gefletschten blutigen Zähnen heraus, und es war zu merken, welchen Schmerz ihm das Sprechen bereitete.

»Was hat er gesagt?«, wollte Manuel wissen. »Er redet so undeutlich, ich verstehe nichts.«

Thomas atmete tief durch, er wusste, dass Touraine alles dransetzen würde, die Drohung wahrzumachen. »Er meint, er würde mich finden und mich umbringen.« Er stellte sich neben den Liegenden und blickte ungerührt in das blutverschmierte Gesicht. »Du willst mich finden und töten? Du verbringst den Rest deines Lebens im Knast und wirst da sterben.« Thomas wandte sich angewidert ab. Doch hörte er aufmerksam dem zu, was hinter seinem Rücken gesagt wurde, aber er übersetzte es nicht für die Umstehenden.

»*J'ai de l'argent, pauvre conard, je trouverai toujours quelqu'un pour te tuer, même en prison …*«

Thomas hockte sich wieder neben ihn. »Das Arschloch bist du«, sagte er ganz leise. »Mit dem zerschnittenen Gesicht sehen dich noch nicht einmal mehr die Huren in Marseille an, geschweige denn deine Beatrix. Und jetzt?« Thomas schwieg vielsagend einen sehr langen Moment. »Jetzt, *pauvre conard*, jetzt holen wir uns Russel und dann dein Töchterchen.«

Was Touraine erwiderte, verstand niemand mehr, seine Worte gingen im Aufbäumen und einem krampfartigen Brüllen unter.

Dem geflüchteten Fahrer war beim Laufen sein iPhone aus der Tasche gefallen, damit hatte die Polizei ein wichtiges Beweisstück mehr. Viele Wege und Kontakte der Bande ließen sich so rekonstruieren. Die Handys der Kofferträger würden sicher aufschlussreicher sein in Bezug auf die Strohmänner und -frauen, auf Beziehungen zu Banken und in die Verbände der Winzer. Der Staatssekretär aus Mainz war die Regel, nicht die Ausnahme. Parteienfinanzierung fand immer neue Wege.

Der Fahrer besaß noch seine Waffe, auch auf der Flucht blieb er eine Gefahr, er konnte jemandem das Handy abnehmen und Russel informieren. War der womöglich schlau genug, den nächsten Zug oder ein Taxi nach Frankreich zu nehmen und sich abzusetzen?

Inzwischen war der Rettungsdienst eingetroffen, Frau Ender hatte ihn alarmiert. Touraine wurde, an Händen und Füßen gefesselt, auf die Trage gelegt, erst danach konnten die Sanitäter sein Gesicht mit sterilen Auflagen abdecken und ihn zum Krankenwagen bringen. Ein Polizist fuhr als Aufpasser mit.

»Der sieht aus wie Graf Dracula nach dem Festschmaus«, sagte Frau Ender angeekelt. »Oder wie die Mumie aus dem Grab des Pharao.« Ihren Humor hatte die gute Frau nicht eingebüßt.

»Scarface würde besser passen«, meinte Manuel, aber das verstand Frau Ender nicht. Als sie Anstalten machte, das Chaos aufzuräumen, fiel ihr Voss in den Arm:

»Wir dürfen hier nichts anrühren, da muss erst die Spurensicherung ran, alles genau fotografieren, aufnehmen, was und wie es passiert ist.«

»Wie das passiert ist? Das kann ich Ihnen sagen, Herr …«, sie sah an ihm herunter, als suchte sie nach einem Namensschild, »Herr … Herr Pascal war dabei. Ich habe diese Leute hergelockt, denn das sind Betrüger, und als Herr Pascal ihn verhaften wollte, ging der Tumult los. Der Tisch, meine Sammeltassen, sehen Sie sich die Schweinerei an. Wir hätten mit Wein anfangen sollen, dann wären nur die billigen Probiergläser kaputt und die Tassen noch heil.«

Mit Dombrowski, dem verletzten Kofferträger, ging man

äußerst vorsichtig um, es war möglich, dass ihm der Tisch aufs Becken gefallen war und ein Bruch wahrscheinlich. Der zweite Kofferträger saß mit Handschellen gefesselt auf dem Boden und gab ein ähnlich klägliches Bild ab wie Herr Ender. Sein Anblick war so jämmerlich, dass der Notarzt ihm ein Kreislaufmittel spritzte.

Thomas nahm Manuel beiseite: »Lass erst einmal das Gewehr verschwinden …«

»Welches Gewehr meinst du?« Manuel schüttelte den Kopf. »Ich sehe kein Gewehr. Die Polizisten tragen Pistolen. Ein Gewehr?« Er blickte sich um, sie wurden nicht beobachtet. »Es liegt bei Frau Ender auf dem Schlafzimmerschrank, sie hat's raufgebracht.«

»Dann ist ja alles gut. Die erste Runde geht an uns, der CEO ist weg …«

»Wer ist weg?«, fragte Manuel. »Ach ja, ich versteh, der Chief Executive … Und Russel und die verrückte Tochter, was ist mit denen?«

»Wir fahren nach Speyer und sehen uns diese Luxusherberge an beziehungsweise das Stück, das dort gespielt wird.«

Manuel zweifelte nicht daran. »Und wie heißt es?«

»›Der Untergang des Hauses Usher‹, von Edgar Allan Poe.«

»Sehr schön, die pfälzische Version davon kenne ich allerdings noch nicht.«

»Kannst du auch nicht, ich schreib das Drehbuch nämlich gerade.«

»Du? Aber nicht allein, ich schreibe mit.« Dann zog er Thomas in den Nebenraum, in dem sie gewartet hatten, drückte ihn in den Sessel und gab ihm einen zerknautschten Zettel zu lesen. »Ist auf Englisch – ich lese ihn dir besser vor:

Hallo, Mister Russel,

or which alias you might use currently …

Es hat eine Weile gedauert, bis wir darauf kamen, dass Sie hinter allem stecken. Erinnern Sie sich an unser fruchtbares Zusammentreffen in der Champagne? Wir haben damals viel über Aktien und Fonds gelernt, mussten sogar nach London fliegen, um uns schlauzumachen, wie man die gierigen Leute damit reinlegen kann und was für Zeug in einigen Kellereien rumliegt, für Champagner ausgegeben wird und für Mitteleuropäer ungenießbar ist.

War top eingefädelt, das muss ich Ihnen lassen, nur leider gibt es keine Handlung ohne Fehler. Wer sich bewegt, der stolpert mal. Deshalb engagieren viele Unternehmen Personalberater oder haben eine Abteilung für Human Resources. Und wie es so schön heißt: Mit der Familie trink und lach, aber keine Geschäfte mach. Man steckt nicht in jedem, kann ihm oder besser ihr nur bis vor die Stirn sehen, und wenn der Erste Offizier sein Töchterchen mit auf die Brücke nimmt, kommt man leicht mal vom Kurs ab. Das kann den Kapitän den Kopf kosten.

Kennen Sie als Engländer den Spruch: Knife, fork, scissors and flames, have no place in children's games? Das entspricht im Deutschen: Messer, Gabel, Schere, Licht sind für kleine Kinder nicht … ja? Aber hier geht es nicht um Streichhölzer, sondern um Pistolen mit Schalldämpfer. Wir hatten seinerzeit die Gänge durch die Kreide verlassen – Sie erinnern sich? Draußen wartete die Polizei, und Sie wurden angeschossen, krochen verletzt zwischen den Weinstöcken herum.

Touraine saß bereits mit seiner Tochter im Fluchtwagen und fuhr an. Da öffnete sie die hintere Tür wieder und schoss auf Sie. Mademoiselle Gillette wollte Ihnen den Fangschuss geben, besser gesagt, sich den Verletzten vom Halse schaffen. Der hätte sie und ihren Vater bei der Flucht nur aufgehalten. Die Flucht der beiden gelang, nur dass Sie, der Verletzte, überlebten. Aber unter was für erbärmlichen Bedingungen.

Sollte es in diesen Tagen zu ähnlichen Ereignissen kommen, dann sollten Sie vorher Ihre gegenwärtige Personalpolitik besser überdenken.

Sincerely yours,

Weingut Achenbach & Stern

PS: Nur zu Ihrer Information – das Projektil wurde seinerzeit sichergestellt, vielleicht findet sich jetzt die dazugehörige Waffe.

»Was hältst du davon?«

Thomas atmete tief ein und noch tiefer aus. »Ist es das Ergebnis unserer Überlegungen in Bezug auf Zwietracht?«

»So ist es.«

»Wenn es funktioniert, ist es eine Bombe.«

»Das soll es sein.«

»Wo hast du sie versteckt?«

»Im Hotel Carolus Magnus, genauer gesagt im Fach des Monsieur Michel Laurent, wie er sich ja jetzt nennt. Was meinst du, sollen wir uns den letzten Akt ansehen?«

»Könnte es sein, dass wir zu spät kommen, und die Vorstellung hat längst angefangen? Ich würde gern Philipp dabeihaben und Voss …«

Thomas fand Voss im Gespräch mit einem Kollegen, sie waren sich uneins, wohin sie den unverletzten Kofferträger und den verhafteten Fahrer bringen sollten.

»Gut, dass Sie kommen«, empfing Voss ihn, »Sie müssen übersetzen.«

»Ich bin nicht vereidigt.«

Voss sah ihn an, als würde er sagen, dass er ihn kreuzweise könne, dann winkte er ab und horchte auf: »Ein Martinshorn!« Er grinste. »Ratet mal, wer da kommt.«

»Ich kann's mir denken«, Manuel seufzte, »der Schleichmeister fehlt uns gerade noch.«

Genauso war es. Schleichmeier kam aufgebläht herein, eine Monsterwelle von Wichtigkeit vor sich herschiebend, doch niemand nahm von ihm Notiz. »Was ist hier los?« Er sah sich um und verstand nicht, weshalb seine Ankunft für unterdrückte Heiterkeit sorgte. »Was ist hier passiert?«

Voss als sein Untergebener erstattete in gespielter Diensteifrigkeit Meldung: »Der zweite Mann in der Hierarchie der Bande, sein wirklicher Name ist Touraine, wird gerade ins Hospital einge…«

»Eine Schussverletzung?«, unterbrach Schleichmeier und machte ein wichtiges Gesicht.

»Nein, er ist mit dem Gesicht in die Kaffeekanne gefallen, nachdem er den Tisch umgeworfen hat. Ja, ein Fahrer wurde festgenommen, der zweite ist bewaffnet und flüchtig. Einen der Kofferträger – wie soll ich sagen? – einen der Komplizen haben wir verhaftet.« Voss zeigte auf den Mann in der Ecke.

»Moment! Was für ein Tisch?« Gleichzeitig beobachtete Schleichmeier verständnislos, wie ein langhaariger Mann mit tätowierten Armen in Handschellen reingebracht wurde und Manuel sich die Schuhe des Fahrers zeigen ließ, Thomas ansah und den Kopf schüttelte.

»Dem zweiten Komplizen ist der Tisch auf den Bauch gefallen«, fuhr Voss fort, »der Mann hat sich wahrscheinlich das Becken gebrochen, ein Eichentisch ist schwer, er stand in der Mitte, hier«, Voss zeigte auf den Tisch, der inmitten der Scherben und Papiere auf der Seite lag, »Touraine nutzte ihn als Deckung, als Kollege Bellier von der Kripo in Metz ihm den Haftbefehl vor die Nase hielt. Dann warf Touraine den Tisch um, und Frau Enders Sammeltassen gingen zu Bruch.«

»Was für Sammeltassen? Ich verstehe gar nichts mehr.« Schleichmeier sah sich wütend um.

»Der hat schon vorher nichts verstanden«, meinte leise ein Polizist.

»Dann muss er schleunigst befördert werden«, schlug sein Kollege vor, und Schleichmeier blickte böse in die Gesichter der Beamten, die sich nur mühsam das Lachen verkniffen. Das machte ihn noch wütender. »Ihr werdet mich kennenlernen. Wieso wurde ich nicht informiert?«

»Sie sahen anscheinend bisher keine Veranlassung, sich mit dem Fall zu befassen.« Voss blieb ruhig. »Wir hingegen sind seit vergangener Woche an den Leuten dran. Es geht um Landgrabbing im großen Stil und Betrug, um die Verwüstung eines Wingerts und inzwischen auch um den Mord an Staatssekretär Derstellen – und an seiner Begleiterin, falls sie nicht überlebt.«

»Den kenne ich nicht ...« Bis jetzt hatte Schleichmeier weder Thomas noch Manuel richtig zur Kenntnis genommen, jetzt kam auch Philipp hinzu. Er hatte mit einem Polizisten in der Küche gesessen und den Hinterausgang gesichert. »Ach, der Herr aus der Galerie ...«

»Wir müssen dringend los«, sagte Thomas zu Philipp, »am besten, du fährst uns nach. Russel ist in Speyer im Hotel Carolus Magnus, hoffe ich zumindest. Es kann sein, dass er Blödsinn macht, oder er verschwindet. Er ist alles andere als dumm.«

»Wer zum Teufel ist Russel?« Schleichmeier drehte ratlos seine Mütze in den Händen.

»Der Teufel selbst, aber das erklären wir Ihnen später«, sagte Manuel. »Kommen Sie, Herr Voss, ich hoffe doch, dass wir mitfahren dürfen, ich habe Sehnsucht nach Frau von Weiden. Ich fühle mich sicherer, wenn wir Sie dabeihaben.« Er zeigte auf die Waffe inmitten der Porzellanscherben. »Denken Sie an die Nacht am Libellenberg. Die zögern keine Sekunde ...«

20. Kapitel

Ausgecheckt

Es war ein nie gekanntes Gefühl, in einem Streifenwagen mitzufahren, noch dazu bei eingeschaltetem Blaulicht. Manuel und Thomas saßen hinten in dem BMW, der junge Beamte fuhr so vorsichtig, als hätte er bisher nie einen Streifenwagen im Einsatz benutzt. Voss leitete über den Polizeifunk die nächsten nötigen Schritte ein. Er beorderte einen zweiten Streifenwagen zum Carolus Magnus, auch musste die Straße hinter dem Hotel gesperrt werden, dort befand sich die Garage des Hotels, und dort hatte Russel wahrscheinlich ein weiteres Fahrzeug geparkt (oder die von Weiden) und könnte sich davonmachen. Aber sie kannten weder den Wagentyp noch das Kennzeichen.

»Am einfachsten wäre es, Herr Voss, wenn Sie bei der Mietwagengesellschaft danach fragen, uns gibt man keine Auskunft. Dann könnte man ihn notfalls an der Grenze stoppen.«

»Wer könnte bei ihm sein? Wer schützt ihn? Er ist siebzig, inzwischen ein alter Mann.«

»Wenn Sie sich da nicht täuschen. Der war acht Jahre lang täglich im Fitnessraum. Wer bei ihm ist? Touraines schießwütige Tochter vermutlich und die Frau von Weiden, aber die ist ungefährlich.«

»Tatsächlich?«, fragte Thomas mit anzüglichem Grinsen.

»Noch so ’n Spruch – und du machst meinen Job im Keller. Dann komm ich wenigstens mal an die Sonne.«

»Die Lust daran wird dir bei der Hitze schnell vergehen.«

»Was soll das Geplänkel? Es geht um diesen Russel, ich bin geradezu gespannt auf ihn. Was wird er Ihrer Meinung nach tun?« Voss zappelte ärgerlich auf dem Beifahrersitz. »Mann, so fahren Sie endlich!«, schnauzte er den Fahrer an. »Wozu haben Sie Blaulicht und Martinshorn? Nutzen Sie das und geben Sie richtig Gas!«

»Ich war fast nur im Innendienst tätig«, entschuldigte sich der Kollege kleinlaut. »Ich bin neu auf der Dienststelle, kenne die Vorschriften noch nicht, hier ist siebzig Stundenkilometer erlaubt.«

»Manuel, wollen Sie fahren?« Und zu dem jungen Kollegen gewandt, sagte Voss: »Halten Sie an und setzen Sie sich nach hinten. Können Sie wenigstens schießen?«

»Ja, ich wurde ausgezeichnet …«

»Wie schön.«

Der Wagen hielt, Manuel übernahm das Steuer und gab richtig Gas. Der BMW schoss nach vorn.

Thomas ergriff das Wort: »Sie fragten, was Russel als Nächstes tut? Abhauen wird er. Er wird alles dransetzen, um Weihnachten nicht wieder den Gefangenenchor aus *Nabucco* für den Besuch des Bürgermeisters proben zu müssen. Er hasst Opern wie den Blick durch Gitterstäbe, auch wenn er aus dem Gefängnis heraus Wege findet, am Finanzmarkt herumzuspielen.«

Und die massive Drohung stand im Raum, die Touraine noch auf der Trage ausgesprochen hatte. Doch die erwähnte Thomas nicht.

»Wo kann sich Touraines Fahrer verstecken?« Die Frage beschäftigte Thomas, seit sie losgefahren waren. »Erstens spricht er kein Deutsch; in den Hotels kann er sich nicht blicken lassen, er wird vielleicht in Ludwigshafen im Hotel vorbeifahren …«

»Er hat kein Auto«, unterbrach ihn Voss.

»Das ist sein kleinstes Problem. Er hat eine Waffe, damit kann er an der Ampel jeden Autofahrer zwingen, ihm das Fahrzeug zu … überlassen, inklusive der Wagenpapiere. Niemand wird es wagen, sich mit jemandem anzulegen, der einem eine Waffe vor die Nase hält. Und beim Stichwort Auto fällt mir ein: Was ist eigentlich mit dem Unfallwagen des Staatssekretärs?«

Voss stöhnte. »Was Sie alles wissen wollen … Ich verstehe nicht, weshalb Sie sich auf dem Wingert derart abschinden – bei uns könnten Sie als Profiler mehr verdienen, Sie verfügen über vielseitige Fähigkeiten, den Rest bringen wir Ihnen bei. Sie tun sich mit Herrn Stern zusammen, Sie wären das ideale Team, Sie hätten weniger zu tun, hätten rundherum nette Kollegen, und im Urlaub besuchen Sie – rein aus Spaß – die besten Weingüter an der Côte d'Azur und in der Toskana.«

»Das, lieber Herr Voss, kann ich während der Arbeitszeit machen und die Reise sogar von der Steuer absetzen, die Weinproben übrigens auch. Ach, was ich vergessen habe – im Wingert ist die Wahrscheinlichkeit, von einer Kugel getroffen zu werden, deutlich geringer.«

»Was war das letztens oben am Libellenberg? In den Magazinen der Pistolen dieser Fahrer fehlten fünf Patronen. Das waren fünf Möglichkeiten zu sterben, Herr Achenbach!«

»Malen Sie mal nicht gleich den Teufel an die Wand. Was ist mit einer Großfahndung nach dem flüchtigen Fahrer? Ich schätze, es wird der von Touraine sein.«

In diesem Moment kam eine Meldung über Polizeifunk, dass ein Ausländer, dem Akzent nach Franzose, mit einer Waffe die Herausgabe eines Wagens und der Wagenpapiere erzwungen habe. Das sei an einer Ampel geschehen. Es handle sich um einen Audi A6. Der Wagen habe sich in Richtung Grünstadt entfernt, wahrscheinlich sei die Autobahn und damit Frankreich das Ziel.

»Tja, vielleicht sollte ich doch Profiler werden.« Thomas grinste. »Also, was, lieber Herr Voss, ist denn nun mit dem

Unfallwagen des Staatssekretärs? Sie weichen mir aus. Lobhudeln mir stattdessen was vor …«

»Gut, Herr Achenbach, aber halten Sie bloß den Mund. Es ist noch nicht offiziell, und wenn es um Politik geht … Derstellen war verheiratet, mit seiner Geliebten unterwegs, zu einem Treffen mit international gesuchten Gangstern – da kann ein falscher Schritt einem kleinen Beamten den Kopf kosten.«

»Erstens glaube ich das nicht und zweitens – was ist denn nun mit dem Auto? Wollen Sie nicht reden, oder dürfen Sie nicht?«

Voss stöhnte übertrieben und wandte sich nach dem jungen Kollegen um. »Er ist für seine Hartnäckigkeit bekannt«, sagte er, »legt sich mit jedem an. Nun, um es kurz zu machen, Herr Achenbach, es sind Farbspuren auf der linken Seite des Unfallwagens gefunden worden, Lackspuren eines zweiten Fahrzeugs …«

»Und – gibt es Meldungen, dass ein Auto gestohlen wurde und inzwischen in Flammen aufgegangen ist?«

Es dauerte einen Moment, bis Voss sich zu einer Antwort durchrang. »Nicht ganz, das Feuer hat einen Teil des Fahrzeugs verschont.«

»Ach, wie nett von ihm«, schaltete sich Manuel nun ein. »War der Dieb zu blöd, die Kiste richtig abzufackeln? Und anhand der Lackspuren haben Sie festgestellt, dass mit diesem Fahrzeug der Wagen des Staatssekretärs …«

»Das ist nicht Russels erste Garde«, gab Thomas zu bedenken. »Früher wäre ihm so ein Fehler nicht unterlaufen. Ich kann mir vorstellen, dass er die Kontrolle verliert. Außerdem scheint es mir, als wäre es ihm wichtiger, uns zu schaden als seine Betrügereien fortzusetzen.«

»Wie müssen wir jetzt weiterfahren, Herr Voss?« Manuel kannte den Weg zum Hotel nicht.

»Am kommenden Autobahnkreuz fahren Sie stadteinwärts in Richtung Speyer Zentrum.«

Mit eingeschalteter Sirene kamen sie recht zügig voran. Mit jedem Kilometer schien Manuel mehr Freude am Schnellfahren zu gewinnen und wohl auch daran, dass die meisten Autofahrer vor ihm Reißaus nahmen.

Auf Thomas machte er den Eindruck, als stünde er unter Strom. »Kaum lässt man den Menschen ein wenig ans Ruder, nutzt er es aus, nicht wahr, Herr Voss?«

Der trieb Thomas' ironische Bemerkung noch weiter auf die Spitze: »Weshalb gönnen Sie Ihrem Kompagnon nach dem heutigen Stress nicht ein wenig Zerstreuung?«

Thomas wurde wieder ernst. »Der Stress geht jetzt erst richtig los. Warten Sie es ab. Es wird nicht lustig. Bis jetzt waren wir im Vorteil. Wie sie jetzt reagieren, wer die Kontrolle übernimmt ... keine Ahnung.«

Sie erreichten das Ende der Schnellstraße, Voss stellte die Sirene ab, sie fuhren an der Gedächtniskirche vorbei und bogen in die Ludwigstraße, die als Kleine Pfarrgasse hinter dem Hotel endete. Von dort sollte man auch in die Tiefgarage des Hotels gelangen.

Zwei Querstraßen davor erreichte sie die Nachricht, dass der entwendete Audi A6 gestoppt und der zu Fuß geflüchtete Fahrer festgenommen worden sei. Der Audi sei ein Geschäftswagen, ausgerüstet mit Ortungssystem und Fernabschaltung, die hier zur Anwendung gekommen sei.

»Wir kriegen einen nach dem anderen«, freute sich Voss. »Nur gegen Russel und die Tochter von Touraine haben wir bislang keine Handhabe. Wenn wir nicht schleunigst die Mobiltelefone auswerten, dann ...«

»Aber wir haben sie, die Handhabe.«

»Wissen Sie wieder mal mehr als ich? Ist Ihnen klar, dass Sie sich in gewissen Fällen strafbar machen, wenn Sie Informationen zurückhalten?«

»Gewiss, hier ist noch vieles mehr strafbar, Sie werden sehen ...«

In der schmalen Straße zwischen den alten Häusern wäre es nicht leicht gewesen, einen Parkplatz zu ergattern, aber nicht für einen Polizeiwagen.

»Also, welche Handhabe meinen Sie? Was haben Sie vor?«, fragte Voss.

Manuel und Thomas wechselten einen Blick, in dem sie sich darüber verständigten, Voss einzuweihen. Aber was war mit dem jungen Kollegen? Der könnte in seinem Diensteifer plaudern. Er hatte bei der Fahrt sowieso schon zu viel mitbekommen.

Voss, der die stumme Zwiesprache richtig gedeutet hatte, schickte den Kollegen zur Einfahrt der Tiefgarage, damit er sich dort umsehe. »Was nun? Helfen Sie mir weiter, Herr Achenbach.«

»Gern. Es kursieren seit Kurzem gewisse Informationen, die, sagen wir mal so, unüberbrückbare Widersprüche, Antagonismen zwischen Russel und Touraine und insbesondere dessen Tochter zutage treten lassen. Unterschiedliche Interessen, Ereignisse der Vergangenheit, die müssen irgendwann bewältigt werden. Verstehen Sie?«

»Nein.«

»Touraines Tochter wollte seinerzeit den verletzten Russel erschießen, damit er die Flucht der beiden nicht behindert«, warf Manuel ein. »Das wusste Russel bisher nicht, jetzt wird er es irgendwie erfahren haben.«

»Irgendwie? Wodurch und wann?«

Nun mischte Thomas sich ein, um seinen Freund und den Brief herauszuhalten. »Woher sollte Manuel das wissen? Er war damals nicht dabei, wir kannten uns nicht einmal. Mein Vater und ich hingegen haben das alles noch in bester, vielmehr in schlechtester Erinnerung. Hätte Touraines Tochter getroffen, würde uns dieser Schlamassel erspart bleiben. Und diese Tochter tobt hier irgendwo herum. Sie wird wissen, wohin ihr Vater gefahren ist, und ihm gefolgt sein, oder Russel hat es ihr gesagt. Es gefällt mir übrigens gar nicht, Herr Voss, darüber zu spekulieren. Lassen Sie uns reingehen.«

Als er einen Blick zurückwarf, dachte Thomas den Sprinter, ihre Rostschleuder, vor der Tiefgarage gesehen zu haben, aber davon gab es Tausende.

Das Betreten des eisigen Palastes löste fast einen Kälteschock aus, aber Manuel riss sich zusammen und steuerte auf die Rezeption zu. Er blickte kurz auf seine Schuhe und fragte sich, ob er mit seinen Weinbergstiefeln über diese Teppiche laufen dürfe. Doch das breite, entgegenkommende Lächeln der adretten jungen Dame hinter dem Tresen, auch sie blickte auf seine Schuhe, blieb.

»Gestern habe ich am Abend hier einen Brief für Monsieur Caron hinterlegt, Bernard Caron«, sagte Manuel zu ihr.

»Ich weiß davon«, sagte die Schöne, und Manuel fragte sich, wie man so lächeln und gleichzeitig sprechen konnte. »Leider durfte ich Ihre Nachricht eben erst übergeben, Herr …?«

»Stern.«

»Eine Viertelstunde ist das her. Monsieur Caron war den ganzen Tag über nicht im Hause.«

»Kam er allein zurück?«

Der fragende Blick der Rezeptionistin galt dem uniformierten Polizisten neben ihm. Voss nickte aufmunternd, und die Schöne antwortete: »Nein, er war in Begleitung einer Dame und einer zweiten Frau …«

»In einer Motorradjacke«, ergänzte Thomas.

»Woher wissen Sie das? Ja, die habe ich bereits am Vormittag gesehen, als mein Dienst begann.«

Plötzlich veränderte sich die Mimik der Schönen, ihr Mund klappte auf, sie war gar nicht mehr schön, sondern entsetzt. Das Lächeln entgleiste, sie schob den Kopf vor und starrte auf etwas wie das berühmte Kaninchen auf die Schlange. Manuel beobachtete erstaunt die schnelle und totale Verwandlung, und auch Voss schien sie nicht zu entgehen. Thomas hingegen hatte die Straße im Blick, als erwartete er dort jemanden. Möglich, dass ein Kofferträger-Team auftauchte.

»Was ist, was haben Sie, was ist passiert?« Manuel rechnete mit allem, aber nicht mit dem, was er jetzt gezeigt bekam.

»Kommen Sie! Kommen Sie herum!«, sagte die Rezeptionistin leise, aber eindringlich und winkte alle hinter den Tresen. Manuel war als Erster bei ihr und fixierte den kleinen Bildschirm, der in einzelnen Bildern alle drei Flure wiedergab.

Russel stand lamentierend vor Touraines Tochter und schien sie zu beschimpfen, zumindest ließ sein Gehabe darauf schließen. In der Linken hielt er ein Blatt Papier, Manuels Brief, mit der Rechten wies er immer wieder heftig auf den Text. Einen Ton gab es nicht.

»Das ist Madame Gillette«, sagte die Schöne, »auch ein Gast unseres Hauses.«

Russel ging drohend auf sie zu, sie wich zurück, mit zwei Schritten war er bei ihr, wollte nach ihr greifen, sie an der Motorradjacke packen, doch sie drehte sich weg und stolperte, fing sich wieder. Er stieß sie von Neuem vor sich her, da schlug sie ihm mit der Handkante an den Hals, aber weil sie deutlich kleiner war, traf sie nur seine Schulter. Er wollte sie erneut packen, sie trat nach ihm und wich zur Seite aus, aber er bekam ihr langes schwarzes Haar zu fassen und riss ihren Kopf nach hinten. Sie trat ihn vors Schienbein, was ihm scheinbar nichts ausmachte, zumindest ließ er sie los und holte aus …

»Welches Stockwerk ist das?«, fragte Voss. »Da passiert ein Unglück.« Er griff nach seiner Pistole.

Die Schöne zeigte in Richtung Treppenhaus, es war hinter

einer eleganten Tür verborgen und kaum als solches erkennbar. »Zweiter … zweiter Stock«, brachte sie angstvoll heraus.

Voss rannte los, Thomas folgte ihm.

»Sie hat eine Waffe«, rief Manuel Thomas nach. »Ach du Scheiße, sie wird ihn niederschießen …« Er sah auf dem Bildschirm, wie Russel den Mund aufriss, hintüberfiel und Touraines Tochter mit der Waffe in der Hand weiter auf ihn zielte. Sie starrte auf ihn herab, als wäre jetzt die Zeit gekommen, ihm den endgültigen Fangschuss zu geben.

Genau das tat sie. Sie sah sich um, horchte auf, duckte sich, rannte los und steckte beim Laufen die Waffe unter ihre Jacke, dann verschwand sie aus dem Bild.

Im Flur lag nur noch der große leblose Körper des Finanzgenies Russel, in der Faust das Papier, und Manuel konnte eine tiefe Befriedigung über die Wirkung seiner Bombe nicht verhehlen. So konnte ein simples Stück Papier wirken.

»Wie grauenvoll«, sagte die Schöne von der Rezeption und blickte Manuel mit Kulleraugen an. »Und so was bei uns, in diesem Hause?«

»Um den ist es nicht schade. Hier werden vor ihm noch andere Gangster abgestiegen sein«, murmelte Manuel, »aber die werden wahrscheinlich vor der Abreise anders ausgecheckt haben.«

Manuel entfernte sich weit genug von der Rezeptionistin, um nicht gehört zu werden, und rief Thomas an. »Sieh zu, dass du den Brief findest!«

Kurz, nachdem er sich wieder dem Bildschirm zugewandt hatte, kamen Voss und Thomas am Ende des Flurs ins Bild. Der Polizist hielt in einer Hand die Pistole, in der anderen sein Handy. Angespannt musterte er die Zimmertüren vor sich, mit der anderen fingerte er an seinem Telefon herum und sagte etwas zu Thomas.

Dann kniete er sich neben Russel und hielt seine Finger an die Halsschlagader. Er blickte in die Kamera an der Decke und schüttelte den Kopf. Melvin Russel alias Goodhouse war tot. Da sprang Voss auf und verschwand in einem der Hotelzimmer.

Währenddessen beobachtete Manuel, wie Thomas die Gelegenheit nutzte, der Kamera den Rücken zuwandte, sich über den Toten beugte und ihm etwas entwand, sicher den Brief. Dann legte Thomas seine linke Hand an die Halsschlagader, stand auf und nickte bedächtig und breitete in einer Geste des Bedauerns die Arme aus.

»Wo kann sie hingerannt sein?«, fragte Manuel die Rezeptionistin, aber sie brachte vor Aufregung kein Wort heraus und sah ihn hilfesuchend an. »Rufen Sie den Rettungswagen, Notarzt, Feuerwehr, egal, wen, aber sitzen Sie nicht tatenlos rum!« Dann griff er selbst in die Tasche und tippte die 110 auf seinem Smartphone.

»Wir wurden bereits benachrichtigt«, sagte eine liebliche Stimme, als kündigte sie das sonntägliche Wunschkonzert an.

Und Manuel fühlte, wie eine ungeheure Ruhe über ihn kam. In seinem Kopf herrschte mit einem Mal Stille, keine Gedanken jagten ihn, keine Gefühle – da war grenzenlose Erleichterung und etwas wie Trauer, nicht um Goodhouse, vielmehr um die Menschen, die bisweilen der Wahnsinn packte, sich auf ihre Schultern setzte und sie so lange ritt, bis sie tot unter ihm zusammenbrachen.

Ob die Erleichterung eine Sekunde oder eine Minute angehalten hatte, konnte er nicht sagen, aber sie war ähnlich dem Gefühl, als wäre eine Maschine nach einem grauenvollen Flug voller Turbulenzen endlich gelandet. Verdammt … wo war die Tochter?

»Wo kann sie sein?«, ranzte er die Schöne an.

»Wer denn?« Anscheinend hatte sie das Geschehen auf dem Bildschirm nicht begriffen.

Thomas kam aus dem Treppenhaus gestürzt. »Unten ist

sie nicht, da ist kein Ausgang, vielmehr eine Feuertür, aber die ist abgeschlossen, da kann sie nicht raus sein!«

»Wir haben hier den Schlüssel …« Die Schöne zog eine Schublade auf, riss sie in ihrer Aufregung ganz aus dem Schreibtisch heraus, sodass sie kippte und sich sämtliche Schlüssel scheppernd auf dem Parkett verteilten. Mit zittrigen Fingern versuchte die Empfangsdame, in dem Durcheinander von Schlüsseln und Plastikanhängern den richtigen zu finden. Immer wieder sah sie hilfesuchend zu Manuel auf. Er zog sie zu sich hoch und legte seine Arme vorsichtig um sie.

Die junge Frau zitterte am ganzen Körper. »Ist das nicht schrecklich? Ist das nicht schrecklich – und das alles hier bei uns?«

Draußen hielt mit quietschenden Reifen ein Streifenwagen, dann kam der zweite, und die Polizisten stürzten mit gezückten Waffen ins Foyer.

»Da«, sagte Manuel und zeigte auf den Bildschirm. »Da«, wiederholte er, »im zweiten Stock, aber der ist tot. Die Mörderin ist irgendwo raus, ich nehme an, sie hat ihre Maschine in der Garage abgestellt.« Er wandte sich an die Schöne: »Ist das so? Steht da ihr Motorrad?«

»Aus dem Personalausgang kann sie nicht …«

Ein Zimmermädchen stürzte auf sie zu, Entsetzen in der Stimme: »Sie hat mich gezwungen und den … den Schlüssel mitgenommen. Sie hat eine … eine Pistole.«

Manuel raste nach unten, rüttelte an der Feuertür, die Polizisten waren direkt hinter ihm. »Wir müssen außen ums Haus herum.« Er rannte wieder hinauf, durchs Foyer nach draußen und im Dauerlauf durch die nächste Gasse zur Tiefgarage. »Wir müssen sie kriegen, sie ist zu allem fähig!«, rief er, gehetzt von dem Gedanken, dass Touraines Tochter plötzlich auf ihn zugerast käme.

Sie würde ins Krankenhaus fahren und mit vorgehaltener

Waffe die Herausgabe ihres Vaters fordern. Zur Not würde sie auch den Polizisten vor dem Krankenzimmer erschießen, falls da einer stünde. Gehen konnte Touraine wahrscheinlich, nur das Gesicht war zerschnitten, oder auch die Handflächen? Konnte sie wissen, was bei Ender vorgefallen war? Aber nachdem sie Russel erschossen hatte, kam für sie nur die Flucht in Betracht.

Es waren nur noch wenige Schritte bis zur Einfahrt der Tiefgarage, die Polizisten waren ihm weiter gefolgt, als der weiße Sprinter sich mit einem Satz nach vorn in die Einfahrt stellte und sie fast gänzlich blockierte. Nur vor dem Fahrerhaus blieb eine mannsbreite Lücke zum nächsten Wagen. Der Motor eines Motorrades heulte auf, es musste eine schwere Maschine sein, und genau durch diese Lücke schlingerte eine Frau mit wehendem schwarzem Haar.

Fahren kann sie, dachte Thomas, schießen auch, und bei diesem Gedanken geriet die Maschine weiter ins Schleudern, brach nach links aus, nach rechts, fing sich wieder – und überschlug sich. Die Fahrerin kollerte über den Asphalt, bis ihr Körper gegen einen Briefkasten knallte.

Es war dieser dumpfe Ton, der Aufschlag, der Thomas bis ins Mark drang. Welches Leben hat einen Wert, welches hat keines? Und wer will der Richter sein? Hatten sie hier Richter gespielt?

Keuchend sahen sich die Polizisten an, entsetzt über das eben Gesehene, einer steckte verstohlen seine Waffe ins Holster, und verblüfft sah Thomas, dass Verena aus dem Sprinter ausstieg. Philipp hätte er es zugetraut, aber dass Verena …? Philipp musste sie informiert haben.

Zum ersten Mal seit Langem nahm Verena Thomas in die Arme. »Ich hatte Angst um euch. Ich konnte unmöglich zulassen, dass ihr die ganze Arbeit macht. Schließlich geht's um uns alle. Und Manuel, was ist mit Manuel?«

»Alles bestens.«

»Und Russel?«

»Im Himmel, da badet er jetzt nur noch in Banknoten.«

»Und die von Weiden?«

»Verflucht, die hab ich vergessen. Die Unterlagen! Sie hat alles ausgekundschaftet, die von Weiden! Sie hat die Adressen, sie wird um die internationalen Kontakte wissen.« Das war für die Polizisten bestimmt, denn er spurtete wieder los.

Gerade rechtzeitig, denn just eilte sie aus dem Hotel, einen Aktenkoffer in der Hand, sah sich suchend um, ein Taxi wartete gegenüber. Als sie Thomas bemerkte, zwängte sie sich zwischen den Polizeiwagen durch, und auch sie begann zu rennen. Der Koffer behinderte sie, geriet ihr zwischen die Beine, und um nicht zu stürzen, ließ sie ihn fallen und sprang ins Taxi. Das fuhr sofort an und beschleunigte mit quietschenden Reifen. War der Fahrer Touraines Eingreifreserve?

Thomas keuchte, er schnappte nach Luft, so schnell war er noch nie im Leben gerannt. Auf die von Weiden konnte man verzichten, aber nicht auf den Koffer. Der lag auf der Straße. Er hob ihn auf. Aber wo war Manuel? Thomas lief zurück zum Hotel.

Als er eilig durchs Foyer ging, hörte er die Worte: »Das ist er!« Die Stimme gehörte der Schönen von der Rezeption. Sofort stand ein Polizist vor ihm und bedrohte ihn mit seiner Waffe.

Brav stellte Thomas den Koffer ab und hob die Hände. »Ihr begreift auch gar nichts.«

»Auf den Boden!«, schrie der Beamte, er schien mehr Angst zu haben als Thomas. »Auf den Boden!«

Bestimmt hatte der blöde Bulle zu viele Sonntagskrimis gesehen, dachte Thomas und tat, wie ihm befohlen.

»Er gehört nicht zur Bande, er … er … sie haben sie verfolgt«, ließ sich jetzt die Schöne vernehmen. »Sein Kollege ist oben.«

»Hat der den Mann erschossen?«

»Nein, das war die Frau.«

»Welche Frau?«

»Die eben hier rausgerannt ist, *die* hätten Sie verhaften sollen.«

»Woher sollten wir wissen …?«

Ja, woher nur? Auf dem Parkett zu liegen mit dem Gesicht am Boden, den Geruch von Bohnerwachs in der Nase und eine Waffe im Genick zu spüren, war für Thomas ein unbekanntes Gefühl. Sie hatten zumindest erreicht, was sie wollten. Simone konnte kommen. Sie war nicht mehr in Gefahr. Er starb vor Sehnsucht. Freitagabend würde sie hier sein. Er fürchtete nur, dass jetzt einer der Uniformierten die Nerven verlor.

»Gehen Sie mal ums Hotel rum, da sammelt Oberhauptmann Voss aus Dürkheim auf der Straße die Reste der Mörderin ein.«

»Dann habt ihr sie also geschnappt?« Mutig bog die Schöne die Hand des Polizisten zur Seite. »Nun lassen Sie ihn bitte endlich aufstehen. Er ist kein Verbrecher.«

»Was ist mit meinem Freund, mit Manuel?«

»Der müsste noch oben sein.«

Thomas rappelte sich schwerfällig auf. »Danke. Ich werde mich bei Gelegenheit revanchieren. Geben Sie mir Ihre Karte, dann schicke ich Ihnen zum Trost ein paar Flaschen Wein. Und Sie sind Ehrengast bei Manuels nächstem Klavierabend. Eure Sommelière müsste übrigens wissen, wer Manuel und ich sind.« Er wandte sich ab, sah sich noch mehrmals um und ging dann mit weichen Knien zum Fahrstuhl. Außer Betrieb! Also weiter zu Fuß. Auf der Treppe hielt man ihn auf.

»Herr Voss!«, rief Thomas laut hinauf. »Wir haben Touraines Tochter.«

Voss reagierte sofort: »Lasst den Mann durch, lasst ihn durch. Ihr habt sie? War es schwierig?«

Mit einer Hand am Geländer schlich Thomas die Treppe hinauf. »Schwierig war es nicht, nein, nur anstrengend, die Rennerei und so. Meine Stiefmutter hat ihr den Weg abgeschnitten, und die Gilette hat sich auf die Fresse … Entschuldigung, sie ist schwer gestürzt. Aber wo ist Manuel?«

Voss wies mit einem Kopfnicken auf die offen stehende Tür einer Suite, sicher Russels Suite.

Manuel saß auf dem Teppich, er hatte sich an die Wand gelehnt und trug ein Stück weißen Zellstoff auf der Stirn und Blutspuren im Gesicht.

Es war Thomas kaum möglich, sich das Lachen zu verbeißen. »Ist dir die von Weiden ins Gesicht gesprungen?«

»Kommt darauf an, wie man's sieht«, und auch Manuel musste lachen. »Sie wollte den Koffer holen, ich hinter ihr her, sie rennt los und knallt mir mit voller Wucht die Zimmertür vor den Kopf. Kraft hat sie, das muss ich ihr lassen.«

Thomas holte ihm ein Glas Wasser und legte ihm ein nasses Handtuch auf den Kopf. »Das war die Rache der Verschmähten.«

»Aber sie hat den Koffer.«

»Hat sie nicht. Den hab ich.«

»Du? Wieso das?«

»Den hat sie fallen lassen, als sie vor mir wegrannte.«

»So viel Angst hast du ihr gemacht?«

»Woher soll ich wissen, was du ihr bei eurem Ausflug über mich erzählt hast.«

»Und die kleine Bestie?«

»Die wird gerade zu ihrem Vater ins Krankenhaus gebracht. Ohne Schönheitsoperation kommt sie wohl nicht davon, sie fand keine Zeit mehr, ihren Helm aufzusetzen.«

»Du Zyniker.«

»Was bleibt einem sonst übrig in diesen Zeiten?«

Der Morgen war dunstig, die Hitze war dabei, die letzten Reste der Feuchtigkeit aus dem Boden zu ziehen. Für diesen Donnerstag waren wieder mehr als vierzig Grad angesagt. Man konnte nur hoffen, dass keine Sandstürme von der Sahara herüberwehten. Sämtliche Beregnungsanlagen liefen auf Hochtouren, Tropfbewässerung war das große Geschäft, und die Rheinschifffahrt durfte nur noch mit halber Tonnage fahren. Tanks, um die Weinberge zu bewässern, waren nirgends mehr aufzutreiben. Und der Wasserstand des Amazonas, des wasserreichsten Stroms der Erde, war der niedrigste seit Beginn der Aufzeichnungen vor hundertvierzig Jahren, wie Philipp in den Morgennachrichten gehört hatte.

So weit haben wir's gebracht, dachte Philipp, als er auf dem Weg zu Sven Leiner durch die Reblandschaft fuhr. Es war das erste Jahr, in dem sich bereits Ende Juni ein leichter Braunton ins Grün der Weinblätter mischte. Wir sägen nicht nur den Ast ab, auf dem wir sitzen, wir fällen nicht nur den Baum, wir roden gleich den ganzen Wald. Wir? Nein. Es waren die, die den Hals nicht vollbekamen und die Augen vor den Zeichen der Zeit verschlossen. Und doch bleibt uns nichts anderes übrig, als weiterzumachen, sagte sich Philipp.

Während Kranz am Ortsrand von Siebeldingen seine Kellerei betrieb und anscheinend Platz hatte, sich auszudehnen, lag das Weingut von Sven Leiner mitten im Dorf an der Gabelung zweier Straßen. Also blieb ihm nichts anderes übrig, als sich zu bescheiden und in die Tiefe zu gehen, um innerhalb eines beschränkten Raums Lösungen zu finden, die den Erfordernissen moderner Weinbereitung entsprachen.

Alle guten Winzer waren auf den Bio-Zug aufgestiegen oder standen, so wie Achenbach & Stern, auf dem entsprechenden Bahnsteig. Es musste nicht der VDP sein, Demeter reichte auch, Fair'n Green war dabei, Naturland war ein Schritt in die richtige Richtung. Aber die Kunden wollten dafür nicht zahlen, drei Euro fünfzig für die Flasche musste reichen; sie brauchten das Geld fürs Auto, wollten nach Sansibar fliegen und Strom verbrauchen auf Teufel komm raus. Der Teufel wartete bereits auf die Kinder, um ihnen die Zukunft zu versauen, da nutzte es nichts, sich auf der Straße festzukleben, auf Flugplätzen, auf Schienen, den Mittellandkanal zu durchschwimmen. Immer mehr, immer höher, immer schneller! Die Kinder störten das Wachstum ganz besonders, die brauchten Schulen und teure Lehrer und sichere Radwege – der Teufel saß im Bundestag nicht bei den Hinterbänklern.

Komm runter, sagte sich Philipp, komm runter, verdammt, mit den Gedanken machst du dich selbst kaputt. Oder war es die Hitze, die ihn fertigmachte? Solche Gedanken führen zu nichts. Du fährst zu Sven Leiner, zu einem, der es ernst meint, der weiß, dass er die Verantwortung für die Veränderung der Natur trägt, weg von ihrer Ursprünglichkeit hin zur Kulturlandschaft. Wer einen Gewerbepark vor das Dorf setzte, diesen versiegelte und überbaute Fläche dann auch noch »Park« nannte, machte sich über die Zukunft keine Gedanken.

Aus der *Vitis vinifera sylvestris* waren sowohl Riesling wie auch Gewürztraminer und die Burgundersorten entstanden. Und wenn man richtig mit ihnen umging, verursachten sie auch keine Schäden durch zu enge Bestockung, chemische Düngemittel, Monokultur und eine Verdichtung des Bodens, der bei Starkregen kein Wasser mehr aufnahm. Das war Philipps Befürchtung, dass nach dieser Hitzephase extreme Regengüsse wie an der Ahr wüten würden.

Sven Leiner betonte seine biodynamische Haltung der Natur gegenüber. Die Böden seiner Weinberge waren für ihn eine Art Resonanzkörper, er strebte einen funktionierenden Nährstoffkreislauf an, förderte die Bodenvitalität, und er war sich der Bedeutung pflanzlicher Lebensgemeinschaften und der Artenvielfalt im Weinberg bewusst. Biologischer

Weinbau war für ihn immer Ziel und Leitlinie gewesen. Vor zwanzig Jahren bereits erlangte er die EU-Zertifizierung, vor dreizehn Jahren dann war er zur Biodynamie übergegangen – nach Demeter-Regeln.

Für einige Flächen könnten wir in diesem Jahr die Bio-Zertifizierung erreichen, sagte sich Philipp, nur der Eintrag der Schadstoffe von konventionell bearbeiteten Nachbarflächen wäre hinderlich. Aber das alles würde er Manuel überlassen müssen, und wieder schmerzte ihn der Gedanke, dass Thomas sie verließ. Je weiter das Jahr fortschritt, desto näher rückte der endgültige Abschied.

In Frankreich würde nichts besser sein, dort breitete sich die Flavescence dorée, die Goldgelbe Vergilbung dramatisch aus. Die amerikanische Rebzikade Scaphoideus titanus verbreitete sie und brachte dort bereits massenhaft Weinstöcke zum Absterben. Bis nach Österreich hatte sie ihren Vernichtungsfeldzug inzwischen ausgedehnt.

Mühsam zwang sich Philipp zur Konzentration auf seinen Gesprächspartner. War es in den vergangenen Tagen die Bedrohung durch Russel und Konsorten gewesen, so versetzte ihn jetzt Thomas' Umzug in Bedrängnis.

Leiner hingegen war glücklicherweise die Ruhe selbst und ging freundlich auf alle Fragen ein.

Zwei Drittel seiner Flächen waren mit Weißweinreben bestockt, vom Riesling über Weißen Burgunder bis zum Chardonnay, den sein Vater bereits angebaut hatte, dann ein Drittel mit Spätburgunder, und er hatte noch einen Tempranillo in seiner Preisliste. Die Erträge von seinen siebzehn Hektar lagen nicht viel unter dem, was Achenbach & Stern je Hektar einfuhr.

Rote Rebsorten könnten nach Leiners Ansicht die Trockenheit besser ertragen als weiße Sorten. Die Unterlagsrebe war entscheidend, die übliche SO 4 war flach wurzelnd, die 5 C Geisenheim hingegen ging in die Tiefe. Auch Piwis waren im Gespräch wie Sauvignac, Calardis blanc und Satin noir, eine Kreuzung aus Cabernet Sauvignon und mehltauresistenten Sorten. Satin noir, war das nicht ein schöner, vielversprechender und gut klingender Name? Der war wichtig für den Verkauf, denn der ging in Deutschland über die Rebsorte und nicht über die Herkunft. Philipp würde diesen Wein gern probieren, von einem guten Winzer gemacht, auch den Sauvignon gris, den Leiner erst fürs kommende Jahr vorgesehen hatte.

Welche Böden dafür geeignet waren, wie die Rebsorten sich darauf entwickelten, würde die Erfahrung zeigen. Auf der Kleinen Kalmit herrschte Kalk vor, bei anderen Lagen war es Lehm, dann wieder Ton und Löss.

So war auch die Preisliste aufgebaut: Von den Rebsorten über den Boden hin zur Herkunft. Der Weiße Burgunder vom Kalk hatte es Philipp angetan, die Trauben waren mit äußerster Vorsicht mitsamt der Rappen sechzehn Stunden lang gepresst worden. In anderen Betrieben, die anderen Konzepten folgten oder sich weniger Mühe machten, ging es deutlich schneller. Für diese Rebsorte war der Wein äußerst gehaltvoll, angenehm in der Frucht und sehr deutlich in den Aromen.

Der Gewürztraminer machte seinem Namen Ehre, war recht würzig in der Nase, Frühlingsblumen und Zitrusfrüchte standen in ausgewogenem Verhältnis zueinander, und trotz der aromatischen Fülle, die der Lehmboden mitgab, ließ ihn die Säure nicht zu schwer wirken.

Der Spätburgunder vom Kalk war fein, zeigte die der Rebsorte eigene Süße, das Kirscharoma war da und ein wenig Tannin, es war ein kühl zu trinkender Wein, der sich für viele Speisen als Begleiter eignete. Anders zeigte sich der Spätburgunder von der Lage Kapelle. Zum einen stammte er aus einem wärmeren Jahr, war daher auch fleischiger und fülliger, stärker in den Aromen, ohne dass der Holzton des Fünfhundert-Liter-Fasses, in dem er ausgebaut worden war, die Frucht überlagerte.

Der Weißburgunder von der Lage Kapelle ließ sich mit wenigen Begriffen beschreiben: elegant, dezent und erstaunlicherweise zarter als der vom Kalk. Hier waren die Anforderungen an die Qualität niedriger als bei Wein mit geschützter Ursprungsbezeichnung, aber dieser Wein lag deutlich darüber. Es war einer dieser Weine, bei denen man bedauerte, dass es nur eine Probe war, denn mit diesem Wein und guten Freunden wäre es ein schöner Abend geworden.

21. Kapitel

Der Nachfolger

Am Vormittag fuhr Philipp bei Frau Ender vorbei. Er hatte nur das Chaos vom Mittwoch im Kopf, auch wenn er beim Showdown nicht unmittelbar dabei gewesen war, sah das Probierzimmer wieder vor sich, den Krankenwagen vor der Tür, den umgeworfenen Tisch inmitten der Sammeltassen-Scherben und das Blut von Touraine am Fußboden.

Hoffentlich bereute Frau Ender nach all dem, was in den vergangenen Tagen bei ihr veranstaltet worden war, nicht ihren Entschluss, ihnen auch die anderen sieben Hektar zu verkaufen. Geld für den Libellenberg war längst auf ein Anderkonto überwiesen, es ruhte dort, bis alle Formalitäten der Übertragung abgewickelt wären. Würde Frau Ender jetzt von ihnen den gleichen Preis verlangen, der Touraine in Bewegung gesetzt und hatte stürzen lassen? Sie könnten erst einmal einen Teil bezahlen und den Rest in einer Art Rente. Ob sie sich darauf einließ, war fraglich. Aber wenn der Preis für den Hektar gestiegen war, dann mussten sie zahlen – oder verzichten.

»Darüber nachzudenken, hatten wir keine Zeit. Alle machen das Gleiche: Wasser in die Weinberge bringen.« Frau Ender wischte sich den Schweiß von der Stirn. »Noch müssen wir arbeiten, wie schwer es uns auch fällt. Unser famoser Sohn hilft gar nicht. Als diese Weißkittel von der Spurensicherung weg waren, durfte ich aufräumen. Sogar die heilen Sammeltassen und Untertassen haben sie mitgenommen, wegen der Fingerabdrücke. Am meisten schmerzt mich die Kanne von meiner Großmutter. Nächste Woche sind mein

Mann und ich als Zeugen geladen, so wie auch Hölzer und andere. Was hier passiert ist, hat sich wie ein Lauffeuer verbreitet. Die Zeitungsleute haben uns die Bude eingerannt. Ihnen sicher auch?«

Nein, das Weingut Achenbach und Stern war für Interviews nicht zu erreichen gewesen, sie hatten es sich leicht gemacht, es gab genug Arbeit in den Weinbergen. Abends war niemand ans Telefon gegangen, und für Weinbestellungen gab es eine separate Leitung. Frau Behr sagte nur, dass sie die Sekretärin sei und von nichts wisse. Sie hatten endlich Ruhe, und Frau Ender erntete den Ruhm und Beifall von allen Seiten.

»Aber erzählen Sie endlich, was in Speyer passiert ist.« Frau Ender wollte alles ganz genau wissen. »Diese Motorradfrau war wirklich die Tochter von dem, der den Tisch umgeschmissen hat? Gut, dass die nicht hier war. Und die hat den Chef der Bande erschossen? Was die Frauen heutzutage alles anstellen, ist unglaublich. Und dann ist sie verunglückt? Wie entsetzlich. Ihre Frau hat ihr den Weg abgeschnitten? Wie mutig. Sie ist schwer verletzt, diese Gillette, nicht wahr? So hieß sie doch, wie die alten Rasierklingen?«

Als alles gesagt war und Frau Ender Philipp wegen des Kaufpreises beruhigt hatte, machte er sich auf den Heimweg. Es würde eine große Abendveranstaltung werden, wie immer, wenn Simone aus Saint-Émilion eintraf. Ohne ihre Besuche wird es bei uns still werden, fürchtete Philipp, als er in den Hof einfuhr. Simones Wagen stand noch nicht da.

Kurz nach ihm traf Thomas ein. »Ich war gerade bei Bouchard, Grigoriys wegen.«

»Und, hast du bei den Nachbarn was rausbekommen?« Sie hatten sich am Morgen gewundert, dass er nicht zur Arbeit erschienen war und sich auch bei niemandem abgemeldet hatte.

Die Familie Bouchard, bei der Philipp ein Zimmer für

Grigoriy gemietet hatte, wusste auch nichts. Er sei am Morgen einfach nicht mehr da gewesen. Gestern am Abend hätten sie ihn gehört, wahrscheinlich beim Kofferpacken, aber zum Frühstück sei er nicht gekommen. Sie hätten gleich nachgesehen, das Zimmer sei picobello aufgeräumt gewesen.

Thomas hatte gefragt, ob er auch den Papierkorb geleert habe. »Ich wollte wissen, ob darin irgendwelche Hinweise auf ihn oder sein merkwürdiges Verhalten, seine zurückgezogene Lebensweise zu finden wären. Ich hatte oft das Gefühl, er versteckt sich oder irgendetwas vor uns.« An den Papierkorb hatte Frau Bouchard nicht gedacht und das Zimmer noch nicht geputzt. »Wir sind zusammen hingegangen, aber der Papierkorb war leer, nirgends ein Fitzelchen von ihm, nicht der kleinste Hinweis, dass er hier gewohnt hat. Und alles blitzsauber. Den Bouchards gegenüber war er genauso verschlossen wie uns gegenüber. Abends ist er verschwunden und erst spät in der Nacht wiedergekommen. Er ist abends mehrmals in einem Restaurant gesehen worden, in einer Runde mit Geschäftsleuten, so jedenfalls sollen sie ausgesehen haben, Krawattentypen …«

»… oder er hat für Goodhouse spioniert, so wie die von Weiden?«

»Die Kofferträger trugen nie Krawatten, dann schon eher für einen Agrarkonzern, der in der Ukraine Land zu Spottpreisen aufkauft. Denen gehört bereits fast ein Viertel der landwirtschaftlichen Fläche. Vielleicht treiben sie dort ein ähnliches Spiel wie Goodhouse und kaufen den Ukrainern die Weinberge weg.«

Manuel trat total verschwitzt durchs Tor, er komme von der Hitzefront, wie er sagte. »Oben am Libellenberg funktioniert alles, die Chardonnay-Lage habe ich mit Efe zusammen gewässert, genau wie den Riesling. Efe ist noch mal losgefahren, um was zu erledigen.«

»Der hat gar keinen Führerschein. Wie kann er fahren? Ist er durchgeknallt? Der kennt nur Trecker, oder? Hast du ihn etwa fahren lassen, Manuel?« Die schuldbewusste Miene seines Freundes ließ keinen anderen Schluss zu.

»Ich hab's ihm heimlich beigebracht.«

Thomas weigerte sich, sich vorzustellen, was geschehen würde, wenn Efe in eine Kontrolle geraten würde. »Was hatte er vor, wohin wollte er? Wieso hat er keinen von uns gebeten, ihn zu fahren?«

Worum es ging, habe Efe nicht verraten wollen. »Er tat sehr geheimnisvoll. In zwei Stunden sei er zurück. Die unversehrten Chardonnay-Rebstöcke an den Rändern sind übrigens jetzt stark der Sonne ausgesetzt, ich hoffe, sie verbrennen nicht.« Manuel war froh, das Gespräch auf ein anderes Gleis zu schieben. »Ich habe die Fotos gesehen, die Johanna in Portugal gemacht hat. Sah schlimmer aus als 'ne Trockenbeerenauslese. Wir sollten schnell wachsende Bäume pflanzen, für die Zukunft, vielleicht Weiden und Platanen, auf keinen Fall Eukalyptus, der zieht den anderen Pflanzen das Wasser weg.« Er sah sich um und bemerkte erst jetzt, dass er in ein Gespräch hineingeplatzt war. »Geht's um Grigoriy?«

»Wir haben uns zu sehr mit uns selbst beschäftigt«, gestand Philipp selbstkritisch, »wir haben nicht genau genug hingesehen. Er ist weg, spurlos, ohne jedes Wort. So offen, wie Efe ist, so verschlossen war Grigoriy. Zum Krieg in seiner Heimat hat er sich nie geäußert, zur Politik sowieso nicht.«

Er habe selten ein Werturteil abgegeben, bemerkte Manuel, »das nichts mit Landwirtschaft und Wein zu tun hatte oder mit irgendeinem von uns. Aber er hat gut gearbeitet, hat eine rasche Auffassungsgabe, er begriff, worum es uns geht, jetzt fehlt uns seine Arbeitskraft.«

Thomas, der immer wieder aufhorchte und zur Einfahrt blickte, sobald ein Wagen am Weingut vorbeifuhr, fürchtete, dass ein Polizeiwagen Efe bringen würde und es riesigen Ärger mit der Ausländerbehörde geben könnte.

»Denen schreibt Frau Behr einen netten Brief, und wir werden sehen, was passiert«, schlug Manuel vor. »Aber keine Ahnung, wer Grigoriy wirklich war. Es ist immer die Frage, ob jemand den Mund hält, weil er es muss oder weil er schüchtern oder maulfaul ist. Das werden wir heute nicht mehr klären. So, ich gehe duschen!«

»Hat sich Leonie angesagt?«, frotzelte Thomas.

»Willst du etwa einen stinkenden Koch in der Küche?«

Als Manuel frisch geduscht wiederkam, berichtete Philipp ihm und Thomas, dass er mit Frau Ender gut klargekommen sei. »Die drei Hektar oben am Libellenberg sind außen vor, aber die Bodenanalysen sind uralt und ungenau, wir brauchen aktuellere. Die Bewertung der übrigen Flächen müssen wir vornehmen, Enders Weine zeigen uns vielleicht, was wir einmal erwarten können und welche Investitionen auf uns zukommen.«

Die Trauben aus zusätzlichen drei Hektar würden sie mit ihren Maschinen, Pressen und Gärtanks bewerkstelligen können, darauf seien sie vorbereitet, aber bei den Holzfässern würde es knapp werden. Und weitere sieben Hektar ließen sich nur bewältigen, wenn sie auf Enders Installationen zurückgreifen könnten, sozusagen eine Außenstelle gründeten. Eine Erntemenge von weiteren sieben Hektar musste gelesen, aufs Weingut transportiert, gepresst, vergoren und gelagert werden. »Am schwierigsten wird es sein, sie zu verkaufen.«

»Wir dürfen uns nicht in eine Pleite reiten.« Thomas bezweifelte, dass ihr Vertriebssystem aus zwanzig Weinhändlern, mit denen sie seit Jahren zusammenarbeiteten, diese Menge würde aufnehmen können. »Unter diesen Bedingungen brauchen wir eine neue Strategie.«

»Die Enders haben gemauerte Tanks, die sind leer, da lässt sich eine Menge unterbringen«, meinte Manuel. »Wir müssten tatsächlich einstweilen auf zwei Höfen arbeiten, wobei wir auch hier langfristig größere Tanks brauchen und ein neues Fahrzeug. Wir müssen uns dringend in Enders Keller umsehen, was zu gebrauchen ist. Der alte Traktor hält vielleicht noch zwei oder drei Jahre durch, aber der Hänger ist prima …«

Und so diskutierten sie die nächsten Schritte der Erweiterung. Zehn Hektar zusätzlich, das war verdammt viel und sehr viel Arbeit – musste Thomas sich ausgerechnet in eine Französin verlieben und fortgehen?

Doch Thomas würde sich auch in Saint-Émilion unmöglich von der Sorge um dieses Weingut freimachen. Hoffentlich beging er keinen Fehler. Das andere Weingut war ihm noch fremd, obwohl er die Performance verfolgte, seit er mit Simone zusammen war und sie vieles gemeinsam mit ihrem Patenonkel Martin und seiner Frau Charlotte besprachen. Aber alles hatte mehr Gewicht, wenn einem von allem ein Drittel gehört. Und in Bordeaux gehörte ihm nichts, da machte er sich nichts vor. Martin Bongers war etabliert, war anerkannt, aber Thomas würde der Deutsche sein, der einheiratete. Das war ihm klar. Oder war es vielleicht ganz erholsam, mal keine Verantwortung mehr zu tragen?

Noch hatte er sie, die Verantwortung, für den Laden hier. »Du weichst mir in den nächsten Monaten keinen Schritt von der Seite«, hatte er am Morgen zu Efe gesagt. »Wenn ich in den Weinberg gehe, bist du dabei. Du schaust nicht in den Himmel, du schaust auch nicht auf Spuren im Sand von irgendwelchen Rehen, Hasen, von Wildschweinen oder Füchsen, du schaust mir auf die Finger. Du musst das nicht auswendig lernen, was ich dir sage, aber übernimm erst einmal meine Ansichten und meine Arbeitsweise. Später vergleichst du es mit deinen eigenen Erfahrungen, vorausgesetzt, du bleibst bei uns. Du hast noch vier Monate, um das zu lernen, was ich in elf Jahren gelernt habe. Vielleicht willst du irgendwann auch Teilhaber werden? Oder zieht es dich zurück nach Nigeria?« Hatte Efe nicht neulich erst gesagt, dass er der beste Weinmacher der Yoruba werden wolle?

»Das wird wohl nichts«, hatte Efe bedauert, doch es klang nicht so, als würde es ihm leidtun. »Die Islamisten schlagen jeden Tag zu. Und ich stehe auf der Liste. Nach zwei Wochen dort bin ich tot.«

»Das bist du auch, wenn du vom FC Bad Dürkheim zu Mainz 05 wechselst.«

»Wenn, dann gehe ich nach München, die zahlen mehr. Und ich kriege Bodyguard.« Damit war für Thomas klar, dass Efe begann, sich in Deutschland einzugewöhnen.

Manuel hatte Leonie mit sich in die Küche gezogen und hinter ihnen die Tür geschlossen, aber nicht nur, um sie ungestört in die Geheimnisse der Stern-Küche einzuweisen. Vielleicht fand so die Ära der kochenden Männer hier bald ihr Ende?

»Es riecht gut. Was bereitet ihr denn Leckeres vor?« Philipp hatte den Kopf gehoben und schnupperte. »Wenn Simone kommt, gibt es immer ein Fest.«

Es würde in Butter gedünstete Kaninchen geben mit in Sekt eingeweichten Rosinen, dazu Champignons und Kroketten. Das Rezept verlangte zwar Champagner, doch ein guter Riesling-Sekt von Heußler aus Rhodt durfte es auch sein. Besonders gut gefiel ihm das Etikett mit dem Einhorn, das Heußlers Arbeit mit dem Pferd im Wingert geschuldet war. Den Champagner für den Ausklang würde sicher Simone mitbringen.

Wieder fuhr ein Wagen in den Hof, er war kaum hörbar, nur seine Reifen auf dem Kies knirschten. Das musste Johanna in ihrem Elektromobil sein. Johanna hatte einen jungen Studenten mitgebracht: Florian. Er studierte im fünften Semester Weinbau und suchte einen Ferienjob.

»Wenn er Lust dazu hat, kann er gern bleiben.« Aber mehr als ein geräumiges Zelt hätten sie nicht zu bieten, meinte Philipp, »dazu feinste Küche, den Tariflohn und angenehme und unterhaltsame Gesellschaft, wunderbare Arbeitsbedingungen und ein formidables Betriebsklima, dann modernste Methoden im Weinbau, perfektes Bodenmanagement und die Erprobung der Zusammenarbeit mit freundlichen Quessants …«

»Es reicht, Philipp!«

»Sag ihm das, Johanna. Auf dich wird er hören, du bist neutral.«

»Wer sagt das?«

»Ist er gut?«

Die Frage war überflüssig, Johanna würde niemanden anschleppen, der nicht geeignet wäre. Und auch mit den kleinwüchsigen Schafen würde Florian zurechtkommen. Allerdings war es ihr jetzt wichtiger zu erfahren, wie genau sich die Festnahme von Touraine und seiner Entourage abgespielt hatte und wie es zum Mord an Goodhouse gekommen war.

»Goodhouse ist tot, Touraine fiel mit dem Gesicht in eine Kaffeekanne, und seine Tochter liegt auf der Intensivstation mit diversen Frakturen. Dann sind drei Kofferträger sowie drei Fahrer verhaftet worden, den vierten haben sie gestern geschnappt.«

»Und Manuels Madame von Weiden?«

Ein Blick in Richtung Küche brachte sie zum Schweigen. »Leonie überlegt bereits, ob sie Weinbau und Kellerwirtschaft bei dir in Geisenheim studieren soll.«

»Rede keinen Unsinn.«

»Frag sie selbst.« Philipp tat beleidigt. »Sie findet es gut, hier zu arbeiten und nebenbei zu studieren …«

» … besser umgekehrt«, bemerkte Johanna, »davon hat

sie mehr. Bei ihrem Aussehen lernt sie schnell einen smarten Studenten kennen, den Erben eines großen Weingutes, wo sie nicht derartig schuften muss wie hier.«

Eine Neuigkeit, die allgemein für Heiterkeit sorgte, brachte Thomas mit. Dafür verließen sogar Manuel und Leonie die Küche:

Voss habe berichtet, dass man auf der Dienststelle munkelte, dass Schleicheimer befördert werden solle (die Namensgebung sei übernommen worden) aufgrund seiner hervorragenden Ermittlungsarbeit im Fall der Aufkäuferbande. Darüber sei Freude ausgebrochen, denn der gute Polizeiobermeister habe die Beförderung redlich verdient. Er sei ein selten guter Ermittler, engagiert, ein Vorbild für alle, er handle immer bürgernah, sei außerdem ein fantastischer Kamerad und seinen Untergebenen gegenüber immer großzügig. Voss habe sich darüber gewundert, dass Schleimheimer diese Belobigungen nicht selbst verdächtig vorkamen. Stattdessen renne er auf der Dienststelle herum und nehme von jedem die Glückwünsche für den gelungenen Coup gegen die Aufkäuferbande entgegen. Man solle ihn so bald wie möglich befördern – möglichst weit weg, dann könne er keinen Schaden mehr anrichten.

Simone kam spät und wurde so herzlich begrüßt wie noch nie. Sie ahnte, welchem Umstand sie dieses Verhalten zu verdanken hatte. Alle schauten natürlich, ob bereits etwas zu sehen war, aber sie war so schlank und gepflegt und schick wie immer und hatte sofort nach der Ankunft von den Ballerinas in die Pumps gewechselt.

Thomas und sie fielen sich in die Arme, als hätten sie sich Jahre nicht gesehen. Dann begrüßte sie Philipp, mit ihm war sie vertraut und die Verständigung einfach. Manuel war dagegen weniger sprachbegabt. Leonie war eine Überraschung und kramte ihr Schulfranzösisch hervor. Simone als zweite

Frau in diesem Haushalt wäre Verena sehr lieb gewesen, aber leider wurde nichts daraus. Dafür hatte sie nun Leonie.

Simone war glücklicherweise keine Frau, die um ihre Stellung ringen musste, dazu hatte sie zu viel Selbstvertrauen, und die Rangfolge war klar. Keine würde der anderen die Stellung streitig machen. Simone war älter, sie war seit Jahren mit Thomas zusammen, sie wurde Mutter und besaß zusammen mit ihrem Patenonkel ein Bordelaiser Weingut. Leonie hingegen hatte nur ihre Zuneigung zu Manuel zu bieten, ihre Wünsche und ihren Kampfgeist.

Andererseits reiste Simone am Montag wieder ab, und nach der Lese würde auch Thomas die Koffer packen. Diesen Gedanken schob Manuel einstweilen lieber sehr weit von sich und konzentrierte sich auf Leonie und die Kaninchen und die Rosinen im Sekt und den fünf Jahre alten Riesling, den sie dazu tranken und den sie bei der Vernissage ausgeschenkt hatten.

Zuerst berichtete Leonie, wie sie und Manuel die »bekannte Malerin des Pfälzerwaldes«, wie es eine Zeitung schrieb, reingelegt hatten. »Aber ihre Bilder sind alle verkauft. Und zu jedem Gemälde gibt es eine gute Story, und kaum etwas ist so anziehend wie das Gesicht eines Schurken.«

Vor allem aber wollte Simone wissen, was hier in den letzten beiden Wochen geschehen war. »Habt ihr wirklich so viel zu tun gehabt, wie Thomas mir weismachen wollte?« Ihn traf kein böser, aber doch ein vorwurfsvoller Blick. »Nun rede endlich, Thomas, oder soll dein Vater es für dich tun? Geht es um ein Geheimnis? Mein Deutsch ist schlecht. Sag mir einfach, was passiert ist, Thomas! Philipp! Was war los?«

Weil sein Sohn weiter herumdruckste, übernahm Philipp die undankbare Aufgabe und fasste die letzten Ereignisse so knapp wie möglich zusammen. Je mehr er berichtete, desto mehr verfinsterte sich die Miene der jungen Frau. Als er endete, herrschte Schweigen.

»Ich kann mir schon denken, warum ihr das alles vor mir verheimlicht habt«, sagte Simone, »ihr wolltet mich schonen. Aber nein, ich bin nicht krank, ich bin lediglich schwanger. Ich war die ganze letzte Woche im Weinberg. Ab dem sechsten Monat soll ich nicht mehr Traktor fahren und keine Weinkisten mehr packen. Das ist alles. Und ihr führt hier Krieg, bringt euch in Lebensgefahr und steht einer brutalen Bande gegenüber, die kein Gesetz kennt. Und mir sagt keiner etwas, auch du nicht, Verena?«

Die Angesprochene senkte verschämt den Blick.

»Bin ich ein kleines Kind, dem man gnädig die Wahrheit vorenthält? Als Martin damals den Mörder meines Vaters zur Strecke brachte und die Drahtzieher im Gefängnis verschwanden, da war ich zehn Jahre alt, da hat man mich auch nicht geschont. Gehöre ich nicht mehr dazu? Was bin ich – die Schönwetterbraut? Da ich dich gut kenne, *mon cher Thomas*, weiß ich, dass du der Gefahr nicht aus dem Weg gehst, und genau das bringt dich in Gefahr.«

Sie machte eine Pause, damit Thomas übersetzen konnte, eigentlich mehr, um Luft zu holen, denn sie hatte sehr schnell und wütend gesprochen. »Als Garenne damals Bichot erschoss, da war Martin auch allein. Und in Rumänien hat er denselben Fehler gemacht, *la même erreur*, hat alles für sich behalten und ist fast daran gescheitert. Nur mit Glück ist er rausgekommen. Müsst ihr Deutschen alles allein …«

»Ein wunderschöner guter Abend.« Strahlend stand Efe in der Tür. »Ist noch Essen für uns da oder alle kalt?« Mit einem fast väterlichen Lächeln schaute er auf ein wolliges schwarzbraunes Etwas auf seinem Arm. »Hier haben wir Nachfolger von Heinrich! Ist neuer Chef, *the new boss of the flock*.«

Er war auf dem Weingut Jean Buscher in Bechtheim gewesen und hatte Nicole, die Quessants züchtete und im Weinberg einsetzte, den kleinen Schafbock abgeschwatzt – oder abgekauft? Geld jedenfalls wollte er nicht haben.

Simones Predigt war vergessen, sie war allen ein wenig peinlich gewesen. Lieber sollten Thomas und sie ihre Meinungsverschiedenheiten unter sich ausmachen. Jetzt stand der kleine Bock im Zentrum, und jeder wollte ihn streicheln.

»Hat er schon einen Namen?«, wollte Leonie wissen.

»Ja, er heißt Apara«, erklärte Efe. »Das bedeutet in unserer Sprache der Einzigartige, der, von dem es nur einen gibt.« Und sein Blick machte allen, die um ihn herumstanden, klar, dass daran nicht zu rütteln war. Und dann erzählte Efe noch, dass er einen kleinen Teil vom Pferch der Quessants abgeteilt habe, sodass die Schafe Gelegenheit hätten, Apara durch den Zaun kennenzulernen und so Zoff zu vermeiden. Apara habe seine zukünftige Herde mit Gelassenheit betrachtet, denn er sei der Einzigartige.

Die offizielle Begrüßung des Nachfolgers hatte die Stimmung, die durch Simones Zurechtweisung heftig getrübt worden war, wieder auf das rechte Maß gehoben. Als das Wetterleuchten im Westen über dem Pfälzerwald begann, die Hitze nicht mehr derart brüllte wie den Tag über und Wind vom Westen aufkam, hatten sie sich einem anderen Thema zugewandt.

Jetzt wurde Simone mit Fragen bombardiert. Hatte sich der Hagel im Frühjahr auch auf Saint-Émilion erstreckt und bei ihnen Schäden verursacht? War die Loire wirklich ausgetrocknet, und kam man trockenen Fußes ans andere Ufer? Wie würde man der Mehltau-Epidemie in Frankreich begegnen? Wie weit sei die Flavescence dorée vorgedrungen, und seien die eingesetzten Pestizide auch für alle anderen Insekten gefährlich? Was sei von der Meldung zu halten, dass Frankreich wieder die Nummer eins der Weinproduktion sei und gleichzeitig der nationale Konsum zurückging und überschüssige Weinmengen zu Industriealkohol destilliert wurden? War es richtig, dass bis heute noch zweiundzwanzig Straßen in Bordeaux die Namen ehemaliger

Sklavenhändler trugen und keine einzige den Namen eines ihrer Opfer?

Die letzte Frage hatte Efe gestellt, dem sich sofort die Aufmerksamkeit zuwandte – eine Frage, die Simone leider bejahen musste, denn Frankreich tue sich äußerst schwer, seine koloniale Vergangenheit anzuerkennen.

Manuel fürchtete, dass die Stimmung wieder umschlug, und erzählte von Efes beziehungsweise Èṣùs Beitrag, Russel und seine Entourage zu Fall zu bringen. Èṣù sei der Bote zwischen den Wünschen der Menschen und den universalen Kräften. Er kontrolliere und gleiche aus zwischen der Welt des Glücks und der Erfüllung und andererseits der Hoffnungslosigkeit und des Leidens. »In unserem Fall sind die Wünsche in Erfüllung gegangen. Gleich am Tag nach Efes Opfer für Èṣù hat sich alles zum Guten gewendet, der Feind ist geschlagen und die Bedrohung vorbei.«

»Jetzt brauchen wir nur noch Regen«, Verena blickte zum Himmel, halb flehentlich, halb ängstlich, »aber bitte in Maßen.«

»Kommst du mit mir mit?«, fragte Efe sie. »Heute um Mitternacht? Wir bitten um Regen, denn alles beginnt mit Èṣù, und es endet auch mit ihm …«

Danksagung

Es mag merkwürdig erscheinen, dass ich in erster Linie den Rebstöcken danke. Doch beim letzten Roman der Reihe stehen sie ganz vorn. Wo immer ich ihnen in den vergangenen zwanzig Jahren begegnet bin, habe ich mich zu Hause gefühlt, ob in Portugal und Deutschland, in Frankreich oder Rumänien – *vitis vinifera* war mir immer vertraut. Wo ich auch recherchierte, die Rebstöcke waren längst da – und das seit Jahrtausenden. Dabei war es gleichgültig, ob es sich um Touriga Nacional handelte oder Fetească Neagră, Sangiovese, Nebbiolo, Tempranillo und Cabernet Franc oder Mourvedre, ob es Spätburgunder war oder der Riesling, wobei die Letzteren zu meinen Lieblingen wurden.

Was mich einmal mehr von der Pfalz als Region überzeugte, war, dass alle guten Winzer, die ich besuchte – seien sie Mitglieder des VDP oder nicht –, sich dem biologischen Weinbau verschrieben haben. Und dieses Buch ist auch eine Hommage an all diejenigen, die sich ihrer Verantwortung für die Zukunft bewusst sind. Dazu gehören Fred Becker, der mir zeigte, wie man erkennt, dass einer mit Glyphosat seinen Wingert (und die Kleinlebewesen) vergiftet.

Wunderbare Proben genoss ich bei Gerd Bernhart und mit Philipp Catoir. Der Besuch bei Steffen Christmann galt weniger dem Weinbau-Politiker als dem Winzer. Wenn seine Politik so überzeugend und so geschmackvoll ist wie seine Weine, dann ist es mir sehr recht. Herbert Heußlers Pferd, mit dem er seine Weinberge bearbeitet, war seinerzeit leider hufkrank, aber es hatte keinerlei Auswirkung auf die Qualität seiner Weine. Werner Jülg macht genauso ausgezeichnete

Weine wie Boris Kranz und auch Sven Leiner, und alle gaben mir gern Auskunft über ihre Arbeitsweise.

Hansjörg Rebholz zeigte mir als Erster, dass die Türen der Pfälzer Weingüter offen stehen. Außerdem inspirierte mich seine Art der künstlichen Bewässerung zum »Libellenberg«, er zeigte mir anhand mehrerer Riesling-Proben sein unterschiedliches Terroir. Hätte ich alle wunderbaren Weine der oben genannten Winzer beschreiben sollen, was sie sicherlich verdient hätten, wäre das Buch längst nicht fertig.

Dass man nicht unbedingt dem VDP angehören muss, um gute Weine zu machen, zeigte mir die Winzergenossenschaft Vier Jahreszeiten. So rundeten die Winzer und Weinbauern um Rüdiger Damian das mögliche Geschmacksbild auf angenehme Weise ab.

Mit der Recherche rückten die Piwis weiter ins Blick- und Verkostungsfeld, die Pilzresistenten, besonders die Felicia. Nach dem Interview mit Dr. Oliver Trapp, dem Vize des Julius Kühn-Instituts für Rebenzüchtung, schenkte er mir einen Rebstock, den ich in meinen Garten pflanzte. Mein Dank gebührt auch Dr. Jürgen Oberhofer vom Dienstleistungszentrum Ländlicher Raum sowie Dirk Gerling von der pfälzischen Weinwerbung.

Nicole Buscher in Bechtheim arbeitet mit den Quessant-Schafen im Weinberg. Von ihr erfuhr ich das Wissenswerte über den Einsatz der Tiere. Anschließend übernahm ich die Patenschaft für Schafbock Paulchen, der in meiner Gegenwart das Licht des Weinbergs erblickte.

Ein wichtiger Mitstreiter seit zwanzig Jahren (!), wenn auch aus dem Hintergrund, ist mein alter Freund Thomas Thielemann. Er versorgte mich bei allen Romanen mit relevanten Informationen zu der jeweiligen sozio-politischen Situation der Region und kriminellen Machenschaften.

Hannelore Hartmann möchte ich in dieser finalen Danksagung ganz besonders danken. Sie war meine erste Leserin, als Lektorin hat sie meine Arbeit über ein Jahrzehnt begleitet und war für alle Fragen stets offen und bestärkte mich in meiner Art zu schreiben. Auch danke ich dem dtv, der mir die Freiheit als Schriftsteller ließ, die ich für diese Reihe brauchte.

Sie alle halfen, dass die Reihe ›Der Mensch, der Wein – und das Böse‹ zustande kam. So gehört auch den Wein- und Buchhändlern mein aufrichtiger Dank: Wir haben Hunderte von wunderbaren Abenden mit Lesungen und Weinproben gemeinsam gestaltet.

Paul Grote, Berlin im Herbst 2024